INK 文學叢書 083

不死的流亡者

鄭義 蘇煒 萬之 黃河清 策劃・編輯

謹以本書獻給

八十高齡的流亡作家

劉賓雁

【目次】

序　母語就是你們的祖國　馬悅然　009

輯一　絮與根

第二人生三部曲　劉再復　013

巴黎的牧歌（外一章）　張　倫　022

醉鬼的流亡　廖亦武　028

紅刨子　鄭　義　036

絮與根　孔捷生　060

想像回家　萬　之　065

流亡者的獨白　張伯笠　087

風雨蒼茫一戈揚　曾慧燕　106

愛中國的一群　蘇　煒　127

為理想而承受苦難　胡　平　141

輯二

夢裡依稀

夢裡依稀慈母淚　郭羅基　153
漂流三題　劉再復　163
流亡的斷章　張倫　168
眼前人　蘇煒　176
從沉重到失重　王渝　183
走回北京南小街　馬建　189
生命不能承受之重　盛雪　194
迷人的流亡　張郎郎　202
流亡書簡　黃河清　219
獨話　陳墨　229
追尋作為流亡原型的詩　楊煉　235
母語之根　康正果　241
文人「放逐」古今談　殷明輝　249

輯三　風的色彩

中國流亡文學的困境　高行健　265
風的色彩　北明　271
尼瑪次仁的淚　唯色　296
舊影　一平　303
瑣憶　黃河清　318
從廣州、深圳到紐約　劉國凱　331
我所遭遇到的幾個放逐者　陳墨　342
王康作《俄羅斯的啓示》記　余世存　348
斯人流亡　菁英何在　謝泳　361
流亡者　余杰　366

輯四　賓雁大哥

驊騮開道路，鷹隼出風塵　于浩成　379
我心中的中國　林培瑞　386
賓雁大哥　蘇煒　395
讓中國的良心回到中國吧　嚴亭亭　402
紅葉向雪原致意　袁紅冰　414
我的一尊偶像　郭少坤　419
流亡者：蘇武還是摩西？　陳奎德　426
只有人性，對自由和愛的追求是永恆的　仲維光　435

後記　千載已過，東坡未死　策劃・編輯小組　453

序

母語就是你們的祖國

馬悅然

馬悅然，原名約然・馬爾摩奎斯特（Goran Malmqvist），一九二四年生，瑞典漢學家，斯德哥爾摩大學東亞學院中文系榮休教授，諾貝爾文學獎評選機構瑞典文學院院士。

這是一部流亡中文作家的文集，而又題獻給另一個高齡的流亡作家劉賓雁，一個當代中國歷史上最大膽直言的自由鬥士。

我最初見到劉賓雁是一九八六年在上海金山舉行的「當代中國文學國際研討會」上。參加者在這次研討會上的發言大都是討論當代中國文學的不同方面，只有劉賓雁的發言是個例外。他選擇了直面社會問題，對當時中國性教育受壓制的情況進行了尖銳的抨擊。他大膽地陳述那些讓人吃驚的事實，給我留下非常深刻的印象。聽他那次發言之後，我就覺得劉賓雁是個與眾不同的作家，他的內在流亡早已經開始了。

自從一九八六年初次見面之後，我又很榮幸地在瑞典的很多活動場合再見到劉賓雁。他的承擔，他的勇氣，他的風骨，總給人留下難忘的印象。有很多年，他編輯出版的《中國論壇》給我提供了有關當代中國社會的寶貴信息，尤其是看到了他對社會問題的洞察力。

「流亡」通常是高高在上的當權者強加在作家頭上的。在中國的歷史上，有些作家，比如傳奇的詩人屈原，爲了表明自己的高潔和清白而付出了生命的代價。還有些作家，比如柳宗元、韓愈和蘇東坡，以坦蕩胸懷接受「流亡」的命運，而繼續創作出有永恆價值的文學作品。還有偉大的學者顧炎武，以及傑出的畫家八大山人，選擇內在的精神流亡，使自己能夠繼續著述和藝術創造，對有些作家來說，流亡是生活的一種方式。當流亡詩人北島接受瑞典筆會頒發給流亡作家的圖霍爾斯基獎的時候，他曾經這樣說：

一個詩人開始寫詩的那一天，他實際上就踏上了流亡之路。在某種意義上，流亡和詩歌幾乎是同樣的概念。詩人總是不斷挑戰既有的文化、既有的語言，這種角色註定了他從來沒有固定的家園。企圖控制文化和語言的當權者自然會把詩人看成國家的敵人。他的外部流亡只不過是他內心流亡的繼續。

西元兩千年，當流亡法國的高行健獲得諾貝爾文學獎的時候，我在頒獎儀式上宣讀了我代表瑞典文學院寫的祝辭。我說，「你不是兩手空空離開祖國的，你帶著你的母語離開祖國，而從此以後母語也成爲你的祖國。」我相信，那些堅持用母語中文寫作的流亡作家，有自己的精神家園。

流亡中的中文詩人、作家和學者，用這本文集來向另一個流亡作家表示敬意，表示認同，而這個作家即使身處逆境也比其他人都更好地保持了自己人格的完整，他已經奮鬥一生，而且還將繼續爲人的尊嚴而奮鬥到底。

能爲一本題獻給我非常尊敬的作家的文集寫一篇前言，我感到非常榮幸。

二〇〇四年十月二十五日

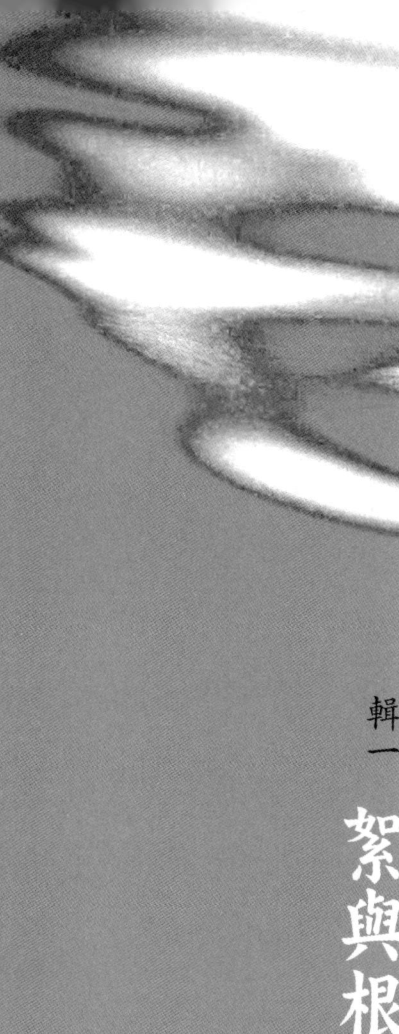

輯一

絮與根

第二人生三部曲

劉再復

劉再復，一九四一年出生於福建南安。曾任中國社會科學院研究員、文學研究所所長、中國作家協會理事。一九八九年旅居美國，先後在芝加哥大學、斯德哥爾摩大學、科羅拉多大學擔任客座教授和訪問學者。現任香港城市大學中國文化中心榮譽教授和美國科羅拉多大學客座高級研究員。學術著作與散文著作有：《性格組合論》、《文學的反思》、《論中國文學》、《魯迅美學思想論稿》、《放逐諸神》、《人論二十五種》、《告別革命》（與李澤厚合著）、《論高行健狀態》、《讀滄海》、《漂流手記系列》等三十多部。新近出版的著作有《罪與文學》（與林崗合著）、《書園思緒》、《現代文學諸子論》、《劉再復精選集》、《我對命運這樣說》、《閱讀美國》、《共悟人間》、《滄桑百感》、《面壁沉思錄》等。

朋友們都知道，我把一九八九年的漂流當作第二人生的起點。十幾年過去了，想想這段歲月，覺得新的生命路程依稀可分爲三步：第一步算是走過了，走得有點不平靜；第二步正在走，而且愈走愈深；第三步彷彿剛剛開始，還不知能走多遠。倘若把三步路程加以詩化，便是第二人生的三部曲。

1

第一步是「出走」。四十八歲的時候，我於風煙瀰漫中留下一種行爲語言，這就是辭國出走。從小就牙牙學語，學鄉語，學國語，學詩語，學論語，就是沒有學過扭轉生命形態的行爲語言。於是，行爲過後便狼狽不堪，陷入孤寂與驚慌，心神動盪了整整兩年。在思緒無定中，有幾個名字幫助我鎮定下來，這就是釋迦牟尼、賈寶玉、托爾斯泰。此時應當鄭重記下一筆。他們都是出走的偉大先驅，都給人間留下闊別家園的行爲語言。這些人本是王子、貴族、思想巨人，名尊位赫。在世俗的眼裡，他們皆高坐於社會塔尖，幸福極了。宮廷御苑，峨冠博帶，奴僕莊園，錦衣玉食，應有盡有，還有什麼可以不滿不安的？但他們偏偏不滿不安。不過，這是靈魂的不滿不安，他們的出走，正是靈魂的大訴說，無言無語無盡的訴說。許多後來者研究他們的思想、言論，卻忽視他們的大行爲語言。其實，他們的思想深海與情感深海，全在告別的行爲語言中。其行爲所蘊含的徘徊、彷徨、決斷、否定、拒絕、期待、嚮往、痛苦、憂傷、勇敢、怯懦以及靈魂的緊張、分裂、衝突、論辯、吶喊、呼叫等等，都遠比文字著作豐富厚實得多。

我雖然未能把握其「出走」的全部內涵，但從他們的行爲語言中確實獲得了靈魂的力量。

釋迦牟尼走出宮廷之後，充當什麼「社會角色」呢？通常只知道他修行播道，是個「大師」，忘記他首先是個乞丐，如《金剛經》所言，他「著衣持缽，入舍衛大城乞食」。佛祖開始也是人，不化緣靠什麼過日子？不過，從帝王盛宴到碗缽粗食，確實是巨大的落差，而釋迦牟尼在落差中具有怎樣的心境呢？他的永遠的笑容和他的弟子對著他的「拈花」發出會心微笑告訴了我們一切。他的靈魂顯然感到安寧與自在。他所持的「缽」，不是權力，而是和人間溝通的橋樑，他一定會爲自己和社會底層息息相關而高興。說到乞食一事，人們只知道富人施捨他，不知道他也施捨富人，即施予富人可行慈悲的機會。所以，與其說，釋迦牟尼是窮人的救星，不如說是富人的救星。這一層是我讀了多年的《金剛經》才悟到的。佛教信徒對「拈花微笑」做了無數的闡釋，而我卻只要得到釋迦牟尼內心澄澈的信息就夠了。發自內心的幸福未必與皇冠及種種桂冠相連，但一定與大地上億萬生靈淳樸的憧憬相通。當我們的眼睛仰望宮廷以爲它是天堂的時候，這位王子則看到宮廷是牢獄，走出牢獄怎能不衷心微笑？悟到大宇宙中的個體如恆河沙粒而這一沙粒該如何得大自在，怎能沒有又一番微笑？

賈寶玉居住的父母府第，是江南第一大貴族府第，而寶玉本身又是府中的第一快樂王子。榮國府雖不是宮廷，但府中布滿崢嶸軒峻的廳殿樓閣和蓊蔚湮潤的花木山石，以及成群成隊的男僕女婢，卻勝似宮廷。家道中落後雖減少了氣象，但仍不失爲鐘鳴鼎食的浮華之家。然而，即使是處於全盛的黃金時代，賈寶玉也不迷戀這個家，胸前的寶玉丟失了幾回——他的靈魂早已出走了好幾次。他被視爲性情乖僻的異端，實際上心中擁有萬種眞摯情思。一個又一個清澈如水的詩化生命在面前毀滅，自己還頂著桂冠如行屍走肉，這還有人的樣子嗎？千里長棚下的華貴筵宴，世人聞到的全是香味，偏是快樂王子聞到朽味與血腥味——一個處於如此環境中的身心怎能不分裂、不迷惘？怎能不尋求解脫？如果說，林黛玉最後的行爲語言是焚燒詩稿，用一把火否定她生存過的世界，那麼，賈寶玉則是用一走了之的行爲語言，否定父母府第內外人們所迷戀與追求的夢幻世界。一種眞實的行爲語言，沒有標點，沒有文采，沒有鋪設，卻否定了一個權力帝國和金錢帝國。《石頭記》的故事，其實是一塊多餘的石頭否定一個欲望橫流的泥世界的故事。賈寶玉的出走，乃是走出爭名奪利的泥世界，被男人弄成骯髒沼澤的荒誕世界。

釋迦牟尼和賈寶玉的出走，是宮廷王子和貴族王子的出走，可說是青年的出走，而托爾斯泰的出走則是八十二歲老翁的出走。一九一〇年十月三十一日早晨，他突然離開沙莫爾金諾村，往高加索方向南行，可是，很快就在途中得了重病，十一月七日就在梁贊——馬拉爾鐵路的阿斯塔波沃站逝世。當時的托爾斯泰克不是等閑之輩，而是一個已經完成《戰爭與和平》、《安娜．卡列尼娜》、《復活》等千古名著的托爾斯泰，一個名滿全球、譽滿全球的托爾斯泰，而且是一個擁有大群農奴和大農莊的托爾斯泰。他的名望高到什麼程度？當他坐在海邊上時，高爾基看見他，覺得他彷彿便是上帝本身。然而，正是這個可以「亂眞」上帝的人，整天寢食不安，靈魂動盪無休，最後登上一列通往死亡的列車，訣別家園。他的這一行爲語言一直是一個謎，讓酷愛他的讀者目瞪口呆。這是怎麼了？我們尊崇的精神偶像發瘋了嗎？我們爲之傾倒的娜塔莎、安娜．卡列尼娜和瑪斯洛娃，也不能留住他嗎？對著這個謎，我思索了整整十年。從一九八九年踏上美國的土地在密西根湖畔就開始思索，每次思索都激動得靈魂打顫。此時，我要說：我愛出走前的托爾斯泰，但更愛出走後的托爾斯泰。托爾斯泰是一個邊寫作邊否定自己的大作家，他最後的出走是一部最精彩的自我批判與社會批判的大書。

和賈寶玉一樣，托爾斯泰在雙腳尚未走出家園時，靈魂已多次走出家園。五十歲左右，他的靈魂就經歷過一次爆炸性的地震，一次對自己的徹底否定。他突然覺得生命面臨深淵，他能呼吸，能吃能喝能睡，但不能生活下去了。「我，身體強健而幸福的人，感到再不能生活下去。」他感到有一種無可抑制的力量要把他推向生命之外。爲了抗拒這種力量，他把家裡的繩子藏起來，以防自殺。托爾斯泰思想爲什麼如此激盪？爲什麼如此急於想走出自己的生命？原來，他正受到一種巨大的、無形的壓抑，這就是良知的壓抑。他不僅看到鄉村也看到大都市底層貧民的慘狀。他看到慘狀下的生命沒有生活。慘狀刺激著他，「我們在吃肉，他們卻在挨餓」，他受不了，「人不能這樣過活」，他對朋友叫喊、號哭、揮動拳頭，完全陷入絕望。他必須出走，只有出走才能使他從絕望的感受中走出來，也只有出走，才能使他與污濁的現實圖景拉開距離。因此，他的最後的行爲語言，我們可以讀作對外在世界情景的內心拒絕，儘管這種情景無可更改，但還是要拒絕。除了近乎神經質的慈悲之外，他還極端的憎惡自己，覺得自己也在過著另一種形式的非人生活：和沒有靈魂的所謂作家詩人鬼混，和奴役人間的各種奴隸主共謀，甚至當人生已變得毫無疑義時還幻想藝術會有意義。他把這一切都寫成了《懺悔錄》。

比托爾斯泰的否定更徹底的是王國維。托爾斯泰面臨絕望的深淵時，還把繩子藏起來，不想死，而王國維卻坦然踏進昆明湖，直赴死亡深淵。王國維和托爾斯泰一樣，也感到有一種力量把他推向生命之外，但他不屈服這種力量。同樣也是在五十歲之際，他決定把這種力量從自己生命中驅逐出去。過去，我和一些歷史學者一樣，曾泛泛地說王國維是清王朝的遺老，跟不上時代步伐，終於被歷史所拋棄。而現在，我才明白，他不是被歷史所拋棄，而是把歷史從自己的生命中拋擲出去。也就是說，王國維投湖自殺這一行爲，是一種更徹底的出走形態。他是個先知，他已在大時代的風潮中聞到血腥味，他顯然預感到葉德輝的頭顱被砍斷之後下一步要輪到他了。「義無再辱」，他要保護自己的自由人格和生命尊嚴，就把歷史拋出去，防止血雨腥風進入自己的軀殼。而要做到這一點，沒有別的辦法，只能果斷地從自己的軀殼中出走，走到另一個未知的乾淨世界。陳寅恪感佩王國維這種精神，從而承繼了這種徹底出走的魂魄。

釋迦牟尼、賈寶玉、托爾斯泰、王國維的行爲語言，寫在天空、大地上。這種無字之書常被人們忽略，但我卻看到其中密密麻麻的詩行和質疑人間荒謬的大問號。這種語言不是文字，但比文字更美麗更壯闊。多年來，我自信心靈狀態是好的，其中的一個原因就是受到這幾部無字之書的鼓舞。儘管我的行爲語言和他們相比微不足道，但從他們的無言之言中，卻明白我所走的第一步並非沒有理由，走出家園的第一個腳印並不蒼白。

2

無論是釋迦牟尼、賈寶玉還是托爾斯泰，他們的出走，都不是被放逐，而是自我放逐。賈寶玉出走後到哪裡去，心情如何，無可查證——那是曹雪芹一段未完成的故事。托爾斯泰出走後不久就逝世了，未能留給我們出走行爲的下篇語言，眞是遺憾。唯有釋迦牟尼，充分地展開出走後的偉大人生。釋迦牟尼的出走，是最完整的出走。

他的行爲語言後半部首先啓迪我：自我放逐其實不是放逐，而是自我回歸——回歸到生命尊嚴可以立足之處，回到心靈可以自由馳騁之處，回到腦汁、膽汁和其他生命液汁可以自由投放之處。釋迦牟尼眞的得大自在，難怪他擁有永遠的笑容。

當我意識到自我放逐也是自我回歸的時候，心境一下子變了，我也有理由從情感深處發出微笑：我在落磯山下，彷彿什麼都沒有，可是我卻擁有一種夢寐以求的安靜和自由表達的權利。自由表達，這是怎樣的價值，我一直找不到適當的字眼來形容它。但我知道，當我擁有它的時候，我便回到生命的高貴之中。憑這一點，就應當高興，就應當像佛陀那樣與朋友學生作拈花微笑的心靈遊戲。

在自我回歸的路上，我特別要感謝我國的偉大哲學家老子。擁有自由表達的權利，這僅僅是個前提。從這一前提出發，該回到哪裡去？我在這個問題面前徘徊了好久，是老子告訴我：「復歸于嬰兒」

——你應回歸到嬰兒狀態。《道德經》一次又一次地發出這樣的呼喚。偉大的先哲從根本上啓發我，我眞的按照他的呼喚給自己提出返回童心的口號，並開闢了兩個童心向度：一是返回到剛來人間那最初的一刻，找尋那一瞬間柔和的目光，未被世俗的塵埃與知識的塵埃所污染的目光。二是返回《山海經》時代故國最本質、最本然的精神文化，精衛、夸父所代表的沒有世俗包袱，知其不可爲而爲之的文化。眞的走「出來」了，又眞的返「回去」了。在異邦的土地上，我眞的以全部生命擁抱女媧、擁抱精衛、擁抱夸父與大禹，從擁抱《山海經》一直到擁抱《紅樓夢》，中間還有魏晉風骨、明末性情、禪宗慧悟等英華精粹。以往讀的是「老三篇」，這回讀的是「老三經」：《山海經》、《道德經》和《六祖壇經》。對於古代經典與古代英雄故事，我不再用頭腦去閱讀，而是用生命去閱讀，用曾經在艱難困苦的險風惡浪中滾打過的生命去閱讀，因此，都讀出心得與力量。

在回歸之旅中，我除了與創世紀的原始英雄們相逢之外，還與老子、嵇康、達摩、慧能、李贄、曹雪芹等偉大的靈魂相逢。我第一次向他們深深鞠躬，並和他們的靈魂展開辯論和對話。我走進他們的身體裡，他們也走進我的身體裡，他們就是我的祖國，我的故鄉，我的文化。於是，我非常具體地感到祖國故鄉和我來到另一片土地。祖國具體到伸手就可觸摸得到，故鄉也充滿質感。由這種感覺，我便抽象出兩個概念，原來，祖國可以分爲物質結構的祖國和性情結構的祖國，我雖然告別物質結構的祖國，卻回歸到性情結構的祖國，而這個祖國此刻就在我的骨髓深處。背負著祖國，我從東方的天涯走到西方的天涯，走得愈遠，就回歸得愈深。走到後來，自我，祖國，故鄉，嬰兒，自由之神，全匯合成一處，那正是我生命的大同世界。

我國的偉大詩人屈原被放逐之後，似乎沒想到放逐與回歸可以相通。倘若他像釋迦牟尼那樣意識到自己走出宮廷之後世界會變得更廣闊，完全可以藉被放逐的時光回到生命的本眞處與自由處，他的

《離騷》一定會有另一番精彩的變奏。我雖崇敬屈原，但不會和他的靈魂一起生活在永遠的鄉愁之中，倒是要給他一個「回歸」的提議。一定要走出來，也一定要走進去，生命的詩意就在這出出入入的內在神遊之中。

3

說完第一步的「出走」和第二步的「回歸」，該說第三步了。如果也需要給這一步命名，那就是「嫁接」了。嫁接東方與西方兩種文化與情感，讓兩種文化在我生命的土壤中一起生長，也許是日後該多想多做的事。

就在回歸故國精神本源而與老子、慧能、賈寶玉等偉大靈魂的相逢中，我發現他們有著和基督一樣的身影和學業。老子誕生得比基督早暫且不說，而慧能、賈寶玉，簡直可以說是東方基督，他們的大愛之心與慈悲之心，哪一點比基督遜色？慧能雖是宗教領袖，但他並不迷信教門偶像，更不嚮往宮廷桂冠和大師名號，連傳宗接代的衣缽也不在乎。賈寶玉則愛一切人與寬恕一切人，連「劣種」兄弟賈環和欲望的化身薛蟠也不視爲「異類」。偉大靈魂的深淵，流淌著一樣清澈的泉水，其靈犀本就相通。我既漂流海外，穿梭於東、西方之間，本就應當特別留心這相通處。

慧能可以和基督「嫁接」，也可以和卡夫卡「嫁接」。慧能提示說：佛就在你心中。你的全部努力就是釋放出你的心中之佛，你就是你的解放者。而從卡夫卡那裡，我也得到同樣的啓迪。卡夫卡一生沒有離開過布拉格，可是他卻最深切地感悟到全人間變形變態的苦痛，他沒有到過美國，卻寫出描述美國的精彩小說，道破人類的共同困境。這就因爲他的靈魂大門打開了，自由之神與藝術之神從他心中釋放出來了。他的作品是人類寓言，他的人生則是一部精彩傳奇。無論慧能還是卡夫卡，都告訴我：傳奇在內不在外，你一生該做的事只有一件，這就是把你內心的「佛」與「神」請出來。所謂傳奇，並不是從歷史情節中產生，而是從內心深處流出。能打開靈魂的閘門，能穿越內心深處的關卡，傳奇就誕生了。正是在精神深處，我感到自己可以有所作爲，在溝通與嫁接上有所作爲。

出走時，我在空間上從東方走到西方；回歸時，我在時間上從現代走向古代；嫁接時，古今中外則全匯聚在此時此刻。我漂流到哪一點上，說不清楚，但漂流之路愈走愈寬則是可以肯定的了。

雖然已到六十耳順之年，但覺得一切都還在生長，尤其是思想年齡，其實還不到二十歲，更覺得粗嫩。過去所做的一切，都在開掘生命潛力，不是愈開掘愈老，而是愈開掘愈有青春泥土氣息，將來開掘到深處，發現東、西方文化的血脈在自己身上打通，內心深處的韻律與宇宙深處的節奏可以共鳴共振，說不定又會發現生命尚有新的路程，又有一番喜悅。沒有終點，這大約是漂泊者的宿命。

二〇〇二年二月

選自《閱讀美國——漂流手記之七》

巴黎的牧歌（外一章）

張倫

張倫，生於瀋陽。少小隨父母下放，在渤海邊農村度過多年。那是塊據說百多年前還是海底的鹽鹼地，貧瘠，荒涼，遼闊，文革時的著名流放地。受的教育斷斷續續。後回城，還受那斷斷續續的教育，在一個歇斯底里的時代。讀過中專，幾乎成為鐵路司機。上大學，習經濟，畢業後到工廠工作，後考到北大作社會學的研究生。文史哲經，多有涉獵，卻無一專精。作過些研究，因愛好也常混跡藝術文學界的朋友中。八九後流亡巴黎，獲法國高等社會科學院博士，有一本法文著作，多篇文章。

《牧歌》響起，無人在唱，只有小提琴的旋律，悠長，悠長，悠長。

窗外是早春的綠草，浮遊的白雲，柔風中地中海特有的陽光。

那是我認識的第一個巴黎的春天，一九九○，充滿惆悵。夜裡是故國的夢，夢的故國；常是血色的旗海，黑暗中晃動的人群，不知是睡還是醒，吶喊響起又消失，一切都似幻覺而又逼真。隔壁是異國的流亡者，夜半夢中驚悸的叫喊，用我不懂的語言，幾乎喊出我這廂兩行熱淚。無眠，讓「牧歌」

響起，用只我一人能聽見的分貝，起飛我的想像，獨去那遼闊的草原上漫遊，與青山，白雲，羊群，和風一起浮蕩，直到天際。

最便宜的單聲道錄音機，在法蘭西富饒的土地上買下的第一件貴重物品，只為聽那偶然得來的磁帶中的獨奏「牧歌」。不願與人也無法與人分享，那「牧歌」中的故國，故國的「牧歌」。

一年前的初夏，從北京出逃內蒙，在都市短停後，朋友送我上草原暫避。破舊的公車，顛簸在崎嶇的山路；車廂內有人在低聲傳遞著消息，那是從城裡聽來的有關京城中發生的事變的傳聞。陰山沉默著，連綿起伏，伸向天邊。遠處山上，幾匹孤獨的馬，緩慢地低頭覓著草食，間或抬起頭，眺望遠方，那一刻，襯著低沉的天空，像電影中的長焦定格，我的眼和心也因此凝固。那年出奇地少雨，像天空不再有淚。草原顯得凋零，枯弱，黃綠間雜間，常凸現片片沙土。沒有想像的風吹草低，牛羊成群。靈魂因此焦灼地出竅，升上天空，向下俯瞰，覓尋那牧歌中的全景。終於，草原的遼闊和那間或的白雲，在我耳邊唱響牧歌。不過，有些變調，顯得蒼涼，沉鬱。

這是中國版圖上最近外蒙的地方，有著許多古代和當代的傳奇。小城平靜如昔，晚間，有年輕人伴著錄音機當街熱唱著全國流行的電視插曲。那招待所裡豐盛的夜宴，直白地顯現著蒙古族主人的熱情好客，讓我這掩瞞了眞實身分的客人心中時感羞愧。不停地探向酒，直想一醉方休，卻不敢也不能。按傳統，主人喚人來敬酒。那是位蒙古少女，純眞，嬌好但卻沉靜；高舉起酒碗，一曲高歌，讓人沉醉。蒙古語的歌詞是什麼，我不曉得，但驚詫於她瘦小的軀體如何能發出那般嘹亮和悠長的聲響，帶著那麼多讓人動容的澎湃的情感。誰能推辭？一碗熱烈的白酒在一仰面之間灌下。瞬間，天地浮蕩，彷彿又聽到了「牧歌」，好像是那少女在唱，整個草原，夜，風，牛羊都在唱。我恍然：少女如此能歌，是草原上的一切都能歌，是它們通過她在唱，自然會如此嘹亮悠長，悠長嘹亮……

無法隱藏，兩天後我回返；接著，西去的列車載我到了黃河邊上的蘭州。數月後，在朋友的幫助下，一葉小艇，在一個狂風暴雨、萬家燈火的夜晚登上香港島，又在數月後一個大霧瀰漫、晨星稀疏的冬天破曉，隨一架客機到了法國，飄降在歐亞大陸的最西部，開始浪跡天涯的生活。

牧歌，我喜唱的牧歌，不屬於漢人卻被漢人時時唱著的牧歌不只是牧歌，也因它不只是牧歌才被如此地傳唱、演奏、傾聽。它遼闊，舒緩，愉悅，是母親般大自然的天籟，是過去，是故鄉和搖籃，是和平、愛與眞情。典雅、優美如歌的法語中的名詞代詞嚴格地區分陰陽性，這曾使我厭煩，可是現在，我倒眞希望我的母語能像法文一樣，讓我用「她」來代稱歌曲，我的「牧歌」，如水的「牧歌」。

稍後，獨居巴黎十七區中一間頂層的舊式僕人房。狹小，陳舊，年久的深綠色壁紙和它古老的花紋讓它更顯陰暗憂鬱。樓道吱呀作響的木質樓板，每有人過，都像有一兩個壓在下面的幽魂在嗔怨。只有那小巷的名字常給我些歸家的慰藉：「春天巷」（rue du printemps）。往往在踏進巷口、瞥見巷名的那一刻，心中蕩起些莫名的溫暖，哪怕是在寒冷的冬季。或許因自己屬於那個將春天視爲最重要的季節，將其最重要的節日定爲春節的古老文化，「春天」兩字已有魔力，哪怕那是一個外文字。「牧歌」裡沒有顯明的季節描述，但我固執地相信那是春天：因爲只有春天的白雲、綠野和羊群才能那樣如詩如畫，也只有春天才常常在我耳邊不經意地唱起「牧歌」，喚醒「牧歌」。爲讓春天和小屋常伴，你可以想像，那裡常迴盪的自然是「牧歌」，直到磁帶損壞。

我開始在巴黎尋找牧歌。翻遍了法文詞典，似乎找不到我所要的與「牧歌」對應的詞彙。深深的失落，像孩子失去自出生就伴他安睡的布偶。

在阿爾卑斯山脈中，一個夏日清晨，我忽被一種悅耳的撞擊聲喚醒，起身察看，方知那是從綠茵茵的山谷中散落的牛群那裡傳來。猜想定是某種牧鈴式的東西。果然，後來知道，那是一種桶狀內空的銅製器物，中懸小錘，掛於牛的頸下，隨著風兒和牛的晃動發出響聲，提醒主人牠的所在。聲音悠緩，有很強的質感，像遊動的鐘磬，伴著谷裡的清風徐徐。那一刻，彷彿聽到一首優美的法國牧歌，感動像晨露，一滴滴地落下。

最後一次唱「牧歌」，是十二年前在法國西部布列坦尼、大西洋岸旁一個法國朋友家裡。夏日的夜晚，應朋友們的邀請，我唱了「牧歌」。沒有矚目那些不曉得這是什麼歌曲的聽眾，但從那安靜中，我聽得到他們的感動。望著窗外，我寄附在歌中的那個魂兒在夜色裡飄然而起，去到岸邊，約隨幾隻海鳥在海上結伴遠去，繞過大西洋回到東方，在我去過的那個小漁村旁上岸，又悄悄地趕往內蒙草原。最後，在陰山上一棵古老的樹下疲憊歇駐，滿懷幸福地休憩。

後來住上高樓，白雲年年在春天如約而來，顯得很近，很輕，又在秋天的時分高高、淡淡地遠去。

春天的雨年年灑
原野上的樹年年綠
當人們在談論那消失的過去
你是否還記著那支古老的歌曲

哦，想起來了，這是少年時別友寫下的幾句自認爲詩的東西。寫詩的衝動隨著這年年的雲聚雲散一點點淡去，可寫下的詩卻會在生活的某一刻倏然回歸，給生命一個悸動。漸漸地喜歡上也聽懂些鋼琴中的蕭邦，那客死巴黎來自中歐波蘭平原的遊子。

我想，有情在，就有詩，有歌；有藍天白雲綠野在，就有牧歌；有家、故鄉和祖國，就有離家和去國，就有鄉愁不盡，如那音符悠悠。「吾心安處便是吾鄉」（蘇軾）。慢慢地釋然。學會了在流亡中看天空，望窗外。感覺到一股遙遠的風總是輕輕地如約拂來。在風中聽得到內蒙草原上的牛羊的哞咩，聽得到少小時在鄉村聽過的嬰兒的哭啼和狗吠、大媽的呵喊；也聽得到北美高速公路上雨打車窗的聲響，阿爾卑斯山脈中牛群的牧鈴，南美高原上印第安人的風笛。

十幾年後的夏天，一個從國內來的女孩作爲禮物送了我剛出版的兩盒光碟：「草原的呼吸」，其中就有「牧歌」。帶著意外的驚喜歸家，打開光碟，放進音響，茫茫夜色裡，那四重唱女聲一瞬間將「牧歌」也將多年前初到巴黎的那個春天給我送回。我一時豁然，這世界上會有許多牧歌，這首「牧歌」也會被許多人共享，但就像我只有一個故國、我的生命只屬於我，那屬於我的牧歌卻只有一首，一時，屬於那個巴黎的春天，是一曲巴黎的牧歌。

那一夜，我睡得安詳。

感謝流亡（外一章）

流亡是一種特殊的生活狀態，它迫使人在他不願的情形下、在完全陌生的世界裡開始全新的生活。這是一種零的狀態；無論你在故國多麼令人尊崇，多麼具有權勢，多麼富有學識，在流亡的那一刻，這一切都變得毫無輕重。

生活重新開始，像兒童降生。赤裸裸。但不同的是，你卻失去了隨意啼哭的權利和母親溫暖的呵護。你已是成人。你必須在世人面前莊嚴地撐起你的軀體，在他人憐憫的關注下顯得平常泰然。你那駕馭母語嫻熟的技巧和多年積聚的詞彙忽然喪失用途，無法表達，不僅對外人，也同樣在你的同胞，甚至你最親近的人面前。

流亡的生存感受，從古至今在不同的語言中述說著，可又有哪種語言能將其完整地表達？失語，卻又不能沉默，否則你會在一種可怕的沉寂中毀滅，更何況你還有責任扮演信息的傳遞者，爲那些暫時不能述說或永遠不能述說的人們。你必須正常地生活，但生活從根本上卻是不正常的。流亡讓流亡者生出許多過去無法想像的幻覺，卻也讓你必須老老實實地正視以往所從來沒有留心過的繁瑣雜事。生活重新定義，在一瞬間和漫長的等待中，在無法掙脫的過去和未來間。

然而，流亡也給人補償。在失語中你感到語言的重要與局限，可能因此而純淨了你的語言，正如貝多芬失聰中創造了不朽的樂章。爲了表達，你不能不去征服新的語言天地；爲了生存，你重新學習生存。在陌生人中，你習慣了隔膜也習慣了交流。遠離他國烽火瀰漫的戰場，你不再感到漠然，從那流離婦孺的淚眼中，你從此感到切膚的哀傷。失去了祖國，得到了世界。世界在流亡者的眼中無限地伸展開去；同時，世界也由此變小，所有的人都成了你的近鄰和兄弟。歷史不再虛渺，傳統也不再空泛，你靠著傳統在歷史中生活。學會耐心，學會堅強，學會敬畏，學會寬諒。友誼和愛都是如此實在，像水和食物；希望和夢想是那樣眞切，如萬里如一的藍天。你不會再爲虛假的口號所幻惑，不會再輕易地迷狂。在所有細小的考驗中去重新確認你爲人的理想。不流亡，你又如何能得到這一切？爲此，應感謝流亡？

爲在失去一切後得到的一切，爲深沉了的痛苦和歡樂帶來的生命之光——感謝流亡！

感謝流亡，就是超越流亡；爲了超越流亡，我感謝流亡。

二〇〇四年十月於巴黎郊外

醉鬼的流亡

廖亦武

廖亦武，又名老威，一九五八年生於四川鹽亭，詩人、作家、民間藝人、獨立中文作家筆會理事、大陸地下文學雜誌的編輯與出版者。「六四」凌晨製作長詩《大屠殺》磁帶，一九九〇年拍攝電影《安魂》，旋即入獄四年。有《中國底層訪談錄》、《中國冤案錄》、《活下去》等著作及大量的詩歌、隨筆。曾兩度獲美國赫爾曼・哈米特寫作獎；二〇〇二年獲《傾向》文學獎。其《底層》、《冤案》、《證詞》已經或正在譯成法英義荷等文字。著作在大陸被禁，數度被抄家逮捕。曾居無定所，流浪賣藝，其即興的簫法和嘯法，在江湖上堪稱一絕。

1

我坐在位於頂樓的棲身處。在書架下面，我拎著小半瓶酒，邊喝，邊吹一段簫，彷彿這是個將要倒閉的酒館。頭上豎著我姊姊和爸爸的照片，他們於一九八八年五月二十四日和二〇〇二年十月七日先後死去。接著，宋玉走了，而十年前，我出獄不久，阿霞走了。這怎麼回事呢?逝者留下來，而活人都走了。

我遲早會撞進照片，與姊和爸待一塊。人生，家，吹一段簫就完了。

我拉開背包，習慣性地把髒衣服、皺稿紙、錄音機、書和藥，還有一包壓碎的方便麵倒地上，站起來，在酒和頸椎病造成的汪汪耳鳴中晃蕩著，我抬膝蓋頂開臥室門，一頭扎上床。太倦了，這床對於一個在外面野了大半年的兩腳獸來說，太寬了。每一對新婚夫妻都這樣，做床的時候，唯恐不夠寬；當某一天人去樓空，連床頭都蒙一層薄灰之際，你才知道，人僅僅需要一塊棺材那麼狹長的板。路也如此，看著很寬，其實能蓋上腳印的也就棺材那麼狹長的一條。

就這樣昏睡，就這樣在半夜餓醒。我爬起來，把壓碎的方便麵乾吃下去，然後擰開龍頭放鏞水。我等著，直到嘩嘩水流中響起宋玉鈴鐺一般透的笑聲。我又煩又辛酸，二十年前寫過的詩句驀然蹦出腦海：

你臨死還保持著醉鬼的模樣，
但你的心底乞求著饒恕。
我愛你，就因爲你表裡不一……

剩下的忘了。也許再過十年，當我記起宋玉的時候，也會同這詩句一樣，殘缺不全。「警察敲門了。」她總是這麼開玩笑；而在一個隆冬的凌晨，我和她正相擁著蜷在被窩裡，警察就眞敲門了。足足五分鐘，還伴有淒厲的電話鈴響。

必須赤條條地起來，穿衣服，然後在墨一樣濃的夜色裡跟他們走。已經多少次了？周圍的陌生人都豎著領口，像西方的二戰電影，我夾在中間走向一輛地堡一般的小轎車。天邊還閃著星星，路燈下，我似乎在銀河裡夢遊，褲腿劃動叮叮噹噹的風——這一場景，也可以切換成劉曉波或王力雄，杜導斌或歐陽懿，一九五七年的劉賓雁或一九五五年的胡風。兩千多年前的周朝就有逮捕吧？地老天荒的堯舜時代就興政治罪吧？

一九九六，劉曉波被判勞教三年。我在《證詞》裡寫道：

今天上午，忠忠終於找到劉霞，一道從北京打來電話，劉霞在電話那邊從頭哭到尾，只有一句「他們不讓我見」。我說不出半句像樣的安慰話。

一個人就這樣沒了，相隔多年，他又奇蹟般出現。這樣的輪迴到底有多少次？面對一場場生命的劫數，我再也寫不出詩來，或許，我沒從任何人的詩中，讀出此刻宿命的恐懼。曉波精力充沛地反抗這種恐懼，他將自己融入眾多歷史事件，他名聲大，朋友多，嗅覺靈敏，本可以逃走，但他沒有。他已坐了兩次牢，這次也許要去黑龍江，隔一條河就是前蘇聯遠東地區，有點十二月黨人的味。

我們已脆弱得經不起重逢。曉波不久前偷了我視爲珍寶的《哈維爾文集》，他從北京打長途電話來氣我，說他正在拜讀〈無權勢者的權力〉，這個標題卻成了目前他本人的寫照。他笑得挺流氓，像住在我隔壁的失腳少年，眞想趕過去揍他。但願這種報復的念頭一直持續到三年，三個月或三天之後，那樣會少一些重逢的滄桑感。

上帝保佑這一稿不落在安全機關手裡。多事之秋，寫作就是製造罪證。

畢竟不是在毛時代。大多數人還能回來。我回來一次出一次門，在世上的圈子越兜越大。老婆沒了，男人的家就綁在腿上。

2

姊姊死的那年，我曾送她上火車，站內水泄不通。檢票時，她從我肩上拽過包，還兩手各牽一孩子；她喊了聲「二毛，我去了。」就永遠湮滅在人潮中。十二年後，我陪護患了絕症的爸爸，最初，還能勉強說話，爸爸就在一個接一個不眠之夜裡，微微呻吟著，提起江西鄱陽湖畔。抗戰時他曾流亡到那兒，後來與媽媽和外婆相遇，彼此認了老鄉。

他一再說要故地重遊，不料一撒手就成永恆的遺憾。午夜過了，我為他抹下眼皮，並伸手進嘴，頂牢他的假牙。我、妹妹和哥哥跟在收屍人的左右送他下醫院電梯。去太平間的路要走十分鐘，秋月如勾，地面的樹影和人影都搖曳著。不知為什麼，我又想起逮捕。爸爸的靈魂從手推車上坐起來，忽前忽後地飄，他的腰眼卻插著一支烏黑的槍管。

六四屠城當夜，我在《大屠殺》裡哀叫：「漢人已經沒有家了！」一語成咒，我在這塊大地上當眞沒有家了。我已經結過兩次婚，宋玉和阿霞，都是天底下最好的女人，但是我留不住。我一次次重建家園，卻一次次面對殘垣斷壁。我這條狗，被攆出家門，把簫吹得跟狗吠一般。我在地上奔，爸和姊，你們卻在天上走，像風，忽急忽緩，若有若無。

心跳如鼓點，我吟道：

你臨死還保持著醉鬼的模樣，

但你的心底乞求著饒恕。
我愛你，就因爲你表裡不一……

3

還是殘缺不全。應該把這被狗啃過的詩句，題獻給流亡了十年以上的劉賓雁、鄭義和黃河清，可不知他們喝酒是否有節制？劉賓雁是我們父子兩代的偶像，他的〈人妖之間〉和〈第二種忠誠〉，就是爸爸讀後，命令兒子一定要讀的。一九八四還是一九八五？記憶已經含混了。大約是夏秋之交，劉賓雁來成都，在市人民文化宮禮堂演講。崇拜者如排山倒海，待我趕去，窗戶上、樹杈上都爬滿了人。我仗著年輕力壯，從十米開外的人牆朝裡硬鑽，好不容易攏門口，卻見五、六個「紅袖章」把守。我被攔住要票，我說沒票，於是就吵嚷起來。禮堂內起了兩次掌聲，連窗戶上的人都喝起彩來，我急了，就罵道：「劉賓雁又不是你們家的，老子看一眼又咋個？」不料話音未落，就被一掌拍出兩米遠。

群眾一起鬨，我竟惱羞成怒，從地下尋了塊板磚，嗷地一聲撞了過去。剛要橫著把磚砸出，卻叫出門透氣的右派詩人孫靜軒瞅見，急忙大吼：「小廖，你幹啥?!」

我悻悻地垂下手臂，氣喘得呼哧呼哧。孫靜軒過來拿下磚頭，輕聲說了句「像我年輕的時候」，就牽起我對「紅袖章」說：「這是現代派詩人廖亦武，讓他進去吧。」

「紅袖章」們恭敬地讓開道，我趾高氣揚地跟著老頭子入場。禮堂內不僅座無虛席，連過道都肩靠肩地站滿了人。我一頭髒汗，被那種肅穆的氣氛所鎮懾，就只好站在後排，從腦袋縫裡欣賞了一下我的偶像。

原以爲他是一頭雄獅，會時時發出令貪官污吏顫慄的吼叫，不料他坐在講桌後，慢條斯理地講話，笑得挺慈祥。那天的演講內容我已淡忘，只依稀記得他說「官司幾年都打不完」，還有「說眞話的病，二十二年右派生涯都沒治得好，看來是遺傳，我父親就不會來事。」

我遠遠地望著這個被老百姓稱作「劉青天」的作家，眼珠子都瞪疼了──這是命，幾年後，他不得不離開祖國流亡去了。

二〇〇二年，劉賓雁和鄭義爲我和王力雄頒獎，康正果把整個過程拍攝了寄回。我看一遍，再拿去與孫靜軒一道看。我想的是流亡者不會老去，而老頭子說：「劉賓雁還不知道你的板磚故事呢。」

大約一年後，孫靜軒因肺癌逝世。他七十出頭，代表作是《一個幽靈在中國大地上遊蕩》和《告別二十世紀》。

4

你臨死還保持著醉鬼的模樣，
但你的心底乞求著饒恕。
我愛你，就因爲你表裡不一……

孫靜軒從不喝酒，但菸抽得厲害，他經常把著我的手看掌紋，把我的命說成是他的遺傳。劉賓雁喝酒嗎？在流亡途中的八十歲的老頭會借酒澆愁嗎？我在雲南麗江曾碰見一個八十歲的美國老頭，戴一頂清朝的花翎官帽，每晚坐在小橋流水邊，一瓶接一瓶灌啤酒。他孤零零的，一句中國話也不會。有一次，我通過翻譯了解到，他是二戰老兵，雖然在異國他鄉濫酒，卻不忘國是，天天罵小布希。

我曾領著這洋老頭去火塘。中心是木炭火坑，四周黑咕隆咚坐了一圈遊客。我邊吹簫，邊跺腳。所謂吹，就是噗噗吐氣，直到竹管受不了，就呵呵長嘯開來。火塘主人李澤洪，一個黑臉厚嘴皮的貴州人，自稱是黃翔的學生，以馬蹄般激烈的吉他聲與我應和。我們的靈魂在火舌上擊掌、交談。他那雙手啊，戴著火的金戒指，撲閃撲閃的。我滿鼻孔酒氣，與洋老頭乾杯，與剛進來的以色列人乾杯。這個以色列人接過老李的吉他，先正彈，後又枕在腦後反彈。他唱了一支希伯來語的古歌，隨行的中國女孩蹩腳地翻譯說，這歌在奧斯維辛集中營流傳過。意思是「雖然我們會死去，但是我們還會活下去」。

大夥都懂了，知道一批批猶太人就是唱著這支古歌，像被剝得赤條條的游牧者，宿命地走向毒氣室。於是大夥也跟著哼，先很彆扭，只有一兩人敢出聲，稍後，膽就大了。曲調一遍又一遍反復，終於，在場的人都加入了。簫和吉他糾纏著，精靈一般在哼唱中穿行。那個夜晚，天南海北的人都唱這歌，流著淚，各想各的心事。走調或不走調都動人。雖然當太陽昇起，我們就會回到世俗裡，各走各的路。誰能再分辨出那些曾醉歪過的臉？

這世界是個大客棧，我們每個人都是旅客，你在家裡坐著，其實也是在路上走。告訴我，八十歲的劉賓雁，六十出頭的黃翔，五十多歲的鄭義、康正果和黃河清，你們今晚喝酒了嗎？我就兩杯啤酒的量，但我算敢喝敢顛，經常是不喝頭腦也不清醒——但願大家別活得太清醒。

流亡者永遠不需要清醒。

5

請問流亡者，你爲什麼歸來？
情敵已老，看門狗目光呆滯
你疲憊的琴聲對誰傾訴？
是什麼東西使你充滿憐憫？
請問周遊世界的過客
是誰的爪子將你一點點掏空？
……

二〇〇四年九月寄自成都

紅刨子

鄭義

鄭義，一九四七年生於四川重慶。一九六六年夏北京高中畢業後到山西做了十年農民、工人。一九七四年開始地下寫作，歷任《晉中文藝》編輯、《黃河》副主編。因參與八九民運遭全國通緝，逃亡近三年足跡遍布半個中國，在友人掩護下完成兩部著作近百萬字。一九九二年春和妻子北明一起攜手稿乘木船偷渡香港，後輾轉到美國。一九九四年參加普林斯頓大學「中國學社」研究寫作計畫。現居華盛頓D.C.。主要作品有《楓》、《遠村》、《老井》、《歷史的一部分》、《紅色紀念碑》、《神樹》、《自由鳥》、《中國之毀滅》等。

1

我的命運有點坎坷，而且很奇怪：總與紅刨子交相纏繞。

木匠最珍愛的工具，我以爲是刨子。也有人叫推刨，就是那種能夠把木料加工得平直光潔的工具。一刨子推過去，能刨出透明捲曲的刨花，不過頭髮絲兒厚薄。按照不同的用途，刨子分平刨、裁口刨、歪嘴刨、花邊刨、槽刨、內圓刨、外圓刨、弧線刨等等。其中最常用最簡單的是平刨，也要細分好幾類。一般外行人概念中的那種刨子叫二虎頭、二刨子，是用來粗刮木料的，不長不短的模樣。用來拼接木板的叫對縫刨，也叫大刨子，最長。把木活兒最後細加工一遍的，叫淨刨，也叫小刨子，最短，不足一扎。刨刃學問不大，那是鐵匠的事情。作木匠的，就知道世上刨刃數日本美國的最好，國貨則是山東濰坊的「金馬」、「金兔」。刨床的學問就大了，幾句話講不清。頭一樁，刨料要上等硬木，還要紋理通順，無疤不裂，這就不好找。起碼是硬雜木，譬如柞木棗木色木水曲柳什麼的。槐木也很硬，但絕少做刨料。右邊是個「鬼」字，手藝人忌諱。最高級的是紅木，花梨木紫檀木等等，早就絕了種，只剩下「聽說」了。木匠最講究的，就是這一大套刨子。而最疼愛的總掛嘴邊上的，也就是那麼一兩把。自然是做工精細，造型優秀，木質絕佳。

回憶起來，我最珍貴的兩把刨子，是青年時代闖關東時候的。插隊之初，在給友人的信中妄論時政，被警察抄了個準兒，只好匆匆逃亡。再是鐵桶江山，也要在失去自由之前眞正闖蕩一番！初至呼倫貝爾草原時，身分是「盲流」（盲目流竄）木匠。在阿榮旗首府那吉屯大街上晃蕩著攬活兒，手上拎的就是兩把名貴的紅木刨子。一把紫檀，一把是花梨。花梨木也算紫檀，那就是兩把紫檀。不敢說山海關外，至少在整個呼倫貝爾草原上，獨一無二。在中國，紫檀早就絕了種滅了跡。據老工匠說，老祖宗使紫檀總有兩千來年了。到了明代，朱皇帝的後人有了紫檀癮，沒有幾斧子就砍了個精光。紫檀長得過於慢，非千年不能成材。皇帝家能等嗎？就派三保太監鄭和下西洋，去南洋採辦。三、四百年過去，把南洋地面也砍了個精光。聽說後來從東南亞有少量進口，也不是拿尺量而是論斤秤。如今的工匠們，除了極少流散到民間的古舊家具，誰親眼見過一塊紫檀呀！我那兩把紫檀刨，是用「紅八月」殺人抄家時搗毀的老家具殘骸做的。兩條八仙桌腿兒，拿鰾膠一黏，正好夠塊刨料。我和流浪的夥伴兒背上全套工具，卻將兩把紅光閃爍的刨子拎在手上招搖過市——紅刨子！任何人，尤其是尋工的主家和盲流木匠，只要目光掃過來，就會黏住，然後發直發傻：紅刨子！花梨木是正紅，紫檀木是紫紅，我永遠記得三十幾年前年輕的太陽下那神奇的紅光！人們先是拿過紅刨子，驚嘆不已，進而發現是拼接而成，嚴絲合縫，更讚不絕口……活計往往就這樣談妥了。

「盲流」木匠就這麼一家接一家幹起來了。拎起紅刨子，捲起破狗皮，揣著本老費爾巴哈的哲學著作選，從呼倫貝爾草原流浪到嫩江流浪到大興安嶺森林……那一段生活，凝結成我最初的文學寫作——流浪手記《三行》（阿榮行、興安行、海山行）。回首往事，總有些浪漫色彩。在當下，還是有一些青春血淚的。後來招工進了「單位」，成了拿工資的正兒八經「木工」，在全木工廠全工區，那兩把紅刨子也是一「鎮」。木匠最講究的就是刨子。從做工上一眼就看出你的成色。我後來做過許多刨子，有色木（楓木），杏木，棗木，最多的是柞木（橡木）。不知爲何，我喜歡紅刨子。但紅木頭很少。棗木是紅色的，有的老棗樹心材接近正紅。但棗木性子大，你很難找到一塊沒有裂紋的刨料。照老木匠的說法，又是兩頭貼紙，又是埋在馬糞堆裡悶一年，又是浸泡機油，反正我沒整治出一塊不崩裂紋的棗木刨料。香椿樹木質呈肉紅色，很漂亮，但木質稍軟。（臭椿樹倒是有點硬，還耐磨，但顏色發白。）比較現實的也就是紅柞木了，木質堅硬耐磨，上等紅柞略帶暗紅色。說起來是這樣，等你認認眞眞要踅摸一塊刨料了，紅柞又變成了依稀的傳說。我從舊貨攤上買得一把又鏽又髒的小拉刨，倒眞是紅柞的，刨刃很鋒利。最老的八級工劉師傅認得，說那是日本拉刨。當了幾年正經木工，打了那麼多門窗家具，支了那麼多模板，蓋了那麼多樓，到了兒也沒遂一樁小小心願：做一把紅刨子。

2

文革內亂結束，恢復了高考。我擇去渾身木頭渣兒，又去接續那中斷十年的學業。在全建築工區，我算是戴眼鏡的秀才，整日價不是讀書就是趴炕沿兒上亂寫。於是眾師傅師兄弟聚一起喝了些酒，說了些祝福的話，送了一枝有漂亮包裝盒子的金筆。過幾年，寫來寫去的就成了作家。當然用的不是那枝筆，捨不得，如今也不知道失落到哪兒去了。這一輩子，嗨，怎麼總是逃來逃去的。

當了作家主編什麼的，心想大約永也圓不了紅刨子之夢了。但全套工具都保留著，還有幾段乾透了的柞木色木刨料。在太原南華門東四條作家樓地下室裡，剛剛支起木工案子，掛好燈，想做的幾件家具尚未開工，一九八九年春天就到了。那點蕩春風喚醒了所有中國人心靈深處對自由的渴望。我和妻是有些忘情了，如燈蛾撲火，勢無反顧。對於我們中國人，那日子千載難逢！我早料到有大悲劇，不想竟流了那麼多血。耶穌說要寬容。那境界太高，我做不到。我懷著深仇大恨，越太行，渡黃河，再次走上逃亡之路。在遙遠的地方，剛安頓下來，就傳來妻被捕的消息。抓不到我抓老婆！我永遠記得那種血在脈管裡燒灼的感覺。後來才知道妻並非受我連累，那隻美麗的蛾子自己撲得離火焰太近。有「地下通道」向我打開。而我已決定長久等待，不忍離去。海枯石爛，我要就近守候著她的苦難。

危難之機，生命多有奇蹟。我喚醒靈魂中另一半——二十年前那個年輕的「盲流」木匠，在一個油菜花盛開的季節，拎著臨時收羅來的一鋸一刨，走進西部中國一貧窮美麗小村。這一次不能再走呼倫貝爾大興安嶺，我猜想那草甸和林莽間有密布的羅網。在一條小河邊的農家小院裡，找到第一位主家。說家鄉發大水，席捲了房子豬羊全部家當，就剩這了——我木木地咧嘴一笑，手上拎著一鋸一刨。工錢當然是「看著給」，交換條件是這流浪木匠先得給自己打造幾件兵器。主家的院牆上，斜倚得十來棵盜伐的小樹。有一棵是樺樹，紅梢子，看上去是紅樺，也算珍稀樹種。鋸下幾節，好歹做成了一套最基本的刨子。紅樺木質棕偏微紅，硬度不夠，勉強用吧。不幾日，斧、鑿、鋸、刨全套工具齊備。於是，在堆積如山的刨花鋸末清香中，一個逃荒木匠的身分頓時被村人確認。在《歷史的一部分》裡，我寫道：……無休無止地鋸、鑿、砍、刨，木匠活兒很單調。在這些單調的往返重複動作中，我心裡只哼唱著一首無曲無韻的歌：

遙遠的雪山解凍了
金娃們去追尋那閃亮的黃金了
油菜花開了
蜜蜂們來採集金色的芳香了
而我、而我、而我
我把我忠誠的尕妹子遺失了……

每拉一鋸，每推一刨，我都在心中反復哀嘆。金子是值錢的，花蜜是香甜的，我的尕妹子是秀外慧中舉世無雙的。而我啊、而我啊、而我啊……推過去一句，拉回來一句，就這麼唸叨下去唸叨下去。不過是一念之差，竟成了說不盡的悔恨！本來，妻是要一起走的。我考慮夫妻同行易敗露，就說等找好地方再通知你，心想一時還抓不到她頭上。卻不料，就在她已經買好車票，準備動身來尋我那凌晨，二十來個警察五、六輛警車將她擄去。

……日子一天天過去，手再次磨出厚繭，老傷漸又復發。兩家幹下來，身分和手藝便如同夯進地裡的木樁一樣牢實可靠了。在頭一家蓋得是一床千疤萬補的爛棉被，金娃上喀喇崑崙山淘金用的，實在是一件與我身分相符的好道具。便要下來，頂了幾個工錢，雙方都滿意。後來，我捲著這爛被子，挑著用醋、尿、土、油做舊了的工具，行遍半個中國。不止一次，蜷縮在地上打盹，巡警吆喝我都先用腳尖踢：「嗨老木匠，擋道兒呢你！」這時我就明白：夯進地裡的那木樁子發芽長葉兒了！後來，有人說我偽裝得好，到底是社會經驗豐富。其實呢，當作家之前，我就是一個流浪木匠、鄉村木匠，後來混成了「單位」木匠，最後才混成了小說家。當然啦，小說家注重研究人物身分性格，這倒也是逃亡用得著的本事。

3

……最緊張的日子熬過去了。

最初匿居的那座城市，大搜捕已經變成武裝巡邏。全副武裝的士兵們挎著小巧的新式衝鋒槍在鬧市巡邏，目光陰冷卻殺氣已消滅。朋友來接我回去，說，別忘了你還是個作家。就背上我的那些寶貝和破爛回到城市，拿起筆，匆匆記下那剛剛被老人們殘忍剿滅的和平起義。那些血與淚，如此鮮活，宛若一棵剛伐倒的樹，砰然倒地，噴射出斷枝亂葉，樹液汩汩流出。文不加點，走筆如飛。一個月，三十餘萬字的回憶錄完成。最後，翻到手稿前預留的空白頁，寫上書名：《歷史的一部分》，副題為「無法投寄的十一封信」。再寫上「作者題記」：「因為我們曾眞誠地投身歷史，於是，我們的生活便成了歷史的一部分。」最後寫上扉頁獻辭：「獻給我鐵窗中的親愛的妻子／獻給我多災多難的同時代人」。

時在一九八九年初冬。

託友人收藏起寫在兩個大三十二開硬皮本上的手稿，換上破衣爛衫，登上磨透底的布鞋，扛起工具，混到一個最安全的所在繼續修理木頭。俗話說，燈是影下黑。我的新「主家」是一個軍隊的高級招待所，警察大約是難得去抓通緝犯的。活兒不重，門窗地板家具沙發壞了修修，修繕科沒人來叫就歇著，竟是個養老的去處。

木工房是一座破樓。院子裡堆滿破爛家具門窗。忽一日從廢料堆踢出一節油污的小方子，好沉的木頭！不由得心中一喜，一斧頭砍出新茬兒，在陽光下一抹金紅。是柚木？我似乎嗅出某種柚木的酸味兒，趕緊抱回木工房刮出一面細加考證。木質均勻，紋理通暢，手感潤澤而有油性……柚木！我懷疑撞上了名貴的南洋柚木！破棉襖一扔，渾身大汗地清理了廢料場，如守財奴滿地找金子。嘿，老張師傅，帶警衛排的副連長不知何時踱進院子，滿眼狐疑：嘿老張師傅，踅摸什麼好料呢？我低著頭罵一句，踅摸你的蛋子兒哩！當兵的都從工地偷木料，求我打家具。我不能有好脾氣，我得進入角色。這部新作裡，我不僅是個流浪木匠，還是個倔脾氣。等他一走，趕緊三鋸兩鋸把柚木截短，扔到床下。待夜深人靜，再一刨子一刨子刮出來，按尺寸刮成刨床料。摸了又摸，看了又看，壓在枕下，激動得睡不好覺。發財了！一跟頭摔到元寶堆上了！柚木色澤華美，但木質硬度稍差。好在這些柚木並非出自一樹，就挑揀了幾塊色重質硬的，精心做出一套刨子。剩下的，又做了幾副鋸拐，還做了個墨斗和劃線的「線勒子」。一整套漂亮的紅工具，看來看去，再也捨不得「做舊」了。我明白我正在冒風險：這一套嶄新的紅刨子紅鋸太扎眼，不符合一個鄉村木匠的身分。鄉下人實在，合用第一，寧選硬度大的柞木或崩了口子的棗木，不會用華美動人的柚木。而我，我知道我是得了病，某種關於紅刨子的相思病。我下不了手，無法用種種污穢與創痕來褻瀆紅刨子，使它變得醜陋殘損陳舊。隨它去吧，就不信撞上的警察都是木匠出身！

狡兔三窟。狡狼呢——叫一處不可久留。在這裡養足了精神，就挑上擔子，遠遁他鄉。刮了根絕好的細扁擔，一頭是紅刨子之類傢伙事兒，一頭是金娃的爛鋪蓋捲。顫悠悠的，甩開步子走了小半個中國。小明出獄沒有？我往東走，一站一站去尋問老友。那一日終於抵達大海，前面就是浩瀚的太平洋。

那自由無邊的波濤浸沒了我赤腳，打濕汗漬斑斑的褲管。

4

我終於抵達奴役與自由的分界點，眼前幻化出一艘海風滿帆的紅帆船……

——爲什麼是……紅帆船？

我見過紅帆船，無聲地，傾斜著滑過寶藍色的加勒比海……

我曾向妻許願，說等古巴自由了，我一定陪她去看那個美麗島國，透明空氣中瀰漫著醉人的熱帶花香，俏麗的西班牙式紅瓦頂下傳來藍色而憂鬱的吉他聲，純白的沙灘，還有那自由浪漫的紅帆船……

……

我的眼前沒有紅帆船。

《歷史的一部分》手稿中有一「自序」，後來在香港出版時刪去了。……「我的銷聲匿跡引來種種傳言。最廣泛而言之鑿鑿的是在中緬邊境一條河流裡發現了我的屍體。也許，這是一個關於我的預言，這是命運的暗示：我生於斯且將死於斯。我是這塊土地的兒子。」

承托著我雙足的，是我親愛的祖國，是我熟悉得不能再熟悉的土地……

最後回望一眼那鋼灰色的大海，掉頭西去。

挑上你的木匠擔子，接著走吧。哪兒有紅帆船？你只有沉甸甸的紅刨子！

5

逃亡的日子有點艱難。逃亡的日子不太浪漫。

在我一縷又一縷的刨花聲中，妻出獄了，她歷盡風險，甩掉跟蹤的鷹犬，和我會合。然後，我們一起逃亡，一起寫作……那是些很長的故事，如牽牛花一般自我纏繞，結局是攜了三部書稿流亡異國他鄉。一九九二年春末的一個清晨，如情似夢的細雨，潤濕了目力所及的景色。那是一條木船一條漁船，我盤坐在船尾抽菸。左舷是大海，右舷是一抹灰藍的嶺南山巒。就這樣，就這樣無語地和祖國告別了。

……然後，再拎著聯合國難民公署的塑料口袋，來到美國。在紐約甘迺迪國際機場，普林斯頓的朋友們都來了，有劉賓雁、蘇煒、張郎郎、孔捷生、蘇曉康……熙攘嘈雜的機場大廳裡，在那個由劉賓雁主持的臨時記者會上，記得我還說了句玩笑。多年之後，才醒悟到那仍然過於浪漫。此一去也許便是永別，怕是無法實現「生於斯且將死於斯」的心願了。我只能在遙遠的夢中，和我親愛的河山，和我被奴役被搶掠被欺凌的人民同聲哭泣。我常常在夢中哭醒，叫妻黯然神傷。我常常地常常地夢見嘉陵江、長江和黃河，還有我插隊的太行山小村。天哪，都是些彩色的夢！眞是叫人痛哭。記得有一次夢見藍色的嘉陵江，從兒時飛紙鷂的山坡望下去，那藍色太不眞實……我走進那藍色透明的河水，水裡竟游動著無數紅色的金魚……那絕色之美如利刃切入心腹！我哭泣道，怎麼會這麼藍呢，怎麼會這麼藍呢？……神，你不能這樣對我，你不能這樣對我……

那種掩面之哭，你終其一生，是不會有很多次的。

你不要爲你的淚水羞愧。那位壯懷激烈，留下千古絕唱的文天祥，不是也在他夢境中哭泣嗎？「昨夜分明夢到家，飄搖依舊客天涯。故園門掩東風老，無限杜鵑啼落花。」銅雀春情，金人秋淚，此恨憑誰雪？

6

流亡的日子有點艱難。流亡的日子並不浪漫。

我是一棵被移動的大樹。

黃土高原土地貧瘠，但我的根扎得夠深。卻不料根越深，越經不起移。我們與年輕人不同，既無年齡優勢，亦無外語和學業的多年準備。我們甚至不如目標堅定的「難民」和「非法移民」。我們是誰？我們是流亡者，是政治難民。我們不能打算去哪兒，要求去哪兒，也不知道將會「分配」去哪兒。——去年秋，日本筆會邀我去訪問。在東京銀座的日本記者俱樂部，我和大江先生有一場公開對談。談著談著，就鬧了笑話——我說，我們就像坐在一架去向不明的飛機上，飛著飛著，忽然有人過來說：到地方了，跳吧。我們就背上降落傘，打開艙門往下跳。落到地上一問，才曉得這是到了美國……不料同聲翻譯沒聽明白這僅僅是一個比喻，於是，翌日清晨，就開始有人打電話來表示十二萬分敬佩：鄭義先生和夫人竟然會跳傘！弄不明白的是，民航飛機如何要讓旅客用降落傘跳下來？那位在北京地面兒混得很熟的女作家茅野也大感疑惑，親自來問，天眞地小心翼翼地。天哪，你可以想像日本人的那種認眞的納悶。

我越來越像一棵被挪動的大樹。

樹挪死，人挪活。不願被挪死，就要去琢磨如何接茬兒往下活。六四之後，普林斯頓老校友約翰・艾理略先生默默走進校長室，爲中國流亡者捐出一百萬美元。其後，又有余英時教授接續籌措。我到普林斯頓時，流亡者們的研究寫作團體「中國學社」已經是尾聲了。在海外，除了像香港專欄作家那種昏天黑地的寫法，靠稿費是很難活命的。妻帶著咿呀學語的小女兒，打點工，教點兒中文什麼的。我呢，寫完沒人理睬的《神樹》，鬼使神差的又幹了幹老本行——木匠。

7

自普林斯頓向西，越過美國革命史上著名的德拉瓦河，漸漸進入賓夕發尼亞丘陵地帶。如果走小路，爬坡過河，就會穿越一片片放牧著牛馬養種著小麥玉米的農場。不搖下車窗，也有牛糞和野花的清香侵入。在一面綠樹蔥蘢的山坡上，有一座美如童話的「花園洋房」。坡度陡峻的尖屋頂，裸露的木結構，暖色石塊砌成的虎皮牆，大方古樸而堂皇。主人兼設計者建造者是我的朋友李錦，在江西鄉村當「知青」時學成的木匠。這該是他自己動手蓋的第六、七座房了吧？太太有份不錯的工作，挪不動。這裡風景如畫經濟卻不算紅火，先生的工作就沒了著落。慢慢忘了洋文憑，記起自己是土木匠，就找根鉛筆畫了座小樓，立面圖、平面圖、剖面圖，拿到社區管理部門去申請自己蓋房。菸都沒抽一根，批准。接下來買了塊地，一個人，從挖地基開始，一年，一座四室三廳三浴室兩車庫的小洋樓勝利竣工。由此爲發端，創造出一套僅屬於他個人的生活方式：悠著勁蓋新房修舊房，也幫著太太默默做些爲中國盡心盡力的事。那一雙繭子套繭子的手，摸著就會記起自己的錛鑿斧鋸刨。一南方木匠一北方木匠，一見如故，成了好朋友。用過去闖蕩江湖常掛嘴邊的話說，這就叫「人不親地親，地不親手藝親」。八、九年前，他開始蓋第二座房。我和一位幹裝修的弟兄搭了把手，想思謀一番出路，捎帶著也過過蓋房癮。三個人立一幢小洋樓，從地基開始——不算做地基，不算預製人字屋架——到封頂封牆，攏共七天。燃起一支香菸，坐泥地上望那憑空捏造出來的一座新房，那眞是一種美好的感覺。

買不起地蓋不起房，裝修舊房總可以了吧？

在瀕臨大西洋的美東，在普林斯頓—費城—華盛頓一線，我們三個中學時代的老同學撞到了一起。文革同一派（被老紅衛兵往死整那一派），插隊同一縣（山西太谷），三十年交情了，現在又都湊在了美國東岸。老哥兒仨瞅準了裝修舊房的買賣，借了幾萬塊錢，在馬里蘭買了套銀行拍賣的舊房，出大力流大汗苦幹一番，把那房修繕得煥然一新。心想別的比不上洋人，論賣苦力吧還怎麼著！怎麼著也不怎麼著，就是運氣不太好：在市場上放了一兩年脫不了手，僵在那兒了。本來該掙下的那點微利，就變成房地產稅什麼的交給了國稅局。太太們倒還瀟灑，說玩個遊戲還得花錢買門票呢，就算是讓老哥兒仨玩了一回！不還拍了部《哥兒仨修房記》嗎？瞅瞅，連拍電視的癮都過了吧！對於我，是玩了回斧鑿鋸刨，門窗樓梯陽台，所有木頭都過手一遍。現如今幹活兒，電鋸電刨電打磨，少有需要手工刨時候。但偶爾也會隱隱地在心裡痛：我的紅刨子！我把我患難與共的紅刨子遺失在海那邊了。

8

有道是山不轉水轉。眞是一句講到家了的話。房子賣不出去，妻卻在華盛頓得了個固定職位。就花言巧語動員說咱自家把這房買下：也別嫌上班遠，離城近的地方，咱買得起嗎？再說了，借朋友的錢就不還啦？哥兒幾個裡咱還數老大哩……總而言之，三十年貸款，好歹是買下來了。把撿來的破舊家具從普林斯頓搬過來，又是一段長治久安。

幾年工夫，廢了假日週末，寫了本關於中國生態環境的大書：《中國之毀滅》（副題「中國生態環境緊急報告」），五十萬字，磚頭厚的一部著作。稿費版稅什麼的全都加起來，一千二百美元。再拿一大半買書送人，算下來日進……幾十美分。無論是去加油站拎油槍，去中餐館涮盤子，還是站十字路口賣玫瑰花，哪怕就是去中國城血汗工廠當奴工——無論任何職業，都勝過我寫作一百倍。請打字小姐把書稿打一遍，只怕也要兩三千吧？我五十個月掙她一個月的一半，不是一百倍是多少呢？朋友們說這叫靠老婆養活，在流亡者中間，也算是一幫一黨了——老婆養黨！我說老婆養活的不是我一個，而是整整一個研究所。笑完了，中夜捫心，總是自覺有愧。妻裡裡外外忙，操勞，憂心，人也漸憔悴了。家裡有一架鋼琴，妻偶爾彈一曲，或自彈自唱。客人們聽了，嘆息說品味很高，簡直是天上人間。妻本來是學聲樂的，高材生，鋼琴雖然是趁人家搬家買來的二手貨，幾乎是白撿，但音色還算純正，聽不出價錢。剛到美國那幾年，家裡尚弦歌不斷。日子再過下去，就成了絕響。流亡者的日子，如何能是「天上人間」？流亡生活是不便描述的，說好說壞都不成。說好，有人氣不過。說壞，有人幸災樂禍。實在問起來，就只好答個「啊啊啊，就那樣吧，還算……反正……」

要不然，你又怎樣說呢？

9

說出「老婆養黨」這話的，是老友蘇煒。爲這句話，似乎還受到某友指責。其實不過是自嘲，所謂百無一用是書生。他和他敢於遠嫁流亡之地的妻子，日子也過得拮据。萬不料在他後院裡，我大發了一筆橫財，圓了我的紫檀夢。一日去他家，見後院有包工隊正在搭陽台，木色紅而紫，沉得壓手，鋸末有異香……我疑惑這是一個夢——紫檀木陽台？頓時口乾舌燥，心口發緊，悄悄拉過蘇煒說天哪天哪這是紫檀木，這就是在大陸論斤秤的如雷貫耳的紫檀木！蘇煒傻呵呵地笑，說建築商並未要高價，恐怕是想借這件活兒在附近占地盤吧？那陣兒他正在寫長篇《迷谷》，「藥引子」就是海南島上最後一棵老成精的紫檀樹。他實在是應該懂點紫檀的，至少在書上。眼前的紅木重如金石，斷面光潔，酷肖紫檀。但與我記憶中的老紫檀刨子相比，似乎，似乎還少那麼一點點……細膩潤澤？——我思忖這總是歡喜得眼花啦，就揉揉眼，圍著未完工的陽台踅了一圈，像一匹佯裝沒瞅見雞窩的狼。和蘇煒賊似的對視一下，說，怎麼樣？蘇煒也說，怎麼樣？然後一起密謀如何搜揀他們的下腳料。陽台完工，戰果計有：兩節不足一米的小方子、幾塊二英寸的短板，皆可作刨料；還有一些半英寸的薄薄的板頭，不知能派上啥用場，不能扔，反正是紫檀，看著就高興。就這樣，我建立了我的紫檀儲備，如同銀行的黃金儲備。

妻總想把這些「爛木頭」扔出去，我始而百般申辯繼而寸步不讓。幾次搬家，從普林斯頓的「勞倫斯村」到春屯的「蘭斯蕩角」再到馬里蘭的「蒙哥馬利村」，我全都拿一隻眼瞄著我的寶貝，嚴防被人趁亂扔掉。有人膽敢扔，我就膽敢悄悄撿回來，換一個不礙眼地方再藏起來。妻子問，留這些爛木頭幹什麼！我說，這不是爛木頭，是紫檀！妻子問，留這些爛紫檀幹什麼！我說，我是個木匠，我瘋了！她早知道我是個看見木頭就兩眼發直的半瘋，進了故宮羅浮宮白宮都是只看木頭，只好嘆口氣認命了。照理說，有這麼多紫檀儲備，是該漂漂亮亮做一套刨子了，惜乎有賊心而無賊膽。妻早出晚歸，養家餬口。我做家庭婦男，買菜做飯，接送孩子，兼職專業作家，已經是女耕男織，陰陽顚倒了，再拿出妻血汗錢買下的寫作時間做「成人玩具」，又於心何忍！

10

不知覺間，有的流亡者回去了。即便貓腰低頭了，我也理解。人皆有難以割捨的親情，也都有實在過不去的那一道坎兒。但我不願回去。我不是鬥士，我僅僅是不忍死難者受屈，由我的手再殺他們一刀。也不願兇手們誤會，以爲時間會洗去兩手鮮血。蒲寧曾記錄了他與小托爾斯泰的最後一面。在巴黎的一個咖啡館，那是兩位老友的一次巧遇。小托爾斯泰熱情地邀請蒲寧回國，說會受到熱烈歡迎。而且——「……你知道，比方我現在是怎樣生活的嗎？我在皇村有整整一個大莊子，我有三輛汽車……我收藏了一批連英國國王也沒有的珍貴的英國菸斗……」俄國共產革命之後，出於對赤禍的本能反感，小托爾斯泰也曾舉家流亡西歐。受了點小小煎熬，然後大徹大悟：「我們不能在無所作爲和窮困中死去」（致蒲寧信），回去寫了歌頌十月革命的三部曲《苦難的歷程》。沒寫完，就接了高爾基的班，當了蘇聯作家協會主席，還成了「蘇維埃大地上最優秀最受歡迎的作家之一」。當作家，誰不喜歡當成「最優秀最受歡迎的作家」，加上個「之一」也算。唯一的問題是：代價是什麼？人家不會白送你珍貴的英國菸斗。

不回去回不去的流亡者還很多，也都慢慢找到了自己的飯碗。有幾個開卡車出租車，有幾個當了裝修工，有的護理老人，有的打掃衛生，有的成了「房地產商人」，有的成了「農場主」，最像樣兒的是進大學去吃粉筆末兒。我卻不。我說我有幾部寫到死也寫不完的長篇小說。被迫放棄文學寫作的流亡作家多的是，少有我這種又臭又硬的茅坑石。其實我滿心羞愧，但我與神有約，如那七色彩虹是神與諾亞的盟約。他賜予我「潰瘍、飢餓、死亡、屈辱……」我還他關於這些潰瘍飢餓死亡屈辱的文字。一想起文學，我就忘記了自己不過是一介俗人。可惜生活不僅僅是文學。每當我在菜攤前比較價錢時，每當妻走進高檔服裝店又回過頭莞爾笑曰「只去看看」時，每當出遠門計算汽油費與買路錢時，每當買不起禮物而婉拒朋友邀請時，心裡都有些淡淡感傷。

覺得很累，太累。

想找一條在柴米油鹽的現實生活中走得通的路。

11

終於，一條小路隱約蜿蜒：張郎郎等老友正式建議不妨試一試房地產，那種無需資本、幾近白手起家的窮人的房地產。萬不可一說房地產，就認定那是富人的遊戲。思想解放了，幾經周折，似乎琢磨出一條具有流亡作家特色的小路：賣出現住房，買進具有擴建可能的舊房，住進去慢慢折騰。比如在一層上面加蓋二層，在車庫上加蓋閣樓，在側面或後院擴建等等。關鍵之處在於住進去幹，否則住一處修一處，兩份房屋貸款支應不起。此外，住進去幹就可以悠著幹，上午當作家下午當木匠。等於自己給自己找了份半工，砍柴不誤放羊，還沒誤了寫作。如試驗成功，便可雞生蛋蛋生雞地接連幹下去——哈哈，可真是作夢娶上媳婦啦！拿起電話向「江西木匠」請示一番，立馬動手修整舊房。一時間電鋸電刨電鑽噪音大作，鄰居們隔三差五地來看，瞧臉上的那神氣：一個「家務丈夫」嘛，轉眼就變成了熟練木匠？外牆內牆油漆一新，三十年的舊鋁合金門窗換成新式雙層玻璃門窗，衛生間更新設備重做馬賽克地面，車庫也大加修整。興奮之餘也有感傷：體力減退了，有疲憊感了，眼神也有些不濟了。多年前那個背著破狗皮浪跡天涯的年輕身影，畢竟離我越去越遠了……

公私兼顧，趁機添置了幾件工具，還對妻說電刨子不能幹細活兒，大模大樣浪掉幾個工作日，就勢圓了我那千年的紅刨子之夢。輕輕拂去薄塵，我的紫檀木發出古雅靜穆的紅光。我驚奇地發現：我這個數字記憶一向不靈的大腦，居然輕而易舉地精確地憶起刨子各部位尺寸，毫釐不爽。劃好線，輕鑿慢鏟，精雕細琢，紅木刨子一把接一把製成。中國刨子！紅木的，雙手平推的中國刨！洋工具樣樣比中國的好，唯獨這手工刨，咱們的土刨子勝過西洋刨和東洋刨！西洋手工刨，發力時一手直一手曲，基本構思不符合人體力學。而且純然是鐵件構成，重、澀，也全無星點木趣。洋刨子切削厚度由兩個方向的螺栓調控，精密得如同一部機器，「科技含量」太高，精確中透出笨拙。中國刨一個「千斤」楔子解決所有問題，大而化之卻得心應手，簡略中深含智慧。「江西木匠」李錦與我所見略同。這二年來，每次去他的豪宅赴宴，總要跟我念叨想弄一套木匠工具到賓夕發尼亞來，看來也是中了魔：「……哎呀，特別是那桶匠的坐刨，哎呀！」也難怪，做木匠做出點意思來的，不中魔不易。鑿刨子那幾日，我也是幹一幹就停下手來看一看。心裡一遍遍嘆道：哎呀呀，我的堅如金石沉穩厚重的紫檀！

刨子的把手不用紅木亦不用硬雜木，反其道而行，選用最柔軟潔白的紅松。一是對比，再則不能把紅木刨子做成紅木工藝品，美好、名貴卻仍然是工具，要大氣。在功能合理的範圍內，採用盡可能柔和的曲線，與紅木刨床的線條、色彩和重量形成對比。刨床上略加鏟削，透出一點俏皮克制的鄉土氣，再加上把手那振翅欲飛的輕靈，我的紅木刨，成了。試著推幾下，沒有雜音，沒有顫動，每一刨都輕輕吐出一片透明的直刨花。宛如一閱盡世間滄桑之老俠，劍劍沉穩，凌厲中含寬厚，瀟灑中有靜氣。

我的紅刨子，陪我流亡天涯的紅刨子，就這樣，成了。

12

前兩天，蘇煒和孟君從紅葉爛漫的新英格蘭打來電話，談了談文學、孩子，說他們也計畫換一次房，住進去再擴建。最後捎帶說了一句：我家陽台那種「紫檀木」不是紫檀，據說是一種產於南美的黑木，也算是一種紫檀吧……

怎麼叫「也算是一種紫檀」呢？用不著安慰我。放下電話就衝進車庫，拿了塊「南美黑木」仔細端詳，鬃眼細密、木紋紅紫相間，放進洗衣間的水池——入水即沉，一沉到底，毫不猶豫！不是紫檀是什麼？蘇煒有所不知，紫檀是一面網，一個謎，一筆糊塗帳，糾纏不清。什麼算紫檀？算什麼紫檀？在古家具行和學術界，那都是打不完的官司。紫檀也叫紫旃、赤檀、紅檀、紅木，還細分成花梨紫檀、雞血紫檀、金星紫檀、老紫檀、牛毛紋紫檀等等。過去說要看紫檀就得來中國，紫檀瑰寶盡聚於北京。西洋人只知紫檀名貴，卻沒見識過紫檀大料。過去說紫檀僅見於東南亞、印度和南洋群島，現在南美、非洲都出口紫檀黑檀。和紫檀有血緣關係的，還有什麼龍鳳檀、黑紫檀、血檀、綠檀、花檀、刺梅檀、海紫檀、檀香紫檀、束狀紫檀……等等等等。紫檀種種，令人如入五里霧中。

紫檀尚有一別名，叫薔薇木，令人費解。而且，一位對紫檀有研究的美國學者斷定，中國明清兩代從印度支那（越南）進口的紫檀就是薔薇木。薔薇確實有木本的，落葉喬木。紫檀是薔薇科落葉喬木，也年年開花。——那麼紫檀就是長成樹變成精的大薔薇花嗎？愛紫檀的人愛的是木頭，恐怕沒誰去探究到底開哪種花。薔薇是什麼花呢？薔薇是象徵美神維納斯的標誌花。就是那位站在貝殼上從地中海的浪沫中誕生的美神維納斯。她去密林中尋找被野豬殺死的愛人，手被荊棘刺傷，流出的血染紅了薔薇。於是，詩人和畫家便喜歡在她額頭戴上紅薔薇花冠。——那麼，紫檀花就是薔薇花嗎？這世界上有誰親眼看見過紫檀花嗎？

我明白我的「南美黑木」是一種紫檀，但不是當年在阿榮旗大街上炫耀的那種紫檀，那種色澤紫紅晶瑩，質感滑潤溫婉的極品紫檀。也就是說，我的紫檀夢未了。紫檀是木中之王，而那種極品紫檀是王中之王，不可替代。「人死了，灰飛煙滅，紫檀是不會死的。」（蘇煒：《迷谷》）

我相信，在世界的某處，還有一塊不死的極品紫檀在等著我。在她堅如鐵石的木質裡，滲透著美神維納斯殷紅的血。

在歲月的某處，也會有一棵繁花滿樹的薔薇木在等著我。美麗的維納斯從那裡路過，就會滿臉歡喜地說：呀，那是你嗎我的薔薇？怎麼會長得這麼高大……

13

我不明白我與紅刨子何以有如此緣分。

命運中總有些神祕的橄欖要慢慢回味。

寫到此，方看出一些道理：流浪—寫作—紅刨子，我的大半生就是被這三股麻絲扭成的繩索苦苦纏繞，不得掙脫。

也許紅刨子是我一生飄泊的見證。也許它是一個提醒：不要忘記那些曾與你風雪同行的微賤的人們。

也許，它還是苦難與詩意人生的象徵。

總之，你只有沉甸甸的紅刨子，沒有紅帆船——那份傾斜著，滑過寶藍色大海的優雅……

14

紅刨子有了，但那條半工半文的蜿蜒小路能否走通，尚在兩說。文學不相信決心，拍胸口沒用。文學是才具、情感、閱歷、良知、勤奮、配偶、甚至健康等等一切之總和，並有賴於機遇。因此，在終極的意義上，文學也可以理解爲命運，即神的意志。

我知道，神待我不薄，賜予我幾乎一切。心靈深處，總滿懷感恩之情。

友人來信說，大江健三郎先生在北京講演，提到我的名字時那翻譯竟張口結舌，面有難色。大江怫然作怒，曰，你不翻譯鄭義的名字，我就停止講演！我理解他的憤怒。幾年前在普林斯頓的一個中餐館大江親口對我說，他在斯德哥爾摩那個講演中曾特意提到我的名字，翻成中文在大陸出書，竟刪去了。我只好安慰他說謝謝你謝謝你沒什麼沒什麼……其實我眞是毫無怨憤。如此遼闊的一塊大陸上不能出我的書，甚至不能提及我的名字，那是一種光榮。至少眼下不興焚書了，已經是與時很俱進，我要脫帽致敬。網上常有種種聲援抗議請願活動，我總是要先表示支持，接下來說明自己的痲瘋病人身分，能否簽名，請組織者斟酌。總之是謹防傳染，不要瞎幫忙、幫倒忙。就算是洋人，躲著我走路的也不少。我理解又同情：他們還要和海那邊打交道。自然有時也忿忿不平：我到底犯了何等彌天大罪？很多人不也歸國握手言歡了嗎？曾笑談：人家偷牛（或者合夥偷牛），如今剩下咱這些老傢伙們還在這兒拔橛子！我明白，我之罪僅在於起草了如下之標語：「跪久了，站起來遛遛！」我之罪還在於不願向兇手們低頭，無論是高貴的頭還是低賤的頭，什麼頭都不低這一下。有誰替我捎個話兒，就說鄭義那狗雜種說了，千分之一秒的頭都不低！

有誰字好？求一副流亡老前輩李清照的字：生當作人傑，死亦爲鬼雄。至今思項羽，不肯過江東！

而今而後，庶幾無愧！

15

三分鐘車程，有本地小圖書館。每回陪小女兒去借書，總要蹓躂到那十幾架中文圖書前看一看。大陸台灣香港海外，名作家應有盡有，不認識的也占了半壁天下。在這英文世界，看見方塊字寫的書就親切。特別是老朋友們的新書，摸一摸書脊就算握了握手，挺高興的。去的次數多了，漸有所發現：似乎唯獨沒有我？老朋友級別的，如史鐵生、李銳、張煒、王安憶、鐵凝、張平、韓少功、賈平凹等等，都有幾本書在架上立著。名作家級別的，葉兆言、莫言、余華、蘇童等皆有六、七種甚至十來種吧。存書兩三種三、四種的中文作家，名單就拉不完了。慢慢地就想通了，至少，從購書者角度很可以體諒：採購大陸作家書時，我不是大陸作家；採購香港作家的書，我不是香港作家；雖然我有幾本書是在台灣出的，但我又不是台灣作家。移民生活又一字不著，因此，我也不是移民作家。我甚至不如下半身寫作的新秀，書架上尚有幾冊溫柔黑夜裡低翔的烏鴉和尖叫的蝴蝶……

當然，這或許是偶然。但或許不是偶然，而是關於流亡作家的一個不起眼的註腳：你不僅失去了你的土地、河流、森林，失去了那些你所珍愛的窰洞和一步一句山歌的高原，失去了你艱辛半生的歷史和聲名，你還要失去你曾擁有過的全世界最大的讀者群，直到海外那最後一個讀者。——您哪，出局了。

這真是神蹟：我修煉得並不好，卻驀然證得「無我」之境。

16

多年之後，我和妻曾一起回味過初至北美時那種純眞的快樂。那是夢幻成眞，一頭撲進了曾渴望無數世代的一刻千金的自由。然後呢？然後，流亡之路從你腳下緩緩向前伸展……你須得終生支付自由的代價。你不是一株移進沃土的樹苗。你是被連根拔起的參天大樹。我承認未曾料及，但從不後悔：自由無價。自由不可替代。

而且，我領悟了某種暗示：

紅刨子一出現，最美好的歲月就要到來！

我緊張，渾身戰慄。

前些日子，那位以《一滴淚》感動了無數西方讀者的老翻譯家老流亡者巫寧坤先生說：你那本構思了幾十年的黃河長篇該動手寫了……巫老常給我講莎士比亞，那天是在我家喝酒，喝了幾口，話就說得很重：你要明白鄭義呀，我已經是八十多的老人了，我等著看你的黃河呢……

巫老，教我如何對您得起！

流亡的道路情義深重。

流亡的日子實在浪漫。

17

前幾日，讀了兩本關於路德的傳記，就是那位差點被送上火刑柴堆的宗教改革者馬丁·路德。梅烈日科夫斯基在他寫的路德傳中轉述了一個古老的寓言故事，一匹狼對夜鶯說：「你是一個聲音，如此而已。聲音是虛無的。」——這段話像燒紅的鉚釘一樣射入大腦。我彷彿看見了那匹聰明透頂的狼，看見牠在暗夜裡輕輕對我說：「你也是一個聲音，如此而已……」

我承認這匹思辨的狼十分透徹鋒利，但說到底誰不是聲音呢？屈原、司馬遷、路德、伽利略、聖女貞德、聖女林昭、釋迦牟尼、耶穌基督難道不都是聲音嗎？如此看來，狼的世界與人的世界到底還有一些差異。在那裡，你若不幸淪爲一個「如此而已」的「空虛」的聲音，你就出局，無法享受生活的盛宴。美女與佳釀是「聲音」所無法消受的。而在人的世界，聲音則是存在的最高表達。於是，倘若那狼對我說「你是一個聲音」，那就錯了。我窒礙太多，放不下，怎麼能成爲一個聲音呢？狼呀，謝謝你，可惜我不配。只有夜鶯，那種在沉沉黑夜中優美鳴唱的鳥兒，才配成爲一個「聲音」。而且，她不收取報酬，不作狀，甚至，她並不「待知己于千載之後」，而只是自由歌唱。夜鶯說什麼了嗎？我翻來覆去搜尋，沒找到下文。引用者只關心狼的話。眞想知道那夜鶯是如何回答的。

依我看，狼與夜鶯的寓言不僅僅涉及虛無，還涉及時間。時間也是一個很可怕的話題。比方流亡，說的是空間，最終要走向時間，即流亡者之死。如王若望，死在自由女神腳下，最後只剩下一把硬錚錚的骨頭。比方紫檀，說的是質地，最終也是一個時間：紫檀是木中之仙，非千年不能成材！這豈不是說，當代人使用的紫檀木，在李白杜甫時代就萌芽破土了？竟吮吸了幾多日月精華，見證了幾多沉浮興衰！這就又回到了我《神樹》的主題：什麼是存在的意義？是愛是情感嗎？三十幾年前，那個年輕的盲流木匠曾在呼倫貝爾草原上閱讀德國哲學，向草甸白雲追詢存在的意義。越過歲月的茫茫曠野，現在，那匹哲學之狼給出一個甚爲形象的回答：聲音。——你能否成爲一個在黑夜中自由歌唱的優美的聲音？

「在黑夜中自由歌唱」尙不算太難，你只要具有人格的力量。但「優美」卻極難，那僅屬於美神維納斯所啓示的詩篇。

便每日每時告誡自己：不要深想不要深想！——老木匠，像過去那樣，擔起你的挑子，拎上你的紅刨子，他娘的只管奔前走吧！

——會有一棵繁花滿樹的薔薇木在等著你嗎？

——也許有，也許沒有。

二〇〇四年仲秋時節於華盛頓D.C.

絮與根

孔捷生

孔捷生，一九五二年出生於廣州。一九六八年到廣東西江農村「插隊」當知青；一九七〇年到海南島五指山橡膠農場當知青；一九七八年起發表短篇小說《姻緣》、《在小河那邊》；一九八二年發表中篇小說《南方的岸》，後拍成同名電影；一九八三年發表短篇小說《絕響》，後拍成同名電影，獲義大利都靈國際電影節大獎；一九八四年發表中篇小說《大林莽》。同年當選中國作家協會理事。一九八五年當選廣東省作家協會副主席；一九八九年移居美國；一九九〇年起為普林斯頓大學東亞系訪問學者；一九九三年至今為自由作家。

去國多年，我對國內的新潮語彙已有陌生之感，例如「飄」字，近年頗常見，望文思義，似乎有點飄泊的意思。是否作此解，我也不甚了然，不過借來概括自己生命的年輪，卻很貼切。

若要尋根，我的生命根系應與「水」有緣，我出生的那座城市，被一條大江橫貫，帆篷、水鳥和濕潤的江風，至今在我童年的記憶中穿行。十五歲那年，我便離家遠行，那算是人生的第一個驛站了。彼處水更多，河涌縱橫，水氣迷濛，每日出工放工走不完的橋，難怪鄉農訓斥黃口小兒，多用此句：「我行橋也多過你行路！」那是西江流域的一處水鄉，我在那裡當知青，彼時已覺離家很遠，真是少年不識「遠」滋味，人生長途，還未知尚有行程幾許。

兩年後，我轉赴海南島，此爲知青生涯的另一站。在這裡我聞不到海風的鹹味，與我相伴的不是水而是山——莽莽蒼蒼的大山。這是整個海南島的中心點，我棲身於五指山脈的一道襞皺裡。那年我十七歲，正是認知生活的最敏感年齡，於是山的輪廓如刻如鑿，永存於腦質層，恍如生命年輪裡色澤最深的紋路。

再後來我回到廣州。其時文革尚未結束，人們對「革命」早生倦意，時代的苦悶抑鬱寫到了每個人臉上，人際之間的冷漠戒備且不說，尤其一言不合就惡語相加甚至大打出手，在大街小巷日日可見。國人對現實的焦慮怨憤無法宣洩，便傾瀉到自己同類的頭上，這是末世景象！我躑躅於長堤，眼底一江來水，再無兒時見慣的帆影，突突機輪拖著悠長的黑煙，蕩開浮沉不定的垃圾，笨重地蠕動……我驀然覺出，珠江的鬱卒倦顏和我的父老鄉親臉上的表情非常相似。那些日子，我時常懷想起大山的莊嚴靜穆，原始森林的氣息一再裹挾著我的呼吸。然而我知道，革命的磅礡風雷，並未遺漏了那道大山的襞皺，在海南生產建設兵團的茅草營房裡，我也曾是革命的對象，其實又有誰不是這個狂暴時代的祭牲？

可幸這一頁總算翻過去了。那時我已在廣州一間工廠裡做了幾年工人，工餘時間寫了幾篇小說稿，其間寄託的不外是一個時代「憤青」對現實深深的質疑和追問，適逢「傷痕文學」泛起，小說得以發表。一九七八年初，我便到北京文學講習所進修，同窗者均爲當時文壇的青年才俊。姻緣註定，命運使然，我在北京一住就是十年，在這裡結婚成家，居所就在天安門廣場西側。關於中國社會的跌宕轉折，這十年裡我留下了最豐富最深刻的記憶。

八十年代是中國充滿生機的變革年代，回想起來，那時我們都很清貧，工資及稿費均很低，然而同行朋友沒一個是爲稿費而寫作的，那其實是出於心靈湧動的一種表達，哪怕失之稚嫩卻無比真摯，作者與讀者都充滿著掙脫蒙昧之後對新知的渴求。那時無論國家的政治生活還是社會文化，時時處處都迸發出新舊摩擦的火星，「太陽每天都是新的」，我所走過的人生里程裡，再也找不到一個歷史時段竟在日常生活中都發生著如此之多的戲劇性事件。

這是思想的年代，求索的年代，騷動的年代。那十年間，我都住在北京。這裡沒有山也沒有水，她是一座乾旱而且不時受塞外風沙困擾的城市，但她的脈絡裡奔湧著一種文化氣質，厚重執著、恢宏大氣，令我這從山重水覆中走來的南方青年深受感染，極可能，她最終左右了我的命運。一九八九年，一起震撼世界的歷史事件在這裡爆發——大時代來臨了，這是改變民族命運的偉大契機，極其不幸，它以最慘烈的方式猝然結束了……

我深深捲入其中，並且目睹了不可思議和不可饒恕的殺戮罪行，歷歷情景我沒齒難忘。這不再是我的國家，我無法面對和承受如此嚴酷的事實。於是我選擇了離開，開始了精神與肉體的雙重放逐。只是我當時不曉得自我流放竟長達十五年之久。如果人生旅途以不同時段來劃分，最長的一站，是從我的生命呱呱墜地到少小離家，不過也就是十五年。而今又是十五度寒暑，還未知何日是歸期。

去國之後，「飄」著的感覺益發強烈。我駐足異鄉的第一站是舊金山，那裡有很多親戚——宗族譜系意義上的親戚，卻多是第三、第四代的土生唐人。他們對我很好，華人血脈裡神祕的親緣基因委實教人驚嘆。我這片飄絮掛到了宗族的樹上，想必也會伸展出根鬚，日漸長成其中一柄枝椏，在西岸的天風海濤中飄舞。可惜這只是一種假設，因爲才過半年我就遷徙到東岸了。

普林斯頓大學，當時聚集著一群「六四」流亡者，有一位美國人（大學校董約翰先生）慷慨捐款成立了「普林斯頓中國學社」，我也成了其中一員。先期從法國輾轉而來的蘇曉康租下了一幢獨門獨院的大宅，我和遠志明、張郎郎等先後入住。該宅被稱之爲「人民公社」，其時大家同是天涯淪落人，既無家亦無根。那是中產階級住宅區，三、五個男性住客同居于斯，頗令人側目。然而我們不在乎，這無非流亡驛站而已，儘管六四血痕未乾，但放眼寰球，第三波民主化浪潮風馳雲走，我們均覺回歸有期，人在客途，便一切從簡。

一年後，各人家眷陸續來美，「人民公社」維持不下去了，我在一處叫「奔狐」（Fox Run）的小區租了公寓，同住一區的尚有劉賓雁夫婦、阮銘夫婦、蘇曉康夫婦、遠志明夫婦及張郎郎等人。「奔狐」小區風景優美，它位於湖泊側畔，終年雁群起落棲息，每日清晨雁鳴不已，吟唱著無詞之歌，清越而悠揚，推門眺望，滿目湖光林影，宛如世外桃源。在這裡，我開始種花弄草，此舉被訪客陳奎德謂之爲「標誌性事件」，他說：你的過客心態已有變化了。經他點破，我驀然覺出，原來飄絮已悄然墮地。

西出陽關，雁書難寄，家山的面影已依稀融入了夢境。在普林斯頓諸人當中，劉賓雁和我率先走出第一步——一九九四年，我貸款賣下了一幢房子，從此，絮開始向根的過渡。然而，這是浮根，在美十五年，我漸悟「人生如寄」的眞義。普林斯頓諸人在九十年代末各散東西，「逐水草而居」。我們一家搬到了華盛頓，我也揮別長達廿年的居家筆耕生涯，從此成了上班族。記得第一天上班，鑽進地鐵車廂，身邊有幾個戎裝筆挺的五角大樓職員，這已讓我驚奇（我以前住過的地方都難得見到戎裝軍人），最大的感觸是在地鐵甬道穿行時，滿耳橐橐靴聲，登時讓我足下頗覺生疏的皮鞋增添了質感——我不喜穿皮鞋，如同我不愛朝九晚五的上班，然而這就是生活。當我穿壞了第一雙皮鞋，便已和周圍的陌生人徹底同化，在地鐵上打瞌睡，翻垃圾報刊，追蹤NBA和橄欖球的賽果（我還未學會看棒球）……只有一點難以改變，就是對故國遙遠的關切。

「回日樓台非甲帳，去時冠劍是丁年。」偶吟此句，無限惘然。家鄉先前離我有多遠，現在依然有多遠，而且似乎更遠了。這十五年間，我三次到過亞洲，所到之處，港台與韓國、印度均毗鄰中國大陸。前兩次我都未敢異想天開，唯是二〇〇二年我重臨香港，住在銅鑼灣，上街不經意瞥見一家旅行社的廣告稱：可以代辦大陸簽證。我不由鄉心萌動，此前不作他想，無非是不願面對某機構的盤問稽查，甚至要你簽寫某類格式的文字。十數年前讓我決然遠遁的歷史斷層，迄今依舊橫亙於我和這個國家之間，我思念故土家園，卻無法解開和「國家」結下的心結。如今有中介的旅行社出面代辦，我和「國家」都可略去彼此的行爲追訴、精神詰問和道德審判。此番投石問路，不外是聊慰鄉思而已，我無意去搖撼和「顚覆」那尊圖騰巨獸，甚至就近端詳審視它都興致缺缺，我覺得自己對它已看得很透徹，我此來不過是一個尋根「弔客」，在文化故土上憑弔自己的歲月流痕。只不過，這個「國家」對我也看得很清楚，才過兩日，我到那家旅行社取護照，職員告我：你沒有獲得簽證。言語之間，該職員十分好奇，而且有點負疚，他一定會釋出更多的熱情來解答我的質問，並指導我下一步應該轉赴中旅社或者其他機構，等等。我卻不多言，稱謝之後便掉頭而去，步上走廊，自動玻璃門輕柔地闔上，在我聽來，彷彿兩扇嵌著獸環的紅門軋軋有聲地合攏，最後轟隆一聲，把我關在外面——驀然念及，某部戲劇、某部電影、某部小說，都有過相仿的情節——一瞬間，我隔著玻璃門瞥見那位職員茫然不解的表情，他不知道來人是誰，然而「國家」知道，事情就是如此。

從那以後，故國的山山水水，便都在記憶裡沉積下來，化爲浮雕，不再有誰能阻止我走近它。午夜夢迴，如同飄絮落下，圍攏過來的是龐大的根鬚，五十載光陰，十五圈年輪……那就是我的文化領地、我的精神家園。

寫於二〇〇四年十月二十五日

想像回家

萬之

萬之本名陳邁平，一九五二年生於江蘇常熟，在上海讀小學中學，一九六九年文革中下放內蒙古興和縣。一九七七年考入今北京首都師範大學，一九八二年畢業後考入中央戲劇學院歐美戲劇碩士專業，畢業後留校任教。一九八六年赴挪威奧斯陸大學戲劇系攻讀博士學位，一九九〇年起在斯德哥爾摩大學東亞系任教，二〇〇一年起做職業翻譯。曾任《今天》文學雜誌編輯、社長，編著有小說集《十三歲的足球》、戲劇和電影劇本、論文集《溝通》等，翻譯出版歐美文學作品多種。二〇〇三年被選為獨立中文作家筆會副會長兼任秘書長。現居瑞典。

人們告訴我，這房子的主人從來都不在家。

——亨利克・易卜生《培爾・金特》

1

喜歡一首歌，到處流浪的三毛寫的〈橄欖樹〉：「不要問我從哪裡來，我的故鄉在遠方。」常有瑞典朋友問，你從哪裡來？當然回答是從中國大陸來，不是香港，不是台灣，也別把我當韓國人日本人越南人。朋友繼續問，知道你是中國人，不過中國可大了，問的是你從中國什麼地方來？我就學三毛，最好是別問，我也不知道，只能說我的故鄉在遠方，在中國。

確實不知道該怎麼回答。現有的瑞典護照上，出生地寫了湖南，那是按照原來中國護照上的籍貫轉過來的，就是說依照父親出生地塡寫，其實不是自己的出生地。我的出生地是江蘇常熟，是母親家鄉。但也難說我是常熟人，我七歲就離開那裡到上海上學，因爲父母分別在上海復旦大學及其附中教書。六六年回過常熟一次，以後就再沒有回去過。也有人把我看作上海人，因爲有個家在那裡，母親現在還住上海，我也會說點上海咸話，但我只在上海讀完小學中學，就自己把自己「流放」到塞外內蒙古烏蘭察布盟去了。其實我很願意說我是內蒙古烏蘭察布人，我在那裡待了八年，和抗日戰爭時間一樣長。我會說當地漢語方言，知道蒙語「賽」表示好，「烏素」表示水，有了「賽烏素」好水扎下蒙古包就是家。我碰到內蒙古來的人會感覺親切，網上結識一個蒙族姑娘，至今還時常通信。不過，我又是從北京出國的，我在北京讀大學讀研究所又留校任教，前後也是八年，也在北京安了個家，所以，要說我從北京來也沒有錯誤。其實來瑞典前，我還在挪威讀過四年大學，在奥斯陸也安過一個家，那裡算是我又一故鄉。我上了一年挪威語精讀課，通過了可讀研究生課程的語言考試，在戲劇系又讀三年研究生課。我是手持一本挪威發的旅行證件嘴說一口挪威語到瑞典來工作的，儼然算一個挪威人。北歐幾國一個有趣的語言現象，就是可以各說各的本國語言，但互相卻可以溝通，其差別還不如北京話與上海話或廣東話。我剛站到斯德哥爾摩大學中文系講臺上給學生上課的時候，一開口就讓學生們睜大了好奇的眼睛，這個老師用挪威語給我們瑞典人上課，卻是黑髮黑眼黃皮膚地道中國人！

我覺得我已經難說故鄉是哪裡。我是個四處漂泊流浪的流浪漢，到哪裡都是異鄉人，到哪裡也都是故鄉，就像我一篇介紹俄羅斯流亡詩人布羅斯基的文章題目，「四海無家，四海爲家」。

2

要說回家先得說出走，沒有出走，談何回家。

電話裡，年邁的老母多次嘮叨著說，生你的時候，我就知道你會飛走。你屬龍，又是早上八點生的，早上的龍要飛出門，不會留在家裡的。

母親的話，我未必當眞。人的行爲之因，古希臘悲劇說是天意命定，莎士比亞以爲個性使然，浪漫主義以理想帶動，現實主義強調社會環境影響，自然主義擺出生理原因，佛洛依德研究出心理和潛意識，荒誕派戲劇乾脆認爲毫無邏輯理性可言，這些我都曾兼而學之，也難偏執一端。只有一點明確，我確實很早就從家裡飛出去了。一開始也沒想到能飛那麼遠，先飛到了中國北方，然後居然飛出國境，飛到北歐，甚至飛到過北極圈內。

出走的念頭從小就有，除了想入非非的天性，那時還覺得家庭氣氛憋悶，有點像是牢籠，總想要衝出去。這當然還不是一種明確的自由理念，而有別的因素。說到我的家庭，背景確實有些複雜。母親這邊給了我一點西方現代文明的影響，確實就是一點，不多。外祖父曾經留美，回國後擔任南京金陵女大中文系主任，我母親也就讀於這個教會學校，所以有些洋氣，信仰基督，會說點英語，會彈鋼琴唱英文歌，講點莎士比亞。父親這邊是另一種革命傳統。祖父參加過同盟會，跟隨孫中山造大清皇帝的反，而我父親很小就跟隨共產黨鬧革命，參加過家鄉湖南湘潭的農民運動。據如今修訂的《湘潭縣誌》，當時我的親舅公楊昭植是共產黨湘潭縣委書記，兩個姑媽分別是婦女部長、青年部長，我父親才十幾歲就當兒童團長。到馬日事變國共翻臉，親舅公被殺後人頭掛在湘潭城門上示眾。父親逃到我大伯父（北大畢業，當時在教育總長蔡元培手下任浙江省教育廳長）那裡避難，因此脫離革命而轉走蔡公「教育救國」道路。我出生時父親是復旦大學經濟系教授，不過又入了共產黨。我後來在海外碰到流亡出來的蘇紹智先生，還說到他當時是我父親同事，還是入黨介紹人。在我看來，父親表面是個共產黨人，是個現代學者，骨子裡其實還是個謹言慎行的封建士大夫。學術上他專治中國古代經濟思想，滿腦子重農輕商的傳統理論，貶低資本主義；文化上也比較保守，對西方現代文明相當排斥。他的書房裡，西方文學著作幾乎一本不見，只有四書五經諸子百家一類的東西。就治家而言也有些封建古板，過年過節的時候，我們家裡會拉起窗帘擺上祭品跪拜陳家祖宗。父親講究律己的禮教，也想把子女訓誡成爲一個個循規蹈矩的人，但家教甚嚴反而也造成如今所說的逆反心理。

可想而知，在這樣的家庭裡受西方文化影響的母親是受到壓抑的，而我在家是個老么，受到母親寵愛更多，也跟著感到壓抑，所以或許這裡還有點佛洛依德「戀母弒父」情結。母親甚至兄姊的嬌縱，也使我變得任性不羈，有時一賭氣就喜歡一個人在野外閑逛，自由自在，用不回家表示抗議。那時家住上海復旦宿舍，外面都是農田野地。國民黨撤退前曾經想固守上海，郊外遍築鋼筋水泥的碉堡，我經常在這些碉堡旁遊蕩，碉堡內幽坐，有時看到過死人的白骨，引起我對這些白骨原主命運的遐想，後來寫入了小說《開闊地》中。

十四歲的時候，文化革命如火如荼，自己也很想造反，但是家庭出身有了問題，父親因有「脫黨變節」歷史問題而被鬥，被抄了家，所以我當不了紅衛兵，沒法學紅衛兵串聯走遍天下。不過我曾經和夥伴翻牆進入上海火車站，身無分文也想去扒火車闖天下，結果是被民兵抓獲，通知我家裡來人領回。

出走的夢想在十六歲時終於實現。當時成千上萬城市青年無學可上也無業可就，終日流落街頭，聚集生事，成爲影響城市社會安定的隱患。湖南省有個城市想了個辦法，把城市青年遣送下鄉，美其名曰接受貧下中農再教育，這個方法上報中央受到偉大領袖毛主席稱讚，大筆揮動，讓城市知識青年都上山下鄉插隊落戶。復旦在上海郊區，復旦子弟本來可以就近插隊落戶，讓本來瞧不起郊區戶口學生的市區學生羨慕得要死。二姊二哥都到附近寶山縣農村落戶去了，那裡和全國農村相比還算富裕，豐衣足食沒有問題，離家又近，騎自行車去也不過幾小時，但我卻不想步他們後塵，守在家門口，所以自己報名到最艱苦沒有多少人願意響應的內蒙古去，有意和「父母在不遠遊」的古訓作對。中學領導正苦於市區學生大都不肯離開繁華都市，有我這樣捨近求遠不要動員自願上鉤者，自然歡迎鼓勵，甚至樹立爲榜樣，卻不知道我自有私心。父母想勸阻我，還動員兄姊來說服，但畢竟不敢承擔抵制偉大領袖號召的罪名，也就阻擋不住，我的出走終於成功，在六九年春遠遊內蒙古。記得出發離開上海時，火車站上一片哭聲，正和阿城在《孩子王》開篇描寫的一樣，甚至有上海小姐哭得死去活來，而我心中只有興奮和激動，只有脫離了牢籠的自由之感。

也正因爲這是自我流放，至少從個人來說，我從來沒有把所謂「知識青年上山下鄉」看成一種離鄉背井的人生災難，或是作爲自己受到政治迫害和懲罰來抱怨。對那一段農村生活，黃土高坡，粗食淡飯，我至今還是懷念不已，也把它當成自己文學創作的主要資源，《遠方一雪》和《大兒馬》等等都是那段生活的記錄。我相信，有些文友和我定有同感，比如寫出了《我那遙遠的清平灣》的史鐵生，都不會對下鄉有哀怨之氣。最要緊的是，遠走他鄉不僅是和家庭和城市拉開地理上的距離，其實也是文化和精神反叛的一條途徑，天高皇帝遠，只有在那邊遠偏僻的地方，在代表權力的文化與話語相對薄弱的底層，當權者精心構建在少年人心中的種種偶像才土崩瓦解，我們才獲得了顛覆的力量，重塑自我。地理的距離因此轉化成文化和精神的距離，身體的出走也成爲精神的出遊。

更沒想到那麼偏遠的地方還殘存各種不同文化的遺痕，也開闢了我精神出遊的新天地。我下鄉的那個村子就有比利時來華傳教士修建的天主教教堂。曾在地頭和我一起鋤地或築壩的就有畢業於張家口神學院的神父，穿戴和當地農民已經沒有區別，可談吐見識讓我聽了發呆。縣城還有個文化館，當時封存了不少舊書，正好有個知青後來分配到那裡做圖書管理工作，偷出了很多禁書給我們這些還識字的好事者傳閱。我就是在那時讀到了很多西方名著，比如朱生豪先生翻譯的莎士比亞數大悲喜劇，傅雷先生翻譯的巴爾札克人間喜劇系列《歐葉妮·格朗台》、《邦斯舅舅》、《貝姨》、《高老頭》等等。凡是能抓到手的就亂讀，飢不擇食，而嘗食禁果本身就讓人興奮。誰能肯定，亞當和夏娃不是有意嘗食禁果而把自己放逐出上帝的樂園之外？

精神的出走從此更漫無邊際，越是禁地，越想深入，而且發現文學創作可以給自己的出走開闢新天地，即使筆力不足，還沒找到自己的語言，幻想卻無須受到現實世界的局限，可以自由出入任何時間和空間。我寫過長詩《水手之歌》，趴在炕頭上完成了長篇《酸葡萄》，都在身邊的知識青年朋友中傳看。

文革結束後我考到北京讀大學，身體回到了體制文化中心地帶，精神的出遊卻從來沒有停止。一九七八年年初入學，年底就進入了北京的地下文學圈子，成了張貼北京西單民主牆的《今天》文學雜誌的成員。當時北島、芒克等人正在籌備這份雜誌，這些詩人不缺詩歌就缺小說。我就讀中文系，有一篇小說作業曾經被仍很保守的老師作爲思想傾向有問題的作品批評，但在同學中傳看，有個同學正好是北島鄰居，做了介紹，北島就邀我加盟《今天》。記得北島帶我去參加編委會議的時候，心中也有一種小時候離家出走的興奮感，彷彿看到威嚴而小心翼翼的父親坐在雲端，張口結舌，卻再發不出呵斥的聲音。

中國的政治氣候對每個人的生活都有著非常具體的影響，一場場政治寒流總讓不少人感冒頭疼。西單民主牆消失了，《今天》被封殺了，一批朋友入獄了，一批朋友退隱了，我大學畢業分配時也遇到種種麻煩，個人行動自由和語言表達時受到限制和壓力，需要不斷抵抗，但坦率地說我對此並不非常在乎和敏感。我認爲精神的自由和身體甚至言論和出版的自由大致無關，精神的出遊和身體的出走完全可以是兩件不同的事情。你可以不讓我說話不讓我出版，卻不能中止我的思考。不論身處何地，即使牢獄之中，也沒有任何高牆可以禁錮我的心靈和思想。

我相信，一個人可以扮演兩種不同的角色。一種角色在俗世裡，身不由己，要靠工資吃飯要戴面具生活，還可能失去人身自由，甚至過的是非人的生活，正像裴多菲詩作〈狗之歌〉中的一條狗，而另一種角色在精神的世界裡總是可以流浪四方，正像裴多菲詩作〈狼之歌〉中所描寫的那樣，依然可以做一條荒原上的野狼，飢寒交迫卻自由自在。

一九八五年我畢業於中央戲劇學院歐美戲劇文學碩士專業，留校任教，同時開始繼續尋找出國攻讀博士的機會，也是還想出走，看看更廣闊的世界，後來被挪威奧斯陸大學戲劇系錄取。想到這是被稱爲現代戲劇之父的易卜生的家鄉，我眞覺得自己是最幸運無比的中國人。一九八六年八月六日，我坐開往莫斯科的國際列車離開北京，先經過蒙古，橫穿西伯利亞大平原，到莫斯科再轉火車經過列寧格勒到芬蘭首都赫爾辛基，再坐客輪西渡到瑞典斯德哥爾摩，最後坐火車到挪威奧斯陸。這次北行就不僅僅是離家出走，而且是出關，出國了。

「道不行，乘桴浮于海」，我的出走還沒有結束。

3

「舉頭忘明月，低頭思故鄉」，中國的孩子大概都會背誦李白的這句詩。

要說不思念自己的故鄉，那是不眞實的。不論流浪到哪裡，不會不思念自己心中的「橄欖樹」。到處是故鄉，到處是對故鄉的思念。我思念湖南我踏足過的祖先灑過血的紅土地，我思念我出生的常熟城裡漂來盪去的木船，我思念我坐著叮叮噹噹的電車去上學的上海馬路，我思念我的塞北風光我的烏蘭察布大草原，我思念北京的胡同甚至它春天的風沙冬天的煤煙……

世界上的確有些弔詭的事情。比如說出走其實是爲了歸來，背井離鄉其實是爲了尋找家園，離開其實是爲了思念。人生就如某位詩友所說，其實始終是一種雙向的旅行，精神的漫遊同樣如此，是出發也就是到達，是開始也就是結束，是起點也就是歸宿。北歐人有句俗得不能再俗的成語，叫「出門不賴，回家最好」。易卜生詩劇《培爾．金特》裡，主人公培爾在山裡尋找到了心上人索爾維格，卻不得不「繞道而行」，通過出外漂流一生，嘗盡人生甘苦，才能在白髮蒼蒼之時再回到索爾維格身邊，也只有在愛中找到了自我。在中央戲劇學院讀研究所的時候，正好導演系學生排演這個戲，有的學生不能理解「繞道而行」這個道理，有位老師輔導說，這是易卜生刻畫和批判培爾見了困難繞著走的怯弱性格，我聽了無法辯駁只能苦笑。其實，讀點《聖經》就能體會，在基督教的傳統裡，充滿著

「繞道而行」的弔詭意義。人期待著上帝來把自己接到天國樂園，可上帝首先是把體驗到人生之愛的亞當夏娃驅逐出樂園。不經過重重「煉獄」的繞道而行，又怎麼能構成一部但丁的《神曲》？

早年出走內蒙古，有過從家庭解脫的興奮，有過獲得自由的快樂，可一到冬閑時刻，特別是一到病疼纏身而無人顧愛的時刻，想家的念頭突然襲來，強烈到不能克制的地步，只盼望立刻上路。所以，後來我差不多每年還是回家一兩次，從落戶的村子出發，先坐吱吱呀呀的牛車馬車，然後坐車輪一動就塵土飛揚的汽車，然後再坐那個時代總是擠得無插腳之地的火車，目的就是一個：回家去！其實心裡明白得很，回家後也還是會感到無聊和失望，牢籠的感覺又膨脹起來，每次回家又希望早點離開。所以，與其說是回家，不如說就是爲了上路，能再聽到火車車輪壓在鋼軌上的聲音，對我就是最愜意的音樂，甚至希望沒有終點最好，始終是那種在路上的感覺。至今爲止我對旅行似乎從不厭倦，最喜歡去車站碼頭機場這樣的地方，因爲到這裡不是出走就是回家。

出國到挪威，眞是流浪到了天涯海角，家鄉遠隔萬里，回去的機會自然少了。一九八八年我曾經回去過一次，但下一次回家就要到十多年之後了。橫在中間是八九年的六四事件，這個事件阻擋浪子迴游的旅程，甚至把我送上了政治流亡的不歸之路：六四凌晨的槍聲把多少文人送上了流亡甚至逃亡的道路，也把中國文學的一支分流到了海外，詩人北島到奧斯陸來找我商議重辦《今天》，爲流亡的文學再開闢一個新的自由家園。我們把十來個流亡作家請到奧斯陸來開了第一次編委和組稿會議。在當年出版的復刊號第一期上，就刊出了高行健有六四事件爲背景的劇本《逃亡》，也爲此，《今天》一復刊就再次登上中南海的黑名單，也成了當局拒絕我回國的理由。

八六年出國的時候領了一本中國護照，五年有效，快過期的時候，試探過到中國使館去延長，而得到的答覆是，延長可以，要寫個「東西」，否則就不給延長。這是很多六四後流亡或滯留海外的中國人都遇到過的事情。我不想寫那個「東西」，於是護照自然就不能延長而作廢，要旅行就缺少身分證明，只好去換成了一本旅行證件，先是挪威發的，到瑞典後又改成瑞典發的。那個證件上面寫得清楚，是根據聯合國難民條例頒發，註明我是中國公民，憑證件可到各國旅行，只有中國除外。於是我成了一個有國難投的中國人。憑那本旅行證件，我曾經到過歐洲很多國家，到過美國，但是我卻不能憑這個證件進入我自己的國家。那年，我寫出小說《歸路迢迢》。

九二年夏天，我正在芝加哥參加一個項目，傳來父親癌症晚期住院的消息。知道自己來日無多，他自然很想再見我一面，母親也希望我能在父親走前能回去看望，給他最後的安慰。我卻因爲證件問題不能回去。其實，因爲人生道路的歧異，因爲政見不同，我和父親有多年互不通信了。有好幾年我給家裡寫信只寫給母親，不提父親，而父親也堅持己見，認爲我選錯了人生道路，崇洋媚外，數典忘祖。然而，大概是人之將死，其言也善，大概是經過了六四事件的震撼，父親也終於認識到自己一生的迷誤，總之，臨終的父親早已沒有威嚴，而只有對我的掛念了。我身在異鄉異地，家庭的壓抑感早以消退，再沒有強烈的叛逆之心，反而感到父子親情其實深藏心中，才感到兒時父親的教誨也自有其良苦用心。小時候我恨父親吝嗇，從來不肯多給零花錢，一句「由儉入奢易，由奢入儉難」反復教誨，讓我耳朵起繭，要到多年之後，我才能體會這句話的深意。他給我的傳統教育並非無用，至少讓我背誦《古文觀止》使我獲益匪淺，至今還能記得李白的名句「天地者，萬物之逆旅；光陰者，百代之過客」，而我不就是天地這一逆旅中的匆匆過客？我終於拿起筆給我父親寫下了多年來的第一封信。那時我已經認識了安娜，她後來成爲我的妻子。我也把我們的照片寄了回去。母親說，父親讀信時頻頻點頭，他接受了一個浪子的歸來。

一九九九年春，來自各種渠道的消息都說明，我可以回家了。當時瑞典外交部準備派安娜出任瑞典駐中國的文化參贊，她以漢學博士學位、國家正式考試通過的中文翻譯和十幾本中國當代文學和文化著譯的優勢，在十多名申請者中處於無人可敵的地位。而我在猶豫觀望多年之後，也終於在九八年加入瑞典國籍，可以順利作爲「隨軍家屬」結束流亡返回北京了。可是，我的回國夢想沒有成眞，沒有想到我在瑞典其實也是個不同政見者，瑞典外交部內有人擔心我到了北京會製造麻煩，讓中瑞官方友好蒙上陰影。就在任命前，瑞典外交部內有人給中國駐瑞典大使通風報信，借刀殺人，讓中國大使出面強橫地干涉這件本來屬於瑞典內政的事務，而瑞典外交部內的人就順水推舟改變任命安娜的決定。他們以爲我們會乖乖地聽命屈服，卻沒想到我從來長著反骨，越是壓制越要反抗。我們的公開抗議結果成了瑞典最大報紙頭條新聞，瑞典國家電視台二十四小時滾動新聞播出，瑞典人民的抗議電話像密集炸彈接連不斷投向外交部，直到正在國外出差的外交大臣安娜．林德聞訊電話打回瑞典，宣布了召見中國大使表示抗議和凍結向中國派遣文化參贊的決定。可惜，雖然安娜．林德給了我們一定的支持，甚至在電話裡直接給了我們問候和安慰，卻也不能把我們送上飛往北京的飛機。外交大臣安娜．林德在二〇〇三年被刺身亡，我悄悄到她去世的醫院門口，在如山的花堆上也放下了一支玫瑰。我還從來沒有對一個政治家表示過這樣的敬意，因爲政治家大都難以保持誠信，其實我知道，瑞典外交部早已經妥協，悄悄地向北京派出了駐華文化官員。

當然，我還是想回家。老母親年過八旬，已經年邁不能坐飛機來看我，只盼望我能回家，只盼望見到兩個孫子。二〇〇一年，我到中國駐瑞典使館申請簽證再被拒絕。某領事當面拒絕我的一條荒誕理由，居然是因爲二〇〇〇年高行健獲得諾貝爾文學獎，而我在瑞典媒體說了讚揚的話，還那麼得意地出席了頒獎儀式和宴會。有寫詩的朋友向我介紹經驗，說可以「繞道而行」，到香港去申請中國國際旅行社的簽證，然後在羅湖過海關，有可能成功。我知道這條路，但也知道有些知名流亡人士雖持有簽證也在羅湖海關被攔住了。我沒有把握，但思家心切，母命難違，也覺得自己不那麼知名，於是抱著僥倖一試的心理，帶著兩個孩子上了路。眞是幸運，一切果然是按照詩人所說的過程順利發展，我順利地取得了簽證，順利過了羅湖海關，然後從深圳黃田機場買到了當天的機票飛到上海，機輪降落跑道的那個瞬間，我體會到了老邁的培爾回到家鄉的感慨。

回瑞典後，聽說中國駐瑞典使館知道我成功繞道回國之事後大爲惱火，說是以後不會讓我再有這樣的空子可鑽了，我的名字大概會登錄到所有中國海關電腦系統的黑名單上。在這個國家機器最先現代化電腦化的時代，我想他們是做得到的。把你流放在外，不讓你回家，不讓你再見到親人，不讓你到中國去工作，甚至做個外交官「隨軍家屬」都不可以，這是世界上的專制暴君懲罰不同政見者的常用手段，不足爲奇。這種手段還確實行之有效。思鄉思親是人之常情，可以成爲一種精神重負，所以有些人承受不了，放棄了，屈服了，甚至精神崩潰了。那些不願意對他們卑躬屈膝的人，就被關在外面這個無形的精神監獄中。總是那些爲了精神自由而鬥爭的人首先失去人身的自由。

可是我很想寫封信給中國的那些專制暴君，還有爲虎作倀的中國使館和海關的先生女士們，告訴他們我還會「繞道而行」的。我還有一條繞行的路是他們永遠攔不住的。那條路就是繼續出走流亡的路，繼續我的精神自由自在漫遊的路，而出走就是爲了回家。當我選擇了文學，當我還能夠自認爲自己是個作家，我就有足夠自信，相信自己的想像力能夠超越所有的海關，超越所有國界。故鄉就在筆下，更在心中，誰也不能讓我和故鄉分開。你們可以不給我簽證讓我回國回家，你們能攔得住飛機扣得住行李，可你們攔不住我出走流浪的思緒，更攔不住我的想像帶我回家，我的筆可以把我心中的故鄉寫給大家看。

4

想像中經常回到的家，是我的第一個家，就是我出生的地方。

我出生在江南魚米之鄉，江蘇常熟陽澄湖畔的虞山鎮，也就是常熟縣府所在。常熟因年年豐熟富甲天下而得名。鎮裡河網交錯，交通主要靠河，連城門都建立在河上，所以還有水西門、水北門等等。特別是有七條大河，寬如大馬路，如七根琴弦並行，河也以弦命名，城也因此稱爲琴城，可以說是東方的威尼斯，而在我心中比威尼斯還更嬌更美，有水之外又有山，城市有一半建立在山上，有詩讚美，「七溪流水皆通海，十里青山半入城」。

我家就在七弦河邊，七弦河七號。門前有鵝卵石鋪的路，有青石板築的橋，有船來舟往的河，水清有魚有蛙有水蓮水藻。從後門出去也是河塘，有大片的茭白田和荷花塘。最好看是雨來時打在河面，激起一個個水浪如花，又像一個個精靈舞蹈，雨水砸在蓮葉上，叮叮咚咚，是我兒時最喜歡的音樂。

門前滑溜溜的大青石搭起台階，走下去，可以看束著圍裙的娘姨在河邊搗衣淘米洗菜，可以直接跨上木船搖到街市上去買東西，搖去外婆家。娃娃們會唱，搖啊搖，搖到外婆橋，外婆請我吃年糕，其實唱的就是我老家那樣的地方。現在的孩子，會唱會演，可有誰眞坐過這樣的木船搖到外婆橋？

我現在還能看見我穿著開襠褲，翻過像高山那樣高的黑門檻，看河上搖來賣瓜賣果的木船，春天有枇杷有楊梅，夏天有水蜜桃有西瓜有蓮藕。我母親會說，那時買瓜，不是論斤論個，都是論筐往家裡挑。天井裡有一口青石鑿就的井，不深，把西瓜就用網兜浸到井裡，到晚上乘涼時切開，天然的冰涼。

我現在還看見鵝卵石鋪的路上，有戴紅冠挺著長脖的鵝驕傲地行走，旁若無人。姊姊告訴我，小時候你穿開襠褲，小雞巴不小心被長脖鵝咬過，咬得又紅又腫。

老家的事情說也說不完，足夠美美享受一百年，足夠在心裡保存到死想像到死。就是在想像回家中，我寫下了《網中的夕陽》，就是水裡再也網不上魚，釣不出蝦，而我的想像也永遠網得住我家鄉的夕陽。

常熟這個家，一九六六年之後再沒有去過。其實我也不是特別渴望回去，因爲我要看的那個家早沒有了，用人民的名義進行的革命曾經把她蹂躪糟蹋得不成樣子，用現代化的名義進行的建設又把她弄得面目全非。我後來在斯德哥爾摩大學中文系教書的時候，圖書室有外文版的《中國建設》雜誌，有一期專門介紹常熟的現代化建設，還配有圖片，確實是現代多了，馬路寬闊，高樓林立，虞山上修起了纜車，陽澄湖上有了豪華的遊艇。但我驚訝地發現，琴弦般的河流，好幾條都被填平做了馬路，那些木船自然都早已不在，被冒煙的汽車代替了。

不用說我心裡的悲哀和憤怒。我不能想像，如果威尼斯的運河也都被填平，那還叫威尼斯嗎？我只能說，填吧！砍吧！你們可以填掉家鄉的河，砍斷家鄉的琴弦，可你們永遠填不掉我心中的河，永遠砍不斷我想家的琴弦。

5

七歲時要上小學了，在上海復旦大學教書的父親把我們接到了上海，住在復旦第七宿舍一號，這是我的第二個家。是我的想像經常把我帶回的家。

房子是紅磚建築的日本式兩層樓房，原來是日本人占領上海時蓋的軍官宿舍。日本人是鋪地板睡榻榻米的，不架床，門窗也都是滑輪拉動式的，房間給人感覺又小又矮。剛去的時候宿舍內的環境還不錯，比較安靜，外面圍有紅磚圍牆，有到夜間就緊閉的大門，還有個傳達室，有兩個校警一個老童一個老顏輪流看守，不許閒人出入，還有傳呼電話六一八四九七，這些我都記憶猶新。宿舍裡面是四座小樓，之間都有草坪，有綠草如茵，有冬青樹剪成的樹牆圍著草坪圍著方磚鋪成的小徑。夏天的夜晚，屋子裡熱得難耐，家家都可以在草坪上鋪上涼蓆乘涼，孩子們就可以躺在大人們的腳邊聽各種各樣的故事和話題。這些大人們中不乏當時有名的甚至留過洋的教授學者，比如數學教授谷超豪、美學教授蔣孔陽。我接受的啓蒙大概就從這時開始。現在我還記得那一個個夜晚，聽見人們用蒲扇敲打腳下驅趕蚊子，看見螢火蟲在花叢中飛來飛去。

我在專爲復旦子弟開辦的復旦小學開始上學。這個學校自然有得益於復旦的很多優越條件。比如我參加了學校的航模小組，我們的設備和材料都獲得大學的支援，所以可以製作出當時一般小學裡都製作不出的高級航空航海模型，以致我們被取消了參加小學航模比賽的資格，而只能作示範表演，因爲實在不是一個級別。如果說一般小學製作的滑翔飛機飛一分鐘就可以得冠軍，那麼我們製作的可以飛幾分鐘還在天上。我永遠忘不了我製作的一架滑翔飛機飛得那麼遠，飛出了足球場，落到了工會俱樂部大禮堂的屋頂上，因爲上不了屋頂，我只好含淚捨棄。如果這個禮堂現在還沒有拆，也許那架滑翔飛機現在還靜靜地躺在那裡。

我還記得，那個工會俱樂部裡還有一個特殊的商店，那時父親憑一張特供卡在裡面可以購買到一些外面的商店沒有的東西，糖果、餅乾、菸酒，所以我必須承認，如今我讀到所謂三年自然災害很多人餓死的歷史紀錄，我想那時我自己沒有多少挨餓的經驗，不過是多吃了很多頓紅薯南瓜，都是我喜歡的美味。

不要以爲我在這裡是炫耀我來自一個有點特權的書香門第的教授家庭，其實我經常回想到的不是這些，而是那個宿舍圍牆的外面，我眞正的啓蒙大概來自那邊。宿舍之外是很多城市貧民搭建的棚戶，都不像復旦宿舍內那樣有自來水有煤氣有廁所甚至洗澡間。那裡的居民大多是上海人瞧不起的江北佬或鄉下人，從事最下層的職業，不是種菜的農民就是上海人說的三把刀，菜刀剃刀修腳刀。那裡的居民夏天時就赤膊在街上行走，每天早上把臭烘烘的馬桶就放到家門口。他們的子弟自然大都不是和我同一個小學，我甚至不知道他們在哪裡上學。我是在一次無緣無故地被一夥宿舍外「野孩子」臭揍了一頓之後才感悟到宿舍紅牆內外原來有一種巨大的差別，感到了來自另一個階級的仇恨，因爲我本來沒有做錯什麼事情，莫名其妙，他們揍我的原因沒有別的，就是因爲我是宿舍裡的。宿舍裡的是「教授的兒子」，外面則是三把刀的兒子。我們從來沒有交過朋友，我現在回憶，就不記得是否我曾經到這些棚戶裡的孩子們家玩過一次，也不記得是否把外面的野孩子請到家裡來玩過一次。

的的確確，我很早就開始發現這個社會絕對不像我們的領袖所說的那麼美好，我看不到共產主義許諾的平等和公正。我想走出的還不僅僅是我那個家庭，還有我那個宿舍。所以文化革命開始眞讓我覺得興奮，覺得這場革命的暴風雨完全必要而且造反確實有理。六六年紅八月的時候，我雖然不過是個初一的學生，每天也去復旦校園裡看大學生們貼出的大字報。我不會忘記復旦紅衛兵來抄我的家，認眞地要我和家庭劃清界限，我那麼堅定地做出保證，我一定會造這個家的反。我不會忘記，我父親把自己被批鬥之後，關在書房服毒試圖自殺，被我母親半夜發現，驚慌地把孩子們叫起來撞開門搶救，而我說的頭一句話是來自領袖的老三篇，「這不是輕於鴻毛嗎？」

文革中的第七宿舍就開始換了樣子，很多家都換了主人，搬進一些喜歡把草坪挖掉改成自留地種菜的居民，院子裡還搭起養雞養鴨的棚子，狼藉不堪。後來我下鄉了，我們家也搬走了。二〇〇一年我繞道回國時，特地去看第七宿舍的老房子，才發現它是那麼簡陋，那麼破敗。當年是日本人的軍官宿舍，也一定是些下級軍官而已。要說住過什麼特權階級，實在誇張了。

最近的電話裡，大哥告訴我，第七宿舍的老房子就要拆掉了，復旦到處都在蓋大樓。要造這個國際中心，要造那個體育館。你再回來肯定不認識了，大哥說。我不知道我什麼時候能回國，還回得了回不了國，還能不能和老房子再見一面。破敗了的，日本人留下的，該拆的也就拆吧。我不很留戀那個房子，新的城市認識不認識我也無所謂。但我想回家，想去找那些揍過我的野孩子，一起回到那個時代去，我要說，讓我們和解吧，請你們忘掉我是個「教授的兒子」，也忘掉你們是三把刀的兒子，然後我們做好朋友，一起去找我那架失落在屋頂的滑翔飛機。

6

從現在這個家，斯德哥爾摩郊外，走出去不過百米就是森林，無邊無沿，深黑幽靜。順著野獸獵人採菇人踩出的小徑往深處走，人常常迷失方向。有時就想漫無目的地往裡走，一去不回頭。國內來了朋友，也總是喜歡邀著一起帶到林中去散步，呼吸清新醒腦的空氣，聽無名鳥雀的鳴啾，算是好飯好茶一樣的招待項目。

林子裡，滿地枯枝敗葉，有整棵整棵大樹倒塌在地橫七豎八，卻無人收拾任其腐爛。每看到這些，都心生感嘆。老天爺真是不公，如此厚此薄彼。在這個家，森林水力資源用之不竭，到處還有肥沃得一捏流油卻荒耕的土地，而在我的另一個家，爲了生存，人們正在耗盡最後的資源。指著那些枯枝那些敗葉那些樹椿，我對朋友說，多可惜啊，要是在我當年插隊的內蒙古，早都被人搜刮了，劈斷了，甚至連根刨了，帶回家燒火做飯取暖了，我現在都不知道他們還有什麼可燒的。

說的惦的那個家，是內蒙古烏蘭察布盟興和縣二台公社二十三大隊五小隊，一生第三個家。那年下鄉內蒙古，本來是分配在烏蘭察布盟北部四子王旗，是眞正牧區，眞正天蒼蒼野茫茫風吹草低見牛羊，比較富裕的好地方。但同行有個中學好友被分配到了比較貧困的農區興和縣，有點不捨，我就放棄了四子王，轉到興和來。

從北京坐火車，穿八達嶺過長城經張家口到一個叫柴溝堡的小站，再轉搖來晃去的長途汽車，沿盤旋山路爬過燕山到興和縣城，再坐馬車顛簸五十里，就到了那個村子。初去時，雖然已進入五月，一路上竟還看不到一點綠意，前後左右都是黃，車後黃塵滾滾，兩旁都是沒有盡頭的黃黃的荒山禿嶺。汽車顛了兩小時，有人說快到縣城了，我奇怪怎麼一路什麼村莊都不見，後來仔細瞧，才發現村子還是有的，不過房子都和泥土一樣黃顏色，還有的就是溝旁崖下挖的窰洞，來自海濱都市的人不習慣這樣的風景，這才「視而不見」。

不見不知道，見了嚇一跳，才知道天下有人這麼吃這麼穿這麼活。喝的是幾十米深用轆轤才能搖上來的井水，晚上照亮的是火苗如豆的油盞，一家人不論幾口赤條條睡一炕蓋一條被。很多人說了寫了那個時代農民怎麼沒吃沒穿沒錢，讀李銳《厚土》我最有感受，他寫的是呂梁山，山起山伏，和我那裡一脈相連，也帶我回家。可很少人說到農民們還沒得燒，塞外寒冬滴水成冰如何取暖？就不奇怪，冬天山樑上爲什麼整天還有孩子們拖著鐵絲做的耙子來回走，恨不能把最後一根枯草都摟回家。本來就稀疏的樹林子爲什麼總有人轉悠，搜刮了所有的枯葉，連旁枝斜杈都砍斷，樹林子就日漸稀疏直至從大地消失。數年後讀到北京年年沙塵暴的報導，我毫不奇怪。我知道山是怎麼禿的，樹林是怎麼消失的，沙塵如何而起，然後撲向皇城，那都是天報應！

我們剛去的時候受點優待，隊裡允許我們到飼養院裡去抱麥秸回來燒火做飯，也不知節省，一頓飯可以燒掉一捆，麥秸其實都是冬春餵牲口的飼料，讓飼養員心疼得瞪眼。一年後，我們變得和普通社員一樣待遇，才懂得要節省分到的柴草，也知道出出進進背個筐，見了牛馬糞都拾來曬乾積攢留著過冬。

想回的家，當然還包括這個家，在文字裡也回過多少遍。在《遠方—雪》裡重走重顛了這條回家的路，火車汽車馬車歷歷在目；在《大兒馬》裡重新回到村裡春夏秋冬又活了一遍；在《二老漢》和《四小》等等小說裡與鄉親重逢又重逢。誰能攔得住我回家的路？

當年一起插隊的中學好友最近回去過一次。電話裡問起「家鄉」的情況，惦著那裡現在光景如何。離開三十年，該有變化了吧？要說變化是有點，縣城修了柏油路，蓋了新樓房。村裡呢，溫飽是有了，也拉了電線，晚上有點亮了。可是燒的呢？燒的還是沒有，還是那個樣子。

漫步斯德哥爾摩郊外的森林，每次看著滿地枯枝敗葉樹樁我都可惜得心痛，心痛得想哭，只想求老天行行好，把這些枯枝敗葉樹樁都給我送回內蒙古的老家去，好讓我的鄉親們過個暖暖的冬天。

7

想北京，想的是那個胡同。北海往東，靠近鼓樓，地安門東大街鑼鼓巷拐進去東棉花胡同裡，有我第四個家。在大街上看，是很不起眼的小胡同，卻有座藝術殿堂，中國最高戲劇學府中央戲劇學院，我的母校。讀完三年歐美戲劇專業的研究生課程，我畢業留校教書，在招待所的樓上分到了一間房子，安了個家。出國時留下的東西，現在還不知道下落如何？丟了其他什麼都不可惜，可惜的是兩個書櫃的書，大都是歐美戲劇作品中文譯本，有從古希臘到現在的很多劇作，有《莎士比亞全集》、《易卜生劇作選》、《奧尼爾劇作選》等等等等，希望都是落到愛書的人手裡。

學院其實很小，西邊劇場東邊教學辦公樓，南邊圖書館北邊宿舍，站在中間的院子裡大吼一聲，幾乎全校都能聽得見。食堂招待所都是後來蓋的，我讀研究所時大家都是擠在一個小食堂吃飯，所以人人都熟。那時就看好的學生，後來果然個個出道，成了名震全國的大牌大款。有老同學譏笑著說，回來吧，你在國外瞎混什麼呢？

出國的時候，其實對讀研究所時的導師，對母校的師長，我是有過承諾的。我答應我完成學業一定會回來。母校者，就像母親一樣，對我有養育之恩，我希望自己將來能有所回報。因爲我有過參加《今天》的「政治問題」，中央戲劇學院招我進去不容易，放我出國也不容易，都是頂住了有關部門的巨大壓力才成功的。我不想食言，也不能辜負母校的期望。其實這對我自己也是最好的選擇，我自己也是打算回去的，因爲我對自己將來的職業沒有奢望，只想回到中央戲劇學院繼續當一個老師，接替導師的事業教歐美戲劇方面的課程。這個學院確實也有很多讓我留戀的地方，畢竟是中國戲劇藝術最好的學府，有中國最好的戲劇教育，有設備相當現代化的小劇場，有自己的導演舞台美術一套班子，中外劇本都可以自己上演。每天都有戲，教的是戲，演的是戲，看的是戲。在這裡我將會有更多的機會展開自己的戲劇人生，繼續我的精神漫遊。而在瑞典，除了幾年前斯德哥爾摩有家劇院演過我寫的一個劇本，除了翻譯過皇家劇院演出的兩個劇本，我和戲劇幾乎是要絕緣了。

六四槍聲響起的時候，我和很多海外留學生一樣，面對電視屏幕上的血腥場面激憤不已，也擔憂母校師生的安危。我打回國內的第一個電話是打到北京的導師家裡。幸好，導師一家還安然無恙，不過老人家也一樣激憤不已，還加了一句話，讓我暫時不要急於回國了。當時覺得這個「暫時」可能不會太長，可能就是一兩年，三、四年，但沒有想到這個「暫時」開始無限地延長起來，五年過去，十年過去，十五年過去，連導師也已經過世，我還沒有兌現我的承諾。算不算我食言我不好說。我確實等待過了，按照瑞典法律和我的條件，九四年我就能加入瑞典籍換成瑞典護照了，是很多中國人求之不得的事情，可我希望不是這樣，我一直等到九八年，老母身體不好要我回家看看，我才把不能回中國的旅行證件換成了瑞典護照。也不是沒有做過回國工作的努力，而是從母校那邊傳來的消息，說我回去也不可能再安排我的工作。

在母校時很欣賞導演系七九班演出的《培爾‧金特》，那是載入了史冊的一次演出。二〇〇三年聽說挪威的易卜生劇團也到中國演出了《培爾‧金特》。老培爾都去過中國兩次了，我還遊蕩未歸。然而，再怎麼繞道而行，浪子培爾還是要回家的。

8

最後還想提到一個家。

老朋友、先畫後詩又做小說的嚴力曾經送我一本他在國內出的小說集《帶母語回家》，意思是在海外用中文寫作，然後帶回家去。是個好題目。我們帶母語出國，也帶母語回家，二〇〇四年一月，我在國內也出了一本小說集，人沒回，魂已回去了。

二〇〇三年，我受命起草「獨立中文作家筆會」章程，我堅持使用「中文」而不用「中國」，因爲「中文」是我的精神家園，「中國」回不去，但我會把自己永遠留在「中文」這個最古老語言建築的家園裡。一個我永遠沒有離開的家。一個誰也不能攔住我回去，也不能把我和它拆散的家。

二〇〇四年十月十五日初稿
二〇〇四年十月二十五日二稿

流亡者的獨白

張伯笠

張伯笠，作家，北大人，通緝犯，偷渡客，逃亡者。因在八九民運中任天安門廣場副總指揮，被政府列入二十一名反革命暴亂首犯全國追捕。曾逃到蘇俄西伯利亞，後被驅逐，在深山藏匿兩年後逃到香港，後輾轉到美國。曾任普林斯頓大學訪問學者、普林斯頓中國學社研究員、《中國之春》雜誌社主編等職。一九九六年進入神學院讀神學，獲文學碩士、道學碩士學位，並進修博士學位。同時在世界各地傳播福音，帶成千上萬人歸向基督。現住華盛頓郊區。其自傳《逃離中國》曾被譯為多種文字，其英文版獲《華盛頓郵報》優秀圖書獎。

1

流亡是世界上最無人性、最殘酷的精神刑罰。那種有國不能回，有家不能歸的痛是撕裂心肺的。

少年時讀過俄國十二月黨人的流放故事，不過，那慘痛的故事多了一絲浪漫，俄國沙皇政府竟然允許那些爲了愛情願意伴隨愛人的妻子一起流放天涯。那是只有「萬惡的舊社會」才有的溫情。

而今我成了流亡者，一個「生在新社會，長在紅旗下」的愛國青年。我才知道流亡並不浪漫。

2

有一次和朋友說到人生的命運，我說到了劉賓雁，我的流亡同他有關係。沒有半點抱怨他的意思，生活的軌道是上帝預定的，認識他也是如此。

說起來這已經是二十年前的事了。我那時還是一個剛二十多歲的青年記者，因劉賓雁的女兒劉小雁是我的責任編輯，我結識了劉賓雁，那時他正倒霉，剛剛和方勵之、王若望一起被開除黨籍。家門口常常有便衣光顧，倒不是監視他，主要是監視那些常去看他的人，恰好，我就是其中的一個。

後來，他去了美國訪問，就再也沒回來，不是他不想回來，是因爲「六四」他回不來了，成了一個流亡者。

記得八九年五月的一天，我去他家看望劉小雁，那正是八九學運期間，小雁怕我回北京大學有危險，就讓我留下來住一夜。

那一夜，我躺在賓雁那張鋪著涼蓆的舊木床上，遲遲不能入睡。劉賓雁的床太硬了，兩位老人一直過著簡樸的生活，卻又留給人們那麼多優秀的文學作品和勇敢的故事。

一個北大的同學曾和我開玩笑：「流亡者的家你也敢睡，你是不是也想做一個流亡者！」

沒想到他一語成讖。

3

這一切都因著十五年前那場民主運動。

我當時正在北京大學中文系作家班讀書。當學潮開始時，我還以一個旁觀者或記者的身分出現在天安門廣場。但我立刻被廣場那悲壯的場面震撼了，熱血、熱淚、悲情、正義感、人的尊嚴、人的良知，這一切在中國人心中似乎已泯滅的東西，一起滙聚在廣場的人潮中。我在那裡不僅看到了中國之希望，我似乎也看到了人類的希望。於是，我奮不顧身地跳了下去，伸開雙臂用我的身體和生命去擁抱那人類最美善的一瞬間。

五十幾天後，中共鎭壓了天安門運動，我作爲一個組織者被列入二十一名「反革命暴亂」首犯被全國通緝。

我開始逃亡，直到今天，整整十五年了。

這十五年我在中國深山和蘇聯監獄有兩年時間，在美國和世界其他地方有十三年時間，隨著時間流逝，並未沖淡我對流亡每一天的刻骨銘心。

4

一九八九年六月九日，中共最高領袖鄧小平接見了北京戒嚴部隊軍以上的幹部並發表了講話。聲稱：「對這些反革命暴亂分子連百分之一的原諒都不要有。」

緊接著在六月十三日，中國各大報刊、電視台就轉發了北京公安局對王丹等二十一名反革命首犯的通緝令，我就是其中的一個。

通緝令說：王丹等二十一名高自聯頭目和骨幹是北京發生的反革命暴亂的組織者。他們犯有嚴重的反革命組織、宣傳煽動罪，現已畏罪潛逃，命令全國各省、市、自治區公安局、邊防口岸檢查站以及機場車站嚴加檢查，絕不能讓他們逃到海外，一經發現，立即拘留，並告北京公安局。

通緝令並警告全國老百姓，有膽敢窩藏這二十一個學生領袖的將嚴加懲處。

我的照片出現在電視屏幕上。那可能是「雷子」在天安門廣場偷拍的。我戴著一頂遮陽帽，手裡拿著麥克風正在講演。照片下是通緝我的文字：

張伯笠，男，二十六歲，黑龍江省望奎縣人。北京大學作家班學員。身高一點七五米左右，較胖，圓臉、雙眼皮、翹鼻子、厚嘴唇，東北口音。

於是，我開始逃亡。在逃亡途中又聽到北京市長陳希同在人大上關於「平暴」的報告中，提到：「他們在天安門廣場舉辦天安門民主大學，號稱是新時期的黃埔軍校，叫囂要殺死四千萬共產黨員。」我那時才知道，他們是想把我們這些天真的學生往死裡整，因爲我就是那個「民主大學」的創辦人，我從來沒有說過要殺死四千萬共產黨員，因我本身就是一個共產黨員。

剛逃出北京時，我甚至想在中國民間隱藏一段時間，不太想逃出國境。但陳希同的報告使我清醒了，留在國內只是死路一條，逃出去或許闖出一條生路。

5

經過半年多的四處逃亡，我躲過一次又一次的追捕，終於逃到了黑龍江邊，到達中蘇邊境。在那裡，一個女基督徒幫助了我。她不僅幫助我身體復原，也帶領我認識了基督耶穌。我決定在聖誕節那天夜裡偷渡蘇聯。逃亡前夕，我知道在這冰冷的天氣，險惡的環境，此番偷渡九死一生。想到父母、妻女，在淚水中寫下了我的「遺書」。

我給女兒的信是這樣寫的：

雪兒：

今天是你兩周歲的生日，爸爸祝你生日快樂！平安健康！爸爸本來想在昨天就給你寫這封信，由於情勢險惡，爸爸緊急轉移了，今天看來還安全，爸爸拿起筆來與你長談。

在我的面前，擺著你的一張照片。那是你媽媽在今年二月二十四日你剛滿十五個月的時候拍的。照片後面有你媽媽的題字：「雪兒十五個月，早早起床好精神！」照片上的你眞是一個美麗的小天使！你躺在大床上，伸著舌頭頑皮的微笑，翹翹的小鼻子、胖胖的圓下巴，圓圓的臉像是熟透的紅蘋果……這張照片是你媽媽寄到北京大學的，爸爸的同學們都說雪兒是一個小美人。爸爸聽了好開心！

自從爸爸和叔叔阿姨們走向天安門廣場到現在，你的這張照片始終放在爸爸的貼身衣袋裡。當爸爸在絕食餓昏後甦醒過來時，看到你那迷人的微笑心裡有多麼甜美啊！爲了雪兒、爲了你們這一代人比我們幸福，爸爸可以忍受飢餓、甚至流血犧牲。你現在還小，和你談這些還爲時過早，但你終會長大成人，到那時你會理解我們的。

「六四」是中華民族的悲劇，獨裁者竟動用了幾十萬軍隊對手無寸鐵的人民開槍。然後，他們動用他們掌握的輿論工具，將這場民主運動説成是「反革命暴亂」，但是，墨寫的謊言掩蓋不了血寫的事實，終有一天，人民要清算這筆血債的。

今年六月十三日，獨裁者向全國通緝了爸爸和其他二十名叔叔阿姨，有的叔叔阿姨被捕入獄，有的叔叔阿姨逃到了國外。爸爸沒有走，也一直不想走，爸爸捨不得這塊生我養我的土地，也捨不得我的雪兒啊！

在這半年多的逃亡生活裡，爸爸每時每刻都有被捕殺的危險，中國鐵路公安局長下令，一旦發現爸爸，可以當場擊斃。爸爸現在十分危險，我甚至不知道能否安全地寫完給你的這封「遺書」……

窗外飄著雪花，世界潔白一片。望著飛舞的雪花，我想起了兩年前的今天……那一天傍晚，我在醫院的走廊裡焦急的等待，等待一個新生命的誕生。

那一天，窗外也飄著這樣的雪花，於是，你來到了這個寒冷的世界，哭得嘹亮，像吹響了進軍人生的號角！當醫生張阿姨把你交到我的手裡時，我被你震撼了！你是那樣的弱小，弱小的令人心痛！當你進入我的懷抱時，你不哭了，兩隻黑黑的眼睛一眨也不眨地看著我，於是，我知道了我的責任……

我親吻了你的小臉蛋，發誓讓你幸福快樂地長大成人，像小樹一樣茁壯，像雪一樣純潔，於是，爸爸媽媽爲你取了「雪兒」這個名字，你能理解我們的祝福嗎？

當時，爸爸是一個窮記者，媽媽休假沒有工資，經濟不很寬裕。每天夜裡，爸爸都要寫作到深夜，爲了賺些稿費來給你買營養品。每個月，爸爸媽媽精打細算，把你的奶蛋買全後，剩下的一點點錢就是爸爸媽媽的菜金。你媽媽沒有奶，每天夜裡你都要吃七、八次奶，爸爸媽媽輪流睡覺，爲了讓你能吃好。第二天爸爸還要起早上班。爸爸媽媽消瘦下去了，可是雪兒卻一天天的長大，我們心裡多甜美啊！

不久，爸爸考上了北京大學，那是爸爸少年的夢想。上學後與你在一起的時間少了，但爸爸每次回家你都有新故事。你會爬了，開始牙牙學語，爸爸寫作時，你常坐在爸爸的懷裡，在爸爸的紙上寫呀畫呀，你喜歡書，常常一個人拿著爸爸的書翻呀看呀，好像眞的會讀似的，看著你，爸爸好滿足！

可是，這一切都被獨裁者的血腥鎭壓摧毀了。有許多的叔叔阿姨和爸爸一樣不能回家，有許多的叔叔阿姨被捕坐牢，還有許多叔叔阿姨已經獻出了鮮血和生命……多少幸福的家庭妻離子散、家破人亡！爸爸也回不了家，見不到我的雪兒……

雪兒，爸爸要走了，走到很遠很遠的地方去，風雪很大，路很遙遠，爸爸是堅強的，不怕風雪，但是爸爸牽掛著你啊！今後的日子，你和媽媽相依爲命，日子多是艱難困苦，你從此失去了父愛，你註定要比其他孩子多品嚐生活的苦澀，爸爸對不起你，原諒這個不稱職的爸爸吧……

當爸爸即將告別這個苦難而又難捨難分的祖國的時候，多想親吻我的女兒，和你道一聲再見……

雪兒，你知道嗎？這封信也許是爸爸留給你唯一的遺物，等待爸爸的也許是死亡，也許是終生坐牢或長久的與你分離。

如果爸爸死了，每年春暖花開的時候，你爲爸爸採一簇小花放在爸爸的照片前，那樣，爸爸會和你心心交流，保佑你的平安，給你生活的勇氣。

如果爸爸沒有死，我們父女就會有相聚的那一天。爸爸期待著那一天，與我的女兒相聚，與你的媽媽團圓，雪兒，堅信吧，這一天終會到來的！

再見吧，我親愛的雪兒。聽媽媽的話，長大了好好讀書，等著爸爸。

永遠愛你的爸爸，一九八九年歲末

寫於逃亡路上

寫完信我翻開日曆，明天是十二月二十五日，聖誕節，日曆下面寫著：不宜旅行。

6

記得一九八九年十二月二十五日凌晨四點整，我在中蘇邊境的黑龍江邊，開始第一次偷渡。黑龍江上的積雪有一米多深，冰排起伏，猶如冰浪滔天。過了這條江就是戈巴契夫領導的蘇聯了，蘇聯的領袖戈巴契夫對天安門的鎮壓「深表遺憾」。這給我以自信：他們會祕密將我引渡給西方自由世界國家的。

遠處是一個高高的邊防軍觀察哨，那觀察哨是一個高幾十米的木架子，架子頂端飄揚著中國的五星紅旗，但是那紅旗風吹雨淋顏色已褪，像是一面白旗在風雪中呼啦啦的飄。

而我卻是伴著這面紅旗長大。過去，每次路過天安門廣場都要在五星紅旗下激動不已，一種莊嚴而又自豪的情感會在心頭蕩漾，令我熱血沸騰。而今天在國境線上，一個「叛國者」面對那面褪色的五星紅旗心頭湧上難以名狀的情感，那紅旗下的哨兵的高倍望遠鏡在我過江時會隨時發現我，他會向我開槍讓我把血流盡在中國境內。而我卻對著祖國那片生我養我而現在又要吞噬我的土地充滿了無限的眷戀。

我緩緩地跪下去，對著南方，對著北京，對著我的雙親、妻子和女兒。我說：「媽媽，我走了……我不會給您丟臉……」

我哭了。自六月四日凌晨我在天安門廣場民主大學的講臺上看到軍人和坦克衝進那神聖的廣場時我流過眼淚後，這半年來多少苦難，多少痛苦都沒能使我流淚，而當我就要逃離危險投奔自由時，卻怎麼也抑制不了自己的感情。親愛的祖國，能理解我嗎？

這就是當時的我，愛國愛得愚昧的我。我們這代人，在今天年輕人的眼中眞的「犯傻」。那就是我們一代人的眞實。

江上的積雪齊腰深，比我想像的要難走得多，每走一步都要付出很大的努力，我必須儘快越過江中那兩國交界線，這樣才能脫離邊防軍的射程範圍。我拚命爬行，像一個被追趕亡命負傷的野狗。

四個小時後，我終於逃到了蘇聯。

但我萬沒有想到，我逃到了西伯利亞的一個無人區。暴風雪包圍著我，孤獨、恐懼、寒冷、無助和黑暗把我包裹在荒無人煙的雪夜裡，我不知道我能否活到天明。

我從懷裡拿出妻子和女兒的照片，她們仍在向我微笑。那撕心裂肺的思念強烈地注入我的血液，我似乎聽到女兒在喊叫：「爸爸，你要活下去……」

就在那一天，我開始向神禱告，把生命交給了上帝。

我在零下四十度的酷寒中被大雪埋了二十多小時沒有凍死，第二天下午我被蘇聯農民從雪中挖出來。他們是集體農莊的農民，一個月來雪原拉一次餵牛的草。我恰巧埋在草堆邊。這眞是奇蹟。那一天我懂得了神的權能和人的有限。

7

蘇聯農民將奄奄一息的我送到了最近的邊防站。幾小時後，我被送到蘇聯KGB在遠東某處的監獄。直至第二年的年初，我再次被蘇軍驅逐出境，又回到中國。於是我躲進了林海雪原的深山。普天之下，莫非王土。雖然通緝、追捕一天緊似一天，但我還眞的在深山裡有兩年的孤獨的逍遙，捕魚、打獵、不納官稅、不服徭役、不報戶口、不問魏晉，簡單的連名字都不需有，生活常用詞已簡化爲那人、那狗、那魚、那獸、那屋、那山、那河……

還記得一九九〇年初夏，我已在深山紮根，打獵種田。

農曆芒種的第二天，是陽曆的六月四日，我離開天安門廣場整整一年了。早晨起來，走出茅屋，天暗得像黑鍋底，閃電挾著傾盆大雨呼嘯而至。我的小茅屋風雨飄搖，屋頂的房草被風捲起，飛揚上天空。

我呆呆地坐在火灶旁，眼前的火苗化做了東西長安街和天安門廣場的火光，我彷彿又聽見了〈國際歌〉聲，那聲音是那樣激昂和雄壯。

按照古代的風俗，我把紙錢一張一張投進火灶，看它們化爲灰燼，看那些紙灰像灰色的蝴蝶在我的頭上翩翩起舞。

我脫得一絲不掛，面對著那堆紙灰長跪下去，像一個懺悔的基督徒在對著上帝懺悔。

我想起那些天安門廣場的冤魂，我在懺悔我的「罪惡」。我覺得只要活著，我就不會再有快樂。死者已去，生者尚存，似乎想到了一句話：苟活者在淡紅的血色中，會依稀看見微乎的希望，眞的猛士，將更加奮然而前行。

淚流滿面的我從土牆的暗洞裡拿出一枝鉛筆，面對那些死難的英雄，我寫下了我的思想和志向：

英才年少論是非，棄得榮華知爲誰；
自幼勤苦讀馬列，而立研究新思維。
十年一筆時有愧，一朝人民喚風雷；
揮毫已譜狂飆曲，大風起處帝王悲。
萍蹤飄泊雨雪霏，慈母妻兒斷腸淚；
爲得自由遍寰宇，樂飲黃連不皺眉！

讀寫完後，我在後面寫了一行這樣的小字：六四周年祭雨打茅屋時。

那一天，一堆紙灰，一枝鉛筆，一首詩詞，一瓶白酒，一眼淚水，一腔悲憤，一縷思念伴我度過了逃亡一周年紀念日。

8

從一九八九年六月到一九九一年六月，整整兩年的時間我在中國被警察軍隊追捕，這期間我不僅經歷了肉體的苦痛，我也經歷了妻離子散心靈的煎熬。我在經歷不住這些打擊時，也曾經軟弱過，多次想到死亡，但對自由那一絲的渴望、對上帝的一分期待，成了我活下去的勇氣來源。

上帝很眷顧我。那兩年無論挨餓、受凍、疾病、坐牢、逃亡、追捕，我都得以活了下來。並在這兩年中偷偷地看過一眼母親和女兒，那一眼足以使鋼鐵般的男子漢斷腸嚎哭。

一九九一年四月中旬的一天早晨，我上了一輛北京牌吉普車。開車的是一個朋友。

四個多小時的車程，中午，我們駛進了一個山鄉小鎮，這個地方以野果子而聞名。正是中午吃飯時間，路邊的小餐館中熙熙攘攘，吉普車離開了熱鬧的集鎮，駛到鎮郊一個小院旁停了下來。

這是一個典型的山鄉小院，圍牆是用木材圍成，坐落在一個小坡下，雖進五月份，山坡上還可看到未融盡的白雪，我拉開車窗，冷風迎面撲來，我不由打了個寒噤。

我在那裡看到了我的女兒。

車門開了，一個髒兮兮的小女孩被他送到我的座位，她怯怯地看著我。我也仔細地打量她，這是我的女兒小雪嗎？她穿著一件髒髒的紅毛衣，頭髮上有幾根草，兩隻細細的小辮，一個是用紅色的頭繩繫的、一個是用橡皮筋繫的，圓圓的小臉又黑又髒。

我難過地把雪兒冰涼的手握住，輕聲問：「你是張小雪嗎？」

她點了點頭，好奇地看著我。

我問：「媽媽叫什麼名？」

「李雁。」她小聲地回答。

「爸爸呢？」

「……張伯笠。」她猶豫了一下說。

我的心猛地顫動了一下。雪兒把我的名字說得那樣清晰。

我慢慢捧起雪兒那涼涼的小臉：

「雪兒，我就是你爸爸！我就是張伯笠！雪兒，爸爸對不起你……」

雪兒呆呆地看著我，那酷像我的眉宇緊緊地鎖著，但她的眼神卻是那樣清朗，我感覺到她對我的信任。也許血緣的關係，父女的心是相通的。

我輕輕對雪兒說：「雪兒，叫聲爸爸吧！」

女兒叫不出來，她會說話後，就沒有和我生活在一起。

我失望地看著她。

雪兒突然把著車門對我說：「爸爸，這是你的小吉普車嗎？你會開這個吉普車來接我回家嗎？」

我淚如雨下。想到這一別不知何時才相見。

汽車緩緩開動了，把雪兒甩在這荒涼的山間裡。

望著那抱一包玩具和水果孤伶伶的雪兒，我肝腸俱斷，淚水又從臉上淌下。以後的幾年裡，每當我睡夢中醒來，腦海裡都會出現那個孤伶伶的小女孩和她那雙疑惑的眼睛。睡夢中常常又聽到一個小女孩的聲音：「爸爸，這是你的小吉普車嗎？爸爸、爸爸、爸爸……」

也就在那一天，我才懂得上帝爲什麼會尋找我，我已久別了自己的家，他要找我回家。

9

一九九一年六月，我從黑龍江到廣州，穿過整個中國，成功逃到香港，我重新獲得了自由。我站在這片尚屬自由的土地上，看著遠處那片國土，百感交集，只是沒有欣喜。我想起了媽媽，想起了已離婚的妻子和年幼的女兒，我想起了天安門廣場的日日夜夜，我想起了掩護幫助我的眞誠的百姓，我哭了，淚水縱橫，止也止不住。

從那一天開始，我的流亡生活進入了一個新的更深更難的階段，正如遠志明所說那樣：我們得到了天空，失去了大地！

在得自由和失自由之間，對於我都是苦難。

10

記得一九九一年六月十六日，我剛逃到美國的第二天中午，賓雁的妻子朱洪老師開車來接我，我站在普林斯頓大學旁的草地上，焦急地等著她，像等待久別的親人一樣。

那一天，我們兩代同命運的人擁抱在一起，我那時眞的就那樣想，在這無盡的流亡生活中和他們在一起，沒有什麼可怕的。

從那天開始，經余英時先生推薦，普林斯頓大學東亞系的聘請，我成了普大東亞系的訪問學者，成了普林斯頓流亡者中新的一員，那裡幾乎都是我的老朋友、老同學，劉賓雁、蘇曉康、遠志明、蘇煒、柴玲、白夢等，後來又結識了張郎郎、陳一諮、阮銘、孔捷生、方勵之、李淑賢等。

那時的流亡生活似乎並不那麼痛苦，每個人都在適應新的生活，學開車、揀家具、租房子、學英文，開不完的研討會、反思會。好像每週必開 Party，享不盡的美食，灑不盡的歡笑，但每當要散之前，必唱一首〈松花江〉上，那蒼涼的「什麼時候才能回到心愛的故鄉」的感嘆最後遮蓋了一切的浮華和表面的強作歡歌。

當 Party 散去，獨自回到家中，夜深人靜，秋夜已深，站在星光下，那涼意與孤獨，只有每個流亡者才能品味。

11

普林斯頓的陽光對我是吝嗇的，我剛享受到一點點的陽光和友情就被從這個流亡團體中拋出，我進了醫院，重病纏身，兩年的逃亡、驚嚇，非人的生活摧毀了我的身體，我身患癌症和腎臟衰竭，死亡就在我的面前，我壯志未酬，生命將完結，心在滴血，我的生命進入從未有的黑暗。我開始接受痛苦的治療，孤獨及無望。

沒有人可以幫助我，沒人可以救拔我，包括我的那些天安門的戰友們。那無盡的黑夜和無助的眼淚伴隨我進入更深一層的痛苦。我那時把自己的靈魂交給了上帝。我過去雖然相信過又懷疑過的上主。常常在深夜裡，我在疼痛無法忍受時向他發出呼喊：

上主啊，你忘記我要到幾時呢？永久嗎？

你不理睬我要到幾時呢？
還要多久？
我得忍受痛苦，讓悲愁日夜侵襲我，
還要多久？
敵人向我耀武揚威？

上主——我的上帝啊，
求你看顧我，求你答應我，
求你恢復我的氣力，使我免於死亡，
別讓我的敵人說：我們把他們打倒了！
別讓他們因我的跌倒歡樂。

然而，我倚靠你不變的愛，
我要因你的拯救喜樂，
上主啊，我要向你歌唱，
因爲你施恩厚待我。

12

然而苦難繼續纏繞我，我不能呼吸、不能飲食，甚至不能小便，雖有思維還在，卻無盡地品嘗痛苦。

我最終放棄了對人的一點盼望，轉向上帝尋求答案。我知道，苦難的終點就是死亡，死亡就意味著我不再屬於這個流亡的群體，然後我如草枯乾，經風一吹，便如飛而去。

接下來的是我的教育背景所不能解釋的：我要飛到哪裡去？是我的祖國土地，是我母親的懷抱嗎？是我友人的群體嗎？想到我的追悼會是什麼樣的呢？我的靈魂在高空中，看著我那無血色的軀體躺在棺木中，一批流亡者魚貫而入，每人把一杯美利堅的黃土扔在我的身上，唱一首古老的詩歌，說幾句客套悼詞。這，你已經應該滿足了。

每當我思想到這些，我的心靈都巨痛，一種很深的彷彿又很古老的顫慄慢慢升起。我當時很不喜歡這種哲學式的顫慄，但那又是眞實的。那個顫慄使我思想到一個寫起來很不好看的中文字「罪」。

罪是苦難的源頭，罪是疾病的源頭，罪也是死亡的源頭。我知道我是罪人，我的罪就是把人當神，把我所生活的群體當神，把我的祖國當成神，甚至把自己當神，所以我有無盡的失望和痛苦。

13

後來，我把自己交給了過去認爲不眞實，而在病痛中卻認爲最眞實的上帝，正像重病中的約伯所說：「過去我風聞有你，現在卻親眼看到你！」

於是，我找到了家，一個更美的家鄉。那裡沒有眼淚、沒有悲傷、沒有疾病、沒有死亡、沒有失望、沒有仇恨。從此，我不再懼怕苦難、不再懼怕流亡，我張開雙臂去擁抱苦難、擁抱流亡、擁抱疾病、擁抱上帝給我的十字架，這一切使我更接近爲眞理而付出鮮血和生命的天安門孩子們，也使我更接近各各他山上的愛的擁抱。

一九九五年聖誕節，我聽從了上帝的呼召，把自己的生命奉獻給了上帝，我把一切都交給了他，我的身體、我的靈魂、我的情感、我的生命，以及我的疾病、仇恨、苦毒、傷害、未來，以及盼望。上帝用他的大愛擁抱了我，他把我一切都粉碎了，再造一個新的我，正如經上所說：「若有人在基督裡，他就是一個新造的人，舊事已過，都變成新的了。」

14

十五年過去了，我已從青年步入了中年。

雖然流亡的歲月仍在繼續，而今我不再無奈，不再苦毒，我在歌聲中面對流亡，數算流亡的日子，好叫自己得著智能的心。

無論世界如何改變，人心如何改變，我會此心不悔地永遠追求眞理，哪怕爲此付出更高昂的代價。

也期待有一天回到祖國，把上帝的愛帶回那片土地，這也是我流亡中的思考，我爲這一天恆切祈禱。

15

現在，我成爲了一名牧師，用上帝的愛牧養著一群小羊，他們都是從中國來的知識分子，雖然他們不是流亡者，但同樣渴望找到心靈的故鄉。

每當我和這群中國人在明媚溫馨的教堂裡，隨著優美的琴聲唱著〈歸家〉這首歌的時候，我都會流淚：

歸家吧，歸家吧，
不要再流浪，
慈愛的天父呼喚我們，
今天要歸家。

是的，我不要再流浪了，地上的一切都是短暫的、寄居的，而我們有一個榮美的家，在天上，是誰也奪不走的。

二〇〇四年十月五日於華盛頓

風雨蒼茫一戈揚

曾慧燕

曾慧燕，廣東吳川人，著名女記者。一九七九年移民香港，先後任職多間報社。一九八九年獲台灣《聯合報》聘任美加新聞中心（紐約）記者，二〇〇二年轉任美國《世界日報》記者。為北美地區華文媒體最受人尊重及影響力的新聞記者之一。曾囊括香港最佳新聞從業員比賽三項大獎，打破歷屆得獎紀錄，包括「當年最佳記者」（一九八三年）、「最佳特寫作者」及「最佳一般性新聞寫作」。曾先後當選香港十大傑出青年（一九八四年）和「世界十大傑出青年」（一九八五年）。出版著作包括《外流人材列傳》、《在北京的日日夜夜》、《一蓑煙雨》及《中國大陸學潮實錄》等。

流亡生涯不是夢。對一生都在追夢、圓夢的前北京《新觀察》雜誌主編戈揚（本名樹佩華）來說，永無休止的追求和探索，才是人生的眞諦。

她有過異於常人的峥嶸歲月。延安時代，她是中國已故總理周恩來、鄧穎超夫婦賞識的「紅衣少女」。一九四九年中共建立政權，她與原《大公報》女記者彭子岡、浦熙修和楊剛，名列中國四大著名女記者，曾任新華社華東分社社長。

她投身革命一輩子，一九五七年卻被打成反黨反社會主義的右派分子，開除黨籍，發配到農村勞改二十二年，期間在內蒙古北大荒十年；文革結束後她獲得平反，重新擔任《新觀察》雜誌主編，爲推動中國大陸的開放、政治改革及新聞改革作出卓越貢獻。好不容易過了幾天好日子，沒想到步入暮年時，卻由一個應邀來美的訪問者，成爲有國不能歸、有家不能回的流亡者，因一九八九年六四事件流亡美國。

戈揚生於一九一六年，現年高齡八十八歲。客居美國十五年多，她沒有虛度歲月，除了努力適應新環境，她學英文、學電腦，勤於吸收新知識，筆耕不輟。她用一生不懈的追求，成就了「七十而隨心所欲，不逾矩」的境界。

同夢結連理　譜出黃昏戀

二〇〇二年九月，八十六歲的戈揚，與八十三歲的中共黨史專家司馬璐（本名馬義），兩人同夢結連理，良緣喜訂鴛鴦譜，譜出一曲感人的黃昏戀，也爲歷史留下一段亂世中國兒女情的佳話。而在他們還未正式結婚前，兩位老人三度悲歡離合的傳奇經歷，爲人津津樂道。

美國普林斯頓大學退休教授、歷史學家余英時、陳淑平夫婦對司馬璐、戈揚說：「你們倆眞是理想的最後結合。」

紐約聖約翰大學教授李又寧說：「你們的愛情故事與現代史密切關連，是一個動人的故事。」

台灣作家柏楊、張香華夫婦說：「有情的人一定有緣，有緣的人一定有果。」

美國科羅拉多教授劉再復說：「你們是有信念的人，有信念的人是幸福的。」

捷克詩人塞佛特說：「上天是很公平的，不論貧富貴賤巧拙愚智，每個人擁有的時間精靈背後，都輕舞飛揚同樣孤獨、同樣停不下來的一雙翅膀。就因爲這樣，在從容衰老的過程中，我們才可以隨時乘著回憶的翅膀來到人生旅途上任何一個階段；也因爲這樣，美好的人跟事，才會悲喜交集地一件一件說不完。」

司馬璐與戈揚，同爲江蘇海安小同鄉，是一對兒時青梅竹馬的玩伴。他們早年嚮往共產主義理想，相繼投身革命洪流，先後奔赴「革命聖地」延安。後來司馬璐「背叛革命」，逃出延安，遷居香港，一九八三年再移民美國；戈揚則對革命堅定不移。

兩人在一九四三年分道揚鑣，生死契闊半個多世紀後，歷盡劫波，最後殊途同歸。命運之神讓他們一九八九年在紐約重逢，隨後月老的紅繩將他們繫在一起，在星條旗下再續前緣。正應了「有情人終成眷屬」這句金玉良言。

一九八九年，戈揚七十三歲。從前中國古人說，人生七十古來稀。時代不同了，年逾古稀的戈揚一點不顯老。一九八九年四月十五日，中共前總書記胡耀邦的生命結束在不該結束的時候，引爆八九愛國學生民主運動。戈揚帶領《新觀察》員工去天安門廣場獻花圈，並與《世界經濟導報》在四月十九日合辦了紀念胡耀邦逝世的座談會，由戈揚主持。

四月下旬，戈揚從北京到舊金山參加紀念五四運動七十周年的學術研討會。不久，六四事件爆發，六月三十日，北京市長陳希同在七屆全國人大常委會八次會議上，作了〈關於制止動亂和平息反革命暴亂的情況報告〉，講話中數次點了戈揚的名。《新觀察》與上海《世界經濟導報》，被指爲「煽動反革命動亂」的一報一刊，遭到查封停刊的厄運，跨過世紀回味的苦澀，沿著命運不可抗拒的軌跡，戈揚被迫滯美不歸，開始漫長的流亡生涯。一個七十多歲的老太太，追隨共產黨半個多世紀，因擔憂國運追求民主進步，天涯有家歸不得。戈揚仍以微笑面對厄運。

在名報人陸鏗熱心牽針引線下，星雲法師首先向戈揚伸出歡迎之手，安排她在洛杉磯西來寺小住百日，戈揚以〈西來寺〉爲題作詩表心跡：「洛城山外景色新，客子遍嘗兩岸情；患難方知佛可歸，是非盡處見眞人。」另一首題爲〈別西來〉的詩曰：「匆匆辭別西來山，走霧穿雲回凡間；百日修行道尚淺，紅塵燦爛仔細看。」

人生何處不相逢

「一葉浮萍歸大海，人生何處不相逢。」戈揚滯美後，一九八九年十月應哥倫比亞大學邀請來到紐約。不久，美國《世界日報》星期天出版的《世界週刊》，刊出香港《鏡報月刊》紐約分社社長莫利亞訪問戈揚的文章。戈揚跟司馬璐參加革命後都改了名字，司馬璐覺得文中提及戈揚的經歷，閃現了他念念不忘的兒時玩伴樹佩華的身影。經莫利亞居中聯繫，證實戈揚與樹佩華同一人。

有意思的是，司馬璐和戈揚失去聯繫後，不約而同在香港和北京出版雜誌，分別名爲《展望》和《新觀察》，雖然中文名不同，但英文名稱接近。而那時人在香港的司馬璐，還特別注意《新觀察》的文章，覺得它在大陸是一本十分開放活潑的雜誌。「當然，那時我作夢都想不到，《新觀察》主編戈揚就是樹佩華。因爲我們在參加革命後都改了名字。」

兩位老人在紐約華埠一間中餐館久別重逢，心情都異常激動，雖然年輕時的激情不再，難得的是兩人仍默契十足，好像從來沒有分開過。他們眞正理解了「嚶嚶鳴矣，求其友聲」、「同聲相應，同氣相求」的涵義，更難能可貴的是，兩人幾十年來共同追求自由平等民主人權的理念不變。

雖然近黃昏，夕陽仍是無限好！

被稱爲「當代中國政治人物的活辭典」的中共黨史專家司馬璐，自言是一個平凡的人，一生卻充滿傳奇。他廣泛接觸過國共兩黨的上層人物和中國各黨派的知名人士。八十年來物換星移，多少風流人物與他擦肩而過，論英雄豪傑如數家珍，時代風雲變幻盡收眼底。

他總結自己的一生，有兩個特別經歷：一是生平接觸過最多當代中國政治人物，對中共黨史有著個人獨特經歷並長期從事資料蒐集研究；二是多次面臨絕境，都能在鬼門關轉一圈後死裡逃生。

「往事如煙，人生如夢，政治如戲。」聽司馬璐細說「我這八十年」，精彩絕倫，宛如自五四運動以來的中國近現代史中走了一遭。回首過去，自稱「五四孤兒」的司馬璐，大半生都在顛沛流離中度過，不斷和死神搏鬥，親歷中國複雜的政治風浪和歷盡人間滄桑。他將生命融化在大眾的事業中，孜孜不倦從事學問和歷史研究，雖然歲月已刻在他的額角和臉上，但他內心仍生氣勃勃，進入「永久青年」的境界。

人至期頤仍不休

一九九九年七月四日是司馬璐八十大壽，當天他在曼哈頓中城一間中餐館慶祝八十歲生日，當眾宣布成立旨在促進兩岸三地學術文化交流的「中華學人聯誼會」，並將來賓出席壽宴贈送的禮金悉數捐出爲運作基金。六年來，該會已舉行過連串學術會議。在他身上，充分展現了「人至期頤仍不休，生命八十才開始」的精神。

司馬璐一九一九年生於江蘇省泰州海安縣，與五四運動同齡。他不諱言自己是個私生子，生母崔氏是海安一個大戶人家的千金，生父陸省齋本來是崔家的家庭醫生，將崔家小姐誘姦成孕。在舊中國，未婚生子被認爲有辱家門，崔氏生下司馬璐時年方十七歲，隨即不堪壓力吞金自盡，崔家把他送進育嬰堂（相當於孤兒院）。稍後他被海安另一大戶馬家收養，六歲時養父母雙亡，由於他生來不是馬家人，馬家宗族遂發生一幕搶奪家產的鬧劇。

此後，司馬璐成爲亂世孤兒，凄風明月，苦雨寒窗，感懷身世凋零如雨打浮萍，失群孤雁。他說：「如果說，我的誕生，生母崔氏爲我自殺是一場悲劇，那麼這一場馬氏宗親奪產便是一場鬧劇和醜劇。我的身世中，悲劇是第一幕，鬧劇和醜劇是第二、三幕。」

他續稱：「我是一個私生子，從小便是個孤兒，到處流浪。我的童年的災難，使我一輩子痛恨這個不合理的中國社會，家庭的愛，社會的愛，國家的愛，都距離我很遠，我一生在自生自滅中長大，叫我何處去尋根？又叫我何處去認祖呢？」

司馬璐回顧他的青少年時代，簡直不敢相信自己是如何活過來的。在他艱辛曲折的一生中，荊棘滿途，他屢次跌倒了爬起來，再跌倒，再爬起。「我認識科學與民主，不全是從書本上得來的知識，也是走了不少冤枉路換來的。」

他童年所受的正式教育，只有兩年私塾和三年小學，一度靠行乞和拾垃圾爲生。後來，他在一間布店做學徒，在這期間讀了許多中國舊小說，把他帶入一個幻想的世界。令他入迷的書，都與他童年的遭遇有關，他愛讀神怪武俠故事，嚮往自己有一天像故事的人物黃天霸、孫悟空大鬧天下。一九三六年，司馬璐接受一個短時期的圖書館管理教育，然後到鎮江一個私立流通圖書館做管理員。他一直認爲，書是知識的泉源，只有知識才是有用的，管理圖書的好處是知識的接觸面很廣。他生性嗜書如命，在圖書館工作，使他得以持之有恆地增進知識，在某一程度彌補了他缺乏的高等教育。而每讀一本書，都像在他眼前打開一扇窗戶，讓他看到外面的繽紛世界。

他生平第一件得意的事，是把所學的圖書管理知識，再與實際經驗結合，寫了一篇處女作〈怎樣利用圖書館〉，寄給全國最富聲譽的天津《大公報》的圖書副刊，不久獲刊用。當時他在圖書館的月薪是八元大洋，這篇文章的稿費高達十二大洋，使他喜出望外，寫作信心大增。

他的知識幾乎全是自學得來，許多人問他是哪一所大學畢業的？他經常要費許多唇舌解釋，自己沒有讀過大學，甚至連中學也沒有念過。五四運動以來，中國青年一度用自修大學和社會大學兩個名詞形容沒有受過高等教育的人，他認爲兩者都適合他。由於生於亂世及個人命運多舛，他未能接受高等教育，至今引以爲憾。

司馬璐養父母領養他時，給他起的名字叫馬元福，後來他自己改名馬義（取自馬克思主義的簡寫）。司馬璐是他寫作時的筆名，「司馬」代表他對中國古代歷史學家司馬遷的崇敬，「璐」字是爲了紀念掩護他離開上海的女友、大仁大智的奇女子路培華，後來司馬璐越叫越響亮，本名反而沒多少人知道了。

愛在心間難開口

鎮江是司馬璐一生最早接觸新文化的地方，也是他與戈揚留下許多美好回憶的地方。在少年情懷總是詩的年代，戈揚與司馬璐在鎮江一起參加共產黨外圍組織「讀書會」，戈揚是這一時期的活躍分子。司馬璐回憶，年輕時的戈揚非常漂亮，喜歡穿一襲紅衣。司馬璐比戈揚小三歲，但就像他的偶像賈寶玉那樣，早熟多情，對戈揚情有獨鍾，但卻愛在心間難開口。那個「紅衣少女」的形象，多少年來一直深刻烙在司馬璐的腦海中。「可是，那時追求戈揚的人太多了，我怎麼排隊都輪不到。」而且在「紅衣少女」眼中，那時的司馬璐，只是「一個黑黑瘦瘦的大孩子」。

一九三七年七月七日蘆溝橋事變，其時司馬璐被共產黨安排在蘇北海安文化館任職，是鎮上第一個知道消息的人。翌日一早，他即去戈揚家中通風報信。懷著對日本侵略者的國仇家恨，他們一起搞黑板報，又邀請當地出身前清舉人的紳士韓國鈞的女兒韓柳閑，組織一個抗日劇團，藉演出宣傳抗日，正在排演期間，司馬璐奉命急赴上海，與戈揚不辭而別。此後，他「進入一個黨指向哪裡，就奔向哪裡的時代」。

戈揚後來撰文回憶這段歷史舊事時談到：「七七抗戰開始，小馬義到我家裡說：『蘆溝橋打起來了。』然後我們一起到外面貼牆報（也就是日後的大字報）。我奇怪，馬義當時的消息爲什麼那麼靈通？我又奇怪，馬義爲什麼又突然失蹤，在海安消失了呢？」這個謎團後來終於揭曉，司馬璐給戈揚看了一份中共黨內的內部材料，戈揚才驚奇地發現：「原來馬義入黨的時間比我還早呀！」司馬璐是在七七事變前夕突擊入黨，他得意地說：「我那時眞是小小年紀，一顆紅心，神出鬼沒。」

原來，他從海安「突然消失」後，到了上海。七七事變，北平、天津相繼失守，國民黨軍隊和日軍正在華北激戰。一九三七年八月十三日，日軍在上海登陸，抗戰全面展開，當時中共的政治口號是：「發動群眾保衛大上海」；而內部傳達是：「國民黨政府要向日本帝國主義投降，共產黨爭取抗日民族統一戰線的領導權」。十月底，大場失守，大上海保衛戰接近尾聲，在撤退期間，中共給司馬璐的指示是立即準備到延安學習。黨叫幹啥就幹啥，司馬璐義無反顧到了延安。

戈揚後來也投奔延安，巧合的是，司馬璐與她分別在周恩來和鄧穎超夫婦手下工作。一九三八年，年僅十九歲的司馬璐出任延安抗日軍政大學圖書館主任。翌年再出任《新華日報》延安辦事處主任，該單位後來和延安《新中華報》及《每日新聞》三個單位合併，改爲「延安新華通訊社」，他是主持人之一。

一九四〇年，司馬璐被派往四川重慶，在周恩來、董必武領導下擔任地下工作，與戈揚一度在重慶不期而遇。當時的紅衣少女戈揚，參加過著名的臺兒莊會戰，且是才女，深得中共領導人器重。由於那時兩人都爲了一個共同的革命目標，都在準備爲共產主義理想拋頭顱、灑熱血，置生死於度外，所以見面時礙於革命紀律，對自己的事情守口如瓶，也將兒女私情拋在一邊。

覺今是而昨非

一九四一年皖南事變，司馬璐歷經種種一言難盡的政治打擊，被派到白區（當時中共對直接控制以外的地區，一律稱爲白區）做地下工作，接受最艱苦的「革命考驗」。當時他一片丹心追求共產主義的理想，強忍內心痛苦，不動搖其政治信仰。多次赴湯蹈火，全力以赴執行「黨給我的任務」，但他的積極表現和犧牲精神，招致更多打擊。他逐漸發現，他認識的共產黨員，沒有一個逃得過被整肅的命運。他耳聞目睹很多著名的共產黨人，一生中都有幾上幾落的紀錄，「被整時未死的，再整人時絕不手軟。不管冤假錯，先下手爲強」。他與中共領導人由於感情糾葛，從情敵被打成政敵，當時的中共中央組織部長陳雲派他深入敵區做地下工作，美其名「接受考驗」。其後又派他往浙西，「當時我的處境危機四伏，驚心動魄，分分秒秒與死神共舞，目睹多少為理想奮鬥不息的青年人，死於中共黨內鬥爭。」

司馬璐心灰意懶，他與中共的關係，從最初的革命浪漫主義到懷疑否定，到感受壓力乃至產生恐懼感再到脫逃。最後，他從親身經歷的黨內鬥爭中，大徹大悟，認識到共產主義的錯誤，覺今是而昨非，他痛苦地放棄自己當年的理想和追求。一九四三年，他做了共產黨的逃兵，毅然脫離中共。不過，他對自己過去參加及退出共產黨的歷史，無悔無怨。

在中共建立政權前夕，政治嗅覺靈敏的司馬璐從上海逃往香港，從零開始，披荊斬棘開創新天地，成為名噪一時的中共黨史專家。他靠賣文為生，並與一群從中國大陸逃到香港的作家組織「自由作家聯誼會」，時常舉辦各種活動，非常活躍。一九五二年，他在香港出版《鬥爭十八年》一書，記述他從十二歲到三十歲（一九三二至一九四九年）接觸中國政治生活的獨特經歷。此書出版後成為暢銷書，共銷約十萬餘冊，並譯成數國文字，他拿到一筆可觀的版稅和稿費，成了小康。司馬璐在香港前後一共出版過約二十本各類書籍，視為心血之作的有《中共黨史暨文獻選粹》十二冊及《瞿秋白傳》等。

一九五八年司馬璐在香港創辦《展望》雜誌，至一九八三年底移民美國才停刊，歷時十六年，在香港算得上是一本長命刊物。移民美國後，他在紐約主編《探索》雜誌，長達十年，至一九九三年停刊。

他個人在思想與政治上，經過幾十年的摸索，開始覺悟到，解決中國問題，仍然需要沿著五四運動的方向繼續前進。五四精神並沒有過時，民主主義才是他眞正的理想，民主是解決中國問題的唯一出路。作為一個自由主義者和民主主義者，他希望看到中國繁榮進步。

司馬璐在八十歲生日時，完成《紅樓夢與中國政治》一書，接著決定執筆撰寫他的回憶錄《中共歷史的見證——司馬璐回憶錄》（由明鏡出版社出版）。他有感自己親歷這大時代大轉變的過程，絕大多數與他同輩的人都已逝去，他傳奇的一生結合中國共產黨的史實，令此書頗有看頭。他說：「我認爲自己有責任忠實的寫出我的記錄，作爲歷史的見證。我相信人的生命必須有夢，我走進這個世界就開始有夢，一個夢接著一個夢，我走過來了。……從演員變爲觀眾，寫回憶錄，一樂耳。」

數十年生死兩茫茫

回頭再說司馬璐與戈揚各奔前程後，自此天各一方，數十年生死兩茫茫，但對方的音容笑貌不時仍在彼此的心頭掠過。司馬璐在戈揚的記憶中，是「一個黑黑瘦瘦的小馬義」；而戈揚，「紅衣少女」的形象，則深刻烙在司馬璐的腦海中。

戈揚早在二十世紀三十年代就仰慕共產黨，嚮往「解放區的天空是晴朗的天」，這是那個時代熱血青年的共識。一九四一年，戈揚參加新四軍，爲革命出生入死。她回憶說：「那時候的共產黨是有理想的，當然是不合實際的理想，例如『砍頭不要緊，只要主義眞，殺了夏明翰，自有後來人』。那時的共產黨也是正義的，要求抗日也是愛國的。我們青年人就在這樣一股熱潮中參加了共產黨。」

中共建政後，戈揚先後出任新華社華東分社社長和北京《新觀察》雜誌主編。一九五七年反右運動和一九六六年文化大革命，她在劫難逃，前後下放勞動改造二十二年，在北大荒的嚴酷環境下度過黃金年華，飽經風霜，吃盡苦頭。也正是由於她莫名其妙被打成右派的種種折磨，使她重新認識了共產黨的眞面目，不再崇拜共產黨。「我發現共產黨沒有爲人民做過什麼好事。」

四人幫垮台後，戈揚重回《新觀察》，將這本雜誌辦得有聲有色，以開明開放的風格蜚聲中外。

人生七十才開始

戈揚晚年因六四事件流亡海外，時年七十三歲，她沒有被逆境擊倒，在設在紐約的「中國人權」組織安排下，到曼哈頓國際語言中心，從英文二十六個字母學起。

回憶這段「牙牙學語」的經歷，戈揚笑說，六四事件前夕，她是跟詩人北島（本名趙振開）搭乘同一架飛機出國的，當時北島半開玩笑半認真地跟她說：「你如果不會說英文，就什麼都不說，光說『Yes, Yes』就是了。」戈揚說：「我如果回答錯了呢？」北島說：「那好辦。你一看對方臉色不對，就說『No, No』就對了。」說得戈揚大笑。

那時戈揚除了學英文，還經常去「中國人權」的辦公室打發時間。在那裡，她第一次接觸到電腦，覺得新奇無比。其時正值資訊網路熱到來的時候，她投身其中，切實感到電腦和網路給人帶來的樂趣。「人之所以成為人才，靠的是大腦的智能，電腦則是人腦的延伸。反正閑著無事，多學一點新東西總是好事。」

好個戈揚，一頭鑽進電腦網路的世界，學起電腦打字來。最初困難不少，邊學邊忘，寫一篇稿要比筆耕花多好幾倍時間。有時一個不小心按錯鍵，差不多接近完成的稿件，不翼而飛全功盡棄，但她沒有氣餒，相信功多手熟，熟能生巧，不久漸入佳境。到後來，用手執筆寫稿反而不習慣了。「用電腦寫稿，修改、增刪稿件實在太方便了。」

此後數年，她應香港《開放》雜誌每月一篇的專欄文章，都是借助電腦完成的作品。

戈揚學英文，不止滿足於日常簡單會話，兩三年後，她的英文程度已經可以閱讀《紐約時報》和《時代週刊》等英文報刊。在美國的流亡歲月，戈揚沒有虛度，最初十年，她忙於寫作、演講和參加研討會、座談會等各種社會活動，接受媒體訪問發表時事評論等，沒有一刻空閑。直到二〇〇〇年，八十五歲的戈揚動了心臟大手術，身體每況愈下，才減少了外出活動。

近年在家靜養病體的戈揚，又迷上了研究羅素思想。羅素生於英國貴族家庭，他的祖父做過維多利亞王朝兩任首相。羅素九十八歲的人生，「是在追求與失望中度過的。」羅素在他的自傳中寫道：「三種簡單的但又極爲強烈的激情，支配著我的一生，對愛的渴望，對知識的追求和對人類苦難不堪忍受的悲哀。」戈揚回顧自己的一生，在思想上與羅素產生強烈共鳴。

她說：「羅素以九十多歲的高齡，強烈地奔走，走過一生，眞是不容易！何況這三件事，都與人的性格不同有關，更加引起我的興趣。」而羅素由一個自由主義者轉變爲社會主義者，跟戈揚由一個共產主義的忠實信徒轉變爲民主自由主義的鬥士，兩者有異曲同工之妙。

戈揚幾年前眼睛動了白內障手術，近年又因青光眼視力退化，但在健康未惡化前，她每天仍借助放大鏡讀書看報，並摸索著用電腦寫回憶錄《風雨蒼茫》。她用回憶錄細說前塵往事，敘述她一生追求共產主義理想、晚年卻承受理想幻滅之苦，命運弄人，最後成爲年輕時代要打倒的「美帝國主義」的國家的公民。她進入回憶的國度，在回憶的時光中度日。但從二〇〇四上半年開始，她身體每況愈下，回憶錄還未完成。她最深的感受是自己年逾七十才來美國，沒有對美國作過什麼貢獻，可是，「美國對我太好了！」光是她心臟病入院動手術的費用，若在大陸可不得了，但在美國，她不用花一毛錢。出院後回到家中，還有護理員全天上門照顧，充分享受資本主義制度的優越性。

許多在中國大名鼎鼎的知識分子，流亡到美國後，往往有「得到天空，失去大地」的失落感。戈揚每個月基本靠幾百美元養老救濟金生活，但她每天都活得高高興興的。

戈揚說：「我自己覺得，到美國後，得到的是自由。我所需要的和追求的，也正是這份自由。這裡沒有人跟蹤我，沒有人竊聽，沒有人包圍自己，這就很好了。我居住條件差，但說老實話，在中國的精神壓力，要比這裡大得多。我追求的理想就是民主，而中國實行的是一黨專制、獨裁，跟我隔得很遠。」

光靠幾百美元一個月的救濟金，在美國特別是在紐約這樣比較高消費的地方生活，要想舒適確不容易。但是，戈揚卻這樣甘之如飴生活了十多年。她沒有後悔自己的選擇，她說自己已跟共產黨格格不入，她所追求的就是原來共產黨所說的人人平等。「但它自己推行的是專制獨裁，不平等，我怎麼能跟它同流合污呢？」

在美國流亡期間，最初戈揚仍保持中國公民身分，一度被拒發養老金，戈揚後來乾脆入了美國籍，這樣繼續領養老金就沒有問題了。戈揚在宣誓成爲美國公民的時候，流下了眼淚。因爲她沒有想到活到這麼大的一把年紀，還要在國外流浪，更沒有想到爲養老金的問題，要加入美國籍。

像戈揚、劉賓雁這樣一大批流亡海外的知識菁英，誰能體會他們孤獨、痛苦和飄零的感受。戈揚與五四運動一起，參與締造了新中國的誕生，還有王若望、王若水及金堯如等前輩，他們把一生貢獻給自己的祖國和人民，到了老年，卻不能擺脫被放逐的命運，客死異鄉。這是全體中國人的悲哀，也是時代的悲劇。

戈揚前幾年還有信心在有生之年重回中國大陸，但踏入二〇〇四年以來，尤其是近段時間，身體健康一直在走下坡，眼睛看不清東西，聽力也在逐漸消失，已有老人癡呆的跡象，最近數度進出醫院，身邊的人都在暗暗爲她擔心。

司馬璐以前常常喜歡外出蹓躂，由於照顧老伴精神壓力過大，今年以來健康狀況差了不少，去年他還龍馬精神海鶴姿，現在走路步履蹣跚，需要借用助步器。除了外出購物、看醫生，他終日陪伴在戈揚身邊。一向女強人作風的戈揚，自健康狀況惡化後，心靈變得特別脆弱，極度缺乏安全感，經常擔心有哪一天醒過來失去司馬璐。司馬璐只好一再承諾與她相依爲命，不離不棄。

司馬璐謙稱，他的思想境界沒有戈揚高，看問題也不如戈揚有深度，但他的脾氣沒有戈揚大，在他眼中看來，戈揚什麼都好，就是「愛發脾氣」。

戈揚說，司馬璐是私生子，母親生下他就自殺了，「他與生俱來有憂鬱症」，而戈揚天生說話大嗓門，有脾氣就發，發了就忘了。司馬璐每次在戈揚衝著他發脾氣後，則一聲不響生悶氣，戈揚最初並不知自己「得罪」了他，奇怪「他怎麼變成了悶葫蘆」，相處日久，才了解對方的脾氣性情，以後再碰到司馬璐不吱聲，戈揚就會恍然大悟，「壞了，我又說錯話了。」

人老了有時性格脾氣都跟小孩子無異。老太太有時哪裡不舒服了，也會使點小性子，年紀一大把了，還會「吃醋」。司馬璐有時外出時間長了點，她除了擔心「馬先生」（戈揚對司馬璐的暱稱）的安全，還會懷疑他去找哪個年輕的小姑娘了。有時司馬璐氣她「無理取鬧」，會跟戈揚的女兒小米或我訴苦。我們都安慰他，她是個病人，您就多擔待點，把她當病人好了。

司馬璐一想，也眞是的，跟一個病人有什麼好計較的。他說，自從戈揚視力、聽力和記憶力都出現問題後，有時覺得自己挺委屈受氣的，但每每念及戈揚從前對他的種種好處，一會兒氣就消了。

同為天涯淪落人

司馬璐與戈揚同爲天涯淪落人。一九九〇年，他住在紐約布碌侖，戈揚住處離他不遠。他大病一場，戈揚在病榻前悉心照顧他直到病癒，由於他是私生子，在封建社會不被承認，加上自幼失怙，沒有一個眞正屬於自己的家，戈揚在他病中送來溫暖及情誼，令他特別感動，當時他就在內心暗暗發誓，以後有一天要好好照顧戈揚。他們在布碌侖一住七年，一九九六年，他們在紐約法拉盛一處合作公寓合購一單位共賦同居，互相照顧扶持。

司馬璐說：「我從小缺乏家庭溫暖，別人對我好一點點，我永遠銘記在心。對戈揚更是如此，無論她的健康惡化到什麼程度，我都要盡到良心和道義上的責任，有情有義，善始善終。」

戈揚在〈曼哈頓〉一詩中，記載了兩人生死不渝的深厚情誼。「入冬小住曼哈頓，怪事奇談處處聞；青梅竹馬來相會，竟是斑斑白髮人。」司馬璐也和詩一首：「海安青梅竹馬，重慶異床同夢，紐約歷經考驗，從此長相廝守。」

他們兩人本來已同在一個屋簷下生活多年，爲何遲至二〇〇二年才興起結婚念頭？這要從戈揚二〇〇〇年三月心臟病突發、險死還生講起。戈揚後來在香港《動向》半月刊發表〈我死過一次〉一文，記敘了她在鬼門關走了一遭的經過。

二〇〇〇年戈揚八十四歲，半夜突覺心疼，「只覺得有一種要死的感覺」，經檢查是心臟兩條相鄰的血管栓塞，醫生當機立斷給她做手術。

戈揚與胡耀邦同年，她說：「我得了和胡耀邦同樣的病，胡生病那年七十三歲，我生病時八十四歲。俗話說：七十三，八十四，是一道坎兒。胡耀邦十一年前沒有活過來，我卻活過來了。我因這次死而復生深深體會到，給病人動手術與否，是由政策定的，要看是否把人當人看待，就要首先承認人有『生』的權利，不論職位高低，一律平等。當然還要有崇高的醫德和精湛的醫術爲其服務。我有幸在這樣一個國家，所以活了。」

戈揚的生命力非常頑強，四月十三日入院動手術，手術非常成功。術後五天，她轉到性質類似老人療養院的護士之家復健，六月九日出院。那天我與小兒艾雷買了一束好看的康乃馨鮮花去接她回家。我在車上對她說：「您應當寫篇文章，把兩個月來從發病、手術到康復的心得體會告訴大家。」這便是上述文章的由來。

但戈揚在這篇文章中沒有提到的是，臨推入手術室前，她擔心自己此去凶多吉少，突然覺得有一個未了心願，她鄭重其事作爲遺言說了出來：「我和馬先生就算結婚了。」戈揚守候在旁的兒子小胡趕緊安慰她：「我當證婚人。」

戈揚康復後，一度覺得沒有必要再多此一舉。轉眼兩年過去了，這一回是司馬璐身體不適入院檢查，對方要家屬簽字，司馬璐半天作聲不得，他與前妻早已離異，唯一的女兒是抱養的，不在身邊，戈揚在一邊嚷嚷：「我們結婚吧。」司馬璐如釋重負：「我的太太是戈揚。」

一對新人成老伴

二〇〇二年九月十三日，戈揚與司馬璐在紐約曼哈頓移民局法庭舉行特別婚禮，一對「新人」從此正式結爲老伴，兩人喜極而泣，場面感人。他們的婚事，由紐約華人女律師潘綺玲一手操辦，鑒於兩人的特殊身分和年齡，紐約知名女法官麥曼紐斯（Margaret McManus），特別爲他們在移民局法庭主持簡單隆重的婚禮。

老倆口在兩岸三地知名度頗高，但在準備結婚前相當低調，保密功夫十足。當天的婚禮，除了由陳健華、潘綺玲律師夫婦及其助理陪同，並邀請紐約公共圖書館東方部顧問馬大任和我擔任男女方的證婚人，再沒有邀請任何人。此前幾天，我接到馬伯伯（司馬璐）來電，他說戈揚不把我當記者，視我爲女兒，要我代表女方家人簽字證婚，並叮囑我要保密。

大喜日當天上午，碰巧他們在台灣的好友陳宏正抵紐約，要約他們中午餐敘，司馬璐只好吐露實情說正要出門辦理結婚手續。陳宏正立刻表示要趕來法院觀禮，我覺得他比我更適合擔任證婚人，主動退位讓賢。作爲男方證婚人的馬大任，作了一首打油詩，以「恭賀馬義兄戈揚大姊老年新婚之喜」。詩曰：「少年志同又道合，中年各自奔東西，老天不負有心人，璧合一對老夫妻」。

兩人在結婚宣誓時，別開生面宣讀了他們共同起草的「結婚宣言」，感性十足：

我們相識了七十年，從幼年孤苦伶仃，一生中的艱辛，多少辛酸的故事，值得我們懷念！

我們一個夢接著一個夢，爲了共同的理想，爲了民主和自由，接受挑戰，不斷的接受挑戰。

我們忘記了，彼此說一個「愛」字。

我們跌倒了爬起，又跌倒，又爬起，一個在北京辦《新觀察》，一個在香港辦《展望》，連結了我們的心靈。我們天各一方，還不知道誰是誰？原因是我們都改了姓名。

我們多次逃過死神的召喚，居然都活了八十多歲。感謝美國這塊土地，使得我們又重新團聚，從此，我們相互扶持，安度晚年。

七十年前，我們作過同一個夢，今天我們還作著同一個夢。

後記

司馬璐先生一直說我是最了解、也是最適合寫他與戈揚故事的人。戈揚阿姨與他譜出黃昏戀時，我差一點當了他們的證婚人。冥冥之中，我似乎跟他們挺有緣的。

二○○二年九月十六日，我從前在《聯合報》美加新聞中心的老長官張作錦（尊稱作老）先生，從台北給我傳眞一函說：

讀了妳九月十四日的報導，知道司馬璐先生和戈揚女士結婚了，實在爲他們兩位高興，請代致最深的祝福。那年他們兩位訪台，曾小酌共話。當時就覺得，兩位長者，人在海外，能相互扶持，實在難得。

猶記和妳初次去曼哈頓訪戈揚女士，在她那兒巧遇艾端午兄，你們兩位也成就了一段好姻緣。眞是人間佳話。

作老的來函，勾起我對往事的回憶。

第一次見到戈揚，是一九八九年四月二十五日，在美國舊金山紀念五四運動七十周年的學術研討會上，因香港《九十年代》月刊主編李怡先生特約我採訪報導會議情況。

初識戈揚，簡直不相信她已年逾古稀。她身材苗條，步履輕盈，上身穿一件紅色的毛衣，顯得氣色甚佳，臉上的皮膚光滑細膩，說話中氣十足，根本不像一個七十三歲的老太太。

舊金山一別，原以爲我們會在北京再見的。沒想到陰差陽錯，命運神差鬼使，最後把我倆都騙到了紐約。

一九八八年十一月，台灣聯合報系美加新聞中心在紐約成立，辦公室設在紐約《世界日報》總社。

當時美加新聞中心主任是張作錦先生，副主任是孟玄兄。作老歷任台灣《聯合報》總編輯、美國《世界日報》總編輯及《聯合報》社長等。他在香港《九十年代》月刊先後看到我訪問大陸導演吳天明和劇作家吳祖光的文章，大加讚賞。便叫孟玄打聽作者是誰，有意叫我加入美加新聞中心。

孟玄也眞有辦法，居然輾轉打聽到我在舊金山的聯絡電話，遊說我來紐約。我當時一心想返香港工作，便謝絕了他的好意。

可是，命運弄人。一九八九年六四事件，不但改變了戈揚等人的命運，也改變了我的人生軌跡。從五月十三日北京學生宣布在天安門廣場絕食請願開始，我密切注視事態發展，一顆心懸在半空，每當在電視上看到那些在天安門廣場絕食的學生，眼淚就像斷了線的珠子簌簌往下掉。當北京的槍聲響起，耳聞目睹六四血腥屠殺的鏡頭，我心碎夢醒，情不自禁失聲痛哭，那一頭曾經引以爲傲的烏黑發亮的頭髮，一夜之間不知白了多少根，我才相信春秋時代的名將伍子胥過昭關一夜急白了頭髮的傳說，並非毫無根據。我可以原諒共產黨當年對我的家庭及尚在襁褓之中的我犯下的罪行，但我永遠無法原諒一個號稱「人民軍隊愛人民」的政權用坦克機槍濫殺無辜的行爲。

六四事件第三天，孟玄的電話又來了，說美加新聞中心急需熟悉中國大陸情況的人手，希望我再考慮。眼看那些當年與我一起跑「中國線」的香港新聞同業，由於赴北京採訪八九民運，大都被列入了黑名單，禁足回大陸採訪。好友張結鳳時任香港《百姓》半月刊採訪主任，在天安門廣場中彈掛彩負傷回港。而我說得上是聯合報系聘請的第一個有大陸背景的記者，當時海外民運風起雲湧，聯合報系屬下的美國《世界日報》、《歐洲日報》大量報導相關新聞，我自認爲可以從中發揮作用，一種強烈的使命感作祟，我略爲猶豫就答應了。

一九八九年八月，我首次踏足台灣向聯合報社報到。十月十六日，我自香港飛抵紐約正式履新。幾乎在同一時間，戈揚也從洛杉磯西來寺來了紐約，住在曼哈頓哥倫比亞大學附近的公寓。

作老是位富文人情懷的長者，文章犀利，字裡行間卻有股濃得化不開的家國情懷，國事家事天下事，事事關心，他對大陸知識分子有種特殊感情，叫我打電話約請戈揚餐敘。

沒想到這通電話又一次改變了我下半生的命運，歷史有偶然也有必然。那天恰巧戈揚外出買報紙，接電話的是艾端午，他後來成了我的丈夫。

二〇〇四年十月於紐約

愛中國的一群

——爲一個合影的題照

蘇煒

蘇煒，一九五三年生於廣州，祖籍廣西北海。文革中下鄉海南島十年。一九七四年發表第一篇文學作品。一九八二年進入廣州中山大學中文系就讀。大學畢業後赴美留學，獲洛杉磯加州大學文學碩士，並在哈佛大學費正清中心擔任研究工作。一九八六年隻身遊歷歐洲後回國工作，曾任北京中國社科院文學研究所新學科理論研究室副主任。一九八九年定居美國，曾為芝加哥大學、普林斯頓大學訪問學者，「普林斯頓中國學社」成員，《民主中國》副主編。現為耶魯大學東亞系高級講師，專事中文教學。曾出版長篇小說《渡口，又一個早晨》、《迷谷》，中篇小說《米調》、短篇小說集《遠行人》，學術隨筆集《西洋鏡語》、散文隨筆集《獨自面對》並論文多種。

「愛中國，成爲我們大家共同的悲劇根源。」那天，鄭義這麼說的時候，我看見林培瑞眼裡含著淚光。這是一群客居異域的中國人，爲一個「洋鬼子」辦的生日聚會。壽星公 Perry Link——林培瑞教授，普林斯頓大學國際知名的美國漢學家，恰値六十華誕。

兩週前的一個傍晚，年近八十的賓雁大哥給我打電話，告訴我：朱洪大姊不意間注意到了林培瑞的生日，而且今年恰是六十大壽，「Perry爲我們中國人做了太多事情了，我們應該好好爲他慶祝慶祝。」長輩惦記著爲晚輩做生日，這好像不太符合中國老規矩；但逢事先想到他人，對人對事總是充滿暖意善意，這卻是賓雁大哥爲人處世的風格常態。被錢鍾書先生題詞稱讚爲「鐵肩擔道義」的劉賓雁，常常被媒體輿論塑造成一個「怒目金剛」的形象。其實在日常生活裡，賓雁從來都是大家中間一位溫厚兄長。按年歲，他應該是我們的父輩，可是朋友中無論長幼老嫩，大家都習慣稱他「賓雁」，叫「老師」叫「大哥」，反而都顯得生分（文學圈子裡，只有兩個人能夠「享受」大家這樣的「禮遇」——另一位是劉再復）。賓雁自己身患重症，連續的化療造成身體非常虛弱，卻堅持說他要親自爲林培瑞做這個生日。我作爲林培瑞相識相交最久的老朋友，張羅好這一次「驚喜聚會」，自是責無旁貸。

林培瑞——Perry Link，我習慣叫他林老師，卻是我的一位異域兄弟般的亦師亦友的患難至交。我們的交誼跨越了二十五年。從一九七九年春天開始，他作爲加州大學的訪問學者到廣州中山大學訪學一年，我們就成爲了好朋友。那時候，我還是大學中文系的學生，並兼任一本學生文學雜誌的主編；他嘛，中文是師從現代語言學大師趙元任的女兒——哈佛趙如蘭教授學來的高雅京腔，博士論文研究的是民初「鴛鴦蝴蝶派」小說，現下正沉迷中國相聲，剛剛成爲侯寶林第一位拜師入門的洋弟子，正央我爲他在校園裡找一位「捧哏的」，搭對子上台講相聲。——他大概是當時全世界第一位可以用字正腔圓的京腔，登台講中國相聲的「洋大人」。他告訴我，從八、九歲開始，自從認識了鄰居一個中國人的教授家庭，他就開始對中國文化著迷了……

夏日朗朗。我開始跟各位老友聯絡，商議這次生日聚會的人員名單。

噢噢，手頭上這份名單，雖然簡了又簡，幾乎全都是海那邊的爲政者視爲洪水猛獸、意欲趕盡殺絕的人物呢！——「反華」、「賣國」、「敵對勢力」，是最常套在他們頭上的黑帽子。一一列舉過來，竟都是一群多少年來爲國家命運、民族憂患嘔心瀝血，卻被擋在國門之外，有親不能見、有家歸不得的漂流人。

——作家鄭義、北明夫婦，頂著「著名作家、山西省影協主席」等等一大堆光環和頭銜，在「金雞獎評委」的任上直接捲入一九八九年天安門民主運動，被當局定爲「黑手」而受到全國通緝。在重重圍捕之中，雷暴不亂塵埃不驚地完成了三本關於苦難中國的磚頭樣的厚書，方才渡海西行——鄭義的《紅色紀念碑》，因爲以翔實的實地考察記錄揭露文革中廣西人吃人的驚人史實而轟動國際社會，近幾年又撐著多病的身子，埋首研究、調查中國大陸的環境污染問題，積數年心力寫出了振聾發聵的皇皇大著《中國之毀滅》。據說此書上了北京的總理案頭、中央政治局的會議桌。可是，鄭義的因思念兒子積憂成病的年逾九旬的母親，臨終前在病榻上喃喃著要見小兒子一面而不得，每回提起，鄭義總是紅了眼圈……

——還有，早在一九八〇年就參選北大海淀區人民代表、寫出了被譽爲「中國現代民主經典」的《論言論自由》的政論家胡平夫婦；爲一九七九年北京民主牆運動入獄多年、現任紐約「中國人權」主席的劉青夫婦；文革後中國第一位文科博士、曾主編上海《思想家》雜誌鼓吹「自由」、「民主」而被當局嫉恨的哲學家陳奎德；「傷痕文學」時代崛起、因爲帶頭抗議六四天安門屠殺而遭到清算的廣東作家孔捷生夫婦；前「國務院體改所」成員、《當代中國研究》主編、普林斯頓大學的博士候選人程曉農；以及，近年來剛剛寫出震驚海內外輿論的《中國的陷阱》就受到當局常年迫害跟蹤、在祕密警察登門的前夕不得不棄家出走的著名學者何清漣；頂著「反動」罪名熬過半生坎坷的耶魯學者康正果……

這些年在海外漂流，我常有一種感覺：閱世一如讀書。世事的興亡顯隱、分合沉浮，莫不是造物主在爲你耕文煮字，織經布綸；身邊熟悉交往的每一位朋友，其實翻開來，更都是一本本說不完道不盡的煌煌大著。有時候，書房裡藏書千本萬本，還不如讀一讀身邊朋友這一本本大書呢！近讀一位民國著名藏書家的書話隨筆，曰：「讀書當自具眼，若但以成敗爲是非，毀譽爲曲直，則侏儒觀俳優耳。」（周越然《言言齋古籍叢談》）不錯，手上這些名字，一個個，無不是入了當局「另冊」，打入媒體冷宮，刻意要被當今海那邊的花綠世界所漠視、所遺忘的人物。當局的刻意，其實反而體證了這些名字的份量——然而，當今時世，以成敗、毀譽論曲直是非之「侏儒觀俳優」者，可算是「滔滔天下皆是」呢！

暮夏的一個響晴天，散居在美國東岸各地的老友熟友，紛紛向新澤西中南部的雅靜小鎮普林斯頓匯聚。從地圖上看，高速公路四、五個小時的車程，幾乎就是北京到濟南、或者上海到徐州的直線距離。早晨出發，到了地方已是午後。可是大夥兒在普林斯頓林培瑞的新居所見面，卻一個個仍是身輕氣爽的。胡平和劉青夫婦一大早就從紐約趕到，爲的是早點爲年前新婚的林太太——童屹幫一把手。鄭義的小女兒美妮和我的女兒端端，幾乎前後腳同在新澤西出生，「與生俱來」就是最好的朋友姊妹，一轉眼已經過了十歲，這一回是千叮萬囑的約好了要相聚玩一場，這下子勾肩搭背的，蹦蹦跳跳跑開了。我先向「壽星公」夫婦報過到，大呼小叫的和各位老友寒暄過，自己默默瀏覽打量著這個既熟悉又陌生的宅所，滿屋的喧聲笑語逗弄著暖融融的陽光，漸漸退爲嗡嗡吟吟的背景音響，一時間，我有點神思恍惚起來……

熟悉，是眼前牆上鑲嵌的這些康有爲、沈從文、侯寶林、吳祖光、黃苗子等等的名家書法、題詞掛軸，還有唐三彩仕女、北京景泰藍、景德鎮陶瓷等等家居擺設——這完全是一個道地的中國書生家庭的古色古香的擺設。陌生呢，則是居所變了，女主人換了，名叫聖陶、聖時的兩個從小用廣東口音叫我「欸欸（叔叔）」的孩子一眨眼就竄過了我的腦門，而我的這位異國兄長林培瑞，也早已兩鬢微霜，轉眼就進入「耳順」之年了。

「……你知道嗎？我曾經崇拜過文革。那一年大學暑假在香港學中文，美中兩國還互不來往，我在九龍新界望著羅湖橋，真恨不得要從香港『偷渡』進中國去，參加毛主席的文化大革命！」那一年，「傷痕文學」的大潮席捲中國大陸，在中山大學訪學的林培瑞讀著那些泣血泣淚的故事，震愕了，驚呆了，他跟我講述著自己一家兩代的「美國左派」經歷——他自己曾是美國反越戰、爭民權運動時代的哈佛學生領袖；他的歷史學教授的父親，年輕時代就嚮往蘇聯，一退休就爭取到「紅色中國」的大學教書，直到終老都是堅定的「社會主義者」。林培瑞對中國社會現實的關注、對國際共運史的反省，正是從對文革想像的強烈反差中開始的。從此越走越遠，越陷越深，中國的每一點發展變化都牽動著他的神經，他成爲西方漢學界與中國作家與中國社會關係最密切的一位學者，終於和改革開放以來的所有風波跌宕、命運興衰緊緊相連，從而作爲一位金髮碧眼的洋人，與我輩黃膚黑髮者一樣，上了海那邊爲政者的黑名單，同樣長年被拒於中國國門之外。「我也有一種有家歸不得的感覺。」這些年，發起並主持被譽爲「海外漢語教學第一小提琴」的「普林斯頓在北京」中文項目，林培瑞年年申請赴北京教學而年年被拒簽，作爲海外漢語教學的領軍人物，一位早把中國視作第二祖國的資深漢學家，這種心情的複雜難言，其實更甚於我們這些「在自己家裡挨打受罵」的中國人——不，「自己家」，林培瑞許多次這樣說過：「中國的事情，現在好像眞成了我自己家裡的事情。比如印尼的中國婦女被強姦的案子對我引起的震動，就和在科索沃、盧安達發生的事情，感受完全不一樣……」

斜陽下，這些靜靜俯視著游絲落塵的字畫卷軸、中式擺設，似在無言傾吐著宅所主人海那邊那片黃土地的幽幽心思、綿綿牽掛。

「賓雁到了。」誰輕輕說。我趕忙迎出門去，卻禁不住躓住了步子——陽光下走過來的，正是賓雁大哥和朱洪大姊熟悉的身影，怎麼，卻又依稀像是走來自己暮年的父母親？——按年歲屬於父母輩的賓雁夫婦，因爲多年心態和體態的年輕，在以往我們所有同輩朋友的玩鬧暢聚中是從不缺席的一員——隨著我們一起唱歌、閑聊、淘買舊書、逛跳蚤市場……，怎麼數月不見，朱洪大姊的滿頭烏髮變成了白髮，而賓雁大哥……

胡平的妻子王艾不忍看，紅著眼睛背身走了開去。大家一時語塞，我本來想說一句什麼調侃的話緩和氣氛，不想也噎住了，迎上去攙著賓雁，聽到他寬慰地對大家說：「我今天起來的時候感覺不是太好，出來走走，感覺好多了。」

——年來與惡症搏鬥，先後進行手術、化療，賓雁的頭髮快掉光了，消瘦的面容顯得疲憊憔悴，我們往日熟悉的那個氣度軒昂的高大身影，忽然好像被擰乾了一把，變得有點步履蹣跚——哪怕迎風挺立的松柏楓槐，也經不起歲月風霜這種斜風惡雨的雕鏤摧折啊。

「手術、化療一步步走，我對自己的身體還是很有信心的。」賓雁平靜清晰的話音一若平日。大家團團圍著賓雁夫婦坐下來，久別的問安寒暄，很快，又被賓雁所常年關注的話題所轉移——關於最近被北京警察鎮壓驅逐的東北鐵嶺下崗工人的千人上訪，廣東《南方都市報》因爲講眞話受到司法報復判刑的幾位主管、主編……海那邊社會的各種潮汐迭變，又成爲話題焦點而牽扯著所有人的關注。

——我卻「跑神兒」了。我的視線離不開賓雁滿臉病容卻依然談鋒健朗的手勢、側影，以我的業餘攝影家本能，我意識到這是一個應該爲時光定格的畫面，便趕緊轉過身，去找我的尼康夥伴……

「賓雁，我怎麼都想不明白，你們是怎麼知道我的生日的？」

剛剛忙著迎接自己弟弟一家——一批說英文的賀壽客人，林培瑞回過身來，頻頻向賓雁夫婦表達著他的感激之情，「不是你們上心，這日子，連我自己快都忘記了……」

「你想想看，你想想看？」朱洪大姊笑瞇瞇說，「從你翻譯他的〈人妖之間〉開始，就會有翻譯者小傳，還有你代我們跟出版社打交道的合同……」

「噢噢，你們的心，怎麼這麼細哪！」林培瑞赧然笑著。

我心裡微微一動。眼前立著的，其實就是最現成的一座橫跨東西的橋樑大柱。——是林培瑞，最早把劉賓雁、王蒙、張潔、馮驥才、張賢亮、王安憶、韓少功……等等這樣一批「新時期中國文學」的領頭羊的名字，推到國際社會上來的。當年盛極一時的「美中作家交流會議」就是由他牽頭參與首創；「當代中國研究」在今天美國和西方學院的東亞領域成爲「顯學」，「Perry Link」始終是其中舉足輕重的名字。至今，在我教過的耶魯學生裡，從最早由林培瑞編譯出版的《傷痕文學小說選》，到記錄八十年代北京知識界風貌的《北京夜話》，一直到九十年代關於中國民間語言與官方語言的研究文集，都是大學修讀東亞學位學生的必讀書目。可是，我也聽說，就是在上面那些當今「國際知名」的人物中間，最近，有人在記者採訪的時候大放厥詞：——劉賓雁是誰？劉賓雁算什麼？現在的老百姓年輕人早就把他「pass」了忘記了！至於——「林培瑞」嘛，那個不識好歹總愛給自己惹麻煩的洋小子，他們更是彷彿壓根兒「伊人不識」，要有人問及更忙不迭要撇清干係——這讓我忽然想起自己當初的某些難堪：爲著能結識那位可以相助「走向世界」的「洋教授」，連我這位八杆子打不著的小不點兒，也不時有某名人提著禮品盒子，嘿嘿嘿的上門打秋風呢！

「噢呀呀，你是怎麼認識林培瑞的？」「你怎麼會認識這個北京話說得比我還溜的林培瑞的？」那年月，林培瑞任美中學術交流委員會駐北京辦事處主任，我時常聽到這樣故作「驚爲天人」似的感嘆。

「——培瑞．林克是美國中情局的特務，你和他交往可以，但是，要時時向組織彙報……」那是當初，學校「有關方面」對我一再提出的嚴厲警告。也許是出自天性，多少年來，我自己的交友譜系裡從來就沒有「出身成份」、「內外有別」之類的禁忌。我自然是沒有「向組織彙報」，可這個多少年來不絕於耳的「CIA特務」傳聞，也刺激了我年少的好奇心。有一回在哈佛，我向培瑞的老師、著名漢學家傅高義（E. Z. Vogel）聊起這個話題，傅高義聽罷哈哈大笑：

——「CIA特務」？Perry恐怕是「CIA」或者「FBI」（聯邦調查局）當初要時時追蹤掌控的人物才對吧！那時候，他是哈佛反越戰運動的領頭人物。一九七二年美中關係解凍，尼克森邀請中國乒乓球隊訪美，林培瑞因爲是哈佛學生裡中文最出色的，被推薦擔任隨隊中文翻譯。可沒想到，他全程陪同球隊的出色表現，卻在最後的重頭戲上惹出了大風波——尼克森邀請中國乒乓球隊訪問白宮，美方隨隊翻譯林培瑞爲了抗議總統當時下令美軍轟炸柬埔寨，竟然臨陣抗命，拒絕進白宮接受總統接見！此事當時上了《紐約時報》的頭條，成了轟動一時的大新聞。自此之後，陪同方勵之同赴老布希總統的北京宴會受阻，八九年天安門運動中爲方勵之夫婦安危操心；直到這些年來，參與《天安門文件》的編輯出版，爲中國人權問題在海外奔走呼號……似乎林培瑞在中國問題上的一舉手一投足，都要上報刊頭條，都要引起媒體關注……

——「生正逢時。」牆上的吳祖光這麼說。從「乒乓外交」一直到「六四天安門」——作爲一個美國人，林培瑞身歷遭逢的，其實正是中國人走向世界、走向現代化的百年蛻變中，幾個最激盪、最富戲劇性、同時也最悲壯慘烈的歷史場景。他義無反顧地踏上了這艘「中國命運之船」，由此也把自己的「半洋」身軀（這是他的自嘲），和中國、和我們這些「流亡者」綁在了一起，成了巨微畢至的「同命運之人」……

「好了，都準備好了，」童屹輕聲叫喚，「請大家入席，我們開始吧！」也正是這個「同命運」，使得林培瑞在告別前一段婚姻後，與「同命運」的童屹相遇，連接上這一段「天安門姻緣」。

都說秋陽似酒。浸滿了久別唏噓、長日悵惘的夏日斜陽，更像茅台酒一樣、威士忌一樣，竹葉青、女兒紅一樣，厚厚薄薄的灑滿了戶外的平台。四面深黛的林影，環抱著平台上這一圈圈從四面八方匯聚而來的「天涯浪客」——微風拂動著賓雁稀疏的白髮，鄭義聲氣爽亮卻面相稍顯蒼老；胡平和劉青低語著什麼，目光不時追蹤著在草地上玩耍的小女兒丫丫；捷生酒量很好，和康正果的淺斟細酌間已見滿臉酡紅；我向奎德、曉農、清漣幾位打探著他們最近的讀書寫作計畫，只見一大桌由童屹率領眾位女士現烹現調、同時由各路高手料理上桌的中西菜餚端上來，在琥珀色的陽光下，炫耀著它們佻撻彌散的色香味。——酒斟滿了，酒杯舉起來了，大家圍攏在一起，等著聽我們的「壽星公」林培瑞的開場白。培瑞的酒杯半舉在空中，剛想開言，卻話語哽咽了。

「我沒想到，會有今天這樣一個生日聚會。」他低下頭強忍著淚水，稍頃，第一句用英文說的話卻讓我微微吃驚，「今天的聚會我只說中文，我要請童屹和莫尼卡爲我的英語客人翻譯。」他說著轉換爲純正的京腔，「一大群中國朋友爲我這個美國人做生日，從那麼遠的路趕來，做了這麼多的好菜，我真不知道怎樣表達自己內心的感動……」他極力壓抑著聲音的抖顫，「我從前常說，跟中國人交朋友的經驗，和我在美國的交友經驗是很不一樣的。我會感到一下子就進入得很深，一下子就碰到我的心……我謝謝大家，可是我真不知說什麼話……」

培瑞舉起了酒杯。無言，停頓，一飲而盡。

這其實是林培瑞的一貫風格——敏於做事而拙於言辭，他爲你做得很多卻讓你知道得很少，但在中國人面前從來照臉照心，一說中文，就能把話一下子說到你心坎上去。

作爲聚會的張羅者，我權當主持人，代表大家，用湊份子的辦法送給培瑞一件小小的生日禮物——一個刻鏤著中文字的陶罐，爲這位爲中文也爲中國操勞了小半生的漢學家的六十華誕，留下一個永久紀念。我把大家爲培瑞準備的生日賀卡上寫的話，一句一句誦唸出來。我很快發現，和暖烊烤的夏日斜陽，已經煮沸了平台上所有人的說話欲望，便趕緊把我的「話語權」交出來，請與會的每一個人，都爲眼前這位「常常忘記他是個美國人」的老朋友，說幾句話。

讀過這樣一句話：夏日的空氣裡充滿譬喻。也許是酣暢的陽光成了最好的調酒師，又或許，最醇美的酒意也比不上患難結下的眞情眞意。我記得那天大夥兒的說話，充滿了酒興勃發的眞情，也充滿了各種至情至性的譬喻。我記錄在下面的零星話語其實大都跑失了神采，恐怕，也是被我譬喻化、省略化了的——

賓雁說：我從前有一篇常常被人談論的文章叫〈第二種忠誠〉，爲了這個「忠誠」的字眼，我聽到過許多批評。但我從來沒爲自己創造了這麼一個字眼後悔過。因爲眼前的培瑞，他幾十年的漢學生涯，他對中國人非比一般的感情，就表現出來這麼一種「忠誠」的秉性。他愛中國文化，愛中國人，他熱情忠誠地爲每一個他遇見的、有需要的中國人幫忙、奔波，往往很小的一件事他也替你做得一絲不苟。這種對朋友的忠誠，同樣落實到他對中國社會、中國現實的關切上。他對所有發生在中國土地上的痛苦、黑暗都有一種切膚之痛，所以他要站出來批評、揭露，爲受欺辱的中國老百姓打抱不平。正是這種愛之深、責之切的「第二種忠誠」，使他不能見容於那些專制短視的當權者，他們就想用欺辱中國人的方式，欺辱像培瑞一樣的所有眞正愛中國的西方人、外國人……

鄭義說：今天在場的人，有一個共同點——愛中國，成爲我們大家共同的悲劇根源。我們這些中國人，因爲愛中國而變得有家難歸；林培瑞，則因爲愛中國愛得太深，多年被擋在中國的大門之外。記得培瑞曾送給我們一本美國自然風光的大畫冊，他在上面寫了一句話：「你們愛美國，我愛中國，我們似乎都成了世界公民。」——今天這裡站著的，可不就是一群愛中國的世界公民！在普林斯頓，我們結識了培瑞。也正是在這個幫助過許多各國流亡者——從愛因斯坦到托馬斯・曼的普林斯頓，秉持深厚的自由主義傳統，在「六四」天安門的槍聲響過以後，張開臂膀接納了我們。培瑞是我們關係最深的一個美國人，也是幫助我們認識美國、深入理解什麼是眞正的美國人的那一位美國人。當我說，我感謝培瑞，也等於說，我感謝普林斯頓，感謝美國——鄭義笑笑——用我習慣的語言，我覺得，正是林培瑞，幫助我們接上了美國的「地氣」……

劉青說：培瑞在好幾個會議上談到他的心痛，也讓我聽著心痛。他說，發生在中國的事情常常會讓他有「心痛」的感覺，這和他在別的國家發生同類事情的感受是大不一樣的。他還說到另一種「心痛」——他在上世紀七、八十年代認識的中國青年、中國知識分子都是很有理想，對社會對人生充滿使命感的，這種理想和使命感曾經引起過他對美國知識界很深的自我反省。可是今天，他感受到中國社會上上下下似乎瀰漫著一種末世享樂、醉生夢死的氣氛，他問：中國知識分子當年的理想和使命感都上哪裡去了？可是，在我看來，正是林培瑞的「心痛」，讓我看到了他的這種永遠磨不掉的對中國、對社會人生的理想和使命感……

胡平說：我願意換一個角度，從林培瑞說到我們大家共同尊敬的賓雁大哥。因爲今天的聚會，就是賓雁夫婦惦記著張羅起來的。我們誰也想像不到，筆下虎虎生風的賓雁大哥，竟然已經是年近八十的老人了！這兩年又身患重病，看著各種手術、化療摧殘著他的身體，我們心裡都很不好受……可是，我每一次看到賓雁，內心都爲之一振。他總是在關心，隨時關心著中國和世界發生的每一種變化；他總是在學習——眞正查著字典、剪著報紙、隨時蒐集著各種數據資料的「學習」……今天的聚會，我爲培瑞對中國的眞情而感動，也爲賓雁大哥能這樣帶著重病、更帶著他的人格精神出現在我們的中間，而深受感動……

看著這些平日在媒體報章上彷彿「板著臉孔」的名字，用最溫柔、最動情的語言，講述著自己最眞切的一段段心情故事，我忽然想起「百煉鋼化作繞指柔」這句老話。最後，當童屹作爲年輕的女主人，說出了她心底裡對培瑞的至深的愛意，「……我從來沒有感受過，從你身上得到的一個男人所能給予女性的尊嚴和尊重，是你，讓我這個從幾十年仇恨教育裡走過來的人，懂得了什麼是人性的關懷，什麼是愛的眞正涵意……」她的淚水和哽噎，令得平台上所有人，訇然動容了。眼角有點發酸，我連忙背過身，掩飾著什麼似的胡亂搬弄著我的相機。

落霞在平台上靜靜流淌。花瓶裡插著一把誰送來的向日葵，飽孕陽光，嬌黃欲滴。

——「地氣」。我喜歡鄭義的這個譬喻。也許，正是劉賓雁、鄭義、胡平……以及你、我、他、她這樣的中國人，幫助著許多像林培瑞一樣深愛中國的西方人、漢學家，接上了中國的「地氣」——將秦磚漢瓦、黃土汗淚，帶進了西方院校的書齋和課堂？同樣，又正是無數像林培瑞一樣誠摯豁達的美國人西方人的幫助，才讓我們這樣的漂流者、流亡者，接上了美國和西方的「地氣」——將故園故土的精神家園，延伸到這片綠意蒼蒼的土地上？「地氣」是什麼？——是太行山黃河曲的遠村老井上沉沉的吆號和鬱結的汗氣？是普林斯頓綠蔭掩映的「壯思堂」裡回響的激辯話音？從神州大地蹀蹀行來，又自北美大陸縈縈繞去：「第二種忠誠」——從劉賓雁到林培瑞；對社會、人生磨不滅的理想和使命感——從美國人到中國人；這種「關心」，這種「學習」，這種「心痛」……如果說「譬喻」，沒有什麼，比這些字眼，是對「愛中國」的更好的譬喻了！是的，我們都不大喜歡使用「愛國」——這個被意識形態化的「黨國思維」玷污了的字眼；要說，我們寧可多繞一個字——「愛中國」。仇恨並不是「異議」的動力。流亡並不是「無根」的反抗。由憤怒推動的目標，不可能持久；而「愛中國」，就這樣成爲了一種超越種族、超越時空、同時也超越冷漠與偏見的無形的力量！這力量平素是看不見的，甚至是被當今的時尚和流俗極力貶低和遺忘的；可是在連接兩片大陸、兩個大洋之間的那些雲海裡、煙霞裡、大氣裡，它們卻時時像隱沒在其中的島嶼一樣、燈塔一樣、星座一樣，不管風雨陰晴，默默然的矗立在那裡……

我的相機咔嚓響動，一若時光之流在檢視著那些汩汩流走的陳年畫面：大漠顚連，天涯逆旅；怒海一舟，人世茫茫；父母病榻前的叨喃，師長燈燭下的牽掛，隔洋捎來的一把香椿、一包茶葉、一瓶鄉井水……

「萬里傷心嚴譴日，百年垂死中興時」（杜甫）。「濁酒一杯家萬里，燕然未勒歸無計」（范仲淹）。確實，流離，遠別，我們也曾經有過古人一樣的傷悲。但是，此時此刻，泛漾在這遠土雲山之外的北美一方小平台之上的脈脈溫情，卻讓我想起二十世紀一個最溫情柔弱而又最耐得住寂寞的名字——沈從文。——沈老先生當初還住在他那個幽暗的居室裡寫給林培瑞的章草條幅，如今就懸掛在客廳的正壁上——沈從文小說裡始終有一個中心主題：關於歷史的「變」與「常」。時光催人老，有很多東西，就像大江東去，潮拍空城，每日每時，都在你我身邊默默流逝：歲月，青春，繁華，俗利：……；也有很多東西，就像城牆上的石頭，潮水邊的礁岩，城街上的燈火一樣，是被流逝的歲月沉澱下來、澄濾下來、凝固下來的，它閱盡世變而恆定不變，歷經榮衰而永葆永存，是一生一世、每時每刻，都可以守持著，呵護著，因而能夠寵辱不驚、寒暑不亂、貧賤不移的。好多年前，史學家余英時先生曾對我們說過一句話：「五百年修得同船渡」。西元二〇〇四年八月的那個清風習習的夏日傍晚，我覺得，我在身邊這群異域同船、相濡以沫的朋友們中間，重新發現了、觸摸了並緊緊握住了、捧住了那個——「東西」。

「合一張照吧！來來來，難得的好日子，大家齊齊合照一張。」落日燦起一片金紅。大家簇擁著培瑞和賓雁——俯角，側光，斜暉夕照勾勒出一個個鮮明的輪廓，我按下了我的快門。

二〇〇四年九月二十二日於耶魯澄齋

為理想而承受苦難

胡平

胡平，一九四七年生於北京，七歲隨母入川，六六年高中畢業，適逢文革，參加文革兩年半，下鄉插隊五年，七三年底返回成都，又當了五年臨時工，七八年秋考入北京大學哲學系研究生班，主修西方哲學史，獲哲學碩士學位，七九年投入民主牆運動，於民間刊物《沃土》上發表〈論言論自由〉長文，八〇年參加自由競選，被選為北京大學海淀區人民代表，畢業後兩年未分配工作，八三年分到北京出版社，八五年轉至北京社科院，八七年一月赴美國哈佛大學攻讀博士課程，八八年當選中國民主團結聯盟主席（至九一年），先後在《中國之春》雜誌和《北京之春》雜誌主持筆政，現居紐約，任《北京之春》主編。

世間有一些苦難是很難向別人描述，很難被別人理解的。流亡便是其中一種。尤其是我們這次流亡。我這裡指的是「六四」後的流亡。

1

流亡有什麼苦？想想國內那些還在坐監獄的異議人士吧，想想那些被開除公職、找不到正當工作、家庭破裂並且不時被警察騷擾的朋友吧，想想那些淚眼哭乾的天安門母親吧，想想那些十五年前喋血長安街頭永別人世的死難者吧——其中大部分死時還那麼年輕。當上述一切苦難仍在殘酷地持續時，流亡者講述流亡的苦難，是不是太奢侈、太自我中心了呢？

再想想那些偷渡客吧，他們寧可花上幾萬美元，冒著生命危險，千辛萬苦投奔海外，兩手空空，從最繁重最廉價的工作做起，開始新的人生。他們不是流亡者，但是他們常常要冒充流亡者，假稱在國內受到政治迫害，以便取得在外國的居留權。如果流亡是苦難，爲何每年都有成千上萬的中國人還要冒充流亡者呢？畢竟，和這些冒充的流亡者相比，大部分眞正的流亡者的日子總要好過些。在這些人旁邊，流亡者講述流亡的苦難，是不是太脆弱、太貴族氣了呢？

是的，是的，但也不全然是。苦難確有程度的差別——無怪乎古人要把地獄還分成十八層。但是，較小的苦難依然是苦難——第一層地獄終究還是地獄。另外，苦難有可比性，也有不可比性。因爲歸根結柢，苦難總是由具體的個人獨自承擔的，一個在車禍中失去一條腿的人不會因爲還有人失去兩條腿而不感到痛苦：他的痛苦是他的，你的痛苦是你的。

2

那是一個聖誕之夜，民運組織借用紐約洛克菲勒大學研究生會的一個大房間舉辦晚會。陸陸續續來了幾十位客人，有流亡的民運人士，也有留學生。C君和我站在窗前，一邊喝著飲料一邊交談。「有些情景是無法用文字描述的，一寫成文字反而給讀者造成錯覺。」C君說，「你看，如果我們要描寫現在的情景：『在洛克菲勒大學三十九層樓上，來自中國的流亡者在這裡聚會，透過寬大的落地窗望去，曼哈頓高樓林立，燈火輝煌，我手持高腳杯，輕輕地呷一口紅葡萄酒，和朋友們交談……』這些文字沒有一句不眞實，可要是讓國內的朋友看了，他們一定會覺得：你們過得好優雅、好舒服啊！至於我們的苦惱，我們的焦慮，不論你怎麼寫，他們都不會明白。」

國內國外，有時眞是很難溝通。我聽一個留學生講過類似的事情。這位留學生在美國中西部小城念書，他給國內的同學寫信，寫到他怎樣經常地感到孤獨，感到寂寞，感到百無聊賴，感到生活無意義；愁緒萬千，無法排遣，有時就只好一個人開著車上高速公路狂飆一陣。他同學回信說：「你還愁什麼呀？我還想有部車開著在高速上狂飆呢！」

文字的無意識的誤導作用，古人早就發現了。明人張潮指出：「景有言之極幽，而實蕭索者」，「境有言之極雅，而實難堪者」。但這裡的情況還有所不同。

中國人本來是安土重遷的民族，一向把背井離鄉視爲畏途。就拿「背井離鄉」這四個字來說吧，一看就讓你產生孤苦淒涼的聯想。只是到了近一百多年，中國人被西方列強用大砲從迷夢中喚醒，發現了在我們中央王國之外還有一個更強盛的世界，一種更高明的文明。從此，西方就成了許許多多中國人的神往之地；連那些從歐美翻譯過來的地名物名，由於沾著洋氣，一說出一寫下就能造成一片奇妙的氣氛，引發你想入非非。中共閉關鎖國三十年，物極必反，爾後實行對外開放，立時興起出國大潮：留學的留學，移民的移民，外加偷渡與流亡。中國人一反其安土重遷之舊習，變得比幾乎任何民族都更輕舉妄動。西方國家確實比中國自由，比中國富裕，中國人在這裡確實可以過得還不錯；只是一個中國人生活在異國他鄉，那種孤單寂寞總是如影隨形，難以擺脫。問題是，這種孤單寂寞之苦，用文字是很難表達的。儘管在古代中國，人們對背井離鄉的苦難有很深刻的理解，但那時的背井離鄉多是指離開中心去向邊緣，離開豐裕去向貧瘠；如今的背井離鄉卻差不多是反過來的，所以它的痛苦一般人就不理解了。

3

奧地利作家茨威格（Stefan Zweig,1881～1942）在二戰期間，為躲避納粹迫害流亡國外，輾轉英美，最後落腳於巴西，一九四二年與妻子一道在里約熱內盧的家中自殺。按理說，流亡對茨威格不應該是什麼難事苦事，因為他早就立志做世界公民，以四海為家。茨威格出生於世界文化之都維也納，年紀輕輕就周遊列國，懂得多種外國語言，廣交天下名士，著作暢銷全球，無論是開羅還是開普敦，無論是里斯本還是上海，無論是巴塔維亞還是墨西哥城，他的作品都大受歡迎。在流亡期間，他有年輕的妻子陪伴，並不孤單，生活一直很富裕，絕無衣食之憂；在他流亡經過的每座城市都受到國際和文壇知名人士的盛情歡迎。在流亡期間，他的創造力並未衰竭，先後完成多部著作，包括《異端的權利》，自傳《昨日的世界》，《巴西：土地與未來》，以及那部死後發表的遺作《象棋的故事》。無論從哪個角度看，茨威格都稱得上是流亡者中的驕子與寵兒。你一定會以爲，沒有人能比他更適應流亡？

可是，錯了。茨威格對流亡生活並不適應，非常不適應。這一點連他自己都深感意外。茨威格說：「我幾乎用了半個世紀來陶冶我的心，讓我的心作爲一顆世界公民的心而跳動，但無濟於事。」從流亡生涯的第一天起，「我就從未覺得我是完全屬於自己的。和原來的我、眞正的我相一致的一點天性永遠被破壞了。」事非親歷不知難。茨威格告訴我們：「任何一種流亡形式的本身都不可避免地會引起一種平衡的破壞。如果人失去了自己立足的土地，人就挺不起腰板，人就變得越來越沒有把握、越來越不相信自己。」他十分感慨地說：「這也必須要自己經歷過，才能理解。」

當然，茨威格無法適應流亡，在一定程度上是出於對未來的絕望（這是他自殺的主因）。正如他在絕命書裡寫到的：「在我自己的語言所通行的世界對我來說業已淪亡，和我精神上的故鄉歐洲業已自我毀滅」。另外，或許也正如茨威格自己所說：他從很早開始就太放縱，本性又太敏感，由於時代的變化太急遽而太受刺激。但無論如何，茨威格的經歷告訴我們，流亡要遠比一般人想像的更爲艱難，更爲痛苦，而這種痛苦在自己未曾親身經歷前是很不容易理解的。

4

流亡之苦，首先在於失去歸屬。

俗話說「金窩銀窩不如自己的狗窩」。可見，一個窩的條件好壞，這是一回事，一個窩是屬於自己的還是屬於別人的，這是另一回事。「金窩銀窩不如自己的狗窩」這句話揭示出歸屬感對人的重要意義，它甚至比條件的優劣更重要。

關於歸屬感，德國詩人兼哲學家赫爾德（Jonathan Gottfried von Herder，1744～1803）的闡發最爲有力。赫爾德強調歸屬感。他認爲，人既需要吃喝，需要安全感和行動自由，也需要歸屬某個群體。假如沒有可歸屬的群體，人會覺得沒有依靠、孤立、渺小、不快活。鄉愁是最高貴的一種痛苦。所謂有人性，就是到某一地方能夠有回到家的感覺，會覺得和自己的同類在一起。赫爾德不講種族也不講血統。他只談鄉土、語言、共同記憶、習俗。寂寞不是因爲沒有別人共處，而是因爲周圍的人都聽不懂你的話；必須是屬於同一社群的人，彼此能毫不費力地——幾乎是出自本能地——溝通，才可能眞正聽得懂。赫爾德不相信有所謂世界主義。他認爲人們若不屬於某個文化，是無從發展起的。即便人會反抗自己的文化，把文化整個變樣，他還是屬於一個源源不斷的傳統。新的潮流會產生，但追根究柢，人還是從自己的那條河而來。這個在潮流底部的固有傳統源頭，有時候雖然會整個改頭換面，卻始終在那兒。然而，這源頭如果乾涸了，例如，有些人生活在某個文化裡，卻不是這文化的產物，他們在生活環境裡找不到歸屬，不覺得和某些人有親切感，不能講自己的本地話，這會造成一切人性特質嚴重脫水的現象。

爲什麼流亡異國之苦，非親歷者很難理解呢？因爲我們本來就出生在、成長在我們所歸屬的社群之中，就像空氣，平時感覺不到它的存在，故而也就感覺不到它存在的意義。離家才會想家；別鄉才會思鄉；和他人相處，你才會意識到自我；到了外國生活，你才會體會到自己是中國人；沒移植過的樹，不覺得自己有根。

5

波蘭流亡學者克拉科夫斯基（Leszek kolakowski）說：「俄國由於幅員遼闊，存在一種獨特的國內流放制度，它使被流放者處於雙重最惡劣的境地，既離開了自己的家園，又和過去一樣經受著同一壓迫制度的統治。」「新中國」有沒有這種國內流放制度呢？有，不過它不叫流放叫下放。國內流放確實是雙重的惡劣，這是旁人也很容易看出的。相比之下，流放國外的惡劣就不那麼容易看出來了。魚在沙灘上撲騰，人們都知道是沙灘不對，不是魚不對；鹹水魚在淡水湖裡撲騰，人們不覺得是淡水湖不對，人們只怪魚不對。

流放是懲罰，而且是很嚴厲的懲罰。但是把異議人士流放到西方究竟算不算懲罰，那似乎就不大清楚了。把一個追求西方式自由民主的人流放到自由民主的西方，這不是把魚兒扔進大海，怎麼算懲罰呢？不，流放西方是一種懲罰。因爲異議人士追求的是在自己的國家實現自由民主，把他們流放國外，不僅僅是禁止他們在自己的國家生活，而且也是禁止他們爲追求自己理想而戰。

流放國外是受難，但看上去不像是受難，有時倒顯得是享福。事實上，流放國外的情況千差萬別，因人而異。對有些人來說，流亡使他們獲得了在國內不可能獲得的廣闊天地；對大多數人來說，流亡海外是較小的惡；另外還有一些人，流亡海外反倒比留在國內更不愉快。這就不像在國內流放（包括坐牢、失業、被監控）。在國內流放毫無疑問地和毫無例外地是受難（儘管也有程度上的差異）：你知道你在爲理想而受難，別人也知道你在爲理想而受難，這就使你的受難產生了意義。在異國流放就不同了。你是在爲理想而受難，但別人卻以爲你是享清福；你不但沒有因爲受難而使自己的形象變得高大起來，反而是使原有的光輝都迅速地黯淡下去。在國內流放，你是從中心放逐到邊緣，從相對文明之地放逐到相對蠻荒之地。你在流放地默默無聞，遭人打壓，但是你可以保持內心的驕傲，你自以爲鶴立雞群，虎落平陽，因而你有權孤芳自賞。流放國外則不然，既然你是被流放到歐美，流放到更文明更中心的地方，流放到自由精神的故鄉，按一般人的想像（也許你自己原來也這麼想），你該在這裡如魚得水，大顯身手，大放光彩，如果你有了更大的機會卻未能做成更大的成就，甚至銷聲匿跡，默默無聞，你的感覺可能就不一樣了。你很容易覺得自己無足輕重，你很難再堅持內心的驕傲，你很可能變得沮喪消沉，心灰意懶。布羅茨基（Joseph Brodsky）說流亡教人學會謙卑，茨威格說流亡使他失去自信；他們說的究竟是兩件事呢，抑或是同一件事？

6

流亡的痛苦，首先是鄉愁，但又絕不僅僅是鄉愁。移民、難民，甚至漂泊不定的流浪者，也都是有鄉愁的。流亡者的痛苦，要比移民、難民或流浪者更複雜，更深刻，更矛盾。

要對流亡者和移民、難民或流浪者加以明確區分是很困難的，因爲他們之間的區別主要不是在身分上而是在心態上。

流亡者不是移民，因爲他始終把寄居他國視爲一種不得已的暫時狀態。

流亡者不是流浪者，因爲他不是沒有家或者不要家，而是一心一意想著家但有家不能回。就連那些自我放逐者也是如此。自我放逐者雖然不是不能回到自己的國家，而是自己選擇了不回去；但他是基於某種原則而拒絕回家，而不是把拒絕回家當作原則。

流亡者是難民，但不是單純的難民。單純的難民只是爲了躲避對自己的迫害，一旦進入自由世界便是得其所哉。而流亡者之爲流亡者，在於他們總是執著地關心著祖國的命運——不論是在政治的方面抑或是在文化的方面，並且還熱切地希望在其中發揮自己的一份力量。他雖然因爲躲避迫害而離開祖國，但是他始終認爲自己的事業在祖國，自己生命的意義在祖國；流亡自由世界固然使他免於迫害，但從此也就將他的靈魂撕裂成了兩半。

正因爲流亡者和移民、流浪者或單純的難民之間的區別主要是在心態上，因此，你只要調整心態，你就可以從流亡者轉變爲移民、流浪者或單純的難民。事實上也確有不少流亡者變成了移民、難民或流浪者（這也無可厚非）。可是，一旦流亡者把自己變成移民、難民或流浪者，一旦流亡者不再堅持自己的流亡身分和立場，也就是說，一旦流亡者不再堅持他過去追求的事業，那豈不是有背於初衷，自己否定了自己？

7

這就是流亡者的特殊困境了。譬如流亡作家，一個來自中國的流亡作家，他和其他來到海外的中國人一樣，面臨著種族、文化、生活習慣和謀生方式的種種嚴峻挑戰。由於流亡是不得已而爲之——這和流亡的自願性或被迫性沒有關係，因此很多流亡者通常比別人更缺少在海外生存的準備（例如語言上的準備、謀生方式的準備）。所以，流亡作家往往必須花更大的氣力去調整自己以適應海外的生活。然而，既然他要堅持從事流亡的文學創作，他又必須保持本色，保持自己原有的經驗。他必須始終保持對本國狀態的深刻感覺，必須始終保持對母語運用的高度技巧。換句話，他必須在努力進行調整適應的同時，又努力地抗拒調整適應。對他而言，過分的不適應和過分的適應很可能同樣都是有害的。搞得不好，他會變成「四不像」而一無所成：沒進入西方，卻脫離了東方；外文學不好，中文卻退步了；既沒有過上安穩的小日子，同時又沒有做出可觀的大成就。

流亡的政治活動家們也面臨著同樣的問題。應該說，他們面臨的問題比作家們更嚴峻。寫作是超越時空的，政治活動卻不能不受制於時間與地點：在紐約時代廣場舉行一次抗議中共暴政的活動和在北京天安門廣場舉行一次同樣的抗議活動，其意義是很不相同的。沒有了危險，沒有了恐懼，很多活動的分量就大大減輕了。勇敢本來是許多民運人士最重要的特質，可是在自由的土地上它卻無從彰顯。假如說在國內坐監獄是難以承受之重，那麼，在海外流亡則是難以承受之輕。多少流亡者來到海外，摩拳擦掌，準備大幹一場，可是不久他們就發現他們所能做的事其實很有限。他們絕不甘心放棄自己的追求，但是在這裡他們又很難找到用武之地。這就是為什麼有些流亡者會悄悄地選擇了回去（或許作過某種言不由衷的承諾）。但仍有許多人寧肯堅守，默默地堅守——並不是為了做多少事情（他們知道自己做不了多少事情），而只是為了忠於自己的理念。在中國的流亡者中，有不少人取得了傑出的成就；作為一個群體，中國的流亡者們為中國的文化和中國的自由民主事業作出了不容忽視的貢獻。然而在我看來，也許，最是在那些默默地堅守的流亡者身上，我們才能深刻地理解到流亡的苦難、沉重，以及神聖與莊嚴。

二〇〇四年十月於紐約

輯二

夢裡依稀

夢裡依稀慈母淚

郭羅基

郭羅基，早年參加共產黨，晚年反對共產黨；早年被國民黨政府列入「黑名單」，晚年被共產黨政府列入「黑名單」。五十年代入北京大學讀書、教書。八十年代被強行調動至南京大學。「六四」以後因抗議鎮壓遭迫害，向三級法院控告國家教委和共產黨黨委。此舉受到國際輿論的同情和支持，應邀赴美。現為哈佛大學法學院資深研究員、中國人權（紐約）理事。

二〇〇〇年九月二十九日夜，我忽然驚醒，渾身不舒服，焦躁不安。一看手錶，才一點多鐘。轉輾反側，直到天明。我有預感，可能母親不好了。七月，醫院已經報過一次病危。我在北京的時候，經多次驗證，發現：凡是母親有病，我就不舒服；凡是我有病，母親就不舒服。據說，這是有科學根據的，叫做人體生物信息相通。但我問過別人，他們就沒有這種體驗。我和母親之間發生人體生物信息相通，總是有原因的。

果然，早上打開電腦，兒子聽雷發來電子郵件，說：「奶奶走了，是今天中午飯後走的。」他們的三十日中午正是我子夜焦躁不安時。聽雷問：「爸，您能不能回來？我們等您。」我雖然已是年近古稀的老人，任何時候，想起母親，自己永遠是小孩。我失態放聲大哭。已有幾十年沒有哭過了。

我急於回國奔喪，但無有效護照不能成行，不得不向中華人民共和國駐紐約總領事館提出申請。本國公民回國要提出申請已不免荒唐，更爲荒唐的還在後面。

七月，母親病危時，我已申請過一次。一位姓彭的領事說：「還是那句話，你要寫個東西。」爲什麼說「還是那句話」？因爲那句話幾年以前早已說過。一九九七年，我申請護照延期時，這位彭領事就要我「寫個東西」。我寫了一個「東西」，是爲了反對「寫個東西」。首先就說「寫個東西」的要求不合理，沒有法律根據。我責問：「現在不是說依法治國嗎？你們依的什麼法？」他們說我寫的「東西」不符合要求。我問：「什麼樣的『東西』才符合要求？請告訴我，我可以按你們的標準來提高認識。」他們就是不說要寫個什麼樣的「東西」，讓你意會。實際上他們要的「東西」是「悔過書」、「保證書」之類，否則，無論怎麼寫總是不符合要求。因爲我不可能寫出符合要求的「東西」，護照就不能延期。沒有有效護照，又不能回國探親。母親病危，憂心如焚。但面臨「還是那句話」，反倒冷靜下來。我要是「寫個東西」去見母親，不是她所希望的，我也無臉見她。

母親去世了，我抱有回國的希望。我與領事館聯繫，那位彭領事又一次說要「寫個東西」。我說，有幾位被拒絕護照延期的人不是回國奔喪了嗎？他說：「他們都是寫了東西的。」我不願屈服於這種趁人之危的政治勒索，寧可忍受與高堂老母生離死別的哀痛，絕不辱沒爲人的尊嚴。

我打電話給賓雁，感慨繫之：「我的母親把她的兒子獻給了共產黨，共產黨卻不許她的兒子爲她送葬。」傷心之處，嗚咽抽泣。賓雁勸我不要難過。他說：「我給你介紹一位朋友，據說他有通天之路，請他想想辦法，看上面能否通融。」這位朋友答應幫忙。過了幾天，他回話說：「你的情況比較特殊，必須按領事館的要求辦。」那就是說，「寫個東西」和不寫「東西」的僵持還要繼續下去。

母親的遺體已經停留多日。我打電話回去說：「不要等我了，趕快讓媽媽入土爲安。總有一天，總有一天，我會回到家鄉，去她老人家的墳前叩頭。」

太平洋彼岸的那一片土地，不時勾引起我的鄉愁。我在那一片土地上，曾遭受長期的迫害和凌辱，爲什麼渴望歸去？還不是因爲那裡安息著我的母親以及生活著和我母親一樣善良的人民！

獨坐窗前，仰望蒼天。在那藍色的天幕上，白雲遊移，變幻無常。時而像媽媽在山上砍柴，時而像媽媽在河邊洗衣，……零亂的畫面，總與母親有關。我想理出個頭緒來，找到第一個畫面。

是五歲的時候，秋天，中午，忽聽得幾聲轟隆巨響。大人們喊：「東洋人摜炸彈了！」在飛機的呼嘯聲中，看到街上慌亂的人們東奔西跑。不一回兒，又看到有人抬著受傷的人，有的滿臉血污，有的缺胳膊斷腿，匆匆而過。這場面可怕極了，嚇得我大哭，鑽到桌子底下。

媽媽一把將我拉出來，緊緊地摟在懷裡，說：「勿怕，勿怕。」

這就是母親給我的第一印象。她抱著我躲進一個防空洞。洞裡已經有人蹲在那裡。洞頂是用樹枝和泥巴糊的，不高，大人們都直不起腰。長大了才知道，如果眞的炸彈掉下來，這種防空洞根本不頂事。洞裡的人，有的也嚇得瑟瑟抖。老太太在唸「觀世音菩薩，大慈大悲，救苦救難」，還叫我「阿囡，快唸」。我跟著唸，不知道是什麼意思。可是，這不知道是什麼意思的詞兒，怎麼也忘不了。

轟炸停了，街上更亂了。大人們又喊：「逃難，逃難，快點逃難！」父親僱了一條船，打發全家逃難。他把家裡所有的點心、零食放在一個小籃子裡，叫我拎著，還說：「大人餓肚皮沒關係，不能讓老小（小孩）餓著。」這又是父親給我的第一印象。

接著，走上逃難的艱苦歷程……

這就是人生最初的記憶。這一天是一九三七年陰曆九月初三，日本皇軍轟炸無錫。在這以前，懵懵懂懂，一無所知；在這以後，茫茫世事，歷歷在目。一部長篇的開頭，竟是刻骨銘心的強烈刺激。

我出生在國難臨頭的「九．一八」事變之次年，生於憂患，長於亂世。我的人生經驗始於戰爭、流血、逃難。我最早的心理體驗是恐懼；克服恐懼的體驗是，只有媽媽的懷抱最安全、最溫暖、最寬廣。

童年，生活在貧困之中。父親常常不在家，按他的說法叫做「出去弄飯吃」。母親是一家的頂樑柱。教我知識的是學校老師，教我做人的是自家姆媽。母親沒有文化，一字不識。她的教育方法不是空講大道理，而是就事論事，還能講出一些格言來。我們兄弟被人欺負，她就說：「只要記，勿要氣。」她激勵我們長志氣，不要鬥一時之狠。有時鄰居家吃好的，小孩眼饞，如果我們兄弟有誰盯著看，媽媽就把他叫回來，說：「人家吃什麼、穿什麼，不要眼熱。人窮志不短。」她在不同的場合、不同的事件上經常重複「人窮志不短」，我從小受到母親的氣節教育。

母親看到有的人待人兇狠，就說：「人心都是肉長的，要將心比心呀。」家門口有一個皮匠攤。一天中午，那皮匠向我們「討一碗水喝」。母親說：「他今天沒有生意，飯錢都弄不到。一碗水能管飽嗎？你去送一碗飯給他。」母親教我要同情別人的苦難。

母親做事總是有條有理，就因爲她的思想有條理。我在學校聽到或看到什麼有趣的事，回家向她報告，越是心情激動，越是語無倫次。她說：「老小，講話勿要顛三倒四。這件事情嘛，應當這樣說……」她叫我重說一遍。我按她的指點重說一遍，自己都覺得變聰明了。這就是黑格爾所說的「反思」，以自己的思考爲對象，對思考進行再思考。現在的人們將「反思」當作「回顧」、「總結」、「反省」，根本沒有掌握「反思」的方法。我後來雖然成了哲學教授，最初的邏輯思維的訓練卻是得益於目不識丁的母親。在我指導研究生的時候，也採用了母親傳授的反思方法。當他們報告學習心得或論文提綱後，我指出其中的漏洞，讓他們反思，重說一遍。

母親的記憶力特別好，這方面她沒有教我，不知是怎麼練出來的。她能講出，九月初三東洋人擲炸彈的那天，我們中午吃的什麼菜。我聽了也沒能記住。弟弟說，她到了八十多歲還講過一次。

母親和我之所以生物信息相通，恐怕是她對我長年的疼愛和焦慮的結果。

一九四八年冬天，我因地下工作緊張，累得吐血。我不讓人家知道，怕剝奪我的工作。瞞得了別人，瞞不了母親。有一天，她對我說：

「你咳嗽的聲音不對頭啊。」

我說：「沒有什麼不對頭。」

我咳出來的血不能隨便亂吐，總是捣著嘴吐在手帕裡，然後悄悄地洗掉。一次疏忽，換洗衣服時沒有把口袋裡那帶血的手帕掏出來，母親發現了。

她對我說：「你這是癆病呀。」癆病就是肺結核。那時認爲，癆病必死無疑。

又說：「你不要上學了，回家休養吧。」

我說：「我不上學也不能休養，我有重要的事情。」我看守一個地下活動的據點，不住在家，只有中午回家吃飯。

母親說：「這兩年你變了，從前是愁眉苦臉的，現在勁頭十足。我也不問你有什麼重要的事情，做重要的事情還得有個好身體呀。」

「你不是說我勁頭十足嗎？」

母親知道勸不動我，只提一個要求：以後每天晚上也回家吃飯。我答應了。

她聽說，用紅棗、紅豆、血糯米加冰糖熬成粥，喝了能補血，每天晚上給我熬一碗。味道眞不錯，但在我們家是奢侈品。我喝了兩天不喝了，說：「弟弟們看著我，實在喝不下。」

她說：「叫他們走開，他們又不吐血。」

一九四八年後，一連三年，冬天吐血。一九四九年吐得很多。那時我們每個幹部有一個白瓷茶缸，吃飯、喝水都用它。我吐了三分之一茶缸。好在條件不同了，可以治病了，我被送到蘇南軍區幹部保健醫院。機關裡的幾位女同志站在我的床前抹眼淚。我的職務比她們高，平時都叫她們「小陸」、「小李」什麼的，實際上她們的年齡比我大。

這時我放下架子了，說：「喂，大姊們，怎麼回事啊？」

一位大姊想說什麼，旁邊的那位大姊扯她的衣角。她一揮手，終於開口了：「醫生說，你能活到二十五歲就算不錯了。……以後你、你、你不要拚命幹了。」

我說：「原來是這麼回事。活到二十五歲還有七、八年，是多少天來著？嗯，兩千多個日日夜夜，那可以幹多少事！」

大姊們看我若無其事，把母親找來了。母親來的時候帶來一大鍋紅棗、紅豆、冰糖血糯米粥，斷言：「去年就是這東西吃好的！」

母親對我說：「你躺在床上不要想工作，出院以後不要開夜車……」可能大姊們對她講了什麼，她一連說好幾個「不要」。我總是說「好，好，好」，「是，是，是」。

去這家醫院必須經過我家門口。我去的時候母親不知道。以後她就提高警惕了，凡是有抬擔架的經過，必定走上前去，掀開被子看看，嘴裡直嘀咕：「是不是我的兒子？」有一次，擔架上的人還答理：「大娘，我就是你的兒子！我是勞動人民的兒子！」我在《紅旗飄飄》中看到一篇回憶陳毅的文章。在江西打游擊時，一位老媽媽到游擊隊裡找兒子，她不知道兒子已經犧牲了。陳毅跪在她面前說：「老人家，我就是你的兒子呀！」這都是老一代共產黨人對人民的感情。現在共產黨裡還有這樣的「兒子」嗎？

在我工作的機關裡，我和母親的母子情是有名的。母親有一雙粗糙的大手，那是勤勞的象徵。我常常情不自禁地去撫摸她的手。走在街上，我們不但肩並肩、而且拉著手。一位女同志見了說：「我們做女兒的對媽媽也沒有你那麼親呀！」

後來我離開無錫，到了北京，到了南京。母親常常對弟弟們說：「不知你們大哥哥是不是又瘦了？」無論我到哪裡，總有一條無形的線，連著我和母親。遠方的遊子，時時牽動慈母心。

母親雖無文化，卻是深明大義。

一九四九年四月二十四日，無錫解放。解放軍的先頭部隊追趕國民黨的敗兵去了，沒有停留，接管城市的部隊還沒有到。地下黨立即站出來，維持秩序，並且組織全市大遊行。遊行隊伍打的橫幅是「迎接解放，走向光明」。人們心情激動，歡欣鼓舞。我和幾位學生領袖走在遊行隊伍的最前面。偏偏又經過我們家的門口。一位鄰居後來告訴我，他對母親說：「你們家的阿大在領頭遊行，危險得，快點去把他拉出來。」那時國民黨的飛機還在頭上盤旋，確有危險。但母親說：「勿可以的。那麼多人在遊行，個個都是娘身上掉下來的肉，人家不危險啊？」

母親根據她不多的知識，斷定共產黨、解放軍是爲窮人鬧翻身的。特別得知我是共產黨，她認爲兒子是沒有錯的，共產黨肯定是好樣的。

解放了，我高中沒有畢業就離開學校幹革命了。我還把二弟動員出來參加革命。解放前，家裡只有二弟知道我是地下黨員，他還幫我通風報信、收藏文件。他早就想跟我出去幹革命了。

當時家裡經濟上很困難。五個兒子，我是老大。父親要我高中畢業後找個工作，減輕家裡的負擔。他對我的期望是當個賬房先生，按現在的說法就是會計。母親說，還是當小學老師好。這些就是我的父母的最高眼界。參加革命，非但沒有經濟來源，在當時人看來差不多是去送死。我和家裡發生了一場激烈的衝突。

夏天，我回家叫弟弟跟我走。父親不許，他說：「我已經把大兒子獻給共產黨了，還要我獻二兒子嗎？」現在想起來眞是錐心之言。那時，我們一班狂熱的革命青年認爲，社會革命的第一步是家庭革命，總是和家裡鬧翻。不管是剝削階級還是勞動人民，凡是妨礙我革命的就是老頑固，就是家庭革命的對象。我和父親吵了起來。母親不聲不響地捲起一條涼蓆，包了幾件衣服，塞給弟弟，說：「你們走吧，我來勸勸爹爹。」她送我們上路，對弟弟說：「在外面要聽大哥哥的話。」弟弟不無興奮地說：「曉得了！」此時，他才十四歲。

後來母親告訴我，父親氣得在床上躺了三天。

那個年代，常常見到的場面是：年輕人參加革命排著隊走了，母親們哭哭啼啼地把她們的子女從隊伍裡拉出來。像我們這樣通情達理的母親是少有的。

現在，父親、母親先後去世了，二弟也跟著他們去了。我這個對不起他們的人卻還留在人間。我在人間受著無盡的煎熬。當年的理想和熱情翻作痛苦和悲傷，滿腔憂憤向誰訴？

一九五五年，我進北京大學。

母親說：「到北京去上學，太遠了，在南京多好。」誰知二十多年後，果然到了南京。

一九八二年，我被鄧小平貶出京城，發配南京。

到南京大學報到前，回無錫省親。母親又是另一番說法了：

「你在北京蠻好的，怎麼到南京來了？是不是犯錯誤了？」

這是任何普通的中國人都會發出的疑問，調出北京一定是「有問題」了。只有美國人的死腦筋想不通。我在美國不止一次地被問到：「你離開首都怎麼是懲罰？」不少人說：「我就不喜歡華盛頓，絕對不願住在那裡。」

我確實是被認爲犯了錯誤，而且是大錯誤，據說，破壞了北京的「安定團結」，所以非要趕出京城不可。給我戴的帽子是「自由化冒尖人物」。但什麼是「自由化」，我的言論和行動何以構成「自由化」，怎麼還是「冒尖人物」，這一切我對母親說不清楚；即使我說清楚了，她也不一定弄得清楚。乾脆不提了，我憤憤地說：「我沒有犯錯誤，是鄧小平犯錯誤了。」話剛說出口，就後悔了，覺得太突然，母親一下子轉不過彎來。不料她爆出一句驚人之語：「文化大革命是毛主席犯錯誤，現在輪到鄧小平犯錯誤了。啥辰光歇擱？」「歇擱」是無錫土話，意爲結束。母親的判斷常常是憑直覺。但她的簡單的直覺比一些人複雜的論證更接近眞理。共產黨的錯誤非但沒有「歇擱」，反而越犯越大。

母親又把話說回來了：「到南京來也好，離無錫近了，可以常來看看。」

我在南京的時候，回無錫的機會多了。母親發現我心情不好，以爲我是留戀北京，安慰我說：「北京有啥好，冬天老是大白菜。」她在北京待過一個冬天，所以深有體會。

我對母親的最後印象是一九九二年出國前向她告別的一幕。

她問我：「你去幾年？」

我說：「三年。」

那時，母親已經八十二歲，身體很好。她說：「三年沒有問題，我等得及。」

誰料得，第二年中國政府就把我列入「黑名單」，不准回國。

母親一直在苦苦地等待我回國，倚門遠望，望眼欲穿。後來，只能躺在床上等待了。我給她寄了幾張照片，眼睛看不見了；我想給她打電話，耳朵聽不見了。腦子依然清楚，在黑暗中無聲地回憶往事。等待我回國的信念支撐到最後，機能衰竭，元氣耗盡，無疾而終。她的名字是胡寶珍，度過了九十年漫長的人生。母親和父親合葬在一起。他們的兒孫三代共三十三人，在墓碑上寫道：「他們是世上平凡的人，在我們兒孫心中卻最偉大。」

這一天，我從五歲長到六十八歲。晚上作了一個夢，夢見母親，一言不發，兩滴清淚。四年來，一再重現這個夢境。有一次，我在夢中對她說：「媽媽，你講話呀！」還是一言不發，兩滴清淚。

二〇〇四年九月二十九日於哈佛大學

漂流三題

劉再復

難過

在漫長的冬季裡，瑞典到處是燭光。瑞典的蠟燭不流淚，我的屋裡也有不流淚的光明。

蠟燭雖不流淚，而我卻常獨自難過。如果在三、四年前，我一定要迴避「難過」二字，因爲朋友們一定會以爲我在爲漂流而難過。但是，今天，我卻只能用「難過」二字。

有一天夜裡，在燈影的搖曳中，我心裡感到一種莫名的難過，便隨意翻著顧頡剛先生的論文集，竟發現他也用「難過」二字，而且「難過」正和我相通。他說，回想過去，想到自己做了一些完全不適合自己做的事，浪費了太寶貴的時間，感到分外難過。這種最尋常的反省卻使我激動不已，他的心緒更加劇了我的心緒。我難過的正是因爲丟失了時間。那麼多身體健壯而思維活潑的日子，被用在最無意義的名爲革命實爲互相殘殺的政治運動中，在自己最不情願做的事情上恰恰消耗了最值得珍惜的生命。不必說在文化大革命中，即使前幾年，當了研究所所長，不知白白地丟失了多少難再的時光。

爲了履行所長職務，還要去講自己不願意講的話，寫不願意寫的報告，報告完了還有那麼多無休止的糾纏，眞令人氣悶。時間流走了，逝者永遠不再回來，但沒有人爲我惋惜，只能自己難過。在燭光下，想到往昔的日子讓人擺布得那麼久，生命失落了那麼多，竟憐憫起自己來。

除了爲失落的時間而難過之外，就是爲失落了朋友而難過。無論在北京還是在外地，我都有心靈默契的朋友。這些朋友並不多，但很寶貴。我不能用文字來敘述，因爲能夠作深廣的精神交流的朋友，是永遠無法說清的。如果能說得清，也許就不是眞正的朋友。到了海外之後，天長地遠，各守一方，我才意識到遠離這些朋友是多大的損失和多大的不幸。生活的殘酷，需要朋友的幫助；天性的懦弱，需要朋友的慰藉；思索的心得，需要朋友的切磋。然而朋友卻在遙迢的遠方。那個地方我不能去，那個地方我的書不能出版，投寄到那個地方的信，話不能直說，打到那個地方去的電話，有人竊聽。世界對我的隔絕與監禁，並不是高山大海，而是人類生產的遠比野獸高明的網結。我的同類製造的武器、權力、理念這麼強大，連友情也承受專制。什麼時候能再見到這些朋友呢？什麼時候能在故土上共此燭光呢？再見時我們的雙鬢是不是全都花白了呢？是不是會在燭光下彼此感到陌生呢？想到這裡，不免「念天地之悠悠，獨愴然而涕下」。此時此刻，我更喜歡會落淚的蠟燭。

朋友活著還好，倘若朋友死了，像時間一樣流失之後，永無歸程，那更是致命的難過。施光南的死，就是給我這樣的打擊。我已難過得很久了，而且還將難過很久很久。我知道，這是永遠無法抹掉的憂傷，直到我在地底和他見面的那一天，我還會難過。

不落淚的蠟燭安靜地發著亮光，時間、空間、生者、死者，都在亮光中閃動。夜半之中，我常對著閃動的燈光踟躕：應當點著蠟燭回想？還是吹滅蠟燭睡下？每想到此，總是自己激勵自己，快吹滅它吧，什麼事都遺忘掉的好。

第三種忠誠

在國內的時候，常聽朋友們議論第一種忠誠與第二種忠誠。第一種忠誠是對國家無條件的服從，而第二種忠誠則是爲了國家不得不批評國家，在不服從的背後則是對國家更深的忠誠。屈原式的忠誠大約就屬於第二種忠誠。

在大陸，因爲希望人們當馴服工具，所以連第二種忠誠也不受歡迎。像劉賓雁這種人，就是第二種忠誠者，但也不讓人喜歡。其實，在中國這片遼闊的大森林裡，是需要一種名字叫做「劉賓雁」的啄木鳥的。龐大的森林倘若要保持生態平衡，防止腐敗，至少需要一千隻這樣的啄木鳥。可是，現在只有一隻，而且，等待著這一隻啄木鳥的，至少有十萬支槍。

我是不配當第二種忠誠者的。我太隨便，太喜歡自由自在地遊思，對國家沒有劉賓雁那麼關切，到了國外之後更是如此。但我也有一種忠誠，無論過去還是現在，我始終保持這種忠誠。這種忠誠，就是忠誠於我自己——忠誠於我自己的信念，忠誠於我自己的簡單的、淳樸的、孩提時代就知道的做人的最起碼的道理和品格，從不隨地吐痰到不撒謊。這種忠誠，我自己把它稱作「第三種忠誠」。

在大陸，我始終不敢這樣宣告自己的第三種忠誠。這還得了，這不明明是極端個人主義嗎？這不明明是自由化的鐵證嗎？

但是，我今天要發表心靈告示，要準備承受極端個人主義甚至更重的罪名，而且要回答譴責者們說：如果一個連自己的良知和品格都不忠誠的人，一個只會自己欺騙自己的人，一個對自己不負責的人，他能忠誠於值得忠誠的國家嗎？他能忠誠於維繫人類生存發展的起碼道義嗎？

在大陸，要當第一種忠誠者是很容易的，只要一切都「緊跟」，當個傀儡人或庸俗的謳歌者就行了。而要當第二種忠誠者就比較難。然而，要當第三種忠誠者也是極不容易的。說自己願意說而且應該說的話，拒絕說自己不情願說也不應該說的話，這就是忠誠於自己，但這是多麼不容易。十幾年前，當時的生活準則是對領袖的指示要絕對執行：「理解的要執行，不理解的也要執行」。不理解也要執行，這就是背叛自己。然而，在那樣的年月裡，不理解的如果不執行，即不背叛自己而忠誠於自己，就很危險，可能要付出當「反革命」甚至當囚犯的代價。在大陸歷次政治運動中，多少人背叛過自己，說假話，承認別人的誣陷，接受各種可怕的遠離自我本質的罪名，寫了一本又一本的出賣自己人格的檢查揭發檢舉材料，承認自己是黑幫是反革命。在「同志」、朋友、子女背叛自己之後，最後一個叛徒，不是別人，正是自己。

到國外來之後，要忠誠於自己雖也難，但畢竟比在國內容易。該說的話就說，不情願說的話就不說，不願意表的態就不表，不必作的檢討就不作。僅僅這一點，我就覺得幸運，覺得愉快，覺得靈魂比以往眞實得多，健康新鮮得多。也覺得對得住自己和所有誠實的朋友，最後，還覺得，也只有這樣，才對得住國家、社會，因爲我給社會的一切都不摻假，我沒有加深虛僞、撒謊的災難，沒有加速人類社會的墮落與腐敗。

故人

往年的春節想念故人，今年的春節還想念故人。

往年想念的故人，有的已經死亡，正在青草下的墳裡沉睡，但我的想念沒有死亡。

往年想念的故人，有的今年已不再想念。往年想念錯了，以為想念的值得想念，以為愛的值得愛。

往年想念的故人，有的已經陌生。當年他們高舉我的名字，今天卻害怕我的名字，像逃避江洋大盜和魔鬼，因為在那個動盪的夏天，我祈求過關懷過飢餓的孩子，還因為心靈脆弱，負載不起山脈似的坦克。

往年想念的故人，有的還在想念，癡呆對著癡呆，想念只為想念，不知世事滄桑，不知天高地遠。

故人與罪人一片混沌，天使與魔鬼一片混沌，春天的節日與冬天的節日一片混沌。春節裡到處是漫天的大雪，還有蒼蠅和灰老鼠，我只見到混沌的白茫茫。然而，在混沌中我仍然想念故人，因為對於我，故國只剩下幾個故人溫馨的思想和溫馨的微笑。

選自《遠遊歲月・漂流手記之二》

流亡的斷章

張　倫

對流亡者來講，生活是一篇斷章，尚沒有結局，但有一個與當下不同的開頭；流亡也是一個結尾，過往生活永不再能銜續；流亡更是一個開篇，一個與這結尾隔不斷、理不清的開篇。

浪漫的流亡之都

巴黎是美麗的，常被人用各種浪漫的字眼形容。以那些美國好萊塢片為例，每每在需要一個浪漫的結局或是浪漫的去處時都要把巴黎請出來讓人神遊。巴黎滋潤著許多人浪漫的夢，許多人浪漫的夢裝飾著巴黎。也許，羅馬有些衰敗，柏林破殘了，維也納漸漸沉寂，倫敦嘈雜擁擠，紐約商業味道過重……只有巴黎，人們依然願用浪漫來加以冠名。在物欲的世界裡，巴黎是許多人夢幻的花園，正像對那些想發財的人，紐約是他們憧憬的聖地。

就是這個巴黎，卻是一個眞正的流亡之都。在過去的兩、三個世紀裡，以她拉丁式的浪漫和人道的情懷接納了無數流亡者。那長長的流亡者的名單，像穿過她懷抱的靜靜的塞納河，見證著歷史和她的熱情。僅二十世紀，十月革命後俄國流亡者，西班牙內戰後的共和黨人，二戰時德國的知識分子，冷戰時的東歐的異議人士，南歐軍事獨裁統治下的民主人士，黑非洲各個國家各個階層因各種原因逃離故土的人們，六、七十年代拉美專制的反抗者，躲避原教旨主義迫害的阿拉伯世界的菁英，前南斯拉夫戰亂中流離失所的婦孺……一次次歷史的巨潮澎湃，都給巴黎送來些不速之客，像在沙灘上留下各色石子。許多人也像石子一樣沉嵌在沙灘上，或是因太陽的照耀而發光閃爍，或是融進沙泥消遁；要麼，就是在另一番大潮湧退的時候回歸大海，重返故地。巴黎的文化天空，也常常因這些脫離自己星座會聚於此的星辰而顯得燦爛奪目。沒有這些流亡者，我常自問，巴黎還會有如此的魅力，如此繽彩豐呈？

巴黎是多彩的，因此，如讓我選一種色彩來代表巴黎，我將不知所措；但選一種顏色來代表流亡，我則有定見：那該是藍色，而不是黑，白，綠，紅或是黃。那是介乎蔚藍和深藍之間一種晃動的顏色，隨希望的陽光而變換。自然，如有人願意用灰色和黑色，那也有其道理：當陽光黯淡，藍色便會漸成灰黯，直至漆黑，像烏雲覆蓋，暗夜降臨的海洋。只是，那流亡中的陽光一半來自流亡者自己的內心，另一半才來自外界。通常，流亡總是伴著些懷舊，飾著些憂鬱，而這，也是我選擇藍色，將巴黎視爲流亡之都的一個理由：似乎只有巴黎的氣質中生就帶著某種濃郁的藍色色調。巴黎是藝術的，只有藝術地才能欣賞巴黎。法國當代著名作曲家亨利．杜迪歐（Henri Dutilleux）一生喜歡藍色，圍繞藍色創作，他說，「很久以來，對詩人們來講，藍色都是夜的光芒。」（C'est que depuis toujours, pour lespoétes, le bleu est la lumiére de la nuit.）我們知道，夜常是流亡者的故鄉，流亡者也常常是夜行者。讓藍色來代表也是爲給流亡之夜塗著些光芒。

假如浪漫不只意味著歡快、溫情、夢幻，還包括對過往的眷戀，對未來執著的想像，對愛的堅守，對故鄉的愁緒，那麼誰又能說流亡不是浪漫的？可是，流亡終歸有些殘酷，那是尋夢的遊客和享受生活的巴黎人難以窺見的！好像只有流亡能將生活的殘酷和浪漫二神如此緊密地聚捻在一起，讓每日的生活成爲兩者相伴的雙人舞。浪漫的殘酷，殘酷的浪漫，或許，這種雙人舞在巴黎表演得最酣暢淋漓。一日三餐，昂貴的住房，工作，家庭，他人的歧視和漠然，冬日嚴寒裡排三、四個小時得長隊去更新證件時異鄉人的感受，一切都時時提醒著浪漫都市裡的流亡者無權浪漫，也讓他無法浪漫。但他卻必須學會浪漫，堅持浪漫，否則嚴酷會將其摧毀，生命之舞將爲之中斷。於是他試著，將每一絲霞光都視爲一個有關希望的神祕的允諾，拿孩子的每一次微笑都當作一朵未來之花的綻放，把水波的每一陣蕩響都聽爲一首讚美自由的華彩樂章……

似水年華，年華似水。巴黎，名字可以入詩的都市，戀人般，將那些遊子擁攏在自己的懷抱裡，用吟唱給他安撫；她讓那些遠歸者時時懷戀，又讓那些未歸者日夜思去；她還像一個少婦，在午後的斜陽裡，端坐在花園中遙想過去，美麗的臉上印著青春時代激情的烙印，現在卻多了份從容和安寧。她自覺力不如昔，但依然憑著愛心，敏感地傾聽著遠方求救的呼喊，準備伸出搭救的雙手，爲那些被迫離家去國的人們。她明白她無法平抑流亡者那與流亡伴生的憤懣，也永遠不能讓自己以其美和愛取代流亡者心中的故土。但她也知道，只要她那悠久的自由氛圍尙在——那是所有浪漫的本源，她在流亡者的心中都將永是一個——浪漫的流亡之都。

流亡者的機票

克里斯蒂娜是法國國家研究中心的研究員，一個朋友，六、七十年代環保、女權等新興社會運動的參與者。也因此，她認識很多那時住在法國的各國流亡者。

一次，她忽然問起我現在的身分，有沒有入法國籍，我答沒有。她忽然不語，有些感慨。過了一會，她又說，「入吧，誰知道你什麼時候能回國！……你也不要以爲你會很快回去，你知道嗎？我有一個流亡朋友，那時，他年年買一張回國的機票，年年作廢。到後來他知道再也回不去了……」我無語。想像那流亡者的面孔和表情，如電影中的蒙太奇。最後，定焦在一張看不清目的地和持有者姓名的模糊的機票上。

「小時候，鄉愁是一枚小小的郵票，我在這頭，母親在那頭；長大後，鄉愁是一張窄窄的船票，我在這頭，新娘在那頭……」這是余光中的〈鄉愁〉，在他的時代。爲那位流亡者，默默在心中吟改了這樣一句：「如今呵，鄉愁是一張作廢的機票，我在這頭，祖國在那頭」。

流亡者的淚

奧地利作家茨威格，是我最欽佩的幾個二十世紀作家之一。他曾說失去祖國「是種可怕的、沒有親身經歷過永遠不會體會到的處境」。他與妻子在巴西自殺前曾寫過一份著名的遺書，過去在中國讀後，難以入眠，那還是在自己也踏上流亡路前。自然，對他那樣一位作家來講，僅僅是流亡恐怕還不足以讓他自殺，那是二戰的烽火所顯露的歐洲文化的危機、精神家園的頹毀讓他心生絕望，使他對未來和自我的存續產生懷疑。我也因此常聯想到在法西邊境因不堪西班牙邊警的屈辱而自殺的本雅明，一個天才的德國思想家。對眞誠到底的人，一旦對自我產生疑惑，尊嚴受到凌辱，自殺有時就是唯一的出路。

……

那個能講漢語的韓國同學姓什麼我已忘記，總之記得他在非洲和台灣都待過。有一天他突然跟我說，他認識一位香港來的女孩，嫁了個越南人，晚上請他去做客，他提及我，主人也一便約請，問我是否樂意前往。除了上課，那時我自願地割斷幾乎與所有人的來往，不過不知爲什麼還是接受了邀請。

吃的東西完全記不得，總之不可口。女孩三十來歲，不會講國語，難以溝通。共同的語言是法語，對我來講還半生不熟。無聊沉悶，氣氛有些尷尬，小倆口的關係有點那種還沒孩子前的常見的緊張。後來聽韓國同學講，我們到達之前，因他們吵架，香港女孩還哭過。想起來進家門時，那女孩的眼睛似乎確是有些反常。

耐著性子吃，耐著性子聽，聽那男主人高談闊論國際政治，當年越南在冷戰中的地位，反共的骨牌理論等等。這是位電腦工程師，有著九十年代初資訊經濟狂飆突進時他那代同行所慣有的自信和傲慢。這更讓我生煩，祇想離去。

幾個亞洲人的聚敘，飯後自然要喝些茶。話題不知爲何突然轉到無話的我身上。當他知曉我的身分時忽然眼睛一亮，身體急切地向我這裡傾斜了一下，問道，「你從中國逃出來到法國之前在哪裡？」「在香港。」我回道。「多少時間？」「三個多月。」「住難民營還是什麼地方？」這回輪到我來吃驚：那語氣和用詞都有些「專業」味道，沒流亡過的人是不會如此發問的：那之前，就沒一個法國人如此問過。一時間像一股風拂過，帶走我一大半對他的反感。不待回答，他忽然自述，「我從越南跑出來花了半年多時間，後來在馬來西亞住難民營，在一個島上。整整又是半年多。……每天想自己的父母親人，不知他們的生死，在什麼地方死的心都有……最糟糕的是不知道將來到何處去，關在裡面，你什麼都不是，自己都不知道你是個什麼人、什麼東西了！……」淚水猛然溢滿他雙眼，順頰滾下。屋中頓時沉靜，只有他那因激動有些顫動和間隔的聲音，多話的南韓朋友也沉默了。柔和的燈光下，香港女孩有些無措，而剛纔那位傲慢的男主人已隨眼淚消失，瞬間變成脆弱、多感。他的話強烈地觸動我，尤其最後兩句，喚起我一些不願回想的記憶。想說些什麼安慰他，卻依舊沒說。

夜深，該回去了。他依依不捨，堅持要開車送我回去，那不是段很長的距離，加之有方便的地鐵，本不該勞他相送，但我還是接受了他的好意。我知道，「同是天涯淪落人」，他送我這一程，也是讓自己在記憶裡走一程。我不知道，他今晚對我述說的東西是否曾對他的妻子講過，即使他說過，他是否也曾流淚，而她則是否會聽懂，隨之淚落。

獨佇街頭，看他的汽車消失在巴黎的夜路中。

自那以後，再沒有跟他們聯繫過，也許是怕再去他們家做客，或許是怕還要耐著性子聽他的高論，要麼就是，怕再看到他的淚眼，攪動我的內心。

流亡作家的酒

那年我在斯特拉斯堡和些國際著名的流亡作家一起開過一個會，會後和尼日利亞著名的黑人劇作家、諾貝爾獎得主索因卡一起乘機回巴黎，他在那裡暫住然後回紐約任教。機上我問他自己和他的祖國的近況，他說「那些混蛋將我以叛國罪缺席判處絞刑，我，叛國者?!」帶著一絲不屑和諷刺，他笑起來，自信和爽朗。

因是短程，空姊只送些輕飲料；他十分認眞地申明他不喝飲料，只喝酒，請那小姐給他瓶酒。姣好的小姐笑起來，如此率真無忌，不知這位下頦長著些花白鬍子、身著發舊的灰藍色外套的黑人何許人也。她返轉去給他找來一瓶。他高興地開瓶與我對飲。兩三天下來，我對他那來自非洲大地的質樸、真誠有了真切地感受，也更理解了過去幾次在他的文章中讀到的那份悲天憫人，那份因非洲悽慘命運而生的憤怒和苦痛。當街相遇，你會覺得這是來自非洲哪個地方的一位鄉土教師，只有那雙憂患但又炯炯有神的雙眼像是在向你昭示，一個黑非洲大陸上漂移出的高貴和痛苦的靈魂，它的道德和理性之光。

看他喝酒，想起會上的魯西迪，那位吃飯睡覺時時都有一群特殊警衛保護的特殊作家。最驚詫他如何能在多年類似囚徒的生活後仍能保有那麼機敏的思維和對生活的熱望。與這位帶些憂患的智者索因卡相比，魯西迪更像是個有些玩世不恭、才華橫溢的才子。那日按會議程序輪到上台與讀者見面，他在布幕後急急地叫來位年輕人，塞給他一些錢，請他無論如何去幫忙買一瓶酒來，否則他上不了台。一會兒，年輕人滿頭大汗轉回，手中拿著瓶紅酒。可一時又找不到開瓶的起子。魯西迪便拿個東西硬是將木塞壓到瓶裡，將酒倒出，用喝水的塑膠杯連灌三、四杯，一躍上台。開篇就是一句「我就不信這個 **the pen**（英文的「筆」字）鬥不過這個 **le Pen**（法國極右派頭子的名字，那時斯特拉斯堡市正在舉行反極右派的許多活動）。全場大笑、喝彩。我想到「李白鬥酒詩百篇」。

像是個被臨時假釋的長期囚徒，或是，一個被嚴厲的父母放了風的孩子，那兩天，你覺得他像在拚命咂呷那點外出的歡快，享受接觸世界的快感。你看得到這位仁兄在與那位年輕漂亮的墨西哥女詩人眉來眼去時的興奮，也感受得到他在警衛前後夾帶著被送走時笑臉下那份自嘲和沮喪，像個在父母喝喚下必須歸家的玩童。

多年後，報上讀到對他的追殺令被取消、他移居紐約的消息；再後來，當我在法國《世界報週刊》

上看到他與美麗的印度女星結婚的彩照時，我笑起來，想起他那次喝酒和那位墨西哥女詩人……酒盡，飛機已在巴黎戴高樂機場降落，夜已深。互道珍重。索因卡說住老朋友家。說著，一位中年黑人開著部舊車到了。他臉上泛現光芒，朗聲笑起，趨前與那同樣笑著的朋友邊問候邊張開雙臂擁抱。那是這之前沒見過的笑容。一瞬間，我彷彿覺得他不是在擁抱一個朋友，而是在擁抱一個黑色的大陸，擁抱他的祖國。

通訊錄上他留下的聯繫地址隨歲月漸漸模糊，疏於與人聯絡，從來沒有使用過，想必他也一定更換過多次了。後來好像有消息說尼日利亞的情況有變，政府邀請他回國實行民族和解。便試著想像他在歸國飛機上喝酒的樣子，想著想著，彷彿看見他充滿風霜的臉上那份愉悅，還有，就是那深色的舊外套。不經意間想到，一些同胞在國人或外人面前的那種大師的姿態，像罩了一個由「中國」或「國際」兩字做成的寬大斗篷，適時更換，以使身軀顯得碩大。於是，我又輕輕地笑起來。或許，流亡有個好處：能讓人減肥，無論是在肉體還是精神上。

因對生活、祖國和自由的愛才有了流亡，喪失這種愛，流亡便成死亡。

……

流亡是……

……

斷章是無法銜續的，它是一種特殊的作品。我想，還是請讀者用想像來幫我接續吧。

二〇〇四年十月三日至八日草於巴黎郊外

眼前人

蘇煒

雨傘在橫風斜雨中完全不頂事。我一身濕漉漉的抱著一把百合花撞進飯館，一桌人都笑了：我這副泥水吧嗒的邋遢樣子，顯然不配今天的准「伴郎」身分。況且剛纔爲了避雨，摘下了已打好的領帶，結果鑽進洗手間半天出不來，不爭氣的領帶左打右打都是一副病歪歪的樣子，走出來還是一通笑果，只好把心一橫：就權當滿桌師長友朋的開心果吧——誰讓今天是這麼特殊的一個日子，又不期然地跟自己似乎有著這麼一層特殊的關聯呢。

這是一個遲來婚禮的補辦酒席。新娘子和新郎倌，是兩位年過七十的老人——耶魯圖書館東亞部已退休的資深部門主管陳曉薔，和同樣已退休的原北京中國社會科學院副院長趙復三。用「黃昏戀」一類的俗字很難盡述他們這一段感情故事。因爲這裡面的因緣，足足跨越了五、六十年。「女儐相」鍾玲——香港浸會大學的講座教授和文學院長——是新娘子從前的學生和交往幾十年的誼妹，今天的宴席主要是爲她的到訪耶魯而特意安排的。新郎倌的親人都不在身邊，我麼，曾爲老院長的社科院老部下，加上經歷和趣味相投的原因，近些年更成了忘年之交，權作「男家代表」，也就義不容辭了。喧笑聲中，我們分別爲兩位新人胸前別上了我冒雨捎到的蘭花襟飾，客人陸續到齊了。

被大家尊稱爲「大家長」的張充和，是已故耶魯東亞系教授法蘭科斯（傅漢思）的夫人。她更大的聲名，是她在書法、詩詞、崑曲方面的極高造詣。她是名作家沈從文夫人張兆和的妹妹，也是陳寅恪、胡適之、金岳霖、張大千、沈尹默等等這些一代宗師的同時代好友。四十年代在重慶粉墨登台的一曲崑曲〈遊園驚夢〉，曾經轟動大後方的杏壇文苑，章士釗、沈尹默等人紛紛賦詩唱和。冠於她頭上的稱謂因此很多：「民國最後一位才女」，抗戰時代名滿重慶、昆明的「張家四姊妹」，「二十世紀中國十大女書法家」之一，「當代小楷第一人」，等等，等等。在我看來，她是耶魯華人社區眾星拱月的地標式人物，年過九旬一仍耳聰目明，集華美、高貴與才學於一身。在座諸位曾常年就教於張先生，我便向老人連連抱歉：雖然住得近，您老人家德高望重，總是怕有所叨擾，所以很少登門造訪……老人嗔怪道：你這個人說話，怎麼這麼酸哪？你以後多來看我就是了……大家於是呵呵大樂。

耶魯東亞系的資深導師鄭愁予，乃台灣現代詩壇的祭酒之一；醫學院鄭永齊教授，則是華人學界在常春藤大學少數幾位獲得「講座教授」榮譽的生化名家，又是台北中央研究院院士，他們兩對夫婦都是新娘子在耶魯最老的摯友兼同事，交誼超過三十年，理所當然都算是「女家代表」。另一位「有分量」的「女家代表」是耶魯東亞系著名文學教授孫康宜，她因爲忙於學校會議不克出席喜宴，送來了一份專程託人從台灣捎來的隆重雅致的「心禮」。我則拐著彎兒介紹坐在身邊、同樣來自香港的講座教授張隆溪——作爲八十年代大陸學術界中、青一代的風雲人物，他與學界前輩朱光潛先生和社科院另一位副院長錢鍾書也曾爲忘年之交，依著這一層關係，自然也算是我們新郎倌的另一位「男家人」啦。男、女方「家人代表」總算旗鼓相當。侍者打開了一瓶碩大的紅葡萄酒，大家紛紛舉杯，爲一對新人祝福。新郎趙復三站起來，躬身向大家連連道謝，我看見，他舉著酒杯的手在微微發顫……

有什麼東西在我心上輕輕撞了一下。這位在美國南方一家大學的宗教學教職上退休的老學者，曾經是中國大陸知識界和政文界廣受矚目的一位人物。一九八九年六月四日發生在天安門廣場的流血慘案，作爲中國代表團團長的趙復三，在巴黎聯合國教科文組織執行會議上站起來發言，嚴正抗議自己的政府對青年學生的屠殺。他沉靜地把話說完，沉靜地走出了會場，從此，便同樣沉靜地消失在公眾視野之中。在良知和榮祿都擺在歷史桌面上的時候，他選擇了前者，爲此他丟掉了所有世俗光環和榮耀，在人生的暮年孑然一身在海外漂流。這些年來，他在海外深居簡出，默默在大學的宗教文化領域耕耘，以「面壁十年」之堅韌，翻譯出版了一本又一本大部頭的文化經典──《歐洲思想史》、《歐洲文化史》、馮友蘭早年英文版的《中國哲學簡史》……在溫哥華一次公開演講會上，有聽眾這樣問他：你爲自己在一九八九年的選擇，後悔嗎？他以同樣平靜的口氣說：不，做人是需要勇氣的，我的這個抉擇，是練習了四十年，才向先人和後人繳出的一份人生考卷……

窗外春雨淅瀝，席中氣氛和暖。「女儐相」鍾玲發令：要兩位新人喝交杯酒。大家便哄笑著要她退掉今晚的機票留下來，準備晚上的「鬧洞房」。兩位新人也許是不懂這些「鬧婚」玩意兒，又或許是手關節不靈便，「交杯酒」總是喝得姿態不對，引起喧笑連連。我這位「男儐相」便不失時機提出：要求新娘子陳曉薔給大家好好講一講，他們這一場「跨世紀之戀」的來龍去脈。

──原來，趙復三在上海聖約翰大學讀書時，是約大基督教團契主席，又是上海基督教學生聯合會主席。陳曉薔那時還是教會中學的「小姑娘」。她在基督教的團契聚會上剛剛認識、並記住了這位風度翩翩、談吐風生的「趙大哥」，不想隨即風雲突變，大陸易幟，「小姑娘」隨著家人一起渡海台灣，隨後幾經波折顛連完成學業在大學執教，後移居美國，任職耶魯圖書館東亞部。一九七九年，趙復三隨同文革後第一個出訪美國的中國社科代表團，與錢鍾書等學者一起造訪耶魯大學。在余英時教授耶魯家中的歡迎酒會上，陳曉薔認出了三十年前的「趙大哥」，那時他們已是兩鬢微霜，兒女成年，各自的配偶離逝……「可是，他當時卻認不出我來，畢竟隔了三十多年歲月呀……」陳曉薔老師搖頭笑著，「直到宴會過半，他忽然噢噢的笑著走到跟前，對我說，你原來就是當年團契會上那個『小姑娘』呀！……這以後又隔了多少年，一九八九年後他來到美國，在奧克拉荷馬大學教書，我們又恢復了聯繫。直到他退休後前往歐洲女兒的家裡，我也在退休後到歐洲旅行，他作為東道主一直陪送送……」當年的「小姑娘」忽然兩頰飛紅，「這以後，這以後，我們就決定在一起了……」

大家輕輕鼓掌，聽著春雨敲窗，紛紛舉起了酒杯。我想起在耶魯任教已經超過三十年的鄭愁予老師馬上就要在任上榮譽退休，又起意舉杯，為鄭老師祝福。有誰點了點人頭，席中各位，從九十出頭的張充和先生一直到三十出頭在台大任教授的耶魯畢業生吳展良，一個個都是教書人出身，都在大學校園裡任職任教，也都算一方領域裡的翹楚中堅，按年齡算，整整是四代同堂。說到學人對所學專業的執著，新郎哥趙復三講了著名邏輯學家金岳霖先生在文革中的一段軼事：文革中社科院開批鬥大會，末了，要站在台上掛著牌子挨鬥的各位「牛鬼蛇神」向革命群眾認罪。輪到金岳霖，造反派問他：你承不承認自己是反動學術權威？他以邏輯學家的嚴謹回答說：你們說我「反動」，我可以接受；你們說我是「學術權威」，我怎麼敢當呢？……

滿桌上都是笑聲。一直吟吟笑著、慢慢吃著的張充和先生這時接過了話頭：「……金岳霖哪，金岳霖太有意思了。那時候在昆明西南聯大，我們住城裡，金岳霖住城外。他養了一隻大公雞，寶貝得不行，天天餵牠吃維他命。他住的宿舍窄，就把大公雞寄養在我們的住地。每次他登門，我們就笑他：金岳霖不是來看我們的，是來看他的公雞的。一到跑日本人的空襲警報，我們往城外跑，金岳霖卻往城裡跑——因為他惦著他的大公雞呀！『金岳霖抱著大公雞跑警報』就成了我們躲在防空洞裡最愛說的笑話。陳寅恪當時把它叫作：見機而作，入土為安……」

我忙問：「是哪個『機』呀？飛機的『機』還是公雞的『雞』呀？」

「都行啊，都行啊……」微酣之中，桌上的笑聲，和窗外的雨聲，融成了一片。

我心裡又是微微一動。忽然想起一句最近常在耳邊、心頭唸叨的大俗話：珍惜眼前人。也許，眼前這些人，眼下這些事，在滾滾紅塵之內，宇宙大千之中，只能算滄海之一瓢一粟，只會是稍縱即逝的一縷過眼雲煙？但是，一群在海外離散無家（Diaspora）的人，成員來自大洋三岸各方各地，組成了這麼一個有「大家長」操持、有「男家、女家代表」的四代同堂的家庭式喜宴——整整一個世紀的風雲和風韻，哀樂與笑淚，就這樣不經意地，凝聚在春雨連綿之中異國異域這新英格蘭一隅的一張平常小桌之上。——你不覺得，眼前就是「歷史」，「眼下」就是詩嘛？人們常說：活在「當下」。這句話常常被解讀成「及時行樂」——「今朝有酒今朝醉」，「做一天和尚撞一天鐘」的意思。但人們常常忘記了：「當下」往往就是「歷史」的吉光片羽，而「歷史」，從來都是「未來」的「前世今生」。珍惜眼前人，珍重當下事，其實就同時是珍重了綿延時間和存在、承繼價值和意義的「歷史」與「未來」——這樣一種「眼前」的緣分，乃是人生的一種福報啊。

細雨濛濛而春燈朦朦，笑聲朗朗而春聲朗朗。我忽然想起宋人陳與義那首〈臨江仙〉詞的意境，不禁在心中輕輕吟誦起來：「憶昔午橋橋上飲，座中俱是豪英，長溝流月去無聲。杏花疏影裡，吹笛到天明。……二十餘年如一夢，此身雖在堪驚。閑登小閣眺新晴，古今多少事，漁唱起三更。」

行文至此，本欲終篇。恰接到二位新人寄來的婚宴照片，內附一封打印信函——寓意深長，我想是趙復三老師的手筆，特全文錄於下，且作本文的「壓軸」吧——

××賢弟，送上照片數幀，感謝在萬忙之中抽出時間共同團聚的盛情。希望照片能把這一次在春深時節雨紛紛之中團聚的歡樂氣氛保留下來。看到照片，眞正感到：這是一次不沾絲毫功利、純粹眞情的聚會。聚會的熱烈、氣氛的溫暖，就是由此而來的吧？

人的一生大概總是由絢麗而歸於平淡；到了歸於平淡之年，而又泛起一點絢麗，有的朋友來信說，「你們眞是夠『新潮』的」。我們倆都是老派人，未曾想，到暮年竟然趕上了（或是「撞上了」）新潮。「文如看山不喜平」，人生是否也是如此呢？

圍著圓桌坐下後，發現我們來自地球的四面八方，也來自學科的五花八門。但是有一個共同點：都是以當「人之患」爲樂的人。和政界、商界或其他各界的人似乎有一點不同，那些行業都必然地需要急功近利，而以做老師爲樂的，必然寄希望於青年的將來，因此也無可避免地，都是——Happily or unhappily（快樂的或痛苦的——筆者注）——理想主義者。在理想逐漸褪色的時代裡，理想主義者緊緊團聚在一起，氣氛能不熱烈嗎？

圍著圓桌坐下後還發現，我們是三十幾歲、五十幾歲、七十幾歲，直到九十歲的張充和先生，「四代同堂」！四代人共同繼承了一個大傳統，就是中華民族的歷史文化，我們從先輩手裡接過來，又像火把那樣傳給年輕的一代。這是一個激動人心的事業。正是因此，我們被激動了。二十世紀的許多中國人大概都像三世紀羅馬帝國的基督徒 Diogenes 所說：「以家鄉爲他鄉；以他鄉爲家鄉」，其中不無淒涼的時刻。越是身體在漂泊之中，內心就越感到，心靈的錨需要牢固沉放在海底的岩石中間；越是人到中年以後，就越渴求那在世間中永遠常青的生命洪流，這就是民族的——也是全世界全人類的——歷史文化。就是在這樣的生命感覺中，我們團聚在一起，它的意義，就不再只是慶祝一對新人，而是爲承前啓後的大傳統，向在地球任何地方立定腳跟的夥伴們祝賀了。懷著這樣的歡樂，在這幾幅照片裡，寄上我們的祝福。

曉薔
復三
二〇〇四年四月

從沉重到失重

——劉念春走上流亡的心路歷程

王　渝

王渝，一九三九年出生於四川重慶，一九四九隨父母遷居台灣，一九六三年定居美國。一九六一年畢業於台灣中興大學。曾任多種報刊編輯、副刊主編。曾為香港三聯書店和上海文藝出版社編輯多種與海外文學有關的詩歌小說選集。從一九九一年至今任先鋒文學刊物《今天》編輯。詩歌作品散見於台灣、大陸和海外的報紙、詩刊，並選入各種選集，如台灣出版的《七十年代詩選》和《新文學大系新詩卷》，中國大陸出版的《女詩人抒情詩選》和《四人詩集》以及香港出版的《海外華人作家詩選》等等。

現在他最喜歡的事是在電腦上下圍棋。他的棋藝高，一般人不是他的對手。平時常常顯得有點心神恍惚的他，面對棋盤卻是全神貫注，不但出手精確，而且連以後的好幾步棋都想好了。生活裡面的外在壓力內化成心情的無奈，他似乎只能在疏離現實的另外一個世界——黑白分明有規則可循的遊戲世界——舒展放鬆地盡情發揮。

二十世紀七十年代的劉念春是個文學青年；九十年代的劉念春是個活躍的工運人士。在這兩個人生的階段中，他外在的作為有所不同，內裡生命本質的追求依舊。

一九七八年民主牆運動發生的時候，劉念春在北京師範學院分校就讀，像大多數人那樣他天天帶著新奇興奮的心情到西單民主牆去讀大字報和聽演說。無論是大字報還是演說的內容都非常的新鮮，跟平常在報章雜誌上讀到的完全不一樣，因此吸引了大批的讀者和聽眾。他記得有一張大字報反對為毛澤東建立紀念堂，說毛不是神，不該把他像神那樣供起來。早幾年他的朋友中曾有人因為說了「凡是人都會犯錯，毛主席是人，所以毛主席也會犯錯」而鋃鐺入獄。他佩服這位大字報作者敢言的同時隱隱感覺到一種呼喊，而自己內裡蘊藏著的感知則蠢蠢欲動地要發出回應。習慣卻牢牢地設了限，他沒有越雷池一步，只是繼續做一個乖乖的旁觀者。

那時候大地復甦，處處充滿新氣象，出現了自中共建國以來的第一批民辦雜誌，文學刊物《今天》是其中的一份。《今天》的兩位創辦人，北島和芒克，都是他認識的，於是熱愛文學的他便順理成章地加入了這份刊物，擔任編輯和聯絡的工作。從此他脫離了旁觀者的身分，捲進了民主牆運動的漩渦之中，甚至可以說是漩渦的中心吧。他的住處——東市十四條七十六號——不但提供出來讓《今天》編輯、印刷、聚會討論，還同時接待各地來訪的文學愛好者。與他同住的哥哥劉青則是《四五論壇》的中堅分子，於是也把這住處當作聚會聯絡的地方。每天他們的家，人進人出，好些顯然還是從外地來的，這還能不遭惹公安人員的注意嗎？於是他被找了去問話，問的都是關於《今天》的事。他告訴他們所做的都是文學的事，詩啊，小說啊。他們卻教訓他，叫他當學生就該好好用功讀書，不要整天跟些搗亂分子搞在一起。後來學校卻因為他參與《今天》的活動，在即將畢業的前夕把他開除了。

後悔過嗎？好像一點也沒有。那個時候他，還有他們那一夥，都是第一次嘗到了主宰自己生命的滋味。就像《今天》雜誌上的作品，突破一切束縛的準繩規矩，揚棄官方的政策，在歷史的斷層上無拘無束地自由綻放。讀北島、芒克的詩給他全新的感覺，形式和內容都是陌生的、新奇的，偏偏又那麼地觸動他、牽引他，甚至擴大了他的感知。許多年以後回憶起來，他方體會到當時那些《今天》的作者致力建立個人風格的努力，竟凝聚成巨大的動力，跟官方的語言對立，以致瓦解了它，為後來的文壇開拓出一片新的語境。他覺得諾貝爾文學獎的評審畢竟對中國不夠了解，沒能見到這石破天驚的一擊。

《今天》真正生存的時間很短，不到兩年，但是那段充滿艱辛與希望的日子卻在參與者的生命裡植了根。後來在海外復刊的《今天》，雖然還是由原來的成員北島、萬之主持，但是由於時代的變遷和空間的隔閡，許多曾經為它奮鬥過的人已不能再拾前緣。有人抱怨說，找不到它原先走在時代前面，開風氣之先的作為了。有人則認為時代變了，何況現在的《今天》又是一份流亡刊物，內容當然會不一樣。已脫離了《今天》很久很遠的劉念春只在某些當年老朋友聚會時偶爾出現，出現是出現了，亦只是靜默地聆聽，分享他人的話語笑聲。他顯現出的是一份寬容的愛，看著自己寵愛的孩子長大了，陌生了，漸行漸遠了。

更多的《今天》的舊友和新人都已經忘記或者根本不知道劉念春這個人了。

然而，東市十四條七十六號，籌辦《今天》時出現在那裡雜沓的腳步聲，卻不時出現在劉念春沉睡的意識裡，要敲開那扇記憶的門。現在發行的《今天》有一個叫「今天舊事」的欄目，北島曾要他寫寫關於當年在七十六號的活動，出現在那裡的人和事。他幾度提筆幾度擱下。許是記憶的門關閉太久，打開後出現都是平面的圖象，貫穿的線索即或摸索到，也是或隱或現。呈現紙上那些散脫的字句、拼湊不起來的畫面，令他沮喪。然而他寫出的一些詩，緊緊維繫著往昔的追求嚮往，一個經歷了折磨的靈魂，躍然紙上，讓人感覺到他內心的渴求和不安。只要有人向他提起多多，李南，徐曉，顧城，江河，嚴力，楊煉……召回的久遠記憶立即點燃他的眼睛，閃亮亮的。

他的出現對初創的，也是最具影響力時期的《今天》十分重要，而他和《今天》的緣分卻十分短暫。一九八一年，劉念春遭到逮捕，罪名是「反革命宣傳煽動」，判刑三年。這次牢獄之災，除了由於他積極參與民主牆運動外，另外一個更重要的原因是因爲有人把他哥哥劉青在獄中所寫的文稿偷帶了出來，他又將這些文稿交人帶到了國外。

回顧民主牆運動，雖然他主要參與的是《今天》的工作，但是他認爲當時的各個團體，背後推動著它們運轉的都是朝向爭取民主自由的奮鬥。民主、自由是他們共同的口號。他們從剛過去的文化大革命的苦難中覺醒，也許這場災難唯一的正面影響，就是迫使承受了苦難折磨的人們開始從政治、經濟、社會和文化等各方面去探索問題，提出問題。於是他們要擺脫奴隸處境，爭取做自己的主人。他們首先選擇了行使憲法中明文規定了的應有的權利：言論自由，集會結社的自由。他喜歡舉「星星畫展」舉辦示威遊行的例子。他說：「一九七九年，這群年輕的前衛藝術家，在國慶十月一日那天，走上街頭。這是中共建國以來，第一次民間組織的遊行。雖然參與的只不過兩百多人，但卻是一件轟動的大事。這第一次的非官方組織的遊行，吸引了上萬圍觀的人，許多人更激動地跟隨著隊伍走。他們打出的標語和口號也正是民主自由。」他認爲「星星畫展」的遊行是明目張膽的抗爭，向專制集權的官方討回做爲一個中國人應有的權利和尊嚴。在說到「第一次」時，他都加強了語氣。第一次。是的，第一次。那是個有許多「第一次」經驗的年代。

那段時間生命對他展開了全新的一頁，他第一次活得像一個眞正的人，獨立而有尊嚴。入獄出獄，失學、失業，並不讓他感到生活中有所失落，只緣腳踩在屬於自己的土地上。他的心很篤定。

一九八九年天安門運動和後來的鎭壓屠殺，再一次擾亂了他的生活，他越發感到建立民主自由的體制、尊重法治和人權的需要。由於他本身的經驗，特別能體會到政治犯家屬處境的艱苦。他開始介入一些有心人發起的對政治犯家屬的經濟援助工作。一九九三年十一月，他和秦永敏等七個人簽署了一份「和平憲章」，呼籲政治上的容忍和對人權的尊重。爲此，他遭到了拘留審訊。

九十年代初，在當局大力宣傳的經濟起飛的背後，是政治上的貪污腐化、枉法非爲，是社會上的貧富懸殊兩極化。一九九四年初他和袁紅冰、周國強、張林、王仲秋、王家琪等等知識分子和工人朋友一同發起籌備「中國勞動者權益保障同盟」。他們已經預見到工人群體即將遭到越來越大的困境。工人的失業問題是當今中國最嚴重的社會問題。雖然籌辦「中國勞動者權益保障同盟」他們一切都是依法行事，按照規定提出申請等等，五月裡的一天，他卻非法地被公安人員祕密逮捕拘留。他的突然失蹤令他的家人疑懼焦慮不安。他的妻子儲海蘭到處奔跑尋找，朋友都不知道他的去向。儲海蘭懷疑他可能被警察帶走，她到派出所打聽，卻什麼也打聽不到。一直到十月他被釋放，他的家人才知道他失蹤的眞相。雖然是回到家裡了，警察卻對他施行「監視居住」。然而這種種都沒能嚇阻他。他自認所作所爲都是合法的，都是中國公民應有的權利，而不合法阻撓他的官方則是違法犯紀的。一九九五年三月他發起聯名給政協上書要求廢止「勞動教養」。五月二十一日他再度遭到逮捕。一九九六年七月他被判刑三年，被判處的正是勞動教養。

由於儲海蘭的不斷奔跑呼籲，而且利用各種渠道向海外國際人權團體求助，一九九八年十二月二日，中國官方以「保外就醫」的名義釋放了劉念春，沒有讓他回家，直接把他送到機場和妻女會合，讓他們一家前往美國。

至今在美國生活六年了，劉念春最安慰的是妻子女兒都很適應這裡的生活。以前在國內因爲他的參與民主運動、勞工運動，母親、妻子和女兒都跟著受苦。他的母親，是個一輩子處處謙讓的女性，爲了他的無辜被逮捕，竟在年邁力衰之際隨著他的妻子走到外面，到處奔波爲他呼籲。每一想起這些，他都心裡難受。他母親現在身體不好臥病在床，他不知道什麼時候能再見到她，是不是還能見到她。這是最令他感到悲哀的事。女兒因爲他的關係，從小個性內向，有令人擔心的孤僻傾向。一直到最近女兒才說出，小時候在學校常被一個警察兒子欺負的事。那個男孩子打她，她不敢回手，回到家還不敢告訴媽媽。女兒怕警察，怕警察把爸爸帶到沒人知道的地方。因爲怕警察，女兒也怕警察的兒子。他和妻子第一次聽到女兒說出這件心事時，又愕然又傷心。來到這裡以後妻子和女兒的情形，都很令他感到欣慰，甚至帶點驕傲。他的妻子最覺得滿意的就是來到這裡後擺脫了恐懼的陰影，固然辛苦，每天的日子都能按照心意來安排。她一面做工一面讀完了社區大學的課程。十六歲的女兒現在就讀於此地著名的優秀中學，不但數理成績好，英文也不落人後，還得過詩歌獎。她現在每天放學回家都很安心，不怕爸爸會突然失蹤了。這個伶俐聰慧的女兒，是他流亡生涯中最大的安慰。陪著女兒去學琴、學畫，走在路上的腳步都特別輕快，都有助於平衡他生活中的失重。初來乍到他也很忙亂過一陣，出席會議、參與活動和寫些文章。但是漸漸他感覺到自己沒有所屬，心裡有想要做的事，伸出手去卻什麼也觸摸不到。說到自身這樣的心境，他的聲調低沉下來：「來了這裡後，我的生活就失去了重心，邊緣化得厲害。人在國內的時候，我總是捲在各種活動當中。那些活動都是爲著一個理想奮鬥，也就是爲了更好的未來奮鬥。所以參與那些活動，有時雖然不免會危險，但是卻能充實我的生命，讓我感到活得有意義。但是生活在這裡，我找不到了著力點，覺得一切都離我很遠，很遠了。」爲了生活，他不得不在一堆瑣碎的工作中轉來轉去，今天他又正忙著在尋找一份工作。他踏進去的是一盤陌生的棋局，茫然、焦慮地，他奔走著……

二〇〇四年十月於紐約

走回北京南小街

馬建

馬建，一九五三年生於中國青島。擔任過記者和美術編輯，為最早活躍民間的「無名畫會」成員之一；很早就辭掉公職在國內流浪三年。一九八六年因有關西藏的小說《亮出你的舌苔空空蕩蕩》受到政治迫害，出走香港創辦「新世紀出版社」，發表長篇小說《思惑》、《拉麵者》、《九條叉路》和中短篇小說《你拉狗屎》、《怨碑》等。現居英國倫敦，遊記體長篇《紅塵》曾獲得英語文學國際性大獎。

北京的很多胡同都有些歷史故事，因爲許多名人都在這些又窄又長的胡同裡居住過。我住的南小街在東四十二條和十三條之間的巷子裡，往裡走一百多米就是上世紀初主張維新變法的梁啓超的故居。他後來被慈禧太后通緝，流亡海外十四年。記憶使我們積累經驗，並保存了一切。

記得我那間房子的前面是個煤店，買煤的人來車往，便把街面染得黑乎乎一片。由於緊靠著中醫院，病人和死人多，在煤店對街的壽衣店兩側，又常擠滿烤羊肉串的和賣水果的小攤檔。房子左右被夾在兩座樓的中間，不時會有從「天」而降的蛋殼、白菜葉以及鴿子糞掉進小院裡。除此之外，小院子和屋裡還算安靜。我就在那兒畫畫和寫作。房間掛滿了畫，連「地毯」也是一大張油畫。

那是一間又破又舊的房子。一幫又一幫的畫家、作家、詩人，以及各種各樣「離經叛道」的哥們在七十年代末期，經常來到小街五十三號聚會。還把手稿油印成詩集，策畫地下畫展、詩會以及傳遞某某人被抓走的消息。作家高行健也在這裡談現代文學的創作手法，談他的《絕對信號》。翻譯家傅惟慈則把他的新作《月亮六便士》介紹給大家。那時，我們的聚會都是非法的。連半夜走在街道上都危險，特別是二、三個人一起，經常會被抓走關進派出所。

本來五十三號就處在眾目睽睽之下，再加上經常人來人往，又放音樂又唱歌，更成了公安局和「小腳偵緝隊」的監視物件。我終於逃不過黨的眼睛，兩次被抓進公安局交代思想問題。最後一次放出來時，屋裡被徹底搜查，連紙糊的頂棚都被撕了下來。我決定離家流浪，走到一個偏僻的角落，走到沒有人能認出你的社會。而這種地方只能在沒有方向的路上。

那時我們的夢想就是出國，離開這個監獄社會。

一九八七年我移民到了香港才兩年，北京發生了八九學潮，中國在震動。

我也發現自己雖然軀體站在了自由的香港，但靈魂依然留在中國，我的夢也從未出國，依然停在南小街的周圍。我感到一個作家假如和自己熟悉並成長的社會脫節的話，他的創作也就失去了靈感和目的。甚至活著本身也沒有意義。也許我這個人就是越過周圍的親情，去與社會建立責任的人，所以我又返回了南小街。

六四大屠殺之後，我確定了一個長篇小說計畫，開始寫中國人被一雙無形的巨手撕扯著，人被迫變化著也麻木著。這個封閉了近四十年的獨裁政權，剛開始一點精神鬆動，就又被扯緊了。同時，經濟的開放，又給了大眾在商業領域尋找個人價值的實現。人們向錢看，丟棄了理想和人文關懷。

我把快倒塌的南小街重新裝修了一遍，裝上了煤氣和水池子。秋天，屋後那棵老槐樹會撒下一片片帶著塵土的葉子。冬天，小院子窗台上便落滿了白雪，這自然的氣味還能令我守住筆，去描寫周圍的人和事。當初在南小街五十三號偷偷聚會的朋友們，有的因六四進了監獄，有的出了國，有的捲進了商業的海潮，成了董事會主席或總經理，價值觀變了也就少有了來往。

南小街的煤廠早已不再賣煤，改建成的書店在六四大屠殺之後便不景氣，就又重新裝修成了歌舞廳。一些在雨天便嘶嘶作響的霓虹燈管把小街閃得一派俗氣。只有旁邊一家菸酒小賣部還是老樣子。那家人剛改革開放便把臨街的窗戶改成了門，門口常堆滿裝啤酒瓶和酸奶瓶的箱子。

香港九七回歸之後，我實在看不慣五星紅旗插在這塊自由的城市之中，而市民竟興高采烈，當然他們是爲了擺脫殖民者而如此的，並不知道從此香港將與時代背道而馳，返回極權統治的框架中，政治的倒退也將帶走經濟和財富。那些夾道歡迎的市民將首先失業。香港的SARS危機就充分表現了政府倒退的後果。如果還是港英政府，絕不會把病況隱瞞不報，以至於董建華政府開始模仿中共，使疫情失控。

我便又返回了中國，試圖在自己曾建立了人生理想的房子裡住下來。但那一次我被扣在了海關，不准入境。經過一天的審查，我被教導不准接觸敏感人物後放行了。來到南小街的家門口，發現樓裡的鄰居在我的門口建了他們的家。雖然廚房沒砌在我門上，足夠我開門進屋，但門已釘上晾衣物的繩子，掛滿了濕衣服。房後被人們堆了雜物不透氣，下雨後屋內牆上便滲著水，我的畫都爛了。連地下的水管都被鄰居挖開引到了他們的家裡。而南小街上充滿了髮廊和飯館，空氣散著肥皂水、燙糊了的頭髮和炸帶魚的腥氣。當晚我只好住進了旅館。

以前曾發誓不要移民西方，因爲我看到出去的作家幾乎都停了筆。偶然有幾位還有作品發表，文筆也喪失了靈氣。另外，作家失去了土地，僅得到一個自由的天空是沒有意義的。但偶然的一個不能拒絕的邀請，我便離開香港，到了德國魯爾大學當了講師。

兩年以後，我才眞切地理解了流外喪志的含義。特別是一個流亡作家，在外國首先消失了自已的特長，去找一份混飯吃的職業。另外，失去了語言環境，重新學習一種語言，你便對自巳的社會也淡漠了。還有更令人難過的是記憶的中國和現實的西方社會的反差太大，如在監獄活久了，已不習慣自由的人般無奈。西方緩慢的生活氣氛也和我在中國那種奮鬥、戰鬥或搏鬥的精神極不協調，我像個賽跑運動員，被放在緩緩行走的牛車上。更像個從戰場上退下來的軍人，坐在花香鳥語的草地上。我體會到了被蘇聯共產黨趕出去的作家的痛苦了。這種懲罰是把你從祖國趕出去，你便像一枝剪下來泡在水裡的花，雖然暫時死不了，也活不痛快。

特別是三年前定居倫敦以後，更感到賴以生存的語言在另一個社會並不存在，而自己的祖國又一直禁止你的作品發表的現實，更感到流亡生涯的錯位。我想，當人提前感到自己的精神在萎縮時，都會如此痛苦，除非能改變記憶，或選擇與作家無關的職業。

我便又一次決定返回中國，準確地說是返回自己的記憶，從而使自己回到寫作與現實能互相溝通的心境。但回到中國我才發現，記憶中的北京已消失了。如果不搭計程車，我幾乎到不了任何地方。

南小街已經被一條寬馬路取代了。歌舞廳對面蓋起了一排排大樓。我的房子還在，但暴露在街上，與正在拆遷的殘磚碎瓦擠在一起。要不是附近的小賣部還亮著燈，我無法認出南小街的位置。與街上的人擦肩而過時，我發現自己在家門口成了陌生人。新建築下面開設了浴足屋、性用品商店和藥店以及大小酒樓。

今天的北京已經變成了一座超過香港的消費城市。你只要不反對黨，幹什麼都行。記者們參加幾個新聞發布會就能掙一套房子。作家只要有點名氣就腰纏萬貫，可以每年花十幾萬元送孩子在國外讀書。其他黨官和經商的富得爆裂了。那些自焚抗議者，只是個別被迫害的。起碼我的鄰居們都在盼著拆遷，想早點過上有暖氣和上下水的現代生活。並且幾乎每個人都有辦法多弄到幾套房子。有的已經靠出租成了地主。窮的大都是老實人和剛從外地來打工的和搞先鋒藝術的。

老北京已隨著人們的視線，一步步地消失了，也成爲歷史了。就連同它記憶的位置，都變得虛假和不可信了。你只能在內心默默記載著它的人世滄桑。

我想到中國從毛澤東死了以後，改革開放把破舊的北京城，變成了一個現代大都會。中國人也開始了有錢的現代生活享受。但在表面的變化之內，中國人被專制控制著思想和精神自由的局面，竟然並沒有眞正變化。我的英國太太在鼓樓附近，正拍攝著街口賣油餅火燒的小吃店，兩個北京居民就在旁邊說著：這外國人就是壞！咱北京蓋了那麼多現代化的大廈賓館，鼓樓大街上都排滿了高級飯館，那裝修得才叫氣派。可他們偏要擠到這胡同裡，拍我們的陰暗面。等拆遷完了，看他們還往哪兒鑽！操丫的！

而這專制創造的文化傳統，確是無法拆遷的，這也是留在中國人的血液裡的悲哀。我反感活在這種挺髒的記憶裡。

那麼，流亡在國之外，又要不喪失記憶的生活，便是不得不面對的現實了。

我便開始懷念倫敦。這兒的每棵樹，每個酒吧，甚至街上的行人都不變，給你一種眞實感。在這種不變之內，其實一切都在隨著時代而慢慢變化，但那就是正常生活，正常的思維，我們活在其中不知覺而已。

二〇〇三年寫於倫敦

生命不能承受之重

盛雪

盛雪，生於北京，「六四」後移居加拿大；是獨立中文作家筆會會員、美國一家電台駐加拿大記者、新唐人電視台時事評論員；長期從事詩歌、散文創作，發表過大量作品；所撰時論文章涉及中國政治、經濟、文化諸多方面，影響深遠、廣泛；所著《遠華案黑幕》一書在海外暢銷，在大陸被禁。曾獲加拿大二〇〇〇年度新聞界最高榮譽「加拿大記者協會深度新聞調查獎」和「加拿大全國雜誌獎」，是加拿大迄今為止唯一獲得以上殊榮的華裔人士。

友情——生命不能承受之重

剛剛從國內看病回來的先生，在對朋友繪聲繪色地講他在國內期間被國安跟蹤以及他如何機智地反跟蹤的高潮起伏的戲劇性情節。

他抵達北京的第二天，我給他打電話，他告訴我，正在飯館兒和朋友一起吃飯，他在手提電話裡大聲喊了一句：「我這兒有尾巴。」電話聲音不清楚。我大聲問：「有椅子？在飯館吃飯當然有椅子啦。」他說：「咳，我這兒被人跟上了，有尾巴。」我心裡咯啦一下，他這次只是回北京看病怎麼也會被國安跟得這麼緊呢？

在國外生活了十四年的他，這是第四次回國，之前也是每次都有政府的「關照」。第一次回國送我們幾個朋友湊的捐款給丁子霖教授，被帶走問話七個多小時；第二次回國，是因爲他父親病危，他順便帶捐款並看望六四難屬，結果在他父親加護病房床前被「請」走，連夜帶到北京郊區一個招待所審問。

這次我希望他回國後能專心看病，沒有麻煩，所以沒有讓他幫助忙活其他的事。沒想到，還是被肆無忌憚的全日制跟蹤。他回來後告訴我，在國內期間，他哭過三次。不是因爲身患重病的擔憂和害怕被跟蹤，而是自己一個重病在身之人還要讓當局花費大筆資金派數人寸步不離跟蹤所引發的那種發自心底的感慨和悲涼。眞是生命各有意義。他在北京看病的日子裡，不管幹什麼，國安人員每天五、六個人，兩三輛車，形影不離，弄得他心神煩躁。其間他曾坐火車去廣州和深圳看望朋友，北京國安人員一路跟到廣州和當地國安人員交接。不論他和朋友做什麼，廣東國安的五、六個人都在一旁密切地陪著。一次在深圳，他和一位從小一起長大的朋友，還有一個回國做生意的朋友三人一起吃飯。那位國內的朋友看著鄰桌緊緊盯著他們的幾雙眼睛，無奈的搖著頭對他說，「哎，這次我又要背你的黑鍋了，你走了，我還不知道被他們跟到什麼時候呢。要不是你得了這個病，下次咱們不知道啥時候再見，我還眞不願意找這麻煩。」這話說得先生又尷尬又難過又感激又無奈，百感交集落下淚來，結果，三個大男人對著一桌豐盛的菜餚失聲痛哭。

全天二十四小時無處不在的跟蹤讓他感覺到對他人身自由的巨大侮辱，終於有一天他實在忍不住了，抓住一個機會向一個跟蹤的人大聲問：「你幹嘛老跟著我？跟你們頭兒說說，讓他出來跟我直接對話！」這個小哥們年輕沒有什麼經驗，眞給頭兒打了電話。大概在電話上挨了罵，回過頭來衝他大喊：滾蛋！該幹嘛幹嘛去！

我先生和我媽媽離開北京回加拿大時，北京的朋友們開了三輛車到首都機場爲他們送行，每輛車後面都跟著一輛安全局的車。在送機口，他握著每位送行的朋友的手，帶著歉意對大家說：「不好意思，不好意思，我終於走了，給你們找麻煩了。」回來後他對我說，以爲離開中國沒有人跟蹤了會輕鬆起來，可是，這些日子裡，他覺得一顆沉重的心，卻怎麼也輕鬆不起來。

六四——生命不能承受之重

今年三月，先生被檢查出患了腦瘤。那時我們已開始「六四」十五周年紀念活動的準備工作。

我平時忙活的事情就很多，除了給電台作新聞記者這個本職工作，其他一大堆社會性工作：包括三年來義務給電視台兩週一次作時事評論員；參與人權、民運、法輪功、社區等活動；另外還有流亡藏人的事，流亡維吾爾人的事。今年參加了中國獨立作家筆會之後，又幫著忙活援助獄中作家的工作。從去年先生失業在家，我就慢慢把平時很多雜事推給他做。三月份我在台灣觀摩總統大選期間得知先生患了腦瘤。回來後，六四紀念活動的準備工作就開始了。從三月底開始，我每兩個星期召集一次六四活動籌備會，每次劭夫、玉霞、忠岩、王丹、老韓等二十幾個朋友聚集在我家裡大家想辦法、出主意、做準備，想把十五周年的紀念活動辦得像樣點。每次大家在我家裡開完會就順便聚餐，我當然總是下廚做些麵食燉品讓大家吃個高興，那陣子眞是忙得不亦樂乎。於是我只能抽時間陪先生做做各項檢查，別的幾乎顧不上。他倒反而一直幫助做很多準備工作。

五月初正忙得不可開交時，他因爲劇烈頭疼看急診，直接住進了醫院。

那天醫生正在給他做檢查，他突然冒出一句：「我不在六月四日之前做手術。」醫生靜靜地給他做完檢查，才問：「那是個很重要的日子嗎？」他躺在病床上，兩隻手翻過去放在腦後托著腦袋，眼睛定定地說：「是。」「是個什麼日子，比你的生命和健康還重要？」醫生一邊收拾器材，一邊好奇地問。我向醫生大概解釋了一下六四是怎麼回事，告訴他，我們正在準備今年的紀念活動，我先生怕影響活動，所以不肯在這之前做手術。醫生似懂非懂地笑了一下說：「世上有很多人們認爲重要的事情，但是健康最重要。不用著急，你不需要馬上做手術。」

許多年來多倫多的六四燭光悼念晚會，都是我先生董昕負責音響電器的安裝和控制。今年他按照大家討論好的程序，已經錄製好了全場紀念晚會的背景音樂、歌曲，中間需要穿插的講話錄音、影像、背景畫面、字幕等等。到時，他要控制全部電器設備，他實際上要控制晚會的進度和程序。這個紀念活動眞的離不開他。一個多星期之間，各項檢查他被抽了五十多管血，眼圈青青的，人也快速消瘦了十幾磅，我眞擔心他頂不下來。那天下午四點我們就到現場開始做準備工作。陸陸續續，人聚集了六、七百。晚上八點，燭光悼念晚會正式開始，每個參與的人都那麼盡心盡力，整個晚上全場的秩序都是那麼和諧，氣氛都是那麼凝重。我知道，這裡面是每個人，是每個像我先生這樣的人的認眞和執著的一片眞心。

我想，那個醫生他眞的無法理解六四這樣的事件、這樣的悲劇、這樣巨大的傷痛，在許多中國人的生命中，確實已經沉重得比自己的健康更重要。

親情——生命不能承受之重

父親九二年在北京病逝，我因爲參與民運活動而被拒之國門之外不能回國盡孝，讓我感受到巨大的悲痛和遺憾。多年來心裡總是隱隱作痛。在父親過世的頭幾年，我經常夢見父親在寒冷的北京街頭疾步行走，天上下著漫天大雪，寒風凜冽。他穿著一件灰色的破棉襖，滿頭白髮，臉色被凍得青紫，有時鼻涕也流下來。他疾步走著，我怎麼也追不上，很快他就消失在昏暗的風雪中。每次我驚醒過來，心裡都無限地悲哀。我知道父親去世前最大的心願就是能夠到加拿大來生活。但那時因爲整天忙於民運活動，根本就沒顧得上幫父親申請移民的事。

二〇〇〇年底在德國的一次民運會議上，大家得知，中國民主運動海外聯席會議秘書長黃慈萍的父親剛剛在北京病逝。她在會上講到老父病危，她已經到了北京機場，卻被拒絕入境，被強行轉到日本。當局讓她在那裡等待他們是否同意她入境回家看望老父的消息。那是怎樣的煎熬，時間無情地過去，當局也無情地撕裂了黃慈萍的骨肉親情。她的父親終於沒有等到心愛的女兒。黃慈萍的遭遇引起在座許多人共鳴。開始我也很想到前面一訴心聲，就此排解多年來鬱結在心中的悲情。

可是，竟然好幾個人一個個走上去，一個個講起和父母生離死別的故事。聽著一個個親情被無情撕裂的故事，我已泣不成聲。我那鬱結的悲情被會場許多角落傳出的悲泣聲化開，融入一片浩瀚的汪洋，淹沒在一個一個娓娓道來，讓人淚眼模糊的故事情節裡。《北京之春》雜誌社經理薛偉，用沉穩平靜的聲音，講了一個令人肝腸寸斷的故事。他的母親很早守寡，一個人辛辛苦苦將他帶大，他二十歲的時候被當局以「圖謀偷越國境叛國投敵」的罪名判處十年徒刑。他出獄後兩年就離開中國到了美國，從此開始了沒有盡頭的流亡生涯。二十年過去了，他的母親老了、病了，夢想著見兒子最後一面，說一定要活到他回國的那一天。可是，人生規律無法抗拒。薛偉的母親沒有能夠撐到見到兒子的那一天。她死了，但是仍然有個最後的心願，不願意把骨灰留在中國，希望有人能夠把她的骨灰帶出去和兒子相見。

於是，薛偉的親戚把這位老人的骨灰帶到泰國。因爲怕被當局抓住毀掉，這位親戚只帶了老人一半骨灰。薛偉從泰國接過這一半骨灰，想把母親安葬在台灣。薛偉說，因爲聽老人們說，帶著骨灰走路，要不斷地告訴它路線，不然魂靈不認路，無法跟著你走到目的地。於是，薛偉背上母親這一半骨灰，一路對母親說，媽，我們該過橋了；媽，我們要拐彎了；媽，前面就要上船了。被專制政權摧殘蹂躪踐踏撕裂的親情，在這一聲聲的呼喚中，沉重得像暮靄中的曠古鐘聲，久遠悲愴，聲聲遁入歷史。一年以後，薛偉才把母親另一半骨灰託人帶出來。老人的靈魂終於和兒子團聚了。

流亡——生命不能承受之重

有一次，我和民運人士、前天安門對話團團長項小吉說起，我總是夢見北京。出國這麼多年了，很少夢見生活了這麼多年的加拿大多倫多。怪事。夢中的景象總是北京，長安街啦，六部口啦，府右街啦，總是夢見那種柳蔭依稀漫步長街的情景。當然有時也夢見被武警追殺，趁著夜幕四處奔逃躲藏的驚險情節。常常醒來之後思鄉之情被勾起，淚濕枕畔，輾轉反側再難入眠。

項小吉淡淡地問：你多長時間夢見一次家鄉。我說，大概兩三個月一次吧。他鼻子哼一下，還是淡淡地說：你比我幸運多了，我每個星期夢見兩三次。我的心有點驚悸，垂下眼帘不忍再看他。他說，剛開始時夢見江西的家鄉小鎮，高興極了，以爲回家了，看著山山水水心裡甜甜的，醒來發現卻是一場夢。後來在夢裡見到家鄉，會小心翼翼的提醒自己，別是作夢吧。當然還是夢。再後來，在夢裡會拍拍自己的臉，好像有感覺，再跺跺腳下的地，好像有聲音，然後肯定的說，嗯，這次是眞的了，一高興，醒了，還是夢。

我想，許多像我們這樣的流亡者都會作這樣的夢吧。今年三月到台灣觀摩總統大選，我和從巴黎去觀選的蔡崇國一個團。老蔡一抵達就憤憤地說，共產黨的黑暗勢力簡直太猖獗了。我不解地問他是怎麼回事。他說，他乘坐的法國航班從巴黎起飛，到俄羅斯然後徑直南下，縱跨整個中國大陸。他一路上把頭趴在窗戶上，把臉貼在玻璃上，想從飛機上看看中國的山河。十五年了，這是他第一次經過家鄉。這個湖北佬他想看看長江，想看看長江邊上的家鄉的樣子，哪怕是影影綽綽模模糊糊的樣子。哈氣一遍一遍朦朧了視線，濕潤了眼睛。黑雲似鐵，從始至終黑雲似鐵，飛機下的雲層竟然沒有一絲縫隙。飛機氣宇軒昂地徑直飛躍了那麼大片的河山，沒有停頓、沒有留戀、沒有顧惜。在台北的街頭，面色憂鬱的老蔡揉著扭酸的脖子自嘲地說，他媽的，共產黨的黑暗勢力眞是猖獗。

九六年秋天，我手持加拿大護照和在美國的哥哥一起回國探親。那時我已經出國七年多了，很想家，爸爸去世後就更想。我和哥哥決定在中秋節那天到家，和媽媽一起過個中秋節。入境時我被早已準備好的有關方面立即拘押帶走。他們說可以放人，但條件是我必須寫悔過書。我很想家，很想見媽媽，但是，我心裡過不了這一關。那一刻，我可以提筆輕鬆寫篇悔過書騙騙他們，但是我今後怎麼面對自己的信仰追求，怎麼再認眞地生活。於是，他們審訊了我將近二十四個小時，第二天接到上級指示，決定將我原機遣返回加拿大。在停機坪上，一個背槍的武警向我宣讀了一份聲明，說我是一個不受歡迎的外國人。從一入境被抓，我心裡就做好了準備，我會爲我所做的一切負責，我會爲我的選擇承擔後果。所以，不管他們怎麼軟硬兼施，我都心平氣和的對待，一滴眼淚也沒掉。可是，當我被宣布爲一個不受歡迎的外國人時，那一刻，我的鼻子酸了，眼淚湧出來，我趕緊低下頭，轉身走向飛機的舷梯。上到舷梯的一半，我回過頭，想和家鄉道別，押送我的武警用槍托頂住我的腰，吆喝我快走。瞬間，心中的悲憤和怒火沖上腦門，我轉身掄起挎在身上的背包，卻看到下面是十幾雙虎視眈眈的眼睛。我鎮靜了一下，回過身進了機艙。經過二十四小時的審訊和幾天的連續飛行，到家後，我眼睛已經全部充血，頭疼欲裂，好多天嚴重失眠。可是我知道，我們的事業必須繼續下去，流亡——才不會成爲許許多多人的生命的旋律。

二〇〇四年十月二十六日於加拿大密西沙加市家中

迷人的流亡

張郎郎

張郎郎，一九四三年十一月生於延安；一九六八年畢業於中央美術學院美術史美術理論系；一九六八至一九七八因組織文藝沙龍等思想罪被捕入獄，判處死刑，六年後改判有期徒刑十五年；一九七七年十二月三十一日假釋出獄；一九七八年開始在中央美術學院任教，並任校刊《中國美術》編輯，此後歷任《中國國際貿易》雜誌編輯、《中國美術報》副董事長、華潤公司中國廣告公司駐京辦公室主任和香港《九十年代》雜誌專欄撰稿人；八九民運被鎮壓後流亡海外，先後為普林斯頓中國學社研究員、康乃爾大學東亞系住校作家、德國海德堡大學東亞系住校作家；現在美國國務院外交學院教漢語。

1

小時候，覺得流亡是一個很浪漫的詞，那似乎和文學有很密切的聯繫。比如：普希金寫的〈致恰達耶夫〉、〈高加索俘虜〉這類的好詩都和流亡有關係。那個時代在俄國，要當作家或詩人都似乎必須被流放，要去孤寂一番。這簡直是必要的資格經歷。

後來發現不止俄國是這樣，很多別的國家都有類似的故事和例子。大概作家在國家眼裡，永遠是禍頭子，是添麻煩的人。我上高中以後。有一段時間，泡在作家海默的藏書室裡。那時候，他必須到什麼地方去流浪，就把門鑰匙給了我。放學以後，我常常自己躺在他家的沙發上。在下午漸漸消逝的陽光下，沉浸在書裡。

在那段時間，我非常喜歡德國流亡作家雷馬克的作品，比如《凱旋門》、《生死存亡的年代》，書裡充滿了流亡者的瀟灑情懷。後來他寫了一本書，名字乾脆就叫《流亡者》。讓我看得兩眼發直，恨不得立馬自己就去流亡。感嘆生不逢時；在這個幸福新中國時代，就失去了流亡的可能性。你得到了什麼，同時就失去了什麼。

等我真開始流亡生涯以後，就常常想起來雷馬克在《流亡者》那本書裡所寫的那個老朋友：他的外號叫「候鳥」，每次在某種嚴冬來臨之前就當機立斷飄然而去，扔下了一個個多年來曾經賴以存身的窩。絕不留戀，絕不回首……

我估計給自己準確的命名並不應該是流亡者，也許用放逐者較爲貼切。因爲每次的出走，不一定是當局的意思。有時候是當局的決定，有時候是自己的逃竄。不斷離開的目的只有一個：找到一個可以安全繼續存活的環境，保持一個正常的生存狀態。

傑克・倫敦在《熱愛生命》那本書裡，生動描繪了從餓死鬼門關回來的人，對所有的食物有種不可遏制的焦渴症狀。原來，曾經失去過自由的人，對自由焦渴的強烈程度，大概也和這個差不多。

我從監獄出來以後，就和那隻候鳥一樣，不斷出現提前逃離任何現場的強烈衝動。

2

我的入獄和文學也算有點關係，那就是和朋友成立了個寫詩畫畫的文藝沙龍。那時候還是高中學生，眞是個沒見過老虎的雛犢。不懂一個簡單的中國規矩：非政府的組織都是非法組織。

後來上大學以後，還是相當無知。又不懂這幾個規矩：談論國家領導人的故事都是「惡毒攻擊」。任何出國的企圖都叫「叛國投敵」（包括想出去留學）。和任何外國人說話（包括留學生）都是裡通外國。我不知道還不算，還把這幾條都給犯了。政府說你是現行反革命那就一點兒也不冤了。

還在蹲大獄的時候，有一天，我特別高興，因爲那天我知道自己多半不會被槍斃了。我們這群犯人從北京第一看守所（半步橋四十四號），押回了饒陽縣公安局看守所。

當時的遊戲規則是這樣的，像我們這類北京的大號現行反革命（我們自嘲稱爲「國事犯」），要槍斃都得運回北京。得讓那兒的群眾受受教育，我們必須在那兒走完最後一個程序。

我們那個程序組裡就有《出身論》的作者遇羅克，化妝成黑人弟兄勇闖馬裡大使館的歷史所研究員沈元，據稱裡通蘇聯的大夫田樹雲、孫秀珍，青龍橋的正牌八旗子弟索家麟、王濤等等。他們都走完了那個程序。這是上一年的事了。這時候，把我們這些殘餘押回饒陽縣大獄，那就是轉入了另一個程序：存貨、入檔。估計一時半會兒不打算槍斃我了。這和海水一樣，過了這一波，再看下一波。

於是，我就一本正經開始琢磨今後的日子。我從北京回來第一天，就關進一個很大的牢房，裡面有十幾個犯人。和我同屋的有馮國將先生，他是印尼歸來的第三代愛國華僑。他是爲了尋根才在新加坡和一個進步老師開始學中文的。回國以後，一不留神他成了清華大學建築系的右派學生，到七十年代他已經在這裡頭蹲了不少年頭兒了。

他在監獄裡是有名的剛烈人物，背銬、吊打對他似乎都沒有起到應有的作用。要不是他家在印尼是有影響的華僑富商，早就該和我們一起去見識見識死刑號了。

他見到我很興奮，因爲他已經關得快悶瘋了。

我們這些從死刑號回來的雖然沒有留守在饒陽縣的犯人那麼瘦，可是個個捂得白裡透青。讓饒陽縣公安局看守所的張所長，實在有些緊張。他命令所有的犯人都立即停止勞動，都回自己號去，悶在屋裡自學毛選。

馮國將如魚得水，也不管積極分子在不在場，也不管別的犯人冷眼斜眼。就和我敞懷開聊：似乎我們有用不完的時間，他從幼年開始講給我他複雜無比的故事。

蘇門答臘似乎是個夢幻之地，熱帶的水果色彩濃豔，味道強烈，從芒果到榴槤，從龍眼到荔枝。說得我口水漣漣。至於他說到的菠蘿蜜、紅毛丹等等印尼水果我非但沒有見過，甚至連聽都沒聽說過。他在河北這塊鹽鹼地裡的看守所中，回憶遙遠的熱帶色彩、空氣和美味。雖然，他和大家一樣餓成了細脖大腦殼，和德國集中營裡的囚犯模樣差不多。況且他還禿了頂。這時他蠟黃的臉上的兩眼閃閃放光，似乎他已經看見了蘇門答臘遙遠的故鄉。

他曾有過數次逃離的紀錄和經驗，於是就開始和我一起策畫：等刑滿釋放以後，如何進行一種沒有後遺症的逃離方式。同時必須研究清楚實際操作的複雜程序。還要找到一個沒人管束的地方，自由自在，還能繼續存活。

其實，我們當時不是策畫一個實際的未來計畫，而是在研究在嚴格管束環境中某個個體如何擺脫社會的管束，還有這個個體流落到山野中以後，又如何在荒野中生存。再有，就是避免留下你生存的痕跡，把蛛絲馬跡都得消滅到最低限度才行。否則，貓和老鼠的遊戲，還是貓贏。

眞到了最後關鍵時刻，我們肯定是各走各的。我們只能對自己負責，如果出了差錯，是自己算計不夠仔細。誰都埋怨不了誰。這樣最公平，最合理。我們只停留在只有兩個人在場的理論研究。萬一哪天官方來提問，我們都不會流露出一個字，一個字就是罪上加罪。我們都在死刑的邊緣。只有我們兩個，絕對沒有任何旁證。所以這樣討論最安全。

我們研究了多少種方案，研究得非常具體。比如說：在老玉米灌漿的季節夜裡出走最好，青紗帳裡容易藏身，生吃老玉米，有水有糧。白天睡覺，晚上走路。很有詩意。

其實，最早提供這個經驗的是和我們同一批的薛新平，他當時是國際關係學院日語專業的學生。他和馮國將都有深入朝鮮的經歷，他的計畫更加縝密。馮國將是從鴨綠江直接游過去的，可是他沒想到，鴨綠江那一段水面已經非常寬闊了，其中還有許多分流再合流的情況，同時還有許多島嶼。馮國將不知道游了多久，好幾次他已經精疲力竭了。掙扎地爬上江岸，一聽那廣播還在播送《毛主席語錄》呢，又趕緊鑽回水裡。

小薛是個心細膽大的人，他選擇走圖們江一段。首先，那裡水面比鴨綠江狹窄多了。而且他選擇中蘇朝三國交界的地方越境，他認爲那裡他迴旋的餘地大，隨時可以根據情況轉換目的。他就是在月光下獨自一人，脫了鞋輕柔地走在玉米地中間的土路上。每次聽到很遠地方有動靜，他就一閃身趴到青紗帳裡去了。等巡邏車輛、士兵、民兵或者趕夜路的農民過去很遠以後，他才靜靜地出來繼續走路。他不趕路，因爲他的原則是安全第一。白天他都睡在青紗帳裡，悄悄地啃老玉米。他就這樣，從當時最敏感、防禦固若金湯的三國邊境交界點成功地越境而去。

他的計畫唯一的缺陷是：輕信了國內對朝鮮修正主義的批判，其實，朝鮮一點兒修正都沒有，依然是貨眞價實的無產階級專政的國家。他計畫的每個點，都比馮國將的仔細多得多。可是就在這一條上他們都犯了同樣的錯誤，結果同樣被朝鮮送到鴨綠江大橋中點，交給解放軍，押回了北京。

當時，我和馮國將總結了這些失誤，也從小薛那裡蒐來許多寶貴的經驗。

3

我出獄以後，國內形勢一片大好。可是對我來說，故事沒完。我還是沒有保險的底線。和我一個大案子的人，例如：司徒慧敏的兒子司徒兆敦，他是電影學院的老師。也是因爲看了江青三十年代的明星劇照折進去的，那時他是「二流堂」專案組的。這會兒他找到北京公安局要求當面銷毀他們的案卷，公安局痛痛快快地就全給銷毀了。而我的案卷就是不能銷毀。北京公安局一口咬定：因爲這個案子最後的判詞是：「不予認定」，意思是材料不充足而已，所以不能銷毀。我知道，只要那個檔案還在，形勢一變，什麼時候他們靈機一動想讓我進去，我還得進去。

馮國將先生到底祖先就有流浪的傳統，他很快就到了香港。不久，我也照葫蘆畫瓢到了香港。實話實說，那時候當局沒怎麼對我不好，我要好好待在祖國，沒準兒還能奔個前程。可是，我不會用自己的自由去賭個烏紗帽，我可捨不得下這個本兒。那時，我已經在那裡邊蹲了十年了，我不能再蹲了。所以，這次不能算當局逼我流亡，只能算我是自我放逐。其實，我已經變成那種候鳥了。甚至不知道是否會來的冬天，我照樣敏感，過敏症督促我離開，離開，離開。

到了香港以後，先得解決自己的溫飽，在自由社會，沒有生活費還是沒有自由。所以雖然你有了可以寫作的環境，可是，一來沒地方擺得下你的書桌，再說也絕沒天上掉下來餡餅，能讓你白白吃飽了，再自由自在地寫作。

看來放逐者的文字，也不容易出來。好在我正趕上改革開放的浪潮，過了幾年，我在溫飽不愁之後，就開始給香港的刊物寫寫稿子了，大概對我來說，那就是我最早的「放逐文字」了。

在那些對我來說的大好日子裡，趙紫陽當政，中美關係正在蜜月時期。我的祖國情結還很深，就設法回北京去常駐。在一個美國律師事務所工作。

那時候美國駐北京的大使是羅德先生，夫人包柏漪當時非常熱衷於中美文化交流。她的洋沙龍每星期都上映美國大片，招待北京文學藝術名人。同時設置了兩個組：一個是以英若誠先生、周七月先生爲主的《春月》電影籌備組。《春月》是包柏漪女士的成名之作。中文翻譯者是英若誠先生的太太吳士良女士。

另一個是以張辛欣女士、吳小江先生爲主的中美戲劇交流組。例如引進美國的話劇《譁變》和一些美國音樂劇。也把一些中國話劇介紹到美國去，例如北京人藝《茶館》什麼的。包柏漪看我有香港護照，又在美國凱壽律師事務所工作。所以就讓我到戲劇組配合她的秘書黃小姐做有關方面的財務工作。同時，也做一些零星雜活兒。

這就是使不大認識我的蘇煒先生看我隨便出入美國大使官邸，還經常從樓上自然出現。就覺得我準是北京公安臥底。後來這成了我們一起流亡後談笑的話題之一了。

就在那個時候，劉賓雁先生被開除了黨籍。

正好這裡又有新片上映。好像記得那次演的是《E.T.》，就是小孩帶著外星人騎自行車的那個電影。記得當他們自行車隊突然集體騰空而起的時候，坐在後面的作家李陀先生大叫一聲：「好！絕了！」當時電影沒把我怎麼著，他倒眞把我給鎭了，心想：「這哥們中氣眞夠足的。」

包柏漪女士想請劉先生夫婦來參加電影晚會，我就建議還是電話通知，然後我把票當面交給他們比較穩妥。

我和賓雁已經認識多年，不算在哈爾濱的時候。也不算在五十年代初，我和家人在十一晚會時分的偶遇，也不談我和姊姊與他在長安街的邂逅。因爲那時候我還太小。

八十年代初，在香港和賓雁一起出席港大的一個文學研討會。我那時是《九十年代》雜誌的專欄撰稿人，正好剛剛寫了幾篇關於「劉賓雁現象」的文章。雜誌的老闆李怡先生，要我約賓雁到銅鑼灣一家西服店去量身材。因爲有位隱名的讀者要送給賓雁一身西服。這事讓我很感動，就樂於去做這件事。就趕到銅鑼灣去，見到如約而來的賓雁。一來二去，我和賓雁就很熟悉了。

所以，我到日壇公園門口給賓雁和朱洪大姊送去請柬，他們沒想到是我，很高興也有些驚奇。沒想到那就是後來的國際放逐的前奏。也沒想到，到了普林斯頓我們又在地球另一端相聚在一起。

要不怎麼說，就連流亡也講緣分。想在流亡中和哪些人相伴，這可是無法預先設定的。

4

聽說「流亡文學」在學術界早就有了多種精準的定義，還有許多深入地探討和研究。像我這樣的半吊子文人，就很容易犯些常識性的錯誤。或者文學不夠檔次，或者流亡不夠專業。結果文學也只有些許探索，沒有結果。甚至連流亡都沒流好。

十幾年前，我們都陰錯陽差地滯留在普林斯頓大學，周圍有人說這裡成了流亡者的基地了。我們當時住在一起的地方，有人稱之爲「文學公社」了。於是我就誤以爲自己寫的東西，可以勉強算是一種「流亡文學」了。那會兒，看的東西很少。同時自己天生糊塗不算，居然還眞拿自己當根蔥。

一次文學研討會，是在普林斯頓大學裡的一個古舊兩層小樓中的壯思堂裡舉行的。這地方原來就是愛因斯坦工作的物理系，那鑲嵌花紋的玻璃上，細心的人可以從中讀出來物理公式。外面是普林斯頓花團錦簇的校園，難怪有人認爲這裡是全美的四大美校園之一。在這兒侃文學，是不是有點兒奢侈？

那天北島談的是流亡心態下的文學創作，可能那時候大家心境都差不多，所以他的講話，很讓聽眾感動。他話音未落普林斯頓大學東亞研究所的周質平教授就坐不住了，伶牙俐齒，非常俏皮、結結實實地把北島挖苦了一頓。

當時，可把我給氣壞了，我也急了。一改平時的溫和惇厚，凶狠地反唇相譏。

今天想起來我眞是大可不必。周教授無非是說：你們來這兒，管吃管住就別談什麼流亡了。來到美國還有了身分，還不趁機趕緊把今後的日子策畫好了，文學說寫就寫出來了？先解決好自己的生計得了。還侈談什麼「流亡文學」呢。

現在想想，他的原話雖然尖刻，可並沒有惡意。況且多少年過去了，如今當年聽眾們的日子，總體來看還是沒安定下來。我明白了，那時我眞沒聽懂周先生的好意。原因很簡單：他是一個面對現實的實用主義者，他也不明白我爲什麼聽不懂，原因也很簡單：那會兒我還是殘剩的理想主義者。無論放逐者的心態，還是文學的情結都源於這個理想主義病根。有人調侃道：這是你們心中無法消滅的魔鬼。他以爲我們吃飽了，就不難受了，我們的心裡是沒根的，有個老頭說過：沒根的植物活下去，需要勇氣。我想：勇氣還容易，沒根的植物活下去，更需要的也許是從容不迫。

烏托邦情結和種牛痘一樣，一旦種上了，就跟你一輩子，當你以爲自己心中的烏托邦早就消失得乾乾淨淨了，可在別人眼裡它還像胳膊上的牛痘疤痕一樣，顯而易見，歷歷在目。

按說，流亡這個程序你終於趕上了。那文學的種子就快在你心中萌發了。那時，我給大家出了一個自以爲非常有用的建議：那一大筆幫助流亡者的捐款不要花，用來買一棟建築物。那時候美國的房地產正在低谷，非常便宜。買了樓，好讓流亡者住在這裡，心平氣和地寫小說，寫什麼都行。生活費自己想辦法。要是那棵苗可以自己成活了，就移居出去，騰出地方給後來的流亡者。這個寫作中心，就可以有源源不絕的流亡文學出現了。有些人很難被美國社會所容，他們可以繼續在這裡自我放逐。鐵打的營盤，流水的兵。那時如果栽棵樹，現在一定早就綠蔭濃郁、碩果纍纍了。

我還建議：由董事會審查、安排和管理這個流亡文學中心。目前這二十多人，先別忙著玩文學，還是先寫下這一段回憶吧。一九八九年六月四日前後，這些人無論在哪個位置都有難忘的經歷，都對這段歷史有不同的視角和感受。現在如實記錄下來，留下來第一手、未經加工、未經反思的原始記錄。留給後人慢慢琢磨。

結果由於我的計畫被公認爲：不切實際，所以自然地被否決了。余英時先生中肯地說：這些錢是你們的活命錢，還是各拿各的好。

其實，這裡也有我自己的小算盤：到了海外生存最大的問題是住房。我想這樣解決了住房，就可以安心好好寫作了。吃口飯，怎麼也難不倒我們了。可是，我沒細想：人家都拉家帶口，自然都得養家餬口，你想弄個大宿舍一起玩文學，那人家怎麼過日子啊。你當是還生活在人民公社哪？

事。

5

公社的幻想不成立了，看來要當個職業創造者，就得找個志願文學養育者，才有可能構成這個故事。

我就照方抓藥企圖也成個家，覺得自己要是也像許多人那樣有個家，太太負責生存。你就可以安心創作了。我有幾個幸運的朋友，他們都有個心甘情願養家餬口的太太。我要是也建立好了這樣的家庭，那作品的誕生就指日可待了。後來，正如大家知道，流亡沒流亡好的人，成家也一定成不好。所以我還是繼續兩頭搆不著。

流亡了五年左右的工夫，自己發現什麼都不對了。心裡老是沒著沒落，走路都四處亂飄，腳底下沒根。正好普林斯頓開了一個關於怎麼回家的研討會。當時組織會議的學生領袖覺得，我最有條件第一個回家，可以探探路子。我們一起商量之後，一來二去，在不出賣朋友和自己的原則下，居然我眞的就回到北京了。

等我回到我的小院，摸著那棵臉盆粗的香椿樹，心裡頓時就踏實了。

香椿樹的枝椏正好覆蓋了我們小院兒的北房和西房。我們北房是高脊的瓦房，上去不太方便。可是西房是平頂，我們把這兒當平台，還安上了樓梯和欄杆。爬牆虎沿著這樓梯和欄杆爬了上來，這個西屋眞成了「爬滿青藤的小屋」。我站在這個綠色的平台上，抬頭看見整棵香椿的茂密的枝葉，布滿這四角天空。夜空中的星星在綠葉中閃爍，綠葉的周邊又讓下邊小院裡的柔和的燈光鍍上了半邊銀色。這時候，我才明白自己爲什麼要急赤白臉回來。好像自己和大樹一樣，一起把根扎下去了。那種愉快，那種踏實，比有個漂亮姑娘愛上你的那種感覺沉著百倍。

自己的房子，還在。自己的樹，茂盛。自己的書該開始了，這會兒不像在海外，每天都爲生活而忙碌。我鋪開稿紙，看著窗外的綠影。那靈感就快來了。左寫右寫，寫出來還都不是東西。怪不得，當年就連大詩人海涅，婚後一幸福，就沒靈感了。怎麼我還沒幸福，創作的欲望就沒有了呢？眞嚇得我一脊梁的冷汗。什麼叫江郎才盡，這就是。齜牙咧嘴怎麼也萌不出芽來了。

我和其他作家研究問題究竟在哪兒，是因爲沒繼續流亡？是因爲沒有遇見理想的愛情？是因爲自己沒家而心底不安？還是自己壓根就不是幹這個活兒的材料？我和無數朋友，反覆研究。還是不知其所以然。

我大概就是個流亡的命？天生的流浪者。我的心最寧靜的時候，就是在旅途中，不管是主動旅行，還是被動逃跑。反正只要我在運動中，就感到安寧。所以，我只能打太極而不能打坐。

我女朋友似乎就沒斷過，可是她們和我小時候嚮往的公主根本沒關係，怎麼都不對。滿不是那麼回事兒。所以，激發不出來靈感。

按說那兩年我在北京就夠穩當的了。沒準朋友是多了點兒，每天家裡客人就沒斷過。倒是沒有黑社會找過我麻煩，也沒有賊惦記。因爲從片兒警到局裡甚至部裡的雷哥，經常來我家作客。或者請我去作客。他們這個小組負責管理和監督我、老鬼還有戴晴。估計黑道人家看我和官麵兒走動這麼密，就不惦記我這個地兒了。當然，這麼熱鬧也可以是我寫不出東西的另一個藉口。

後來發現，找某種藉口爲自己碌碌無爲開脫漸漸就成了我流亡生涯不可或缺的部分。

6

於是，我只好再度自我放逐，流浪到了南國，在香港、澳門、珠海、深圳仔細研究一番，就落在深圳了。在深圳寫作的衝動眞是有點兒蠢蠢欲動了，一氣兒寫了幾篇東西。同時，和日本人合編有關中國商業法律的書。前者是我的舊夢重溫，後者是我的飯碗。我覺得，這個流亡生活，開始有點兒文學意思了。貝嶺一天來到深圳，看我每天背著手走來走去，嘴裡念念有詞。打字員小莉和小玲，就瘋狂地飛快打字。上半天，找我們仨的飯碗，下半天，找我自己的夢。眞把他給羨慕壞了，這就是理想的流亡文學模式啊。就等我的流亡文學巨著了。貝嶺打算在我不反對的情況下，和小莉她們商量，也在這裡辦雜誌，甚至也出作品。我說：可以，可以，你們自己商量。

人的脾一好了，就容易大意，一不留神就出錯了。鄭義給我一個電話，要我立刻回美國，有一個合適我的好活兒，讓我回去看看。我那時候野心很大：先回去看看，要是工資眞那麼好，再幹兩年我就在深圳退休了。眞成專業作家了。

人算不如天算，我一到了美國，還沒和給我活兒的人見面，就讓我一個三十多年的老朋友老魏給抓住了。他說：看咱們這麼多年的交情，你還能不幫我嗎？

我這人流浪慣了，當年我在逃亡之中，他和他弟弟小熹都幫過我，這時候我甩手不管，那就不是我了。於是，我就和他開始了兩年多的四處流浪的日子。似乎，時光倒流我們又回到浪漫的少年時光。居無定所，吃百家飯。和當年在北京沒什麼兩樣，只不過把那輛二八錳鋼自行車換成了個吉普而已。小時候的飄泊不可能有文學，只有自由的感覺。不料如今依然。

得，我流浪的癮也過足了，深圳的美夢組合就自然煙飛灰滅了。貝嶺也回不去了，就是回去，也沒用了。和日本人合作的合同吹燈了，房子退了，人也走了。

我繼續流浪，這時候覺得心裡又沒底了。回北京，暫時是不可能的了，就算能回去也不行了。因為我那個小院兒為了奧林匹克運動會也被拆掉了，據說只有那棵香椿樹還在，不過現在不是我的了，它已經屬於菖蒲河公園了，屬於人民的了。每天傍晚，它依然在夕陽裡繼續折射變幻的彩色光芒，依然在微風中輕輕擺動。

7

我曾經和老鬼、鄭義商量，每人出兩萬美金，在紐約上州買一個老農場。咱們在那裡當專業作家，沒事兒就使勁寫，寫累了就去幹農活兒，鍛鍊身體的功夫，就生產出每日的糧食。他們倆都興奮萬般、舉雙手贊成。最後人家的太太們和孩子們都不同意，人家還得去上班，人家還得去讀書。誰陪你們瘋啊？

我仔細琢磨，我們的興奮不完全在於文學，流浪者大概內心深處鍾情的還在於那一塊土地。本來我以為那塊地必須在中國，因為過去我們家的幾次紮根都在北京。我爸試圖扎在景山東街，結果說要造教育宮把那片給拆遷了。我媽在香山扎的根，在大躍進讓社辦工廠收走了。我在南池子扎的根，就像老歌中唱的一樣：連根拔那個根拔！我回不回北京都沒用了，那根眞沒了。

在我百般苦惱之際有天突然想明白了：不一定非在中國不可。在美國找塊地也行啊！照樣可以有根。眞是有了根，寫不寫出來作品，那都不要緊了。我早就應該在這裡的鄉下買一塊地，屬於自己的，想種什麼植物就種什麼，想養什麼動物，就養什麼。就算我沒有時間，沒有體力，我什麼都不管。春天去看看山花星星、野草青青，夏天去聽黃鸝高歌、蟋蟀彈琴，秋天望去風過葉落，雨打草黃，冬天欣賞雪地躍兔、鹿踏枯枝。

這時我就眞正明白了，當年一部什麼關於土改的電影中，那個地主的經典台詞：這是我的房子，這是我的地啊！聲聲出自心底的吼叫。

於是，我眞的就開始找房子，好在我和我的伴侶現在都同意我們還有人生沒圓的最後一個夢，那就是買一個有地的房子。尤其聽說賓雁搬到這樣的房子裡，我們的心越發火燒火燎了。我成天入迷似的查找各種房屋，在地圖上觀看它們的位置，想像它們的環境。幻想搬進去以後的感覺。

在多重篩選之後，找出來十多個候選。就挨個去看，我們整個走火入魔了。房子夢占據我們整個的生活，我因爲正好在家養病，就全天候地徹底研究房子，研究未來的根。到最後剩下兩個選擇，一個是還沒造好的新房子，因爲路遠我們還有可能買得起，要搬也得在後年搬進去。那是未來十年的一個上萬戶的現代社區。

她一看那個未來社區的圖畫和沙盤，就非常喜歡，開始盤算今後的安排，盤算在後院種什麼菜了。

我主張先看看另一個選擇，和這個房子價錢差不多。那是一個二十多英畝的小小森林，森林裡只有一座我們在童話裡聽說過的圓木拼裝起來的房子。主要的樹木是柚樹、松樹、櫟樹和周邊的灌木叢。

我站屋前在那裡目光無法放遠，周圍都是大樹。這房子相當於在一個小山的山頂附近，整個森林傾斜下去。要俯瞰全景，還得爬到小山頂才行。在屋子後面山頂附近的灌木叢中有一道小溪從上面流下斜斜地穿過森林的一角而過。那時候，好像這個房子就是我的，看著那暗綠色的波濤。我心裡默默的在盤算，這數以萬計的樹，都是好樹。我想那清泉就在上邊，你在中間堵一個水塘，當然不能獨占水源，你讓泉水從另一邊流淌下去。你可以養魚，可以種蓮。這樣的寶地充滿了無數的可能性，美夢數不勝數啊。

那個兩層的木屋大概有四百平方公尺左右，所有的牆壁都是整根小臉盆粗的圓木，不過和童話不一樣的是，樹皮都已經去掉了。而且都過了紅棕色的透明的大漆，據說，這種油漆是防火、防蟲的。房子的樣子和中國的一點兒也不一樣，可是和北京的天壇建築的方式大致相同。都是只用木頭蓋房子，靠這些木頭接榫的辦法緊扣在一起，別提多結實了。我用手拍著厚重的木牆，嘴裡不斷重複著牛犇在電影《活著》裡的那句台詞：這房子的木頭，真好！

我也清楚地知道，這房子用的木頭比這個電影裡葛優他們家的那房子用的木頭更多、更好。比夢中的房子還好。

後面還有一個巨大的木工房。裡面有好幾台不同用途的木工車床。主人對我說，這些我都留給你。

她問主人，這裡有動物嗎？

那主人說，當然。松鼠、鼴鼠、浣熊、野兔那都是小菜了，麋鹿會來吃灌木那裡的嫩葉，要是你們要種東西，一定要安上柵欄。否則都讓牠們給吃了。晚上一定要關好門，萬一有什麼大傢伙跑進來，那就夠麻煩的了。

我興奮的對她說：你想想這麼大的森林是你的，這條小溪你可以白用，這些灌木春天雜花亂放。這些來來往往的各種動物都是你的私人客人。這個童話屋子，比七個小矮人都好，這麼堅固。簡直比童話還童話！

主人補充道：因爲這個森林是國家保護區，不能進行商業開發，只能有你們一家。所以國家收的地稅很少。至於森林，每年林業局都有人來看、來測算，差不多每隔幾年要砍一批樹，木材公司得到林業部門的批准以後，他們來給你砍伐，還要給你補種。當然，賣樹的錢沒有多少，差不多每次也就幾千美金而已。你的責任只是在秋冬之際，自己或者請人砍去枯樹、枯枝堆在路旁，自己用來燒壁爐。用不了的可以送給其他燒壁爐的居民。

我簡直被迷住了，嘴裡不斷喃喃地說：都是我的，都是我的。

她突然問我：那草地裡的蛇呢？

我毫不猶豫地說：也是我的。沒事，你要是害怕用根棍子在前面開路，你忘了，這就是打草驚蛇。

她斬釘截鐵地說：你眞想住這兒，你自己買吧。你自己住吧。不會有人跟你一起來的。這地方實在太危險了，哪兒是住人的地方。偶爾度度假還湊合。

我已經昏熱的頭，被結結實實澆上了一盆冷水。很久以後我的頭才慢慢涼了下來。因爲我清楚地知道：我自己一個人是絕對買不起的。

在我漫長的流亡生涯，沒有留下多少可看的文字，可是一定要留下了一種心安理得。這個辦法就是：我將來一定要有一塊大自然中的、屬於我的土地。我將和它血肉相連，它的地理環境不重要了，面積不重要了，它的交通位置不重要，它的經濟價值也不重要了。重要的是只要有這麼一塊地，你可以從心底自然地、實實在在、時時惦念著它。

流亡者需要有個和土地有關的惦念。

二〇〇四年秋於馬里蘭

流亡書簡

黃河清

黃河清，字九曲澄，浙江省溫州市人；出生於抗日戰爭已勝後，發育於人民公社正餓時，長大於文化革命絕了際；新疆、溫州兩度坐祖國牢，東歐、西歐多次偷異邦境；賣過苦力，充過編輯，當過律師，做過生意，讀過小學，教過中學，學過律學，喜歡文學，擠入中國律學學會，混進獨立中文作家筆會；現流亡僑居西班牙，阿Q借得堂．吉訶德三分膽，瘦馬鈍戈跛驢，衝鋒也鬥風車，屢仆屢起，求善求真，還求美人，驀然發現那美人就是基督的愛、中華的仁。

流亡者大多哀苦可憐，古今中外，概莫能外，必須自己看得開、善調適、想辦法，才能活下來，活得像個人。

吳漢槎流絕塞寧古塔二十餘年，天老地荒、漫漫風雪中不吟詩填詞、遣愁寄懷，何能苟延殘喘，熬到顧貞觀、納蘭容若援手相救，走出生天；蘇東坡放蠻荒嶺南，沒有「日啖荔枝三百顆，不辭長作嶺南人」的豁達，如何習慣從鶯歌燕舞、錦衣玉食一下子墮入荒涼冷寂的日子；杜甫逃難，流落到以泊舟爲居所，食生蛆牛肉，腹脹客亡，無異於應了他自己的讖語「朱門酒肉臭，路有餓死骨」；屈原賦《離騷》、作《九歌》，留下千古絕唱，卻「哀民生之多艱」，長太息，想不開，沉汨羅，鐫刻了歷史和人性的悲哀。

現代流亡者，與古之流亡者相比，地理或佳，孤寂則一，心苦更劇。余生不幸，竟忝爲流亡者，然卑微如塵芥，名不見經傳，若死，則如蟻，既活，要做人。願效法吳漢槎、蘇東坡，讓自己活下來，輕鬆一些，自在一些；嚼菜根而不輸富貴者，居陋室而不羨成功者，處逆境而不作哀苦可憐者，得讚譽而不爲高談闊論者，受冷漠而不淪乖張變態者；終貧不諂，縱富無驕；行有餘力，則作文，不敢日學杜甫、屈原，只爲願意喜歡。

有流亡書簡三則，以見證我自在地、不輸地流亡著、活著，做人。

1

××：你好！

這次的飛來橫禍我不悔不怨。我終於被驅離生我養我的祖國。只是女兒婚禮舉行時我仍六面碰壁，不能參加主持，又欠了兒女債；家人親友或受牽連或擔驚受怕，心下十分歉疚不安。

溫州機場別後，中午時分抵上海機場。浙江省安全廳已有張姓處長等三人在等候，連同溫州來的兩位董超薛霸陪押我至一賓館後，即一步也不許我離開房間。我原不解爲什麼要用這麼多人看著我這個百無一用的書生，直到無意中感覺到省廳的另二位明顯地打開過我的密碼箱，才明白這是配備了開鎖和檢查的專家。怪不得這兩位客氣、有禮，幾乎不說話，抵達與離開都幫我提箱。

張君弄了個特別通行證，直陪押我至機艙口，見我進了機身才離開。張君笑瞇瞇的，許是任務圓滿完成，有點開心，同我熱烈握手，熱情地說「交個朋友」，我卻感覺冷颼颼的。

飛機上我認識了鄰座去英國在巴黎轉機的南京女孩子，英、法語都熟練，遂請她幫忙進巴黎海關時作翻譯說明。……南京女孩子在白線外伸出二指作「V」狀表示祝賀順利過關，我向她揮手併合十致謝。她也笑瞇瞇地轉去上倫敦的飛機了。她的微笑，使我感到了溫暖。她的那個笑瞇瞇，那種歡欣、善良，爲我高興的眞切給我的印象太深刻了，熨貼捂熱了我原先冷颼颼的心！

我在巴黎機場打電話給友人，說到自己的名字，旁邊一留學生模樣的人竟來同我打招呼。她說自己有一杭州同學，跟我同名同姓，故記住了我。法國有電台廣播我們的事，原以爲是那同學出事。問我是否就是電台裡說的黃某人。她向我祝賀自由，囑我保重，問我需要幫忙否。她也笑瞇瞇的。我又一次感到欣慰和人性的溫暖。

我被國安放出來在家監居期間，也只有你，不怕連累，多次來看望我。同學中沒有幾個能了解我。你一直關心我、信任我，對我的個人品質、生活經歷是最了解的。四十餘年的歷史我不願也不能割斷，同學們或有誤會都是正常的。如阿華，我在被驅趕的前一天在你家打電話向他告別，他說「你怎麼還折騰啊！」他的麻木使我非常沉重。在生活的重壓下，他直如閏土。他是我的好朋友，我卻不能使他了解我、理解我。

我同友人的公司泡湯了，傾家蕩產，一文不名，焦頭爛額，踏上了前往異國他鄉的路。老父病危，不孝遠離，百感交集。我追求的是什麼呢？民主、自由、人權、憲政。落了個如此結局，如此焦頭爛額，看得見的將來都會焦頭爛額，也許此生會永遠焦頭爛額。無法可想，只能如此，認命了。

在溫州機場，一對遠道趕來送行的朋友握著我的手，一臉嚴肅。我笑著對他說：「董超薛霸跟著我呢，你還敢來！」他一時未悟。我又說：「大廳裡有許多國安局的便衣，都是爲我來的。」我的這位朋友是絕對循規蹈矩、謹小愼微的體制內好人，雖然緊張得臉都白了，還是硬挺著說：「沒關係，沒關係！」令人感動。在飛機上，摸到口袋裡一位律師朋友送的一疊人民幣，想起他對我說的：「你要是被起訴，我就敢爲你作無罪辯護。」我想，我在追求民主自由追得焦頭爛額時，這人間畢竟還有另外的美好來伴隨撫慰我孤寂冷寞的心。

×年×月×日於馬德里

2

××、××：你們好！

你們與令尊令外公感人的篇章，勾起了我對父母的回憶。我之所以說這是你們共同的福分，除了你們自己的領悟外，還因爲有像我和我父母以及太多的類乎我這樣的悲慘狀況的相映照。

我九九年被驅趕去國時，老父生活已不能自理。我幾乎是哀求讓我留下來照顧父親過世再走，他們鐵面無情。我不敢告訴老父要去西班牙，謊說有急事去北京，很快就回來。

父親一天天衰弱下去，直至生活完全不能自理。父親雖有點老年癡呆，但神志基本清醒。一次電話中他抖顫顫地說：「阿河，你什麼時候回來啊？」我當時是機械地回應：「就回，就回。」他從不這樣問我。每次問他身體怎麼樣，都說「很好很好，不要緊，你只管做你的事。」事後，我感覺老父這次問話不同往常，他是在盼著我回來見最後一面。

老父是硬性人，從不求人，這次有求的語氣，我卻在敷衍他。不久，老父就走了。每當想起這電話一幕，我就心如刀絞。

七十年代中期，我們家住的大街闢爲菜市場。父親在家門口占了個位置賣雞蛋，大概是一、二十元的本錢，兩籃子的雞蛋。每天搬個小凳，坐在門口，做著一斤、兩斤雞蛋的買賣。父親做這買賣，爲的是賺一點零花錢買酒喝。父親沒工作後，一家人生活得很艱難，全靠母親一人打工維持。父親有肺病，因爲貧窮，一直沒能治癒，但父親有酒癮，不喝不行。他不是那種酗酒者，只是每天都要喝一點，從來不會喝醉。這大約也是他唯一的嗜好，他可憐的寄託、澆愁之法。但因爲他的肺病，時常發作的肺病，母親和全家都反對他喝酒。他的肺病發作起來很厲害，吐一痰盂一痰盂的血，好幾次都認爲不行了，可都能轉危爲安。所以他自己對喝酒會影響、加劇病情的說法一直不相信。全家在這件事上矛盾很大。父親硬氣、不求人的基因使他去賣雞蛋了。其實，說是爲了賺一點酒錢，更重要的是想貼補家用。

那個時候，做買賣是被人看不起的，很看不起的。這條街上的老一輩人都稱父親爲「先生」，稱我母親爲「先生姆」。文革時，再怎麼砸爛，還是有人這樣稱呼。這是他們從解放前延續下來的習慣。所以父親賣雞蛋全家都反對，都認爲是丟人的事，連我也這樣。我們都不跟父親說話了，進進出出，當自己沒看見他，誰都沒有幫他提一下籃子、拿一次板凳。家裡要吃雞蛋，從不用他的，另外出去買。

我的父親，就在他親生兒子鄙夷眼光的注視下艱難地進出著、賣著雞蛋、生活著，爲了每天賺那幾毛錢，爲了不依賴老婆孩子而自己養活自己，爲了有朝一日，能幫幫老婆孩子。那時的父親是我現在這個年紀。我的父親該有多大的勇氣、多堅強的神經才能支撐住！天雷怎麼不劈死我這沒肝沒肺的畜生啊！

我有一個好朋友，農村出身的，是醫生，父親病危時都是他幫忙搶救，進出我們家像自己家一樣。他沒有看不起我父親賣雞蛋。一次，他在我們家吃飯，我出去買菜，他說：「炒幾個雞蛋吧，我來。」轉對坐著喝酒的父親說：「阿叔，我拿幾個雞蛋炒了配酒。我們一起喝。」父親沒說話，只端著酒杯向他舉了一下，猛喝了一口。我看見父親的眼睛紅了。父親極少極少動感情，這幾乎是我記憶中唯一的一次。（電話中問我什麼時候回家那一次只聞其聲，未見其容。）

老父信共產黨，認爲是下邊壞，中央是好的。這位老人的兒子，不孝我曾像賓・拉登那樣偏執、狂熱，追隨毛澤東，投身革命，高喊「頭可斷，血可流，毛澤東思想不可丟」。爲此，也吃了不少苦頭。七十年代後期醒悟了，就更吃苦頭了，結果流亡海外，弄得有家不能歸，有國不能投。我在第三天趕抵辛酸了一輩子的父親遺體前，父親面容如生，我長跪不起，已沒有任何作用了，只是贖回一點自己良心的不安。

當局驅趕我離國時曾警告一年內不准回國，一年後要回國須先請示。我沒有請示就回國了，所以到家後不接電話，幾避不見人，擔心被有關部門知曉，惹來麻煩，不能安葬亡父。家人告訴我，老父去時，一口痰上來，十來分鐘就走了，沒有痛苦。

老父冥壽八十四，諱　欣仁。我佇立在亡父的遺體前，回想著兩代人的悲劇，作輓老父聯曰：

老父親超生　往西天去　欣仁自然成仙　沒有痛苦　因爲沉沉睡去

不孝子奔喪　從外國來　避惡竟似作賊　時在恐懼　只緣早早醒來

廣　告　回　信
台灣北區郵政管理局登記證
北台字第15949號

235-62
台北縣中和市中正路800號13樓之3

印刻出版有限公司　收

讀者服務部

姓名：＿＿＿＿＿＿＿＿　性別：□男　□女

郵遞區號：＿＿＿＿＿＿

地址：＿＿＿＿＿＿＿＿＿＿＿＿＿＿＿＿

電話：（日）＿＿＿＿＿＿＿＿（夜）＿＿＿＿＿＿＿＿

傳真：＿＿＿＿＿＿＿＿

e-mail：＿＿＿＿＿＿＿＿＿＿＿＿＿＿＿＿

讀者服務卡

您買的書是：______________________

生日：______年______月______日

學歷：□國中　□高中　□大專　□研究所（含以上）

職業：□軍　□公　□教育　□商　□農

□服務業　□自由業　□學生　□家管

□製造業　□銷售員　□資訊業　□大衆傳播

□醫藥業　□交通業　□貿易業　□其他______

購買的日期：______年______月______日

購書地點：□書店　□書展　□書報攤　□郵購　□直銷　□贈閱　□其他

您從那裡得知本書：□書店　□報紙　□雜誌　□網路　□親友介紹

□DM傳單　□廣播　□電視　□其他

您對本書的評價：（請填代號 1.非常滿意 2.滿意 3.普通 4.不滿意 5.非常不滿意）

内容______　封面設計______　版面設計______

讀完本書後您覺得：

1.□非常喜歡　2.□喜歡　3.□普通　4.□不喜歡　5.□非常不喜歡

您對於本書建議：

感謝您的惠顧，為了提供更好的服務，請填妥各欄資料，將讀者服務卡直接寄回或傳真本社，我們將隨時提供最新的出版、活動等相關訊息。

讀者服務專線：（02）2228-1626　讀者傳真專線：（02）2228-1598

我已不可能對父母親做任何事了，無論我的願望有多強烈，有多美好！你們眞有福分啊！要知足，要敬畏啊！

借你們的福分和歡樂，我寫下了這一段文字。謝謝你們！祝福你們！

×年×月×日於地中海畔

3

××：你好！

你從流放、煉獄中走了過來，我從煉獄、流亡中爬了起來，何須再讓自己浸泡一回鹽水、鹼水、血水的滋味呢！苦之一說，有時也在一念之間。我作爲流亡者，對此是有很深感悟的。一念之變，天上地獄。

八九年我在海南，辦了全國第一批異地人士在海南的出國旅遊團。「六四」後，我在繼續做。賺錢是主要目的，想自己有錢了，做些自己願做的事，如先師的律學研究。九〇年初，出事了，幫我做的胞妹，天使般善良的小妹，在深圳邊檢站死了，等於是我親手殺了她。當時我在香港。懦怯的我，不敢回去看望爲我死的胞妹。我母親去世，家人瞞著我，擔心我回家會坐牢。我母親因想見我，死得很痛苦。都是我作的孽！

九三年我偷偷回國回家，爲胞妹修墓安葬。她生前愛讀書，卻因爲家境貧寒、文化革命，祇讀了六年小學。她喜歡泰戈爾、徐志摩、台灣三毛的書，也學寫新詩。她美麗、溫淑、內向，像深谷幽蘭。七九年溫州有人因與北京西單民主牆有牽連被判刑五年，她從自己二十八元的月工資裡拿出五元資助其家屬，五年六十個月，不吭不哈。直到五年後那人與家屬提著一大包桂圓來家感謝，我才知道。我爲小妹寫的墓碑是「迎憲書屋」，墓誌銘是「死蹈義烈信，生行善美眞」。每去看她，每在她的忌日，無論我流亡何方，多瑙河邊、萊茵河旁、塞納河岸、地中海畔、湄公河上、落磯山下，總是燒書作紙錢，冀望在另一個世界，有書與她作伴。

九四年，我再出來後，經常想到死。我得豁然開朗是在九八年後。

九七年下半年，用命換回的錢折騰得差不多了，就傾全力作最後一搏，聽信了鄉賢南懷謹的話：加勒比海地區是唯一還可能出類似李嘉誠的地方。約了幾個朋友去多明尼加、多明尼克、海地、古巴……考察，最後選定多明尼加立足，夢想發財。進行了大量的前期投入。剛有了點眉目，未料禍從天降。九八年底，海外一民運同鄉友人闖關回國上書，我恰在家鄉，幫了一下忙，被牽連進去，國安把我當大魚抓了起來。那做生意的事自然被扼殺於萌芽狀態，連累了合作的朋友。

我傾家蕩產，身無分文，欠債累累。好在以前做人尙可，朋友親戚幫忙或贈或借了二十萬元（人民幣），打算在西班牙做點小買賣過活。那筆錢異地兌換，家人在國內交款，我在西班牙一溫州商家取得西幣現金。禍不單行，錢全被搶了。地鐵站口，三個摩洛哥人，一對匕首輕輕地頂在腰間，兩條胳膊鐵箍似地搭在肩膀，十個指頭像朋友在我身上戲耍撓癢似地遊弋搜索。我要命不要錢，一毫不動彈，半聲不敢吭，二十萬元買掉了一劫。未料在劫難逃，當我十分艱難地再籌借了錢，於二〇〇〇年十月開了一間小鋪後，卻一直虧空到二〇〇一年的五月。五月二十五日下午，小鋪光臨了幾位絡腮鬍子的彪形大漢，這回是東歐逃難來的羅馬尼亞人，全不顧同是天涯淪落，洗劫了小店。我被打暈，眼角嘴巴遭硬物砸傷，送醫院急救。幸虧祖上積德，沒瞎，只是腦袋腫脹得像大西瓜。曾以爲要死了，虛驚，活了下來。這命算是撿回來的。

胞妹、母親的事也有點淡了。我豁然通大道了。

我曾經將近半年，以鹽、白糖、稀飯，間或牛奶、麵包、雞蛋過活。我不以爲苦，且儘量安排的有滋有味。我曾經向自以爲只要我開口，就一定會送錢或借錢給我的朋友開口，卻被或婉拒或刨根究柢地問，自然立馬就有些世態炎涼之感，但很快也釋然了：總有各自的不便、難處，嗔心便苛。當下大陸全體沉淪墮落的大氣候自然也籠罩著海外華人社會。以前的熟人、朋友，敬而遠之者有之，冷嘲熱諷者有之，趁火打劫者有之，落井下石者有之，叛賣獻媚者有之。眞使人感到悲哀，無可奈何。當然，也有關心關注者，但爲數寥寥，使我們這些做犧牲的馬前卒也不免黯然神傷。幸而歷經煉獄，心早已長了老繭，雖不是金剛不壞，也差不多到了跌打無損的程度，總能很快釋然、泰然。

月有陰晴圓缺，事有因緣起伏。耐得寂寞，受得冷落，走得坎坷，任得勞怨。凡事，總會變化。

在物質上最清苦的時候，我與文學開始結緣，寫文章換稿費。一篇小文章竟能換七、八十美元，可夠我活命大半個月。王若望客死他鄉，我和鄭義幫羊子大姊編《王若望紀念文集》。王公的凜凜風骨、六十歲的羊子大姊打兩份工與八十歲的王若望相濡以沫，令我感動不已、肅然起敬。

我寫文章，是排遣，是寄託，是爲歷史留此存照，當然也是爲換牛奶麵包。我給紙煤換銅板的文章元旦那天發了三篇，不免有點自得，飄飄然。再多讀讀那些大手筆的文字，才知道自己的小兒科、未入流。雖然慚愧，爲自己沒來由的輕浮、疏狂失笑，但還是平靜的，並不跌入妄自菲薄。因爲我既欣賞你和那些大家之筆在文字王國裡的自由馳騁，也感悟到自己在心靈上也已進入了比較自由的境界，能「不以物喜，不以己悲」了。我們要高興啊！都熬過來了！現在什麼都打不敗我們，因爲我們的心永遠不輸了。

心不輸，這在流亡者來說，是最重要的，也是最難的。這不輸，非計輸贏、重順逆、論勝負、見成敗、較貴賤、笑貧富、耽窮通。這不輸，在儒家來說，是平和、中庸，是暗室不欺的愼獨，是三省吾身的歡欣；在老莊來說，是淡泊、自然，是返樸歸眞；在佛門來說，是普渡，是輪迴，是解脫，是眾生平等，是捨身飼虎，是我不入地獄，誰入地獄；在基督來說，是自由，是寬厚，是博愛！

這心不輸，讓我在天涯海角流亡著、活著、做人、作文。

×年×月×日於天涯海角

二〇〇四年十月十六日於西班牙．馬德里．小鋪

獨話

——獨白的無賴和無賴的獨白

陳　墨

陳墨，字硯冰，成都人。一九四五年生，屬雞，高傲其表，力弱于命，故先天飛之不高，唯于破籬斷牆上作聲嘶力竭無人喝彩之吼叫。曾用筆名秋小葉、一丁、何必、何苦、野放等，一度曾冒名徐志摩、戴望舒、朱湘、卞之琳等。或問：「一個苦力有這許多筆名，豈非畫餅充飢乎？」答曰：「官方文壇多用本名——直接受利，地下文學多用筆名——聊以禳禍耳，時代使然，身不由己。」著有散文《何必集》、詩歌《雞鳴集》（與蔡楚合刊）等行世。現任民間詩刊《野草》主編。

有中心，便必有邊緣，而且中心與邊緣永遠處於對立的力學場中；而且不僅對立，還時時發生著擠壓與碰撞。「城裡的拚命想出城，城外的又拚命想進城」（《圍城》），此之謂「置換衝動」；「肉慾赤裸裸地向道德內部引爆，結果兩敗俱傷，橫屍遍野」（《廢都》），此之謂「胡攪蠻纏」；「騎破車丟雙手還要闖紅燈——因爲老子活膩了不在乎頭上起包七竅流血四肢散架過把癮就成。」（《大撒把》），此之謂「痞子肇皮」。故爾「外面的世界很精彩，外面的世界很無奈」，似乎只有「局外人」才曉得這些風風火火或悠悠閑閑、徹徹底底或瀟瀟灑灑的「推石上山」者有多麼荒誕！

當然，「局外人」無疑是絕對的邊緣人，甚至應該理解爲整個人類的旁觀者。美國登上月球的宇航員在「旁觀」地球時，發出由衷的讚嘆，「地球是一個藍色的美麗的大球！」而這個藍色的美麗的大球正被執迷不悟的人類肆無忌憚地破壞著、毀滅著。老子如是看待人類，莊子如是看待人類，釋迦牟尼何嘗不是如是看待人類呢？他們是眞正的局外人，不過，他們是懷著對人類的無限悲憫，因爲他們的智慧，已超越了人類的「功利」與「價值」。因此我們大可認爲這些超級智者是站在天外旁觀人類的絕對孤獨者。這種孤獨及其所發出的獨話是可望而不可及的。——「此曲只應天上有，人間那得幾回聞？」

大智慧是人類的自我放逐者。但他要向人類喊話，因爲他們無一例外地眼裡淌著一滴清淚（甲骨文「獨」字寫作眼流淚狀）。

屈原是被放逐者，被迫過著邊緣人的生活。他的眼裡也充滿著淚。不過那是失寵後委屈的淚，欲辯誣的淚，思君念君忠心不二的淚；當然也有人生迷惘、價值失落，甚至上下求索而又彷徨無助的孤獨的淚。

東坡的大半生也是被放逐者，放逐得眞正到了天涯海角的海南島，當然被迫過著遠離中心的邊緣人生活。他的眼裡當然也充滿著屈原那種淚。不過生性曠達、一輩子都極力推崇陶潛的他，卻在人生的逆境中，從莊子那兒感悟了人生的「境界美」。他用藝術撫慰他的創傷，用琴棋書畫消解他的孤獨，用詩和酒來昇華他的淚。

張岱的大半生也是被放逐者，是被異族所放逐，作爲明朝遺臣，已邊緣到亡國奴的生活中。人生的實際困境，實在超過了東坡。他想到過放棄生命，但他無法放棄他的學問（《石匱書》的寫作）；

他想到過賣身投靠，但他無法走出藝術美對他的誘惑。人生如此兩難，他當然孤獨，他理應比東坡更多酸楚的淚。

余光中也是被放逐者，是一個政權把另一個政權放逐到版圖最邊緣的孤島上的一大群人中的一個。既然是莫名其妙的被放逐者，心中也就莫名其妙地總感覺有點「被邊緣」的失落。因此，對大陸總莫名其妙地時時溢出棄兒對母親般的眷戀的淚。後來終於醒悟，半個世紀的隔絕，夢中的「中心」漸退，現實的「中心」早已形成，而且自己正在當中。

以上這些都是被放逐者，是政治上的被放逐，不是文化上的被放逐。奇怪的是，政治上的被放逐，卻往往意外地收穫了文學藝術上的輝煌。這差不多成了在兩千多年封建社會裡文學藝術成就的定勢，所謂「國家不幸詩家幸，賦到滄桑句便工。」唯一的例外恐怕是大陸一次又一次對知識分子的放逐與邊緣化，結果是知識分子集體人格的大失落，造成一代代空前絕後的集體「大失語」。他們是一群彼此懷著戒心，卻又無時無刻不想咬破對方喉管，靈魂孤獨得發瘋的狼。他們眼中再也不敢有淚，淚往心裡流。這眞是人類文明史上最爲慘烈的一幕！所幸，極小部分倖存者在生命的最後階段，終於發出了人的聲音，找回了自我。（如大家熟知的王元化、金克木、流沙河……）

而文化上自我放逐者的命運如何呢？張愛玲把自己放逐到另一種文化裡去，結果不得不邊緣化，緊接著是幾十年的失語，最後在絕對孤獨中悄然死去。北島、楊煉、顧城們也把自己放逐到另一種文化裡去，他們也使出渾身解數拚命往中心鑽，但不得不邊緣化。國土與文化雙重的無家可歸者們徘徊在繁華的街頭，就像餓狼徘徊在荒原。他們孤獨，他們絕望，他們的淚不得不一次次變成空胃中湧動的胃酸。他們成了沒法跟人類（他們斥之謂經濟動物）溝通的卡夫卡，一夜醒來，變成一隻失語的大甲蟲。（完成中國「獨」字的宿命：非犬即蟲，或即犬即蟲。）

米蘭．昆德拉也是從一個陣營自我放逐到另一個陣營者。當他意識到這個世界因政治、文化的多中心對抗、中心跟邊緣的對立早已使文藝復興以來的「人類共語」破裂，這是一個令人哭笑不得的「雜語時代」。因此，一方面他不媚俗，不願他的生命慧果只是甜笑，所以他拒絕（不能承受）輕；另一方面，他又是從專制牙縫裡僥倖出逃者，眞正的重對他依然是一種恐懼與壓力（屬於中國人比喩的「膽都差點嚇破的猴子」），敏感的他無從擺脫這種感覺，又無從擺脫「重」的誘惑。於是他把卡夫卡的無奈變成他獨有的假笑。——沉思中自我安慰的假笑，像孤獨的夜行人在荒原中所吹的小曲。

米蘭．昆德拉們爲了抵抗失憶，爲了拒絕「輕」，找到了新的中心，或者給予邊緣新的詮釋，使邊緣本身成爲一種目的。這就很有一點兒當年陶淵明自我放逐、歸隱田園的命意。

——官場中少了一個小官，文學卻多了一位大家。「放逐，迫使一個人，赤裸裸地、毫無退路地面對他的生命本質。它加重了靈魂的重量，使你深沉——如果你沒先被那個重量壓倒的話。」（龍應台《乾杯吧！托馬斯．曼》）

我是先天的孤獨者，我愛孤獨。我給我文革前的三個詩集自作的封面，就可略見我少年時即已有這本質變態的傾向——《殘螢集》：一個夜行者在荒原留下一串斑駁的足跡，有如暗夜裡點點殘螢；《落葉集》：一片孤獨的落葉在夜風中掙扎；《烏夜啼》：一隻孤獨的烏鴉站在一彎殘月上，正張大著嘴向著茫茫夜空號啼。從文革前開始，我不僅自我放逐到偏遠的鹽源彝族自治縣下鄉務農，而且幾十年來，拒絕「中心」的誘惑。——無論這中心是極權政治的霸權文化，還是什麼「新時期」的反思文化或菁英文化，還是眼下市場化的通俗——庸俗文化。「自放江湖，中流何必相憶?!」這句寫於文革中的詩句，幾乎成爲我靈魂尋找家園孤苦而無助的自我安慰的壯膽曲。而當有一天，我突然發現孤獨已成爲我的癖好時，我才知我已無可救藥了。

不過，連弄臣東方朔爲搶救他「被侮辱與被損害」的人格，都時時告誡自己要「崛然獨立，塊然獨處」（《史記‧滑稽列傳》）以狷介于世的獨立不變以應萬變。身處莫測之世，孤獨，也許只有孤獨才能自救了。——連搖滾樂手不也在大吼特吼「這世界變化快」麼？

眼下，有人「以筆爲旗」，號召「抵抗投降」，發出對當前「文化的低潮和墮落」的不滿。但不知怎麼搞的，這位獨自一人在高崗上揮舞紅旗高吼「我們需要抗戰文學」的自我放逐者的形象，總令我想起《芙蓉鎮》片尾那個身穿紅衛兵服、手敲破鑼，高喊「運動了！」的革命瘋子。這恐怕是因爲「旗」及「旗手」對中華民族的蹂躪與掠奪給我的印象過於深刻之故，對這些中毒甚深的老紅衛兵的「紅衛兵情結」（向日葵情結），心中由不得生出一股「可憫」悲情。正如我對「紅歌黃唱」、「把領袖標準像化作道道避邪咒符懸在萬千司機面前」的聰明人的商業技巧也同樣生出一股「可憫」悲情一樣。我們畢竟生活在「雜語時代」，要學會容忍，哪怕是瘋子發出的聲音。

卡謬《藝術家及其時代》中說：

> 今天，創造就是危險地創造。任何發表都是一種行動，而這行動會引起一個什麼也不饒恕的時代的激烈的情緒。因此，問題不在於會知道這是否有損於藝術，對於一切沒有藝術或藝術的含義就不能生活的人們來說，問題僅僅在於知道在如此多的意識形態（多麼多的教堂，怎樣的孤獨啊！）的治安之中，創造的奇特的自由如何才是可能的。

幾十年來，我爲了創造「奇特的自由」，吐「思」作繭，自我放逐自我封閉。這無疑是一種變態，——孤獨的蟲對「自由」的創造性變態。或許，這也正是莊子「蝴蝶夢」的全部內涵。每當我的心中生出對人類「可憫」悲情的時候，我知道，我正用我美麗的翅膀飛向蒼穹。——也許，我根本飛不出這「城堡」，也許，我會在一場突如其來的暴風雨夜悄然死去。但我畢竟飛過了。

然而，我的眼中仍有一滴清淚，因爲我仍然孤獨，而且我清楚自己並非眞正的旁觀者。

一九九四年十月讀書筆記

一九九六年四月二十日改

追尋作為流亡原型的詩

楊煉

楊煉，一九五五年出生於瑞士伯爾尼。文革中即開始詩歌創作，文革後參加地下刊物《今天》文學雜誌的活動，著有詩集《黃》等多種。一九八九年六四事件後流亡紐西蘭，繼續發表《面具與鱷魚》、《無人稱》、《鬼話》和《大海停止之處》等詩歌散文著作多種，被翻譯成數種文字，獲得多項國際文學獎項。現居倫敦。

「世界上最不信任文字的是詩人」，一九九〇年，我在〈冬日花園〉一詩中寫道。

作爲詩人，我不相信「流亡文學」應當——或可能——是另一種「文學」。它有任何特權，獨立於我們對文學的要求和判斷之外。不。一首詩不是別的，僅僅是一次逾越語言邊界的企圖。而詩人，只是一位「越牆者」，總想越過那道由昔日傑作砌成的柏林牆。我曾在柏林牆被拆除之處，凝視兩道平行線間一片空地，連小樹還來不及長大。遺忘，還沒裝飾起那死亡的意象。對於我，它毫不陌生：正像一首剛完成的詩，令文字背後的空白格外觸目。詩，先天地不能停在某一行、某一首，它得寫下去，標誌出人類不斷失敗的勇敢嘗試。流亡，與其說是一個題材，不如說是一種深度，內在於詩人對語言的要求。詩人流亡者們看著：「所有窗戶敞開時是一個封死的天空」。

還有誰比中國詩人，看到電視上柏林牆的倒塌更感慨萬端的嗎？歷史竟這樣背道而馳：一九八九年夏天，從北京天安門廣場上掀起的民主浪潮，以中國人的血泊和東歐人的歡呼告終。東歐流亡作家重獲「祖國」之時，卻是我的書遭禁、被迫開始流亡之日。接下來的九十年代，權力和金錢的結合，又構成了中國大陸上「金錢文化大革命」的怪異風景。當國內的專制通過被專制者的欲望自動完成時，在國外，這個最後也最大的「社會主義國家博物館」，卻還在誘惑人們認爲：「冷戰」的知識，至少對於中國還不是過時的。這令我加倍悲哀——暴政扼住了詩的喉嚨；而意識形態的單調解讀稀釋了詩的血液。淪爲另一種宣傳的「政治詩」，其實既無「政治」又無「詩」。那種裝飾在外部的「反抗」，恰恰忽略了詩歌（或人性）內部的複雜衝突。專制的一個「成功」，就是迫使我們降低標準。把「獨立思考」或「眞誠寫作」這些當然的起點，作爲文學的目標，爲爭取零的位置而奮鬥。可詩呢？那起點之後該走出的里程，卻被忘記了。其實，什麼現實苦難不以人性的黑暗爲原始版本？一首詩涉及的，正是人和語言的共同困境。流亡給了我一個不可迴避的視點，面對它，甚至用寫作每天加深它。我是幸運的。

我曾三次改變對自己的稱謂：一，「中國的詩人」：強調最初的詩作與土地的血緣關係；二，「中文的詩人」：在諸多語言間，探索中文性蘊涵的獨特限制和可能；三，「楊文的詩人」：我的詩，甚至對原文的讀者也是陌生的。它不能被「譯成」公衆的、日常的中文。我爲每一首詩發明的形式、每一部新作對以前「模式」的顚覆，刻意加大了與讀者的距離。這場「自我放逐」，是從什麼時候開始的？哪個觸及了詩歌本性的眞正的詩人，不是精神上的流亡者？我要我的流亡寫作，成爲某種雙向的旅行：不停遠離故土，同時返回自己的語言。在語言裡，完成現實的深度。直到一個個句子，從內心某處發出聲音，與周圍的世界對話。當深度本身變換著語法，「新」就自然而然了。這旅途永無盡頭，因爲摸索黑暗極限的努力是永遠不夠的。

流亡中的寫作是個老題目。雖然老，它還在產生電流。特別在中文裡，「流亡」直接相關於我們的文化處境。二十世紀中國文學和文化的主題，一言以蔽之，即「中國文化傳統的現代轉型」。它的悲劇眾所周知：幾十年的「革命」，既毀了自己綿延數千載的文化結構，又引進不了西方文化結構，終於，古老專制的最惡劣版本與西方進化論辭句交配，產下個可怕的怪胎。我們啓程之處，既沒有傳統又沒有語言，除了噩夢沒有別的靈感。文革後期，四散各地的年輕詩人們，互不相識卻不約而同地做了一件事：在詩中，刪去「社會主義」、「資本主義」、「歷史辨證法」之類政治「大詞」。理由很簡單：它們不能被摸到。這些詞既無感覺又無意義。多年後，我把這個無意識「純潔部落語言」的舉動，稱爲我們的第一個小小詩論。很久以來，我們總習慣說，中國文學的輝煌傳統。但卻忘了，任何活的傳統，必以人的個性創造爲前提。如果不在自己的作品與過去的傑作間建立起「創造性的聯繫」，我們有的就只是「過去」，而非「傳統」。無論當年的作品多麼幼稚，一個「用自己的語言表達自己的感覺」的念頭，已再次激活了一個沉睡太久的文學之源。我們的「現代性」，是一種體現爲語言自覺的自我的態度。在語言中追問：文革的累累傷口、現實與歷史無所不在的混淆、時間的（我更該說「沒有時間的」？）痛苦……思想的「流亡」，既是排斥力又是親和力，不停把現實的出走變成文學的回歸。中國老話說「國家不幸詩家幸」；我說「在一個人身上重新發現傳統」，在一個個方塊字裡，兩千五百年前發出〈天問〉、投江自殺的屈原等著我們；顛沛流離、孤獨吟哦的李白、杜甫、蘇東坡、黃庭堅等著我們。我們的聲音遙相呼應，從未過去，恆是現在。

一九九三年，我與高行健的對話，題爲「流亡使我們獲得了什麼」。不是「失去」，是「獲得」。它把焦點，從流亡作家的「爲什麼寫」，移到了更逼人的「怎麼寫」？就是說，什麼樣的語言和形式，才配得上這格外鋒利的生存感受？我所使用的中文，如此獨特。它延用數千年而未間斷，用無數古典傑作，展示了自成一體的思維方式和觀念系統。但，對於人類的當代經驗，它還有沒有意義？我是說，不僅向人類當代意識敞開，且能敞開人類的當代意識。流亡，既是國際的，又必須呈現於這一特定語言中。如果說，我的詩在一九八九年前還只是朦朧使用中文的話，那流亡後的寫作，則可以概括爲對「中文性」的自覺。與歐洲語言捕捉「具體」的努力不同，中文一開始就是「抽象」的。它的動詞，沒有人稱、時態、單複數的變化。因此，它的句子，描寫的並非「動作」，而是「處境」。當王維說：「行到水窮處，坐看雲起時」，是誰在「行」？誰在「看」？誰又不在「行」或「看」？古往今來的「行者」和「看者」都被囊括其中了。我稱中文爲「共時的語言」，以區別於歐洲語言的歷時性。寫，就在取消時間，包括取消作者自己。那「我的」孤獨怎能不是一種「重合的孤獨」？「我的」漂流，不正匯入歷史的走投無路？歲月的烏有之河上，漂浮的只有面具。這兒，文本和現實，誰是誰的幻象？或都是幻象，彼此面面相覷？——離開了中文性，我幾乎無從表達某些對我至關重要的詩意。

文字在冷酷審視，生命一分一秒的消失。在流亡中，人類徹底的困境格外清晰。我的流亡寫作，並不想在「政治正確」和「身分遊戲」的超級市場上，多貼出一塊異國情調的商標。不，標榜「東方的」時空觀，去廉價取代西方的時空觀，無非換一種方式喪失自我。詩要求詩人自己的時空觀。我強調：通過持續地賦予形式，建立「詩意的空間」，以取消時間；從中文文字的視覺和意象因素，到句子和結構的空間感，層層構成形式美。既「個人性」又「中文性」地，把生命的「你不在這裡」，引中爲毀滅的「我們都在這裡」。「挖掘 被害那無底的海底／停止在一場暴風雨不可能停止之處」——流亡五年後，我完成了組詩〈大海停止之處〉。以四個標題下四章輪迴的結構，把「四處」集合在「一處」——「現在是最遙遠的」——四個遞進的層次。直到流失的時間，都流進一首詩的形式內；而被文字顯形的不是其他，恰恰是我們的缺席。某種意義上，我甚至樂於稱自己「形式主義者」。因爲文學不是形式是什麼？兩千年以來，中文書寫系統與所謂「口語」的人爲分離，使漢賦、駢文、絕、律，乃至八股這一偉大形式主義傳統得以存在。而共產黨「反智」導致的集體弱智，才使文學成了廢墟。我無意模仿想像中的譯文寫作（儘管那符合適者生存的原則），卻不無野心地，刻意在每一部作品間拉開距離。等待有朝一日，讓我的《流亡者的歸來》①體現爲：編號排列的一部部詩作，無須註明創作日期，僅靠彼此內在的對比和聯繫，就構成了「一部」終極的作品。一個我自己的小小傳統。「形而下下」地穿過我抵達了「形而上」。詩，才是雪梨城外那座峭崖，不停昇高。讓我說：

「這是從岸邊眺望自己出海之處」！

「再被古老的背叛所感動」，我的長詩〈同心圓〉，給出一個語言的和人生的模式。對於我，「出國」不是一個轉折。「流亡」一詞，早已包含了所有地理的、甚至心理的含義。它由詩選定，等同於整個寫作和生命本身。詩是那個根本的提問者，從黑暗核心源源不斷輻射出能量，而把文字、書寫的手、作者、一代代人的記憶或遺忘，變成問題。永恆地問，卻不屑回答。是否該這樣說：若沒有「白紙黑字」的文字獄傳統和天安門屢擦屢灑的鮮血，什麼能反證詩歌的自由天性？若沒有刻骨的鄉愁、和幾乎忘了在自己國家裡作一個詩人的感覺，一頁白紙上的「從不可能開始」還有什麼意義？若沒有紐西蘭漏雨的小屋、柏林動物園寒夜裡山羊們酷似孩子的嚎哭、布魯克林地下室外野貓的逼視，日子怎能變成一篇篇初稿，去趨近那首始終未寫出的詩——那個隱身在我們心裡的流亡的原型？我越來越長的旅途，從未指向「別處」，從來指著自己「深處」。那片「原鄉」，包括了所有異鄉。某個倫敦灰暗的冬日下午，一個句子跳入我的腦海：「現實 是我性格的一部分」。當然，正如詩人是詩的一部分。殘忍而美麗的詩意，從不存在什麼「境外」。〈同心圓〉說——

毀滅是我們的知識
但這座被判決的塔
嘴裡眼裡擠滿了柏油
仍未抵達那無言

二〇〇一年於倫敦

注：

①《流亡者的歸來》（Exile's Return），Malcolm Cowley 著。

母語之根

康正果

康正果，西安人，一九九四年移居美國，在耶魯大學東亞語文系執教至今。著有《風騷與豔情》、《重審風月鑒》、《鹿夢》和《我的反動自述》等。現與家人定居康州北港。

昆德拉又出了一本直接用法語寫成的小說，與前此另兩本名叫《緩慢》和《身分》的小說一樣，這本題曰《無知》（Ignorance）的新書也命名得抽象而頗爲費解。我讀的是英譯本，在進入此書的評述之前，首先需簡要說明，中文「無知」一詞雖在字面上對應了該書原文的書名，卻不足以傳達出小說所描述的情境。只因一時想不起更妥貼的字眼，權且拿這個「硬對應的」譯名削足適履好了。就我自己讀完小說的感受而言，昆德拉此書所謂的「無知」，並非通常意義上所指的缺乏知識或不明事理，而是抽象地概括了流亡國外的人久離故國，與親友失去聯繫後所陷入的一無所知狀態。所謂「明日隔山嶽，世事兩茫茫」，「無知」既意味著漸行漸遠的遺忘和呆鈍，也包括消息長期斷絕所造成的隔膜和誤解。無知乃是關山萬重和歲月流逝砌成的一道絕緣之牆，是流亡者爲倖存而付出的情感代價，是生命一旦從原地拔了根，移植到另一個空間後便再也復原不了的悲哀事實。

小說的女主角伊蓮娜是一九六八年蘇軍入侵後逃離捷克的，移居法國二十年來，她一直苦於不可遏制的鄉愁：既煎熬於還鄉的渴望，又困擾於還鄉後可能面臨的恐怖。直至共產黨政權垮了台，終於等到可以坦然返鄉的一天，伊蓮娜回到了布拉格。她穿上在當地新買的衣服臨鏡自照，不知何故，眼前的影像突然讓她覺得分外的陌生，在一身新衣的包裹下，她依稀看到了自己在過去年代的面貌。伊蓮娜此刻的情景和感受頗令人聯想到僧肇《物不遷論》中那位白頭還鄉的出家人，他對他的鄰人說：「吾猶昔人，非昔人也。」衣服在一瞬間產生了顯形的魔力，它不只使伊蓮娜透過它稀薄的包裹看到了她曾經想擺脫的生活，同時還向她顯示出一種威脅，彷彿它轉瞬會變成緊身衣，把早已脫棄的生活再次強加在她的身上。後來，在一系列重逢故舊的不愉快經歷中，接二連三的事件使伊蓮娜甚感掃興，她氣惱他們既不顧及她二十年移居生活發生的變化，也不關注她現狀，因此她覺得，他們的態度無異於從她身上攔腰斬斷了她生命中的二十年，致使她頓覺自己縮短成一個半截子人。

昆德拉由此總結說，鄉愁並不能活躍記憶，喚起回想，它基本上是一種情感上的自足狀態，除了滿懷自傷以外，它其實別無所有。不可否認，通過伊蓮娜的個人經驗，昆德拉深刻地揭示了流亡生活的困境，以及鄉愁這一感情的虛妄性一面，同時也苦澀地嘲諷了流亡結束後一場興沖沖回國行動的挫折和失敗。伊蓮娜本想回國後好好感受一番思慕已久的事物，沒想到事與願違，一切都隨流年暗中偷換，到頭來她悲哀地發現，眼前的無論什麼都已變味。這樣看來，那使得伊蓮娜鏡中顯形的新衣還不如說是件舊衣，是她二十年來留在記憶的箱底而回家後懷舊地一試的舊衣，試衣的結果是，舊衣已永遠地不合身了。

故事還有許多離奇的情節和昆德拉式的荒唐謬悠之說，我無意在此一一評介。我祇想簡要地指出，伊蓮娜的尷尬在很大的程度上也許正是昆德拉本人的某種不適，自從他用法語寫起了此類詮釋觀念的小說（包括以上提到的《緩慢》和《身分》），他的敘事便越來越沉溺於生存的彆扭境況。適度的戲謔應該是謔而不虐，昆德拉卻總是把他的人物置於被扭曲的殘廢狀態，似乎非要把生存的某種尷尬推到暴戾胡鬧的地步，才能滿足他所營造的悖謬結局，才能達到那情色狂歡的高潮。比如他派給伊蓮娜的生命截肢感，至少就我個人多年移居美國的感受而言，就明顯有誇大和歪曲的成分。

可不可以說，這一生命的截肢感正是年老的昆德拉放棄母語，硬是好強地選擇用法文寫小說造成的一個結果呢？昆德拉說過：「一個作家所寫的東西若只能令本國讀者了解，則他不只有負於他國的讀者，也更有負於自己的同胞。因爲他的同胞讀了他的作品，只能變得目光短淺。」不可否認，昆德拉的寫作在走向世界的努力上的確取得了很大的成就，然而，要取得作品的世界性效果，是不是就一定得放棄自己小語種的母語寫作，非要用法語那樣更有世界影響的語種寫作不可呢？近來有不少評論都一致批評昆德拉這幾年來用法文所寫的三部書雕琢賣弄，行文乾癟，都惋惜他喪失了他在早先的那些捷克文小說中曾有過的揮灑自如之勢。由此可見，如果說流亡生活的確能使流亡者強烈感到生命的截肢，則此一可悲的感覺首先即來自他所處的語言環境斷然宣告了他的母語完全作廢的現實。現在，你突然發現被剝奪用自己從小就習慣了的思維形式去思維和表達形式去表達的自由，你因而失去了主體的自由。當你開始刻意而笨拙地用外語去說或寫的時候，思維與表達過程的造句練習狀況處處都使你的自我與言說疏離開來，也正是在這樣的分裂中，你感到自己的生命被剝奪得像截了肢一樣。可以說每一個最初移居異國的人多少都經歷過這樣的挫折，都爲克服語言的障礙而傷透過腦筋。

我自移居美國以來，也不斷有過同樣的挫折，而且至今都在爲聽不懂這句英語或說不了那句英語而頗傷腦筋。不能自如地運用英語，在交流上與周圍絕大多數人之間存在著無法縮短的差距，這一切在我邁進新世界之際高樹起鐵的門檻，隨時隨地都使我碰到絆磕，甚感隔閡。早在讀昆德拉這本書之前，我就隱隱產生過類似的缺憾。移居美國十年來，我之所以還沒失落到恍如生命被截肢的程度，之所以身在異國猶不失家園之樂，全賴我來美至今一直從事的本職工作，可以說，正是我在語言表達上享有著特殊的處境，才有幸在日常交流的很多方面獲得了豁免。這就是我特別感到慶幸，並要在以下申說的命運，也是本文立論的出發點。我並沒有在美國讀書拿學位找工作的經歷，我與全家人能夠一舉移居美國，完全起因於直接從西安受聘來耶魯教授中文。打從入境之初起，使用母語就是我的職業。除了教中文以外，大概對不管因什麼情況而流亡或移居的中國人來說，母語多少都會成爲身在異國而遭受挫折的文化負擔，都會成爲過去的經驗殘留在新生活中的廢料。但身爲專職的中文教師，在我，母語則是雄厚的文化資源，且使我擁有了語言上例外的優勢，以致整個地鑄成我在異國安身立命的根基。我從來沒有感到我與我的母語如此親近過，從來沒有從母語中得到如此強烈的自我認同感。中文教師的工作包容了我英語較差的短處，使那些放在其他人身上成爲問題的事情，到了我的身上完全不再成其爲問題。至少在課堂和本系的範圍內，是別人說話寫字適應我，根本無需我半通不通地說著英語去追隨別人。嚴格地說，所謂優勢，其實並無其絕對的本質，關鍵要看是誰找誰去說話，是誰要服從誰的系統。就是憑了這一點我得以站穩腳跟的地位，我的繼續用中文寫作得到了極大的方便，假若從沒有得到這樣的特殊職業，我在語言上的頑固性便很容易喪失自立的基礎。也正是因著這一職業的需要，我才撐起了放心說話的脊樑，從交流上的本來存在的劣勢突圍出一定的優勢。

在國內的時候，因想多讀英文書，再兼搞些翻譯，我一直都在努力自學英文，隨後眞正進入了英語世界，因教學之餘有一連串寫作計畫排在那裡，我反而捨不得在英語學習上再花費太多的時間。我這個人，向來奉行守拙的做事原則，也就是說，我更習慣把自強的維護建立在固守既有狀況的基礎上，在一般的情況下，都不太願意過分強求自己去做本來並不善於做的事情。想當年我讀碩士學位研究豔情詩的時候，教授們指責我寫論文宣揚色情，我那時就不屑同他們認眞爭辯。魯迅說過，一個人處於辯誣的地位是最可悲的。我的策略是小孩子那種你說他壞他就越壞的牛犟：我想，色情就色情吧，既擔了色情的虛名，索性就把這色情做出個樣子給他們看看。從此我不但專攻豔情詩，進而搞起性文學，寫了《風騷與豔情》還欲罷不休，接著又推出《重審風月鑒》。反正是一不做二不休了，乾脆就把研究的課題從所謂的「色情」升級到公認的「淫穢」領域。若問我爲什麼要研究女性與詩詞、性與古典文學之類的課題，我可以回答說，是因爲我遭遇了此類問題，我不得不在既已陷入的境遇中營造我的世界，從而把自己的劣勢發展成一種優勢。一般來說，眞正値得自負的成功者都是在主動的進取中做出他們的成績的，我充其量只屬於狷者有所不爲之流。對我來說，能在被迫的選擇下一再調整自己，從而因陋就簡地踏一條出路，就算很不錯了。這是一種把窘迫導向從容的做法，不過在個人的有限性中儘量開拓一點自由的天地罷了。

我所教的中文很簡單，基本上從學習拼音和認字教起，即使所教的古文課在這裡被認爲是最高級的中文課程，那課文也不過選了些最簡單的先秦寓言、對話錄或歷史故事。因爲授課對象是美國學生，我得採取教外語課的方法，這使我對自己母語的應用獲得了新的經驗。首先，即使這差不多是小學水準的教學中也有教學相長的成分：我爲學生正音的同時也糾正了自己很多不正確的普通話發音。每一個字必須在黑板上繁簡並行，正楷寫出，在書寫的過程中，有時竟發現了一些我自小就不正確的寫法。特別是古文課，每一個句子都得做句型分析，都得死扣字眼，這也使我發現了很多我從前讀書不求甚解的偏差，乃至我從前的古文老師給我講錯了的地方。母語的學習就是這樣的沒有止境，在其他移居美國的中國人可能日益遺忘母語的環境中，我的職業卻對我純化和優化自己的中文起到了促進的作用。母語之於我，已不再是處在母語環境中那種百姓日用而不知的東西，它現在是我精心培養的能力，移居到一個說英語的國家，向學生示範中文，反而成了我的專長。

因此，對自己從前所寫的學術文字，我也有了檢討的眼光。我疏遠了從前所致力的那類帶腳註的長篇論文，開始練習寫一種生動的口語和簡潔的文言相結合的文字，逐漸由學術專著的寫作轉向了隨筆短文。在語言上相對孤立的環境中，正是通過寫一些記錄日常感受的散文隨筆，我汲取了母語的營養，也刷新了移居的生活。對我來說，這一書寫行動已超出單純的文字操作，在寫作的同時，我還在調適自己的心境，而通過文字的表述，對自己的身分以及變化著的自我形象，我也獲得了不斷的確認。不可否認，在移居生活的初期，難免樹木移根另栽過程中半死不活的危機，有時候我也產生過昆德拉那種荒謬的生命截肢感。但就我個人的特殊情況而言，我還是更喜歡把移居美國的經驗描述爲生命的嫁接。截肢感是那些遺忘了過去，放棄了固守的立場，自絕於母語而又未完全融入另一種語言的人所陷入的尷尬處境，是他們自己的彆扭心態投下的陰影。嫁接則是一種根繫著母語文化，同時順應著變異的生命現象，它促使兩種異質的生命互相結合，進而長出新的生命。嫁接過程中並不存在傷殘的後果，只要母語之根沒有切斷，它所傳遞的文化信息以及過去的生活經驗就會在新的世界中繼續生長下去。

流亡是人類在大地上活動的一個基本境況，它自古迄今，遍及世界各地，有沒有文字表述，都無關於它的擴展和延續。至於流亡文學，只能算個別流亡者通過文字發出的片斷吟唱，爲我們觀照和思考流亡提供些亮點而已。需要特別指出的是，那裡面也混雜了不少流亡的陳詞濫調，往往都是由一群喜歡自戀且自虐的文人呻吟出來雜湊熱鬧的。這一類流亡者往往工於表演流亡的姿態，久而久之，他們在流亡的名義下已求得榮耀的寄生。不管他們原來的出發點是不是流亡，長期以來，他們養成了口香糖一樣咀嚼流亡話語的習性，也許只有他們自己深諳所嚼出的甜味，因爲他們一直都在靠呑嚥自己的唾液來餵養優越的自我感覺。

在中國，眞正顯得生氣蓬勃的人口遷徙活動永遠屬於大批的流亡。普通的流亡者大都從逃難開始，從《詩經》中饑饉之年的「民卒流亡」吟唱到抗日戰爭中四處傳播的流亡歌曲，幾千年來，民眾的流亡一直貫穿了大大小小的社會動盪，從某種程度上說，一部中華地域開發史，就是一幅民眾流亡的歷史地理圖卷。只是從上世紀八十年代以來，中國大陸的流亡巨潮始衝破國界，轉向了海外，特別是轉向了歐美各發達國家。隨著這塊古老的大陸變得越來越不適於一部分渴求另一種活法的中國人居住，隨著被稱作祖國的地方日益被中共及其共生的災民糟蹋成迫使國人逃離的國度，流亡已成爲當今中國人求生存的一條出路。個人的流亡因而在很大的程度上與群體的移居趨向混同，形成合流，至今已匯爲勢不可擋的出國大潮。流亡的路途不管多麼艱辛，結果總會走向重新定居的終點。特別是這二十多年來，在中國人走向世界的總趨勢中，逃亡性的遷徙已波瀾壯闊地湧入全球的各個角落，從投資移民到留學訪問，直到婚嫁、偷渡和政治避難，五洲四海，從大都會到小島嶼，幾乎無處不有華人遷入的足跡在擴展和延續。縱觀當今世界各國民眾，似乎還沒有任何一個國家的人民像當代中國人這樣義無反顧地走出國門，自願地流亡出去，把充滿風險的移居前途視爲擺脫束縛求發展的自主選擇。可以預見，在未來的世紀，華人的跨國界遷徙移居必將成爲全球化進程的一個最新趨勢，一個最終會改變地球上人口分布格局的生命動力。

身爲美國大學的中文教師，我的課堂上選課學生之所以逐年增多，直線上升，就是移居美國的中國人越來越多，且越來越成功，其子女上名牌大學的人數也隨之增多的一個結果。我能固守在我的母語地盤上盤桓徜徉，即得益於此一沛然莫之能御的移民形勢。

我還要進一步伸張母語之根在海外華人世界中維繫交流的作用：圍繞著我中文教師職業形成的圈子只是一個很小的語言環境，隨著華人移民的日益增多，可以明顯地看出，在北美的土地上，中文正在擴大著使用傳播的領域。就拿我這些年來從事中文寫作的活動來說，大量的文章都是在海外的報刊網站上首先刊登出來的。通過母語的寫作，我不但克服了昆德拉式的生命截肢感，而且覺得眼下的移居生活有一種把國內的某種場景切割下來空運到北美的感覺：中國不只在中國大陸或港台，中國也分布在世界各地。在英語帝國主義獨霸全球語言的今日世界上，中文的傳播正在中國本土之外擠出語言的夾縫，擴大著它的領土。圍繞著母語的使用，我以爲，我自己，還有千百萬中國人，每一個人都在自己移居的國度中延伸和拓展了故國的生活。就這一意義而言，我既生活在別處，同時也行進在天涯何處無芳草的語言地圖上。

二〇〇四年十月二十日於康州北港

文人「放逐」古今談

殷明輝

殷明輝，男，生於一九四七年，四川省成都市人，祖籍重慶市長壽縣。青少年時期師事楊慶治先生研習國學。初中畢業後因家貧輟學，從十六歲起在川滇兩省尋生計，做過建築工、臨時工、勞力工，亦曾到鄉村行醫。「改革開放」後，正式開辦中醫診所，至二〇〇二年歇業。從六十年代開始進行地下文學創作，成都非官方文學社團「野草文學社」早期成員之一，現任《野草》編委。畢生堅持獨立追尋。

「放逐」之於人生，乃是一件非常痛苦和不幸的事情，古往今來，獲罪於統治者，不見容於當世而遭受「放逐」厄運的忠臣義士、騷人墨客可謂多矣！「放逐」幾乎成了文人的宿命。身遭「放逐」而對後世影響最大的文化名人當數屈原。〈史記・太史公自序〉「屈原放逐，著離騷……」另據〈史記・屈原列傳〉載，楚懷王聽信佞臣上官大夫靳尚讒言「怒而疏屈平，屈平疾王聽之不聰也，讒諂之蔽明也，邪曲之害公也，方正之不容也，故憂愁幽思而作離騷。」「放逐」對於屈原個人來說是極大的不幸，但卻促使他寫成了光芒四射的不朽名篇《離騷》。司馬遷在爲屈原作傳時已遭受腐刑，他的悲憤心情可見於〈報任安書〉中：「顧自以爲身殘處穢，動而見尤，欲益反損，是以獨抑鬱而誰與語？」此時的司馬遷內心深處早已自我「放逐」，而同「偉大統帥」漢武帝徹底決裂了。他之所以忍辱負重地活在世上完全是爲了要竭盡全力去完成一部歷史鉅著，他說：「所以隱忍苟活，幽于糞土之中而不辭者，恨私心有所不盡，鄙陋沒世，而文采不表于後世也。」司馬遷更以被紂王拘於羑里而演《周易》的文王；厄於陳蔡而作《春秋》的孔子；遭遇放逐而著《離騷》的屈原；晚年雙目失明而著《國語》的左丘明；慘遭酷刑，被砍斷雙腳而完成《孫子兵法》一書的孫臏；遭遇秦始皇放逐遷蜀而寫成《呂氏春秋》的呂不韋；囚禁於秦，而寫下《說難》、《孤憤》的韓非子以及發憤寫作歌詠而成《詩三百篇》的古先聖賢自期。他最後對這位叫任安的朋友說道：「僕竊不遜，近自托于無能之辭，網羅天下放失舊聞，略考其事，綜其終始，稽其成敗興壞之紀，上計軒轅，下迄于茲。爲十表、本紀十二、書八章、世家三十、列傳七十、凡百三十篇，亦欲以究天人之際，通古今之變，成一家之言。草創未就，會遭此禍，惜其不成，是以就極刑而無慍色。僕誠已著此書，藏之名山，傳之其人……」太史公司馬遷在這裡和盤道出了自己忍一時之辱而重萬世之名，待知己於千載之後的遠大抱負及高尚情操，讀來催人淚下。司馬遷同屈原有著相同的遭遇，窮愁著書，實有同心，他爲屈原作傳，其文便似離騷。悽愴婉雅，令人唏噓欲絕。

西漢的賈誼，洛陽人，十八歲時，以能誦讀詩書，善文章，爲郡人所稱譽，時稱賈生。廷尉吳公將他推薦給文帝，文帝將他任爲博士，後遷太中大夫，但卻遭到老資格的先朝故臣周勃、灌嬰等人的排斥，被貶謫任命爲遠離京師的長沙王太傅，後又遷任爲梁懷王太傅。賈誼是天才的文學家，更是卓越的政論家，他曾多次上疏，批評時政，建議朝廷運用「衆建諸侯而少其力」的辦法，削弱地方諸侯勢力，鞏固中央集權，主張重農抑商「驅民而歸之農」，力主抗拒匈奴。當其貶爲長沙王太傅時，嘗渡湘水，作賦以弔屈原，蓋亦以自喻也。賈誼之被貶謫，對他來說，就是「放逐」。賈誼因梁王墮馬薨逝，悲傷哭泣，僅活了三十三歲便跨鶴西去，眞是可惜得很！倘不因遭遇「放逐」，賈誼未必會早逝，其後來的成就，不知更會達到怎樣的高度呢？

西晉時期的「竹林七賢」堪稱是一個「自我放逐」的群體，「竹林七賢」身處司馬氏專制極權的高壓統治之下，爲了躲避政治迫害，佯狂裝瘋，息影林泉，常於竹林下酣歌縱酒，借酒澆愁，以酒避禍……即使如此，七賢中的嵇康還是被聽信讒言的獨裁者司馬昭殺害了，嵇康臨刑前彈奏的那一曲慷慨激昂的〈廣陵散〉在中國上空和文人心中回響了將近兩千年。據〈世說新語・雅量〉載：「嵇中散臨刑東市，神氣不變。索琴彈之。奏〈廣陵散〉。曲終，曰：『袁孝尼嘗請學此散，吾靳固（靳固：吝惜固執意）不與，〈廣陵散〉于今絕矣！』」因了嵇康臨刑索彈〈廣陵散〉，才使這首古典琴曲名聲大振，可以說〈廣陵散〉是因嵇康而「名」起來的。

在中國文化史上，實行「自我放逐」，自我解放最有名的人物恐怕要數西晉時期的大詩人陶淵明。據史書記載：「淵明爲彭澤令，郡守遣督郵至，吏白當束帶見之。淵明嘆曰，我不能爲五斗米折腰向鄉里小兒，乃自解印綬，掛冠而去，作歸去來辭以明志。」「歸去來兮，田園將蕪胡不歸？既自以心爲形役，奚惆悵而獨悲？悟已往之不諫，知來者之可追，實迷途其未遠，覺今是而昨非……」這段精彩文字是作者的人格寫照及心靈獨白，故被後世的評論家點評爲「高風逸調，晉宋罕有其比。蓋心無一累，萬象俱空……」如此高超的人生境界，古今少有人能夠達到。陶淵明的名篇佳作，大多完成於他辭官歸里自我「放逐」之後，如「少無適俗韻，性本愛丘山。誤落塵網中，一去三十年。羈鳥戀舊林，池魚思故淵……」「種豆南山下，草盛豆苗稀。晨興理荒穢，帶月荷鋤歸。道狹草木長，夕露沾我衣。衣沾不足惜，但使願勿違。」詩中的這個「願」字，表達出作者終生不願意放棄自己的理想與追求的崇高意願。陶淵明的另一首被王國維讚譽爲達到「無我」境界的名作「結廬在人境，而無車馬喧。問君何能爾，心遠地自偏。採菊東籬下，悠然見南山。山氣日夕佳，飛鳥相與還。此中有眞意，欲辯已忘言。」陶淵明詩歌以「似樸而實華，無意超妙而自然超妙，不事雕繢而自然精煉」（以上數語見〈馬一浮集・詩學篇〉）的藝術境界高踞中國詩歌藝術頂峰位置，他的最上乘的作品全係「自我放逐」，遠離名利場，貼近大自然後創作出來的，假如陶淵明是一位樂於仕進，汲汲於鑽營干祿，長年被名韁利鎖羈絆著的「利益集團」圈內的活躍分子，那他絕對寫不出那麼多超今邁古的優秀作品，後世便不知道中國有一位陶淵明，中國文學史上便少掉了一顆亮星。「自我放逐」讓陶淵明失去所有撈錢爭名的機會，卻讓他創造出一大筆可與日月爭光的精神財富。千載而還，與陶淵明同時代的許多達官貴人早就「與草木同腐」，無人知曉了，而陶淵明的音容笑貌、精神氣韻卻一直存活在後世讀者的心中……「以彼易此，孰得孰失，必有能辨之者。」

唐代大詩人李白亦未能逃脫「放逐」厄運，「安史」亂起，兩京陷落，玄宗逃往蜀中，永王李璘受命爲江陵大都督，經略南方軍事。當永王水師東下到達潯陽時，三次徵召李白。李白在國家危難時刻，認爲「苟無濟代心，獨善亦何益」，抱著「誓欲清幽燕」的平叛志願，參加了永王幕府。他天眞地認爲這是「安社稷」、「濟蒼生」，報效祖國的好機會。正當他自比謝安，高唱「但用東山謝安石，爲君談笑靜胡沙」的時候，統治階級內部矛盾激化了。此時肅宗李亨已在靈武即位，尊玄宗爲太上皇，並下令李璘回蜀中。李璘剛愎自用，不從命，肅宗即派兵討伐。李白尚未弄清事情眞相，永王部下已成鳥獸散。李璘被殺，李白也被繫潯陽獄中。經御史中丞宋若思等營救，才得以出獄，但不久又被判流放夜郎。欲報國而反獲罪，故令李白痛心疾首。幸於乾元二年（公元七五九年）遇朝廷大赦，李白行至白帝城獲釋。此後，直到謝世，李白便再也沒有報效祖國和進入主流社會的機會了。

與李白同時代，但卻比李白晚出生十一年的唐代另一位大詩人杜甫也是在長期的「放逐」生涯中停止了歌唱的。李白比杜甫早逝八年，同為「放逐」，由於所處時代不同，杜甫蒙受的人生苦難遠遠超過李白，李杜作品的差異點應該多從這方面去進行比較研究才是。杜甫第一次遭受「放逐」是在肅宗至德二年（公元七五七年）上書救房總，引起肅宗震怒，差點被投入大牢，幸遇「宰相張鎬救之獲免。」乾元元年（公元七五八年），杜甫以左拾遺官職出任華州司功，由中央官吏貶為地方官吏，這說明他已經退出政治中心，實際上是「放逐」生涯的開始。據《杜工部年譜》載：乾元二年，春，杜甫「自東都回華州，關輔飢，七月，棄官西去度隴，客秦州，卜西枝村置草堂，未成。十月往同谷。寓同谷不盈月。十二月，入蜀至成都。」杜甫從棄官度隴到入蜀出峽長達十餘年的歲月裡，身經喪亂，目擊時艱，過的完全是一種飄泊動盪、衣食無著、寄人籬下的生活，對於詩人來說，這其實是實質意義上的「放逐」。其間，杜甫曾經有過一次返朝為官的機會，據《杜工部生譜》載：「廣德之年，公在梓州。春，間往漢州。秋，往閬州。冬晚，復回梓州。是歲召補京兆功曹不赴。」不是杜甫不赴官，而是吐蕃入侵，道路未靖，拖著家小，無法前往，「草木變衰行劍外，兵戈阻絕老江邊」，「行路難如此，登樓望欲迷。」杜甫只好抱著「此身那老蜀，不死會歸秦」的願望在成都住了下來。戰亂使國家民族遭受空前浩劫，詩人個人也蒙受了難以想像的苦難，「寧為太平犬，莫作離亂人！」這可不是任何詩人能夠吟唱出來的句子。「國家不幸詩人幸，賦到滄桑句便工。」杜甫曾經深刻地進入政治生活，「放逐」生涯使他更加深刻地進入群眾生活，在充滿艱辛顛沛流離的境遇中，杜甫找到了發揮創作天才的道路，入蜀以後，杜甫的詩歌創作在原有的成就上逐漸進入「光掩前人而後來無繼」（王安石語）的最高境界，最終被尊為中國的「詩聖」。杜甫身經「安史之亂」，遭遇了「放逐」生活的種種磨難，這是他個人的不幸，但是卻成就了他的詩歌藝術，這又是杜甫最大的幸運，也是中國詩壇永久的驕傲。

唐代遭受「放逐」厄運的著名人物還有提倡「古文運動」的文學大師韓愈和柳宗元，韓柳二人同在朝中爲官，他們既是摯友，又是知音。韓愈性秉直，居官不改其性，故屢遭貶謫，他的那首有名的〈左遷至藍關示侄孫湘〉詩便寫於「放逐」途中。

柳宗元在文學和政治上均屬改良派，他在順宗時，積極參與以王叔文爲首的改革派，入內政與議事。憲宗即位，廢除新政，打擊革新派，叔文敗，柳宗元亦受牽連，坐貶永州司馬，放浪山水間，以詩文自娛，寫下了享譽文壇的〈永州八記〉等系列精品詩文。十年後，柳宗元被召還長安，旋即復出爲柳州刺史，這一次的「放逐」竟讓柳宗元客死他鄉，僅享壽四十七歲。宗元先生才高壽短，殊堪嘆息！他在柳州推行善政，留下光照千秋的政績，州人感其德，以神事之。宗元先生在詩文方面的成就，尤以「放逐」期中所作爲高。

與韓、柳同時被白居易稱爲「詩豪」的著名詩人劉禹錫也同韓、柳一樣，一度成爲「盛世逐臣」。劉禹錫同柳宗元一起參加了中唐永貞年間那場夭折了的政治改革，結果一同被「放逐」到遠離京師的蠻荒之地，但他卻能頑強地活了過來，晚年回到洛陽，仍有「馬思邊草拳毛動」的豪氣。他的那首膾炙人口的名作〈酬樂天揚州初逢席上見贈〉：「巴山楚水凄涼地，二十三年棄置身。懷舊空吟聞笛賦，到鄉翻作爛柯人。沉舟側畔千帆過，病樹前頭萬木春。今日聽君歌一曲，暫憑杯酒長精神。」正是詩人晚年的心靈寫照。在流放巴楚間長達二十餘年的「放逐」生涯中，劉禹錫有機會深入民間了解基層群眾的喜怒哀樂，學習民歌俚語，發而音爲詩，便成絕調。劉禹錫在此間創作的大量的〈竹枝詞〉堪稱中國文學史上的一株奇葩，給中國詩界吹來一股清新的空氣，清代學者胡震亨對於劉禹錫仿效民歌所作的樂府小章是這樣評價的：「開朗流暢，含思宛轉……運用似無甚過人，卻都愜人意，語語可歌。」清代另一位詩評家吳喬在其所著《圍爐詩話》引賀黃公（裳）的話說：「夢得佳詩，多在朗、連、夔、各州時，作主客（郎中）後，始自疏放。」詩人在仕途上的不幸，卻造就了他在詩歌創作上的有幸。假使劉禹錫是一位在宦場上一帆風順「無災無難到公卿」的人，那麼，他即使能詩，亦不過是一位極其一般的詩作者而已，絕不可能成爲中國詩壇上的一顆亮星。

劉禹錫的好友，可與李杜並名的中唐大詩人白居易也與「放逐」結下不解之緣。白居易是繼杜甫之後的傑出的現實主義詩人，他對文學史上的重大貢獻爲首倡「新樂府運動」。「新樂府辭」爲白居易提出，所謂新樂府，就是採用新題寫時事的樂府式詩歌。新樂府專門「刺美見（現）事」屬於針砭時弊的「諷喻詩」範疇，即所謂「歌詩合爲事而作」的宗旨。早期的白居易在仕途上可謂春風得意，元和十年（公元八一五年），盜殺宰相武元衡，白居易認爲這是一樁「國恥」，於是，上書請捕賊，當朝權貴怒其越職奏事，造謠中傷，群起而攻，遂被貶爲江州司馬。實際上得罪當局的眞正原因，還是他寫的那些諷喻詩深切地擊中了權貴者的要害。白居易亦自謂：「始得名于文章，終得罪于文章。」被貶謫到江州的白居易唱出了〈琵琶行〉這樣的千古絕唱，流傳之廣，幾近家喻戶曉。爲了避開「牛李」權力爭鬥的漩渦，白居易力求外任，不做京官而做地方官，在做過杭州、蘇州刺史之後，復求「置身散地」，以太子賓客分司東都，這其實乃是一種無可奈何的「自我放逐」。

與白居易齊名，積極參與「新樂府運動」的大詩人元稹亦難逃「放逐」厄運，元稹雖官至宰相，然其仕途，卻是坎坷不平的，他一生中曾先後被貶爲同州、越州、鄂州刺史，最後卒於武昌節度史任所。

北宋文學家、史學家，北宋古文運動領袖歐陽修先是因直言論事貶知夷陵，後來被朝廷召還。慶歷中，歐陽修任諫官，又因支持范仲淹，要求改良政治，惹惱了皇帝老倌兒，再次被貶知滁州，他的那篇有名的〈醉翁亭記〉，便是被貶謫到滁州任太守時期所作。

具有多方面藝術才能的北宋大文豪蘇軾（東坡），稱得上是一位「放逐專業戶」了。他在神宗時任祠部員外郎，因反對王安石新法而自求外放，與汲汲於跑官求升遷輩作風迥異。他於是改任杭州通判，知密州、徐州、湖州。蘇軾後又因作詩「謗訕朝廷」而罪貶黃州，他的名作〈前赤壁賦〉、〈後赤壁賦〉便是在此間作的。哲宗時，蘇軾曾任翰林學士，這期間又曾出知杭州、穎州等，他最高官階做到禮部尚書。然而，終是命途多舛，難逃「放逐」宿命，而且是一次比一次遙遠，最後被貶謫到廣東的惠州、海南島的儋州，眞正是被流放到「天涯海角」了。東坡先生晚年有幸北還，可惜次年便病死於常州，這一次的「放逐」，使他再也沒有重回京師和返回故鄉的機會了。

同被稱作蘇門四學士的黃庭堅、秦觀一生中也是屢遭「放逐」，淪落天涯。黃庭堅是一位在散文、詩詞、書法等方面均取得很高成就的大家，他開創的「江西詩派」在中國文學史上占有重要的地位。黃庭堅在宋哲宗舊黨執政時期，擢作國史編修官。其後新黨復起，他便屢遭貶謫，最後客死於廣西宜山的住所。

秦觀是婉約詞派的代表人物，他在貶官「放逐」期中的作品，風格與李後主相近。「可堪孤館閉春寒，杜鵑聲裡斜陽暮」表現出在政治上失意後的無可奈何的心情，此二句詞被王國維讚譽爲「自成高格」「有我之境」的名句。秦觀亦因紹聖初年，新黨執政，連遭貶斥，被「放逐」到十分偏遠的雷州去了。公元一一〇〇年，徽宗即位，秦觀得以召還京師，是年七月他從海康啓行，輾轉月餘，始達廣西藤縣。時天氣燠熱，秦觀因中暑染疾而卒，終年五十二歲，不因「放逐」，秦觀享年或不止此，又因「放逐」，成就了他千秋的令名。他在「放逐」途中所作的那些哀感纏綿的詞章，不知打動了多少讀者的心弦！秦觀同蘇東坡的關係在師友之間，當蘇東坡從海南放歸行至廣東鬱林地界，忽聞秦觀死訊，當即仰天大哭道：「少游死了！世間還能找到這樣的人嗎？」這眞是斯文同骨肉，惺惺惜惺惺。誰知次年東坡先生也同秦觀一樣，客死於「放逐途中」，秦觀兩年前與東坡話別時塡寫的〈江城子〉詞，遂成絕唱：「南來飛燕北歸鴻，偶相逢，慘愁容。綠鬢朱顏重見兩衰翁。別後悠悠君莫問，無限事，不言中。小樽春酒滴珠紅。莫匆匆，滿金鐘。飲散落花流水各西東。後會不知何處是？煙浪遠，暮雲重。」

有明一代遭受「放逐」的士子亦復不少，最値得一提的人物有兩位，即作爲政治家、軍事家、哲學家、文學家的王陽明（守仁）先生。王陽明雖然功業蓋世，學問包天，仍免不了遭受「放逐」的命運，他的那篇有名的〈瘞旅文〉，便作於罪貶貴州龍場驛丞時期。

大學問家、詩人楊愼是古今文人遭遇「放逐」時間最長的一位。明世宗嘉慶三年（公元一五二四年）三十七歲的楊愼因參與群臣「議大禮」並成爲其中的首要人物而觸怒了十分專橫的世宗，兩次遭受「廷杖」酷刑且被投入大牢，險此喪命。世宗最後將楊愼貶謫到雲南永昌衛，終身不許返朝。嘉慶三十八年（公元一五五九年）楊愼以七十二歲之壽，卒於戍所。他的「放逐」生涯長達三十五年，去時尙屬丁壯，歿時已逾古稀，有生之日，終不見返，悲夫！現在我們讀到楊愼先生的〈星回節〉詩「忽見庭花拆刺桐，故園珍樹幾燃紅。年年六月星回節，長在天涯客路中。」以及他臨死前不久寫的〈感懷詩〉「七十餘生已白頭，明明律例許歸休。歸休已作巴江叟，重到翻爲滇海囚。遷謫本非明主意，網羅巧中細人謀。故園先隴癡兒女，泉下傷心也淚流。」這此詩句，感人肺腑！我們相信，定是作者蘸著血淚寫成的。楊愼先生著述宏富，雄視有明一代，其主要著作均是在「放逐」期間完成的。先生長期廢居邊隅，奔走旅途，使他有機會接觸窮鄉僻壤勞苦大眾的生活，爲他的作品注入了新鮮血液，邊疆風物和西南山川的雄奇瑰麗，前人足跡及歌詠所不至者，吾國詩史之缺頁，正待他的如椽大筆去填寫。「放逐」使楊愼先生遭受了無窮的磨難，卻成就了他的名山事業，使他的名聲「不廢江河萬古流」，這便是歷史給予楊愼先生的報償。

清季以外族入主中國，依靠的是武力征服。清初三先生，黃宗羲、顧炎武、王夫之均曾參加過反清復明的愛國活動，失敗後，拒絕同滿清權貴合作，表現出崇高的民族氣節。三先生分別實現了徹底的「自我放逐」，或息交絕遊，閉門著書，或隱居山中，筆耕不輟，清初三先生給後世留下一大筆精神財富，他們的名字在中國學術史上占有非常重要的地位。

滿清貴族爲了進一步加強統治，防止漢民族反抗，從順治九年（公元一六五二年）始，便不斷頒布禁止文人結社的明令。雍正三年（公元一七二五年）始，更是「定例究查」，用今之語言解釋就叫「嚴密追查反革命案例」。於是，震鑠古今的「文字獄」作矣！其間構陷入獄，株連受刑，流亡放逐者不可勝計，給中國文化史抹上一層濃濃的陰霾。文字獄當係另一重大題目，茲故略而不論。

「放逐」像一團揮之不去的魔影，伴隨著時間的羽翼，將芸芸眾生拖曳到當代，拖曳到今天……我在前面提到的那些被「放逐」者，均係古代忠正賢良之士及文化名人，他們大多彷徨於仕途之上，有時距權力中心很近，有時又遠離了權力中心，這與我下面將要論及的當代被放逐者是有很大區別的。

當代「放逐」的對象不一定是仕宦者，大多數爲平民身分的知識分子，或純屬庶民百姓。一九五七年在中國大陸發生的聲勢浩大的人類社會前所未見的「反右」運動，造成多達六十萬眾的知識菁英的「群體放逐」，在這個望不見盡頭的放逐隊伍中，我們看見了劉賓雁、流沙河、邵燕祥、叢維熙等人的身影……由於名單太長太多，恕敝人不能一一列舉。這一次的群體大放逐涉案人員之多，打擊範圍之廣，刷新了中國歷代王朝的「放逐」紀錄，僅以數量而言，任何王朝都不能與之相比，而在放逐過程中，知識菁英們所付出的生命代價更是不計其數，毫無疑問爲歷朝之最。「反右」大放逐的結果，徹底封閉了眞理的聲音，中國的良心被包裹上一層厚厚的鐵皮，中國大陸跑步踏上通向錯誤、專橫、野蠻、愚昧、飢餓、死亡的軌道。在漫長而黑暗的流放歲月中，爲數甚廣的被「放逐」者或妻離子散，或魂斷他鄉……如被關押在甘肅夾邊溝農場的右派分子，當初關押的人數將近四千人，到解散時僅剩下一千多人了，因飢餓和政治迫害而死去的人占了一大半。前面提到的包括劉賓雁先生在內的幾位文化菁英秉持著中國傳統文人的高尚品質，在劫後餘生，懷瑾握瑜，不忘溝壑，不斷地爲社會奉獻著精美的文字和閃光的思想，令人肅然起敬。

史無前例的無產階級文化大革命一開始便給即將到來的空前「大放逐」埋下伏筆，「文革」初期的大批鬥和抄家運動乃是「大放逐」的前奏曲。一九六八年冬夜的一天，一道魔咒劃破中國上空「知識青年到農村去，接受貧下中農再教育，很有必要……」於是，一場規模浩大的「放逐」運動由此發端，在以後長達十年的時間內，中國大陸下鄉接受所謂「貧下中農再教育」的知青人數將近二千萬，也許，這便是偉大統帥兼舵手「創造性地科學地全面地把馬克思列寧主義的普遍眞理具體地運用於中國革命」的偉大創舉罷！關於「知青」問題之專著甚多，茲不贅述。

上個世紀八十年代末期，由北京知識菁英發起，眾多愛國學生參與的震驚中外的「六四」愛國反腐運動在隆隆的坦克聲中劃上悲壯的句號。「六四」運動雖然失敗了，然其深遠影響及巨大衝擊波卻是不可磨滅的。「六四」運動的結局，造成中國文化史上又一次知識菁英的群體大「放逐」。難道「放逐」眞成了中國文人的宿命？「六四」以後的中國沉默了，岩漿在地下奔湧著，「九州生氣恃風雷，萬馬齊喑究可哀……」其後，連骨子裡都浸透著腐敗病毒的大陸社會在虛假的經濟繁榮的煙幕下營造出一種具有迷幻作用的「商業情色文化」(劉曉波語)，此種充斥於市無處不在的淺俗情色文化像毒品一樣每時每刻都在毒化和吞噬著國人尤其是青少年的心靈，這種具有很強的政黨意識，符合集團利益炮製出來的低俗文化是同吾國傳統的高雅優良文化格格不入的，同占世界壓倒多數的先進民主國家的富於人文民主氣息的先進民主文化更不可同日而語。說到極點，這其實是一種嚴重危害國家民族根本利益，腐蝕人們心靈的罪惡政黨垃圾文化，這種顯而易見的垃圾文化無論披上任何漂亮的外衣，都難以遮掩其罪惡的本來面目。

今日之中國是一個徹底「妖魔化」了的社會，在這個社會裡，一切良知、正義、公理乃至法制統統被掃蕩殆盡，除了用「瘋狂」、「貪婪」、「劣鄙」、「顛覆」等字眼來形容，便再難找到適當的辭彙去表述了。長期生活在這種環境中的思想者，清醒者以及一切良知未泯滅的人們，內心深處的痛苦自不待言。比之世居大陸拒絕與骯髒血腥的利益集團同流合污的耿介拔俗之士來說，通過各種渠道各種原因而流亡旅居海外的大陸知識菁英們的境遇畢竟幸運多了。當然，流亡生涯也非人們想像的那麼順利。值得大書一筆的是：大陸放逐者在海外的傑出表現和驚人創造力令人刮目相看，其對中華優秀文化全面復興功不可沒。知識分子手中唯一的武器是筆，對人類社會最大的貢獻就是傳播火種，輸出思想「一燈能滅千年暗，一智能除千年愚」。從國門洞開到「六四」以後旅居或流亡海外的知識菁英們錦心繡口，摛藻飛聲，撰寫了大量思想性、藝術性並臻精妙的作品，堪稱是一筆無價的精神財富，其於喚醒昏睡國人，傳播科學民主法制理念，有著不可估量的作用。「放逐」菁英們雖身在海外而心繫家國，未嘗一日忘懷故土，他們自覺地肩負起清道夫的崇高使命，為清除堆積如山的黨文化派生出的垃圾文化而做著不懈的努力，德高望重的劉賓雁先生，歷經煉獄，欲歸不能，身雖衰病，仍筆耕不輟，波瀾老成，真是百世可風，令人感佩！這使我想起「暮年辭賦動江關」的北周文學家庾信來。庾信（公元五一三—五八一年），字子山，河南新野人。初仕梁，後出使西魏，值西魏滅梁，遂被羈留北方，終生不得南返。庾信晚年懷戀故土，多家國之思，作品風格蕭瑟蒼涼中挾悲壯之氣，他的名作〈哀江南賦〉、〈枯樹賦〉等，均寫於這一時期。賓雁先生同庾信實有著相同的人生遭際，古今同慨，令人愴然涕下！情不能已……

與遠離故土，「放逐」旅居於歐美各國的文化菁英精神氣質大抵相通，拒絕向利益集團投懷送抱的大陸文化人，爲了保持獨立的人格，捍衛人性的尊嚴「觀蠅集而遠避，處污泥而不染」，正在盡最大可能地趨近和實現「自我放逐」。自我放逐有二：一曰「形體放逐」，一曰「精神放逐」。在一個所有自然資源、人文資源、市場份額全都被政黨利益集團以國家的名義霸占攘奪罄盡的社會，要想像古代隱士那樣棲隱林泉已不可能，唯一可行的就是最大限度地實行心靈大解放，把自己從獸性的電鞭下解放出來，徹底完成向大自然、向人性的完美回歸，如是方可謂之「精神放逐」。精神放逐者終身追求的乃是一種高尚完美智慧圓融與大自然和諧相處的崇高境界，在大無畏的自由的精神放逐者面前，任何魔鬼都將束手無策。魔鬼不能戰勝精神放逐者，精神放逐者最終必將戰勝魔鬼，魔鬼不能改造精神放逐者，最終必將被精神放逐者所改造。精神放逐者懷著博大的心胸，蓽路藍縷、披荊斬棘，不斷營造和加固著自己的精神家園，這一切努力不會白費，人類所有的精神放逐者最終會獲得豐厚的回報，而魔鬼只能恣嗜欲於一時，最終卻將被釘上歷史的恥辱柱及載入反面教員教科書。

精神放逐者追求企慕的是陶淵明式的「羈鳥戀舊林，池魚思故淵，久在樊籠裡，復得返自然」的那種境界；李太白式的「安能摧眉折腰事權貴，使我不能開心顏」的蔑視權貴的那副傲骨；當然，更仰慕哲學宗師莊子書中所狀「澤雉十步一啄，百步一飲，不蘄畜乎樊中」的絕對自由的思想境界。精神放逐者在放逐途中懷著「地獄未空，誓不成佛」的悲憫誓願，擔荷起人類的罪惡，手持利刃，眼觀瘡痍世界，決心義不容辭地爲其蕩滌污濁，刮骨療疾。「精神放逐者」不是委委瑣瑣的消極遁世者，而是積極的大徹大悟大智大勇的入世奉獻者。精神放逐者在放逐過程中將不斷地完善自我，不斷地採花釀蜜，不斷地創造，以期爲人類社會奉獻出合格的綠色無毒精神套餐。也許，這便是「精神放逐」者鐵定的人生使命。

二〇〇四年九月二十五日於成都

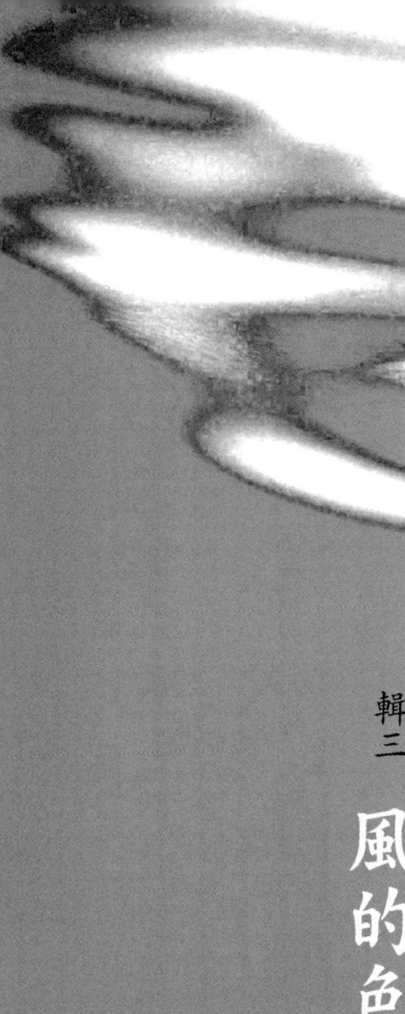

輯三

風的色彩

中國流亡文學的困境

高行健

高行健，一九四〇年生於江西贛縣，祖籍江蘇泰州。今北京外國語大學法語專業畢業。早在學生時代即開始文學和戲劇創作，文革中大量手稿散失。文革後擔任北京人民藝術劇院編劇，有劇作《絕對信號》、《車站》和《野人》和文論《現代小說技巧初探》等推動中國現代主義小說和實驗戲劇運動。一九八七年出訪歐洲，一九八九年六四事件後流亡巴黎，出版長篇小說《靈山》、《一個人的聖經》、劇本《逃亡》、《夜遊神》等數十種。二〇〇〇年獲得諾貝爾文學獎。

一九八九年天安門事件之後，許多中國作家紛紛流亡海外，加上原已應邀在外訪問的，講學的，也不得不在西方定居下來，爲數可觀，而且大都還繼續寫作，既出書，又辦刊物，名副其實，形成了一股潮流，應該說，這還是中國文學史上沒有過的事情。這之前，辛亥革命以來，雖然有一些作家，或留學講學，旅居海外，也有的還從事創作，但都只客居他鄉，悠悠遊子心態，故國時時在夢中，並不認可流亡。

中國知識分子歷來深受儒家士大夫文化的影響，總以救國救民爲己任，往往犧牲個人自身的價值，天降大任于斯人，革命和救國都勇猛得很，固然可貴。然而，國也好，民也好，並未救得了，到頭來只留下一筆歷史糊塗賬，總也理不清，有幸當政時誠然英雄，過後下台又罵爲狗屎，至今也寫不出一部像樣的中國現代史，文學亦然。

我不是文學批評家，也無意修史。僅就文學而言，遠的不去說它，只說大陸中國這近十多年來，一九七九至一九八九，被毛澤東弄得僵死的中國文學日漸復甦，大致有過了幾場論爭，諸如何謂眞實，革命現實主義抑或不加限定的現實主義，現實主義抑或現代主義或後現代主義，馬克思主義抑或人道主義，革新與傳統與何謂傳統，形式與內容之辨證與形式主義，以及所謂民族性、階級性、黨性、人民性、性格抑或個性與典型與否，以及性與道德與教育與文字之遊戲可否，其實都來自官方對文學創作設下的一道道限制，歸根結柢，無非是文學與政治，與現實社會，與倫理道德的關係。換句話說，即作家到底有沒有創作自由？倘一旦有言論自由，或是作家自我解禁，置這些限制於不顧，那麼所有這些命題與論證也頓時失去意義。

東歐作家目前便面臨這番新的困境。我以爲對流亡海外的中國作家來說，也處於幾乎同樣的境地。誠然，大陸中國目前對文學作品的出版限制依然如故，海外作家也還可以再做這些題目，甚至也許還可做上十年。只不過，我寧願自謀生路。

批判之批判，我歷來認爲是個陷阱，落了進去不設法逕自再爬出來，便永無出頭之日。我並不一概反對批判，也包括用文學作品抨擊政治，干預社會現實，作家受到政治壓迫，社會擠壓，也不吭聲，還要作家幹什麼？作家不是綿羊，可也不是只供某一政黨或宗派集團的政治功利所驅使的牛馬。作家只有保持個人的獨立，對社會政治的干預才多少有點意義。作家也還有不理會政治，只寫純文學作品的自由，這也是作家抵抗那種席捲一切的政治狂潮，諸如法西斯主義、毛主義或現今正在全世界抬頭的民族主義和種族主義，自衛的一種方式。

但是強調所謂純文學，只有在有政治壓迫的地方纔有意義。中國大陸前些年這種純文學的興起，正是作家對官辦文學的一種抗爭。純文學在西方當然也還有另一層意義，對抗的是文學商品化。中國流亡作家如今也面臨西方作家遇到的這種困境，是屈從出版商製造的市場口味，還是逕自寫自己要寫的東西？

海外中國作家正面臨這樣兩重新的困境。我沒有解放的祕方，因爲我自己尚不知如何解脫，只一味做我自己想做的事，否則也沒有必要來到西方。文學創作之於我，不過是一種自救，或者說，是一種自我選擇的生活方式。

我認爲嚴肅的文學，指的是既非商品化又非從政的文學，或者簡而言之，文學已遇到世界性危機，這並非僅僅對中國流亡作家而言。文學正從一般公眾的社會生活中退出，同大眾傳播媒介越來越沒有關係。作家的社會職能也被記者取代，電影電視排擠了小說，流行歌星壓倒了詩人，決定劇作家命運的是導演。作家只從事文學，作爲謀生的職業，已近於宣告結束。這恰是中國作家流亡國外始料未及的。那麼，這種流亡還有什麼意義？

我只談自己，不代表他人，更何況也代表不了。我所以甘心流亡，毋需迴避，只因爲尋求表述的自由。我表述，我才存在。我非常清楚我現今的作品，除了國內國外若干朋友和幾位研究中國文學的西方學者之外，讀者寥寥。倘得以翻譯出版，只能說承蒙厚愛。我一本《靈山》寫了七年，稿費不及我寫這本書花掉的菸錢。台灣出版社來的結帳單註明，一年來只賣掉了九十二冊。我講的是事實，並且不認爲這有什麼不好，我甚至認爲這更接近文學的本性。

文學原本不是謀生的手段。唐詩宋詞當時都不賣錢，施耐庵寫《水滸傳》供友人一樂，曹雪芹修《紅樓夢》爲的自己。不把文學當成一番事業來做，而作爲一種生活方式，且不管言不言及政治，似乎更爲純淨。因此我枉自以爲，中國當代文學，也不管流亡海外與否，換言之，也不以國門內外爲界，只要還用漢語，一不理會政治壓力，二不屈從市場趣味，儘自寫下去，作品仍會源源不斷。怕的只是作家自己三心二意，耐不住寂寞。

時髦與主義，同強加在作家身上的政治壓力一樣，都是文學創作自由的障礙。後者是他人外加的，前者則是來自作家自己。我不認可什麼主義，雖然有的研究者出於做學問的角度，時而把我納入先鋒派，時而又成了尋根派，現代主義，存在主義，後現代主義，以及歸於荒誕，其實我的東西有時又非常現實，只不過不成其爲主義。

我固然受到過西方種種現代文學乃至古典文學的影響，可又根深蒂固欣賞中國古典文學的某些傳統和民間俗文化。作家寫自己的作品就是了，爲什麼偏要給自己貼個標籤？文學史家爲了便於歸類，情有可原。可一個作家倘也照某種主義的規範去寫作，這作品多半要遭殃。況且種種主義風行過後，倘留不下値得日後再讀的作品，這主義還有什麼用？

再說，當今的文學已無主義可言，而且沒有什麼可以稱之爲主流的，除了時髦。所謂後現代主義，不過研究者的一種概括，既無代表作，也無代表性作家支撐門戶。現今的文學創作越益成爲作家個人的活動，文學流派和集團在西方事實上已成爲歷史。讀者和作者的關係也只是作品精神交流一下而已。對作家的崇拜隨同對偶像的崇拜一起消失。論家的眼裡則更是讀者作者一併全無，只籍文本注論家自己。這是一個沒有主義也沒有偶像的時代，我以爲這也不壞。

現代文學從上個世紀末到本世紀末，一致在破壞崇拜，如今對上帝、主義、自我和性的迷信統統打掉了，也該輪到這文學自身。對語言的質疑和造反，把文學也推到了毀滅的邊緣。

文學是什麼？文學還有什麼可寫？又到了一個世紀末，同樣的老問題再度提出。毋庸置疑的是答案總也會有。只不過不同的作家解答也不盡相同。上一個世紀初，中國作家裡有兩位，魯迅和郭沫若，做出過自己的解答。魯迅有《吶喊》、《彷徨》和《野草》，郭沫若有《女神》，都大家手筆，至今仍可再讀。可惜他們後來都捲進了革命大熔爐，難以為繼，一個打筆仗耗盡了精力，一個弄成大官，當作擺設，供養起來，便也失去了靈性。

中國作家能得一張書桌，安安靜靜，不受干擾，倒是也難。既流亡在外，有點機會，隨遇而安，我想便不該放過。文學本身是對物的超越，性靈所寄，遑顧其他？

文學不是球賽，而是各踢各的球，沒有規則。問題是有沒有自己的球可踢，也就是有沒有自己的獨特言語。可又都有一個不可逾越的限定，中國人寫作總得用漢語。我雖然偶爾用法語也寫，好加以對比，進一步認識漢語的特點，以及這語言還可能怎樣加以發展，從而再研究語言的本性。

我以為現代漢語也遇到了危機，這在當代漢語文學創作中尤為嚴重。一是大量歐化，將西方語言的詞法句法和時態不加融化生硬套入漢語，弄得不堪卒讀。二是語彙日漸貧乏，常用漢字一簡，再減。三是將病句和生硬造詞作為新鮮發明。其四，四聲構成的音韻和節奏越益忽略。這當然也是對現代漢語的研究自《馬氏文通》以來均套用西方語言的語法觀念所致。

漢語中動詞、名詞、形容詞、副詞可以相互轉換，動詞本無時態之分。主、謂、賓語語序靈活，被動句無一定形態，主語和賓語可以省略，無主語和無人稱句運用十分自由，凡此種種，倘同西方語言加以對比，不難發現現代漢語並非殭死，還大有餘地翻新。

不同文化的差異，從語言結構著手，可以見其根本，也因為一切觀念首先來自語言意識。西方的語言語法嚴謹，自然而然導致分析和邏輯，而漢語之靈巧更容易引發靜觀和玄想。西方當代文學從心理分析進入語義分析而迷失在詞語之中。我作為一個東方人，且主要用漢語寫作，則不如籍語言表述而出語言之外，抽身靜觀，也不追隨從西方語言結構出發的所指與能指，以及結構主義和解構主義的理論，寧可找尋一條更符合漢語自身特點的自己的路。

一個世紀以來西方文學對文學觀念不斷質疑，如今不免導致對文學賴以生存的語言質疑。語言能否傳播信息？以及語言是否還有意義？我不知道人類文化最精緻的結晶即語言是不是有一天也會毀滅，淪落爲一系列一系列無甚生氣的程序。我已經知道語言的破壞力，它自人類將它創造出來之後，就像一個總也不肯安靜的魔鬼，攪得人人不安。所謂智慧，大抵正是這魔鬼的化身。人在下地獄，或者見上帝之前，總免不了被它折騰，這或許也就是人生存的意義。

我並不反對遊戲語言，可也不作毫無意義的語言遊戲。可語言執意要戲弄我，我當然無法抗拒。我歸根到底只能在語言的囚籠裡跳舞，我便是我自由的限度。倘也弄到糟蹋或拋棄語言，便無所謂我，也無所謂文學。

文學作爲人類一種純粹的精神活動，並無功利目的，恰如哲學，僅憑籍語言，得以自我表現完成。現時代的文學與哲學，擺脫了意識形態的糾纏之後，回歸本性，因爲更加看重籍以實現的語言。這也就是西方現代哲學何以日益擺脫思辨而回歸研究語言的緣故，並企圖通過語義分析，來建立自己的哲學言語，而非思想體系。維根斯坦到了晚年，竟然放棄邏輯實證的方法，只訴諸隨想式的筆記。我以爲他對語言的質疑可說是本世紀哲學最大的貢獻。所謂智慧正來自這種懷疑。禪宗作爲一種宗教實踐，我並不讚賞，但禪宗對於語言的態度，確是人類智慧的透徹領悟。東西方文化差異極大，但對語言的這種認識倒殊途同歸。我在我的小說《靈山》和我新近的劇作《生死界》和《對話與反詰》中，都企圖籍現代漢語來達到這種境界。

選自《沒有主義》二〇〇一年

風的色彩

北明

北明，生於北京，長在山西。八九年以前，先後是山西作家協會《批評家》雜誌編輯和山西省社科院文學所研究人員。八九年以後入獄、逃亡。一九九三年流亡美國後，曾在「普林斯頓中國學社」《大路》雜誌做助理編輯並任「新聞自由導報」專欄作家。現在是「自由亞洲電台」「華盛頓手記」專題節目主持人。自由撰稿人。主要著述有藝術人類學專著《史前意識的回聲》和紀實文學《告別陽光》。

1

三百多年前，美國東海岸維吉尼亞切薩皮克（Chesapeake）海灣森林中一個黃昏。印第安阿爾岡琴（Algonquin）族群首領波瓦坦（Powhatan）的千金，美麗公主瑪托阿卡（Matoaka，或波卡洪塔斯，Pocahontas）在一株千年老樹前，發現自己墜入情網。這位少女的白馬王子不只一個，全是前來探險經商的英國人。有感於他們的現實主義，她不只一次、一個接一個地問那些來自倫敦的情人：你能否跟著山的聲音一起唱歌？會不會用風的顏色作畫？聽沒聽過狼對著藍色月亮哭喊？嘗沒嘗過林中野果而不洗去塵土？在聚斂身邊的一切擁有時，有沒有過哪怕一次，不計算市場價值？三百年後，我難得工餘有暇，突然如飢似渴。想攬回心中久違的清氣：在新聞描述的血污泥濘的大陸現實中踱步年長月久，不由地滿腦門子官司，開口不是想罵大街就是想咒祖宗，人都變成紅臉關公黃臉婆了。再不給自己鬆鬆綁，就只有一條道跟著「我國」走到黑了。於是抽出書架案頭的一摞老書，拂去塵埃，裝進上下班的書包。突然問自己，每天都路過久負國際盛名的「甘迺迪藝術中心」，能不能不計金額，給自己買張最好的票，聽一次來自柏林的愛樂樂團的現場演奏？守著多明哥和他領銜的華盛頓歌劇院，他的演唱曾經震倒了當年我大學聲樂專業的多少才子，浪費了多少女生的感情！能不能不揣冒昧給他打個電話約一次採訪，請他把自己的故事通過我主持的專題廣播，講給大學時期的聲樂老師和同學們？擁有很多國家免簽的證件，能不能不計時間不牽掛，給自己放一次假，去非洲、歐洲和南美漫遊？住在瑪托阿卡公主的故鄉附近，總是從她的「藍色月亮」裡看見她飄來的長髮，能不能哪怕只一次，穿過住區的老松林，對那一片野鹿出沒、大雁凌空的丘陵闊野，「浪費」一下時間，閑看落日遠去，打開鎖，靜候心裡密布的秋聲？

2

可是不行。

不行得很具體。一上班，讀見了這樣一則報導：瀋陽一個流浪人被人從肛門插進一根鋼筋棍。插入很深，下端露出很長，幾乎觸及地面，如同他的尾巴。尾巴觸地很痛，他無法正常走路。到河邊汲水自飲，陡坡地帶尾巴必然觸地，為避免觸地，他只能面朝後方背向河流，倒著挪動。十米的路，他要五分鐘才能挪到。他一隻眼睛失明，本來就是殘疾人。他是被一名過路記者報警後送到醫院的。他對救他的記者沒有信任，對任何問詢始終不答話。直到抬上擔架，他嚼出一個字：「疼！」

深入腹部的鋼筋是帶鉤的，進入四十公分，鉤住了軟組織。醫生伸進手去，用了十五分鐘，鋼筋最後拔出來時，膿水血水糞便頓時湧出。生鏽的鋼筋上還纏著破布塑料。醫生說，這人再晚來一步就沒命了！奄奄一息的流浪人此時終於開口又說了一句話：害他的是三個陌生人！

他插著鋼筋在過往行人注視下，忍受了四天！

記者的文章介紹說這人三十多歲。新聞圖片上看這三十多歲的人，頭髮已經花白。

那天讀這則新聞我心裡頓時長滿憤怒的荊棘。現在寫下這些字我要忍住眼裡的淚水。醫生沒有把拔出來的鐵鉤放在備用的器皿裡，而是摔在地上，罵了一句，「眞是混蛋！」

只有醫生的憤怒還有記者的救助，能夠稍微化解我的憤怒。

可是類似事情在大陸比比皆是：廣東公車上眾目睽睽之下，流氓竟將少女輪姦致死，連少女的男朋友、家人都不敢吭聲！陝西溺水人在圍觀中死去；重慶，一個孩子不愼落水，瀕死掙扎，不會水的母親在岸邊喊價獎賞救人，價位出到幾千元，才有人下水。四川眾人圍觀車禍受傷者，唯一的救助者卻是位美國女性。而她被認爲與傷者必有親朋關係。還有沒報導的：一位漢學家的妻子告訴我，她的德國友人在泰山旅遊區嚴重摔傷，倒地不起，過往圍觀者甚眾，自始至終沒人出面救助，哪怕扶一下，抬下山！這位德國遊客沒見過這等觀瞻的熱烈和人情的冷漠，傷感地說，從此絕不再到中國。人們已經對此類事情習以爲常。連中央電視台也要拿俄羅斯遭恐怖襲擊的死亡人質數字讓觀眾猜謎獲獎！此舉雖遭斥責，但它的發生本身已經不可思議。肇事者能夠從自己的念頭中嗅出哪怕一星半點的血腥氣嗎？

這種現實了解多了，心裡還能長出什麼來？

每當不小心變成了怒目金剛，我就咬牙切齒給自己悲涼的荒原澆灌文明雨露，播種青草。放下一些經典，拿起另一些經典。心裡不免上下求索……

桑梓祖地數千年來無數流亡者，大都窮愁之極而立言。可是他們很少有人讓現實把自己勒死。大半還能隱逸在精神的桃花源，忘情於山水。遠的不說，就說近處的顧炎武，流亡途中，四匹騾子兩匹馬，馱的全是他的書。走遍華北、江南半壁河山，一去二十多年，直至客死他鄉，沒回頭。這麼硬的骨頭，他也沒在誓不與之妥協的大清國裡，把自己丟失在憤怒的荒野。在後半生風雨如晦、雞鳴不已的歲月裡，他邊走邊讀邊寫，出手三十二卷的《日知錄》，弄的是百科全書式的純學問。死裡逃生的邊關要塞、黃土森林、道旁驛站、鄉間茅店，留下的竟是他超然事外的足跡。

還有與印第安少女瑪托阿卡同一時期的李贄。花甲之後別婦拋雛，削髮爲僧。他遁入空門雖然是爲了擺脫現實官僚政治，更是爲了逃避日常的繁文縟節之累，給自己卸載鬆綁。他雖然讀書寫字積習不改，寫的卻是「焚書」、「藏書」一類文字，不希罕給當世人看的。更多的時候，他則「琴書猶未整，獨坐送殘霞」，把人生這回事給參透了。

即便是十多年前，頭上高懸官方追捕令的那些日子，我也沒有像今天這樣不堪負重。八九之後，獄中歸來，在內地逃亡途中，與兩位陌生的澳大利亞醫生相遇。夫婦倆決定立即中斷在中國旅行，分頭返回香港，爲我們祕密帶出三本剛剛完成的書稿。夕陽的金色透染柏樹下的土崗，我聽他們用簡短的語言表達一種崇高的使命感，同時看見激動寫滿他們的面龐，緊張攥滿他們手心。藏好微縮膠卷，踏上危途之前，他們望著我輕鬆的笑容，向我提出了一個問題。他們的問題讓我發現，自己原本是條「好漢」，危難中雖然時刻心有窒礙，但遇事往往照舊超然。

那個問題是：「你爲什麼身處逆境，竟然如此從容？」

現在我爲什麼身處自由世界，卻不再能從容？

3

遠志明曾爲所有八九流亡的中國知識人說過一句名言：「得到了天空，失去了大地。」初到美國新澤西，窗外綠蔭喧譁，門裡家徒四壁，對照之下，我對此深感認同。可是十年之後，驗收自己交出的答卷，驚覺答案已經天翻地覆。

回歸的是大地，遠離的是天空。這確是自我檢點一番之後，必須交出的答卷。這導致我心中再無風的色彩，再無山的和聲。

4

家國之地的政府跟美國民選政府的風格全然不同。不過生長在它的權威看護之下，從來沒有懷疑過它。它用鐵蒺藜遮蓋我們腳下的大地，說它就是家園，它就是富饒，它就是仁慈就是強盛，就是史無前例，我沒有疑義。它像創世紀裡的上帝一樣，說它就是道路，也行。「My country right or wrong（是對是錯，吾愛吾國。）」

一開始，我就把政府混同於祖國了。

跟許多「階級敵人」相比，我的免疫能力先天不足。即便跟父母下放農村從地裡刨食吃，年齡也太小，感受的還只是門前棗樹院中井，百里阡陌無紅燈的田園野趣，沒來得及用農民生活顛覆教科書裡的大好形勢，就到軍隊的「大熔爐」裡當兵去了。文藝兵，年齡限制從寬。

父輩曾經有過與眞實大地的聯繫，也許可以洞察那些美麗的謊言。但這聯繫早在我出生前就被割斷了：蘆溝橋事變那年，父親家鄉河北深州他的家門口，路過一支隊伍去抗日，保家衛國，氣壯山河的。父親的兄長跟著隊伍走了。不久又路過一支隊伍，也是去抗日，也是保家衛國氣壯山河的。父親跟著隊伍走了。後來知道先路過的隊伍是國軍，後路過的隊伍是共軍。祖上書香門第從此斷了香火：爺爺的大兒子成爲國軍裡的抗日將領，後來在長春被共產黨暗殺了。他的次子，我的父親當的是偵察兵，挨過日本人槍子，卻沒有誰來暗殺。一生性情率直又不會裝假，一輩子官沒做大不過資格挺老。父親當年的理想主義和後來追隨共產黨，使我一出生，就落個「根紅苗正」。

大伯在家族舞台上過早消失，他沒能浸染我的紅色出身，也沒能由此給我一個進入眞實現實的機會。我這共軍後代，生長一路順風。是在後來閱讀抗戰史的蛛絲馬跡中，才對共軍英勇抗日的神話發生懷疑，才悟出爲什麼父親回憶當年，總是笑著說，他槍傷是在背後而不是胸前。

八二年大學畢業，偶然從北京一個叔伯口中得知這段家史，我已經拿不準自己的心情：該慶幸大伯早死，沒有造成我父母四九年以後更多的麻煩？還是該惋惜他的消失，帶走了我認識眞實的眼睛？

5

這個政府劫持了我們的家園。它的綁架行徑，每一天都在大量來自中國的消息中獲得證實。那些消息信手拈來條條觸目驚心。

黃河在前幾年先成季節河、後成內陸河，今年黃河源頭已經開始乾涸；渤海已成死海，近年喧聲四起的拯救措施爲時已晚，要想恢復它的生命，二百年以後見了。聯合國公布的不適宜人類居住的二十個城市中，有十六個在中國；世界十大污染城市全部在中國；農民收入持續下降，農村經濟基本破產；美國海關的數據顯示，二〇〇三年美國口岸被查獲的假冒產品中，百分之六十六來自中國大陸；百姓含冤上訪已經成爲「違法」行爲；河南農民王幸福祕密調查二百三十起農村暴力事件顯示，農民不僅稅收負擔超負荷，而且政府以「徵稅」爲名，以打、砸、搶、關押等非法手段，奪取農民手中的私有財產。

唐人感慨他們的農民生活疾苦，說是「四海無閑田，農夫猶餓死」；宋人慨嘆他們的農民生活疾苦，說是「而今風物那堪畫」；清人也感慨他們的農民生活疾苦，說是「農家翻厭說豐年」。但現在中國農民情況何止於他們筆下的「千村萬落如寒食」，「一畝官租三畝穀」，「縣吏催錢夜打門」！新的圈地運動導致各地鄉村抗議浪潮連年洶湧，暴力衝突事件空前劇烈而頻繁。一個北京城裡人寫的〈今天給我家裝空調的民工哭了〉一文背後的信息是，農民苦難已經俯拾皆是，甚至滲透到「十指不沾泥，鱗鱗居大廈」的城裡人家。

可是爲農民苦厄發出聲音的《中國農民調查》的作者卻被告上了法庭！

東南沿海那幾個城市作爲中國櫥窗，吸引了眾多的外國眼睛。但是在中國出門不是飛機就是「打的」，總是腳不沾地，如何可以了解中國現狀？「八九六四」十五周年之際，我問讚揚中國進步的前美國駐北京大使助理赫斯金（James Huskey）和他的夫人，你們在中國是否乘坐過老百姓乘坐的長途公共汽車？他們說沒有。

中國老百姓都坐。從北京往外開，三個小時後，窗外已經是另一個世界：風沙中，除了荒山禿嶺破路敗相一如二十年前，有兩景最是觸目驚心：一是風中掛曳於路旁灌木枯枝、遍及磚頭瓦礫上的廢棄的塑膠袋，它們旗子一樣地飄動，兜風鼓氣，嘩嘩作響，點綴出一派蕭索氣象；另是沿路牆上接連不斷的黑色粗體手寫號碼。那是訂購假證件的電話號碼。它們一路逢牆上牆，遇水跨橋，見屋登檐，穿越城市鄉鎮郊區，從北京長途汽車站到外地沿途上百公里綿延不絕。有些公然就寫在當地政府甚或公安門前的牌子旁。僞造各類證件，已經成爲人們日常生活內容，說來做來，跟到商場買油鹽醬醋一樣簡單，用不著祕而不宣，跟京城裡某些大型建築門外，在眞的枯枝上拴假花兒一樣，不需避人耳目。

還有些令人難忘的消息：今年五月，成都三十五家藥店裡上萬把供市民在雨天免費借用的雨傘，大部分在晴天已經丟失。雨天全部被「借走」。雨後，無一歸還。上萬人中，竟沒有一個人歸還一把傘！西方記者採訪愛滋村，希望把當時政府見死不救、祕而不宣的消息公諸於國際社會。結果被採訪的愛滋病人合夥跟記者訛錢，說是不給錢，不能走。不給錢，就告發你們，叫你們消息發不成！

每天上班，頭一個程序是看新聞，尤其是中國新聞。人在媒體工作，這是職業要求。這裡沒有新聞封鎖、網路控制。一流電子設備，二十四小時跟世界四通八達，地球確實變小，中國距離很近。可是每天從世界各大通訊社、各媒體看見聽見的中國消息，十有八成令人心情荒蕪。

6

除了雨傘一類民間軼聞，上述消息十有九成由於國內禁止報導，老百姓無從獲悉。王蒙先生訪問日本時，被問及如何看待一位中國流亡作家對中國生態環境現狀急遽惡化的描述，他的回答大意是：

作家在外多年，不了解中國情況。對此，有一個反證。——多年前德國漢學家瓦格納告訴我一件眞實的事情：他學中文的德國學生到中國去實習語言。一年後回來，確實發現自己的中文語言能力大見長進，不過另一項感慨是，他們發現「自己留在德國的同學，對中國現狀的了解和知識，比他們高得多！」

這位海德堡（Heidelberg）大學的教授八九年學潮期間依次在南京、上海駐足。他在南京要想了解北京的情況，唯一辦法是聽BBC或美國之音。而到了上海，《世界經濟導報》已被取締，他看見上海社科院的「大馬路上的一個小馬路」，在早先張貼《導報》的報欄上，貼著小小的紙片，上面是手寫的來自北京的消息。那是被剝奪報導權力的前《導報》同仁打破新聞封鎖、公開眞相的唯一選擇。「上海，很大的一個城市，唯一可以了解北京情況的渠道，是在那個地方！那小小的手寫的紙片！」那裡通常數百人頭攢動，人流擁擠。如今，這與民眾自身利益密切相關的事件已經退爲歷史了，可是除了政府，除了北京自己，中國百姓至今仍然無法獲悉眞實情況。就像中國許多退爲歷史的重大事件，全世界都知道，唯獨中國不知道一樣。多年後，瓦格納教授回顧中國沒有資訊、不識廬山眞面目的情況，還是激動，他在電話裡不斷重複一句話：「中國社會對自己的知識基本沒有！公民不知道自己的國家內部的情況是什麼樣！這是一個很危險的現象！」

眼見耳聞、口口相傳的傳統資訊傳播方式，確實可以了解身邊發生的事情，甚至可以依據街談巷議揣測局部的情況。但是新聞自由加上電腦技術，人們用指尖輕輕一點，就可以「行萬里路」，知天下事，察大格局。

7

我至今還記得初到香港，看見滿攤「反動」報章、雜誌，聽見四處「反革命言論」時的緊張。不過扶桑之地的家邦，以她全面的眞實集中地、鋪天蓋地向我轟炸，是在我徹底遠離她，來到大洋這邊之後。

河南愛滋村的存在、性病的普遍程度、SARS、長江大洪水、礦井坍塌、大慶示威、網友被抓、農民自殺、自焚、天安門萬名上訪人遊行未遂、各地下崗工人工潮、各地農民暴動、各地民眾上訪及「截訪」、愛滋病迅速蔓延起因及其嚴重程度、三峽工程海內外所有批評言論、全國銀行數額巨大的呆帳壞帳、大量高幹捲款潛逃及雙規後自殺事件、太子黨從政從商詳情、地方基層政府黑社會化現象、黑金政治、打壓法輪功、中功、再現《一九八四》預言的龐大網路監控工程「金盾工程」內幕……西藏獨立呼籲及流亡政府活動、台灣走向、香港選舉、新疆流血事件、北韓農業崩潰政府印製僞鈔走私軍火、強制墮胎及嚴重後果、政府控制下的死囚人體器官買賣、致死二十餘萬人的河南板橋水庫群崩潰事件、歷年江淮流域炸堤分洪災難、嚴重生態浩劫……等等。

除了現狀，還有歷史：上溯鴉片戰爭、太平洋戰爭、義和拳屠城，八國聯軍進兵、庚子賠款、抗戰、下至「沈崇事件」騙局，韓戰、越戰，再及當代歷次政治災難、所有外交路線，以及民間對日索賠；各類歷史翻案眞相話題如「西藏平叛」、鎮壓蒙古「內人黨」眞相、炮轟沙甸事件、大躍進高徵購造成的史所未見的大飢荒……

稍微長大一點，我就毫不猶豫地把報紙上的金口玉言永久性地扔進了垃圾。就像文革後中國大多數知識分子那樣，以爲自己對謊言早就免疫了。但是當這些駭人的眞相從涓涓細水，漸漸匯成河流，最後從現實各領域角度、歷史各層面洪水般決蕩而至的時候，我發現我不得不一次次問自己：對於自以爲了解的中國，你眞正了解的還剩些什麼？

版圖上那一唱雄雞天下白的中國形象，現在變成了一隻因缺氧而掙扎不休的鱷魚！

無論你免疫意識多麼強，這時候才有可能發現，關於謊言，關於欺騙，關於宣傳，關於歪曲和誤導，你只不過具有抽象的認識，所以你的免疫也不過是理論地免疫。

我做過中國媒體禁區的粗略統計調查，最終發現那裡的非禁區寥寥無幾：「三個代表」、人民生活改善提高、黨政工作成績、經濟改革成效、科研進步成果、政府官員公開活動。無論你對這些非禁區多麼具有免疫力，你最終無法知道你不知道的究竟是什麼。即便是對這種不知道的狀態，你也難以察覺。我調查新聞禁區時採訪過十數位出色的中國新聞界同道及資深前輩，願意開口說話者，多數情況下無法具體指證官方新聞沒有報導的是什麼。最後我只能採取職業新聞採訪最忌諱的「是否問答」方式：我指出禁止報導的各項內容，他們以肯定或否定的方式進行回答，以確證那些內容是否報導了。

就像中國櫥窗展示的不是大陸一般狀況一樣，茶餘飯後私下聊天的自由，也不能代表資訊自由。傳媒還是政治黑板，新聞並沒有自由。所有重要話題仍舊不能進入傳媒領域。如果不是陳桂棣、春桃夫婦歷經多年在安徽境內的實地考察，如果他們的文字不是借助文學刊物、電腦技術公開傳播、擴散，近在身邊、持續多年的農民苦難除了農民自己，有誰眞正了解？我總是毫不驚訝地發現，這類中國眞實情況所引起的震動，往往來自國內讀者而不是海外關心中國命運的人。

謊言不能勝過智慧，但是資訊的空白導致理解力偏失。被掩蓋的事實和事實本身一樣，可以控制人們的大腦。孔子說，「知之爲知之，不知爲不知，是知也」。而我們在謊言加宣傳中的狀態卻是「知之爲知之，不知爲知之，不知不知亦爲知之，是不知」。普林斯頓大學出身的美國老派人物，拉姆斯菲爾德（Donald Rumsfeld）做過一首詩〈未知〉（The Unknown），大意是說：「有些東西我們知道我們知道，有些東西我們知道我們不知道，但是還有些東西，我們根本不知道我們不知道。而對於我們無知這一狀況，我們有時候也不知道。」據我的體會，對自身的無知狀態保持如此清醒的頭腦，不是智慧的能力，它是，而且只能是人在資訊發達環境中的正常反應。

美國〈獨立宣言〉的起草人托馬斯・傑弗遜（Thomas Jefferson）對這種反應描述得更加深刻：「人們的見解和信仰並不取決於他們的意志，而是無意識地順應別人向他們提供的證據。」

我把這句外國人兩百多年前說的話，從路邊一次次撿回來，翻譯了，擱在中文世界，是因爲我看見這是中國半個世紀絕症的起因。

8

我羨慕那些面對故國苦難可以側頭轉目，一心不亂、感受自我的作家，羨慕那些逃離苦難之後，可以眼不見爲淨，心不察則寧的詩人。他們讚美生命的美麗，卻對個體被欺騙而喪失的尊嚴忽略不計，對幾千萬死於非命的生靈不生悲憫之情，對延續至今的謊言習以爲常，對這個罪惡的制度不敢公開抗議，不屑於公開表示哪怕一點義憤。但是每當上午我打開電腦，點擊各地匯集而來的有關中國的消息，哪怕只是標題，都會隱隱感到腳下沉重，心中悲涼。

借助異鄉的現代媒體和新聞自由，我發現如今是結結實實站在那鐵鉛般沉重的大地上了。

帕烏斯托夫斯基描寫過他和友人費定在加拉格海邊寫作的日子。那裡沒有家園的狗，總是到他們的涼台上過夜，而且只要有機會，就偷偷溜進他們各自的房間，上床酣睡。小屋的窗外，是一個伸出海面的涼台。人們總是把怕淋濕的藤椅摞到窗下。每逢海面湧起風暴，藤椅上總是蹲著一群無家可歸的狗，狗們總是居高臨下，透過窗戶望著桌前奮筆疾書的費定。牠們總是低吠著，表示要到他燈光明亮而溫暖的房間來。費定只消片刻休息，抬頭望窗思索，「就會看到幾十雙狗眼正義憤塡膺地緊緊盯著他」，就無法繼續安心寫作，感到於心有愧。「因爲他住在暖烘烘的房間裡，卻只是搖搖筆桿，做著顯然沒有任何意義的事情。」

我在媒體工作的感受，類似於費定抬頭望窗的感受。

費定後來終於習以爲常，可以在眾狗目睽睽之下繼續寫作了。我卻沒這麼容易。古代東方講究「天地有大美而不言」，古代希臘欣賞「高貴的單純，靜穆的偉大」。我醉心於此，可是新聞與這二者無關，還必須哇啦哇啦整天「放言」。初以新聞爲職業，爲的是餬口養家，看不起這行當也放不下人文學術。覺得這行當，有點像一個職業長舌婦，整天的作爲，就是把所有地方發生的所有事兒，告訴所有人。我曾經對友人抱怨說，「做新聞，人越做越膚淺。」

不料一語成讖。

那些眼睛是我同胞的眼睛，它們在每天早晨我點擊滑鼠的時候出現。有時候我帶它們去播音室、錄音間，把它們變成話語，通過電波送回中國，滿足那裡資訊飢渴的耳朵。久了，它們構成大片烏雲，籠罩我的空間。除了這些眼睛，還有那些低吠。它們組成一種堅硬的文字（或圖像）：《狂飆時代》、《上海生與死》（Life and Death in Shanghai）、《紅色紀念碑》、《餓鬼》（Hungry Ghosts: Mao's Secret Famine）、《一滴淚》、《林昭》、《尋找家園》、《證詞》、《野草》、《我的反動自述》、《誰是新中國》、《中國之毀滅》……滲透我的生活。還有百年前石印的中國史料和美國對華外交檔案卷宗，它們有些已經紙頁脆黃，開始殘破，帶著被遺忘的淒哀和被扭曲的憤怒，冰河鐵馬般滾滾而來。我從中看見的，是大海那邊荒謬至深、苦難迭湧的世紀末景象，是面臨冰山毫無知察、載歌載舞歡慶遠航的「鐵達尼號」。

這樣無情的歲月裡，音樂，若不是「星垂平野闊，月湧大江流」，不能進入我心。文學，若不是斷在濃墨處，只能是一種奢侈。風的色彩，山的和聲，若不是故國滄桑深處的禱告和懺悔，就太淡、太輕、太傷人！

這樣的膚淺，陷人太深！

9

兩年前，開車上下班。沿波托馬克河岸走「華盛頓濱河路」（G.W．Parkway），大樹林中穿行，波托馬克河水相隨。總是選沒有銅管加入的交響樂弦樂慢板，把音響開大。在那些來自這個世界深處的旋律撫摸中，能感到車裡的荒蕪，不一定在哪一瞬間，突然就被觸動，就變成不言不語的溫柔，心中的荊棘就變成風中貼地翻捲的草浪。我就又會看見生命的遠方，那些風的顏色，聽見山的和聲。

那段路來回四十分鐘，是我一天當中遠離中國、休養生息的交通命脈。

後來，改乘地鐵上班，把交通命脈省略掉了。不過仍然要先開車到地鐵站停車場。停車場一共有七層。第七層露天。站在七層露天，目光平視，觸到的是四周遠處綠色茂密的林梢；仰頭高眺，看見無極蒼穹和壯麗的晚霞。雖然那裡不是散步的好去處，但是出電梯、到車前，一分多鐘的路，總是要走。那時節，可以極目遠望，與高遠的寧靜溝通。即便是夜裡雨裡，也可以片刻休養生息。我每天上班開車到此，總是繞大遠，順時針轉六個圈，把車轉到最高一層，停在最遠的一個車位。車是到美國十多年之後第一次買的新車。平時沒時間洗車打臘，本來已有「虐車」之嫌。還故意捨近求遠停在露天，讓它日曬雨淋，就對它心生歉意。一面繞一邊對它說：你多開一點，多費一點，我下班時就有一、兩分鐘的心曠神怡。謝謝你！對不起！心疼你，可是我眞的不想下班後，把那些荊棘帶回家。

每次下班出電梯，走到車位那一分鐘，成了我一天當中躲避那些眼睛和沉吟，扔掉中國的又一個交通命脈。

泰奧．安哲羅普洛斯（Theo Angelopoulos）導演的電影力作《尤里西斯的凝視》裡，輪渡甲板上，列寧的巨型雕像蒼白而肅穆，他被肢解的腦袋仰望著蒼穹，鏤空的眼睛目空一切。他在長長的、無聲的河流中緩緩推進，從早從晚、從頭從尾、從左從右、從東從西或從南從北，從白晝從黑夜。河岸上人們奔跑追隨，俯首下跪，或在胸前劃十字。最後，終於，當這個無產階級革命家在那無聲的河流上駛出已然靜止的畫面，我發現自己已經淚流滿面——

你匆忙一生，不知道自己在哪裡奔跑。你偶爾駐足，不知道自己凝視的是什麼。可是，有一天，有一刻，你無意間一瞥，竟發現自己早就身置一個意想不到的境地：社會主義、共產主義，是你身上消除不掉的烙印。你在成爲一個人的時候，就已經是一段歷史長河的見證了。不然你不會十幾年如一日，在自己的母語中，在語詞、語脈、語意、語氣、語感中，清除黨文化的任何因素，而經常感到力不從心。簡體字的現代漢語是你的母語，是你白天思維夜裡夢話的工具，只這一條，你就死定了。

看過安哲羅普洛斯這部一九九五年的傑出舊作不久，有一天下班來到停車場露天七層。剛一仰面極目，心已秋暮蒼蒼。突然意識到，即便是波托馬克河邊路上那種短暫的心曠神怡，也已然成爲過去。發現自己竟要如此費盡心機地擺脫中國，哪怕片刻！卻不能。望著頭上壯麗的晚霞和遠處蒼綠的樹影，心裡全是淚水……

什麼時候開始的？當獨自身置如此遼遠美麗的自然，擁有如此珍貴的自由時，剩給我的，竟只有默默的啜泣！

從容優雅的人們啊，你們是如何做到不掛念無辜死去的和正在遭受苦厄的中國的？

10

瑪托阿卡的歐洲情人把菸草種進美洲大陸遼闊的原始森林了。瑪托阿卡終於捲入現實的矛盾，開始調節英國商人與印第安部落之間利益衝突了。一六一四年春，瑪托阿卡跟一個英國菸草商人約翰·羅費（John Rolfe）結婚了，受洗了。

她徹底進入世俗了。

與瑪托阿卡同一文明之源的東方大陸讀書人李贄，在奮力拋棄人世俗務、返回空靈之後，寫來寫去，卻總是和政治有關。

謊言消解後，爲時已晚地重審中國精神遺產的來歷，發現抱定「一肚皮不合時宜」的，何止蘇東坡一人！從孔子、屈原開始，那長長的流放隊伍就前仆後繼到如今。除了數也數不清的中國讀書人，還有荷馬領先的歐洲各國流亡知識人。還有俄國貴族們的流放長隊，尤其是蘇聯作家、詩人、音樂家流放、監禁、勞役、驅逐、自殺的漫漫長隊。這長隊中僅作家，就有兩千多。

我很懦弱，但經常仰望文化英雄。不僅上下求索，而且來回尋覓：他們的風的色彩是什麼色彩？

山是和聲什麼的和聲？

11

資訊關乎視野，視野關乎人生。沒有充分的資訊，生命不可能存活在眞實中。在黨貴們刻意虛擬的歷史和現實裡生存，人可以快樂無比，但不可能比籠子裡的動物更有尊嚴。甚至感情都可能是虛擲。甚至學術都可能全無價值。甚至文學可能找不準自己的脈搏。甚至音樂都可能淪爲未來心理醫學的臨床見證。

幾年前，台灣文學評論家齊邦媛教授曾經對我毫不客氣地指出，大陸學術論文連體例都不規範，況乎學術價值！她是從歷次在美國和台灣召開的國際學術會議上得來的印象。我爲此一結論心中悄然掙扎很久。終於接受這個事實。體例不過是技術問題，但是意識形態化導致資料選擇的偏頗，是致命缺陷。等到聽見余英時先生這樣寬和厚道的史學大家，在談及中國近代史研究時，都感慨「中國沒有歷史」，而且學術水平停留在「策論」階段、缺少獨創建樹的時候，我自己已經從世界最大的圖書館、華盛頓國會圖書館那些紙頁發黃的中外歷史文獻中，聽見了歷史喉管被割斷、被扭曲的掙扎和嘆息。

12

多少次多少次，不甘接受腳下這片棄地，總是回望心中的伊甸園。不斷問自己：你如何出埃及？

將荒沙裝滿行囊，去告訴醉生夢死的人們，我們的前景不過是海市蜃樓？或者做「自由主義」策士，尋找一千條理由，勸諫壓迫者跟被壓迫者相互理解合作，彷彿「革命」或「改革」可以盡在「安排」操控之中？或者擠出一條窄路，給這個金鐘毀棄、嘈雜不已的世界再添一聲瓦釜雷鳴？還是回到從前，好生關照自己，去找一棵千年大樹，對它傾訴心中的大惆悵，掏出一腦門子的中國官司，放自己一條生路？

自從舊作《史前意識的回聲》出版，流亡十多年，心中大雅久不作。卻因廣播職業需要，不能「修口」，說了不少由腳下大地透入心中的話。沒有創意，沒有優雅，當然也沒有學問，沒有播種。不過是把謊言扭曲顛倒的事實再顛倒回去，把負數再扳回到零，剷除宣傳工廠製造的塑料植被，讓荒原成為荒原。

已經漸行漸遠了，還是一步一回頭：要不要就這樣，把全世界都沒有爭議、只有中國聽不見的大實話說下去說下去，直至說到沉入心裡寸草不生的荒野，忘卻甘泉，埋入故國千里萬里沉陷的土地，忘卻天空？

13

小時候的一個老朋友過海順路來看我。而今他已經是中國某大城市裡一字難求的有名書法家和當地政府的文化官員。見面後送了我一副字，「清氣如蘭」。我讀後笑笑，全當他懷念我小時候，不想揭穿我臉上的歲月造化。我也就不揭穿他。東西南北聊了一氣，次日又送我一副字，「行世界知天下萬千氣象而後覺悟」。我這次信以為眞，繼續跟他古今中外地論了不少。不過這次他斷言我是出於無奈，就範於帝國主義逼迫，不得不把中國的事情看得一團糟。隔日道別，又送我一副字，「葉落歸根」。他笑瞇瞇吐出一個斷句：「回來吧，你！」

他走後我望著清香撲鼻的三副墨寶，明白如果再讓他知道我更多，下面的字就該變成「枯藤老樹昏鴉」一類了。幸虧他駐留時間有限，話說完之前走了。

三十年前一個毒日高照的中午，當我們部隊文工團的敞篷卡車駛過大片東北黑色土地的時候，他站在車幫邊，指著在地裡勞作的農民身影對我說，「你看他們，就是這樣，從早到晚，臉朝土地背朝天，辛辛苦苦一輩子。死了，炕蓆一捲，土圪垃裡一埋，就沒了。」

我當時十四、五歲，不大懂他說的是什麼。歲月漸漸流失，這話卻一次次從記憶中浮現，以至於後來定格成爲不變不逝的畫面。

還有一個關於他的鏡頭也難忘：頭天我們巡迴演出抵達的城市遊街示眾槍斃一名「反革命政治犯」，次日凌晨，我看見他站在寒風凜冽的樓頂平台，一言不發，面色鐵青。周圍地下全是菸頭。他一夜沒睡。我猜出他失眠的原因，但不理解他爲什麼那樣沉重。他和我出身相似，但年長我十多歲，是莊稼地裡滾過來的「老插」。七十年代，文革正紅火。

爲了這兩個後來定格在記憶中的鏡頭，我尊他爲我思想啓蒙的兄長。他如今卻不見容於我，不是他看好身在其中的祖國氣象，就是我已經走得太遠。

我把三副字以塑料紙包裹，統統封存在地下室。心想，清氣如蘭是混沌未開，行世界……而後覺悟是「爲學日益」，葉落歸根是返樸歸眞。如果這三種境界都不是我，如今我竟是誰？

14

有一點他不願聽，但是我不能騙自己：如今中國的農人受的是三千年加起來的苦，他們仍舊是中國人口的大多數。而如今的「反革命政治犯」如果不是遍鄉遍野，就是已被殺絕了種。

蕭斯塔高維奇死後用他生前的文字（〈蕭斯塔高維奇回憶錄——贈言〉）告訴我們，他的第七、第八交響曲，從來就不是世所公認的、誓死保衛列寧格勒的號角，他的「交響曲多數是墓碑。是獻給因政治迫害而死在何方、葬在何處都不知的每一個受害者的。」這個傑出的蘇聯作曲家生前扭曲自己，人格分裂，隨時準備阿諛奉承偉大的黨。但他沒有用自己的作品撒謊。他沒有蒙著自己的眼睛說我看不見，更沒有讓自己的心肝一道跟著硬化了去。這就是爲什麼，他生前就決定死後必須公布眞相。音樂無字，因而他可以犬儒一生，但他絕不愚弄後世。他畢竟贖回了自己的良心。法捷耶夫也把良心贖回來了，不是用生前落筆、死後發表的文字，而是用死本身：他自殺了。這一行爲被認爲是由於他在政治大清洗中扮演曖昧角色，導致他的作家朋友們遭到處決，他爲此感到罪孽深重。在蘇俄，成群結隊的蘇聯文學藝術家寧願流放、監禁，絕不與當權者合作。

當我爲時太晚地讀到這樣的文字，突然意識到了我是誰：我是當代中國的縮影。我是中國斷代的空白。我就是前無滄古、後無未來的荒蕪之地。

寫下如此字句，不是寫下一種比喻一個象徵。我想，在知識貧乏、視野窄小、沒有傳統或人格萎縮、行爲怯懦、擅長苟且而特別自大這些特徵上，我可以代表幾代人。

「生在紅旗下，長在新社會」，除了數學，從初級教育到高等教育中學的政治（無產階級專政的政黨政治）、中文（領袖語錄新華語體灌輸系統）、中外歷史（階級鬥爭爲綱的誤導性版本）、哲學（馬克思列寧主義、辨證唯物論）甚至文學（政治的宣傳工具）甚至經濟學（公有制、集體所有制）一概等於負。而在心理學、宗教學、精神現象學、人體科學、文化人類學等學科方面，即便不是一無所知，擁有的也只是共產文化掃蕩後的戰場硝煙，斷壁殘垣。中國傳統文化中深厚的人文主義傳統，到我這裡已經被黨文化所強姦或斷裂。白話文確實用得熟練，順出些味道，可是把古代漢語及其承載的國學統統丟失。半道上生就的白話怪胎，血脈裡幾乎不見祖宗遺產。孔子、王陽明、四書五經、曹雪芹、海瑞們是以反面教材正式進入我們視野的。說得徹底些，四九年以後出生者如我，初出國門，連正體字（我們叫做「繁體字」）、豎排板都讀著彆扭，寫不完全。

除了對祖先精神遺產一知半解，也沒有工具認識西方人類的精神遺產。在日本，作家文人大都能講英語，台灣、南韓英語普及程度似乎也比較好，新加坡就更不用說了。可是長久以來大陸我這幾代人，只能從翻譯筆下了解外國思想、精神資源。英國當代哲學家布朗・麥基（Bryan Magee）總結他積累知識的方式說：讀書最好讀一手書，聽音樂最好聽一流樂團演奏，千萬不要拿著別人的心得亂感想。看看老子有多少英文譯本，譯的有多糟糕，就能想像不能讀原著損失有多大。可是我一旦精神反芻，只能把錯誤百出的譯文當正品。把中央樂團當正宗。偶爾西方文化到訪中國，也是大觀園建在劉姥姥村兒，閃不閃光都是金餑餑。現在官方倒是不批「精神污染」了，可是把西方的陳芝麻爛穀子裝點了滿江山，不是被老百姓當洋務崇拜，就是被「新左」當資本主義經典批判。

我的「二手」問題還在於，如果不是被迫流亡，難以建立流亡文學的概念，難有渠道了解流亡文學在世界文學史上舉足輕重的地位。輝煌燦爛的世界文學藝術之門，經過了意識形態化的白話文、簡體字的篩選，才對我們開放。「德國流放了海涅，英國流放了拜倫，法國則把自己最偉大詩人雨果流放出境」，這樣的字句，閱讀中撞也撞不上，撞上也不懂。還以爲所有作家藝術家都和我們一樣，拿政府的津貼，專職寫作。擁有作家稱號，就應該是前呼後擁，高朋滿座，否則就摔筆不幹，出門下海。

雖然家國不幸詩人幸，但被人出賣了還幫著點錢，點完了，將數量可觀提成存入銀行私人帳戶。這樣的手和腦，如何可以寫出文學傑作？五十多年以來，過眼雲煙一樣的一茬茬標題命名文學過後，是否有堪稱偉大的作品浮出水面？被「文藝爲政治服務」強姦過的中國當代文學，從強暴中醒來，第一件事就是揩淨身上的政治荒淫污穢，發誓獨立。但同時它把生命的眞實一同拋棄了。從古到今，從東到西，從贏得國際聲譽的西方名著到中國地下至今默默無聞的傑作，從那些文學大師的生平，到他們的自我認同，我還沒有見過中國當代這樣懼怕政治、剷除眞實、切斷背景的文學作品。這實在是政治強暴中國文學的最大成功，是中國文學因此高位截癱而不能站立的證明。

就算跟著叫喚喜歡蘇俄文學、音樂十幾年，幾十年，如今還是發現，在眾多需要重寫的人文教材中，需要重寫的還有一部，是蘇俄文學藝術史。那些作家們、詩人們、音樂家們對極權迫害的反抗、對良心道德的堅守，對傳統資源的清理，對歐洲虛無主義的批判，對社會責任的承擔，對人類尊嚴的挺舉，已經成爲二十世紀最壯觀的人類精神景觀。他們擁有歷史的力量，擁有彌賽亞主義在苦難中保守愛與救贖的資源，可是我無緣擁有他們。他們的資源從來沒有成爲我們面對苦難、抗拒墮落、抵禦魔性的資源。所以當他們爲抵抗暴政而導致自己踏上放逐、犧牲和死亡的征途時，當這種放逐、犧牲和死亡「達到一種整體的、紀念碑群的程度」時，我播放他們的音樂，誤讀他們的旋律，滿足自己的藝術飢渴；閱讀他們的作品，錯解他們的文字，裝點自己的精神門面。

由於崇拜優雅，我們固執地在深埋著血跡的土地上尋找自己天鵝的身影。可是忽略了一些基本常識：人無尊嚴，談何優雅？無視生命，如何創造？漠視近在身邊的苦難，如何超脫？心安理得地游刃於權力賜予的縫隙，談何獨立？

古今中外各類資源全部封殺，「豪華」已無可能，如何「豪華落盡見眞純」？在一個遠離人性人道的社會裡，繆斯爲何要駐留？「貴族」，是人類社會中的一個特殊階層，「貴族精神」從古到今，不消彌的內涵是對「榮譽」的看重。榮譽，來自他們超越庸碌大眾的一種特權。特權，是肩負家國命運、承擔民族苦難、義務奉獻自我、不與汪洋般的庸俗妥協或叫陣、誓與詆毀人格尊嚴的強權決一死戰的特權。可是「貴族」在中國怎麼就成了附庸風雅的稱號？成了名牌產品的商標？成了拜金的人們別在衣服上的胸針？

蘇聯在極權統治時代非正常死亡的人數，從最保守的估計到最大可能都是以數千萬計，和我們的一樣多，但是偉大的俄羅斯知識群體以自己前仆後繼的抵抗行爲和個性化的文學創作證明，「在眞正的悲劇中，毀滅的不是英雄，而是歌隊」。

可是我們遍地歌隊，偏偏嘲弄英雄。在應當響徹安魂曲的大地上，嗩吶和腰鼓響徹雲霄，不知在慶祝誰的豐收。輓歌流失：勒索救助者，歡呼遭殃者，身心在劫，卻敲鑼助陣。——這苦難的時代已經喪失了悲劇的特徵。

眞正的問題是：祖國的風是否有顏色？祖國的山是否有和聲？

我是否曾經擁有過一棵眞的千年老樹，擁有過一片藍天？

15

阿卡托瑪遠征倫敦，見到了城市和工業文明。返回家鄉的大海上，她終因不能抵擋異族病毒的入侵，患上肺炎，死於途中。時年二十二歲。可是她的風的色彩、山的和聲所代表的天人合一的理念，據說被融進了美國基督教寬容和平精神中，至今迴旋在唱詩班的歌聲中。

李贄。讓我把《焚書》裡那段被引用多次的結局再引一遍。

被捕入獄後，他趁爲他剃頭的侍者短暫離去的機會，以剃刀割脈自刎。不甚成功，鮮血淋漓地，還和返回的侍者有段對答，不過他當時已經不能說話，是用手指在侍者手中寫字做答的。

問曰：和尚痛否？

答曰：不痛。

問曰：和尚何自割？

答曰：七十老翁何所求！

割的位置不準，李贄在生命的最後時刻飽受苦痛。兩天以後，他終於求仁得仁。

不過，顧炎武在自己流亡的路上追念說，「士大夫多喜其書，往往收藏，至今不滅。」

野蠻成性的黑暗中，人類文明的薪火，就是這樣傳遞下來的。

16

幾年了，獨自聽歌唱阿卡托瑪的那首好萊塢的通俗歌曲，〈風的色彩〉（The Color of the Wind），還是會突然淚流滿面，甚至泣不成聲。受西方古典音樂教育，從來對流行歌曲不大以爲然。不是改了理想，只是不忍離去，必須離去。

在英雄遠征的時代，女人要像美洲新大陸開拓者那樣，一匹馬，一支槍，站在自己的籬院裡、家門前，守衛自己的土地。在缺少紳士、貴族、男子漢的時代，女人，哪怕只是男人身上的一根肋骨，也要勉力撐起整個天。

「分手的時候到了……」

十多年流亡，如影隨形的感覺竟然是無處流浪。

不過終於知道了一個極爲簡單的事實：自己前無東方薪火，後無西方燭光，擁有的只是故國千里萬里沉陷的土地。

退而結網。繼絕存亡。就治理土地，回復荒野吧。就沉入荒野，做一粒草種吧。就在沉陷的土地裡，期待生長發芽吧。

然後，再擁抱天空。

即使萬劫不復，我永遠拒絕接受沒有美在生命中存在這個事實。我將會經常傾聽身體裡天然的、純淨和諧的脈動，就像欣賞巴哈音樂對位於人類心靈中的神聖和聲。

可是現在，爲了生命中的朗朗乾坤、自在光明，出發的時候到了。

二〇〇四年八月十日開頭
二〇〇四年十月二十八日改定

尼瑪次仁的淚

唯色

唯色，女，藏人。出生於「文革」中的拉薩。籍貫為藏東康地的德格。一九八八年畢業於西南民族學院漢語文系，長期在拉薩任《西藏文學》編輯。出版作品有詩集《西藏在上》、散文集《西藏筆記》、遊記《西藏：絳紅色的地圖》、圖文書《絳紅色的地圖》等。因收有〈尼瑪次仁的淚〉等文章的《西藏筆記》一書在中國被查禁。現為自由寫作者。

一九九九年盛夏的一天，大昭寺仍如往常一樣擠滿了朝聖者和遊客。尼瑪次仁也如往常一樣，在門口售票，或者隨時準備用英語和漢語爲遠地來的遊客講解，這是他的工作，和別的喇嘛不一樣，就像報紙或電視裡對他的稱呼：喇嘛導遊。實際上他不光是導遊，他的頭銜很多，最特別的一個是拉薩市人大常委，所以在西藏或拉薩的電視新聞裡，我們常常可以看到一堆俗裝裹身、不苟言笑的官員中，夾著一個穿絳紅色袈裟的年輕僧人，神情總是那樣：平靜，明白，自重。

突然有人通知他交兩張照片給有關部門，用來辦護照的。尼瑪次仁被告知幾天後他將先飛往北京，在那裡和政府某些部門的官員會合，然後一起去挪威參加一個關於人權問題的世界性會議。挪威？達賴喇嘛不正是在那個國家被授予一九八九年諾貝爾和平獎的嗎？尼瑪次仁隱隱地激動，又不安。在交照片的時候，有人對他再三叮囑，諄諄教導，但看到他有些異樣的神情，就說，放心吧，和你一起去的人都是有層次的，不會像我們拉薩的官員，什麼也不懂。

很快地，尼瑪次仁獨自坐上了去首都北京的飛機。當然兩邊都是有人接送的。他已不太記得跟哪些人見過面，說過什麼話了。兩天後，他和十幾個人一道飛往挪威，途中的記憶仍然模糊。這是尼瑪次仁第一次出國，所見所聞本應該歷歷在目，可比較起「人權」這個字眼，很多記憶並不重要。還有什麼比那樣一個會議更讓他心事重重？要知道，他是這十幾個人的代表團中，唯一的一個來自西藏的藏人，唯一的一個穿著袈裟的喇嘛。

不過那十幾個人確實不一樣。那些都比他年長的官員們，果然和拉薩的官員不一樣，個個都顯得有知識、有修養，既不多嘴多舌，也不指手劃腳。尼瑪次仁至今還記得，那個在民族宗教管理局擔任要職的官員，在他最爲難堪差些抑制不住落淚的時候，只是輕聲地問道「是不是不舒服」，便再也不多說一句。而當他終於淚流不止，沒有一個人要求他做解釋。無論如何，這算得上是一種善解人意，尼瑪次仁爲此充滿感激。

如今提起那次會議，尼瑪次仁總是省略許多不說。比如會議的進程、人員、內容，比如會議的背景、環境、氛圍，以及會議之外的聚會、討論、遊覽，等等。實際上，尼瑪次仁是突然說起那兩次遭遇的。很突然。就像是在心底憋了很久，終究壓抑不住，他一下子中斷了正在東拉西扯的話頭，讓已經事隔很久的遭遇脫口而出。

是頭天上午會議結束去使館赴午宴的時候。當然是中國大使館。尼瑪次仁一直存有的擔憂，因爲並未遇到有人爲難他，提些讓他不好回答的問題而舒緩下來。一路上，典雅的北歐街景賞心悅目，緩緩從窗外掠過，尼瑪次仁開始和身邊的幾個老外閑聊，多少有些恢復他在拉薩時帶著老外在大昭寺裡轉遊的自在神態。所以當車戛然停住，車門嘩然敞開，那人聲，哦，那樣的人聲，那樣多的人聲，以迅雷不及掩耳之勢，猛地撲面而來，尼瑪次仁就像被重重一擊，腦袋裡「轟」的一響，整個人幾乎如失去知覺一般動彈不得。

「加米（藏語：漢人）……」「加米喇嘛……」「共產黨喇嘛……」

使館門口，幾十張憤怒的面孔有著尼瑪次仁再熟悉不過的輪廓，幾十張翕動的嘴巴喊著尼瑪次仁再熟悉不過的語言。那是幾十個和尼瑪次仁年齡相仿的男女，更是幾十個與尼瑪次仁血脈相同的族人。唯一不同的是，他們是境外的流亡藏人，而他，就他一個，是境內的「被解放」的藏人。此時此刻，在達賴喇嘛獲得諾貝爾和平獎的這個城市，在中國大使館的門口，他們和他，猶如代表著兩個截然不同的陣營。

他們的手中還高舉著幾幅標語，用藏文、英文和漢文寫著：「中國人，把我們的家鄉還給我們」……

車裡的人魚貫而下。不理不睬。徑直而去。但他不行。尼瑪次仁他怎麼可以做得到？後來，他無論如何也回憶不起來他是怎樣走過那一段路的，但那顯然是他三十二年人生中最長的路，最艱難的路。他的西藏僧侶的袈裟如烈火燃燒，火焰燒灼著他藏人的身體，藏人的心。更何況火上澆油火更猛。那每一個鄙夷的眼神啊就是一滴飛濺的油，是飛濺的融化的滾燙的酥油。尼瑪次仁他低垂的頭顱，彎曲的背脊，蹣跚的雙腿，被一滴滴飛濺而來的酥油深深地燙傷了。

說到這裡，尼瑪次仁的聲音有些尖利。「我怎麼辦嘛，我怎麼辦嘛，我穿著這樣的一身……」他扯了扯陽光下顯得醒目的紅袈裟，連連重複著，近乎自語。

從那以後，尼瑪次仁回憶道：「我再也沒有開心過。整整四天，我終於知道了什麼叫做熱鍋上的螞蟻。」

如果眞的是螞蟻就好了。對於小小的螞蟻，再熱的鍋又算得了什麼，只要心一橫，從熱鍋上勇敢地縱身一跳，就可以逃得遠遠的。但怕的就是到處都是熱鍋，找不到一塊清涼的藏身之地。

尼瑪次仁終於走過了那一小段備受煎熬的路，可他已經被燙得渾身是傷。渾身都是深深的烙印啊。這烙印使他疼得直想哭泣，卻又欲哭無淚。使館裡的人都裝作若無其事，或者說早已熟視無睹，誰也不提剛才的一幕。人們都在談別的，一邊有禮有節地聊一邊有禮有節地吃，只有一個人什麼都嚥不下去，如鯁在喉。尼瑪次仁，他可是第一次在異國他鄉見到那麼多的骨肉同胞，或者說那麼多的「流亡藏人」，雖然近在咫尺，卻分明隔若關山。

肯定有不少人和尼瑪次仁說過什麼。那也肯定是些無關緊要的話，不關痛癢的話，所以他似聽非聽，聽過就忘了，因爲他正是心如刀絞，魂不守舍。但他記得，除了車上的那幾個老外不時滿懷同情地看看他，只有那個一起來的北京官員輕輕地問了一句：「是不是不舒服？」尼瑪次仁差一點點頭承認。那人看上去溫和而禮貌，因爲他是整個國家的民族與宗教的官方代言人，在以「人權」爲名的會議上總是眾矢之的。

多日來的擔憂才下眉頭，又再次浮上心頭。那是尼瑪次仁在離開拉薩前就不斷滋生的，難以排遣。此時更添了一份揪心，如果出門，會不會還碰見他們，被他們鄙視、譏諷或痛惜？「在他們的心目中，完了，我肯定是一個『加米喇嘛』、『共產黨喇嘛』。」尼瑪次仁苦笑道。

因此，當他忐忑不安、小心翼翼、硬著頭皮走出大使館時，他一下子長長地舒了口氣，但旋即又有點悵然若失。那邊，先前圍聚著幾十個群情激奮的同胞，這會兒已是空空蕩蕩。他們去哪兒了？

第二天平安無事。

第三天，尼瑪次仁在會議上發言。這正是派他來參加這個會議的目的，以他的現身說法來證明西藏是有人權的，西藏人的人權是有保障的。而不是像前幾次會議上，一說到人權在西藏的狀況，中方的理由總是虛弱不堪，因爲沒有來自西藏的聲音。可有誰知道，這正是尼瑪次仁的心結啊。如何說，說什麼，該說什麼，又不該說什麼？眞是讓他苦惱透了。雖然他向來清楚，穿一身絳紅色袈裟的他不過是個擺設而已，但他也不可能說得太離譜，或者出了格。他悄悄地向其中一個已有信任感的老外詢問，老外也悄悄回答，別說具體的，籠統地說說就行了。

所以尼瑪次仁完全是照本宣科。準確地說，是照報紙、照電台、照電視宣科。是國內的那些媒體上常有的如出一轍的言論，像藏民族的文化得到了最大的保護和發展，宗教信仰自由，廣大僧侶愛國愛教，等等，等等。所有的與會人員都在默默地聽著。只有一人提問。那是一個美國人。他用英語問尼瑪次仁，既然如此，那麼你們有沒有見達賴喇嘛的自由？尼瑪次仁愣了一下。雖然他早有準備應付這類問題，但聽到達賴喇嘛的名字，就像第一天有人指給他看達賴喇嘛接受和平獎的地方，他還是愣了一下。不過他馬上就穩住自己，頗爲聰明地答道：「這是一個政治問題，我不回答。」什麼政治問題？一個西藏人，一個喇嘛，要見他們自己的達賴喇嘛是政治問題嗎？但這以後，再也沒有人提問，感覺像是所有的人都理解他的處境、他的心情。尼瑪次仁這樣認爲。

但是第四天降臨了。尼瑪次仁原以爲這難熬的日子快結束了，沒想到最大的打擊在第四天降臨了。

因爲是最後一天，會議的安排是去挪威的一個著名的國家公園遊覽。挪威的公園確實很美，充滿與自然和諧共存的魅力，讓這個從小在世界屋脊長大的年輕喇嘛心生歡喜，左顧右盼。但突然間一個青年女子迎面走來，儘管是T恤和牛仔褲的裝束，與周圍的外國人打扮無二，尼瑪次仁還是一眼就看出，這是一個藏人，有著典型的藏人的臉，藏人的味道，藏人的氣質。

典型的西藏女子徑直向尼瑪次仁走來，伸著雙手，帶著久別重逢的神情。

一時間，尼瑪次仁有些恍惚，感覺像是在哪見過，似曾相識，不禁也伸手握住那女子的手。但沒想到啊，那女子不但一把握住不放，而且放聲大哭起來。她一邊哭一邊用藏語說：「古學（拉薩話，對僧侶的尊稱），你在這裡幹什麼，你跟著這些中國人幹什麼，你是西藏人啊，你要記住你是西藏人，你不要跟他們在一起……」

尼瑪次仁又窘又急，又萬分地難過，可又一點也沒辦法抽出手來，更不知道該說什麼。人們都圍上來了，都是外國人，看著一個穿紅袈裟的僧侶被一個女子拉著哭訴，好奇極了。而一起開會的人，誰也沒有圍觀，反而匆匆地走開了，一副像是與己無關的樣子，其實倒像是一份難得的體貼。除了那個大使館派來的人，這四天，他天天跟著尼瑪次仁，只跟尼瑪次仁一個人。這時，他開腔勸道，走吧，尼瑪次仁，別理她。

西藏女子肯定聽不懂漢語，但她一定猜得出來是什麼意思，她氣憤得要用英文罵那漢人，尼瑪次仁趕緊阻止了她。尼瑪次仁翻來覆去地對那哭著的女子說，我知道，我知道，我知道。西藏女子哽咽道，你真的知道，就不要回去。這時候，尼瑪次仁艱難地掏出了心裡的話，「怎麼能不回去呢？那是我們的家鄉啊，都走了，把它留給誰呢？」說著說著，他再也忍不住，眼淚奪眶而出。

最後來解圍的是這樣幾個人，幾個從西藏來挪威學習的藏人。在拉薩，有幾個單位，如社會科學院、西藏大學、圖書館等，都要定期派人到挪威學習或訪問。尼瑪次仁不認識他們，但他看得出來這是些和他一樣來自西藏的藏人。可他到現在也不明白，這一天，爲什麼會有這麼多身分不同的藏人聚集在這裡。不過當時他顧不得考慮那麼多了。他急急地從還在哭泣的西藏女子的手中掙脫而出，一邊飛快地用袈裟抹去淚水，一邊趕緊歸隊。

古學，那解圍的人中有人叫住他，好心地出主意說，如果他們問你是怎麼回事，你就說她家裡有人去世，希望你回到拉薩以後在大昭寺爲她的親人點燈念經。尼瑪次仁匆匆點頭，再一次有了心如刀絞的感覺。可就像是早有商量，當他走近他們，那十幾個人誰也沒看他一眼，誰也沒問他一句話，就像是什麼也沒發生，或者說不值一提。

終於到了離開挪威的時刻。不過不是馬上就走，代表團一行在機場等了很久，有兩個小時還多。大使館的領導和同志們把他們送到機場就回去了，包括那個四天來寸步不離尼瑪次仁的人。在長長的時間裡，在明亮、舒適、寬敞的機場大廳裡，人們或坐或站或走，都顯得十分地自由自在，不論你是哪一個國家的公民。尼瑪次仁也自由自在地走來走去，似乎沒有人管他，任隨他想往哪去都可以。有那麼一瞬間，他的腦子裡突然冒出一個想法：我如果不跟他們走呢？反正護照在身上，錢也足夠，我或者另買一張機票去別處呢？

當然，這僅僅是一個閃念罷了。前面說過，尼瑪次仁他總的來說都是平靜的、明白的、自重的。所以最後，他這個熱鍋上的螞蟻還是跟他們一起回去了。從哪裡來回哪裡去，對他來說，這顯然是最好的安排。但當飛機從奧斯陸的機場慢慢升起，漸漸地離開這個象徵自由的國家，兩行熱淚悄悄地滑下了尼瑪次仁瘦削的臉頰。

二〇〇〇年八月於拉薩

舊影
——記劉羽

一平

一平，一九五二年生於北京，六五年考入北京三一中學，文革期間下鄉黑龍江建設兵團。畢業於北京師範學院中文系，後就教於北京外貿學校。八九年被解職。九一年至九六年，受聘波蘭密茨凱維支大學東亞語言學院，教授漢語。九七年移居美國。二〇〇一年至〇三年為康乃爾大學東亞系訪問學者。現從事編輯工作。自七十年代中寫作，包括詩、散文、評論和劇本。自印詩集有《藍色的向日葵》；大陸出版著作《困惑的王國》、《身後的田野》；美國出版中英文詩集《石子的聲音》。

1

他終於走了。也好，他可以輕鬆了。安靜，一切歸於安靜。

消息來得很突然，是夜間。朋友電話中說，劉羽不行了，已經昏迷。去年六月，他在波蘭發現肺癌，切了一葉肺；八月，他草草了結波蘭的事情，匆匆回國。終於回去了，走了十四年。他明白，他回家鄉是來結束生命的，如能再耗幾年，那就是幸運。他到北京沒有通知朋友，說是好一些再去看望他們。我想他是不願讓朋友見他陷於絕境。他等待時間，希望時間能將事情淡漠。

可兩個多月後，他又再次入院，病體已經擴散到肺的另一葉、連同腦和腹部。他知道再無希望，這才告知朋友，望最後見一面。他最後的日子很痛苦，上了呼吸器，虛弱憔悴，時而昏迷，時而明白。朋友去看他，他只是拉著朋友的手落淚。他是厚道人，一生重情誼。想到他，我就想到北京的胡同、冬天、厚厚的棉襖。他溫暖，可也恐慌鬱抑，我想像得到，終前他那長長的，凹瘦、充滿苦痛的臉和模糊、悲哀、深有恐懼的眼睛。他渴望活下去，捨不得女兒、朋友、家庭、熙熙攘攘的街市。像所有的中國人一樣，他熱愛世俗的生活和世界，不論其多麼糟糕。

朋友說他死得不平靜。後一次入院，他像迫害狂患者，只要明白就拚命喊叫、折騰、扯管子，叫嚷醫生殘害他，狀態頗可怕。他是老實人，一生克制退縮，儘量遷就忍讓，自然他固執，但多還是委屈自己。沒人想到，他最後的生命會是這樣。其實他忍耐了一生，只是到了最後，生命才解脫了所有的障礙，最終有了眞實，有了一次徹底的發洩和反抗。他應該有一次。

2

我第一次見到他是八八年初春，那是爲一位朋友安排後事。他當時在《團結報》做記者，算有點地位。他穿一件挺體面的皮夾克，緊身，黃褐色，圍巾打在裡面。頭髮整齊，但已雜有白髮。他大個子，背稍有點駝，大概是因爲總要遷就別人吧。他自恃，和人保有距離，沒怎麼說話，目光也有些躲閃。我印象最深的是他的臉，長、重皺紋，骨骼凸出，人稱馬臉，加上一副深框眼鏡，面相頗苦。我知道他坐過牢。

劉羽是《今天》的元老，最早的發起人之一，後來因爲不同意參加抗議政府的簽名而退出。這事挺體現他的性格，不甘寂寞，有心氣兒，好幻想，但有點怵事。我說他：猶猶豫豫，大事糊塗。他不是很有能力的人。有人說他是老油子，實不是。他經歷甚多，但多受害，於是性格中便有了拐彎抹角。他確有些小狡猾，但多爲了保護自己。九六年我在波蘭，他去羅茲看我，興奮地說，他拿到了美國簽證。我隨意地問：誰給辦的？他吞吞吐吐，說是什麼美國出版社。我明白誰幫了他。他編此含混的「謊話」，是怕我也去麻煩那位朋友。見他難堪，我挺歉意。劉羽的「狡猾」，有時會弄到可笑的地步。我離開東歐的前一年，他有四萬美金，是夫妻倆在外奔哧了六、七年的家當。因爲沒納稅，他得去趟德國把錢洗一遍，可怎麼把錢帶出波蘭呢？方玲告訴我，他坐火車過波德邊境，把四萬美金藏在點心匣裡，明面兒擺在茶桌上，還特意把匣蓋兒敞開點，露出裡面的糕點。於是他下車邊檢、過境。天啊！如果查車人嘴饞，或懷疑食品不衛生……他太太邊講邊埋怨，他邊聽邊笑，既不好意思，卻又有點得意，說這叫出奇制勝。我想他是模仿劣等電影，圓一回導演夢。劉羽「狡猾」在表面，其下是天眞。

文革中，他和人辯論，說「誰都有錯誤」。人問：「毛主席也有錯誤嗎？」他傻乎乎地說：「當然，毛主席也有錯誤。」於是，他蹲了幾年大獄。大約從那以後，他性格中便有了躲閃，畏首畏尾。有些坐過牢的人喜歡炫耀牢獄之歷，但劉羽很少提及。我明白，其緘口必有深痛大辱。他是自尊，而不願觸動那道傷口。

劉羽的父親是老一代電影家，他長在北影大院，身邊兒的朋友頗有些好漢，由《今天》到「星星畫會」，到第五代導演，以後他們大多成了事，或權傾一方或名滿天下。有時，他談到這些朋友，風趣地講他們的逸事，有敬意、有驕傲，但也傷感。我知道他心底的失意和蒼涼。據說，他的葬禮各路豪傑濟濟一堂，彷彿大家不約而同地想起這個老實人，對他有所歉意。當初他們一同混跡京城，坐論天下，可結局他是這麼糟糕。在中國，人大抵得有點混氣，如果沒有點「反」勁兒、天地不怕的蠻橫絕對不行。老實大抵要被消滅，這是中國的眞理。

劉羽天賦不高，文革前一年沒考上大學，去了工廠。六十年代，高中生算有文化了，而他又混在文化圈中，也就沾染了文癖。他讀了不少書，一手好字，清秀、光潔、有力，全不像他的面貌。毛社會等級森嚴，如軍隊；權力待遇上分等級有特權，文化上也同樣，比如「參考」就有好幾等。當時北京有兩撥子弟特別，軍政大院和文化大院。後者自然遜色，但文化上卻捷足先登，比如看內部電影。當時貧民子弟能蹭個光，算是榮譽。後來，劉羽去《團結報》當記者，也是靠文化界的人緣。在電影大院，他能讀到些內部書籍，也有些特別的信息，而且結識不少文化老人兒，因此他對西方現代文化略有了解。以毛時代之封閉貧乏，大概這就是先知先覺了。此也是後來，他和北島、芒克等人一起籌辦《今天》的原因。

七十年前後，革命已經衰退。北京雖然還空喊著激烈口號，但暴力的餘煙下，頹廢之情四處蔓延，簡直穿牆透壁磨骨銷石。畢竟是千年沒落的古城。青年們被趕到農村，又逃回來。無所事事，打群架，搜尋流散的書籍，戀愛，漫天胡扯，串來串去，也有的畫畫、寫詩，研究救國救民的思想。當時郭路生的詩大抵是表現了這些。劉羽熱心、好結交，又有點文化優勢，因此頗活躍。他奔走於北京各地下「沙龍」和「藝術家」之間，周轉文本，聯絡關係，徹夜神聊。當時他的綽號是：先鋒文化聯絡副官。我始終沒弄明白，他是由此而入獄呢？還是人入過獄，就永久留在了地下？總之，他是當年京城地下文化的一號，結交甚廣，頗有「成就」，北島和芒克即經他相識。無此，大概也就沒有《今天》，或全不是那個樣子。依劉羽的「好脾氣」，我想眼下中國一些「大師」那時沒少抽他的菸，蹭他的飯。「炒兩好菜」，朋友這樣回憶他，「當時朋友圈中，他是唯一有工資的人。」

3

九二年夏，我到克拉科夫，在中央廣場問路。黃昏，鋥亮的餘暉將林立教堂的倒影，在空蕩的廣場拖得老長。在邊緣，我看到一位炸雞串的中國婦女，短髮、文靜、一片兒紅圍裙，小攤位整整潔潔；亮亮的鋁鍋搭片篦子，雞塊串著紅綠椒、洋蔥，碼得整齊；灶圍子上繡有一條黃龍。真是又親近又親切。我終於能在異鄉用母語問路了。她停下活計給我指路，夕陽把她的臉照得挺亮。她說得仔細，可又覺得說得不清楚，於是告訴我：她給一家中餐館打工，老闆波蘭人，她丈夫是廚師，對這熟得很，我可以去問他。她順手指給我街對面一條巷子，說餐館就在巷子裡，把口兒那扇半地下窗就是廚房，喊一聲，下面就能聽到。「先生貴姓？」「劉羽。」「劉羽？」我大驚喜，此乃「他鄉遇故人」。

我進巷子，隔著煤堆，彎著腰對著那扇大敞的窗子向下大叫：「劉羽！」裡面黑糊糊，卻熱火朝天，巨大的工業風扇嗡嗡地響。話音落下，一個大廚登著梯子從窗戶探出半截身子，正是劉羽。他煙熏火燎，一臉的汗跡和勞累。帽子、大褂白也不白，油跡斑斑。見是我，兩分驚喜，三分慌恐，五分茫然。想不到，可亦不知所措。我和他不熟，可畢竟相知。見故人是喜，可愧於此難堪的樣子；該接待朋友，可慌於那空下來的灶台，當時正是上客的時候。於是匆匆地寒暄、問詢、留地址；匆匆地告別。他終於沒有爬出那扇窗戶；我終於也忘了問路。回來的火車上，他那苦澀迷茫的神情困擾了我一路。

那年冬天，我正上課，秘書跑來說，有個中國人電話找你。是劉羽，他要打官司，託我找翻譯。由那我才知道他到波蘭的故事。九十年前後，中國和匈牙利互免簽證，老百姓終於有個出國的機會，於是趕潮般湧向那裡。劉羽和方玲棄了工作，順著浪潮去匈牙利做小販。中國人被關了幾十年，怕了、瘋了、也傻了，分不清東南西北。什麼是旅遊；什麼是移民；什麼是逃難？出去就得。沒頭蒼蠅，亂撞。剛過八九，還有什麼盼頭兒嗎？而前面的那四十年，不令人顫慄嗎？

當時，劉羽採訪各界名流，結交才子，還爲香港拍過一部西藏紀錄片，在中國算是「居高臨下」。方玲是《體育報》編輯，管一個版面，剛分到一套新房，已經拿了鑰匙。她不想去，可架不住劉羽的固執，於是兩人辭職，交房，備貨，毅然奔了匈牙利。已過不惑之年，沒有落腳、不通言語、無積蓄、又沒謀生之技，去幹什麼呢？現在想想，以他們的年紀，棄家毀業，奔自由闖世界，簡直是胡來；而劉羽還有一個五、六歲前妻留下的女兒。不可思議，是惑還是不惑呢？

積極而言，我也可以說劉羽有心氣兒，不失生命的激情。幾十年中國人有過自由和暢盡嗎？生命遏制於某點，終生也難穿越。長久的禁閉，人如囚豸，失去了希望，而一旦有個縫隙，即不計後果衝撞而去。「自由，比黃金明亮可貴」。如果我誇張一下，劉羽的那個勁頭兒，就是「不自由毋寧死」了。再，那個時代，文化是反語，零星翻譯文字是困頓青年的慰藉，因爲被禁止而成爲希望和夢想。歐洲，對北京讀書青年是聖城，有如紅衛兵的延安。隔絕和貧乏產生了虛幻，「大城由雲端顯出金輝」。劉羽，中國早期先鋒文化的「地下工作者」，能夠抵擋那道縫隙閃出的誘惑和召喚嗎？生存和文化；現實和幻想；虛構、非虛構已經沒了區別。人被「專制」，而喪失存在。集權使大多數人淪至本能；而又使少數人陷入虛幻。似乎那個國家，除了一個暴君所有的人都做了腦手術。

我想，劉羽去國最深一層是內心恐懼。不要說入獄之人，過來的人，凡有可能莫不想逃離。有過之前，就不會再有以後嗎？我接觸過幾位老人，也算有名望，五十年代他們為「新中國」而歸；但八十年代命至衰年，卻毅然再走，有病吃救濟，卻於異國買下墓地，一去不回。董樂山死於國內，而託囑兄弟將骨灰葬於外。想他翻譯《一九八四》、《第三帝國興亡》，可見其心。記得九一年離開中國，當火車緩緩地告別國境的那一刻，我心中巨大的幸福、喜悅和激動，整個自然一下敞開，陽光無限。告別了，身後的恐懼、夢魘。當然，這是幻覺；但是此幻正產生於記憶之深淵。而以後我明白，那是我命運的黑洞，天涯海角亦在劫難逃。由此，劉羽毅然出走也是勇氣；是希望，是逃難，也是自我放逐。但當時，誰能想那麼多，奪路而逃，也就顧不得以後的代價。

4

劉羽到匈牙利不久，當地就明白過來，開始驅趕中國人；而劉羽夫妻也沒有練攤的「本事」。我在歐洲頗見過些中國小販，居無定所，就賣街頭，東張西望，見警察就跑，其身分僅高於小偷。劉羽完全沒有可能在匈牙利混下去。他憑「狡猾」交了個波蘭人，經介紹到波蘭做中餐廚師，對方給他們辦身分。於是夫妻倆轉到波蘭，一頭扎進餐館。兩人每月一千美金，波蘭老闆應諾得不錯，但始終不給。他拿著劉羽夫妻身分的把柄，讓他們離不開走不得，每天十幾個小時玩命。工資越欠越多，越多越走不得。波蘭老闆的用意就是白用。只是劉羽有他老實人的頑固，欠錢總是要還的，波蘭有法律有政府，這麼大一座餐館抵不了欠薪嗎？再說，波蘭現在已是民主國家。這大概和「毛主席也會犯錯誤」是一個思維。幹了一年多，欠薪積了一萬多美金，當時在波蘭這是大錢，能買座小樓。一討、再討、再討……但老闆就是沒錢。於是他們這才離開餐館，告到法院。

實早該如此。如果當時他們申請政治避難，不會留不住，某些中國人就是這麼辦的，而劉羽還坐過牢。再則，花錢可以買身分，九十年前後東歐的空隙很多。但劉羽冒不了這個險。克拉科夫記者協會曾有意幫他們，要做個採訪：「兩個中國記者爲什麼來波蘭？」但是劉羽謝絕了，因爲不願攪入政治。當然，劉羽有點清高，但深一層還是恐懼。波蘭是自由國家，隔中國千山萬水，有什麼可怕呢？是擔心家人，還是以後回去呢？中國人對政治的恐懼深入骨髓，陰曹地府，也是永駐其中。逃離中國，未必就能逃脫自己。劉羽在波蘭每年提心吊膽去辦簽證，至死都沒盼到永久居住。

劉羽的官司打了幾年。開始他挺樂觀，不給工錢，就是到非洲官司也是他贏。可道理是道理，官司能贏，可錢未必能拿到。波蘭雖然已經變革，但處處還是舊風氣。有了活力，但也多了混亂；警察可以賄賂；通貨膨脹百分之幾百。變革是進步，但也是權力財富的再分配，類似另一種搶劫。強者，時不我待；弱者，視而無奈。政治顯示未來，而生活則是眼下。當然這是代價，可誰付呢？人性所然，全世界一樣。任何社會，最底一層都黑暗野蠻。就是官司也是勢力、財富、才智的較量，公正只是個大概——中國的糟糕是沒有這個大概。正當的移民，可以說是在邊緣；可是半黑不白的逃難，只是地下。對劉羽似乎這也是命數，人掉入地下即難上來。而在中國，凡正當的人，誰不曾在地下呢？而當初新中國敲鑼打鼓地到來，誰又不擁護天翻地覆？

我給劉羽介紹了個翻譯。談好了費用，對方滿意。可幾天後，他又打來電話提出加錢，說翻譯往返乘車也該算工時，人家幫忙別讓人吃虧。由波茲南到克拉科夫往返十個小時，一次次開庭，總起來是不小的開銷，而劉羽還有律師呢！他的官司花了多少錢？不好問，總之他越來越沮喪。以後，法院終於判他贏了。他高興了一下，又涼了。老闆沒錢，宣布倒閉。劉羽盼著法院用餐館抵債，可餐館用房是租的，房主收回了房子，就剩下些桌椅。悶頭一棍，比挨搶更窩火。次而次之，期待分點桌椅吧，可最終也沒拿到，老闆的債主不止一個。幾年的官司，錢沒拿到分文，又賠上官司費。方玲跟我談起這事，怨氣就從腳跟竄到頭頂；劉羽兩眼迷茫，只是悶頭抽菸。

以後，他不再說此事，提到也是苦笑。我們在一起，他多是說波蘭的好話，他的房東、朋友、律師，包括他後來的客人和僱員。他總是讚揚他們善良、文明，他對波蘭的敬意過於中國。但有一次，他狠狠地罵了句：「波蘭豬！」隨後看看我，像是幹了壞事。他不好意思罵人，而且把一個民族都捲進去。

5

劉羽離開中餐館，有個契機。一個中國留學生和他一塊做工，會波語。於是兩人商議另起爐灶。有了語言的拐棍兒，劉羽就有了信心。兩人忙乎了一陣，到底開了一家中國館。

一家小飯鋪，劉羽暱稱之「吧」，只有四、五張桌子。遠離市中，一座冷落的學生旅館中。租金全包也只有一百多美元，近乎白送。「吧」小是小，但劉羽布置得頗有情調。他心細手巧，花不多少錢便挺像樣。我說是中、歐、日三融合。黯淡、低光位、蠟燭，是歐洲的「吧」；方格屏風、紙藝燈罩、小而整潔的桌台，是日本；中國是牆上那柄花鳥大折扇、絲竹樂和烹調。

在歐洲，這是他們的最好活路。小「吧」可以謀生，但遠不能致富。起初小「吧」是四個股東，以後那個留學生和女友去了華沙，餐館就成了夫妻店，於是他們也能賺點錢了。劉羽是老闆、大廚、採購，兼外事；方玲打雜、管帳；前台雇個女招待。早上，他們九點多出門；晚上十一點多才回來；一周七天；復活節、聖誕節才休息。劉羽沒車，每天用料他得到市場去拎。這些年靠雙手，他大約搬運了一座小山。波蘭人對之目瞪口呆，他們不明白，人如此辛苦何以要在世上？

這個小「吧」，他們守了七、八年。兩人始終沒有學波蘭語，沒進入社會，也少有朋友。算算時間，他們可能有以外的世界嗎？「吧」猶囚室，讓他們與世隔絕。我去看他們，由早到晚和他們貓在廚房。生意淡，不忙。他慢條斯理抽菸，講他的生意：如何因陋就簡做北京烤鴨，用波蘭調料對製中國醬油、醋；他的「吧」小，但開出的菜單如何和大餐館一樣多；他的客人如何滿意等等。他的手又大又厚，油晃晃的。劉羽喜歡秩序，廚房物貨繁雜，有數百種，但收拾得井井有條。顧客點份鴨，他隨手便在冰櫃取出，份額、配料都是事先準備好的，包在保鮮袋中。他說：「平時勤快點。到時不抓瞎。」他告訴我：「賣得最好的是宮爆肉丁，這把炒勺已經顛了幾千份。」他已經不再想過去，而盡心經營。他盼望攢錢，以後送女兒到英國讀書。

人到了外面，世界卻變得越來越小。活得狹窄，人自然也就萎縮。海外華人的自私、吝嗇、心計，讓人瞠目結舌。也難怪，不能擴張，孤立無助舉步維艱，不如此能怎樣？他們的弱點和勤勞的美德一致。猶太人吝嗇、狡猾、囤積，那是因爲他們沒有家園和權力，備受壓迫歧視；於是只能以吝嗇爲美德，狡猾爲武器，囤積爲安全；其必須壓榨自己方能存活。人說到底，爲生物律支配。以後劉羽吝嗇了，是由於開餐館，還是由於「贏」了那個官司？我老遠去看他們，一起在他的餐館吃飯，他就炒個青椒肉丁和白菜。老城一家熱鬧的去所，他招待我，坐了半天，只點了一杯咖啡。他開中餐館，但多年不用中國醬油、醋，因爲貴。燜飯的鍋底，他用水泡泡，給客人做炒飯，說：「不能糟蹋東西。」我離開波蘭後，他託我妻子找中國廚師。找了，又開車送過去；但沒幾天，廚師就被打發了回來，因爲用料不節省。他不再是那個「炒兩好菜」的劉羽。我明白，他一無所有，只能從手縫裡積攢。而過去在北京，劉羽是「奢侈」的人：喝咖啡，穿得體面，洋家具，音樂，款待朋友。在外這些年他把自己擠縮得沒有縫隙，說是怕晚年生病受窮。可是也奇怪，他和方玲去我們那裡過年，去超市採購，他搶著付賬，讓我又感動又不安。那兩天，他高興得似乎回到了北京。吝嗇源於對生存的恐懼，當人在溫暖中，緊縮的神經便會放鬆。

他去過我們那裡幾次，一次過年，其他是辦事。他經營了幾年小「吧」，有了一點積蓄，便要開家大的。在波茲南，我們帶他轉啊轉，四處找地方。他已經成了職業「餐館人」，看到一家電器店，也會說：這個地方如果開餐館就好了，會有多少多少生意。他滿有興致地講怎麼把烤鴨做成讓波蘭人驚訝的藝術品，怎麼片、拼擺，配什麼青菜、薄餅，怎麼用番茄醬，可以開多少價。他說得眼睛放光，我嘴裡濕潤潤的。在波蘭數年，除了土豆洋蔥，就是胡蘿蔔，人饞得不得了。他的「藝術烤鴨」把我們帶進了不同的幻境。

爲找餐館，他白來了幾趟，我們也白費了許多鞋底和口舌。不是沒有合適的地方，是他想得太離譜。凡地點好的，自然租金高；而租金低的，一定偏遠。可他兩頭的期望都不著邊。他跑了不少城市，連續找了幾年，也無結果。這不是做生意。守株待兔只是等，可他全波蘭去找。愚儒加幻想，能怎樣呢？在波蘭，白手起家，靠餐館發財的中國人不是沒有。波蘭變革不久，有各種機會，只在野心和手段。但這些對他甚遙遠。儘管他滿心投入，卻終不行。朋友勸他，如果只謀生，苦熬不如回去；如待下去，就不妨冒點險，人不年輕了，耗不得。但劉羽的錢就那麼幾個，是一滴滴汗瓣攢的，怎麼輸得起。「一個雞蛋的家當」是窮人永久的故事。

方玲的脾氣不好，又是身體變化的年紀。放棄國內的地位、事業，跟著劉羽在異國苦熬，怎麼能平和呢？劉羽作著餐館夢，方玲卻沒這個心思，她的牢騷怨氣動不動就朝向劉羽，否則向誰撒氣呢？劉羽忍讓、勸解、賠笑、苦笑，實在不行就口角。這可不是道理、對錯；活得不對，氣兒就不對；除非改變處境，否則彼此就是折磨。但怎麼改變呢？能回去嗎？沒去處，沒交往，沒娛樂，起早貪黑；除了餐館，劉羽的幸福就是抽菸了。他抽得多，一天兩包。談著話，或忙完一陣，他就自然地掏出菸，熟練地點上。他吸得緩慢均勻，似有深情，那一刻他像若有所思，平和得萬事都在眼下。他的菸史少說有三十多年，菸毀了他的肺。方玲後來告訴我，他早已感到不適，但固執地拒絕去醫院。是沒工夫？怕花錢？還是恐於面對什麼？「這個老倔頭，他自己給自己治病。」

那年冬天，我送他回克拉科夫。陰冷的天，他一雙挺大的腳，穿著膠鞋，噗哧噗哧地踩著泥雪，駝著背，長長的脖子，冷風把圍巾吹得老高。他急急地上台階，走進冷空的站台。剛過五十，但他那背影已滿是蒼涼。我的心一陣寒意。

6

終有一次，他得空和我在克拉科夫老城漫步。春天，暖暖的陽光，生意由古城的道道磚縫中向外湧溢。蔓藤爬滿古牆，淡淡的金銀花在綠蔭中散發香氣。遊人、閑散的鴿子，披薩店飄散誘人的氣味。畫家們坐在小板凳上畫像、吸菸、閑聊，一長溜兒拉開的畫幅，湧溢繽紛的顏色。

劉羽的衣服穿多了，顯然是忘記了外面的季節。他仰起臉，眼睛瞇瞇地在陽光中，那是久已未有的愜意和放鬆。他臉色疲憊，也有些蒼白，但那張咧開的苦澀的大嘴顯出愉悅。他縮著肩，挎個大書包，腳步邁得大；我忽然便想起當年那個奔忙於北京的「先鋒文化聯絡副官」。迎面走來個美國老嬉皮，破夾克，牛仔帽，吉他，腕套上的鋼釘亮亮的，雖蓬頭垢面，但滿臉紅光，陽光都被他晃熱了。劉羽趕緊讓道，可流浪漢站住了，伸出手，嘻嘻地笑。劉羽連忙點頭，掏出幾枚小錢，恭敬地放在他手裡。嬉皮聳聳肩，不很滿意。劉羽只是賠笑。隨後，他對我說「他們是美國來的嬉皮，很天眞很可愛！」可我不明白，他說的「可愛」從何而來？或許他又進入了七十年代讀過的小說《在路上》。

我們慢慢地轉悠，他給我指點處處古蹟，有著主人的驕傲。對波蘭的宗教、文化、自由精神，他有敬仰之心，每到莊嚴之處，他的腳步有些收斂，神情也屛聲止息。偉大的瞻仰者！我想劉羽離開中國必有許多後悔，但能置身歐洲文明之中，眼見身觸，沐浴其光，是還了他一生的大願，他會爲此說：値得。當然，這裡有虛幻；有個人的貧乏盲目；有歐洲文明的偉大魅力；但深層則是我們歷經焚燬、暴力，而對文明抱有渴望：友善和溫暖、自由和秩序、尊嚴和人道。八十年代，我曾漫遊中國，無論是在西藏、鮮族村落，或西北回民間，他們都讓我敬慕，他們保有文明的傳統和儀式，我羨慕他們；而我們則屬荒蠻，身置廢墟心如亂石。凡經文革的人，初來到歐洲，誰不會肅然激動呢？不在種族、言語、類別，那是屹立的文明，人類漫長的積蓄和守護。至於它是怎樣的文明？有何局限欠缺？人與我們的距離差異？那是另一回事。但願我們不僅僅是敬慕，而能明澈，走回自身的建設。可惜，人未必能走出困境、有此幸運和能力。人何其微小，文明從來不屬於個人。由此，劉羽使我的心潸然落淚。但願後人能原諒我們，能由我們的淺薄看到其他。

劉羽挺興奮，告訴我，他需要掙錢，然後回去寫書。他自嘲：我這是贖身。他的話使我茫然。到七十歲回去寫作嗎？他給我講一位漢族藏學家，爲求學問如何在西藏喇嘛廟裡住了二十八年，文革後去參加國際藏學會議，他的藏語如何了得，如何以病弱之軀論、證、駁、釋，舉座震驚。他說得既敬意又神祕，像青年講述偶像。「那學問就大了……」那個「大」字把他的下巴拉得半天沒闔上。這個「老秀才」。望著他驚異的神情，我想依他的幻想、固執，在某種情況下，他也會這樣選擇嗎？也許。他不是天才，但是在正常社會，依他的誠意、仔細和固執，能將文化的某些事情做得結結實實。詩人固然重要，但那些編輯詞典的人亦可敬。一座文明大廈，實際需要的是更多的踏實的建設者。我望著他，默默然：五十歲，對知識學問依然像青年人那樣憧憬膜拜，他讓我感動，可我也感到身後可怕的荒涼和空白。

他說雖然已經過了五十，可覺得自己像十八歲，什麼都能幹；說要把餐館開到美國。我一驚，在他放大的眼光中看到宏圖，也看到少年的天眞。劉羽的相貌頗老成，誰能想到這個生命竟如此幼稚？我見過很多人，他們生命情態全不合乎年齡；年紀增長，而生命卻始終遏制於某些情結，像隻鼠穿不過瓶頸。它在那掙扎、淤積，慢慢地黑暗石化；而生命的另一邊，卻又空空蕩蕩，既幼稚又可憐。經過那些時代，或此或彼，我們都是有欠缺的人。八十年代中國曾有過黃昏戀熱潮，五、六十歲的人像年輕人那樣離婚熱戀；那哭笑不得的劇目，後面多是辛酸的故事。九十年代以來，中國瘋狂膨脹的經濟、欲望，是不是也來於欠缺呢？當然。這是疾病，可我也理解，那麼漫長可怕的飢餓貧困，突然有了機會……可我又憂慮那另外的災難，那麼多人，資源就那麼點，能承負得了嗎？

瓦維爾城堡把我們帶到高處，拱門、樹木，高聳的建築鱗次櫛比。人總是希望有個處所，使我們安寧解脫，讓無著的命運有個依靠。無論誰，在哪裡，這微弱的願望持久以恆，從古希臘神廟到此城堡，塌毀建立，這小小的願望讓歷史綿延不絕。

青色的岩石在時間中凝固，如同我們的意志和文字。瓦維爾王宮空蕩了多年，卻頑固地展示它的記憶和尊榮，那怕被遺忘的尊嚴使我們得有遺產。加冕教堂，肅穆華麗，它在時間中似乎永不衰老。那些浮雕、祭器、圖案、拱頂、銘文、大理石柱，幽暗中交錯沉痛和激情、茫然和固執、殘忍和祈望、悲憫與黑暗，猶如我們的內心。肅然尖立的圓頂將此一切指向駛流的天空。那一代代被安葬的國王和詩人，石柩沉寂，而他們灼灼不安的眼睛，由暗處穿過厚厚塵土，不熄地望著我們。多少戰爭、榮譽、衰落，時光之鋒縱橫交錯。浩浩維斯瓦河捲著紅色的泥漿衝擊岩岸，繞過古城，混濁地駛向開闊的北方。大地鬱鬱蔥蔥，是天空的祝願。我在城台意外發現幾株榆樹，圓圓淡淡的榆錢兒散落一地。我忽然看到那片乾竭的大地，飢餓的人們捋淨了樹葉……我們背倚古堡，遠望大地、河流，心淚如注。感謝吧，我們畢竟算幸運者！

7

出來十數載，劉羽回去過一次，其母過世。方玲最終和他分居，提前回國。他的女兒沒能去英國，甚至也沒能來波蘭，雖然劉羽盡了努力。由於缺少照管，女兒沒能考上大學，寬慰的是她有一位不錯的男友。劉羽最終期望給女兒留下些錢，但也沒有，龐大的醫療費耗盡了他在波蘭的積蓄。他在北京有間平房，由於拆遷，分到一套樓房，但在他逝世前還沒下來。可以說，他走得一無所有，也沒有留下什麼文字。終前幾個月，方玲照顧了他。

我最後一次見劉羽，是在加州朋友家。能來看看美國，他十分高興，似乎願意留下來，但是沒有可能。他在朋友家住了多日，因爲打攪了人家，神情總是頗有歉意。於是那憨厚歉意的微笑，便是我對他最後的記憶。本來他期望去洛杉磯看阿城，興奮地說要和老友聊上三天三夜，他那抑不住的笑意，寓滿了昔日的友情和回憶。他的機票都買好了，但突然被方玲電話叫了回去，要他照顧生意。我不知道，劉羽後來的年月，以至臨終見到阿城沒有。

二〇〇四年五至九月於伊薩卡

瑣憶
——賣字・坦克・特務・師友

黃河清

布達佩斯街頭賣字的大學教師

一九九○年的聖誕前夜，我在布達佩斯乘出租車回到位於步行街的旅館。下車，天空陰霾，可心情不錯。因爲出租車司機原想宰我，我只對司機說了「北京－坦克，布達佩斯－坦克」四個單詞，然後指指那滴溜溜轉飛快的計程表，司機就笑了，同我握手，調整了計程表。我下車時反倒給了他足夠的小費。

旅館對面街道上圍著一群匈牙利人，離開的都手拿一張墨汁淋漓的白紙。原來是一位中國人在賣字，把匈牙利人的洋名譯成中文，再寫上漢字「聖誕快樂」之類的吉祥語。我過去，默默地注視著這位流落異國他鄉的同胞。他戴眼鏡，斯文模樣，蹲在地上寫字，寫一張，收五十福林（約合三十五美分），旁邊一位與他年紀相仿也戴眼鏡的清秀女子蹲在地上管收錢。在顧客稀落時，我作手勢要來了眼鏡手中的毛筆，在白紙上寫了「晚來天欲雪，能飲一杯無？」男眼鏡看看身旁的女眼鏡，女子微微搖頭，眼鏡拿回筆寫道：素不相識，不敢打擾。我再寫：同是天涯淪落人，相逢何必曾相識！把字紙推向了女眼鏡。女子看著我，感覺到我誠實而誠懇的目光，首先站了起來。眼鏡即作豪爽狀，收了攤。

我們在一餐館落座，聊了起來，才知道他們是南開大學英文系的教師。我說到剛纔坐出租車的事，他們笑了，說也有過類似的經歷。我們交換著對布達佩斯的感受，發現十分一致地對一張宣傳畫的驚喜和欣賞。那是地鐵車廂裡到處可見的類乎中國文革時期的張貼漫畫：一把大掃帚，誇張的動態下三個小丑似的人物抱頭鼠竄，這三個人是威震一時聞名天下的希特勒、史達林、毛澤東。我們都說驟看到這張漫畫時，眞恍若有隔世之感。有了這相同的審美感，話就投機起來了。那時，匈牙利的葡萄酒對我們這些尙未脫土包子氣的華人還是不習慣、不暢喉、不對胃，都說有點酸。話既投機，酒豈能少！徵得男女眼鏡的同意，上了一瓶威士忌。我頻頻勸酒，絕無灌醉他們之意，只是因爲客流異國，難得遇上可以說說話的同胞，不願放過一暢懷抱的機會罷了。沒料想，中華文化力量的保守方面非常強大，那「逢人只說三分話，未可全拋一片心」的閉關自守以壓倒優勢戰勝了「酒逢知己千杯少」的門戶開放。儘管我幾乎全盤托出，還是換不回男女眼鏡的傾囊相授。我想，也許有我居強勢，他們處弱勢的緣故。

男女眼鏡終於對爲什麼會來到匈牙利語焉不詳，說起南開畫畫的范曾，則知道的，說恐怕也出來了，現在或在法國。我也終於不強人所難，酒在五六分的時候嘎然而止，請這兩位流落異國他鄉大街賣字的大學教師同胞到我的旅館房間，把自己從大陸帶來的很精緻的一大摞樂清剪紙、京劇臉譜送給了他們，並告訴他們如何到匈牙利的幾個旅遊點以及捷克布拉格查理大橋上世界各地流浪藝人雲集的地方做生意，收入可能比今天的練攤要高幾十倍。

我料定這對眼鏡男女是「六四」逃犯。我有點同病相憐。

布拉格紀事

雖然我有過國際偷渡的經歷，但我一生最危險的旅程是從布達佩斯乘火車合法進入布拉格。

那時，中國大陸「六四」產生的最大國際效應「蘇東坡」正在前蘇聯和東歐這塊大地上演。專制轉換民主的劇變使社會動盪不安。我卻懵懵懂懂，不知前路潛伏的危險。

我乘的是夜車。還不懂休閒服而慣於西裝革履上路的東方鄉下人爲火車各車廂裡幾乎空蕩蕩驚訝不已。一個房間四個鋪位就我一個旅客，鄰房也是一個人，一個肩揹行囊獨闖世界的日本小青年。一節車廂就我們兩個東方人。在單調的火車晃蕩聲中我進入了夢鄉。我感到有人推我，一驚，醒了過來，眼前站著日本人。從他恐慌的臉色、急促的語聲、比劃的動作，我明白遭竊了。我一把抓過睡前怕弄皺了脫下來掛在廂壁上的西服，一摸口袋，空空如也。我順著日本人指的方向衝了出去。前面是四個不緊不慢走著的東歐人。我喊叫著「POLXIA」（警察），想抓住他們。殿後的搶匪一身工裝短打，衝我笑笑，掏出一把小手槍向我瞄了瞄。我一怔一停。幸虧這時搶匪已到了兩車銜接處，救了我一命。搶匪從從容容地用電線把兩車間的門把手纏上，用手槍再瞄瞄我，收起了槍，做了個「拜拜」的手勢，瀟灑地轉身走了。我的西服口袋裡有三千美元，我心疼。我終於找到了車上的警察，警察也終於明白了我找他是爲什麼。他聳聳肩，嘴裡一聲口哨，兩手一攤，再手掌一揚——跑遠了。我與警察雞同鴨講了半天。我和警察都火了，我火在罵警察和搶匪蛇鼠一窩，警察火在依稀明白了我的意思後，作勢掏手銬要抓我。

我被專制制度正在潰敗國家的人民搶掠了，警察視而不見。我感嘆於歷史的弔詭，也許這就是現實必須付出的代價。

我進入了美麗的山城布拉格，據說這是歐洲最美的首都城市。

布拉格最美處在老城。

老城的石板小路、鵝卵石小路，乾淨的可坐可躺，兩旁的古舊建築物讓人想起小說裡描寫的中世紀情景。

布拉格最令人難忘處在×廣場上一塊墓碑前的鮮花。

我幾乎每天都路過這個廣場，總是看到這塊墓碑前有鮮花或有人獻鮮花、點蠟燭、默哀致敬。我不解，又不懂捷克語，問了許多練攤的中國人，都說不知道。倒反是中國駐捷克大使館的一位×秘在我不屈不撓的詢問下不情不願地告訴了我：六九年蘇軍坦克進入布拉格時一位自焚的大學生。這位×秘同胞在我去辦其他事時接受過我的一點小小的進貢，因此他覺得不好太不理我。一年後，我到了西方國度，知道了我們自己擋坦克的英雄王維林。每當「六四」，在我們自己幾乎把王維林遺忘的時刻，我總會想起捷克人民對自己的英雄——十九歲以自焚抗議侵略的大學生的紀念和愛戴。

布拉格最激動人心的事是×大街上一輛作爲藝術品裝飾的坦克被油漆塗成粉紅色，繼而被起重機吊離基座。

那天，我正好路過，人山人海。坦克的基座設計得很高，砲塔像利劍刺向布拉格遠方明朗寧靜的天空。不知是哪位遵命藝術家的作品，弄了輛眞坦克上來。看來是官方的指令、支持、配合的結果。這種出賣靈魂的的知識分子到處都有。早些天我路過×大街時就看到灰乎乎的坦克被髹成粉紅色，今天是要徹底清除它了。當起重機拉離這壓在捷克人民心口上二十餘年的鐵血象徵時，人們歡呼起來，排山倒海般的呼嘯！時隔十年，我還記得那情景。千禧年的午夜，我攜兒遊馬德里，人群的歡呼聲使我想起了布拉格的那一幕，「人潮湧動黃膚後，雀躍歡呼碧眼先」脫口而出。無獨有偶，去年，巴格達街頭薩達姆銅像也被拉倒了。這種場景的重複會延續到專制制度在全世界消亡的那一天。那一天，我們就毋須再流亡了。

布拉格最讓我驚奇的事是查理大學（地位相當於中國的北京大學，歷史則比北大早了六百年）的黨委書記是……

我到查理大學找留學生做翻譯，遇到中國國際廣播電台來進修的人。聊天中她們告訴我：「剛來時，我們要找這兒黨組織建立關係，這是離國時國內黨組織交代的任務。問校長，校長轉問秘書黨的書記是誰，秘書查了半天，告訴我們是誰，在什麼什麼樓的實驗室。我們以爲黨委書記深入基層做調研。我們找了兩天，才在一個很不起眼的化學實驗室試管架間找到他。他的本職工作就是實驗室管理員，黨委書記是兼職。」我像聽天方夜譚似的，趕緊問是什麼時候的事。他們說是共產黨掌權時候的事，還添了一句：怪不得這麼容易垮台！我不由得想起年輕時侯讀魯迅的書，魯迅嘲笑康有爲歐遊歸來總結歐洲小國頻繁政變的原因：蓋因宮牆太矮之故也！

布拉格最窩囊的事是我被光頭黨襲擊，花了買路買命錢。

光頭黨是納粹餘孽，在布拉格開過世界大會，恰在我流落捷克時。光頭黨打傷打死過許多越南、中國、斯里蘭卡諸亞裔人。某夜，在有軌電車上，我遇上了他們，十七、八歲的三男一女，把我堵在了車頭鐵欄杆內。領頭的拿著一根鐵管敲打著鐵欄杆，間或光顧我的大腿、屁股、肩膀。車上有七個人，全都不吭聲。司機室就在我左側，一邁就可以進去，但司機裝作沒看見，門緊閉著。我知道今天麻煩大了，全靠自己救自己了。沒法交流，語言是毫無用處了；比劃所能表達的意思太有限，也無濟於事；除了逃跑，別無他法。我想，車子到站一停，車門一開，我就衝下去。沒料想，他們似乎猜到了我的逃跑，一人從後門下來繞到前門守著我，又上來。我絕望了，鐵管落到肩膀、後背的次數越來越頻繁了，他們互相間的嘰哩呱啦越來越高聲了。一有什麼不對，刺激了他們，我的腦袋就會開花。我閃出拚了的念頭：抓住那女的，兩指扣住雙眼，要脅他們下車，讓司機不停地開到鬧市找警察。正在千鈞一髮之際，車子又到站了，站邊是露天酒吧，許多人在喝啤酒。我的腦袋裡不知那根筋彈出了和悅的樂章，突然對這些要我命的男女喊出了「比爾」（啤酒），做出了請他們喝啤酒的手勢，還輔以實際行動——從襯衣口袋裡掏出了一張五百克朗（約二十五美元）的捷幣。領頭光頭眼一亮，正在用眼神徵詢同夥的意見，我等不及了，又從襯衣口袋裡掏出剩下的一張百元美鈔。這相當於當時捷克工薪階層大半個月的工資。成功了。他們都下車了。車又開動了。我知道已安全了，就打量車上的七個同類和司機，他們沒有一個人與我眼神相接，全裝作看不見或明顯地躲開了。我想，他們怯懦，但他們不卑鄙，他們知道羞恥。這一點，給了我些許安慰。我自己有時候也很怯懦。知恥近乎勇。也許我被打得頭破血流時，他們會出言出手相救。

被傳疑為特務的煉獄

千禧年，我流亡到美國，在朋友的一家公司打工：打包裝卸。我卻不無得意地給家人、友人寫信說自己到了美國旅遊。這種阿Q，在我的心底早已習以爲常，不以爲怪、不以爲恥了。

可我作夢也想不到在美國的一些熟人和不熟人間出現了「黃河清是特務」的傳言。

讀中學時看電影，印度片（或是巴基斯坦片）《叛逆》中一老人告誡年輕人曰：「世上最壞的人不是小偷、強盜、土匪，不是騙子、妓女，不是縱火犯、強姦狂，不是殺人害命者，不是……而是告密者。」這位印度老人的形象早忘了，但他的話，至今記憶猶新。隨著年歲的增長，越來越認同竟至於沒齒不忘，銘心刻骨。

九九年，我在大陸被警察監居、訊問期間，就談到《叛逆》電影裡老人的話，意在希望他們即或不接受也能理解我的堅持不講是不願做告密者，做世上最壞的人。

我感覺到，即使是大陸警方，對於告密者、賣友者，雖然從職責上，他們歡迎、鼓勵，但從心底裡是看不起的，而對於堅持不賣友、不告密者，從職責上要訓斥、會敲打，但從心底裡則是敬服的。這是人性使然。

我是個普通不過的凡人，年輕時有過的自己可以當英雄志士的萬丈豪情，在經歷了四十餘年的磨難生活後早已煙消雲散了。現在我已確信了、確定了自己不過是一個卑微的不足道的凡夫俗子。

凡夫俗子雖然凡俗，但同告密者、賣友者是迥然不同的，是天差地別的。我曾怯懦過，向警察承認危害國家安全、顛覆國家政權罪，保證以後不再搞民運，以冀還我自由。但我絕沒有做過半件告密賣友的事。我對負責我案子的警察處長汪仲逸先生說：「不是我錯了，而是你們太胡亂來了。我不是搞政治的料，我們比豬還笨，搞不過你們。所以我以後不搞了。」這一切，自有我留在中共警方手中的文字資料、錄音、錄影爲憑。那是一個十足凡夫俗子的卑微形象，但絕無告密賣友的醜惡和卑下。

如今自己竟被傳疑爲告密者——世界上最壞的人!

這又是一種煉獄，只是我萬未料到，自由的時刻，會增添這樣一種來自自己營壘的煎熬。流亡期間這種似乎是自己人製造的煉獄，我終於也艱難地走了過來了。

我想起了我同警察的交手，雖然寫滿了失敗的紀錄，有沉重、有恥辱，但相比而言，還是輕鬆的。茲將未發表的舊文〈監居散記〉引錄一段，以爲流亡者走過了自造煉獄後的坦然一笑。

我一直是汪仲逸的手下敗將，但也偶有阿Q式自我得意的時刻。

一次汪仲逸在閑聊時說自己也在了解戊戌變法的歷史，正在看一本寫戊戌變法的現代小說。我遂勸他了解眞實歷史，讀小說不是辦法，要讀史料，要讀當代人、當事人的文章、記敘、回憶。我介紹他讀梁啓超的《戊戌政變記》，可在《飲冰室文集》中找到。汪仲逸或捧或嘲地說我黃某人是個讀書人，說自己也算半個讀書人吧。我毫不客氣地說：我不敢當是讀書人，但你怎麼能算是讀書人呢！你是警察，還是祕密警察，也許你是個稱職的優秀的警察，這恰恰更決定了你不可能是讀書人。康生是祕密警察頭子，是你們的祖宗。他有文化，舞文弄墨有一套，他的毛筆字，一手章草，漂亮極了。但康生留給世人的是讀書人的印象呢，還是害人精的形象？康生死時備極哀榮，死後卻被鞭屍，連累到老婆子女。康生老婆曹軼歐後來住在北京木樨地二十四樓，房門上被同樓的王光美等人貼上小字報，罵她是大特務頭子的臭婆娘，滾出二十四樓。後來果然全家搬走了。你年輕，有才華，有能力，什麼事不好做，怎麼選擇做這整人的職業？歷史上有哪個祕密警察有好下場的？康生、羅瑞卿、謝富治、李震、潘漢年、楊帆……前蘇聯的就更多了。我舉了許多例子，汪仲逸也不反駁。最後他帶點自嘲自謔地說：給你一說，連半個讀書人也做不成了。

某日晚，汪仲逸來到臥籠，興沖沖，臉泛桃紅，說自己今天三十六歲生日，喝了點酒。我說我送你一首詩賀壽，即打油曰：「汪生英俊少年郎，耿耿忠心只爲黨。願君更讀書萬卷，擇業勿作整人忙。」汪要我寫下來，我寫了。他拿著，戲說要嵌在辦公桌玻璃板下面作爲向領導要求調動工作的依據。我趕緊取回來撕了。那天他乘著酒興，同我閑聊。我也很眞誠地談自己的看法：世上兩大職業，教師、醫生是最高尚的。教師育人，醫生救命。我自己當過教師二十餘年，桃李遍天下。女兒是醫生，從醫剛一周，就救了母女二命。我很自豪。當兵比當警察好，當警察比當祕密警察好，尤其在專制國家，不可能有不害人的祕密警察。你要趁著未當上局長，趕快設法急流勇退，不要為現在一時的風光得意迷惑，一旦到了局長的級別，恐怕要退都身不由己了。你可以努力使外語過關設法當外交官或到外貿部門工作，即使仍要當特務，那也稍有不同了，起碼整的不是同胞，不是好人，幹得可能真是護衛國家尊嚴、利益的事。

某日，汪仲逸又臉泛桃紅，說今天是他父親六十大壽，剛從壽筵上來。我說我作壽詩賀令尊壽誕。不過，我們坐得離遠點，你不要聽了第一句就揍我。遂口占打油曰：「汪家老頭不是人，南極仙翁下凡塵。兒孫個個都是賊，偷得蟠桃獻至親。」汪仲逸忍俊不禁，哈哈大笑。

我給汪仲逸父子作打油詩賀壽，是既拍馬，又勸善，誠心誠意，肺腑之言。但願中共的忠誠衛士汪仲逸面對「擇業勿作整人忙」，這句雖是歪詩，但確是箴言良規時有緣能悟，則世世代代受益無窮也！

三年後，我回國奔父喪，得悉汪仲逸已調離安全警察系統，到某市政府部門工作了。不管是否我的話起了作用，王在當紅的時刻不再「整人忙」，應算是急流勇退，擇善而從了。我默默地祝福他。

師友情

在美國紐約，朋友帶我去拜訪了嚴家祺先生。

事前，我曾看到香港的媒體說流亡中的中國社會科學院前政治研究所所長嚴家祺要去幹粗活謀生。香港人受資產階級思想毒害很深，把神聖的勞工所從事的體力活計稱作粗活，也就是類乎我在朋友公司打工幹的活兒。我問朋友，香港媒體的這則訊息是眞的嗎?朋友說是眞的，他就曾想安排嚴家祺來公司裝配燈具，只是公司合夥人擔心同大陸往來的貿易可能會受影響而作罷。這麼說來，嚴家祺倒是連粗活要幹也不得幹了。

朋友說，嚴家祺任何禮物也不收。一次，幾個朋友去看他，帶了幾手啤酒和零食去，打算邊吃邊聊。因爲嚴家祺不喝酒，家裡只有飲料，沒有酒。結果，啤酒零食被擋在了門外；人可以進來，照樣喝酒聊天。

嚴家祺很隨和，使人不知不覺地願意同他說心裡話。雖是初次見面，他卻對我說，下次你來美國，記得事先打電話給我，我開車去機場接你。說得很認眞，絕不是那種應酬式的。我不由自主地同他聊起自己曾從師學過民族音律，吹了一通牛。他聽得很認眞，拿出筆和紙來，把我說的自以爲當今之世只有我一人知道的先師律論用數學的曲線和函數巧妙而準確地作了概括的說明和表達。我一時驚爲天人。頓悟先師所說的，研究樂律還須懂高等數學的眞諦。嚴家祺見我佩服得不得了，又很認眞地說：學術上許多東西是相通的。你不要學這個，弄懂最少得五年。我原來是學數學的。你要把你講的樂律、鋼琴的書寫出來。這才是最要緊的。花個一、二年的時間，專心致志，不要旁騖，把書寫出來!

嚴家祺說自己現在的衣食之源是稿費。嚴夫人則學會了護理，取得了資格，在醫院正式上班。比起剛從法國到美國時的尷尬緊迫的狀況，現在是從容輕鬆得多了。有意思的是，嚴家祺寫作拒用電腦，說自己絕不學它，總是用筆爬格子，用傳眞傳送。我們看他的手稿，端正、清楚，沒有一張有塗抹的痕跡。落筆即是定稿，不是重抄過的。嚴家祺感嘆自己的文章現在很少人讀了。

我們在嚴家吃了餃子、喝了啤酒，他自己則喝茶。喝啤酒時扯出了幾手啤酒被擱在門外角落的往事。他笑著說，我自己不喝酒，客人來了，招待喝茶，但也準備了酒，你們不就喝上了嗎？

果眞是客來茶當酒，清醇嚴家祺！我有如沐春風之感。

流亡的生涯還使我得以結識海內外許多傑出的流亡者朋友。

廖亦武，「六四」翌日，奮筆疾就、朗誦、製作的詩歌錄音帶傳遍天下，爲「大屠殺」的歷史留下了硬生生的見證。我視他爲第二個王維林。他於大庭中爲叛徒撫哭放喉高歌的勇敢使我欲睹其弔客的眞容。當我認識了即儒即俠能在夾縫裡代庶民呼號，寫出了〈底層訪談錄〉、〈冤案訪談錄〉、〈證詞〉的老威後，我對他相敬有加。我們相交相知、相砥相礪，以至莫逆。

世人不解廖亦武最近爲什麼突然要在湯鍋裡放一把老鼠藥，我則深知他的失衡其來有自。十餘年處底層、問冤案的生活使他自己整個人也成了一根比黃連還苦的黃連精。他是獨一無二的，是歷史派遣給這個苦難時代的受難者兼記錄者。他的心被貧苦大眾的淚血、賤命裝得滿滿噹噹，他眼裡容不得絲毫做作、虛誇。他不解也不願接受驟然間轉爲叛逆的白領紳士近乎一本正經的反動言詞。類乎話語霸權裡的豪言壯語，於他如骨鯁在喉，不吐不快。於是，骨子裡的揶揄、調侃、譏諷、嘲弄、挖苦自然浮現。卻忘了同根相煎親疼人笑的最淺近的道理。當我將罵他「昏了頭」的「急就三字經，誨亦武老弟」在電話裡讀給他聽時，這位大陸流亡者的首席笑了。他不辯解。我知道，我罵的重話不會沒有用，他悟到了自己的不當和錯失。

鄭義，這位比我小兩歲的前輩小說家，「六四」的眞正黑手，「六四」後在神州大地上逃亡也要逃出個水平來的膽識、氣魄與事實前無古人，令人肅然欽敬。那無時不在、無處不在窺視式的生命危險比已然的迫害更折磨人的神經和肉體。當局不斷的呼喚招安、以心愛的女人爲人質的威脅對鄭義沒有任何效用。鄭義接受了煉獄的煎熬！但讓我決心要結識他的卻是他流亡異國他鄉時在難熬的病痛中，用生命寫就的《中國生態環境緊急報告》。這是一部有別於任何文學形式的作品，是巨大的悲劇，是中國人的悲劇，是全人類的悲劇！其悲劇意義還在於絕不該是由小說家揭示這一悲劇卻實在只有小說家鄭義一個人向世人和歷史揭示了這一悲劇！僅此，鄭義不朽！

我輾轉發給鄭義三個郵件，但直到大約半年後，我們才直接聯繫上。不管是什麼原因耽誤了，我們都爲之高興，我更高興。我們交往的結果之一是一起幫羊子大姊編成了《王若望紀念文集》，結果之二是他引領我邁進了獨立中文作家筆會的大門。這對我很重要，是我流亡生涯中的最大收穫。從此，跌跌撞撞了大半輩子的我確立了自己的人生位置：用筆，在文學的路上爲自己、爲歷史留下一頁見證來。我對鄭義心存感激。

拄著拐杖在加勒比海和美國起舞的之江女俠陳立群，穿著輪胎跋涉了南北美的思想者劉國凱，是和我同在底層流亡摸爬滾打的舊雨新知。

陳立群，因小兒痲痺症而終生拄枴的弱女子，八十年，公安警察嘲她爲「失足青年」，陳父凜然斥道：「此失足非彼失足也！」九九年國安警察在驅趕我離國時特地暗示：陳立群返國即抓；劉國凱，專攻文革，時發新論，草根蟬鳴，叢莽獅吼。我以有這樣的朋友一起在底層相偕流亡相助扶將感到溫暖自豪。

有心結交天下素心人、絕不張揚地爲廖亦武在西方世界「揚名立萬」而「行俠仗義」的康正果，有幸一起編書與康正果同在耶魯大學任教的蘇煒，在瑞典的紐約科學院院士、化學博士導師張裕，第一個用挪威文讀完易卜生全集的華人陳邁平，是我結識的學院派流亡者或流亡者中的學院派朋友。

謙沖有禮、溫文爾雅、學問淵博、紳士風度、見多識廣、愛國愛人、不恥下交是他們的共性；至於專長、道行則各擅千秋，春蘭秋菊，皆一時之選也。令我欽羨不已、學無止境。

取法乎上，僅得其中；取法乎中，僅得其下。我慶幸自己能取法乎上。我的這些朋友，亦師亦友，也都能以一顆眞心待我。

流亡生涯孤寂、淒苦是免不了的，高談闊論是沒有用的。思國思鄉思親之情時時咬嚙著寄予明月的愁心。是這些看得見、受得著的師友情給我以溫暖、安慰、膽識，讓我在流亡途中走上了逐漸成熟的不輸之路。

二〇〇四年十月十九日於西班牙・馬德里・小鋪

從廣州、深圳到紐約

——我的故鄉在遠方

劉國凱

劉國凱，中國草根型政治異議者，獨立中文作家筆會會員。文革時期參加反政治歧視、反政治迫害的造反運動。一九七七年一月因撰寫長篇大字報《關於社會主義公有制的探討》被關押批鬥，內定「現行反革命」。一九七八年底發動廣州七九民刊民主牆運動。主要著述有文革史論文集《封殺不了的歷史》，社會理論專著《歷史潮流——社會民主主義》，政論文集《草根蟬鳴》。在中國大陸時的職業為機械技工、機械工程師。來美後曾做過餐館工、衣廠工、倉庫工。現職卡車司機多年。

1

由於不屬「老三屆」，無緣趕上七七、七八年恢復高考的「尾班車」。後幸虧八十年代初成人高校興辦，我始得以一圓少年時代已存的大學夢。但是被打入政治另冊所遭受的政治歧視使我深感其擾。

八二年，我同時就讀於廣州廣播電視大學中文專業和廣州職工業餘大學四年制機械製造專業。前者毋須入學考試。後者則須。報考要出具單位證明。廠長辦公室、廠勞資科、組織科，幾個部門推來推去都不給我寫。磨了許久，有個廠頭說：「那傢伙（指我）都做了十幾年的工人，還想去考大學，諒他也考不上。寫給他吧。省得囉嗦。」我這才拿到證明。三百多人報考。只考語文、數學、物理三科。錄取九十六人，分兩個班。我以總分第二的成績考取。

解決了入學關，接著就是上課關。廣播電視大學中文專業好辦。每星期授課十節，白天晚上都有播出，聽收音機就行了。職工業餘大學的機械製造專業就大相徑庭。它每週授課十六節，分四個上午進行。我祇得向工廠申請時間。廠頭兩眼一瞪：「不是說業餘大學嗎？怎麼要白天上課？」我語塞。幸虧車間有中班，下午四點到晚上十二點。有些人不大願意上中班，車間頭正爲此煩。我說讓我長期上吧。這正中他下懷，同意了。

一路讀下去，不行了。除每星期十六節課外，還有許多實驗課。二年級下學期有連續四個星期全翹班的課程設計，聽說四年級下學期是全學期翹班搞畢業設計。我想，上中班已不能解決問題了，必須另闢蹊徑。遂發功把我完全正常的血壓沖到一百八，拿到病假單。

從文革時期參加反政治迫害的造反運動到七九民運，我是「死不改悔」的「動亂分子」。但又屢次僥倖漏網。雖挨過批鬥關押，但始終未蹲大獄。廠頭恨得牙癢癢的。這會兒好了。廠頭們彈冠相慶，劉國凱那傢伙我們收拾不了他，現在天收他。看他什麼時候就爆血管、腦沖血吧！

不過未幾廠頭們又感到划不來。因爲總不見我爆血管死掉，還上課上得歡。於是省悟到是否被我耍了。他們遂指示廠醫務室與廣州工人醫院心血管科聯絡。請該科主任專門爲我檢驗。一般量血壓是坐著量，這會兒那主任要我躺著量。我照樣發功把血壓沖到一百八，過關而去。這發功要有很強壯的體魄。外弛內張，用很大的勁卻氣不喘心不跳。要讓旁邊的人看不出來。整個七十年代我都在晨練和夜讀中度過。本來舉重和田徑是對立的。而我強力鍛鍊得既可舉起一百公斤槓鈴又可在市級田徑運動會上奪得一千五百米和三千米的冠亞軍。面對工人醫院心血管科的診斷證明，廠頭們黔驢技窮了，只好作罷。不過他們聊以自慰的是，劉國凱那傢伙身體垮了，全病休了，吃勞保了，只能拿百分之七十的基本工資，更沒有獎金，讓他受窮去吧！

就這樣，我完成了電大中文專業，業大機械專業，以及後來華南師大五年制函授歷史專業的所有課程。

中文和歷史是愛好，機械是爲了謀生。四年級時我就開始尋「跳槽」之路。有間技術力量缺乏的集體所有制工廠願聘用我，並答應資助我全翹班做畢業設計。聽說我要求調廠，有的廠頭說：這種傢伙要走就走吧，省得在這裡搞搞震（粵語，搗亂之意）。但廠書記說不行。我去問他什麼理由？他陰笑著回答：「無可奉告！總之你什麼地方都不能去，只能在這間廠！」聽說他還批評了打算放我走的廠頭。說劉國凱的事情上頭有交代，只有他和保衛科長知道。不知道不要管。我遂由此洞悉上面交代他們「內控」我。

但是，我很快又找到其他出路，就是到深圳寶安的港商廠去。港商廠只要應聘者提供身分證和大專以上畢業證書，不需要人事檔案。經過筆試、面試我被聘用。一到職薪資是我在國營廠全職上班時的四倍，還包食宿。幹了大半年突然廠長（這間港商廠的結構是港方人員任經理，掌管技術、材料、購銷和港籍職員人事。大陸方人員——即該鄉黨書記任廠長，只管大陸籍員工人事。）找我談話。拐彎抹角地講了許久才兜上正題——要我辭職。我說我幹得很好，港方經理也很滿意，爲何要辭職？那鄉黨書記說，你還是回到你原來的國營廠去吧。我明白了。不過，我仍感到不解，他們是怎麼知道我在這間港商廠的？我每半月休息兩天回廣州一次。看來是每天對我家作全天候監視，一旦發現我就全力跟蹤，一直跟到這裡。當然，這不會是廠裡那班頭頭所爲，一定是公安當局的手本。這間廠是沒得幹了，但我堅絕不回廣州。未幾我又在寶安另一個區的港商廠裡找到一份待遇和職位更好的工作。此後雖不見公安再來騷擾，但這多年來種種情況的迭加使我原來猶豫不決的移民意向明確起來。走吧，走吧，遠遠地離開這如影隨形的政治歧視和政治監控吧！

2

來到這異國他鄉的陌生土地該幹什麼呢？

在紐約這個商業、金融、旅遊城市，我的機械技能是毫無用武之地的。是否繼續作個「老學生」呢？經聯繫得知，憑華南師大的歷史本科畢業學歷可毋須經入學試即可在紐約市立大學報讀歷史碩士學位。可是連過英文關就可能要熬四年，家庭生活怎麼辦？大陸的積蓄只夠買了飛機票和初步安下家。其餘就從零開始了。打工是維持此時此刻生計的唯一選擇。更何況間接得知一個朋友讀了個歷史碩士，寄出百多封求職信皆杳無回音，最後還是衹得到一間傢俬鋪作送貨司機。

無美國學歷、無流利英語口語者非但絕不可做白領夢，甚至老外的藍領工都很難打得進去。大多只能到僧多粥少的唐人街裡「人相食」。我輾轉地做衣廠燙衣工、餐館雜工兼送外賣、倉庫搬運工。有位老闆對我說：「美國唐人街的工是全世界最辛苦的。如果挨不住就趁早回去！」不錯，的確如此，但我絕不打道回府。儘管深圳的工作境遇比美國好得多，但在美國我不再遭受政治監控的侵擾。天平還是向這邊傾斜。更何況在美國境況並非一成不變。我討厭廚房，也討厭整天站在一個位置上燙衣。搬運工純出賣體力亦不應是長久之計。那幹什麼好呢？做送貨司機吧。我喜歡抓著方向盤的感覺。記得小時候坐公共汽車時，我總設法坐到司機旁邊的座位上，過把司機癮。心想什麼時候我也能開車就好了。

我考到駕照，又在週末獨自駕著幾百元買來的破車到紐約市裡四處兜轉，有點信心了就去應聘司機工，很快找到一份送肉類的工作。做了幾天就明白為什麼報紙上長年有肉食公司招人。這工作眞夠嗆。所有貨物都在冰庫裡。夏天外面攝氏三十度以上。冰庫裡則攝氏零下十幾度。穿著單衣進去搬貨冷得發抖。如果加件預備的厚衣服進去，老闆見了一臉不屑。工友說，你這樣老闆會不高興的，覺得你太嬌氣了。你看我們都是不加衣服就進冰庫的。我心裡反駁道，這簡直毫無人道。遂決心尋機會「跳槽」。

終於，我在介紹所找到一家進出口貿易公司的司機工。由於其客戶基本都是老外，需要一定的英語，這就等於對許多來自廣東或福建鄉下的移民和偷渡客關上了門，讓我這類略通英語的求職者逮到機會。

見工時秘書小姐把我帶進老闆的辦公室。老闆整理著他桌面上文件之類的東西，瞧都沒瞧我就問道：「作過送貨司機嗎？認識紐約五大區的路嗎？知道在紐約作司機是要兼做搬運的嗎？」「做過，認識，知道。」「在哪間公司做的？」「在利發肉食公司。」老闆抬起頭來瞟我一眼：「多大年紀？」「三十九。」一位朋友曾教我說：「從前林彪說不講假話辦不成事，現在你是不報小年齡就找不到好工。記住，找工年年三十九，超過四十就沒人要。」這會兒我是硬著頭皮「活學活用」了。老闆審視的眼光在我臉上盤旋，似乎要從我的面部線條中探究出我所報年齡是否屬實。少頃他說：「跟我來！」他把我帶到倉庫指著一堆貨物對我說：「你把這堆貨搬到那邊去，這裡要騰出來進一個貨櫃。記住，這是行李車，要輕放。」我應聲上去幹起來，不多久就完成。從我熟練的動作，老闆對我的搬貨經驗和膂力感到滿意。說：「明天來上班吧！」在我滿身輕鬆地要離去之時，老闆叫住我說：「把你的駕駛執照拿來複印存檔。」這執照上是有出生年月的。西洋鏡總不可馬上揭穿。我急中生智說：「對不起！今天出門匆忙，忘記帶錢包。」「那就明天吧。」

次日我準時上班，心裡正爲執照之事忐忑，但恰好從這天開始一連幾天工作都特忙。一上班就不停地搬貨送貨。約一星期後比較鬆緩了，老闆再提起執照的事，這次我祇得硬著頭皮交上給他。他看了執照，向我丟來一瞟。那眼神是在說：「你這傢伙玩花樣。」不過，大概是由於這幾天我的「工作紀錄良好」，公司裡正忙，需要人手，老闆從實用主義出發，對我瞞報年齡的「錯誤」免予追究了。

3

很快，我體認到在紐約所有送貨工之中，我屬最優越的一類。優越有四。一是所送貨物均爲乾貨，不用「濕手濕腳」。二是除行李車、密碼箱等少數貨物要輕放外，其他服裝、書包公文包旅行包、雪帽圍巾鞋襪之類都可以扔。這在搬貨過程中可節省很多體力。三是貨倉常溫，不必入冰庫取貨。四是客戶的倉庫均在地面，不像許多餐館那樣，倉庫都在地下室。記得在利發肉食公司送貨時，有次差點連人帶手推車都摔下一間餐館很陡的地下室樓梯。吃過苦方知甜。有紐約其他送貨工作做參照，我深知此工作可貴，於是決心幹好、長期幹下去。

每天的工作量都相當飽滿。說是九點至六點，但若出車遲、送貨慢，那就會忙到天已黑漆漆的八點鐘才能回到公司。爲了能儘快熟悉幾百種貨物的存放位置，儘快把貨檢出來，我一連幾天提前上班，畫了個倉庫存貨平張圖。此舉迅速提高了我的檢貨速度。我又連續幾天熬夜把紐約幾大區的主幹馬路網絡畫出，並竭力默記腦中。此舉迅速提高了我的送貨速度。

老闆發現了我檢貨桌面上的這兩張圖，向我投過不無驚訝和讚許的一瞟。就這樣，我在這個工作位置上至今已駐立了十多個春秋。公司營運在擴張。建立了些分公司。老闆經常不在此處。日常工作交由經理操辦。十多年來經理、秘書、推銷員、司機、倉庫工都更換過許多「代」，只有司機「老柳」依然故我。這些年來，有朋友建議我再考個貨櫃車牌或巴士牌，這樣工資可望攀升許多。送貨過程中認識許多其他公司的老闆、經理。他們邀我到他們公司工作，月薪馬上給我漲幾百。還有朋友建議我在小有積蓄後自己開個什麼店子。我謝絕了他們的建議和放棄了跳槽機會。這是因爲我太「熱愛本職工作」了。爲何我對這個送貨工作情有獨鍾？是因爲它讓我的精神處於相對輕鬆之中，而且使我擁有了許多時間。

由於我工作勤勉，尤其多年來所收貨款無一差錯（送貨司機經常還要負擔向客戶收取貨款），老闆對我十分嘉許。不少公司都發生過送貨司機在收了大筆貨款後說被劫走了的事件。在眞假莫辨的情況下，老闆充其量只能把司機炒掉了事。而我十年如一日，筆筆到位，這也是其他公司聞之要挖我的角的原因。我的辛勞獲得的精神報酬是老闆、經理對我態度十分平等友善。我與其他員工的關係也相當融洽，甚至可以說得到他們的尊重，畢竟我是幾朝元老。一個人工作環境的人際關係很重要。如果上司整天吆三喝四，同事間時時明爭暗鬥，那將是很難熬的。工資多一些都補償不了精神上的傷損。換言之，如果能工作於一個上司禮遇、同事融洽的工作環境中，那少點收入都值得。

由於我已對工作十分熟悉，能在最短的時間裡檢完貨，能以最簡捷的路線送貨，亦就能最快地完成每天的工作。送完貨後還有時間，我並不回到公司，而是把車開到一個清靜的地方停下來看書、寫稿。我的許多閱讀和寫作計畫都是在方向盤後的司機位上完成的。如果去開個店子——美國的華裔小老闆都是很辛勞的，既無業餘時間可言，更不可能擠出上班的時間閱讀寫作。如果跳槽，再營造一個熟悉的工作環境和融洽的人事關係談何容易。有時它甚至不是主觀努力就可實現的，而是帶有相當的機遇成分。社會上有些人就是那麼刻薄寡恩、刁鑽難纏。如果碰上那等秉性的老闆經理或老員工，就全完了。

鑒於無法了解公司老闆、經理及其他員工的深層政治面目，亦爲不使自己遇到額外的困擾，我在公司是隱姓埋名的。由於所有簽名都是用英文（漢語拼音），我的中文名字得以隱去。亦偶爾有人問及我中文名字，我說姓柳，名果開。有同事笑道：「你父母怎麼給你起這樣的名字？柳樹都有開花結果的嗎？」說來也幸虧他們都是不關心社會的一群。否則在一九九八年組織抗議印尼虐華暴行的集會示威時，報紙上有我的較大照片，而他們竟都沒有發現。使我司機「老柳」的面具得以繼續戴下去。

4

方向盤後的閱讀寫作時間亦是辛苦耕耘的成果。在開頭的一段時間裡則挨得十分艱辛。紐約實在太大。廣州被譽爲「南大門」，是中國僅次於北京、上海、天津的大都市，但它其實只有紐約的十分之一。

我是深秋找到這份工作，轉眼就入冬。冬季的紐約下午四點已經天黑，增加了看路標的困難，這成爲我起初送貨常迷路的原因之一。那個冬天特別寒冷，據說百年未見。風雪一場接一場。前一場的雪結成了冰，第二場大雪又接踵而至。冰上加雪，輪子經常打滑。除幾次車子失控差點出大禍外，還經常遇到停車送貨後車子就陷在冰雪裡開不出來困境。後面的送貨時程不容延誤。我趴在地上瘋狂地鏟冰。鏟得手腳發麻，費了九牛二虎之力，汽車還是像受傷的野獸，只會乾吼叫就是爬不出來。我人凍僵了，心急死了。

當我終究把車子弄出了冰雪陷阱，精疲力盡地坐到駕駛位上時，是多麼想休息一會兒，或者乾脆躺到溫暖的床上去。可是，現實使我不得作絲毫延誤，又急匆匆地上路。我望望冰雪覆蓋、寒風刺骨、人跡稀疏的街道，心裡不由得嘆息，生活是多麼艱辛，世界是多麼冷酷。

大約每星期有一次送貨到外州，第二天上午返回公司。公司付六十五元以下的汽車旅店費。那個冬天有次送貨到外州，風雪之中迷路了。紐約市區裡道路還有路牌。外州郊區則沒有，或不正規。我在圖示的區域東奔西走就是找不到客戶所在地。風呼號著，捲著冰粒敲打著玻璃窗。天色漸漸暗下來，我的心隨著夜幕的拉開愈加沉重。看來這次送貨任務是不能按時完成了。然而再遲些，當我被無邊的黑夜包圍再也無法辨認道路而放棄尋找送貨的目標時，我才陡然感覺到一個更嚴重的問題迎面撲來，就是自己如何度過這個風雪交加的寒夜。我的心理狀態從焦急轉變爲慌張。在這條冰雪之路上，已前後都沒有來車的燈光，只有我這輛車在寒風凜冽的黑夜中孤單地行進。

我在公路上漫無目標地駕駛著。不爲送貨，只爲找到一個今晚的棲身之處。開了許久，不但沒有居住點，甚至連零星的住宅燈光都愈加稀少。我想停車去問問那些零星的住宅主人，哪兒有汽車旅店？但我不敢貿然從事。因爲報上曾有一個日本青年誤入一家民宅院子，被民宅主人開槍打死，而陪審團裁定民宅主人無罪的報導。我遂不敢停車去敲門。就在猶豫不決之中，我發現公路兩邊零星的住宅燈光都沒有了，只有無邊無際的黑暗。心慌意亂中偶然看到油量表。不看則已，一看更嚇一大跳，油差不多用完了。我冒出一身冷汗，驟然記起一個眞實的「推銷員之死」。

去年美國中部地區大雪，一個推銷員油盡被困在野外。罕見的持續大雪覆蓋了他的車。一星期後，雪部分融化了，巡邏的州警在公路上發現一輛被冰雪半覆蓋著的車，遂上前去察看。這才發現死亡了的推銷員。據警方分析，這位推銷員有著強烈的求生欲望和生存毅力。他死後右手還抓著小刀。方向盤上刻有三劃明顯的痕跡。他是在車上堅持了三天才凍餓而死的。記得當時我看到這個報導時，只是心裡嘆到，一個多麼悲慘的故事！

然而此時我再想起這個故事時就絕不僅僅是感嘆，而是毛骨聳然的恐慌。難道那個推銷員的厄運會降臨在我的身上？死亡的恐懼驟然抓住了我的每一根神經。我的心一陣狂跳，腦袋發漲，雙臂抖動著，手心卻滲出了冷汗。有生以來第一次強烈地品嘗到了一個人面臨死亡時的心理狀態。啊！我還有許多事情要做，我不能就這樣死掉！這時，一個聲音對我說：鎮定，不要慌！這裡不是中部。是人口比較稠密的美東。這場風雪雖大，但埋不了你的卡車。你不會做推銷員第二。頂多在駕駛室裡過一夜。只要這一夜不凍死，明天白天就可獲救。憑著你青年時代鍛鍊出來的強壯體魄應該可以在駕駛室裡熬得過一個風雪寒夜。

我懷著「死馬當活馬醫」的心態繼續向前開車。心想直到把油開完爲止吧。中國的古語「天無絕人之路」看來眞是千錘百煉之言。就在油將盡、望將絕之時，前面出現了一片隱約的燈光。我心頭一喜，迅速奔上去。果然是個小鎭，而且一家汽車旅店赫然就在鎭頭。我的心又是一陣狂跳。整個人被一種在鬼門關前打了個轉再僥倖獲救的狂喜所主宰。當我停下車，敲開了汽車旅店的門，並看到店員驚訝的眼神時，我才確信自己度過了一個生死殊途的難關。

5

暴風雨過後會有晴天。在那次驚險鏡頭之後，我的送貨生涯就幾乎是持續的「晴天」。這晴天除了藍天如洗、風和日麗之外，還有更重要的內容，那就是我在掙夠生活費用的前提下賺得了許多用於閱讀和寫作的時間，而且又工作在一個人際關係良好、心境輕鬆舒坦的環境中。本世紀開始，公司老闆給每個員工都配備了手機後，自己就算遠離公司千里，也不再孤立無援。如果當年手機普及，那位推銷員也就不會悲慘地凍餓而死在野外。

我尤其喜歡每星期一次的跑外州。那簡直像一次小旅行。離開了鬧市的吵雜躁動，又沒有停車罰單的威脅是多麼輕鬆。更何況美國的天空總是那麼藍湛湛的，不像廣州的天空總是灰濛濛的一片。美國的原野總是樹林密布蔥綠蔥綠的，不像廣東的鄉間常是些黃壤紅壤的禿山，或因爆山取石而弄得怪石嶙峋。我常常在開車送貨途中盡情地欣賞美國優美的大自然。這眞是個得天獨厚的國家啊！可是，當我從自然回到社會時，又總覺得這個美麗的國度與自己是那樣的隔膜。我雖粗通英語口語，但我永遠不想鑽到英文裡面去。漢語的組詞法使之有著無限的延伸能力。漢語抑揚頓挫的四聲，使之無比悅耳動聽。這些都是其他任何語言，包括以經濟、科技強勢而席捲世界的英語都無可望其項背的。而更爲重要的是，五千年的文化沉積與僅三百年的歷史紀錄畢竟有著太大的差距。我即使全身鑽進了英語，可供我游泳的也就是那僅三百年的「池子」，而故國五千年的「翰海」則夠我遨遊終生。更何況一個年逾不惑才來到這「白色」世界的黃種人，是永遠無法融入其中。我時時懷念著遙遠的故國。這裡有美麗的山水，但卻有與我隔膜的歷史文化。故國有窮山惡水，但卻有與我息息相通的精神臍帶。儘管幾十年來故國一直被一個社會惡勢力所掌控劫持，使我時時遭到歧視傷害，而不得不暫時遠走異國他鄉，但我內心深處有一個堅定不移的信念，就是不管美東大地上何等美麗富饒，只要民主晨曦在遠東大地上顯露，我就會毫不猶豫地立即返回那魂牽夢繞的故國。在跑外州的高速公路上，我不知多少次在手握方向盤的同時，反覆地哼著那首歌：「不要問我從哪裡來，我的故鄉在遠方……」

二〇〇四年九月於美國紐約

我所遭遇到的幾個放逐者

陳墨

一九六四年，放映了一部國產片《怒潮》（張平主演），片中有首主題歌〈送別〉，曲調悠美，婉轉動聽，當年就流行起來。這首歌是我當時最愛唱的歌曲之一，故至今記得。

影片的情節早已忘掉，只記得是描寫「秋收起義」的，是「毛革線受挫以陳獨秀爲首的右機主義斷送了革命毛最終挽救革命挽救黨」的故事。可是到了文革初期，該片卻被打成「向黨猖狂進攻的反動影片」。其中罪名之一就是「妄圖替彭德懷翻案」，證據是〈送別〉中有「我持梭標望君還」一句，是希望被放逐彭帥重返中央（有些批判材料又說是希望蔣介石反攻大陸）。

當時簡直把我搞暈了。送別中的張平明明代表毛革線，他明明是受到反對武裝起義的陳右機黨中央的罷官放逐嘛，比喻如此清晰，怎麼說顛倒就顛倒了呢？後來聽說該片編導及演員張平都被紅衛兵革命派整死了，也不知眞假。因此，我不由得一直揣摩不停，該片編導是死得活該，還是死得冤枉？是御用文人「伴君如伴虎」的必然下場，還是果眞「打著紅旗反紅旗」，以「春秋筆法」敢批逆龍鱗的孤膽英雄？他們是值得讚美，還是只配詛咒？聯繫到影片《桃花扇》的編導因一句「聲聲罵，看你懂不懂！」（李香君罵阮賊唱詞）而丟了性命，證明毛是讀懂了的，他對中國文學中「含沙射影」、

「指桑罵槐」這套瞭如指掌。於是以爲：無論該片編導想不想彭帥（或老蔣）回來，寫批判文章的傢伙也是借捕風捉影的索解栽贓式批判之名，行宣揚其「微言大義」之實也。——中國文人活得多累啊！一九八〇年，還是凡是華坐龍椅時，又出了部影片《帶手銬的旅客》（于洋導演並主演）。

其中也有一首主題歌，叫〈駝鈴〉，也是一首送別歌。曲作得悠美，也婉轉動聽，當年也流行起來，也是我當時喜歡唱的歌曲之一，故至今也記得。影片的情節也早已忘掉，只記得是「我黨的優秀幹部公安局局長于洋同志跟四人幫作鬥爭反被黨媽媽誤解當了戴手銬的放逐者」的故事。同《怒潮》一樣，也安排在戰友揮淚道別時，響起了這婉轉動聽情意綿綿的送別歌聲：「送戰友，踏征程，風塵默默兩眼淚，耳邊響起駝鈴聲……」該片拍得實在糟糕，純粹「兩條路線鬥爭」的圖解。唯有這首歌因其旋律悠美及駝鈴意象得以流傳。然令我百思不得其解的是，這部典型「社現跟風」片，編導立場無比鮮明，于洋的英雄形象也完全符合「高大全」，革命的浪漫主義，可是居然在八二年鄧第二次復出後被禁播了。于洋糖未吃到，反而罹禍，從此被逐出影壇。箇中原因，恐怕只有天才曉得了。我猜測，如編導有意將被黨媽媽誤解而遭放逐的英雄暗喻鄧，現實中的鄧當年被逐出北京流放南昌時，卻不見一個戰友來送過行，道過別，慢說是這首情意綿綿的歌了。你教老鄧睹今思昔如何心平？如果編導確無此影射，英雄于洋僅象徵「四五」精神，那麼它的被禁，也屬必然。因爲一方面鄧給「四五運動」平了反，而另一方面「四五」領袖照抓不誤，照樣「從重從快」。其中奧妙，誰能解讀？——中國文人活得多窩囊啊！哪怕你扯起標語去討好他，想方打條去吹舔他，他就不整你了嗦，作夢吧！

長亭外，古道邊，芳草碧連天。晚風拂柳笛聲殘，夕陽山外山。
天之涯，海之角，知交半零落。一壺濁酒盡餘歡，今宵別夢寒。

這是弘一法師即李叔同的成名作〈送別〉。對弘一法師及他這首〈送別〉，我早在文革中就讀到了。那時正在武鬥期間，我在春熙路孫中山銅像背後的黑書市做書生意，意外收到一套《故宮藝苑》雜誌。該雜誌係二十年代初發行的，爲國畫書法篆刻及文物收藏界第一本刊物，三十二開本，日本珂羅版套藍精印。其中就有一篇詳細介紹弘一法師及這首〈送別〉的文章（作者可能是夏丏尊，記不清楚了）。讀後令我異常激動，尤其這首〈送別〉，似有神魂飄蕩如醉如癡之感。以後，我就憑了弘一法師李叔同的逸聞趣事及這首〈送別〉，俘虜了不少剛結識比我年輕的朋友。不僅讓他們認同了弘一法師，也認同了我。因爲他們跟我一樣，聽完後大吃一驚：「中國居然有活得這麼豐富多彩、詩情畫意的文人！」記得八十年，認識了詩友蔡楚，一次閑聊，他要給我講弘一法師，我笑說：「要說講弘一法師，我該算始作俑者了，因爲那時還在武鬥呢！」可惜這首〈送別〉的曲調晚在八十年代中期電影《城南舊事》上映後我們才學會，否則，肯定比我們在文革中傳唱〈南屏晚鐘〉、〈當我們小的時候〉、〈紅豆詞〉等港台歌能認同更多的朋友。

這首〈送別〉，表面上僅是離愁別恨，不過有聲有色，情境交融異常纏綿悱惻而已。其實，那是他在「哲學逃亡」前的慘痛割捨。在心靈深處，同他分別的，不僅是他的妻兒、他的朋友、他的學生，而是整個塵俗世界。他是在一九一五年（民國四年）時年三十六歲春暉中學（杭州師專）教書時創作了這首〈送別〉，時已對老莊哲學浸淫極深。一九一六年暑假期間，依道教祕笈辟穀二十天，作《斷食日記》一本，詳記其靈軀之感受。記後說他：「生命得以昇華」，遂更名「李甦」。重獲第二次生命的他很快迷上佛學，開始誦經拜佛，素食禁欲。兩年後，也就是一九一八年，蘇俄那聲「給中國送來馬列主義」的著名炮聲響起不久，他就在杭州正式出家了，時年三十九歲。

其實我心中，一直把這首〈送別〉當作自我放逐者之歌。因爲我們雖無他的氣質秉賦能斬斷紅塵，但他在斬斷前心緒的那種淒美徬徨，則是所有自我放逐者所共有的。我以爲淒美境界既包含了那麼一點點〈易水歌〉的悲壯，也包含了那麼一點點〈采薇歌〉的迂頑；既包含了那麼一點點「楊柳岸、曉風殘月」的纏綿，也包含了那麼一點點「孤帆遠影碧空盡」的悵惘……不過，對於一個自我放逐者來說，淒美境界只是一種象徵，它只能給你血淋淋的逃亡蒙上一層詩意而已。

舉個實例。去年，諾貝爾文學獎的得主是南非作家柯慈，是他於一九九九年創作的小說《屈辱》。柯慈乃南非種族隔離政策之最深惡痛絕者，故於大學畢業後自我放逐，流亡英美，直到十一年後才重返祖國，任教於開普敦大學英文系，但亦有一半之時間留在美國。他的小說不很多，共十本，均爲精品，大都獲得國內外文學獎。前九部，具先鋒理念，慣用寓言象徵隱喻暗示等手段，最後一部《屈辱》，則純現實主義了。

《屈辱》描寫的是在黑人統治下的新南非，白人生存環境劇變，受到懲罰性不公正待遇，過著恥辱性生活的故事。小說主人公是一位白人年輕婦女，一個人住在鄉下，父親是開普敦大學的教授。她本來生活平靜，取消隔離制後黑白混居，她便有了黑人鄰居。鄰居黑人三人，出於報復心態，輪姦了她，並將她的財物掠搶一空。她出於羞恥，只報案盜劫，隱瞞被姦實情。警方破案不力，遂使其墮入貧困，生存至危。更有不幸，竟懷上黑種，身心俱裂。而黑人鄰居見其可欺，用盡各種卑劣手段，終於霸占了她的土地房產，使她一無所有，淪爲其第三個太太，其實是他的白奴。當她的教授父親回到鄉下，不能忍受這種恥辱，勸她逃亡國外時，她卻說：「對，這是一種恥辱，但也許這是我們重新開始生活的起點，也許我要學會接受現實，從頭開始，從一無所有開始，眞正的一無所有。一無所有，沒有汽車，沒有武器，沒有房產，沒有權利，沒有尊嚴。像一條狗一樣。」在我看來，與其說《屈辱》揭露的是新南非黑人統治下的醜惡現實，毋寧說它是《文明的衝突》的小說版。它表現的不僅是新南非的問題，而是二十一新世紀全人類的問題。

《屈辱》因其深刻性而獲諾大獎，也因其深刻性而觸怒了南非當局。柯慈成爲南非黑人的眾矢之的，過街老鼠。因而，他不得不再次自我放逐，流亡澳洲。也許，他將終身不再重回令他又恨又愛的南非了。

我們這代放逐者和自我放逐者所受之恥辱，並不比柯慈的「女兒」所受更少。她不願逃亡而屈從命運，因爲她有來自血液的替白人兩百多年殖民統治贖罪的宗教衝動。她也許認爲她們這一代理當承擔祖宗所犯罪孽的報應，這是上帝的旨意，不可違抗。但我們這代又非八旗子弟，憑什麼要受如此非人磨難?!——當然上帝對這樣的質問從來是不予理睬的，何況我們還是沒有宗教信仰的盲流。所以，當我們命定像一條狗一樣地生活並死去時，我想，最好時不時哼一哼弘一法師的〈送別〉，也許這淒美的旋律能讓你回憶起那些值得回憶的東西，也能堅定你那些值得堅定的東西。至於它能否撫慰你的遍體鱗傷，你的遊子情懷，那就要看你用什麼心去哼唱，或者用什麼心去聽了。

當今中國，「放逐」二字已被掠美主義的商品文化用爛。流行歌曲張學友天王就有〈放逐〉，王力宏小天王也有〈放逐〉，以及紅男綠女各式歌星的「放逐」。連旅遊廣告詞都明白寫著「放逐丹霞山水間！」進入文學網站，更了不得，遍地「放逐」，好像都患上了流行性放逐感冒，開口不說幾句「放逐」，不是文化人一樣。若用「放逐」到Google一搜，保你看到鬍子白都看不完的。這尷尬類似於當年寫詩，特愛「駝鈴」意象，待御用文人掠美後，就發誓再不使用「駝鈴」了。掠美主義經商品大潮一催肥，其地盤幾乎無處不在，中文辭彙及中國特有之意象本就被粉筆們糟蹋了不少，現而今更是雪上加霜，商筆再加解構主義，等於中文正被三個黑娃輪姦。而我唯因愛中文才延及愛國的，所以必須像關注被嚴重污染的水土空氣一樣地用「哀眾芳之蕪穢」的悲憫眼光去關注被嚴重污染的文字及其人性，並像柯慈一樣隨時作好被放逐被重判的準備。

——這就是我們的宿命啊！下面是我的老友鄧墾在一九七〇年初我逃亡鄉下時，為我寫的一首送別詩。現權當「但去莫復問，白雲無盡時」（王維〈送別〉）思念海外筆友的白雲一片吧。因為這首詩，證明我們當初就已然清楚自己的宿命了：

你的歌難道只僅僅是秋雁呼喚在長空
夜半冷月下的流螢徘徊在荒塚？
你的歌難道只僅僅是神往於一個桃色的夢，
白雲深山裡幾聲清淡的清淡的暮鐘？
不，我相信人們將眞實地評價你，
正如落葉最懂得秋天，寒梅不欺騙春風。
當他們提起，在那個陰暗多雨的季節，
血，是多麼紅；心，是多麼沉重。

二〇〇四年九月二十日

王康作《俄羅斯的啓示》記

余世存

余世存，一九六九年生於湖北隨州，一九九〇年畢業於北京大學，先後做過中學教師、報社編輯。發表過詩、文、論若干。出版有《黃昏的繽紛》、《重建生活》、《我看見了野菊花》等文集。現無業，慘淡經營一未註冊的北京當代漢語研究所，設立有當代漢語貢獻獎，自二〇〇一年起該獎已頒四屆，並印行《廿一世紀的世界與中國》、《今日中國政治思潮評析》、《世紀之交的戰略性思考——中國歷史、文化與現代化論綱》、《時代思想筆記》等十餘本地下圖書。

1

九十年代初，王康離京多日，在重慶隱居賦閒。其情形如同《吶喊》後的魯迅。一個千萬人「吶喊」過的大劇謝幕了，一夜之間，一切變得蕭索、沉悶、滯重、無趣，曾經燦爛地展開其熱情、良善、智慧、才華的人們彷彿經霜打冰凍，又成爲漠然身外而壓抑的一群活物。但魯迅當年只能「荷戟獨彷徨」，已經過了幾十年的光陰，歷史演繹了太多的內容、積累了太多的經驗，何況王康還深知另一個民族俄羅斯近幾百年的歷史。無論如何曲折，個人、民族和人類的生命是有自己的起點、方向和目的的。前路更何之?在王康那裡是極清晰地呈現著，他知道，他也看到了，雖然一切是非現實地存在著。這老大而多災難的民族，雖然她曾早慧地爲人類文明開闢過榮譽和方向，雖然她也很早地與其他民族接觸，卻遲遲未能進入人類世界的綿延大潮。

一天，王康無所事事地路過街頭，經過一家賣書報的地攤，他停了下來，無意地翻開一本叫《花城》的文學雜誌。他本來是跟文學有距離的，不僅僅他更多的關懷在民族的現實和價值王國，在世界範圍內的精神渙散上，正像他在第二屆唐君毅學術思想國際會議上的即興發言所說，「杜維明、霍韜晦和蕭蹇父諸先生辯討唐君毅師承的道統問題，在我看來是無意義的。古往今來的大哲都是從一個豁口中走來，他們懷著不忍之心，不相信天生人類，只是要他們窮盡苦難或墮落淪喪，豈有它哉」；而且，他「對中國當代詩歌吉普賽式的圈落風尚沒有興趣」，當代的中國文學，在他這樣的局外人看來是「自外於當代中國（在一種陰鬱乖憐的渠道裡與中國毒素深廣的虛無傳統氣息相吹），由稱爲實驗、先鋒的詩群領頭的大規模的詩歌流亡，他們企圖以僭越的步姿儘快躋身於西方詩歌大師之列。」「中國詩人從某日起，突然宣稱，詩已窮盡對世界的表達，詩人正式退出『公眾生活』，他的對話起點是尼采、德希達、海德格、傅柯、波赫斯、莊子、禪宗，以及亞當和上帝本人；詩人只滿足於一名無所羈絆的隱逸的在語言深處的虛無之宮飄泊的占星方士，等等。」「具有與俄國流亡作家類似的背景的中國流亡詩人，其流亡與其說是一次痛苦的選擇，不如說是一次任性和隨意地流失或錯位，他們的藝術成就，至今未超出對贗品、版式和範本的仿製；他們的被逐，既不是由於任何永恆事物的誘惑，也不是來自帝國的敵意，而僅僅是自身的短氣和歧誤。他們沒有起始，卻憑空攀附高處；他們沒有過程、對象，卻以世界本體自居；他們無力進入人類心靈，卻輕易自戴桂冠。由於對基本事物的無知和對永恆事物的隔膜，由於不加節制地無端自戀，喬裝超脫，由於對來之不易的詩人權利和有限語言自由的濫用，更由於對詩人使命的背棄，致使他們被正當地拒之於世界詩歌生命循環之外。」鬼使神差，這一天的王康居然在小攤上翻起了文學雜誌。

事情當然有例外。幸運的是，王康這樣偶然地遇到了這個例外，他在這期（一九九〇年第六期）《花城》上看到了一首題爲〈帕斯捷爾納克〉的詩，一首短詩使他積鬱已久的思想、情感如火山噴發，《俄羅斯的啓示》，一部十四萬多字的作品就這樣在短短的幾天之內寫就。就像大晴天裡驟起的風暴一樣蔚爲壯觀，火山噴發也使時空景象變換，人的生存及其環境獲得了嶄新的內容。不僅是對九十年代初那樣平庸的日子而言，而且在近百年的中國新文化建設裡，《俄羅斯的啓示》也是劃時代的天地至文。

我在青少年時期讀到梁啓超談論自己讀龔自珍詩文的感受，說是「如受電擊」，後人評說讀梁啓超的文章，也說是「如受電擊」，我那時就一直在想那樣的文字該是怎樣的奇文，天地間眞有那樣的文字嗎？龔自珍、梁啓超的文字我也讀到過，但他們的時代離我們太遠，我們難得那時的同情、會心和徹悟；雖然在歲月坎坷裡我們也逐漸讀懂並回味起那些「筆落驚風雨，詩成泣鬼神」般的文字，但我總懷著期盼，希望看到文明的思想內容在當代的閃電，提升我們生活的質量天空。

2

一九九五年冬天，何家棟先生電話裡告訴我，有一個人你可以認識一下，這個人叫王康，現在北京搞一部《大統一》的電視片，沒有工作，但這個人有學問，文章寫得非常美。我那時正在編輯《戰略與管理》雜誌，我問能約稿嗎？何先生說，怕是不行。我放下電話，猶豫了一下，撥通了王康的電話，並沒有說明由誰介紹，只是說我是誰，想來拜訪，王康也沒問，只是說，來吧。我就這樣見到了王康。

我們都是性格內向的人，話語不多，只能一個一個的話題略顯鄭重地來過，他讓我看了他撰稿拍攝卻沒有公映的專題片《大道》，我也給他看了我的長詩〈眾生北辰〉。這一無目的的稱得上「猝然」的相逢卻讓我很是服氣，然而我們分手時卻沒有什麼約定承諾，像是武俠小說裡的兩位劍客無意接觸後比劃了一番分手各奔東西，印證了武功，仍相忘於江湖。雖說我回來後給他寄過雜誌也寫信敘說過他的才華學識給我留下的印象，他也給我寄過賀年卡，說是要回重慶。我們很快失去了聯繫，他離開了原來的地方，聽說他的《大統一》已在中央電視台播放。我找過他，但除了知道他是重慶人外對他的情況一無所知。

一九九六年夏天，單正平來北京住在閩西飯店給我打電話，讓我過去聊天，還說這裡有一個奇人你不可不識。奇人在他身邊，聽到我的名字說認識，單正平說人家說見過你。我問此人是誰，他說叫王康，他也剛認識一天，我說王康我當然認識。我們就這樣再一次聯繫上。

隨後，王康請我參加了幾次文化活動。我也對王康的了解多了一些。他居無定所，總是在重慶北京兩地跑，以布衣之身而憂國憂民，希望自己的思考、寫作和社會文化活動能對民族的進步發展有所助益。王康對我談論過當今社會的病症，知識分子以及暴富族們的關係，他說暴富族們雖然發展起來了，卻不是一個健康的階層，如果知識分子和大眾傳媒在八十年代中期能夠理性地對待那些企業家、老闆或大款們，而不是向後者獻媚，那麼這個階層也許會對社會的發展起積極的作用。民族的歷史總是各個人各個階層自私自利，一到危機關頭，他們要麼袖手旁觀，要麼獨力抗擊暴惡。因此民族雖歷經磨難卻長進不大。王康還想對本世紀的民族遺產進行總結，他說他想找一個載體，這個載體能把全體中國人吸附過來，集中全體炎黃子孫的智慧，發揮他們的創造力。這個載體，他認爲就是中國的大統一。單正平告訴我，他那一代人已很少有王康這樣的還在爲理想而生活的人了，包括他自己也變得實際多了。我們那時都沒有讀過王康的文章，我們只是在交往、言談中感覺到王康是一個眞正有氣象的人。

到一九九六年十月下旬，王康到我處給了我幾篇文章，數天後的一天深夜，我躺在床上讀他的近六萬字的長文《俄羅斯的啓示》，據說這只是部分，全文則有十四萬之多。我讀了不到兩頁就從床上跳了起來，渾身像通了電一樣不由自主，又像受寒流襲擊一樣顫抖不已。我停下來，生怕是幻覺，我從頭讀起。就是這樣的文字！她原來眞的存在，而且就在眼前。我激動不已地一口氣讀完，我確認這就是我一直在期待的文字，是我少年時期的夢想，王康圓了我的夢，那一夜，我彷彿進入了佛家所謂的鈞天大樂的境界裡。

第二天，我呼叫王康，在電話裡我向王康抱歉說晚了幾天才讀他的文章，我說很感激，這麼好的文章，我再努力十年也寫不出來。王康說朋友之間說這話做麼事，我說是眞的，我也許一輩子也寫不出來。

這以後，我就時時翻閱，一次次地體驗閱讀的歡愉。我已不再有少年時那種遇到美好的東西獨享祕不示人的心理，也不再有遇人就推銷的習慣。生活苦難的歷程已教我們明白人的思維的高深和情感的熱度是不具有這種高度、深度和熱度的人所不能理解的高深和熱度。對於沒有音樂的耳朵來說，最美的音樂也毫無意義。我將王康的文章複印幾份給我認爲可以看的人看，一些人徵求我的意見，問可以自己再拿去複印嗎，這是意料中的事，讓我略感遺憾的是一些年輕的朋友無動於衷。

過了一段時間，單正平寫信來說，他近日去了一趟重慶，有機會跟王康在一起，了解了王康的一些情況，他說他這個年齡的人已很少佩服人，但他現在視王康爲眞正的英雄豪傑。他說他在王康那裡讀到了一篇文章，雖然只有一部分，但他認爲已足以改寫我們的文學批評史，這說法兒一點也不過分。他說，你一定得看看那篇文章。讀到這樣的信很是讓人感動，在回信中我不免得意地告訴他，你說的文章肯定是指《俄羅斯的啓示》，我已經先睹爲快了，我們的看法一樣，文明史上那些讓我們安慰給我們營養的事也出現在我們身邊。

3

若干年後，二〇〇〇年的春天，網路熱使網站像春草一樣瘋長的時候，「文化中國網站」的朋友們來找我，說是求了很多人而不得，希望我能勉爲其難爲九十年代的學術思想寫幾句話，那「幾句話」就是後來近兩萬多字的〈關於九十年代的漢語思想〉。在準備說那幾句話時，除想到我們「永遠的鄉愁」，我們那些德高望重而也能與時俱進的前輩，那些正當盛年著名的思想者外，我想到最多的還是那像這廣大土地上默無人問的工人農民一樣，那些默無人知的寂寞的思想者，我想到的是王康們。

「事實上，在一九八九年之後，官學就日益僵化、流氓、教條，而不再是表徵民族社會的唯一證物。民族的智力資源流散到民間，跟本來身在邊緣和民間的思想者們一道，成就了一個更爲健康、更有中國情懷的當代漢語的知識活動。這類思想者的工作完全是悲劇性的，他們的生活多困窘不幸，他們不能更多地投入生存的努力，而九死猶未悔地守護著中國和漢語，他們的作爲得不到任何回報，他們的寫作被棄置、無人聞問。誰是今天的顧准？誰是當代的卡夫卡？馮友蘭曾說『……吾其爲王船山矣』，他實際上不是，但有人是。像司馬遷、王船山這樣絕境寫作的孤憤人格，在我們的專制歷史裡代不乏人。這一類人，有限的世界裡專制得沒有任何他的精神存活的可能，他們的精神活動只對天地負責。只要忠實地執行了上帝的旨意，他就完成了人生的使命。至於世人、有限之物能理解他到什麼程度，就不是他所能顧及的了。永無出頭之日，永遠地被棄置在人市和人世之外，是他們人生選擇必備的勇氣和信仰。因而在縷述九十年代漢語實績時，我們還須注意那些不在視野內，不曾公開發表的寫作。這類絕境寫作中最爲光彩的部分因爲無任何顧慮而在情感、思想上有了更充沛更個性更淋漓的表達。假如說公開文獻上的自由主義思想還在爭取權利，絕境寫作的自由心靈則在表達權利。正因爲如此，他們與時代同呼吸共命運的寫作難見天日。只能在個人之間流傳，或偶爾在個別媒體上露面。一如毛喻原先生多年來孤獨地守護著命運，他對於漢語思想實在之源的尋求和表達應是漢語世界裡的一件大事，需要眾多的呼應、切磋、碰撞、發展，然而他只能悲劇性『自我規定』，但是毛喻原先生將神學、人的神正目的論引入漢語世界極大地豐富了漢語的思維秩序。王康先生懷抱理想主義，他以布衣之身憂國憂民，對於俄羅斯民族的啓示，對於中國的統一前景的展望，在小範圍內流傳，影響了年輕一代學人。近來寫作的〈詠而歸〉，借用我們詩國的聖者杜甫先生的讚辭『庾信文章老更成』，那樣光耀日月的作品，『千載以下，猶令人嘆息』，在那裡，有著對於我們文明中道德文章的擔當。喻希來先生『畫地自獄』，縈懷於中國歷史的總成績和文明的興衰，他與世隔絕的思考反而具有九十年代知識分子當中難得的大見識。假如我們能聯繫到中國傳統『花果飄零』時思想的積累和進展是通過師徒、家族、個人探索來實現，我們就能明白這其中複雜的悲劇況味……更多的漢語寫作者們，在我們無知的地方存在著，注視著我們，關懷著我們，我們不知道他們的名字，他們或者被發現，或者被湮沒，或者被扭曲。無論怎樣，願他們的靈魂穿過荒涼的土地，在不可知的無限世界裡（上帝之域）得到安寧。」

實際上，我對王康的表述有欠準確，王康並非已入老境，他只是剛過「知命」之年，但是在這個日新月異新新人類競逐的浮華時代，我們都顯得太老太老了，歲月催人老，我們的生活已經與過去有了銘心的聯繫，思君令人老，我們的理想已使我們隔世。只是中國也是我的、王康的；漢語也是我的、王康的，我們仍然在生活，在思想。我們存在著，我們的生活也是生活，我們的思想也是思想。

談論王康和王康的作品，遠不能以時行的話語、情境作爲框架的，因爲王康們本來就在這樣的語境之外。何家棟先生不無「刻毒」地笑話我，文章的前兩節讓人想起了「文化大革命就是好，就是好來就是好」一類的思維，如何是好呢？我沒有說明。是的，我確實時常會喜歡「就是好」之類的反智情境，余生雖晚，「文革」卻也是我的，我與「文革」在某種精神層面上竟然也有著一致的地方。不過，每一個人在紛繁的人生萬象面前可能都有一種定性、明晰的衝動吧。只要他面對大千世界，謙卑爲懷，承認自己可能會錯而且肯定己錯，承認萬物都有存在的權利，也許不失爲一種好的態度吧。我無法詳細具體地向朋友們描述王康和《俄羅斯的啓示》是什麼樣子的，還有一個原因，就是用當下的漢語無法表達。

由於中國的現代轉型過程並不同步，當城裡人逐漸有了社會保險、工業化等諸多現代要素時，農民還遠未具有農業化、遷居自由等現代條件，農民仍靠自己獨立解答生老病死，獨自安身立命；知識的領域同樣如此，當大部分知識菁英早已完成從知識分子向文化庸眾或學術大師、媒體知識分子的轉變時，那些還未能與國際學術界知識接軌的，遠離文壇、學術圈子、知識界，獨自探索的朋友，仍在用自己的心智獨創性地對知識和生活的歷史、現實進行解答。在前者那裡，專業、職業、志業的碎片化分割已使人們的交往溝通面臨緊張，而在後者那裡，我們有希望發現那種連接無限道理和性情的人格力量。

閱讀王康，最令人驚異的也正是那種「有情風萬里捲潮來」的人性奇觀，那種苦難、擔當、不忍之心、丈夫氣概、天地浩然的偉大鑄造。這種知識思想領域裡的克里斯瑪型人格，在都市裡，在已與國際社會接軌得可以了的當代中國思想界是近乎絕滅了（我們知識公園裡擁有的倒是汪暉、劉小楓一類的都市恐龍），我們習慣了都市文化知識（也許就是世界知識前沿）的生成機制：人物、觀念、方法……轟然而來，改變了我們的眼光，「提升了」我們做人的檔次，廣告了我們作爲菁英和弄潮兒的成功人生……無論大地上的人、家園如何，當又一種知識傳來，我們肯定是超級知識模仿秀的優勝者，報紙、雜誌、影視、網路……乃至我們日常「對話的邏各斯」，全換了光影聲色。

我們已習慣了作一種文化庸眾，但錯誤在於我們有「致命的自負」。對俄羅斯，我們內心裡早已勢利得不再稱道了，甚至其現實也成了部分菁英們恐嚇威脅人們的藉口，據說俄羅斯一夜之間破產了，人民生活倒退到非貨幣交換非工業化生產的時代，誰敢冒險像俄羅斯一樣先從政治改革入手，像俄羅斯一樣引進自由？俄羅斯國已不國，民已不民，都是自由惹的禍（他們竟忘記了中國共產黨人「以俄爲師」那一個世紀的時代精神）。固然，列寧主義的失敗使俄羅斯整整幾代人的試驗努力變得毫無價值，其人生變得是一個如辛酸笑話般的災難錯誤，同時，對蘇俄帝國權勢的反抗，在思考著全球化的菁英眼裡，其價值也是要大打折扣的，至少其方向並不精準，索忍尼辛的當下失語就是一個明證（天哪，爲什麼我們總是這麼聰明？）。在據說對全球化有著「偉光正」思考的菁英眼裡，你們跟俄羅斯一樣老叫嚷自由、自由，私有、私有，哪裡知道資本主義市場把人異化掉的痛苦絕望，哪裡懂得資本主義經濟全球化裡的新殖民主義的陰險，哪裡明白如今俄羅斯的二流形象及民眾苦難正是自由及其主義的罪過，哪裡了解，俄羅斯人可不像我們阿Q一樣只會陶醉迷惑於「我們曾經闊過」，俄羅斯人是篤信他們曾經闊過，他們正發狠地罵自由、自由主義的祖宗八代和如今的徒子徒孫，中國的民眾和自由派眞的傻得或別有用心地把國家送進資本主義的懷抱?中國的民眾和自由派們，你們又哪裡懂得，在任何地方都有奴隸而且有自願做奴隸的人，你們必須明白，今天的很多事情包括你的欲望和你的構成，都是美國帝國主義的一個陰謀……

王康的《俄羅斯的啓示》當然沒有給今天的都市裡的知識菁英們提供答案，也沒有像後者那樣思考如上深刻的思想，但這絲毫不減它對當代中國都市文化的啓示意義。不管都市的菁英們如何已爲各類問題和主義纏繞得一團錦簇，深刻絕望得偉大光榮正確，王康的思考仍立足於我們生命的起點之上，那個最簡單的事實，生命對於苦難的不忍之心，生命對於生命的無上尊奉歡喜之心。也正是在這裡，王康和他筆下的俄羅斯詩人們一樣，敢於面對黑暗和存在的勇氣，賦形爲語言，跟天上日月地上山河一樣有著「逼人的輝煌」。自帕斯捷爾納克、索忍尼辛、布羅茨基等人獲得諾貝爾文學獎後，俄羅斯詩人們的輝煌已爲世人周知，俄羅斯詩人大大增富了以西方爲中心的世界文化的寶庫是一個不爭的事實，今天的俄羅斯的轉型艱難絲毫沒有減弱他們偉大的歷史功績。王康的《俄羅斯的啓示》在敘述俄羅斯詩人們的詩歌生涯時，把俄羅斯人同帝國的爭鬥清楚地表述出來了。在蘇俄闊過的時代，那似乎確是闊的，帝國在世界的各個角落都敢於同美國一較短長，用時下中國流行的語言，帝國的國際形象是強大的，極有威望的，是不可戰勝的，帝國的成就是令人矚目的，讓天下攀附的。然而，在帝國內部，詩人們從未放棄過生命自由的思考，這種微弱的個體的生命尊嚴的維護對生命來說可能遙遙無期，的確，帝國七十年的歷史使幾代人的生命因之殉葬，但是，從帝國地獄走出來的一群人卻震驚了世界。他們的痛苦是筆墨難以描繪的，他們的憂愁已深入骨髓，他們的才能是值得欽佩的，他們的爲人是值得紀念的。

在王康那裡，對中國人來說，他們的啓示意義還在於，他們對自由的追求從未陷入中國人所謂的無政府主義和個人主義那裡，從未陷入民族虛無主義裡，他們對生命的自由思考打上了極深的俄羅斯的烙印。他們從未絕望、悲觀、虛無，五十年前，在最艱難的時刻，茨維塔耶娃〈把目光轉向未來〉：「當我停止呼吸一個世紀以後／你將來到人間／以往死去的我，將從黃泉深處／用自己的手爲你寫下詩篇……」；阿赫瑪托娃則聽到「歷史大潰退」的腳步聲，俄羅斯人意外地撞上了「眞正的、非日曆的二十世紀」，她質問詩人們：我們怎麼會這樣不負責任，竟沒有覺察到雷鳴般的腳步聲，在向我們宣布的，不是日曆上的普通一年，而是眞正災難性的二十世紀？在五十年代俄羅斯大地仍然冰封雪閉時，索忍尼辛在鐵絲網後面寫道：「我知道，我並不是惟一這樣做的人；我知道，我已經接觸到了一個偉大的祕密。在古拉格群島分散的一個個小島上，在同我一樣孤獨的胸腔中，這個祕密正在人不知鬼不覺地成長起來，爲的是在未來的年代，也許是在我們死後，顯露出它的威容，滙成整個狂濤怒吼般的俄羅斯文學。」布羅茨基則以傷感的激情在〈我們稱之爲「流亡」的狀態〉的演講中說道：「既然我們無以寄託對美好世界的希望，既然其他道路全行不通，那麼讓我們相信，文學是社會具有的惟一的道德保險；它是戕害同類原則的矯正劑；它爲抵擋高壓政策提供了最有力的理論——內容豐富多樣的人生是文學的全部內容，也是它存在的目的。」

4

二十世紀最後十年，對中國人來說，是如戲如劇又悲苦莫名無助的十年。在這之前，一場運動事件解構了中國各階層之間鬆散的結盟，而「讓一部分人先富起來」的現世物質主義號召和「全民皆商」

運動則消解了各階層內部和職業分工中特有的品格。中國成爲「沙聚之國」。「中國」一詞對中國人來說作爲一種社會現象並非一種恆定的現實，而是一種經驗和現象的奇特結合，是要變易的過渡型態，自然地，中國人也出現了身分認同危機，「我是誰？」「信仰何爲？」「人生何在？」等等無可解答的安身立命的正名內容導致了中國人精神的潰敗。

精神的潰敗在行爲上表現爲人們的正義感和道德意識的淡化，在思維和寫作的層面表現爲人們責任感和批判意識的淡化。中國人的寫作，也就成爲一門職業寫作，在這一寫作裡，找不到語言和存在的血肉聯繫，找不到詩和存在的性情關係，找不到寫作者個人在語言中的位置，找不到寫作在歷史延續中的意義。這樣指責漢語寫作並不全面。因爲任何時代的主流寫作或說中心寫作少有不是如此空洞、庸凡和劣化的。只有那些在邊緣寫作中以堅忍的心智辛勤勞作的人才有可能參與語言的生命創造，才可能成就有益於民族現實和未來的寫作。所有民族和人類中最重大的聲音、呼告，都是在遙遠的極地，從這些生命起始傳到人們耳際的。這些「精神烈士」，這些先知，都以其酷烈的人生際遇，常人難以想像的代價，榮耀了民族的名。我們唯有對比歷史和其他民族的實踐，我們才明白健全的人性有一種什麼樣的狀態。王康在《俄羅斯的啓示》裡有力地證明了這一點。精神的潰敗是不能以客觀現實作爲充分藉口的。任何個體，置身在生命的精神歷程中都在時刻經受著拷問、鍛鍊，人們可以說今天消費主義的世俗觀念深入人心，然而，襲自珍時代的人們也多在「爲稻粱謀」；人們可以說市場經濟、大眾文化有助於消解意識形態霸權，然而，東亞一些經濟繁榮國家仍沒有擺脫封建的陰影（從而也仍沒有擺脫政治和經濟大滑坡的威脅，即黑金政治和泡沫經濟）。

在鴉片戰爭之後的一百餘年間，我指的是一八四〇年至一九四九年，中國人也存在身分認同危機，中國人牢牢抓住了歷史給予的命題，即解答外來的國恥和內在的強權。那時巨人輩出，思維闊大，並出現了孫中山這樣天下爲公的民族英雄和魯迅這樣凝聚民族靈魂提升民族性格的偉大作家。任何瞞和騙的把戲都不能使人類的精神個體有所鄉愿或犬儒。阿赫瑪托娃曾對來訪的英國人伯林說：「你來自人的社會，而我們這裡……」她在這裡是長久地沉默。魯迅也說過類似的話：「民國前我是奴隸，民國後我做了奴隸的奴隸。」在這種不苟且的人性尊嚴裡有著布施、擔當、同事、救贖的生機。

因而，精神在精神潰敗年代裡也在等待人性的閃光，漢語寫作也就是這樣在文字、訊息爆炸般的生產年代裡等待著烈士的鮮血。作爲一種最悠久的文明語言，作爲由孔子、司馬遷、曹雪芹、魯迅……以血祭過的語言，理應在歷史的巨變關頭找到新的人格形式，理應在民族的新生旅途中獲得新的存在狀態。因爲被納入世界文明大潮的中國社會，其聲音、言語，對我們中國人來說絕非幸運的豐富創造的產物，而是一種具有人類意義的中國命運的個人承擔狀態，只不過有人順應，有人反抗，有人漠然，有人以個人的存在體現了一種關聯無限的道理和性情。王康在《俄羅斯的啓示》裡，把自己的精神、信念和才情完美地表達出來，從而獲得了與歷史和域外那些最深刻的人類寫作等量齊觀的意義和效果。像單正平一樣，我樂意向人們介紹這個人和他的作品，我願意向這個人和他的作品表達一個寫作者的敬意。

一九九六年寫一、二、四節，二〇〇一年寫〈向思想和讀者的告別——王康作《俄羅斯的啓示》記及其註解〉時補第三節。註解有一萬多字，雖然一度在中文網路裡引起爭議，今天它已在網路世界裡丟失。

二〇〇四年十月補記

斯人流亡 菁英何在

——寫在流亡者劉賓雁先生八十華誕

謝 泳

謝泳，一九六一年出生，山西省榆次市人。曾任山西省作家協會《批評家》雜誌編輯，大型文學期刊《黃河》雜誌編輯，現為《黃河》副主編。一九八九年前著有《禁錮下的吶喊——一九七八至一九八九年的中國報告文學》、《中國現代文學的微觀研究》。一九八九年後主要從事中國現代知識分子問題研究，主要方向是儲安平與《觀察》週刊。著有《〈觀察〉研究》一書（未出版）。一九九六年後著有《西南聯大與中國現代知識分子》。目前正在撰寫《知識分子思想改造運動史——一九五一至一九五二年》。

一九八八年，我寫過一篇論文〈作爲知識分子的劉賓雁〉，同年還寫了一篇〈從劉賓雁到蘇曉康〉。我那時的想法是，一九四九年以後中國能有他們那樣的知識分子是中國的希望，雖然時間過了快二十年，我對他們的敬意還不曾減弱，因爲有時候勇氣和良知比知識更爲重要，失去勇氣和良知的知識，最後會很輕，很輕……

我那時正從事文學評論工作，是因爲對劉賓雁先生的敬意，使我把主要精力轉向了專門研究當時非常活躍的報告文學寫作，因爲我感覺到在那樣一個時代裡，社會進步的主要精神動力，一時都凝聚在報告文學作家身上。雖然這個判斷現在想來稍嫌簡單，但從後來發生的事件中，我還是認爲這個近似於直覺的判斷是有道理的，不然就不會出現一九八九年裡當時中國最好的報告文學作家幾乎全部捲入了民主運動當中的現象。那時劉賓雁先生人雖然不在國內，但在當時他是一種象徵，他的影響和精神在激勵著人們，好像當時凡遇到什麼情況，我們總要往他身上想，總想從他那裡得到力量……

時間過得眞是很快，劉賓雁先生流亡海外已十六年了。對一個中國知識分子來說，這十六年的海外生涯，在他一生中該如何評價，我一時還找不到合適的角度，我衹想說，這十六年，幾乎是他一九五七年前的六年和一九七九年後的十年的總和。但對劉賓雁先生來說，他在中國的那些歲月對他一生的意義更爲重大，因爲在那兩個時期，他曾是中國的良心，在中國人的心中，劉賓雁代表了正義和公正，象徵了勇氣和眞誠。然而海外的流亡歲月，卻使劉賓雁從人們的視野中消失，最後留在了關於那個時代的記憶中。劉賓雁已成爲歷史。

劉賓雁的經歷在中國知識分子中具有象徵意義，這種意義可以解釋爲他的每一次努力最後都要以自己的失敗來爲另外一部分平庸的知識分子留出空間，他總是把自己努力得來的東西空置在那裡，讓平庸的知識分子去獨享，而自己卻由中心退到邊緣。

對中國知識分子來說，一生經歷兩次菁英淘汰的命運還不很普遍，但在一九八九年的時代波動中，劉賓雁、方勵之和王若望卻都曾重複了自己一九五七年的命運，他們最後的歸宿極具悲劇色彩，王若望已在流亡中去世，方勵之和劉賓雁還在流亡之中。他們共同的命運驗證了一個簡單的道理，在極權社會裡菁英最後要消失在平庸中，作爲社會流動的一個規律，最後到達高層的一般都是平庸的人，這就是中國社會長期不進步的原因。我們從一九八九年中國知識界的情況說起。

那時中國社會正處在一個相對健康的發展時期，雖然基本制度沒有改變，但在整個社會中健康的社會力量成爲主要的動力。當時中國高層政治菁英，比較具有改革思想，在他們主政的時代，對主導社會進步的力量認可度較高。當時黨內高層有開明派，主要以早年參加過一二．九學生運動的黨內知識分子爲主，如後來爲知識界認同的李銳、李愼之、李昌、李普等。另外作爲中國知識分子主流菁英，復出的「右派」和「知青」成爲知識菁英的主要成員。因爲當時中國社會的主導力量是改革開放，所以這些力量共同構成了中國知識界的整體形象。明顯標誌是這兩個知識分子群體中的代表人物正在成爲制度化中的主要成員，當時在制度化主導改革的力量中，有相當多的知識菁英。

應該說，一九五七年以後，在中國知識分子中已少有眞正的知識菁英，因爲最好的人都在這次運動中淘汰出去了。被淘汰出局的「右派」，作爲一個知識菁英群體，最後還能重新回到主流社會中來，這是他們一生中不幸中的萬幸，可惜這個時間太短了。不過十年左右，他們又面臨了菁英出局的命運。一九九〇年代以後的中國知識界的形成，像一九四九年後中國社會變革的規律一樣，最後的結局是建立在菁英淘汰基礎之上的。無論在學術界，還是文學界以及新聞界甚至科學界，「六四」以後由於菁英流亡出現的空白，最後平庸成爲大陸知識界的主流。除了流亡留下的空白以外，在隨後進行的知識分子流動過程中，凡與「六四」有關的知識菁英基本出局，在制度化的知識分子體系中，眞正的菁英不能說完全沒有，但平庸是它的基本特色。

對文學界來說，最好的「右派」作家和最好的「知青」作家最後都走了，我們不用再開列詳細的名單就可以想見，如今大陸文學界的構成是一個什麼樣的局面。如果劉賓雁還在大陸，右派作家中，人們記住的不會是王蒙。

上世紀八十年代，由於時代的原因，當時中國知識菁英的學術水準還在剛剛的重建和恢復當中，他們是激情有餘而學術不足，這是事實。但在同一個時空下，他們無疑是最好的一批人，如果一個社會正常的進步不被意外的中斷，今天居於大陸知識界主流地位的，非他們莫屬，然而時代沒有再給他們這樣的機會。如果要在早年的「右派」作家中找一個當時社會共同認可的人，那是劉賓雁先生。如果在當時的「知青」作家中找一個共同認可的人，那是鄭義先生，可惜，他們都被淘汰了，菁英出局後，平庸才會如魚得水。

劉賓雁先生在上世紀八十年代，曾是中國的良心。但他走了以後，中國也就失去了良心。中國社會是一個沒有宗教傳統的社會，在這樣的社會中，知識分子的角色非常重要。那時劉賓雁先生的意義在很大程度上承擔的是類似於宗教的功能，他成為一個時代的象徵，因為他代表了良知和給人信心。在我那一代人心中，劉賓雁先生是一個理想的化身，連錢鍾書這樣的純粹學者，都認為劉賓雁先生當得起「鐵肩擔道義，辣手著文章」這副聯語，可見他在那個時代裡人們心中的位置。

上世紀八十年代中國知識菁英的普遍流亡命運，是特定歷史條件下出現的現象。它在中國現代歷史上可能是比較獨特的。在一九四九年以前，對於中國知識分子來說，普遍的流亡現象很少發生，而且數量不會如此之大，時間也不會如此之長。那些曾經捲入革命較深的知識分子，無論亡命日本還是逃向歐洲或者蘇聯，總體上觀察，人數和時間一般都相對較短。另外近代以來的中國，民間社會一直相對較為發達，在國家與社會的對立中，始終保持了中間地帶，直接退出政治衝突的知識分子，一般不會因曾有過的革命生涯而長期流亡，故國的大門不可能向他們長期關閉。他們或者選擇退隱或者選擇教育或者從事鄉村建設運動，他們對故國的情感和作用總還可以長久地保留，因為有這個條件才使得中國社會保持了活力，無論政見多麼不同，理想有多少差異，他們沒有喪失了為中國進步努力的機會和條件，而只有這一次知識分子的普遍流亡，使中國社會的創造力和精神受到了極大的影響。八九以後的中國社會，不能說沒有進步，但從社會進步的長遠角度觀察，單純的經濟活動最後帶給社會進步的動力並沒有像人們所預期的那樣。

八九後中國知識分子的普遍流亡現象中，包括了當時三代中國知識分子的主要菁英。以劉賓雁爲代表的出生於上世紀二、三十年代的知識分子，以鄭義爲代表的出生於四、五十年代，在當時最爲活躍的知識分子，還有以王丹爲代表的出生於六、七十年代的學生菁英。不是說這些菁英個人的才質是無可替代的，而是說他們的精神氣質中蘊含著社會進步最寶貴的品質，如今中國社會中最缺乏的就是這種東西，這也就是知識菁英普遍流亡後造成的明顯影響。

在傳統中國社會中，很少在社會成員的流動中，完全以一時的政治因素決定菁英流動的最終命運，特別是在社會菁英向上流動的過程中，曾經有過的政治選擇並不是絕對的決定因素。但在八九以後的中國社會中，當時的政治選擇最後成爲菁英流動的唯一決定性因素，不論哪一個群體中的知識分子，從曾經有過革命經歷的老一代知識分子到完全沒有社會閱歷的青年學生，最後都因這一因素而難以發揮知識分子的作用，或者說他們發揮作用的機會受到了極大的限制，平庸成爲這個時代的主流。窒息八九知識菁英的正常社會流動，極大傷害了中國知識分子追求眞理的勇氣，它對社會的負面影響越往後越深遠。一個常態的社會政權，必須注意時時從所有的社會力量中吸納人才，所謂唯才是舉。只有到了中共執政的時代，才把政治選擇制定爲菁英流動的剛性要求，這種執政理念常常導致個人在他一生中只能做一次政治選擇，或者不做任何選擇。因爲在這種機制下選擇政治生活的成本極高，通常這種選擇是唯一的，一但與主流意識形態衝突，將改變一生的命運。正是因爲這種機制在八九以後的超常作用，最後改變了當年大批知識菁英的人生命運。今天爲劉賓雁先生祝壽，想到中國社會對菁英的不珍惜和不愛護，感到特別痛心。

二〇〇四年九月二十六日於山西太原南華門東四條

流亡者

余　杰

余杰，一九七三年十月三日，生於成都平原一個山青水秀的小鎮。十三歲開始發表作品。一九九二年考入北京大學中文系；二〇〇〇年獲文學碩士學位。一九九八年出版散文隨筆集《火與冰》，在知識界和廣大讀者中引起巨大反響。同年出版《鐵屋中的吶喊》，「抽屜文學」之名在大學校園不脛而走。此後三年間，先後出版了《文明的創痛》、《說，還是不說》、《尷尬時代》、《想飛的翅膀》、《愛與痛的邊緣》和《老鼠愛大米》等著作。

1

文學與流亡結下了不解之緣。

文學家與流亡者也結下了不解之緣。

丹麥傑出的文學批評家勃蘭德斯的巨著《十九世紀文學主流》開篇便是「流亡文學」。他對在盧梭啓發下產生的法國流亡文學及其代表作家，如夏多布裡安、勒奈、史南古、諾底葉，斯塔爾夫人等都給予高度的評價。勃蘭德斯這樣寫道：「我們彷彿看到流亡文學的作家和作品出現在一道顫動的亮光之中。這些人站立在新世紀的曙光中；十九世紀的晨曦照在他們身上，慢慢驅散籠罩著他們的奧西安式的霧氣和維特式的憂鬱。我們感到他們經歷了一個恐怖的流血的夜，他們臉色蒼白而嚴肅。但他們的悲痛帶有詩意，他們的憂鬱引人同情；他們不能繼續前一天的工作，而不得不懷著疑慮看待那一天打下的基礎，而且得把一夜的浩劫留下的碎片收攏起來。

「爲此他們想到屈辱，他們的感情的迸發表露了這種情緒，在這裡面人們可以感受到激發人心的力量。」

從天性上講，勃蘭德斯首先是一位詩人，其次才是一位批評家。否則，他就不可能超越「進步／反動」的辨證思維模式，直接進入文學的內核——文學之所以產生，源於人類靈魂深處有一種對現實的強烈的不滿足感。與芸芸眾生相比，文學家的這種不滿足感體現得如暴風驟雨般強烈。與現世維繫的紐帶往往承受不了這樣巨大的強力，終於斷裂了。最後，文學家含淚告別他們熟悉的世界，踏上了漫漫流亡路。

被勃蘭德斯稱爲「天眞得像一個孩子，淵博得像一位老人」的詩人諾底葉，是一個天生的流亡者。他的父親是革命法庭的首席法官，有一次準備處死一名資助保皇軍的貴婦人。十三歲的諾底葉百般懇求父親豁免貴婦人。但是沒有用。他便宣布，如果對貴婦人判處死刑自己就自殺。在最後一刻，擔心失去兒子的父親不得不讓步。詩人說：「我沒有什麼政治信念，我只是熱愛自由。」因此，他成爲永遠的反對派既反對共和國，也反對帝國。在刺刀破門而入之前，他匆匆離開自己讚美過並將繼續讚美的土地。

詩人選擇流亡，政治家選擇堅守。這是詩人與政治家之間最大的區別。羅伯斯庇爾即將簽發丹東的逮捕令時，丹東的朋友向他通風報信，勸他逃往英國，丹東卻平靜地說：「我能把共和國的土地帶在我的鞋底上嘛？」丹東寧可上斷頭台也不願流亡，他心甘情願爲了某種理念和信仰而犧牲。詩人卻不同，詩人什麼也不信，除了自由與獨立。爲了擁有自由與獨立，他們可以放棄國籍和家庭、名譽和財產，背上「叛徒」的惡名。爲了擁有自由與獨立，他們有勇氣去抵抗任何強大的政權，在極端的孤獨中消解命運的殘酷。

流亡者是思想者、回憶者、寫作者，是可以燎原的星星之火，是統治者不共戴天的敵人。

流亡本身便已顯示出流亡者所具備的內在力量，以及令統治者杯弓蛇影的恐懼。在歷史的天平上，柔弱的斯塔爾夫人並不比強大的拿破崙輕。「自然賦予我的各種能力中，我唯一充分發展的就是忍受痛苦的能力。」她出版的書被憲兵毀掉，警察總監告訴她：「你的流放是你過去幾年所堅持的行爲造成的自然結果。看來這個國家的空氣對你不合適……你最近的作品是不忠於法國的。」斯塔爾夫人便戴著這樣的「高帽子」開始了她遍及歐洲大陸的流亡生涯。第一次出國之時，「驛馬每前進一步就給我增添一分苦痛，當趕車人問是否車沒趕好時，我想到他們給我幹的可悲的差事，禁不住哭了起來。」以後，她逐漸對流亡安之若泰，甚至對拿破崙主動表示的和解也不屑一顧。拿破崙悻悻地說，任何人在和斯塔爾夫人談過話之後，對他的看法就差了一大截。占領整個歐洲的法國皇帝卻不能征服女流亡者的心，這對他來說多少是一種諷刺。

「流亡文學是一種表現出深刻不安的文學。」勃蘭德斯的這一結論意味深長，他個人的隱痛亦濃縮其中。丹麥的教會與政府十分討厭這名「不信神的猶太人」，他們撤銷了他在哥本哈根大學的教席，並採用其他卑鄙的手段繼續對他進行迫害。

一八七七年，勃蘭德斯不得不移居柏林，開始了六年漫長的流亡生活。結果，敵人弄巧成拙，將自身置於更加不安的境況中，勃蘭德斯的影響力比他在國內時更大了。

十九世紀中期，歐洲的三個主要國家都分別流放了他們最偉大的作家：英國流放了拜倫，德國流放了海涅，法國流放了雨果。但流放並沒有使他們任何一個人失掉他的任何文藝影響。作爲「祖國的異邦人」，他們用自己的流亡爲「祖國」構建了巨大的精神財富。

流亡是人類文化的一個維度，一個獨特的話語形式以至人的生存方式或臨界狀態。流亡者是人類文化的承載者，他是最容易受到傷害，卻又最不容易被傷害所摧毀的人。

如果我們造了一個孩子
就叫他安德烈，叫她安娜
使我們的俄羅斯語
烙印在孩子皺折的小臉上
我們的字母
第一個音只是一個有延長的嘆息
屹立在未來

這是一九八七年諾貝爾獎得主、被驅逐出俄羅斯的俄羅斯流亡詩人布羅茨基痛楚的詩句。

如果說法國的流亡者仍然保持著他們熱情浪漫的情懷與放蕩張揚的個性，那麼俄國的流亡者則以他們廣博的心胸包孕故土，以他們堅韌的神經承受咫尺天涯的辛酸。

從天寒地凍的西伯利亞到樓高車擠的美國，都有俄國流亡者的蹤跡。幾代俄羅斯作家都逃避不了流亡的命運：沙皇時代的屠格涅夫、赫爾岑、杜思妥耶夫斯基，蘇維埃時代的高爾基、布寧、托爾斯泰，一直到史達林時代的索忍尼辛、辛尼亞夫斯基、艾克蕭洛夫。有的作家雖然沒有走上這條荊棘之路，但精神早已流亡這中間，既有得志的法捷耶夫，也有遭貶斥的帕斯捷爾納克。

俄羅斯的土地有一種神奇的魅力，俄羅斯人的家園是生活艱苦、視野空曠的鄉村原野。俄羅斯人在富饒而貧瘠的土地上吃苦耐勞，並用宿命的觀點看待自己的不幸，爲自己忍受苦難的能力感到自豪。他們的精神缺乏均衡感，時而激情迸發，時而鬱悒沮喪。俄羅斯文學的傳統是在這樣的河床上形成的——如果說西方人在認識眞理時是通過個體去研究人身上的宇宙，那麼俄羅斯人的意識要認識的對象首先是在宇宙中的人。這樣，悲劇的因素便蘊含在其中了：極權統治的祕密在於蔑視「人」、遮蔽「人」、迷惑「人」，將人「鎖定」在某一位置上；而文學家的使命在於發現「人」，拯救「人」，張揚「人」，讓人按自己的意願活活潑潑地生存。兩者之間必然展開一場不可調和的戰爭。

一九一九年，少年納博科夫隨同父親離開動盪的祖國。船匆匆起錨時，岸上響起的機槍聲是他關於故國最後的回憶。「孤獨意謂自由與發現，一片廣闊無垠的沙漠，會比一座城市還令人興奮。」這位貴族後裔漂泊德、英、法、美、瑞諸國，不僅疏離了新政權，還疏離於形形色色的流亡組織。「我一直過著獨立清醒的日子，我從不附屬於任何黨派團體，因爲我並沒有在哪個公司商號當過白領階級，更不曾在礦坑裡幹過普羅階級。任何黨綱或信條都不會影響我的創作。」對於納博科夫來說，流亡既是被迫的，也是自我選擇的。絕對的流亡帶來絕對的自由，而自由是創作的源泉。從旅館到客棧，他只攜帶一隻小小的行李箱，箱子裡是一疊疊的文稿；從輪船到火車，他只攜帶一顆俄羅斯的心臟，心臟的搏動宛如俄羅斯森林中霍霍的風聲。

史達林時代表面上萬馬齊喑，愛倫堡卻說：「你可以用瀝青覆蓋世界，但是總有幾株青草能自隙縫中萌芽滋生。」艾克蕭洛夫便是這樣一株青草。他的童年在「人民之敵後裔收容教養所」度過，如同置身於一堆人的廢軀殘體中，如同零落在戰場或屠場上。幾本破舊的古典名著拯救了他即將沉淪的心靈。他開始思考，寫作，被捕，坐牢，最後流亡。

一九七九年，艾克蕭洛夫在美國出版轟動一時的長篇小說《鋼鳥》。小說主要敘述一個背覆金屬外殼、非人非鳥的怪物，強行住進大樓的公共電梯。不久，他便用暴力控制了全棟大廈和公寓裡的居民。因爲鋼鳥日日夜夜肆意破壞，大廈潰塌了，只留下鋼鳥依舊意氣風發，昂首挺胸站在電梯頂端，冷漠地俯瞰大樓的斷垣殘壁。蘇聯當局惱羞成怒，將艾克蕭洛夫定義爲「人民公敵」。有趣的是，幾乎所有的流亡者都是「人民公敵」。其實呢，流亡者就像一隻跳蚤，活躍在統治者的床頭，使服了過量安眠藥的統治者仍然無法安眠。

布羅茨基把自己形容爲「一條殘存於沙灘的魚」。他的案頭貼著一句中國的古語「千里之行，始于足下」。然而，歸鄉之途老是跨不出足下這一步，千里即意味著「嚴禁你回首望故鄉」。回去了又能怎樣呢？結果是無須猜測的——暴政時代，女詩人阿赫瑪托娃的遭遇是，「詩自然不可能發表，甚至不能用筆或打字機寫出來。只能保存在作者的記憶裡。有人因爲比一張寫了幾行字的紙更小的東西失蹤過。」爲了防止遺忘，女詩人只好請密友低聲朗誦。另一位詩人曼捷施塔姆去世後，他的寡妻在占地球表面六分之一的土地上東躲西藏，將一只收藏他詩卷的平底鍋緊握在手中，夜深人靜時默默背誦那些詩句。時刻提防持搜查證的便衣闖入內室。

民主時代應該沒有問題了吧？戈巴契夫與葉爾欽多次電請流亡美國的索忍尼辛返國。索忍尼辛確實也回過祖國，可最終還是走了。爲什麼呢？他坦白地說：「在長達十五年的歲月裡，我一直小心翼翼地潛匿於深處。而現在我剛露出地面就一夜成名，就好像一條慣於生存在高氣壓的深海魚，浮出水面就死亡，因為這條魚無法適應突然的低氣壓。」作家發現他面對的是一個已然陌生的國度，他的講演言不及意，形形色色的政治團體都企圖利用他。古拉格群島已經成為過去，民眾也把他看作過去。他自己則已適應了流亡的生涯；流亡像一條大毒蛇，緊緊裹住了他。在一個不需要流亡的時代，索忍尼辛依然流亡。

流亡者生活在一個破碎的時空中，流亡者在這個時空中捍衛著他們自己的道德標準。土地與歷史在他們的筆下倔強地延伸。「流亡」是一個極為生動的詞語。逝者如斯的大川，標識著這群人動態的生存。除了他們之外，還有乾坤在日夜流轉。

「流亡」成了不可終結的神話。

2

地球上，有一個民族，全部都是流亡者。《聖經》耶利米哀取第二節中有這樣的話：「你們一切趕路的人哪！這事你們不介意麼？你們喜歡看，有像這臨到我的痛苦沒有？」痛苦像鹽一樣溶在水中，而水在永恆地流動。

這個民族便是猶太民族。他們流亡了整整兩千年，足跡遍布世界。他們曾經擁有家，擁有財富，擁有知識，但轉瞬之間就可能喪失一切，包括生命。他們的自由是以喪失任何生存空間為代價的自由，是被拋棄、被殺戮、被追蹤的自由。

我最喜歡讀的是茨威格的書。心靈的焦灼既是書中主人公的，也是作者自己的。當流亡並不是作為上帝考驗人的手段，而是作為一種本體而存在的時候，茨威格開始動搖了。他的書被從書店和圖書館裡取出來，匯集到廣場上付之一炬。這對寫書的人來說，是一種近於原罪般的痛苦。面對這種痛苦，人天性中的脆弱最終都將暴露無遺。

茨威格一直在思索「托爾斯泰爲什麼要出走」的問題。在《茫茫蒼天》中，他試圖解答，卻未能眞正解答。茨威格本人是個不情願流亡的人。他是個水晶一樣脆弱的人，他常常希望得到愛、憐憫和尊重，而這些領域恰恰都具有脆弱的本性，它們需要周圍的人無微不至地呵護。流亡生涯帶來的卻是冷漠與苛待，在陌生的環境裡，絕望像爬牆草一樣瘋狂地滋長。

茨威格越走越遠，告別了歐洲的心臟奧地利，告別了歐洲大陸，甚至不得不告別大陸之外的英倫，來到彼岸的巴西。他終於痛切地體驗到：流亡並不是人生的某個階段，也不是歷史特定時期的特定現象。那在記憶中美不勝收的「昨日的世界」是不存在的。流亡不是一條通向勝利與光明的征途，而是自己終身承載的負荷。精神敏感、心靈脆弱的茨威格不可能向普羅米修斯那樣，日復一日地忍受被鷲鷹叼走心臟的痛苦。聽到日軍侵占新加坡的消息後，他靜靜地喝完最後一杯酒，向妻子微笑，相互告別。

那天，陽光燦爛，槍聲清脆，流亡到此爲止。

與茨威格對流亡的拒斥相反，同爲猶太人的索爾．貝婁卻選擇了自覺的流亡——在他的作品中。貝婁一生在芝加哥大學裡過著平靜而優越的學院生活，但他筆下的主人公個個都是不折不扣的流亡者。在浪蕩與漂泊中，這些志高運壞、事與願違的人物堅韌地忍受折磨，嘲笑著自己接二連三的挫敗。

《雨王漢德遜》塑造了一個既成世界的背離者的形象。貝婁認爲，根深蒂固的位移感是我們這個時代最明顯的表徵，「誰也不能眞正在生活中占有一個地位，人們都覺得占據了正當的屬於旁人的地位，到處都是離開原位而被取代的人。」擁有億萬傢俬、美滿家庭的漢德遜應當滿足了，可他仍然不滿足。他的靈魂被貪得無厭的聲音「我要！我要！」所咬嚙著。他對自己目前的生活煩得要命，他是千千萬萬正在萎縮的靈魂中的一個。他離開美國，走向非洲，走向原始森林中的獅子與酋長。漢德遜的流亡不同於此前所有人的流亡——沒有人迫害他，他也不缺少自由。流亡的原因只有一個：有詩人氣質的人不可能適應散文的世界。

在實用主義氾濫的美國，當一個詩人，要幹學者的事，女人的事，教會的事。俄狄南斯感動了木石，然而詩人們卻不會做子宮切除手術，也無法把飛船送出太陽系。奇跡和威力不再屬於詩人。詩人之所以受到「愛戴」，正因爲他們在這方面無能爲力。詩人的存在，僅僅是爲某些人的玩世不恭辯護。那些人說：「如果我不是一個寡廉鮮恥的下流胚，不是一個討厭鬼，不是一個賊和貪得無厭的人，那麼我就不會取得成功。看看那些善良溫順的人吧，他們雖然堪稱我們中間的精華，但他們卻都被挫敗了。可憐的傻瓜們！」漢德遜是個成功者，但詩性仍然頑強地與他的成功作對。他是猶太人，他也是詩人。這就註定了他不可能是一名「完美」的成功者。他孤獨得可怕，而且恐懼，他對行爲缺乏信任，對自命爲英雄的行徑表示懷疑。他想實現尊嚴，並給生命加上一種道德的量度。這一切，只有在疏離於「文明」的流亡中才有實現的可能性。

貝婁筆下的流亡者都是「受苦和受辱的學徒」。作爲一名心靈敏感的猶太人，貝婁保持了一種在盛世中的末日感。他看到，一般公民已經獲得自由，不再像獸類似的每日勞役，天天都有奢侈的生活供人們享受，可是每個人都發現自己懸空吊在新的安適之中，看不出應該享有此類生活的權力或理由。這樣便導致了具有反諷意味的結果：新獲得的自由反而使人們更加孤立，更加受制於權力。「人不能單獨地生活，而應兄弟般地生活。」流亡的漢德遜們終於悟出這樣的道理。迴盪在他耳邊的聲音

「我要！我要！」變成了「他要，她要，他們要！」生命的意義在艱苦卓絕的流亡的過程中凸現出來，我們都有一個「值得爲之奔波的命運」。流亡是渺小的人與命運所作的最後一搏。流亡的動因各不相同，流亡導致的結果卻大致相同——那就是具有金剛石般的品質、文筆與思想的誕生。偉大的流亡者們以流亡的行動來作爲思想的前奏曲。所有的鐘聲在那一刹那間響起，流亡者們在路上聆聽到鐘聲，清醒地知道：伊甸園是不存在的。流亡的姿態呼應著流亡者身上某種神聖的素質。

能夠改變什麼，不能夠改變什麼，關於這一點，流亡者要流亡很多年才能給出眞正的答案。

一部呆板的歷史，因流亡者而生動。

一部虛僞的歷史，因流亡者而眞實。

一個平凡的人，因流亡而擁有不平凡的世界。

一個軟弱的人，因流亡而在火與電中迫近永恆。

選自《火與冰》一九九八年四月

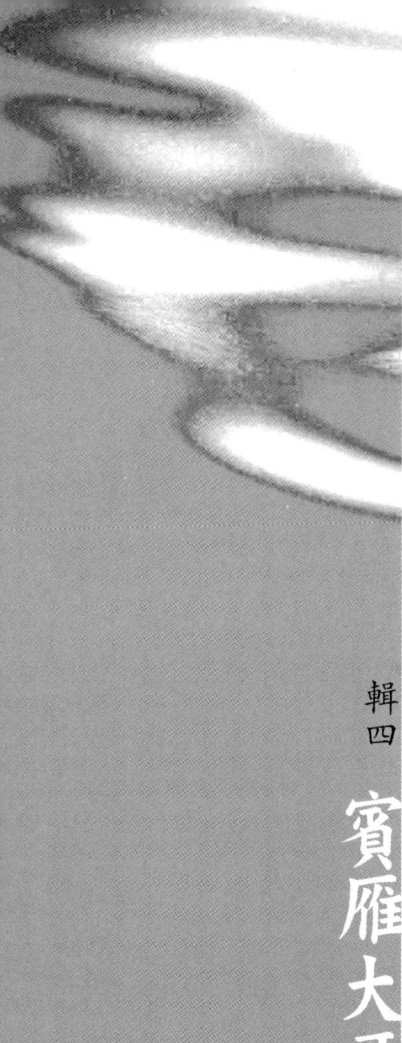

輯四

賓雁大哥

驊騮開道路，鷹隼出風塵

——祝賀賓雁老友八十大壽

于浩成

于浩成，法學家、社會評論家、雜文和舊體詩作者。筆名吳澄、呆公、牛布衣等。滿族人，一九二五年生於北京。一九四三年在日本占領下的北平加入中共，同年赴晉察冀根據地，一九四五年赴延安。歷任抗大二分校教員、《晉察冀日報》編輯等。曾任公安部群眾出版社社長兼主編。曾編輯出版索忍尼辛《古拉格群島》等「敏感」書籍並創辦《啄木鳥》雜誌。文革中受迫害，關入秦城監獄三年。一九八九年六四事件中以「支持動亂並堅持資產階級自由化」罪名被監禁、審查一年半並開除黨籍。一九九二年起任「中國人權」（紐約）理事。一九九四年到美國。作品有《新綠書屋筆談》、《鳴春集》、《雜文選粹．于浩成之卷》及法學著作多種。

當代論才子，如公復幾人。
驊騮開道路，鷹隼出風塵。
行色秋將晚，交情老更親。

天涯喜相見，披豁對吾眞。

——杜甫〈奉簡高三十五使君〉

八月份，鄭義來電約稿，說朋友們打算編一本文集，談談流亡生活體驗，並將此書題獻給賓雁八十大壽，作爲一件最好的禮品。我感到義不容辭，毫不猶豫地一口答應了。流落海外的同輩人中，我與劉賓雁、李洪林同歲，都是屬牛的。王若水屬虎，小一歲。王若望、金堯如、戈揚、蘇紹智幾位則比我們大四、五歲或二、三歲不等，但都可算是同輩人則是不成問題的。我在這裡臨文不諱，將存歿諸友混寫在一起，相信賓雁以及至今還活得好好的幾位不會見怪。因爲大家都是唯物主義者，對生死早已不忌諱言說了。老實講，在過去兩年中，若水、若望、堯如以及國內的祖光、愼之諸友相繼離開我們的時候，我當時就「既痛逝者，行自念也」（曹丕〈與吳質書〉），一方面對「故人雲散盡，我亦等輕塵」（魯迅〈哭煩、范愛農〉）感到悲痛，一方面又深覺友情之彌足珍貴。因爲在君臣、父子、夫婦、兄弟和朋友這「五倫」中，只有朋友完全是自願、自主的關係。而朋友中又有以利益相結合或以共同理想、志趣愛好而結合的分別，只有後者才是眞正的友誼。由是之故，我們今天慶賀賓雁兄的八十大壽，就是一件有意義有情感的事情了。

寫什麼好呢？我的腦際馬上浮出唐代杜甫贈另一位詩人高適的詩句：「當代論才子，如公復幾人？」這首詩用來轉贈賓雁兄，愈讀愈感到眞是確切不過了。前四句正好用來讚許賓雁作爲當代一位傑出的文學家對國家、社會和人民的巨大貢獻。賓雁是黑龍江省哈爾濱市人，哈爾濱有東方莫斯科之稱。難怪他的俄語和英語那麼好。至於他的文學才能，他在文學界的地位，令我想起中外兩個人：一位是蕭軍，一位是愛倫堡。蕭軍也是哈爾濱人，與賓雁是同鄉。兩個人的體魄、性情也相像。對東北人，人們有一種說法：除了滿族人是土著（例如我的祖籍是吉林省寧安縣，也就是清朝流放詩人吳漢槎的地方寧古塔）以外，漢人大都祖籍山東。山東出大漢是有名的，過去軍閥時期募兵也總是挑選山東、河北的農民。賓雁與蕭軍一樣身軀高大雄健，性情率直，稱得起是硬漢子。蕭軍活躍在三、四十年代，其代表作《八月的鄉村》因魯迅作序而一舉成名。他的作品以抗日為主題，正好反映了當時的「時代精神」。賓雁則活躍於五十年代末期和整個八十年代（中間因被打成右派，緊接著又有文化大革命，整個文學界一片沉寂）。他的〈在橋樑工地上〉和〈本報內部消息〉（五十年代）以及〈人妖之間〉、〈第二種忠誠〉等篇（八十年代）則以揭露社會黑暗面、官僚主義、特權、貪污等主題，同樣是「時代精神」的眞實反映。

上面說我由賓雁聯想到愛倫堡。愛倫堡也是由於魯迅在雜文中引用了他的名言「一方面是莊嚴的工作，一方面是荒淫無恥」，而在我國廣大讀書人中知名的。愛倫堡於赫魯雪夫在蘇共二十大揭露史達林罪行以後寫了《解凍》一書，開啓了蘇聯「解凍文學」盛行的時期。與此同時，賓雁的〈在橋樑工地上〉、〈本報內部消息〉則是所謂「干預生活」的作品。這是與「偉大領袖」在延安文藝座談會上的講話中關於「歌頌與暴露」的教導相違背的。賓雁作為中國「解凍文學」的代表作家而被打成右派，箝口封筆二十多年，待文革結束才得以重登文壇。當然賓雁絕不屈服，更以極大熱情投入生活，寫出一系列優秀作品，在社會上引起巨大反響。他的這些作品大都是報告文學，正像魯迅使雜文成為一種新的文學樣式（與散文有別）一樣，報告文學作品作為中國文學中一種重要樣式，恐怕與賓雁的努力也是分不開的。事實說明，賓雁在文學界從內容到形式都是一位有創新精神的開拓者。

賓雁繼承了我國自古以來的士人即知識分子憂國憂民的優良傳統，而且是始終如一，堅定不移的。只要與另一些人相比，就可以知道賓雁這種人格是如何的難能可貴。不是有一位名作家，在一九五七年也被打成了右派，但在文革結束復出後，卻處處投當權者之所好，終於爬上了部長的寶座，並以自己屬於「聰明人」自炫，寫書傳授他的精明「處世哲學」；還有一位也算是名作家，文革後寫出了《牧馬人》、《綠化樹》，贏得人們同情，名噪一時，「六四」後成了大腕、富豪，說話的腔調也完全變了。賓雁和他們相比，確實是鶴立雞群。雖然因此而被革除教籍，被迫流亡海外，至今有家難歸，然而賓雁卻泰然處之，無怨無悔。

前引杜甫贈高適詩中後四句：「行色秋將晚，交情老更親。天涯喜相見，披豁對吾眞。」用來說明賓雁老友與我多年情誼也是十分恰當的。據我回憶並查看了過去日記，我們是一九七九年春在中國社會科學院相識的。鄧力群當時任副院長，由他主持一個雙周座談會。我是作爲院外學者應邀出席的。記得一次會後人們散去前，我與劉賓雁、嚴家祺在院中見面結識了。由於彼此相知神交已久，所以有一見如故的感覺。以後在一些會議上見面交談的機會更多了。那是一個思想解放、百家爭鳴的時期，意識形態領域鬥爭特別激烈，一些人紛紛中箭落馬。俗話說「是非只爲多開口，煩惱皆因強出頭」。賓雁和我恰恰屬於那種喜歡「多開口」、「強出頭」的人，早被胡喬木、鄧力群等「左王」、「左將」當作箭靶是毫不稀奇的。我們之間則是「涸轍之鮒，相濡以沫」。一直彼此關心，相互鼓勵。

以下是我的幾則日記：

一、一九八五年十一月二十一日。下午于返家換西裝後乘小孫車去北影招待所接古華，同到宣內烤肉苑。聯邦德國駐華大使陸佰赫、參贊和一秘（女）中文都可以。于對邀請赴德訪問表示感謝，對不能前往表示遺憾（公安部黨組原已批准，後又撤銷）。賓雁出門時對于說：你如果沒有寫這些（指于贈他的《民主、法治、社會主義》一書中的文章），這次出國一定不會有問題！

二、一九八六年十二月二十三日。上午劉賓雁來電話，于請陶（出版社副總編、兼職律師）來商量。晚上劉、陶來，談上海海運學院控劉誹謗一案。明上午陶將陪劉去萬壽路同對方律師談話。

三、一九八六年下半年某日。收到劉賓雁、方勵之、許良英三人署名的邀請信，邀于出席「右派問題研討會」。于即復信同意出席，並告于之論文題目暫定為「右派菁英論」。

四、一九八七年（一月五日至十四日于作為中國法學會參訪團一員赴日）。

一月十日（大阪）。今晨看報，趙總理宣布：中央已決定開除方勵之、劉賓雁、王若望三人黨籍。還有二人將公開點名批判。

一月十三日（大阪）。十一時許下樓，佐佐木靜子女士已來，告于等胡總書記辭職消息。《明報》已刊登趙繼任總書記，李瑞環任總理云。未知確否。

一月十四日。一時本自大阪起云，三時半抵上海，換乘四時四十五分起飛之航班，六時四十分到京。出站時于武（于之幼子）告：劉賓雁從廣州來，才下飛機，等于說話。見面後他說王鶴壽已找錢李仁談話，《人民日報》遂催他返京。黨籍事如何還不清楚。看來搞大的反復也還不容易。于只好說「好自為之」，握手珍重告別。

五、一九八七年七月八日。早點後騎車去內務部街找張顯揚，睡覺未起。他講當前形勢確實不好，鄧小平最近催辦第二批名單。據說于光遠、吳明瑜、孫長江、張顯揚和于浩成均在內。十時半柳蔭、徐剛車來，劉賓雁已在車中，同到海鮮餐館。李迪、胡少安、李慶宇還有二人（一為《文藝報》同志）已先到。席上于講了可能成為劉兄之候補者。當于講劉兄「莫愁前路無知己，天下誰人不識君」時，在座一起舉杯。後來戴晴等接走劉，大家合影留念。

六、一九八八年三月十四日。于寫七絕一首贈賓雁兄：「故鄉如醉有荊榛，遠渡重洋泣逐臣。莫愁前路無知己，天下誰人不識君。」下午抄在昨日買回之宣紙信箋上。

七、一九八八年三月十六日。李南友來，同乘常勝斌車去綠楊村（即大都飯店）坐了一會。文懷沙、方勵之來，賓雁、范曾夫婦隨後來，劉再復來。理由、陶斯亮最後來。于將贈詩交賓雁。八、一九八八年三月十七日。馮媛來，說昨晚去劉賓雁家，在案頭看到于之贈詩。朱洪不知呆公何人，馮說她看到新綠書屋圖章，判斷爲于云。

據說人老了好懷舊。上面我做了文抄公，將賓雁兄與我的交往舊事做了一番回顧。過去的一幕接一幕猶如影片重映，歷歷如在眼前，想賓雁兄看後亦感慨繫之。

一九八八年三月賓雁來美，次年發生了「六四」事件。一九九四年我和老伴也來到美國。由於賓雁和我都是「中國人權」理事，至少能在一年一度的理事會上見面。一九九五年初我和老伴應邀去設在新澤西州普林斯頓大學的中國學社出席一個研討會，當晚住在賓雁家。他們夫婦拿出瀘州大麯和自製的五香花生米，邊吃邊聊，暢敘來美前後的經歷和感想。後來我們離開紐約，陸續搬到芝加哥、麥迪遜（威斯康辛州）、鳳凰城（亞利桑那州），最後於一九九九年初遷至洛杉磯定居。儘管我與賓雁有時通個電話，代轉大陸朋友寄來的書、信，但見面的機會少了。近兩三年賓雁很少出席理事會，更難得相見了。

二〇〇四年一月十日，在我最後一次出席「中國人權」理事會（我在這次會上以年齡關係主動辭去理事一職）來紐約時，考慮到今後不知何時才能再來，又聽說賓雁一直患病，乃同郭羅基兄一道請高寒兄開車去新州看望賓雁。「天涯喜相見，披豁對吾眞。」杜詩說得眞好。在這次見面交談中，我再一次深深感到賓雁對朋友的坦誠、率眞。我說到來美後一直有一「心結」，起因是一份雜誌上讀到一位著名學者的文章，文中說有些原是老共出來的改革派人士至今不願承認從一開始他們就完全錯了，因爲他們在感情上受不了。而前年李愼之去世後，又有人說他是中共罪惡統治的幫凶。對這些苛刻的酷評，我一直認爲極不公正，礙難加以接受。對我的這一想法，賓雁當即表示非常同意，並說他早有同感。今年八月二十六日我從《新世紀》網站讀到賓雁〈如何看待四九年以來中共統治下的歷史〉一文，文中說：「應該否定的東西一定要否定，現在做得還很不夠。但是歷史並不是毛澤東一人，也不是共產黨一黨的創造，而是幾億中國人，其中既包括進步的知識分子、翻了身的工人農民，也包括眞正的共產黨人的共同的努力實踐。……我們確實做出過很多無謂的犧牲，也浪費了極大的人力和物力。但是把那段歷史描繪成一片漆黑，或者說它是一片空白，都不合乎事實。那樣做，也會使我們看不見這個社會現實的和潛在的巨大變革力量，從而陷於悲觀，無所作爲。」他這篇文章事實上是我們半年前在他家中那次談話的繼續。我覺得他說得眞是太好了，同時又想到畢竟是賓雁才有說出這種眞話的勇氣。因爲不管在國內還是海外，說眞話同樣是要有足夠的勇氣。寫到這裡，我耳邊似乎響起〈友誼萬歲〉的歌曲，像賓雁這樣一位眞摯的朋友是讓人萬分欽佩、永難忘懷的。在他八十大壽即將蒞臨之際，祝他平安、愉快，早日戰勝病魔，健康長壽。期待重新聚首的日子早日到來。

二〇〇四年十月十日

我心中的中國

林培瑞

林培瑞，本名 Perry Link，美國人。哈佛大學哲學系學士、東亞研究碩士、中國歷史博士，現任普林斯頓大學東亞研究系教授。長期研究現、當代中國文學並負責基礎現代漢語教學。先後在美國譯介、出版大量中國當代文學作品，研究領域涉獵現代通俗小說、中國相聲、當代小說與報告文學、當代中國社會語言與文化思潮等方面，並長期致力於關注中國人權方面的工作。

前些日子我過了六十歲生日。花甲一輪，感覺到這個里程碑來得有點突然。似乎覺得還沒到回顧一生的時候，還是應該好好回顧一下。我上中學的時候喜歡物理，在大學時喜歡上了哲學（最欣賞英國的分析派哲學），本科畢業以後改念中國歷史和文學，後來一輩子就被中國吸引住了。念了許多書，交了許多朋友，轉眼已經過了大半輩子，再回去走物理或哲學的路已經來不及了。

中國對我的奇特吸引力是多方面的，不容易一句話說清楚。但我在回顧的過程中，還是能意識到有幾個人對我的影響特別大。這裡所說的「影響」指的是認識和觀念上的影響。我對中國的基本理解是從哪兒來的?古代和「現代」(大約一八五〇至一九五〇)且先不說,對當代中國的基本認識,我獲益最多的,就是二十多年間接觸劉賓雁和他的作品。我對當代中國社會的架構和價值觀的理解,受他的影響是最深的。

我第一次看到賓雁的作品是一九七九年十月。我剛到北京,準備做一年的關於當代中國文學的研究。有一天一位普林斯頓的華人同事的侄子,從他在北京的家到友誼賓館來看我,手裡拿著一本七九年第九期的《人民文學》,把期刊放在我的桌上說:「這是關於中國的索引。」

「什麼索引?」我問。

「叫〈人妖之間〉,你看看。」

我讀了。剛到中國不久,我根本沒資格判斷什麼「索引」不「索引」,但對〈人妖之間〉,立刻感到很強的吸引力。爲什麼?

首先是因爲眞實感。一九七九到中國去做研究的外國人少之又少,我到哪兒都受到特殊待遇。到新華書店、中央廣播電台、中國青年出版社等單位,每次都有二十幾個、甚至四十幾個工作人員出來跟「外國朋友」喝茶、做訪問,在「無拘無束」的氣氛裡「盡興地」把「個人的看法」說出來。實際上氣氛拘謹得不得了,說「無拘無束」明顯是假話。我作爲外國人感覺得到,在場的中國人也不可能沒有感覺。當時的「傷痕文學」好一些,但也有類似的問題。常常揭發文革時期(有的也涉及更早的大躍進時期或反右時期)的各種罪惡、暴力、腐敗和冤假錯案,中國讀者讀得很興奮,我也跟著很興奮,但總覺得大部分作品還有「概念主義」的問題。毛時代的英雄人物「打擊走資派」,「傷痕時期的英雄人物」粉碎「四人幫」,對象很不同,但姿態常常差不多。「橫眉冷對」等等,給我一種不十分眞實的感覺。

賓雁的作品很不同，讀起來耳目一新。語言是自然的，沒有「表現」和「實際」之間的距離。作者似乎在直接跟我交談，故事裡也還是有「英雄」，但不是那種設計好了的模範英雄，人高馬大、相貌堂堂之類，而是一些常常從社會中層或下層來的，甚至坐過牢的有自然生活氣息的老百姓。〈人妖之間〉裡的劉長春和史懷亮是「小人物」，可是「辦大事」；〈第五個穿大衣的人〉裡的金大清，在自己的心理負擔很重，壓力重重的同時，還「以天下為己任」地替別人服務效勞。

賓雁的作品之所以能夠對我產生那麼強的吸引力，另外一個原因大概跟道德概念在作品中的主要位置有關。在這一點上，我們兩個人有些不約而同的共同傾向。我年輕的時候，還沒接觸中國以前，已經對道德概念發生了興趣。在大學念哲學系的時候，我選的學士論文題目是「道德概念是否是普遍的？」論述頗為幼稚，但很誠懇。結論是肯定的：基本的道德概念是人類共享的，但共享的原因不是因為有外在的權威——上帝、法律、「合理性」等等——而是因為人類的一種共同的、自然的傾向。哲學家感覺得到，老百姓也感覺得到，各種文化基本上也都接受。因此賓雁的作品反映出中國老百姓的道德概念，在我聽來是舊曲新唱了。

我那一年在中國做研究，除了訪問十幾個「工作單位」以外，還見了三十多位中國作家。但一直沒能見到劉賓雁。我的接待單位是中國社會科學院，跟社科院提了幾次想見劉賓雁的要求，都沒有結果。賓雁老是「在外地」，「現在不方便」等等。社科院大概沒有意識到，他們這種敷衍的話，會在一位年輕美國學者的心裡產生多麼大的反作用。遠方的和尚好念經，我越見不到賓雁，賓雁的形象在我腦海中顯得越重要，越神祕，越代表我想追求的「眞正的中國」。

回美國以後我編了一本篇幅不長的《劉賓雁小說與報告文學》的英文集子。第一次與賓雁見面，是一九八二年他到美國來開第一次在加州大學舉行的「中美作家會議」。在一個雞尾酒會的場合，我看到了他，走過去握手，自我介紹：「我叫林培瑞，久仰……」

「我知道。我們是神交。」賓雁大概這樣回答了。我現在不能確切記得他的原話是什麼，但「神交」兩個字肯定用了。當時「神交」對我是新的中文詞彙。雞尾酒會以後忙著去查字典，心裡感到格外高興。

後來與賓雁見面的機會就多了。他一九八八年從中國出來，先到加州大學來講了一個學期的課。我當時也在加州大學，準備那一年的秋天到北京去做一年的「美中學術交流委員會」的事。八八年的春天賓雁告訴我，「中國知識界最近挺有意思。你可以記記日記，可能會發生事情。」賓雁的話果然應驗了。一九八九的「事情」後來全世界都知道了。「記日記」的勸告也成爲了我的那本《北京夜話》的最早的種子。

一九九〇年代初，賓雁和朱洪到普林斯頓來安家後，我跟他們接觸的機會就更多了。普大辦了一個「中國學社」，開了許多討論會。賓雁給大學生開了一門「當代中國社會」的課程，賓雁和朱洪編了 *CHINA FOCUS* 和《大路》，活動很多，我在這兒無法一一列舉，但通過這些活動，我對賓雁有了更進一步的認識。

我不敢說這些認識「深」到哪兒去，但有一點我覺得很有趣，姑且提出來給讀者參考。賓雁的個性特點裡，有一種「陰陽對比」的關係，看上去是矛盾的，但在他的身上卻是統一的。

比如，他非常關心中國，似乎天天不忘，時時不捨，但他個人的性格又很難說是典型的「中國」性格。先說第一方面：他的關心中國。我認識不少「流亡海外」的中國朋友，流亡若干年以後走的路子也慢慢就很不同了。有念書拿學位的，有做生意發財的，有信教去講道的，有嫁美國人養家的，但無論如何，這些路子多多少少都使人走出中國的心理境界，融入西方的世俗社會裡面。在我認識的這些朋友中，沒有一個人比劉賓雁更加把「心」留在了中國。有任何一點關於中國的訊息，他總感興趣，有任何人從國內出來，他總願意聽聽情況。的確，賓雁的興趣不限於中國，他對全世界的新聞都感興趣，知識面也很廣，掌握的歷史知識很深。但他對美國、拉丁美洲、歐洲、前蘇聯等地的興趣，常常都是跟中國有關係的。中國跟人家怎麼比較？哪些方面能借鑒？三十多年前哥倫比亞大學名教授夏志清先生寫了一篇文章，題名〈現代中國作家的負擔：被中國魂牽夢縈〉（obsessed with China）。夏先生所指的是「五四」一代的魯迅、老舍、巴金、茅盾等人，但我認爲這個特點在賓雁的身上（以及二十世紀下半葉其他比較優秀的中國作家的身上），也相當明顯。

陰陽的第二面呢？儘管賓雁很關心中國，多麼被中國「纏住」了。可是有一些「中國特色」在他的身上並不容易找到。中國人的耐心是有名的。逆來順受，遇到不公正時心裡酸可是不吭聲，得過且過，免得惹更大的麻煩。看到普遍問題，影響很多人的利益的問題，還是常常不反抗，讓別人站出來吧。槍打出頭鳥，還是做旁觀者安全。魯迅早在《阿Q正傳》裡就把這個「民族特點」提出來了，後來在後半世紀的極權主義制度之下這一特點又惡化了許多。但劉賓雁呢？在這方面多麼「不中國」！看到不公正，說！面臨挑戰，寫！〈人妖之間〉出來的時候怎麼會顯得那麼獨一無二？難道唯獨劉賓雁看到了腐敗現象嗎？當然不是。劉賓雁的稀奇是因爲有膽子把它寫出來。作品馬上在全國打響的現象正好說明千千萬萬別人早就看到了腐敗問題。前不久我跟賓雁作了一次較長的錄音訪問，我問他這一方面的性格怎麼會顯得跟一般同胞那麼不同，他說他幼年在比較開放的哈爾濱長大，父母也對他較爲放任，這兩點可能是因素。但天然性格當然也是一個因素。無論如何，這對比是值得注意的：那麼熱愛中國，又在性格上那麼「不中國」。這就是賓雁。

賓雁的另外一方面的「陰陽對比」，是他能夠同時照顧到大理想和小細節。理想自然是宏觀的東西，概括性儘量廣的東西。（這一點康德可能說得最好：衡量一項行爲的「善與不善」的標準，是你能不能把它的準則無限地擴大化。）賓雁的作品沒有一個不充滿理想概念。揭發黑暗當然不是爲了黑暗本身，而是爲了起襯托作用，爲了說明有「不黑暗」的可能性。沒有理想，「揭發」的概念沒法運作。但有趣的是，雖然賓雁的文章裡一直關心宏觀理想，一直被理想纏住，但寫的內容多半是小細節。這寫法給文章一種活生生的氣息，而且作爲把理想介紹給讀者的寫作方法，也是比較聰明的。與其大叫大喊「腐敗是不對的！」不如客觀地、細緻地把事實寫出來，讓讀者自己得出結論。最後的結論肯定跟作家的一樣，但讀者自己「發現」比作者給他說教，印象要深刻得多。

有人說賓雁的作品有點「鬆散」，組織似乎不太嚴密，小細節顯得多了一些，時間的敘述不一定直線，空間也會跳來跳去。但如果說這些都是缺陷，倒不如說是它的長處。第一，賓雁的小細節是選得很精明的，很難找到一個不起作用的細節。例如，關於時間和地點的「不嚴密」安排，我覺得我們應該先這樣問：要是敘述「不嚴密」的話，爲什麼整篇文章能給讀者很強——不是一般強，而是非常強——的「統一」感覺？是什麼把它統一化了？托爾斯泰有過這樣一句話：

> 一部作品給讀者的「統一」感覺，小部分原因是因爲人物、題材和情節的結構，而大部分原因是因爲作者的道德視野一直存在，一直靠得住。

我覺得把托爾斯泰的這句話放在賓雁作品上恰到好處。甚至於，我懷疑賓雁的「鬆散」結構是否在某種程度上故意的——因爲作品裡最值得思考的是道德視野層面，用這個線索來引導讀者，比時間和空間的線索更重要。

賓雁作品常常能夠從小細節上說明宏觀問題，來自於他的另外一個特點：他的很不尋常的分析能力。我在一九八八年春天聽他在加州大學講課的時候得到的印象很深：對任何現象，他觀察以後再推理，推理以後得出來的結論是你本來沒想到過的。他的作品裡也有很多這樣的例子。在〈關於一次無效採訪的報告〉裡，賓雁注意到一位法庭的秘書記的筆記很奇怪。《人民日報》記者來調查冤案，法庭人員不情願地接受採訪，請人記筆記，但記下來的卻不是答案內容，而淨是記者所問的問題！這是一個小細節，但說明要害問題：法庭關心的不是事情的眞相，不是案子的眞假，而是怎樣對付記者，甚至怎樣預備告記者的狀。賓雁的觀察和推理很敏銳，說句笑話，來世若不再當記者，可以作一個很好的偵探。

還有另外一個例子：一九七九年十一月劉賓雁在中國文代會上講話。〈人妖之間〉剛出來不久，引起了爭論，在場的作家都希望賓雁能夠堅持住，不要因爲怕事而停筆。賓雁在演講結尾說了幾句很機智的話，引發了全體的熱烈鼓掌：「我從小數學不好，在小學裡數學課最差。但有一個數學題目我早就想明白了。一篇錯誤的文章等於一頂右派帽子，但一百篇類似的文章也等於一頂右派帽子。應該繼續寫嗎？」

賓雁的分析能力不僅僅限於對細節的關注。在宏觀的問題上他也很善於推理。最近，他回顧冷戰的歷史，提出一個問題：一九四〇、五〇年代形成的冷戰，對整個二十世紀的後半葉的深遠影響——比如，冷戰是否提供了毛澤東可以亂來一通的歷史空間？冷戰是否播下了二十世紀「恐怖主義」的種子？在這些大本大原的問題上，賓雁的推理能力也很有獨創性。

我記得一九九九年，賓雁讀了何清漣的《中國的陷阱》以後，極力向我推薦。他把內容要點講給我聽，我幫他組織了一篇英文書評，在《紐約書評》上發表了。我把初稿寫出來寄給賓雁，他很客氣，可是也很直接，說：「培瑞，你恐怕沒懂這本書的基本論點。」怎麼沒懂？我心裡想。我寫出來的都是官方腐敗的例子，也說明了腐敗問題越來越嚴重，現在涉及了外國公司，而且很多貪官污吏把款子非法地送到外國去存起來了。這些我都寫出來了，文章也很長。怎麼會還不夠呢？後來，賓雁很耐心跟我解釋了他的看法。賓雁的意思是：何的書證明腐敗的大幅度增加只是她的一部分貢獻；書的新突破，最重要的貢獻，是幾點關於社會本質的變化的問題，即：

——原先「工作單位」的公家財產被剝奪（等於被偷竊）到私人的手裡。許多「市場經濟的擴大」不是致富而是財富轉手而已。

——偷竊國家財產的人和政權之間有默契：我允許你偷，你支持我。（何況，多半偷財產的人本來就是政府的官員。）

——工人老百姓並不愚蠢。清清楚楚地看到「公轉私」的新局面，整個社會的道德風尚因此也受到嚴重的損害。（上面在大搶特搶，我小老百姓何苦那麼規矩呢？）

賓雁解釋了這些道理之後，我一下子明白了。他說得對，我本來是眞的「沒懂」。我看到了同樣的事實，但沒能像賓雁那樣分析得那麼深刻。

一九九六年夏天我到北京去管理普大的語言班。剛到機場，邊防警察就截住了我，對我不客氣地說：「上面不同意你到我們國家來。」於是我被迫登上了下一班飛機回到美國。以後的八年，我一直拿不到簽證，無法到中國去。常常有人問我：「你作爲漢學家，無法到中國去，不覺得孤立嗎？」我總是告訴他們，我要是一個二十多歲的研究生或助理教授，我眞的要擔心黑名單會影響我的工作機會和事業；但在我這樣的年齡的漢學家來看，腳踏不上中國領土，雖然有些難過，有些不方便，特別是有些事情應該做而沒法做，但我心裡並不覺得「孤立」。

爲什麼我不覺得孤立呢？一方面是因爲大學的圖書館很充沛，幾乎所有需要的書報都可以拿到手。還有現代世界的通訊手段——電話、電郵、網路——天天給我的訊息多得我常常覺得應付不過來。

訊息足夠，但感情上怎樣呢？中國安全部把我歸類於「反華」人士、「敵對外國勢力」等等，難道我對中國不覺得有點「異化」嗎？但我感覺不到。眞的絲毫沒有異化的感覺。這又是爲什麼呢？反省自己的內心，我覺得最重要的因素是我的中國朋友。前不久過六十生日的那天，賓雁朱洪等二十多個中國朋友來到我家裡慶祝。有的是從很遠的地方來的。我的中國，是這些朋友所代表的中國，也是魯迅的中國、老舍的中國、聞一多的中國，乃至侯寶林的中國，等等，等等。與江澤民、羅幹之輩的「國家機器」完全是兩碼事。在我的感情裡，劉賓雁願意來慶祝我的生日，羅幹同時給我戴上「反華」帽子是有點荒誕的，甚至是又滑稽又好玩兒的。帽子戴起來輕如鴻毛，一點兒也不影響我對中國的感情。（有趣的是，要是羅幹們一旦改口說林培瑞是「中國的朋友」，那頂帽子的問題就大了。與羅幹說的那個「中國」——或者當上像季辛吉那樣的「朋友」，我可不行。）

中國官方很喜歡用「代表」兩個字。各層政府都有「人民代表」，江澤民發明了「三個代表」，使館的人到普林斯頓大學訪問的時候介紹自己是中國人民的「代表」。——多可憐的兩個字，用在那麼多的空話裡！我們給這兩個字翻身吧！在我這個用了大半輩子來研究中國的漢學家的眼裡，沒有人比劉賓雁更値得作當代中國的代表——劉賓雁，他代表我心中的中國。

二〇〇四年十月十五日於普林斯頓

賓雁大哥

——記一件舊事

蘇煒

記得那一年——一九八七年元月，我剛剛從美國留學歸國工作不久，就遇上了一場平地起狂瀾的政治風暴——在鄧小平主導的「反自由化」運動中，中共總書記胡耀邦在一夜之間被迫辭職下台，一九五七年被打成右派的著名作家劉賓雁、王若望與著名科學家方勵之等人，被二度公開宣布開除出黨，同時展開全國範圍的大批判。

那是一個異常寒冷的早春。京城一片冰雪茫茫，肅殺的寒氣連同報章上那些殺氣騰騰、似曾相識的批判文字，刺痛了每一個愛中國、關心中國改革的人們的心，眞是「悲涼之霧，遍被華林」。我自己，本來是帶著對改革年代的滿腔熱情和幻想，逆當時的「出國潮」而動，放棄留美機會主動爭取回國工作的。眼前的情勢不啻是當頭一瓢冷水，讓我寒徹骨髓；更讓我生出一種幾近宿命式的絕望感。當時文學圈子一些朋友開玩笑說：北京最近有兩大新聞——一是胡耀邦一眨眼下了台，二是蘇某人從美國回來了。我到任職的社科院文學所報到以後想到的第一件事，就是想去看望正陷入批判重圍的劉賓雁大哥。我當然知道世態炎涼的滋味。歷經反右、文革劫難的社會公眾對這種人人自危、掃地出門式的批判清算模式尚記憶猶新，這樣來勢洶洶的全國批判勢頭，確實令文化知識界許多昔日的親朋熟友，轉過身就變成陌路人了。我要看望劉賓雁的想法也受到北京一些親友的勸阻，都說我「不合時宜」。我自恃自己剛剛留洋回來的一身呆氣和膽氣，提上我在機場免稅店買的一瓶「人頭馬」白蘭地酒，蹬上自行車就去了。

那時候，其實我與賓雁大哥並沒有很深的私交。雖然我們早在一九七九年廣州的一次小型創作座談會上就見過面，後來我作爲加州大學的中國留學生，先後兩次在洛杉磯參加接待美、中作家交流會議，和賓雁大哥夫婦有了一點交往，那也只是吃吃飯、陪陪上街買東西的淺淡交情。按照朱洪大姊在電話裡的指點，我留了個心眼，把自行車存留在金台路《人民日報》宿舍的大院外面，步行走進院子——果不其然，宿舍樓下的院子裡停了兩三輛窗帘低垂的神祕小車，不時有人影在其中晃動。我敲開了宿舍門，賓雁大哥見到我的第一句話就說：太好了，我確實在等著能有一位可以信託的客人上門，有一件要緊的事情相託，果然，你就來了。

「客人少也好，這幾年太忙亂，我現在總算可以稍微停下來，靜下心來讀讀書，整理一下各種筆記。」坐下來，賓雁大哥笑盈盈說，一副雲淡風清的樣子。——這種淡然含笑、安逸以對的表情以後成爲我非常熟悉的「劉賓雁式微笑」，而且就在這樣的微笑之中，他會不經意地一下子敞開所有，把心底最眞誠的話告訴你——哪怕跟你初識。朱洪大姊給我遞上茶，跟我寒暄起洛杉磯我們共同認識的一位醫生朋友的家庭離婚瑣事。——那位僑居海外多年的醫生中國情結很深，當初聽了劉賓雁在洛杉磯的演講，送去一枝金筆勉勵他多寫好文章，說：劉賓雁就是共產黨的希望，如果劉賓雁這樣的人還要挨批判，這個祖國我就不回去了！「沒想到話音未落……」我感慨地提起這件事，朱洪大姊笑笑說：「就爲這，這種時候了，他還爲醫生的離婚家事操心，想幫忙，可隔著大洋大海的，他怎麼幫得上忙？」朱洪嗔怪道，「他說停下來，他怎麼停得下來？」

賓雁轉向我，笑著辯解道：×醫生的家事其實我操不上心。可是眼前好幾件眼看馬上就要做成的事情，卻一下子停擺了，擱淺了，操不上心，更幫不上忙，就眞是讓人焦急。他向我提起兩三件某地區受到不公平對待的民眾，或者某件牽涉廣泛的冤案，因爲他當初的介入參與，報紙發了文章，新華社發了內參，拖延許久的案子終於馬上就要解決，可是「反自由化」運動一起，自己被點名批判，局面又馬上翻盤了。受冤受屈的民眾百姓辛苦好幾年終於盼望到的結果，眼看就要付諸東流……「那都是牽涉幾百人、上千人的案子，都因爲我而被牽累，眞是……」他站起來，在兼書房的小客廳來回走動，那種溢於言表的焦慮，確實一若困在鐵籠子裡的猛獸。

賓雁隨後平靜告訴我的那件「相託」的「要緊的事」，卻讓我大驚失色。他說：有一個來自「他們內部」的消息，認眞提醒他和方勵之，最近上街要特別小心身邊的車輛。他們可能會想製造一個什麼車禍，用這樣的非常手段「解決問題」。

我吃驚的站起來：「是嗎？他們眞敢這麼幹嗎？」

賓雁說：我也不太相信。這樣做對他們不會有任何好處。但又不能不防。文革中這樣的「非常手段」倒是常常採用的，特別是黨內鬥爭激烈的時候。

我心裡一怵，想起許多熟知的舊事——比如一九七○年前後雲南軍區政委譚甫仁的被暗殺事件，一九七七年初中央公安部長李某的「自殺」事件等等，都死得不明不白，而且不了了之。

窗下，那幾輛垂著幃帘的神祕車子還停在那裡，人影隱隱晃動。

朱洪說：「賓雁又特別愛散步，所以最近傍晚散步，我們都選擇離馬路沿兒遠一點的路面走，或者我走在外邊，他走在裡面。」

賓雁說：「我就是爲這件事著急，不管是眞是假，總應該設法把話捎給方勵之，提醒他注意才好。可這時候電話是打不得的，剛好，你就來了。」

我聽著心頭一緊，覺得這世道表面上「改革開放」的冠冕堂皇，內裡，也未免太黑暗了！口上便關不住閘，把我回國以來所目擊和所聽聞的種種黑幕、醜陋、不公，以及心中鬱積的一切幽怨、牢騷、絕望等等，一古腦兒全倒了出來。我說：香港《九十年代》最近登了一篇文章，感慨中國是不是一個被上帝詛咒了的國度？不然的話，爲什麼這樣明擺著是重蹈文革覆轍的批判、鬥爭，翻燒餅似的民族內耗，總是隔三差五就要發作一回，喊了一百年的民主、自由至今沒個影兒，專制皇權的巨影，卻總是纏繞不去?!

賓雁靜靜地聽著，沒有接我的話。

我說得激動，一激動就拚命喝水，三下兩下就把朱洪大姊倒的茶水喝光，茶杯裡又繼續滿上。——自然，很快就需要方便解決了。我剛上完廁所，正要拉動抽水馬桶沖水，賓雁突然走過來，勸阻我說：「不要急著沖水。」

我一愣：「爲什麼？」

賓雁說：「北京太缺水了。我們家已經養成了習慣，至少尿兩次尿，才沖一次水。髒一點就髒一點，這樣可以省出不少水。」

賓雁這句話，幾乎沒把我的眼淚都激出來了。我激憤地說：「賓雁大哥，這是什麼時候了？外面在天天用最惡毒的語言批判你、清算你，恨不得把你踩在腳底下，說不定還要給你來點『非常手段』解決問題！可是你、你還在想著爲他們省水！」我氣惱地退下來，「這點水，有什麼好省的！」

賓雁輕輕掩上廁所門。沒有接話。重新坐下來，等我的情緒平復了，他才笑瞇瞇地問我：你說，「爲他們省水」，這個「他們」，是誰呀？

我一下子啞然了。心裡頭，卻在翻江倒海。——眼前坐著的，是一個眞實地實踐著「先天下之憂而憂，後天下之樂而樂」的先賢古訓的人。我不願說他是「聖人」，但劉賓雁這種精神——從來把個人的榮辱際遇置之度外，卻把黎民百姓的禍福安危放在心頭最重要的位置，並且做起來那麼自然而然、毫無矯飾，從每一個細節、每一件小事入手……此時此刻，卻眞的在我心頭，升起一種神聖的感覺。可是，一想到這樣的人物卻偏偏在華夏大地上一再遭到排斥、誣損，甚至恨不得要趕盡殺絕爲快，我心裡更是一點點的晦暗下來。

外面下著微雪，寒濕的京城日暮，微茫的街燈漸漸亮起來了。

我站起身告辭，賓雁緊緊握著我的手說：謝謝你在這個時候來看我，謝謝你萬里迢迢帶來的這麼好的洋酒。他眼睛直視著我，懇切說道：我感覺到你的情緒有點灰，有點悲觀。——我們不要悲觀。中國的事情很複雜，悲觀是無濟於事的。所以，我一向把樂觀面對、積極參與的態度，看得很重要。

雪漸漸下大了。我穿過那幾輛掛著窗帘的神祕車子，一個站在車門邊的灰衣人死死盯著我，我回望他一眼，出了門，蹬上了我的自行車。

車子在雪點子裡蜿蜒前行。我感覺自己內心在默默流著淚。前路茫茫，我仍舊觸得著自己心頭凝結的那種冷硬的絕望。但這無形、無言的淚水，卻似一泓清泉，把自己的心胸肺腑一點一點擦拭、洗滌，漸漸變得豁亮起來。

——「他們」。你說的「他們」，是誰呀？

——悲觀是無濟於事的，所以我一向把樂觀面對、積極參與的態度，看得很重要。

我久久咀嚼著賓雁大哥說的這兩句話。這是我和這位兄長般的父輩往後建立深久交誼的起端，但這兩句話，卻讓我認識到了具體眞實的劉賓雁，同時也成爲支撐自己日後在各種人生的風波跌宕中，始終沒有頹唐倒伏、始終堅守自己的人生信念的最重要的兩道活水靈泉。——像劉賓雁一樣，用存留於心的對於土地、社會、民眾的大愛，去分清這個「他們」——一個政權和一片土地，一個體制和一個民族，一個黨派和一方民眾；永遠把自己的腳跟和目光，踏在土地上，落在百姓身上，繫在民族的和人類的大關懷之中，這樣，你就會永遠樂觀，永遠有力量，永不言敗。在我日後常年交往的賓雁身上，我更看到，他是把「樂觀，參與」，當作生命中一種最重要的價值來守持的。和劉賓雁在一起，你總有一種和一個很有力量的人在一起的感覺。他一再向我們指出過：因為世道無道，公平不公而對社會、人生充滿悲觀絕望，是今天那些流行的犬儒主義、玩世現實主義、痞子哲學、虛無退避的世故等等的最主要的根源。樂觀，參與，在劉賓雁身上，是像陽光、像活水、像火焰閃爍一樣的東西。——我在問自己：你，忝為「幼齒晚輩」，你身上的陽光、活水和火焰，上哪裡去了？……

有一點趣事需要補述——當日賓雁大哥相託我的那件「要緊」的事，我在隨後幾天，選擇一個週末的下午，蹬車到北大校園去了。我知道方勵之夫人李淑嫻因為在北大任教，他們的家就設在北大教工宿舍樓裡，恰好緊鄰我一位好友住處的側畔。我來到那座樓前，同樣注意到，樓前空地上，這裡那裡，環繞了好幾輛熟眼的、窗帘低垂的神祕車子，每個車子裡外，都躲著、站著那麼一個灰衣人。我知道朋友的妻子和李淑嫻還略有交往，便低聲把賓雁大哥囑託我轉告方勵之的事，說了一遍。萬沒想到，他們說出了同樣一番相近的故事：據說，前不久某一天，一個穿制服的年輕人敲開了方勵之的家門，進門一個敬禮，說：我是某某部門的幹部，請方老師、李老師最近上街，要注意來往的車輛，小心車禍。說完，就轉身離去。多少年後我在美國遇見方勵之老師，我向他求證過此事。他告訴我，此事大致不差，當時確實有人上門提醒，但沒有傳說中的戲劇性。

還記得，離開那座大樓的時候（記憶中就是那天，或是另外某一天），朋友送我出來，一位站在神祕車子邊上的灰衣人，又是那樣死死的盯住我。這一回，我們倒是有了一點調侃的心情，故意問他：你們是誰？你們哪來的？你們在這裡幹什麼？他瞪了我們一眼，又不好發作，悻悻然鑽進車子裡去了。

「所謂知識分子，就是對權勢說眞話的人。」（薩依德）——神州大地上，還站著多少個那樣的神祕灰衣人，就應該站起來多少個不畏權勢、不吝浮沉、敢爲黎民百姓仗義執言的劉賓雁。這是在這篇短文的末篇，我想補上的一句話。

二〇〇四年九月二日於耶魯澄齋

讓中國的良心回到中國吧

——記我所知道的劉賓雁

嚴亭亭

嚴亭亭，女，雲南人，白族。曾任中國電影文學學會理事，雲南省作家協會副主席。主要作品有電影劇本：《苗苗》、《應聲阿哥》、《九月》、《白房子》，兒童長篇小說《格朗朗河上的濃霧》，中篇小說〈但願人長久〉、〈積木〉，短篇小說〈沒有鳥的天空〉、〈前排和後排〉等。一九八九年底離開中國，現居美國南方。

1

在我長大成人的那些年裡，劉賓雁正遭受他的第一次被放逐。長達二十年，他算是在中國社會消失了。對我及很多同代人來說，劉賓雁卻整個兒不存在。

我第一次知道有這麼個人，是讀了他寫的〈人妖之間〉。

那是在連啞巴也試圖發聲的一九七九年，以文字代言的人也還多出自眞誠。劉賓雁的眞話不同凡響，他一開頭就不是爲自己說，而是把對人的深切關懷落在無聲的弱者身上。王守信之類的社會腐敗現象讓劉賓雁痛心疾首，正源於他對無權無勢受欺侮的人深深的同情。

在我讀過的中國作家裡他是第一個人，讓我明明白白地看到了一個作家的良心。

劉賓雁的眞話從此毫不妥協地一直說了下去，整個中國，億萬人隨他的眞誠一次又一次地受到良心衝擊。世人稱他「中國的良心」。

從那時起至今，我始終相信，一切稍有最基本的人生準則的人，讀了劉賓雁的文章，就不得不捫心自問：或檢討，或慚愧，或抵賴，或拒絕，但是你就是無法逃避。這就是劉賓雁的道德力量之所在。這力穿透靈魂，讓無論是健全的人，還是仍有指望成人和無指望而成妖的人，都深感痛心。

劉賓雁就有了他的第二次被放逐，遠遠地被阻隔在美國。

只是這一次，放逐者無法讓劉賓雁再一次從中國社會消失，更無法封住他的眞話。對我來說，與他同在異國，有幾年住得相距不遠，交往中眼見耳聞，劉賓雁不再是個故事和傳說。寫到這兒，二十多年漸漸習以為常的事實：中國有個劉賓雁，我認識這個劉賓雁，又一次顯示出不尋常的生命意義，讓我感動，讓我心懷感激。

2

在美國的朋友們都知道，劉賓雁外出，都是朱洪老師開車。他想事太專注，分不出心思控制方向盤。這可不是鬧著玩兒的，按朱洪老師的話說：「這怎麼可以呢！太危險！他腦子裡盡想著嚴肅的事，撞了車都不知道怎麼回事！」我覺得這話特別有象徵意義。

劉賓雁一生專注的都是特別嚴肅的事，有關社會正義，公正、道義、責任，他對這些事的關懷深刻而由衷，分不出心思琢磨別的事，哪怕是對於很多人來說是很重要的事，比如爲自己圖名謀利。

與劉賓雁認識這麼多年，對於多年來他遭遇的不公正待遇，從不見他顧影自憐，他完全沒有要求補償心理。第四次作代會上，他被選爲全國作家協會副主席。我是那次選舉的六名監票人之一。一張一張數出的選票中，他獲票最多。我事後和他說起，他只把這事看作是作家中間的向上向善，是作家們要求有更多寫作自由的一種表達。往後，不見他分心樹自己的權威，用自己的權力搞出一幫「自己人」。我有這樣的印象，還因爲和他一同參加過一個由人民文學出版社舉辦的小型筆會。邀請來的作家中，名聲響亮的似乎自然就成了中心。可是在那好幾天的日子裡，我就沒見有人圍著劉賓雁轉。他多半在自己屋裡看書寫作。茶餘飯後大家在一起，免不了有高談闊論。在那種圈裡人熟悉的熱鬧話題裡，他常參與不進去。他言談樸實、誠懇，不善空談。和他在一起，直覺告訴你，他不期待你的稱讚，你要說了，自己先不好意思，儘管你懷了誠意；他也不隨意稱讚別人，如果說了，一定是負責的評價，絕不信口開河。他就對我說過，沒有看過我寫的《苗苗》，只是「聽說不錯」。如同他不討好當權者和有勢力的人一樣，他也不討好朋友、同事。身爲一名作家、記者，他不討好讀者和大眾。在他的爲人中，你就看不到有「討好」，或後來用語「媚俗」這樣的東西。

3

在中國時，曾去劉賓雁家拜訪過一次。

那個年月私家電話還只屬特權階層享用。無法預約，逕直就去了。是朱洪老師開的門。那段日子，慕名而來的，求訴的不知有多頻繁，她一天裡不知要開多少次門擋多少回駕。我們的話題就從劉賓雁時間不夠用說起，提起了《人民日報》要提升他做記者部主任的事。劉賓雁把這職務推辭了。他說要寫的事那麼多，都是貨眞價實，一樁一件地追根究柢，沒有大量時間根本不成。他說放棄這職位，意味著他同時要放棄在家安裝一部電話，外出有一部專用小車。「有電話有車，就方便多了，速度會加快很多。」劉賓雁不無遺憾地說，「可是當主任管很多行政上的事，太分心了。」

劉賓雁沒有個人野心。頭銜、官職、地位對他沒有意義。在他很年輕的時候，行政級別就是十二級，屬於共產黨的高級幹部，這是與工資相關而有實際利益的官階。以後又有全國作協副主席的位置……沒有一樣是他靠攀爬爭擠得來的。

同樣，他根本無心去製造轟動效應，他的文章在中國社會引起了巨大反響後，名望越往上升，他的同情心越沉入社會最底層。他要做的就越多，覆蓋面越廣，他越發需要專心致志地去做他認爲有責任去做的事。他的推辭《人民日報》記者部主任的官位，對他來說就是很順理成章的事。

可是我清楚，在一個把拾金不昧的行爲——交出原本就不屬於你的東西，都當成壯舉來宣揚的社會，他這舉動沒有幾個人做得出來！

我完全不記得劉賓雁北京的家的布置。只記得很小，很黑。小是正常，黑或許是晚間燈暗，或許是白天陽光射不進來。離開他家，心裡卻留存了一團光明。有必要提一下，那時我以爲這是因爲我看到了一個優秀共產黨員的光輝。

荒唐的是，不久，劉賓雁被第二次開除出黨。

接下來，我有了八九年五月六月在北京的經歷，尤其是有了在六四之後幾個月的所見所聞。同時期，被阻隔在大洋另一方的劉賓雁，在向著全世界呼喚，呼喚終結一個喪失人性的政權。我只能想像，對劉賓雁來說，那該是何等的悲憤啊！他給了這個政權他的青春、他的種種忠誠。都說他是爲黨，或許更眞實的是，他一直追隨著他的信念，忠實於他的道德良心，爲著他從始至終做著的一件事：爲中國的勞苦大眾。

多年後，那天在他小黑屋的光明感仍舊在，然而我已明白那實在與黨無關。那是他罕見的道德力量和人性的完整之光。

4

我稱劉賓雁「老師」，不僅是出於對長者的禮貌。

劉賓雁偏偏是特別地不好爲人師。前面提到的那次筆會，見他兜了一大袋子書，就去問他能否借一本，隨他推薦。他頗感爲難地說：「……都是外文。」「俄語？」我那時只知道他精通俄文。「……有俄文，……多半是英文。」

劉賓雁的回答充滿了歉意。好像我無法借到可讀的書是他的不是。

我記得我當時的感動，而且感動至今。不是因爲他的博學。你會佩服但不會爲一個人的學問感動。

我感動於他的充滿歉意。

他不因他的博學自傲，我也沒有因我的不懂外語而受輕視。從小耳熟的教導「謙虛是美德」在那一刻讓我看到了，感受到了。我是爲眞正的謙虛而感動。

我後來想，這大概也是爲什麼有這麼多人從角角落落奔向劉賓雁，去找他述說冤屈的一個很重要的原因。固然他在民間有「青天」一說，在那些受盡屈辱，無門可告的人裡，大概眞有人指望他，使其沉冤大白。可是更多的人明明知道，劉賓雁連自己都保不住，這訴說還很可能會給他們本人帶來凶險，儘管如此，人們仍舊願意把性命相關的話掏給劉賓雁。僅僅靠平易近人不夠。

劉賓雁從不把自己放在談話的中心，也沒有那種麻木不仁的空洞說教和不負責任的許諾。他聽你說，你明白自己是被他切切實實地當一個人關注著，他的詢問有著他對卑劣的洞察，有著對你深受欺凌的同情。更要緊的是他對你本身的弱點甚至過失，毫無鄙視之情。所有這些都不是裝出來的，不帶一點虛假和勉強。

如果求訴的人相信是找到了一個「青天」，所不同的是你無需在劉賓雁面前畢恭畢敬，小心翼翼，你不因地位卑賤而必須感激涕零。一句話，你不用有精神上的下跪。

5

幾年前的秋天，女兒苗苗在美國北方的思沃斯摩大學念本科的時候，學校舉辦了一個「中國電影節」，從中國請來了好幾位知名導演。苗苗的教授不介意我已多年在「電影圈」外，把我也請去，去看看新近的中國電影和久違了的老朋友，同時也能看看女兒。這樣就見到了著名導演謝晉。上一次見他，是在首屆「金雞獎」頒獎會上，他因導《天雲山傳奇》，我因寫《苗苗》。一晃這中間相隔了近二十年。二十年增了年齡，添了經歷，長久得背負了些歷史了。我們對參加電影節的學生們、觀眾們還說電影技巧，說藝術手法，私人交往的聊天，就只談生活，感慨人生種種。

謝晉導演問及劉賓雁。

看他關切的眼神，才恍然，他們都經歷過類似「天雲山」、「芙蓉鎮」的磨難，當是同輩且同心的吧？果然，他告訴我一件事。在新近開過的一個大會上（全國人大或者全國政協會），他對江澤民說，應該允許劉賓雁回來，「沒有道理不讓他回來嘛！」謝晉說。江澤民不接話。

我把這事告訴了劉賓雁。電話那頭，他說他也聽了有此傳言：「看來是眞的了……謝晉能這樣做，不容易，我很感謝！」

我們沒有就此再說什麼。還能說什麼呢?!是眞的，謝晉眞說了，江澤民眞的不肯！

一位德高望重的老藝術家，以他的正直向自己的國家主席，面對面地要求一件事：讓一位老作家、老記者回到自己的國家吧！而那個以開明自居的堂堂主席，竟能置之不理！

誰都知道，無論我們，還是他江澤民，他們，都知道，劉賓雁多願意腳踏在中國的大地上，回到中國人民中間啊。那裡是他心魄所繫之處，卻硬被這樣活生生地從那兒給扯開了，分割了！這事豈止是荒唐，豈止是沒有道理，是沒有人性！

由我轉達的謝晉的原話沒給劉賓雁帶去什麼可盼望的，我心裡挺難過。

不由地就有幻想，有奢望。

影視界的謝晉能這樣做，我不知道劉賓雁所屬的新聞界有沒有人這麼做了，我也不知道劉賓雁所屬的作家協會有沒有人這樣做過。他是我們大家選出來的第一副主席啊！

要是作家裡也有人去說與謝晉同樣的要求，哪怕也不被理睬，總是有了一種表達。

要是更多的作家們都要求：讓我們的副主席回來吧，聲音就響亮，就代表了一種意志。

想到這兒，知道應該打住。這是在製造童話，也有失公平。身在自由國家的我，沒有權力去設想不自由的人應該怎樣，怎樣……

可是，如果由德高望重等同於謝晉的作家去要求呢？不是也沒敢對謝晉怎麼樣嗎?!（這大概是與毛時代的巨大不同）。有委員頭銜、有代表資格的作家不是很不少嗎！

想到這兒就又得打住，猛然間明白，「德高望重」不可用得太隨意。這和名氣、有地位、職務高不一樣，也許和年齡都沒有太大關係。

大影視界的謝晉是大導演，而且確實堪稱德高望重。

6

初到美國的時候，曾意外地收到過一個朋友的電話，是一位在國內名氣不小的藝術家，他當時也滯留在美國。我問：過得怎麼樣？他回答：別提了，鼻子不是鼻子，臉不是臉。他乾笑。他也問我：你呢？我說：差不多成了個聾啞人加文盲。我忍著沒哭。

說起來，劉賓雁在美國活得跟我們說的哪種狀況都不一樣。

他豐富的外語知識，使他的流亡生活從一開始就沒有缺胳膊少腿、又聾又啞的尷尬。

從來就不追求有頭有臉的名譽地位，還少了那些不必要的應酬和無意義的時間上的耗費，劉賓雁反倒得了從未有過的清靜。

大半輩子一次又一次地，被捲進政治運動的漩渦裡，沖來盪去的沒有安寧，這回，一擱給擱到了太平洋東海岸。惡浪濁流般的人格侮辱和批判，也如喧囂漸遠漸退。

除了著書寫文章，劉賓雁還和朱洪老師一同撫育孫子東東。當年當右派，服苦役時無法盡父親盡丈夫的責任，也失去了看護下一代生命長大成熟的快樂。現在與朱洪老師相濡以沫，與東東日日相守，損失就有了些彌補。

朱洪老師精明能幹，有她裡裡外外的操持，日子過得樸素、舒適……不是我有意把劉賓雁的流亡歲月描述成一幅小康景象，如果換一個人，這太平日子就眞過成了。劉賓雁不能。這樣的安靜是以他被迫失去身在中國的自由換來的。人在美國，劉賓雁卸不下他對中國肩負的道義責任，斷不了他的中國夢。

那一年七月間，我尊敬的另一位長輩作家來美國訪問，想避開新聞界注意，見見劉賓雁夫婦。於是就在我們家有了一個小聚會。恰逢美國國慶，我把大家都帶到離家不遠的西點軍校，下午野餐，晚上聽軍樂隊的國慶露天音樂會。原本是希望大家都輕鬆輕鬆，可是大半天的時間裡，中國話題在劉賓雁那兒就幾乎沒斷過。當我們這一群人倘徉於西點校園的時候，劉賓雁仔細地詢問著某地農民的生存狀況，詢問著下崗工人……一座座宏偉的哥德式建築只成了陪襯，劉賓雁已經神遊在中國的窮鄉僻壤間，用他的心觸摸著中國的普通老百姓。

那一天，有好幾次，我默默地觀看這一對老人，心裡感動。劉賓雁如飢似渴地呑食著來自中國的訊息，時時有難以下嚥的痛苦，那時就見他把憂慮的目光移開，凝望那一片寬闊的哈德遜河。老朋友就感慨這裡的空氣新鮮，環境怡人，嘆口氣說：你呀，你就眼不見爲淨吧。

劉賓雁不能。我就是在那一天懂得了，他眼不見心不能靜，操心累心的都是中國的事！

西點軍校的國慶音樂會年年都是一樣的開場：演奏陸海空三軍的軍歌向爲國服役的將士致敬。每一首演奏之前，都會請坐在老百姓中的所屬兵種退役軍人起立，以示對他們的感謝和尊敬。就會看見坐在草地上的，坐在自帶的折疊椅上的，穿的花花綠綠的觀眾席裡，散散落落地站起來些往日老兵。一個個神情肅穆，莊嚴地敬著軍禮，向著他的戰歌，向著他走過的歷史，向著他擁有的榮譽和自豪……

那時，夕陽西垂，坐落在由坡頂向下傾斜的觀眾席，坐落在坡底的露天舞台和流淌在舞台後面的哈德遜河，全都染上清澈的金黃。人人都融合在陽光裡。我也把手舉向前額，向著這一對有過患難之交的老朋友的友情，向著劉賓雁對大海另一端人的憂患，向著中國的良心……

那是沉浸於崇高的一刻，在頌揚忠誠、不屈，頌揚榮譽高於一切的樂曲聲中，天地爲高貴的心靈而燦爛。

7

大約是來年春天，劉賓雁寄了一包韭菜根給我，是從他們家的「自留地」分出的根。等韭菜出了苗，我就給他打了電話，一比較，我地裡的韭菜顯然長勢不如他的，接下來他說出來的祕訣，每每想起來我都忍不住要樂。他說，而且是認眞地說：「我這個辦法很好，不過你是沒法照我這麼做。我就是把小便存在一個壺裡，澆了眞好……農家肥就是不一樣。」

那一年我們一家去過普林斯頓看他們。朱洪老師給做了道地的中國飯。涼拌蘿蔔絲，肉皮凍，韭菜餡水餃……蔬菜都是自己地裡的。朱洪老師手藝本來就好，加上有特殊肥料澆出的嫩韭菜，那餃子就別提多好吃了。去參觀他們的菜地時，自然和朱洪老師說起「祕訣」，誰也不翻譯給我先生聽，他儘管不明白我們笑什麼笑得那麼開心，但他完全同意：我沒跟老師學到家，我家的韭菜長得就是不如「老師劉」的。

除了傳授過這麼一次種菜的經驗，劉賓雁還對我有過唯一的一次教導。態度如一貫的認眞，所談之事比韭菜可就嚴肅得多了。那一年我搬到了南方，一次和賓雁老師說到在這邊的生活。我提到不像在紐約，這兒沒有中文圖書館，買不到中文報紙，買一瓶山西醋也要開四十分鐘車；又說有中國人就有左，中，右，我是凡圈子就不沾，我說我有朋友提供好書，有幾個好朋友通通電話，足矣云云。也許是覺得我過於不以爲然，賓雁老師就說：「……可是，別忘了給中國做點兒什麼。」

8

自從離開紐約，我一直沒有再見劉賓雁，一晃好幾年過去了。不久前在電話裡和他提起他對我說的話，慚愧自己還是沒爲中國做什麼。劉賓雁就說：「……中國的事，我也做不了什麼了……」中國的事，原本，劉賓雁是可以做很多的，很多人，無論流亡在海外的還是在國內堅守著道德良心的，原本都是可以爲中國做很多的啊！我聽了劉賓雁的話最先引起的悲憤就是這個。

接著立刻就想起謝晉質問江澤民的那句話：「沒有道理不讓劉賓雁回來嘛！」我也曾就這事想不明白：劉賓雁一介書生，從不宣傳暴力。別說擔心他搞個陰謀詭計，建立個黨派組織什麼的，他不世故到拉一個小幫伙都不會。一個大國政府，何以要提防他到這個地步?!膚淺如我，後來也終於明白了，江澤民不讓劉賓雁回中國有他的道理。倒不會在乎劉賓雁回去再拖出個王守信顯現其妖的原形，反正現在已然是人隱退，妖招搖，不是人妖之間是人妖顚倒了；更不在乎劉賓雁又找出誰還懷有多少種忠誠，黨自己都不知道屬什麼姓甚名誰了。

當權者擔心什麼怕什麼?怕劉賓雁代表的中國的良心!

中國可以誇耀一下樓比過去高，錢比過去多，人比過去富有，什麼時候敢說道德高了，善良多了，人的精神富有了?!那些由具體數字堆起來的這也騰飛，那也騰飛，伴隨著的是浮躁也騰飛，謊言也騰飛……

我不由得想起在少數民族地區見到的一種習俗：挽救危在旦夕的生命的做法，是於黑夜最深最濃的時候，由「拿魂婆」揮著將亡者的衣服，向著遙遠的天際，聲聲呼喚遊離了的魂歸，切切哀求：「回來吧……魂啊……魂啊，回來吧！」

如果有應，就會見如同螢火蟲劃過夜空，靈魂之光在黑暗裡那麼一閃，生命得以重新開始。

在缺少精神源泉的荒漠，道德萎縮得就剩下紅柳和仙人掌了的中國，我想，最該有的就是這一聲呼喚了：回來吧，中國的良心，回到中國吧！回來吧！

精神的漆黑一團裡，只有道德之光才能穿透靈魂，充滿光明的靈魂才能走出歷史的黑暗。這樣的例子千百年間反覆重演著。那天我在電話裡特別想說，但終究沒有對劉賓雁說出來的是：你爲中國做了的，無法用大小多少來衡量！光在黑暗裡，一線就是光明本身，你往黑暗裡投了一線之光！

光可以被遮擋，可以被隔絕，就是不會消失！

永遠不會消失的靈魂之光才是我們的希望！

二〇〇四年十月於美國南方

紅葉向雪原致意

袁紅冰

袁紅冰，一九五二年出生於內蒙古高原。一九八六年起，在北京大學法律系任教，曾獲北京大學「優秀教學獎」。一九八九年「六四」事件之後，受到長期政治迫害。一九九四年三月，因「顛覆社會主義制度」罪被捕。一九九四年底，當局又以終生流放為條件，逐至貴州，任教於貴州師範大學。二〇〇三年，任貴州師範大學法學院院長。二〇〇四年七月攜帶幾部書稿流亡海外。主要著作有：《自由在落日中》、《金色的聖山》、《回歸荒涼》、《文殤》、《英雄人格哲學》、《法的精神漫談》、《判斷訴訟證據標準論》、《民主與共和》。

童年時，我常常一個人到郊外稀疏的小白楊林邊，癡迷於遙望荒野上動盪的風。當一縷縷被晚霞染成淡紫色的風搖曳著，飄向青銅色的地平線時，我幼小的心中竟然會湧起浩蕩而蒼涼的惆悵。那是我永遠難以忘卻的情懷。或許，這種癡迷正預言著我的命運——終生都將是一個跋涉於精神荒野間的流浪者。而精神流浪者的命運是在苦難中伸展，是在鐵鑄的孤獨中蜿蜒向前。每一個精神流浪者的命運呵，都是一首屬於自由心靈的悲歌。

當我還是一個俊美的少年時，就喜歡沐浴著漫天落葉，走向落日。我能聽到一片片如詩的紅葉和燦爛的黃葉飄落在大地上的聲響，那輕微的聲響會震撼我的心。經過長久的對自由理想的追求之後，驀然回首，卻發現我已經走入自己生命的秋季。就在這生命之秋，永遠無法平靜的精神流浪者的心，又引導我走上自我流放的命運——離開了祖國，像一縷悲愴如狂的風，掠向天涯海角。而心中對祖國的眷戀卻早如烈焰，將我堅硬的意志熔成淚水的萬里波濤。儘管那鐵血男兒的淚水永遠不會湧出。

此次自我流放的直接目的，是為利用海外自由的時空，出版以血為墨寫成的四本小說，而從根本上講，乃是為了同中國現代專制，以及這種專制造就的腐爛生活方式公開訣別。

人類現代史上，中國管轄範圍內的人群所經歷的苦難是最深重的，而中國所能獻給人類歷史的，竟然也只有人民的苦難——只有那一次又一次浸透蒼茫大地的無邊血海。這對於一個有過輝煌記憶的文明，是刻骨銘心的恥辱。然而，這同時可能意味著創造精神價值的機遇。

沒有自己命運史詩的民族，是心靈範疇之外的物性過程；沒有自己命運哲理的民族，是低於精神價值的存在。而屬於自由人性的哲理和史詩，則總是與專制暴政下的苦難同生共長——苦難越深重，哲理對自由的理解便越灼熱而堅硬；史詩對自由的追求便越熾烈而深情。中國人至今仍然承受的苦難呵，可以令太陽掩面而泣。這苦難卻又是創造偉大精神價值的可能；這苦難中囚禁著人性對自由的最慘痛的召喚。

不過，苦難只有昇華為自由的哲理和生命的史詩，才能成為精神價值，成為值得獻給人類文明的心靈聖火。使人民的苦難昇華為精神價值，正是每個民族的知識分子必須承擔的天職。令人扼腕長嘆的是，中國現代知識分子從整體上講，並沒有承擔起這個天職。他們辜負了歷史望眼欲穿的期待。

能被權勢所屈服的心，只屬於猥瑣的鼠類；能被骯髒金錢收買的心，不配得到哪怕醜女人的愛戀。而絕大部分現代中國知識分子都只有一顆這樣的心。有史以來，中國知識分子就沒有形成獨立於專制官權的自由人格。現代，中國知識分子不僅是專制官權的奴僕，更淪爲骯髒金錢的崇拜者。現代中國知識分子乃是腐敗權力和骯髒金錢的私生子。這個私生子的唇邊還能勉強作出學者優雅的微笑，而眼睛裡卻燃燒著狂熱的物欲之火。茫茫的人海間已經難以找到高於物欲的心靈，把良知出賣給腐敗官權和骯髒金錢的官辦學者、御用文人則滾滾如潮。他們利用對知識的壟斷，爲專制暴政作花樣百出的辯解，對種種社會悲劇卻視而不見。他們出賣良知只是爲了保持官權賜予的豪華的物質生活和社會地位，只是爲了讓心靈舒適地在物欲中腐爛。他們引導整個民族生活在官權欽定的謊言下。因爲，知識已經背叛了眞理。而長久生活在謊言下，人便忘卻了眞實的情感和眞實的人性——人的生命本身就變成一個無恥的謊言。

有人用犬儒主義來概括中國現代知識分子。這其實是過分恭維了他們。犬儒主義大師尙且敢於高傲地對王者說：「走開，別擋住我的陽光。」而中國現代知識分子最値得「尊敬」的心理衝動，便是作腐敗官權的高級奴僕；便是踏著社會弱勢群體的苦難，毫無自責之意地走上享樂的峰巓。先哲蘇格拉底曾有言：「知識就是美德」。但是，如果看到現代中國知識分子的卑鄙虛僞，他定然會毫不遲疑地用自己的血洗去產生於他偉大智慧的箴言。

人是歷史和文明的結晶。沒有美麗自由的人格，就不會有光榮的歷史；喪失了人格的高貴，就喪失了創造偉大命運的可能。中國面臨的最深刻的困境，正在於民族人格的可恥墮落。墮落直接源於腐敗至極的現代中國專制政治。

國家權力可能扮演兩種角色：如果國家權力公正、廉明，他就會成爲導師，引導整個社會走一條向上的路；如果國家權力偏私、腐敗，他就會成爲最大的教唆犯——教唆整個社會墮落。中國民族人格的墮落的種種醜態，都是現代中國專制政治的人格象徵。

中華民族還有沒有可能重新贏得歷史的尊敬，中國還有沒有可能爲人類社會作出不可取代的貢獻，根本上取決於這個民族是否還有能力，通過中國文化復興運動，通過中國道德復興運動，創造出美麗、自由、高貴、智慧的民族人格；創造出英俊秀麗、國色天香的一代風流。文化復興運動和道德復興運動需要整個民族進行深刻自我反省和懺悔；需要以自由人性來冷峻地審視中國人的苦難——這重重苦難同時也證明著中國人自己犯下的難以饒恕的罪惡。冷峻的審視下，自由人性會從苦難中發現生命的詩意，從罪惡中發現生命的哲理；整個民族的反省與懺悔則是訣別卑鄙，創造高貴命運的起點。

正是爲了訣別卑鄙，正是爲了追求高貴，我才在自己生命之秋踏上了自我流放的漫漫旅途。隨身除了兩袖清風，唯有四部著作。我的著作是墓誌銘，那些被中共暴政摧殘的美麗、善良的生命，就是刻在墓碑上的永不凋殘的花；我的著作是安魂曲，無數死於中共暴政的冤魂，將傾聽著這浩蕩的安魂曲，進入永恆的寧靜；我的著作是控訴書，以自由人性的名義所作的控訴，乃是太陽對中共暴政罪惡的道德譴責；我的著作是心靈之火熔鑄出的精神價值，而中國人民的苦難則是血紅的礦石——我的著作呵，就是精神流浪者心中對自由那無盡的苦戀。

精神流浪者的生命或是在囚室鐵黑色的陰影下徘徊，或是隨著苦役犯蹣跚的腳步伸展，或是與流亡者荒涼的命運同在，或是展現爲窮途潦倒者的悲愁。在中國，自由是痛苦的，高貴是艱難的。選擇了自由與高貴，就意味著選擇了痛苦與艱難；不願意承擔痛苦艱難的命運，就不要談論同自由與高貴有關的話題。這令人不禁仰天悲嘯。從曹雪芹繩床瓦灶，到譚嗣同血濺刑場；從林昭的千古奇冤，到王若望的荒涼晚景，都體現出精神流浪者的宿命；都隱喻著一個不變的邏輯仍然貫穿中國的歷史與現實。

但是，總有一些英雄兒女驕傲地選擇了自由與高貴。而與之同在的痛苦和艱難，正是值得供奉在太陽之巔的榮耀；正是引導人們走向美麗人格的精神聖火。

不過，太陽沉落後的漫漫長夜裡，精神的流浪者常常會感到寒意徹骨的孤獨，會有無邊的死寂覆蓋在似乎已經不再跳動的心間。面對孤獨與死寂，我只能將這句話刻在我如鐵的意志上：「如果我背叛了自由的心靈，蒼天和大地將失聲痛哭。」

唯一可以欣慰的是，在孤獨的極致之處，可以看到另一些同樣孤獨的身影；在穿越死寂之後，可以隱隱聽到另一些自由靈魂的詠嘆。就在此時此刻，我彷彿依稀看到了劉賓雁先生的身影，聽到了他正吟詠屬於精神流浪者的詩篇。

這篇文章乃是受鄭義先生之邀，爲劉賓雁先生八十壽誕而作。我與劉先生素未謀面，但是，澳洲與美國之間的萬里海空不能阻隔我的神往之情。我能眞切地意會到一位年屆八十的流亡者心靈的意境——暗藍的夜空下，伸展著無邊無際的雪原，一條孤獨的小路蜿蜒在靜靜的雪原上。我還聽徐緩的風正反復吟唱同一句詩：「……正直的人呵，只能走那彎彎曲曲的路。」

劉賓雁先生的生命已經邁入冬日，我正處於生命之秋。審視自己的心靈，唯有滿山滿野的紅葉。那每一片紅葉都是我情感的痛苦，都象徵著我命運的艱難。而我只能採一片紅葉，作爲壽禮，獻給劉賓雁先生——獻給肅穆的冬日。只願這片乾枯的紅葉能爲聖潔的茫茫雪原，送去英雄男兒的殷紅的祝福。

二〇〇四年九月寫於雪梨

我的一尊偶像

郭少坤

郭少坤，一九五四年一月二十八日出生於江蘇省豐縣范樓鄉果園村。因「文革」輟學，回家務農。一九七二年到黑龍江省隨父生活。一九七三年應徵入伍，四年後復員。一九八一年考入警察隊伍，同年因履行公務被歹徒打傷致殘並毀容。一九八六年調回徐州市公安局工作。一九八九年因支持學潮受通報處罰。一九九六年再次因公負傷。一九九七年因當局從王丹家抄到編者給王丹的信件和捐款收據，被清除出公安警察隊伍。一九九九年因為家鄉農民維權受迫害而呼籲被徐州市當局強行關押二年。二〇〇一年十月又被刑拘一個月，後取保一年。現在上訪申訴之困境中掙扎。

每一個人心中都有自己的偶像，我也不例外。儘管偶像會隨著各種原因發生變化，但是，偶像總是偶像，該消失的消失，不該消失的永遠會聳立在人們心中和占據著歷史的地位，這也是不依任何人的意志爲轉移的。

近日，從網上看到一篇有關劉賓雁先生的文章，說劉賓雁先生已經八十歲的高齡了，頓時，我百感交集，這位一直聳立在我心中的偶像再次深深感動了我，使我陷入了深沉的思考和追憶……

其實，我並不認識劉賓雁先生，就像不認識江澤民和胡錦濤一樣，但是，在我和我這等年紀，經歷、閱歷相同的人，特別是稍有點思想和中國良心的人，恐怕還沒有人不從內心敬佩劉賓雁先生。因為，劉賓雁先生是一個眞正的、大寫的中國人，他頂天立地、不畏權勢、寧為玉碎、不為瓦全。雖曾為中共高官，但卻從不唯上媚俗，從不向權勢邪惡低頭。因此，先生一生坎坷，多災多難，最終，被拒之國門外，使得先生有國不能投，有家不能歸。更讓人們難以割捨的是在國內再也聽不到他那為人民震聾發聵的鼓勵與呼聲了。記得去年在自由亞洲電台的節目中，先生作為特邀嘉賓回答聽眾的提問，我清楚地記得廣西省的一位聽眾對先生說：「劉賓雁先生，我們大陸老百姓都很想念你呀！」這一句話不長，但是，他卻眞實地反映了老百姓的心聲。同時，也更加凸顯了先生的人格魅力及其在人民群眾心目中的地位。我想，這絕不是那些自稱「三個代表」的黨魁政要們所能比擬的，甚至，也是一些反共反專制獨裁鬥志有餘而對民主認識不足且人格缺陷的所謂「民運人士」無法企及的。當然，此文是寫劉賓雁先生，本與其他無關，但是，在此，我不能不想到民運界內以及人民群眾的反映：「罵共產黨不好是眞實，但是，反對共產黨的未必都是好人。」我認為此言不虛，而在此提及，應該說對一些嚴重脫離實際和人民群眾及不注意自身素養形象的「民運人士」而言，恐怕也並非是多餘的。

準確地講，知道劉賓雁先生是一九七九年在黑龍江工作期間，當時，先生剛剛從二十年的右派苦難生涯中解放出來，用先生的話講是「從冷凍在二十年的冰箱裡走出來！」但是，先生一「走出冰箱」，立刻又投身到社會，關注起人間的冷暖和民眾的疾苦。當時，他以《人民日報》特約記者的身分，深入到黑龍江省呼蘭縣，對人民群眾反應強烈的特大貪污犯王守信一案進行了深入的調查，寫出了轟動全國的長篇報告文學〈人妖之間〉，揭露了中共官場權錢交易、官商勾結的醜惡行徑。從那時起，人民就由此受到啓示，感覺到中國如果不進行政治體制改革加強民主法制建設，僅僅依靠所謂的「撥亂反正」和結束文革，並不可能給國家帶來長治久安和為人民帶來福祉。我清楚地記得人們在爭相閱讀這篇文章時，無不感慨萬端，為剛走出政治瘋狂的虎穴又進入經濟掠奪的狼窩而憂慮。時至今日，歷史已經無可爭議地證明：劉賓雁先生當年筆下的「人妖」現已是鋪天蓋地，惡貫神州。比起今日的大小貪官來，那個名噪一時的王守信也只能是小巫見大巫自愧不如了。而人們的擔心也正在被應驗著……

在中國的改革開放進入到八十年代最活躍的時期，也就是說在以中共的政治改革派的領軍人物胡耀邦、趙紫陽主政之時，劉賓雁先生和大多數中國人民一樣，沐浴在改革的春風裡，充分地發揮著自己的作用，他在擔任《人民日報》特約記者和中國作家協會副主席之時，仍不忘深入群眾，關注社會。經常以普通記者和作家的身分撰寫反映人民群眾疾苦的文章，即使我這個經常忙於警務的警察，也不忘找先生的文章讀。至今，我仍記得先生在一篇文章裡這樣描寫一位中國人：「在高高的電線杆下，一個像知識分子模樣的人站在那裡好像在等公共汽車，從他那張明顯缺乏營養而且寫滿滄桑的臉龐以及呆滯的目光裡，我斷定他像許多中國人一樣地有過許多不幸和無奈。於是，我感到了一種無名的沉重……」這一段描寫一直縈繞在我的腦海裡，每當我看到一些如先生筆下的中國人時，我就能立即想到先生的這段話，而且心中不乏一種沉重感。也許，這就是文學的魅力和作用。不過，我想，不論是什麼文學家、思想家、政治家，還是所謂的什麼「民運人士」、「政治反對派」，如果他缺乏基本的良知和道義以及對人的關愛和同情心，那他將什麼也不是。當然，他也寫不出流芳百世為人永遠銘記不忘的好文章。李杜詩篇之所以萬口傳誦，就是因為他們情繫祖國心愛人民，說良心話，做良心事。劉賓雁先生的文章之所以為人們所不忘，也同樣是與他的人格魅力不可分割的。借此，我不能不再次提醒自己和一些需要提醒的朋友，不要覺著自己反專制求民主並為此付出點代價就了不起啦，就飄飄然啦，做事脫離實際，說話言不由衷，寫文章假大空，這些與專制獨裁者無二的行徑不但無益於民主大業，同樣也得不到廣大人民的認可。文明與野蠻、民主與專制的分界線就在於做為人能否真實地反應事物的本來面目，專制獨裁者們放棄了真善美與人類文明為敵從而自取滅亡的前車之鑒雖然尚未被執政的中共所汲取，但是，作為我們一些有志於民族復興和民主事業的人絕不能疏於個人品質的修養、文明層次的提高。否則，我們就真的會如老百姓所說「共產黨不是好東西，可誰又是好人哪？」如果我們不能在老百姓中間樹立起良好的形象，我們就根本不配做什麼「民運人士」、「異見人士」。當然，也就無法去和人民一起去為中國的民主做出任何貢獻。試想：如果劉賓雁先生來到老百姓中間，他所受到的歡迎程度不但不能和中共的官員同日而語，恐怕也是我們一些所謂的「民運人物」甚至是個別自我膨脹的「先驅」、「之父」們所望塵莫及的。這絕不是無的放矢，前幾天，我到農村做調查時，就有農民問我關於劉賓雁的消息，並不無感慨地說：「現在，像劉賓雁那樣的人很少了！」儘管農民們可能對政治不甚了解，但也足以反映出劉賓雁先生在人們心目中的地位極其深刻的影響。因此，對我們所有追求進步的人來說，劉賓雁先生足資楷模。用哈維爾先生的話就是：「民主和專制的較量，最終的較量是人格的較量。」一言以蔽之，再說多餘的也就沒有用了。

胡趙時期，劉賓雁先生為改革竭盡所能，鞠躬盡瘁，奔走呼號，成績斐然。他擔任著許多刊物的主編和顧問，其中有《法製文學選刊》、《法律諮詢》等。也因此，他與我的恩師于浩成交往甚密。在一九八六年春，于浩成老師給我寄來一張與劉賓雁先生等人的照片，其中還有邵燕祥先生、戈揚先生、沈昌文先生等人。那時的劉賓雁先生雖不能說是風華正茂，倒也是如松似柏，挺挺拔拔。這張照片我一直珍藏在照片集裡，雖歷經三次抄家，至今仍完好無損。每當我思念恩師于浩成時，就打開照片集，默默地注視著于老師和劉賓雁先生等人的像，回憶著他們的功績，嘆息著他們現在的處境和無奈，痛恨著獨裁的惡行，同時，也激勵著自己奮鬥的決心，鼓舞著自己的鬥志。也許，這就是個人心目中偶像的作用，榜樣的力量。

二〇〇一年夏季，我在北京上訪其間拜會許良英先生時，德高望重的許先生在向我談論中國的民主和從事民運的國內外有關人士的個人品質時，對劉賓雁先生也是推崇備至。在許先生的心目中，劉賓雁先生是中國的良心和知識分子的脊樑。用許先生的話說：「是條漢子！」與此同時，許先生也不無遺憾地提到一些所謂的「民運人士」政治品質和人格問題。許先生說：「如果連做人都成問題，還搞什麼民運！」

是的，做人是一個大問題。中國需要民主，就像需要空氣一樣。但是更需要爲民主奮鬥的好人，只有許許多多像劉賓雁先生這樣百折不撓、視功名利祿如糞土和人民群眾血肉相連的眞正民運人士才能推動中國的民主前進，才能獲得人民的認可和支持。否則，總是在圈子裡爭論什麼體制內體制外、什麼黨什麼派的，實在讓人感到厭煩和失望。君不見，眞正在中國搞民運的，並不都是海外的那些大名鼎鼎的什麼人物，也不全是國內的什麼「民運人士」，卻是那些默默無聞的民間人士在辛勤工作。如剛剛獲得「尤里西斯報告文學獎」的陳桂棣、春桃夫婦，他們對中國農民的權利作出的貢獻已是有目共睹。同時，被輿論界譽爲是「繼劉賓雁以來的又一位反映社會現實的報告文學家」。所以，「天地之間有稱桿，那稱砣就是老百姓」這句一點也不假，當中共在人民心目中的地位已喪失殆盡的時候，我們任何一個矢志於中國進步事業的人士都不能忘記提高自己，否則，不僅愧對人民，也對不起個人的選擇和付出。

因爲從網路上看到一篇有關劉賓雁先生的文章才使我的腦海裡再次浮現出自己的一尊偶像，並引出這些話。儘管人微言輕，但是，作爲一個中國人，一個中國公民，充分地行使自己的話語權，表達個人的觀點，抒發感情上的喜怒哀樂，恐怕並非是多餘的。至於別人的看法如何，也就讓他見仁見智去罷！不過，眞的能使一些同道引起共鳴，倒也是幸事一件，也不枉我在此想念劉賓雁先生一場，潑費筆墨一回。

我有個怪異的想法，人活著時應看到別人的評價和毀譽，甚至聽一聽自己的悼詞和懷念聲言，未必等到蓋棺論定。這樣，可以促使人多做好事，少幹壞事。否則，總是「周公恐懼流言日，王莽謙恭未篡時」的歷史文化現象著實可惡，它使得多少流氓政客成功地統治天下，禍害國民。雖然，只有民主政治才能根絕這一現象，但我們這些追求民主政治的人現在就應透明一些，不論是對別人還是對自己，都要坦坦蕩蕩，嘻笑怒罵，皆成文章。如此一來，將會像大浪淘沙那樣，最終會在中國的民運戰線上磨練出一支純潔的隊伍，而像劉賓雁先生這樣的人，將肯定是隊伍中的一員或準旗手。到那「民主勝利中華日，」肯定是「公祭無忘告劉翁。」

可能有人會罵我，說這些話對先生不尊重或不吉利，我不以爲然。因爲，「天有不測風雲，人有旦夕禍福」。尤其是在這個專制惡魔統治的中國，誰又能預知自己的命運明天會如何哪？因此，我想在無法知道明天是否會猝死暴死或被中共再次關押起來迫害致死的情況下，寫下此文思念劉賓雁先生，也許是我較明智的選擇。至少，未來在先生的身後有我的遺文一篇而不留遺憾。

最後，我在此向胡溫新政權呼籲：希望你們念在都是中國同胞的情分，爲了國家的進步事業和聲譽，本著人道主義原則，讓劉賓雁先生及那些像劉賓雁一樣熱愛自己的祖國和人民的人士回到祖國罷！我想，他們不會比陳希同、成克杰、胡長青之流及無數的貪官污吏更有害於共產黨的統治和國家的長治久安吧?!望你們深思之！

這篇文章如得不到發表，我將寄給劉賓雁先生本人，以達敬意！

原中共江蘇省徐州市公安局三級警督

國家二等乙級傷殘警察、三等功臣郭少坤

二〇〇四年十月六日於徐州

流亡者：蘇武還是摩西？

陳奎德

陳奎德，生於江蘇南京市。一九八五年獲上海復旦大學哲學博士學位，嗣後留復旦大學哲學系任教。一九八八年一月，應聘任華東理工大學文化研究所所長，並任上海《思想家》雜誌主編。一九八九年六月五日，陳奎德任美國波士頓學院訪問教授，一九九〇年應聘為美國普林斯頓大學訪問學者，《民主中國》雜誌主筆，當代中國研究中心人文學部常務協調人，普林斯頓中國學社執行主席。二〇〇二年起，擔任《觀察》網站主編。研究方向有西方哲學史、中西文化比較等。出版有專著《懷特海哲學演化概論》、《新自由論》、《懷特海》、《海耶克》、《煮酒論思潮》，主編有專書《中國大陸當代文化變遷（一九七八至一九八九）》等。

流亡者的象徵

有好幾次，在夢中，我都看到一個老人，身罹絕症，華髮蕭然，孑立於峭壁海岸，年復一年，遠隔重洋，面對故國，哽咽發言。

那是一個極其頑固而鮮明的意象，屢屢揮之不去，令我一直困惑：那是誰？直至一次聚會上，朋友們倡議爲八十歲的劉賓雁先生出一個集子時，我才猛然醒悟，那不就是賓雁嗎？是的，曾經聲震中國的劉賓雁先生，不作二人想，他正是中國人流亡的象徵性符號。

十幾年了，在美國與賓雁先生相處，感觸良多，一言難盡。他的正氣凜然，他的不平則鳴，他的嫉惡如仇，他的好學不倦，他的誠摯坦率，人們已經談論很多了。而讓我難以忘懷的，卻是一些雞毛蒜皮之事。記得每次去他家聊天或是議事，臨走時，他及其夫人朱洪大姊總是要讓我捎上他們「後花園」種的時鮮蔬菜：幾根黃瓜、幾窩青菜、幾把蔥蒜、幾許豇豆……菜雖不多，但老人的那顆拳拳之心，令人動容，我卻無以回言，只是留下長存不散的溫馨。

應當坦率說，賓雁先生的有些理念，我並不完全贊成。但他的難能可貴處，是眞，是誠，是率直，是坦然，言其所信，言其所思，並不人云亦云，隨波逐流。這與個別朋友或成參照。有些人目前公開倡言的理念，雖然我大多同意，但聯繫到其在不同時期不同地位的很不相同的言論，不難看出其言其文僅僅是其當下所處環境與位置的派生物，隨勢漂移，並無中心樞紐。有鑒於此，無可諱言，我更敬重理念頗有差異的賓雁先生的人品風範。

賓雁先生最具有強大傳染力的精神特質，是他的中國情懷。每次我帶一些國內來訪的友人前去拜訪他時，他總是刨根問柢，追索故國的人和事，探問底層弱勢人群的現狀與動態，任何細節都不欲放過，任何故事都想跟蹤。那種專注的神情，那種突然迸發出火焰的燃燒目光，你不可能相信這是年近八旬的老人。這是個燒成灰都辨認得出的中國人。比居住中國大陸的任何人恐怕都更中國。若有誰敢言賓雁先生不是中國人，那麼請問，天下還有誰配自稱中國人？

然而，十幾年了，那些掌管中國大門鑰匙的人，卻不准這個最純粹的中國人返國。他們要他成爲終身的異國流亡者。於是，東方國家傳統刑罰之一的流放，如今演化成爲殘忍的酷刑。

是的，「流亡」這個詞，是未曾親歷者不可能掂量出其中分量的。

流亡精神分裂症

事實上，流亡者都是精神分裂者，他們過著雙重生活。

一重生活是在別處，高度精神化。故國的臍帶把他與過去牢牢拴著，他實際上仍是那個世界的一員，伴隨那個世界的喜怒哀樂而情緒迭宕起伏。

另一重生活，則是現實的，當下的，緊張忙碌，陽光街市。但他總是漂浮在這自由街市的表層，雖然這些街市，是他過去多年神往，但身臨其境，卻漂浮其上，遊離其外。似乎只是觀眾，並非演員。舞台上的活動與他也沒有什麼太深的關係。

別處的生活，構成了流亡者的精神世界。塑造了他眞正靈魂，這靈魂，Made in China，形塑於中國。他在遠方的精神天地裡遨遊，沉溺於那裡的變遷。「身在曹營心在漢」。大體而言，組裝這精神結構的有：家族傳承、親友紐帶、鄰里鄉親、同學師長、數不清的中國鄉間與市井的故事，兩小無猜、青春躁動、上山下鄉、初戀情愫、饑荒歲月、琴棋書畫、京劇川腔、禁書傳閱、火種暗傳……以及孔孟老莊、李白杜甫、東坡雪芹、胡適魯迅、馬列經典，還有抗日烽火、國共內戰、蔣毛周鄧、旌旗吶喊、長街槍聲、血雨腥風、顚沛流離……眾多馬蹄疾馳，在你腦海中踩出了斑斑印痕，綿延傳承。四十年代及之前出生的，還得加上若干俄羅斯的調料：普希金、萊蒙托夫、十二月黨人、屠格涅夫、托爾斯泰、杜思妥耶夫斯基、契訶夫、別林斯基等「三斯基」、高爾基、柴科夫斯基、蕭斯塔高維奇、列賓……以及歐美的歌德、巴爾札克、斯湯達爾、雨果、狄更斯、羅曼羅蘭、紀德、黑格爾……諸如之類。

第二重現實的流亡生活，儘管文化衝擊已過，輕車熟路，漸入順境，語言、生活習慣也少了窒礙，甚至也參與了當地的公共生活，投票選舉、社區規劃、媒體採訪。然而一旦清靜下來，仍是心不在焉，神思恍惚，似乎人已不在此處，魂都掉了。這重生活，並非他眞正的自我（identity）。

這是一種典型的精神分裂。第一代流亡者的精神分裂，對筆者，這種精神分裂，只有在每日淩晨，剛剛甦醒的一剎那，感受最爲強烈而具體。那是對自我生存狀態的清清楚楚的感知。酸甜苦辣，如霹靂襲來，至爲眞切：我是誰？來自何處？現在何處？去向何方？當下存在狀態中最爲煩惱者是什麼？理智上、情感上，困擾你的核心問題何在？

流亡式精神分裂蓋源於歸屬感的失落。誠如思想史家以薩・柏林（Isaiah Berlin，1909～1997）所言：歸屬感也是人的本性之一。

而流亡，則是凸顯這一本性的顯影劑。

往日時光，蝸居故鄉，一個人對自己的文化身分是缺乏自我意識的，他（她）往往對自己心靈的（文化）構成渾渾噩噩，懵然未覺。然而，當突然之間被拋出「化外」後，流亡之劍逼咽封喉，驟然間就把個人身上的各種秉性作了有層次的分類和梳理。一下子把「我」解剖得淋漓盡致，把自己的五臟六腑標明出處。神奇異常。這一過程，就是把你身上的文化成分突然顯影，各歸各類，色彩絢爛。這裡展示出的，不僅有前述的精神特徵，甚至更形而下的——你的腸胃：粵菜型、川菜型、江浙型、閩菜型……等等也統統被明確地類型化了……。在這一顯影歷程中，顯然，原有文化浸染和積累愈深，歸屬感愈強烈，失落感也就越深沉。

流亡，於是變成自我的重新發現。它逼迫你面對眞實的自己。它強制你進行不斷的自我精神治療。

三波大流亡，另類中國社群的興起

但是，我們不得不承擔流亡的命運。對個體生命，確實，它是哀歌，是靈魂的痛苦死亡與艱難再生，是今生今世無可逃遁的宿命。然而，對於所謂「宏大敘事」，對於民族記憶，它卻是歷史創新的發動機。

從根本上說，現代世界是流亡者創造的。現代中國也是流亡者塑造的。看看如下一批（無論是正面還是負面）影響了現代中國的重要人物，在其生命中重要的塑型時期，誰不曾是流亡者（或留學者）：孫中山、康有爲、梁啓超、嚴復，陳寅恪、蔡鍔、蔡元培、胡適、蔣介石、蔣經國、宋美齡、宋慶齡、儲安平、魯迅、陳獨秀、周恩來、鄧小平、張君勱、徐志摩、羅隆基、章伯鈞、馬寅初、傅雷、巴金……？

沒有流亡，就沒有各文明之間的空間碰撞，就沒有文化交流；沒有流亡，就沒有文化衝擊，就沒有文化更新。中國就永遠是文字獄，永遠「皇恩浩蕩，臣罪當誅」。

這裡，我想特別提到，自一九四九年以來，經過國民政府及其部分軍民的大規模撤台，經過一九六二年大陸人洶湧的逃港潮，再經一九七九年開門，大量人員，尤其是留學生的出國，特別是，自一九八九年事變以後，中國人大規模駐留美、歐、日、澳（目前的出海與海歸的雙向流動，並不影響總體格局），中國人和中國文化已經進入了一個大規模的流亡時期。身爲「華人」而擁有各種不同之國籍，這是本世紀下半葉日益彰顯的現象。並且，中國人及中國文化出離故國，向海外流亡，聚合成個個不同的族群的現象，至下一世紀亦不會中止，它將形成一種歷史性潮流。這一潮流的長程歷史後果，是須作充分估量的。

廣義上說，台灣和香港這兩個與大陸不同的中國文化變體，就是一九四九年以來第一波和第二波大流亡的產物。而一九八九年之後的第三波大流亡，使北美、歐洲、日本和澳洲的中國人群體，特別是其中的知識人群體的迅速擴張，則標示著某種新的海外中國文化社群的出現。

一百多年來的歷史表明，中國社會的發展需要一個強大的中國之外的力量。歷史反覆證明，沒有這種社會之外的力量，靠中國內部的力量互動消長，由於一種強大的趨同化慣性，社會便不斷地複製自己，不斷地惡性循環，走不出那個宿命的歷史死胡同。

而中國與中國之外的力量之間的互動越強，中國走出歷史慣性隧道的可能性也就越大。這種內外互動，是影響中國命運的極其關鍵的因素。其原因在於：越來越多的觀察家和經濟學家日益清楚了，中國經濟在最近二十多年的起飛，與海外幾千萬華僑資本大規模流入中國的關係極大。人們甚至判斷，這一點，正是中國與俄國這二十多年經濟發展速度不同的主要原因之一。

由於中國的流亡者和海外華裔社群的存在，除了經濟之外，它們與中國之間還必定產生政治、文化、學術、新聞方面的互動和交流，產生某種制衡、比較和示範效應。特別地，有鑒於中國的「特殊國情」，國人若要獲得愛中國的權利，必須首先變成一個非中國人。只有成了流亡者，甚至成了外籍僑民，乃至敵人，你才在北京當局那裡獲得了「資格」，你的話才贏得了分量，才有人洗耳恭聽，你的壓力才被主政者感受。倘你還是他們管轄下的臣民，誰會理你？

人們還應注意，現代中國的流亡者，與歷史上（從十六世紀到十九世紀）中國的流亡者相比，出現了重要的差異。正如余英時先生曾指出的，早先中國人到南洋的流亡，是一個非政治化（depoliti-cal）的過程。而今天的流亡者，其流亡則有相當的政治因素和政治訴求。當初的流亡者，大多是勞工或做小生意者；今天的，則多是留學者或交流者，甚至是政權的整體流亡。其構成不少是知識菁英或權力菁英，二者對比相當觸目；當初的流亡目的地，是南洋等欠發達地區；今天，人們則湧向現代性強的發達國家；當年資訊和交通極不發達，如今則是全球化，交流快捷，資訊傳輸渠道多元。因此，同為放洋流亡者，在對故國的影響上，歷史上的南洋華僑與當今的海外中國人群體，是不可同日而語的。

流亡者在流亡期間，從自身的經驗中體驗出另外一種「中國概念」及其「民族特性」。可以說，這種體驗是來自異文化的另類視野。蝸居中國國內，無論是在政治恐怖的毛時代，還是經濟繁榮腐敗娼盛的後毛時代，都斷然不可能獲得這種體驗。身負這種嶄新體驗的流亡者和海外中國人社群，他們與故國的互動，對於保存和更新中國文化（特別是其中的精緻文化）的命脈，對於它的存亡繼絕，發煌創新，具有不可替代的意義。

鑒於上述，人們有理由相信，海外另類中國人社群的存在與繁榮，中國流亡者獲得安身立命和成熟壯大，為整體中國人生存狀態的改變，為中國文化的繁衍更新，提供了重要的歷史性契機。

蘇武還是摩西？

從更長遠的眼光看，流亡者的命運，根本上仍取決於流亡者自身：我們是否有足夠的精神力量不被消融抹煞而營造出一個海外的獨特文化社群，更有甚者，有無可能像兩千多年來的猶太人一樣，融會貫通而創發出一個嶄新的文明形態？

考諸歷史，不同文化的流亡者，其典範是不盡相同的。

自古以來，中國就爲流亡者設定了一種永世垂範的模式——蘇武。漢朝蘇武，出使匈奴，因故被扣。蘇武拒不歸從匈奴，矢志忠於漢室。匈奴把他獨自流放到冰冷的北海牧羊。蘇武挖鼠穴吃草籽充飢，夜擠身羊群取暖，始終不屈。如此，流亡十九年，每天手持漢朝的使節杖放羊，恆以漢朝使節自命。後來漢匈和親，蘇武獲釋歸漢。蘇武牧羊之典遂流傳千古。其推崇的最高價值：堅貞不二，忠於舊主。

而摩西（Moses）帶領希伯來人出埃及的大逃亡，則是另一種流亡的模式。摩西是從壓迫、奴役和貧窮下流亡而獲得解放的人類先驅，是從奴役走向自由的偉大典範。希伯來人在埃及被奴役四百年之後，上帝頓生創意：要摩西帶領他們離開埃及，前往福地迦南。於是，摩西帶領希伯來人逃亡至紅海。當時前無去路，後有追兵。危急中，上帝命令摩西舉起了手中的魔杖，於是，紅海的海水一分爲二，摩西率眾從紅海兩邊分開的水流中逃亡，踏上自由道路。在西奈山，上帝賜下律法，摩西宣布「十誡」，最後，穿越西奈沙漠。到達上帝應許之地迦南，創建了古代以色列國。在這個神聖的經典中，摩西出埃及記所凸現的價值是，人類從循環單調的輪迴中解脫出來，反抗被奴役的宿命論，走向自由，創立新秩序。

作爲流亡者，蘇武是忠誠的象徵，摩西是自由的化身。他們的價值側重點是不同的。蘇武的使節杖標示著忠君氣節的極致，摩西的魔杖則開闢了自由之路，並戲劇性地宣示了人類的權利。

蘇武還是摩西？當代中國的流亡者，作何選擇？

蘇武誠然可敬可佩。但筆者以爲，中國流亡者更緊迫的使命是：在精神上「出埃及」。簡言之，當務之急是使中國人走出「極權文化」籠罩之下的半個多世紀的精神牢籠。因此，追隨摩西的神聖召喚，打破中國歷史的單調循環，在古老文明的危急存亡之秋，重新詮釋中國，爲中國文化「招魂」、「立魂」。正如儒學在宋明兩代受到佛學挑戰之後，朱熹、王陽明等中國學者對儒學作出重新詮釋，成功地回應了佛學的挑戰，並導致儒學的歷史性復興一樣。今天，中國流亡者有條件在希伯來、希臘文化的周邊熏染下，在自己的文化中融入「超越性」成分，賦神州以神性，重新闡釋並身體力行創發出一種混合型的文化形態，贏得中國人廣泛認同，並與基督教文化共同享有神聖性的精神紐帶。這是一種群體性的精神治療，民族性的精神治療，同時，也是文明中國的歷史性復興。這種復興，是一種回到應許之地的古老趨向的現代表達。

如此，則流亡就並非生命的輓歌，而是新生命的起點。如此，流亡歷程就可以轉化爲以色列人出埃及那樣壯麗的景觀，直至通向自由的「迦南」。當然，這只是精神上的流亡，並非棄絕地理上的中國；只是精神上掃蕩穢氣俗氣和暴戾之氣，確立現代「十誡」——憲政，並非是海外中國人社群要變成「迦南」，取代中原大陸；而是因爲，中國流亡者，作爲先行走出「埃及」的自由民，負有不可推卸的責任，在精神潰敗禮崩樂壞的大陸中國導入新秩序，創建自由之邦。要言之，追隨摩西，劈開「紅海」（紅海洋）之水，穿越當代中國的精神道德的「西奈沙漠」，使中國精神如鳳凰涅磐一般重生。

這是現代中國深深寄望於賓雁先生以及以中國傳人自詡的流亡者的。

二〇〇四年十月於美東

只有人性，對自由和愛的追求是永恆的

——寫在劉賓雁先生八十壽辰

仲維光

仲維光，文革爆發時就讀於北京清華附中，與鄭義等人成為毛澤東欽定的清華附中紅衛兵的主要反對者。一九六九年到吉林洮安縣插隊。在插隊期間開始自學哲學，從探究馬克思主義的方法和認識論基礎，七〇年轉向近代洛克、休謨以來的經驗主義思想，並且同時開始自學數學、物理和外語。八三年考取中科院自然科學史所近代物理學思想史許良英教授研究生，畢業後留所工作。八八年到德國，九十年代中期後繼續研究當代極權主義思想問題，波普和他的批判理性主義，以及其他當代科學思想和文化問題。

這充滿活力的身軀，應該有一個浪漫的充滿詩意的青春

五七年第一次聽到劉賓雁先生的名字，我還是個八歲的孩子，只是感到他是一個妖魔鬼怪般的大右派。七十年代初期，再次接觸到這個名字是通過一本內部讀物，《苦果》。這是一本英國人選編記

述五七年前共產黨國家知識分子情況的文集，副標題是「鐵幕後知識分子的起義」，其中選了王蒙的〈組織部新來的年輕人〉和劉賓雁的〈在橋樑工地上〉。那時劉賓雁和王蒙對我們這些剛剛懂事的少年人來說，是一個遙遠的歷史人物，而共產黨社會也是如鐵打江山。我根本不會想到在我有生之日共產黨集團能夠崩潰，也沒有想到日後能夠認識劉賓雁先生，和他共同反對殘存的幾個共產黨專制政府。但是就在那本集子中，劉賓雁先生和王蒙的文章，和東歐其他國家的持不同政見作家的文章相比，我覺得是蒼白的。

稍後更多地知道劉賓雁先生，是七十年代末期的事情。那時我的思想已經走出了共產黨社會，所以雖然我不時看到劉賓雁先生的文章，看到他在社會上的影響紛紛揚揚，並且經常聽許良英先生提到他，但是我並不很以爲然。我早已經徹底反叛出共產黨社會，因此我不認同他對社會、對共產黨、對政治問題的看法。到八九年後，我甚至經常在文章中把他的觀點當作具有典型意義的膚淺觀點批評，例如他對他成爲右派以前的「共產黨的肯定」、「對劉少奇以及其他一些所謂溫和、改革的共產黨領導人」的肯定。我把劉賓雁先生歸於和體改委中的那些人一樣，是在黨內鬥爭失敗了，逃出來的另一類「共產黨」人物。坦率說，我沒有他們那種對共產黨的感情。

眞正認識劉賓雁先生是很晚的事情。九九年，因爲組織六四紀念活動，邀請劉賓雁先生和鄭義到德國來，第一次見到並且認識了劉賓雁先生。那一次見面，在觀點上仍然沒有使我們接近多少，反而似乎漸去漸遠。但是，在性情上，我們卻接近起來。劉先生的寬和、多情，給了我深深的印象。他思想上雖然有很深的共產黨氣，但是，他似乎沒有那麼多的「革命導師」作風，在人性上沒有那麼多的矯揉做作、裝腔作勢，依然是一個充滿情趣、人性的人。

我不相信這是十幾年的海外流亡生活所致，因爲有比他老的，也有比他年輕十幾歲，甚至二、三十歲的人，同樣到了海外十幾年，除了政治上變得激烈地反對所謂「共產黨」以外，別的什麼都沒有改變。所以，在我看來，即便退一步是流亡生活改變了人，流亡生活也只能「恢復」那些本性中有這些的人。劉賓雁先生，是一個天生富有人性的人。

對此我感觸最深的是，他不是一個除了政治什麼都不能談論，什麼都不關心，什麼都不愛的人。我和劉賓雁先生、詩人多多在汽車上，在家裡談論最多的是生活。由於我太太還學文和我是第一次見到劉賓雁先生，他雖然已經七十多歲，但他端正的相貌、巍巍的身材，以及眉宇間洋溢著的熱情給我們很深的印象。我太太不由自主地就說，劉先生，您年輕的時候一定非常漂亮吧？

眞的，這就是劉賓雁先生的過人之處，他一下子就會把你的想像力激發出來，一下子就能夠使你想像到，這個生命在年輕的時候的活力和魅力。我自然而然地就問他，是不是年輕的時候有很多女孩子被他吸引。對此，他天眞地笑了，笑得那麼眞情。我們於是也從歐洲各國的風貌談到各國女孩的不同。

我對劉賓雁先生說，我這一輩子倒霉，從一個極權主義國家，到了一個極權文化思想的誕生地。我忍受不了德國知識界那種對國家機器、權力機構的崇拜，忍受不了那種僵硬、沒有想像力的氣氛。在這種空氣中生長的德國女人，臉上的線條和面部表情永遠是僵硬的。我記得此後第一次踏進巴黎，尤其是布達佩斯，最深的感受就是那裡的姑娘的臉上充滿的光明、歡悅和美好。劉先生說，他五十年代中期曾經作為政府的一個代表團成員到匈牙利去過，對此也有很深的體會，和代表團接觸的姑娘對他們非常熱情。

我從劉先生的眼神中看到了甜蜜。想像力也立即長上了翅膀。遙想劉先生當年，五十年代中期，正當三十，生命力最強的時候，人已經接近成熟的時候，對女人最有吸引力的時候，風流倜儻、雄姿英發。我想大約那個時候，劉賓雁先生也是身穿藍色的中山裝制服，對那些像太陽一樣燦爛的匈牙利女孩口嚼革命詞句，可就是這樣也擋不住他的魅力。我對劉賓雁先生開玩笑地說，應該肯定說有女孩愛上你了，您當年是不是也差一點「和了番」？劉先生開始環顧左右而言其他了。但是我卻接著想像下去。那是劉先生譽爲最好的年代，但是劉先生敢於隨便去愛嗎？他「搭乘」黨的「車」到了匈牙利，似乎貴爲人上，可他有自由嗎？那個時代，作爲平常人，他已經不能隨便出國，自由遷徙、調換工作，作爲代表團成員，他不敢隨便講話，更何談「愛」字。

這充滿活力的身軀，應該有一個浪漫的充滿詩意的青春，可這樣一個生命被革命，和他自己創造的文化和制度暗淡了、毀滅了。他居然還滿意地回憶五十年代初期，說那個時候整個中國都有了一個好的開始，如果按照劉少奇的路走，中國就好了。

我們說它暴殄天物，應該一點都不為過

我最不喜歡和他談的就是政治，政治使我們陌生遙遠，而對生活的體會和對生活的愛使我們接近。然而無論分析什麼問題，我卻又不得不接觸政治問題，因爲生長於共產黨社會的人無法擺脫從你生下來就打入到你的血液中的這個政治毒液；因爲，它正是劉賓雁先生參與締造的極權社會最獨特的特點，這也是這種極權專制和中國傳統，乃至一切傳統中的專制最根本的不同點之一，可以說這是一種典型的現代特點。也就是爲此，我和劉賓雁先生接觸最愉快的就是，我們可以不談政治。

對此，每個來自中國大陸的人都應該深有體會，這的確已經不是一件天經地義的事情了。無論是什麼時候，什麼場合，幾個中國人湊在一起，很快就轉入政治題目。而更有甚者，我曾經和一位八九

年由於一時衝動而住進監獄，才偏離了那個社會，步入民運的人士有過幾天的連續接觸，他居然連一分鐘都離不開政治。每當我們其他幾個人說笑、欣賞風景的時候，他都或者是沉默，或者是突然拋過來一個政治問題。不僅如此，直到如今，他的語言、甚至文章，任何東西都立即上升爲意識形態，成爲大而化之的政治性的口號標語。我想，離了政治，離了「民運」，他大約無法生活。

一切政治化是當代共產黨極權社會的一個最典型的特點。這種特點從根本上改變了人們，使得人們無法正常理解生活。它甚至成爲一個夢魘，纏繞著每個人、每個家庭。我們在國內的一位做教授的親友，他其實是一位典型的技術工作者，然而，即便是每年過年、過節的電話也是開門見山地談論政治，國家形勢。而他對政治和社會問題的看法，都是典型的中宣部的那一套，毫無新意，假大空，但是他談論得非常得意，這使我們感到，和那位民運人士一樣，這種談話方式，也可以說這種生活方式，他們並非是「被迫的」，而是已經眞的滲透在血液中，自發地噴湧出來了。

這種「關心政治」是典型的共產黨思想文化，而絕非中國文化傳統。中國傳統中雖然有「天下興亡、匹夫有責」，但是中國文人和民間卻也有尙清談，琴棋書畫、飲食男女。只有共產黨文化，由於他們一貫崇尙根本問題是政權問題，所以從來是政治統帥一切，文藝爲政治服務，教育爲政治服務，一切圍繞政治。這在現今中國依然是如此，開放是爲了政治，經濟改革是爲了政治，辦奧運會也是爲了政治。筆者曾經在紀念李愼之的文章中提到，在這樣的社會中生活的知識分子，首先就面臨的是政治。上面提到的兩個例子很典型，你甚至到了海外，在日常生活中還是躲不過令人厭倦的政治。

所以令我驚奇的的確是，我居然還是能夠和深陷政治漩渦的劉賓雁先生不談政治。那一年不多的接觸，我們在汽車上，在會議休息中，在家中，談了不少家長里短，談社會的風土人情，談女孩子的特點，談人間的是是非非。這說明劉賓雁愛生活過於愛政治，說明劉賓雁保存了更多的人的內容。

然而更令我驚異的是，七十五歲的劉賓雁先生，對女孩子們的各種魅力，仍然保存著新鮮敏銳的感覺。這是生命力的象徵，我由衷地佩服他，不知自己到了七十五歲是否仍然會有如此的激情和衝動。但是也有一縷悲哀，不由得想到，這是一個天生的文學家，然而，他卻居然一輩子從來沒有從事眞正的文學活動。他雖然擔任過不同作家組織的主席，但是平心而論，我覺得他對文學的理解過分狹窄。革命和共產黨的思想改造了他，文學在他那裡，過多地染上毛澤東延安文藝座談會上講話的那種思想，除了和現實的關係，就是和政治的關係。他輕疏了文學和人性的關係。其實就是在中國文學中，文學也是遠離現實和政治的，因爲感覺敏銳豐富的文學家，大都厭惡，並且遠離塵世間的生活，對塵世間造成的阻隔、不眞、醜惡感到絕望。

在那次接觸中，我直截了當地對他仍然保持了年輕的感覺和活力表示感嘆和佩服。劉賓雁先生說我，這個小子，一口一個劉老師地叫著，可就是沒有正經的。但是，我要說的是，這才是最正經的生活，那些政治問題，那些社會問題，都會過去，這才是永恆的正經的生活，我們這些人，其實都是被逼得走向這條爲了眞正的生活而不得不問政治的路。我們的奮鬥、努力，是爲了擺脫這一切。假作眞來眞亦假，那個變態的、畸形的專制文化，已經把我們徹底地改變爲不辨眞假，失去了眞正生活的口味。

政治毀了劉賓雁先生和我們這一代人的生命。我要說的不是被整肅，而是最一般、最平靜的生活都是被異化了的，被毀滅了的。如果沒有這種政治，我們本可以做出更多的事情，本可以更多地享有生活，更多地享受生命，作更有意義的事情，但是就是這種共產黨文化爲我們帶來的生活，使得我們每個人都不得不捲入政治，毀滅了我們的生命。就以劉賓雁先生爲例，如果沒有這種最近一百年來左派文人、思想家、革命家帶來的共產黨文化，他的生活會更加豐富、燦爛。他也許會成爲一個像契訶夫、屠格涅夫、巴爾札克那樣的文學家，為人們留下不朽的著述，他也可能像司湯達爾那樣為我們留下寫入小說的浪漫的一生。但是，現在，他流亡，遠離故土、親人，他不停地談論政治，而不能展開他那豐富的人性，展示他男人的一面——對各種風情的女人的愛，展示他對文學的感受——對不同藝術的靈感。

對此我深深地感到，如果沒有這種共產黨的非黑即白的文化，這種以為世界上只有一個眞理，自己代表眞理的唯物主義一元論的文化，這個世界會更豐富，更和諧，人也會更具有人性，人們之間的距離也會拉得更近。

如此一個充滿人性的人，如此一個具有文學氣質的人，卻沒有正常的文學認識，這是時代的悲劇，這是共產黨文化對人的異化和殘害。我們說它暴殄天物，應該一點都不為過！

他敢於像一個文學家那樣去愛、去追求、去體驗嗎？

極權主義毀滅了人性，這不是抽象的一句話，不是宣傳標語，它其實活生生地存在於生活的每一件事情中，每一個進程中。極權主義不僅在政治上，而且它的政治統帥一切的文化特點毀滅了，或者說扭曲了中國幾代人，我們無時無刻地不在體驗著它。

然而，劉賓雁先生似乎卻沒有感受到這一點。他雖然反對暴政、人間的不公正和罪惡，對這種人性的異化，卻不僅早期參與締造，到現在也還是經常有意無意地歌頌。

一個人居然歌頌毀滅了自己眞正生活的東西，這眞是悲劇中的悲劇！

在這一點上，我無法和劉賓雁先生相通。我痛恨共產黨的不僅是那些明目張膽、肆無忌憚的迫害，而是那強加於我們的最一般的生活，專制文化，也就是那種沒有自由，沒有想像力，教條的生活，牲畜的生活。在這方面，到五十年代中期前後，訪問匈牙利，和被匈牙利的姑娘的熱情所燃燒的劉賓雁先生青春的生命，雖然也許依然在無意識地抵抗共產黨帶來的沒有人性的文化，但是實際上，「革命」和「社會」已經基本上毀滅了他的生活和生命，就是沒有五七年那場浩劫，用他自己說的話來說，他是十二級的共產黨高幹，可他敢於像一個文學家那樣去愛、去追求、去體驗嗎？他能夠自由的生活嗎？他敢於衝破藍色的制服，顯示自己男性的體魄，男性的精神，去愛那個陽光燦爛的匈牙利女孩嗎？就是中國走劉少奇的路線，他也不敢，他的人性仍然是異化的！

會面相的人，常常也說，相隨人變，如果沒有五七年那場浩劫，我閉上眼睛就能夠想像出「高幹」劉賓雁，至多臉上少了現在的熱情，多了一些橫肉，成爲一個不折不扣的「碌吏」。

那個假大空的文化，那個人人蒙著面具，不能有任何思想自由，感情自由的文化，從四九年，乃至更早的時期就開始了，我絕對不會相信，他能夠在劉少奇的統治下眞的能夠在生命上獲得多少更多的內容。

「毀滅」絕不只是存在於充滿悲慘的「毀滅」中，也就是，或被打成右派、離鄉背井、拋棄專業、被迫勞改，或家破人亡、由於出身等而無法求學，墜落底層，而且也在成功中，在日常生活的「安逸」中。就以劉賓雁、李愼之先生這一代人爲例，在他們「安逸」時，也就是在五七年以前所從事的工作，所走的道路，如今回首，你可以清楚地看到，無論就專業和人性上來說都只能令人痛心。而你還可以進一步看到，就是他們那時的工作奠定了極權主義社會的文化精神基礎，奠定了「假」「大」「空」，奠定了大批判的方法和文風。那個文化不是毛澤東一個人、中宣部一個部長，乃至中共中央委員會就能造就的。相反，在教育、文學藝術、新聞領域，乃至在自然科學領域是由他們這些人直接奠立的。就是在被殘酷整肅之後，到了文化革命，甚至到了八十年代初期，那種最令人厭惡的黨性、個人崇拜不是還存在於他們血液的最深處嗎？我想，到了今天，劉賓雁先生已經對這一切有了看法，可是爲什麼不能從根本上反省那個社會，反省自己這八十年的生命，本來會活得更有光彩，更豐富。

假大空的文化毀滅了每個人的人性、感知和享受真正生活的能力

就是所謂「成功」，其中也滲透著「毀滅」，要想較爲清楚地看到這點，或需要時間的砥礪，或需要跳出眼前的塵世的喧鬧。在這裡，我願意以目前在西方取得很大成功的譚盾和張藝謀爲例，做稍微具體的解析。在他們沉浸於塵世的「成功」的時候，我常常爲他們感到悲哀。

這是兩個非常聰明的人，他們非常機巧地玩弄了中國文化傳統的「形式」，在商業化的西方世界取得了市場上的成功，並且挾著這個商業成功進入藝術和學院的殿堂。

和蕭斯塔高維奇、索忍尼辛、格奧爾斯基（波蘭作曲家）等藝術家相比，他們在藝術上走了完全不同的路。由於在他們的作品和人格中，人們看不到一般知識分子、藝術家由於自由和人性而和專制必然產生的衝突和痛苦，因此，對於他們的「成功」，人們肯定要問，共產黨社會眞的能夠造就正常的藝術家，並與之共生共存？是譚盾和張藝謀掩藏了那種藝術家固有的痛苦和衝突，還是他們的「人性」衝動和對藝術的理解，使他們沒有感受到如蕭斯塔高維奇、貝多芬等藝術家所感受到的藝術和現實、藝術和社會的劇烈衝突矛盾？

仔細檢索譚盾和張藝謀，具體把他們和東歐共產黨社會曾經出現的那些傑出的藝術家，例如蕭斯

塔高維奇、格奧爾斯基對比，你就會看到，這是兩個被共產黨文化毀了、異化了的「天才」。

對他們身上的共產黨的假大空文化，意識形態化的文化痕跡我有過很直接的體會。我曾經在德國埃森出席過譚盾一部作品的首演，演出後並且舉辦了和聽眾對話討論。譚盾提出的第一個問題就是古典音樂是否死了？

這是一個典型的終生受一元唯物論教育的人提出的問題，一個極權社會中所習慣提出的「大」問題。它「大」到要劃時代。但是，它是一個假問題，因爲你首先無法說清究竟什麼是古典音樂。馬勒、理查·史特勞斯的作品、荀伯格、巴爾托克的作品是古典音樂，亦或不是？蕭斯塔高維奇是古典，還是現代？

其次，何謂死了？藝術形式是表達人的感受的，不同時空當然需要不同的形式，很多時候有些形式經過一度沉寂之後可能還會被借用、甚至演變轉化，由此創生新的形式。就以譚盾這部首演作品中有很多模仿痕跡的波蘭的作曲家格奧爾斯基爲例，他一直是個現代作曲家，然而他爲紀念第二次世界大戰而寫的第三交響樂，以及爲波蘭團結工會被鎮壓而寫的另一部無詞音樂作品，卻是非常典型的古典音樂。因爲他感到無法用其他形式來表達。只有習慣於教條的一元論發展觀的人才喜歡提「死不死」的問題？

再次，這是一個空的問題，這樣的討論和探討關注的將只會是形式。聰明的譚盾的確也涉獵，並且非常機智地模仿了當今世界音樂家們在音樂上曾經嘗試過的各種形式。但是就是在這個討論會上一位移居德國的俄國作曲家對筆者說，他沒有看到譚盾作品中有任何新形式的東西，看不到任何理由提出古典音樂是否死了的問題。

譚盾經常說，他感到他是貝多芬在東方的轉世，但是，轉世的是什麼呢？如果就是如譚盾所常說的，古典音樂死了等，那麼他所關心的，所談的就又是一個假大空問題。

貝多芬等音樂家並沒有想劃時代，他們首先是一個個人，他們的感受是在和現實生活的衝突中，而非在表演成一個「大音樂家」中。譚盾（張藝謀也如此）卻並非如此，他為了「創新」，玩弄盡了中國文化傳統中的各種形式，從各種民間樂器，發聲工具，到摔盆、摔碗、撕紙，嚎哭叫罵，很多時候也確實玩弄得讓人叫絕，但是，卻就是沒有中國人最深的人文情懷、文人精神。筆者以為，如果沒有中國人文文化中的那種典型的「憂國」「憂民」的憂患意識，也就是沒有屈原、蔡文姬、杜甫那種肝膽撕裂的痛苦，沒有王國維、陳寅恪那種痛徹心髓的感受，是不可能理解表現中國文化的。中國文化不是能夠隨意被人玩弄的！西方人雖然時下無法直接接觸到中國文化的精髓，不得不面對被共產黨文化異化的炎黃子孫給他們端來的「形式」，但是，他們感興趣的是和西方文化不同的人類的另一種追求和感受，所以，如同我們中國人近百年來對西方文化的追求一樣，穿越這種市場的販賣叫嚷，穿越這種意識形態化的宣傳式的假大空迷霧，西方人肯定會越來越接近中國文化的最根本的對天、對人的關懷。

而對於譚盾和張藝謀的作品，人們要問的也是，作為個人的譚盾、張藝謀在哪裡？他們的愛、恨，他們的痛苦和快樂在哪裡？如果他們的感受，他們對感受的開掘不能夠超出常人，那就和貝多芬不可同日而語，對技術和形式的玩弄至多能夠成為一個好的「匠人」！

我深深感到，和劉賓雁先生一樣，譚盾和張藝謀是兩個非常有才能的人，如果在正常社會，他們會取得很多眞正的、能夠放得住的成就，但是，假大空的文化嚴重地侵蝕了他們，不僅是靈魂，而且還有技術。他們無法感受到蕭斯塔高維奇和格奧爾斯基的痛苦，這甚至使我感到，他們可能已經失去了一般藝術家感受生活和社會的能力和感覺。在所謂「成功」中隱藏著的「被毀滅」是更為悲慘的毀滅，因爲有一天他很可能會突然覺悟，他本來有能力做更多的事情，有能力如李白、杜甫，如貝多芬、蕭斯塔高維奇，但是卻只是喧鬧了一生。

滲透在共產黨社會每一個角落的極權主義的、假大空的文化，實際上毀滅了每一個人的人性，每一個人感知、享受眞正生活的能力。

對於這種文化和政治，我以爲劉賓雁先生無法否認，劉少奇等人和毛澤東，乃至現今的江澤民、朱鎔基，胡錦濤和溫家寶沒有區別；他也無法否認，他曾經協同建立這種文化，然而，令人遺憾的是，到今天爲止他只看到在政治上毀滅了國家民眾的一面，卻沒有看到這種涉及社會更爲根本問題，影響更加長久的文化災難，沒有看到自己的生命的更豐富的內容，更美好的格調被外界，也被他自己毀滅了的悲劇。

作爲曾經是作家協會主席的劉賓雁先生和譚盾等人一樣，對於文化，以及個人對生活、生命的感受探索不多，更多地關心的是政治，所謂「大」的時代、社會問題，然而，儘管如此，對於劉賓雁先生來說，雖然他和蕭斯塔高維奇、索忍尼辛等共產黨社會的藝術家不同，但他和譚盾和張藝謀也不同，在很多方面劉賓雁先生和專制社會產生了激烈的衝突。檢討這種不同，對我們理解藝術，理解人生也是一個很好的案例。

劉賓雁先生，從一個充滿熱血、人性的青年走向革命，變成一個革命者，變成專制機器的一個部件，而且是一個高級部件，參與製造極權主義文化和社會，最後同這個他自己參與締造的社會產生衝突：壯年身陷地獄，老年背井離鄉，究竟是什麼使他如此，而不能像張藝謀們一樣，安身於既得的名利中呢？

屈原以來中國文人傳統的國家民族情懷

促使劉賓雁先生能夠從共產黨文化和社會走向另一條路的就是他那誕生於二十年代，成長於前半個世紀，那個還不知道假大空爲何物的時代和社會給他的人性，中國傳統文化給他的情懷、精神。和劉賓雁先生接觸，使我感到，他是一個一半中國文化、一半共產黨文化、些許西方文化的集合。促使他能夠不斷出來講眞話的是中國文人傳統，西方知識分子精神，這其中包括典型的中國士大夫的憂國憂民情懷。只有二、三百年歷史的西方國家的人文傳統沒有中國那種發微於三皇五帝夏周，屈原以下及至王國維越發不可收拾的「民」「國」情懷。八十歲的劉賓雁先生，流落他鄉，關山萬里，進亦憂、退亦憂，念念不忘「國」與「民」，但是四十多歲的譚盾、張藝謀，燈紅酒綠，卻很少這種憂懷。共產黨極其成功地改造了中國，改造了中國的文化，以及知識分子和藝術家。

這就是這兩三代中國的知識分子主流和劉賓雁先生根本不同的地方，越來越多人被徹底馴化和異化。他們既缺少做人，作藝術家、詩人和學者最根本的衝動和追求，也沒有屈原以來中國傳統的文人情懷。

一個畸形的現代極權主義國家。

一批被豢養的，具有不同性格的畸形動物。

時下表現尤爲甚之。文化革命的大棒沒有做到的，改革的胡蘿蔔做到了，其中除了阿諛逢迎者以外，居然還有安於專制、寄生於專制，沒有任何痛苦感覺的自譽爲異議人士的一類。

我認爲，劉賓雁先生推崇的劉少奇強加給中國的道路也是這種道路，因爲劉少奇在極權專制方面和毛澤東沒有任何區別，只是像鄧小平一樣，是一個實用的極權主義者。

但是，對我來說，更爲可悲的是，我想劉賓雁先生也許並不這麼認爲——他具有我所說的上述中國文人傳統，因爲我曾經在讚譽和他年齡相仿的另一位先生的時候，認爲他從年輕時代開始的那種對國家關心的精神來自於中國知識分子傳統，不料他說，他身上沒有中國影響，所有好的都是西方的。一位爲德國報紙撰稿的中國記者朋友，爲此大大地嘲笑了我一番。

對於中西知識分子的這種不同，我是在研究民族主義問題的時候突然發現的。只有二、三百年國家歷史的西方，知識分子中幾乎沒有屈原那種國家民族情懷。個人追求、宗教情懷，的確西方知識分子有著悠久的傳統，但是報國報民，卻確實是典型的中國傳統產物。這在流亡的知識分子也明顯地表現出來。東歐流亡的持不同政見的知識分子，他們到了西方沒有陌生感，對故土也沒有那種海天愁思的惆悵茫然。其實無論就文字起源，還是宗教上、人種上，他們和西方都本來是聯繫在一起的。他們沒有，也無法理解中國知識分子那種和原來文化的血緣關係。

對於這個問題，退而仔細思索之後，我才明白，衛慧《上海寶貝》一類書，那種盲目，甚至指鹿爲馬地崇洋媚外，原來是有其深刻的歷史和時代根源的，原來是五四以來，口號性的全盤西化所帶來的副產品。我這樣說，並非無的放矢。例如我的德國朋友常常對我說，白人的皮膚非常粗糙，遠不如中國人的皮膚細膩。德國的電視上也曾經多次揭露，那些到非洲和亞洲逛妓院的白人男人、甚至女人，常常是貪戀那裡男人和女人的皮膚和體溫。一些刊物甚至說，一個西方人一旦和中國人有過體膚接觸，就再也不能容忍西方人粗糙的皮膚，高半度的體溫，中國人有著綢緞般的皮膚。這使我一下子理解到，我們的詩詞中有冰肌玉膚、勾雲抱雪，但在西方的兩性愛情描寫中卻從來沒有過這種描述。但是，現在這種感受竟然破天荒地從這些中國女作家筆下臆造出來。「白又亮的胴體」、「閃閃發光」、「散發著金色」的「細膩」的皮膚，簡直是天方夜譚！

想來也悲哀，一百年來中國「知識分子」、仁人志士努力的結果，摧毀了傳統文化，摧毀了中國的人本基本價値、人們的自信心後，居然結果是這麼一代《曼哈頓的女人》、《上海寶貝》。

然而，劉賓雁先生這一代人雖然從事了摧毀下一代人的工作，前代人在他們身上留下的品質，修養卻仍然保留。

時代在每代人身上都會造成局限，但是追求精神和做人的品質卻超越時代永存。我雖然不同意劉賓雁先生的很多看法，然而對於八九年後，這十五年來，劉先生對民主、自由所表現的執著、投入，做人的不阿，高山仰止、景行行止。我覺得小他二、三十歲的人不如他，和他同輩的人中，他也是佼佼者。他的名氣、他的影響使他當然有可能和那些發民運、人權財的人一樣，生活舒服、買房置地，他也可能和與他相仿的那些人一樣，或投靠台灣的政客，或投懷於美國的政客，過顯赫豪華的生活，但是，無論在我認識他的時候還是現在，劉賓雁老師還是劉賓雁老師，他孜孜不倦地筆耕，生活一般。他憂國憂民、愛國愛民！

在和他短暫的接觸中，我居然和長我一輩的劉賓雁先生長時間的閑談人性的弱點，對生活中的一些小事的感思。我深深地感到，他是那種永遠熱烈追求生活和眞理的人，或許正因爲此，他身上沒有那種「自命清高」，沒有那種做作的，甚至掩飾自己的軟弱、膽怯的「革命導師」作風。

劉賓雁先生八九年後走向這條道路，有道德和智力的原因

記得我在和一位仍然在國內的朋友談起中國當代知識分子的表現，他對四十年代，尤其是五、六

十年代以來追隨毛澤東、共產黨的知識分子感到不解。爲什麼那麼明顯的問題卻遲遲不能看到，難道除了道德原因，還有智力原因？對此我的答案一向是肯定的，也正因此，我推崇胡適、陳寅恪，及洪謙等西學和中學不同領域的知識分子，而對顧准、李愼之遲遲不能從共產黨的意識形態理論框架中跳出來，不能從認識論、方法論上徹底反省自己的馬克思主義、唯物主義的知識分子有著強烈的批判性看法。對於劉賓雁先生八九年以後走向這條道路，和他身前、身後的知識分子分手，我認爲，也有著道德和智力的原因。

帶著共產黨社會的價值觀和馬克思主義教科書的思想框架，劉賓雁先生最後卻能夠和共產黨社會徹底決裂，這使我再次看到，即使對於持有不同價值觀的人來說，也還是有基本的道德和道義準線。任何一個保持基本道德標準的人都不可能平安地在共產黨統治下持久生活。這種最基本的道德準則在生活中無所不在，例如，你不可以隨便殺人，對殺人者不能夠沉默，對於魚肉百姓、貪污腐化，你應該譴責，對於事實你不能夠說謊。對於如此簡單的幾點，我以爲，一個生活在共產黨社會中的知識分子如果能夠保持沉默，尙可以理解。因爲不能苛求別人爲此去承擔、犧牲。我當然知道，在五十年代到八十年代初期，共產黨社會，正如同胡適先生所說的，是連沉默也不能允許的。然而，從五十年代以來，問題卻是主動歌頌那些暴行，不甘寂寞、尋找問題去進行革命大批判的知識分子比比皆是。劉賓雁先生正是在這種環境中「脫穎而出」，開始了坎坷的一生的。他五十年代〈在橋樑的工地上〉，七十年代末期的〈人妖之間〉，以及八九年對大屠殺的反應，都是基於這個道德底線。和我們這些徹底否定共產黨及其價值思想的人不同，甚至他對民主和自由的理解和要求，對共產黨的批判也都是基於這個道德底線上的。而正是這條底線使得他不斷地遭到整肅，一輩子顚簸流離，使得他直到今天在很多問題上也無法和共產黨政府妥協，無法在共產黨社會找到安身之處。

我認為，這就是哈維爾所說的，如果每個人都為「生活在眞實」中而努力，共產黨社會就會不攻自垮。也就是如果科學家堅持科學的方法，商人按照經商的道德和規律，啤酒廠堅持製酒的標準和原則……人人努力認眞地生活，共產黨社會就不可能存在下去。可惜直到今天，堅持的人鳳毛麟角，沉默的人仍然不多，各種類型的辯護的人卻仍然非常非常多。儘管我對劉賓雁先生的很多思想持強烈的批評態度，但是就這一點來說，我推崇他，他的確一直努力在他所認為的「眞實」中，他所追求的「眞理」中生活，無論是在國內，還是最近十五年的國外生活。

除此以外，多年來的流亡生活還使我深深感到，一個在海外走出共產黨，並堅持十五年的人，絕對不比在國內走出共產黨更加容易。由於失去了整個一生所紮根的土壤，生活的基礎，因此，海外的生活更為艱辛，更為不穩定，說它充滿風險，一點都不為過。多年來的流亡生活也掃除了我的任何僥倖想法，每一個為眞理奮鬥的人，追求生活和生命的眞正意義的人，肯定會有所犧牲，肯定要忍受孤獨、常人沒有的痛苦。這一兩年，伴隨年齡的增長，我則更進一步體會到，只有具足夠熱情和生命力的年輕人，才敢於去國離家，投入到未知世界的追求中。但是，劉賓雁先生卻是在六十五歲的時候，踏上了這條不歸路。從此，他不再是那個一體化封閉社會的享有各種特權的高幹，或者高級知識分子；從此，他要為自己的生存考慮，要為自己的明天擔憂。我相信，對於他肯定存在各種妥協的可能，也有各種機會返回中國，然而，他不僅在精神上承擔住了，而且還在海外不斷地發出自己的聲音，做出自己能做的貢獻，堅持下來。

在此，我不得不說的是，走過八十年生命歷程的劉賓雁先生，在他那一代知識分子之中，巍然屹立。

在結束本文的時候，在劉賓雁先生八十壽辰之際，我願意奉上這幾個字，向在艱難中用自己的生命抵禦命運的劉賓雁先生，表達自己的心意，衷心祝願他健康長壽！

我們每個人都有時代打在自己身上的烙印，每個人都有自己的智力和生活局限，但是，只有人性，對自由和愛的追求是永恆的！相通的！

人生中還有什麼比我們這些風雨同舟者的情意更重的東西！

二〇〇四年十月二十七日於德國埃森

後記

千載已過，東坡未死

策劃・編輯小組

本書主旨大致可一言蔽之——流亡。無論是地理與政治上的被迫流亡，還是文字與精神上的自我放逐，古今中外，大抵是作家詩人之宿命。一個古老而新的主題。上世紀中葉大陸易幟，山河變色，曾有一次大流亡。八九民運失敗，又是一次大流亡。十五年過去，放逐與自我放逐的艱辛漸次浮現。有人駕鶴遠行，有人貧病交迫，有人莫知所終……是該寫點什麼的時候了。

日月如梭。不知覺間，被譽爲「中國的良心」的劉賓雁先生已年屆八十。鑒於劉賓雁在當代文學史、新聞史和一般政治社會史中的特殊地位，及他以八十高齡及重病之身坦然承受流亡之苦而絕不向權勢低頭的風骨，一些晚輩作家同行早就醞釀爲老人隆重賀壽，並集體贈送一兩件有意義的禮品。

——一拍兩合，一切圓滿了：老流亡者將得到一個獨一無二的生日禮物，散文集則獲得了一個永恆的主題。因此，我們滿懷敬意地在本書扉頁上寫上了這樣一句獻辭：「謹以本書獻給八十高齡的流亡作家劉賓雁」。

編書是一件繁雜的事情。但是，先睹爲快的特權每每給我們帶來意想不到的感動。簡單回想一下，叫我們編輯小組熱淚盈眶的文章就有六、七篇之多。這自然不是一種標準，但能夠令人莞爾令人黯然令人沉思的，大抵是好文章。難得的是，我們很有幾篇文字講究，有境界有精氣神的放得住的美文。稿件尚未收完，我們已經相互道賀：一本期待中的好書已然大致成形。

本書前三輯的文章是直接寫流亡的，無論是地理還是精神意義上的。由流亡者或自我放逐者集體自述其生活與感受的書，這恐怕還是天下第一本。其中許多場面、細節或感受，就連我們幾位身在其中的編輯也鮮有聞見。那種去國棄家之痛，那些夢中之淚，那種跟強權勢不兩立的氣節——簡而言之，那種自願爲理想而承受苦難的生活方式，確實含有某些神聖與莊嚴。

先介紹幾篇讀者可能感興趣的文章。有幾篇作者本人具有傳奇色彩，比較好看。如張郎郎的〈迷人的流亡〉、鄭義的〈紅刨子〉、廖亦武的〈醉鬼的流亡〉、張伯笠的〈流亡者的獨白〉。此外，〈想像回家〉（萬之）、〈絮與根〉（孔捷生）、〈走回北京南小街〉（馬建）、〈愛中國的一群〉（蘇煒）、〈尼瑪次仁的淚〉（唯色）、〈舊影〉（一平）、〈瑣憶〉（黃河清）、〈流亡的斷章〉（張倫）皆文字優美，情意眞切。北明的〈風的色彩〉頗具特色，有力地顚覆了關於流亡的某些陳見。總是說流亡者「得到了天空，失去了大地」，不對了——海外開放的訊息、誠實的環境，使她緊貼祖國大地。每日不絕的欺凌、搶掠、酷刑、不義、沉淪……如暴風驟雨劈頭打來。這份不堪負荷的沉重，令追求純美境界的她，再也無從感受風的色彩、山的和聲。痛到極處，不得不放棄絢爛的雲天，而沉入荒野，做一粒孕育未來的草籽。這種被流亡所激化的理想與現實的永恆衝突，這種眞實的痛苦和元氣充沛的文字，讀來會感到一種思想與情感的挑戰。好文章還很多，恕不一一提及。劉再復、高行健、楊煉幾位皆詩文大家，對流亡及其文學現象早有深入研究，此次亦惠賜大作，請讀者格外留意。附帶多說一句，劉再復的《漂流手記》九卷，無疑是對流亡文學的一大貢獻。

本書最後一輯是與劉賓雁先生直接有關的文章。在那些文字裡，你可以一窺劉賓雁的精神與風采。如果你人到中年，會感覺很熟悉很親切。如果你尚年輕，就會在瓦釜雷鳴中聽到一絲陌生而清越的鐘聲。你還會發現，在這個人以及這夥人背後，存在著一種被稱之爲理想和操守的人生價值。

本書作者中，余杰最年輕，于浩成則是年齡最高的前輩。浩成先生不忌談生死，參透人生，再回過頭來講述他與賓雁先生的友情，就眞如他所引用的杜詩「行色秋將晚，交情老更親」。仲維光在他的萬字長文中，既表達了對賓雁先生的敬重之心，同時也坦率地表達了與浩成先生、賓雁先生的不同見解，許多言詞是很尖銳的。我們接受這種文章，並不認爲有失敬之嫌。因爲我們尊崇思想自由，相信流亡者之間的濡沫之情。我們相互理解，我們都追求眞理，我們是患難之交。

截稿之後，我們又破例收入一篇從大陸輾轉而來的文章，即〈我的一尊偶像〉，作者爲國家二等乙級傷殘警察郭少坤。他傳達了大陸民眾對劉賓雁先生的殷殷思念之情，並一再熱烈讚頌賓雁先生的「人格魅力」。郭少坤先生寫道：「……劉賓雁先生足資楷模。用哈維爾先生的話就是：『民主和專制的較量，最終的較量是人格的較量。』一言以蔽之，再說多餘的也就沒有用了。」在文章結束之時，郭先生寫下了這樣一段類似遺言的文字：「……在無法知道明天是否會猝死暴死或被中共再次關押起來迫害致死的情況下，寫下此文思念劉賓雁先生，也許是我較明智的選擇。」——這位郭少坤警督是什麼人？我們需要一份作者簡介。上網搜檢「郭少坤」，一千三百六十條消息，一一讀來，令人肅然起敬。郭少坤執行警務與歹徒搏鬥，一眼一腿致殘。後因支持八九民運，支持家鄉父老維權運動備受迫害以至於鋃鐺入獄。出獄後返回家鄉那天，「……雪舞風狂。汽車還沒有開到村邊，就被預先得到消息的鄉親們，在離開村子二里路左右的公路上迎住了。少坤先生走下車，看到冒著大雪來接他的男女老少近二百人，一個個都成了雪人。那個心裡呀，就一下子湧起一股暖流。這個硬漢在殘酷的打擊面前從未掉過一滴眼淚。但是面對此情此景，他止不住熱淚盈眶，聲音嗚咽起來。鄉親們有的奔跑起來，有的圍著少坤轉來轉去，有的放起了鞭砲。三、四個八十多歲的老人向少坤伸出顫抖的手：『娃兒啊，你受苦了！』」後來的故事就更是不忍卒讀了。在國人闔家團聚的中秋節，這位被欺迫到妻離子散，身無分文之境的郭先生，也只有離家乞討一途了。讀者朋友可使用「古狗」（Google）自行搜讀，繼續了解郭少坤英雄般的存在。

我們這本書，自然也是獻給郭少坤們的。

這本書還獻給我們的戈揚老大姊，她已經平靜地走上了人生最後一程；還有與我們永別而去的王若望、趙品潞、金堯如；以及在艱難流亡生涯中堅守晚節的司馬璐、巫寧坤、李洪林、蘇紹智、于浩成、趙復三等諸多前輩；不言而喻，本書也是獻給劉賓雁夫人，我們可敬的朱洪大姊的。

他們正是「不死的流亡者」。在中華民族最黑暗最沉淪的長夜裡，他們點燃自己高舉的手臂，燭照自由之路。這種被一個墮落時代所刻意輕蔑的堅守，必將彪炳史冊，流芳百世！這樣的一本書，請誰來題寫書名呢？就蘇東坡吧，那位終生流放一直被流放到「天涯海角」的老流亡者。於東坡碑帖中集字，居然一字不缺，這也是天意。「大江東去，浪淘盡，千古風流人物！」詞意悲愴，然千載已過，誰敢說東坡先生就死了呢？

著名漢學家馬悅然先生爲本書撰寫了序言，我們感謝他。悅然先生半個多世紀前到峨嵋山跟老和尚學誦經打坐，從青燈古佛的智慧和成都平原的秀麗中結識了中國，然後，把終生不變的愛獻給中國。只因爲對一次血腥屠殺的義憤，那個被挾持的中國對他關上了大門。在整整十五年的歲月裡，他不能回到他妻子的故鄉，那塊他從青年時代就醉心的流動著鄉音的土地。因此他理解流亡，與我們遙相守望。

最後總有些剪不斷的牽掛：

廖亦武，少喝點酒，男子漢也不要把家綁在腿上，還抱著那管簫流浪賣藝嗎？

唯色，還有人禁你的書，追著攆著迫害你嗎？浪跡天涯的日子你要小心。

陳墨，抄走的書籍文稿和電腦會還你嗎？若是不還，日後如何寫作呢？

劉國凱，冬天又到了，開長途要多加小心，車上要準備乾糧和厚厚的睡袋。

羅基先生，有朝一日歸國爲令堂大人掃墓時，也代我們大家敬幾炷香吧。

郭少坤，剩下的一隻眼看書困難嗎？腿怎樣了，還能走路嗎？

……

——好了，就此打住。這書越編心越沉，不好再寫什麼了。

是以爲後記。

二〇〇四年十一月十四日

深耕文學與生活

文學叢書

1.	吹薩克斯風的革命者	楊　照著	260 元
2.	魔術時刻	蘇偉貞著	220 元
3.	尋找上海	王安憶著	220 元
4.	蟬	林懷民著	220 元
5.	鳥人一族	張國立著	200 元
6.	蘑菇七種	張　煒著	240 元
7.	鞍與筆的影子	張承志著	280 元
8.	悠悠家園	韓・黃晳暎著／陳寧寧譯	450 元
9.	想我眷村的兄弟們	朱天心著	220 元
10.	古都	朱天心著	240 元
11.	藤纏樹	藍博洲著	460 元
12.	龔鵬程四十自述	龔鵬程著	300 元
13.	魚和牠的自行車	陳丹燕著	220 元
14.	椿哥	平　路著	150 元
15.	何日君再來	平　路著	240 元
16.	唐諾推理小說導讀選 I	唐　諾著	240 元
17.	唐諾推理小說導讀選 II	唐　諾著	260 元
18.	我的 N 種生活	葛紅兵著	240 元
19.	普世戀歌	宋澤萊著	260 元
20.	紐約眼	劉大任著	260 元
21.	小說家的 13 堂課	王安憶著	280 元
22.	憂鬱的田園	曹文軒著	200 元
23.	王考	童偉格著	200 元
24.	藍眼睛	林文義著	280 元
25.	遠河遠山	張　煒著	200 元
26.	迷蝶	廖咸浩著	260 元
27.	美麗新世紀	廖咸浩著	220 元
28.	台灣原住民族漢語文學選集—詩歌卷	孫大川主編	220 元
29.	台灣原住民族漢語文學選集—散文卷（上）	孫大川主編	200 元
30.	台灣原住民族漢語文學選集—散文卷（下）	孫大川主編	200 元
31.	台灣原住民族漢語文學選集—小說卷（上）	孫大川主編	300 元
32.	台灣原住民族漢語文學選集—小說卷（下）	孫大川主編	300 元
33.	台灣原住民族漢語文學選集—評論卷（上）	孫大川主編	300 元
34.	台灣原住民族漢語文學選集—評論卷（下）	孫大川主編	300 元

35.	長袍春秋──李敖的文字世界	曾遊娜、吳創合著	280 元
36.	天機	履　彊著	220 元
37.	究極無賴	成英姝著	200 元
38.	遠方	駱以軍著	290 元
39.	學飛的盟盟	朱天心著	240 元
40.	加羅林魚木花開	沈花末著	200 元
41.	最後文告	郭　箏著	180 元
42.	好個翹課天	郭　箏著	200 元
43.	空望	劉大任著	260 元
44.	醜行或浪漫	張　煒著	300 元
45.	出走	施逢雨著	400 元
46.	夜夜夜麻一二	紀蔚然著	180 元
47.	桃之夭夭	王安憶著	200 元
48.	蒙面叢林	吳音寧、馬訶士著	280 元
49.	甕中人	伊格言著	230 元
50.	橋上的孩子	陳　雪著	200 元
51.	獵人們	朱天心著	即將出版
52.	異議分子	龔鵬程著	380 元
53.	布衣生活	劉靜娟著	230 元
54.	玫瑰阿修羅	林俊穎著	200 元
55.	一人漂流	阮慶岳著	220 元
56.	彼岸	王孝廉著	230 元
57.	一個青年小說家的誕生	藍博洲著	200 元
58	浮生閒情	韓良露著	220 元
59.	可臨視堡的風鈴	夏　菁著	280 元
60.	比我老的老頭	黃永玉著	280 元
61.	海風野火花	楊佳嫻著	230 元
62.	家住聖・安哈塔村	丘彥明著	240 元
63.	海神家族	陳玉慧著	320 元
64.	慢船去中國──范妮	陳丹燕著	300 元
65.	慢船去中國──簡妮	陳丹燕著	240 元
66.	江山有待	履　彊著	240 元
67.	海枯石	李　黎著	240 元
68.	我們	駱以軍著	280 元
69.	降生十二星座	駱以軍著	180 元
70.	嬉戲	紀蔚然著	200 元
71.	好久不見──家庭三部曲	紀蔚然著	280 元
72.	無傷時代	童偉格著	260 元
73.	冬之物語	劉大任著	240 元
74.	紅色客家庄	藍博洲著	220 元
75.	擦身而過	莫　非著	180 元
76.	蝴蝶	陳　雪著	200 元
77.	夢中情人	羅智成著	200 元
78.	稍縱即逝的印象	王聰威著	240 元
79.	時間歸零	林文義著	240 元
80.	香港的白流蘇	于　青著	200 元

INK PUBLISHING 文學叢書 083

不死的流亡者

策劃編輯　鄭義　蘇煒　萬之　黃河清
總 編 輯　初安民
責任編輯　施淑清
美術編輯　許秋山
校　　對　施淑清

發 行 人　張書銘
出　　版　INK 印刻出版有限公司
台北縣中和市中正路 800 號 13 樓之 3
電話：02-22281626
傳真：02-22281598
e-mail:ink.book@msa.hinet.net
法律顧問　漢全國際法律事務所
林春金律師

總 經 銷　成陽出版股份有限公司
訂購電話：03-3589000
訂購傳真：03-3581688
http://www.sudu.cc
郵政劃撥　19000691　成陽出版股份有限公司
印　　刷　海王印刷事業股份有限公司

出版日期　2005 年 2 月 初版
ISBN 986-7420-55-1
定價　450 元

國家圖書館出版品預行編目資料

不死的流亡者／鄭義主編.－－初版，
－－臺北縣中和市：INK 印刻，
2005〔民 94〕面；　公分（文學叢書；83）

ISBN 986-7420-55-1（平裝）

855　　94001892